U0165733

閩客方言史稿 增訂版

張光宇—著

五南當代學術叢刊

增訂版・序

　　《閩客方言史稿》是我在二十年前所寫的作品，以稿爲名，那是因爲在寫作過程中，我看到了許多斧斤未啓，猶待探勘的新天地。多年來，那些問題始終縈繞腦際，前後寫了六、七篇文章持續探索。這次增訂出書，即把後來所思所想加入原著。初版的核心課題是閩客方言如何形成，這次增加的篇章則以探討閩客方言的性質爲焦點。

　　原書共分十二章，增訂版增加七篇合爲六章。新增的內容是：1. 緒論：世紀工程——語言的連續性。2. 閩方言：音韻篇。3. 什麼是閩南話。4. 客家與山哈。5. 客與客家。6. 大槐與石壁——客家話與歷史、傳說。7. 梅縣音系的性質。其中的第5篇以附錄的形式放在第4篇的後面，雖然增加七篇，但章數合爲六章，全書共分十八章。

　　緒論原是應國科會（今科技部）人文社會科學期刊的邀請所寫的一篇短文，題目爲「世紀工程——語言的連續性」。本文的目的主要是將個人的治學經驗與年輕學者分享，我覺得很適合作爲這本書的導讀。傳統的語文學者治方言史主要仰賴他們掌握的漢語音韻學知識，緒論說明像這樣偏於一隅的作法是遠遠不足的。其實，研究漢語音韻學、漢語方言學有必要對科學的語音學、音系學和歷史語言學做深入的研讀，才不至於迷失方向。歷史語言學的天職在研究語言的連續性，但是漢語語音史在連續性的探討上顯然不足，原因很多，其中之一是：二十世紀的漢語音韻學者無不師法瑞典學者高本漢，以爲看懂了他的音標符號就等同讀懂歷史語言學中的比較法。1974年，張琨首先發難謂，我們必須放棄高本漢發始的傳統辦法；1986年，李方桂在接受羅仁地（Randy J. LaPolla）訪談時表示，連高本漢本人也不覺得那是重建；1988年，羅杰瑞（Jerry L. Norman）說，高本漢對自己所用的方法描述不清。這些

深入的反思足以振聾發聵，簡單說，漢語語音史與漢語方言史唇齒相依，互為表裏，都有必要從歷史語言學的學科經驗汲取養分，為獨立思考做準備。作為導讀，我希望年輕的學者把時間精力多一分放在科學的語音學家所做的整合音系學上，因為一般音系學家所做的只是分類與描寫，只有整合音系學者才可能提供音變動機的解釋。

什麼是閩南話應從什麼是閩語說起。二十世紀八十年代，漢語方言分區完成的時候，閩語定義仍不清楚。原因多端，其中有一點是疏於從前人的智慧汲取靈感，如能取法於官話的分區辦法，很快就可以給出定義。官話方言占地遼闊，區劃沒有困難，主要是從代表點的差異著手。事實上，漢語方言分布廣表，人口眾多，分區的工作只有從代表點出發，才可能在短期內完成。在全國範圍內，代表點就是歷史名城或通都大埠。閩方言代表點就是出韻書的地方，也就是歷史上「地區生活圈」的中心。韻書是古代讀書識字的課本，其方言在四鄰方言有威望。如以閩方言韻書的共同點作為閩語的定義，那麼所謂閩語就是十五音聲母的漢語方言。閩語的聲母數在所有漢語方言中最少，比北鄰的吳語、南鄰的粵語、西鄰的客贛方言都少，這是相當突出的特點。方言在地理上的分佈有典型與非典型，核心與非核心，純正與否等差異。不用代表點的觀念做為指引，分區界劃將困難重重。我們用十五音做為閩語的定義，可以雅俗共賞，讓非語言學家也能領會。什麼是閩南話也宜從代表點出發，其共同點很多，最後我們濃縮為「魚，錢」兩個字音，為的正是雅俗共賞，便於稱說。

什麼是客家話應從什麼是客家人說起。一個簡單的比較和反思就知道為什麼這樣。晉語，吳語，閩語，徽語，湘語，贛語，粵語都是用地理名稱作方言名稱，客家既非古國名，亦非府州郡縣的行政單位，它如何而起不能沒有解釋。一個名稱創發之後，大家相沿成習，習慣成自然而忘其所以然，後人不免望文生義，就字面講解。但是，當我們了解到客家是一個具有濃厚族群意識的一個特定族群的時候，我們的態度必

得更加嚴肅認真。「客家」一詞不是中國傳統知識分子造詞習慣下想得出來的名稱，而是南方少數民族的用語。對少數民族來說，本族人是土家，外來的漢人是客家，只有在這樣的對比下，客家兩字才是有血有肉的內涵。這不僅只是名稱的問題，還有族群意識，與緣起於血肉相連的歷史故事。方言學者之間，一般都說客家話的特色在聲調發展，也有人從別的角度切入認為客贛應視為一體。出於雅俗共賞的目的，我們把客家話定義為客家人所說的話，這個話的特色是第一人稱的說法，把我叫做𠊎ngai。這樣的定義具有歷史文化的內涵，也有不容小覷的社會基礎。

　　最後，有必要說明的是，增加的章節多半是應邀而寫，而且是陸續為之，局部重複論述實屬難免，其主要的目的是在補充原書的不足；除了上述閩客性質之外，在篇幅上閩客方言的比重也較原著均衡。是為序。

張光宇　識於

清華大學語言研究所

台灣・新竹

2016.6.23

前　言

　　閩、客方言是一座漢語史博物館。這座博物館並無形體可觀，但像一片微細的磁碟貯放在閩客方言人民的腦海中。這樣說，我們無意詼諧，實際上是出於以人為本位的考量：語言是為人們的社會生活服務的，語言的歷史就是人民的歷史。作者寫這本書的目的是要闡明閩客方言的根源、形成與發展。這是一項牽涉很廣的考古工程。

　　以人為本位本屬天經地義，但是事實上參與這項考古工程的中外學者提出的假設最終並未嚴守這個立場。

　　歷史語言學者的旨趣在重建古語形式，他們的工作重心是在挖掘古樸的器物以便支持其重建的內容。重建是一種假設，也是一種抽象過程。由於是一種假設，一種抽象，歷史語言學者特別講求一套嚴密的工作準則。他們把這一套工作準則叫做「科學方法」。但是，這科學方法也造成了他們的盲點。好有一比，歷史語言學者在挖掘古器物的時候，他們的目光集中在古器物的「古」字上；器物越古越好，因為如能找到終極來源形式，那麼他的假設所能籠罩的範圍勢將無比遼闊。問題就在歷史語言學家往往不是在行的考古工作者，只要能找到古器物，他們就心滿意足了。他們可以不管這古器物是從那一個地下層位出土的。用考古學的話來說，歷史語言學家的興趣在古器物的製作年代，而不在古器物的棄置年代。從方言史研究的角度來看，歷史語言學家的興趣集中在方言的根源，而不在形成。對歷史語言學家來說，出土古器物的方言就是形成最早的方言，不是順理成章嗎？我們不敢說這種思考模式全無道理，但其效用只限於漢語史的邏輯發展過程。論及方言史，我們不能不以說方言的人為本位探討其歷史過程。區分了邏輯過程與歷史過程的差別以後，我們絲毫不覺詫異：閩客方言的古樸色彩可以溯及上古漢語，

但是閩客方言的形成應在中古以後。

　　方言地理類型學在過去是一個不大受到重視的領域。經過張琨先生的倡導，至少在漢語音韻史學界情況已大為改觀。方言差異，自古而然。沒有古代方言差異的觀念就容易把兩個地方同一時代的差異看做一個地方在兩個時代的差異；好像中古時代以前，漢語史上所發生的事件都是同質系統內的時代變化。這絕非事實，但影響所及也左右了人們對方言史研究的視線。現代漢語方言分區直到1987年《中國語言地圖集》出來才算大體底定，民國以前何有什麼方言區劃圖？有的只是斷簡殘編、零星記述，不成體系。但是，我們不能就此裹足不前。好有一比，難道說，文獻資料不足，考古工作就無從開展嗎？事實上，考古正是彌補史料之不足而大顯其意義。在重文輕語的傳統下。即便是一丁半點的漢語史文獻也都彌足珍貴。

　　現代漢語方言調查與研究的蓬勃開展給漢語方言史研究者提供了充分而必要的條件。以類型特點為搜尋目標的方言分區工作已逐步拓寬了方言史研究的視野。因為就其工作性質而言，方言分區無非在鑑別相鄰方言之間的異同，去同求異實為其焦點所在；存異求同卻是方言史工作者無可旁貸的任務。土地是靜止的，人民是流轉的。研究方言的歷史，視線不能膠著於方言分區，受到方言區的框限結論不免大受影響。方言類型特點的相似性不外起於兩個因素，一個是偶然相似，一個是具有歷史聯繫。方言史的工作重點就在鑑別和衡量漢語方言區間的類型特點有無歷史聯繫。越南語和漢語沒有親屬關係，但是同具一些類型特點。於是不免引導人們下結論說：類型相同並不代表親屬關係。這個結論是對的，但也是膚淺的。問題就在：本來沒有親屬關係的語言是天生就共有類型特點還是後來才共有類型特點？如屬「後來」就是歷史聯繫不能不加探討的課題。何況，中國境內自古以來人民到處流轉。相隔遙遠的方言，靜態看來似分為兩區，動態看來卻每有歷史聯繫。就其聯繫的一面說，閩客方言史牽涉範圍涵蓋中國版圖東半由古至今的變化。若說閩客

方言是漢語史的縮影也不為過。

　　當方言類型學者把觸角伸向漢語四鄰的語言時，他們彷彿置身在新大陸，目光所及莫非奇瑰異寶，從而觸發他們思考漢語究竟是怎樣形成的。他們的發現得到地名學研究的激勵，於是開始倡導「底層」假設。大意是說。現代華南漢語方言的形成是在華南原住民族的語言基礎上孕育出來的，這樣才能解釋華南方言何以跟華北方言分道揚鑣，愈行愈遠。這種學說把土地與人民都列入考慮，但顯然把土地置於人民之上視如決定性因素。假使我們把人的因素擺在第一順位，情況可就多姿多樣。有一種情況也許正是上述底層假設所顧及的，也就是以少數民族的語言經由漢化造成的；但有另一種情況卻是以漢人的語言為基礎去吸納當地少數民族的語言成分。這兩種情況都可能造成漢語的異化，但是絕不能把「習染」現象和「底層」現象等同起來。閩、客方言的形成到底應從那個角度去解釋才與事實相符？這是一個還有待深思明辨才能獲得解答的問題。

　　作為漢語史的一座博物館，閩客方言的典藏相當豐富。走進這座博物館不免目迷五色，我相信只有把語言的歷史和說這語言的人民的歷史緊密相扣，才可望逼近真相。

　　本書共分十二章，其中有三章曾以單篇論文的形式先後在國際會議上宣讀過，這三章宣讀的時間、地點是：

　　漢語方言的區際聯繫　1995年7月，首屆國際晉語研討會。山西‧太原。

　　論閩方言的形成　1995年4月，第四屆國際閩方言研討會。海南島‧海口市。

　　論客家話的形成　1994年10月，第廿七屆國際漢藏語言暨語言學研討會。法國‧巴黎。

　　宣讀論文必須單獨成篇，這跟作為書中的一個段落寫來稍有不同。第四、五章因此而不免若干重複。閩客方言史關係密切，分開處理還是

合併討論各有得失，幾經斟酌，作者決定保持原來獨立成篇的樣貌。是爲前言。

張光宇

新竹・清華大學

1996.1.25

目　錄

總論篇

閩語篇

客家篇

第一章　緒論：世紀工程──語言的連續性

北京大學最近傳出國外有人認爲中國人不懂歷史語言學的一則插曲，資料來自商務印書館2008年《求索者》，356頁。如果把話題焦點改爲：爲什麼中國的歷史語言學遲遲見不到印歐語所見語言的連續性？則此插曲可加以討論。針對漢語語音史研究，日本學者橋本萬太郎（1978/85）早有「虛構」一說，而美國學者（Norman 1988）有「故弄玄虛」（scholasticism）的評語。近年，中國本土也有「鬼魅」的比喻。從學術史的角度看，西方從格林定律（Grimm's law 1822）到布魯格曼等人（Brugmann & Delbruck 1886-1900）五卷總結報告出爐，印歐語的主體工程已大功告成；東方從高本漢的奠基工程（1915-1926）開始算起，到今天爲止也已走過近百年的歲月。如何在中國大地上建立漢語的語言的連續性？環繞這個主題有不少視角，仰賴多門學科的經驗總結。底下，我想與年輕學者分享讀書經驗。由於篇幅只許六千，不能不稍聚焦，即便列入焦點也只能輕輕點到。

一、歷史語言學

我早年讀Lehmann（1962）、King（1969）、Jeffers & Lehiste（1979）、Bynon（1977）。這些年教歷史語言學，主要講授Hock（1986）、Fox（1995）、Trask（1996）、Crowley（1997/2010）、Campbell（2004）。其中柯洛禮的書淺顯易懂，適合自修；坎貝爾是近年歐美大學教科書；福克斯專談語言重建的理論和方法。中文著作可以看徐通鏘（1991）和王洪君（2014）。

1. 比較方法

如果先讀柯洛禮、坎貝爾的相關章節，再讀福克斯，觀念可以充

分建立。福克斯常常正反兩面觀點並列，引導初學登堂入室，其評論最能使人一窺堂奧，啓發思辯。福克斯所提兩重性（dualism）、公式派（Formulist）、眞相派（Realist）等，一般書籍都只輕輕帶過。至於十九世紀的重大工程，顎音定律（The law of palatals, 1870s）具有寶貴的經驗教訓，値得細細品味；維爾納定律（Verner's law 1875）是顚倒重建（inverted reconstruction）的結果，其他學者也很少提及。除此之外，梅耶（Meillet 1924）《歷史語言學中的比較方法》（岑麒祥譯1992）、洪尼斯華爾德（Hoenigswald 1991）、藍琴（Rankin 2003）都是總論式的；華田（Bloomfield 1933）和薩丕爾（Sapir 1921）對十九世紀的總結也有深刻的洞察，値得吟詠再三。早年經由北歐傳入中國的比較方法只涉及兩兩對比的操作技術和條件音變，很少碰觸歷史語言學的其他相關概念。

　2. 語音變化

　如果說比較方法的功能在建高樓，那麼語音變化就是樓梯。兩百年來，歷史語言學家在這方面累積的富厚經驗包括：（箭頭左項比右項更常見）

弱化　　　　> 強化　　　　（Crowley 1997, 38）
同化　　　　> 異化　　　　（Hock 1986, 35）
近距離同化 > 遠距離同化（Crowley 1997, 53）
預期同化　 > 順行同化　　（Hock 1986, 63）
條件音變　 > 無條件音變（Trask 1996, 77）
拉鏈變化　 > 推鏈變化　　（Trask 1996, 87; Hock 1986, 156-157）

　這些經驗結晶對後人很有啓發。我們取法西方的同時，尤應注意漢語音變特色。例如同樣名爲顎化，西方多姿多樣卻與中國大異其趣；捲舌化在西方微不足道，在中國可是波瀾壯闊、聲勢浩大。日耳曼語最

重要的規律是伊音變（i-umlaut），中國也有、也很重要，但實際表現每多不同。隨北歐版進入中國的是顎化和伊音變，餘不多見。最後必須強調指出，十九世紀西歐的語音規律經過北美音位音系學（phonemic phonology）的洗禮才成為條理井然的規律。（Fox 1995）北歐版進入中國時，西方語音怎麼變相對清楚，但中國語音怎麼變至今猶待摸索。

二、漢語音韻學

最佳的入門讀物是丁聲樹、李榮的《漢語音韻講義》（上海教育出版社）——這部講義薄薄數十頁，言簡意賅，精讀成誦，易成方家；其次是董同龢《漢語音韻學》——這部書一再翻版，成為同類翹楚，其精采處在韻書、韻圖內涵分析；其次是李方桂《上古音研究》和鄭張尚芳的《上古音系》；通史的研究有王力《漢語語音史》——這部書卷下附有語音的發展規律，宜從連續性的角度去發掘問題。

1. 切韻問題

漢語語音史可分兩段來說：中古以下具語言的連續性，中古以上屬於粵若稽古。中古以降這一段有兩個大問題。首先要問「切韻」到底是什麼？《切韻・序》這部韻書有三個旨意——後代謎題：一、剖析毫釐，分別黍累。二、南北是非，古今通塞。三、我輩數人，定則定矣。這三個問題的分析可看周祖謨（1966）《切韻的性質和它的音系基礎》。這篇名著由高本漢的學生馬悅然（Malmqvist）譯成英文，可以說是二十世紀的一塊里程碑。如果，讀者僅從字面去解讀肯定仍然走不出迷霧，用方言去比對體會必定更深。

2. 音韻名目

中古以降的第二個大問題是韻書與韻圖的關係，用音韻名目來說，韻、等、攝是並世而有還是時代發展的產物？前人似乎都默認這麼一個事實：江永的洪細學說是陸法言授給他的獨家祕笈。李榮（1983）解析謂，江永的洪細是十八世紀北京那一路音系的概括描述，並由此進一步提出多年心血結晶：「對傳統的一些音韻名目，我們得明白它是在什麼音韻基礎上提出來的，我們要恰如其分地瞭解，恰如其分地使用，否則你多讀一本書，你的脖子就多套上一根繩子，繩子多了就寸步難行。」李榮發表《切韻音系》（1954）之後潛心研究漢語方言，他的通達見解來自漢語方言的深刻體驗。

3. 兩度串連

北歐版不但把切韻看作單一中古方言音系，還把韻、等、攝壓縮成近乎一個平面。高本漢用兩個分化模式串連文獻：首度串連以攝為綱，二度串連以詩經韻部為綱。梅耶（1924）指出語言的連續性不靠串連文獻；韻、等、攝經過壓縮，原來的連續性也遭磨滅。

李榮把上古音研究視為畫鬼符，魯國堯喻為畫鬼魅，馬提索夫（Matisoff 2003）對漢藏語研究中的種種不當措施也斥為Ghost-painting。這塊領域非盡神祕，但鬼影幢幢，殊值戒惕。其中一些含糊的重建作法仿自歷史語言學的公式派。

三、漢語方言學

漢語方言學的內涵比西方同類著作還要豐富，這一點只要看Chambers & Trudgill（1980）的 *Dialectology* 就不難明白。除了幅員遼闊，人口眾多之外，方言定義中西有別。依西歐的定義，英、德、法是獨立語言；類似的差異在漢語視為地域變體，如吳、閩、粵。主要的著作

有：侯精一（2002）主編的《現代漢語方言概論》、王福堂（2008）《漢語方音字匯》、曹志耘（2008）《漢語方言地圖集》。二十年來，中國各省方言志大量出版，誠可說是曠古未有的壯舉。千百年後視之，其價值等同《切韻》或有過之。

1. 方言地理

西方比較引人矚目的方言研究是萊茵河扇（Rhenish Fan）：同一方向的語音變化速度隨地而異，也隨詞彙而不同。吉野鴻（Gillieron）所說「每個詞都有它自己的歷史」（chaque mot a son histoire）即從類似的發現提煉而來。青年語法學派說音變無例外，方言學家常看到另一種情況。

漢語方言可分靜態、動態兩面加以研究。比較有趣的課題是如何化靜爲動來爲語言的連續性服務。漢語方言自古以來就有分化和統一兩股力量交相運作。大體說來，人口移動代表分化的力量，文教推廣代表統一。「北人避胡皆在南，南人至今能晉語」——這是人口移動造成後來南北分途發展；唐代長安方言隨帝國勢力普及各地，這是文教推廣。大規模軍事移民也有統一之效，如明初鎮滇。白讀代表分化結果，文讀代表統一勢力。

2. 邏輯過程

化靜爲動的一個重要觀念是邏輯過程，也就是索緒爾（Saussure）所說用一種語言的形式去解釋另一種語言的形式。其實際作法就是擴展橫的比較。由於語言是歷史的產物，單一方言的狀態代表單一歷史階段，如果從單一方言進行縱的比較，只能談幾條對應關係，很難得出演變過程。例如，北京話的捲舌聲母主要來自古知莊章三組聲母，這是靜的、對應關係的比較。如果進行橫的比較，我們就不難知道其捲舌化運動是：莊組領先，章組其次，知組殿後。如果問爲什麼漢語語音史研究

沒有什麼語言的連續性，癥結之一就是歷史語言學的天職沒有認識清楚：學者只知從文獻進行縱的比較而不知同時從方言進行橫的比較，只知歷史過程而不知邏輯過程。現代漢語方言文獻堆積如山，如果不曉得其中蘊藏豐富的漢語語音史信息，數十年之後勢將變成斷爛朝報。

　　研究漢語方言不要劃地自限，只有擴大視野才可能養成目力——穿越時空，力透紙背，由靜看動。

四、音系學

　　上文說過，西歐的比較方法經北美的洗禮才成為今天的模樣。要深入研究漢語語音史，現代音系學是另一扇門。先介紹三本書：Chomsky & Halle（1968）、Hyman（1975）、Lass（1984）。中文著作可看：趙忠德（2006）、包智明等（2007）、王洪君（2008）。未知今焉知古？共時分析的瞭解有助於歷時演變的認識。

　　1. 一口原則

　　這是雅可卜森（Jakobson 1939）所提，後來被喬姆斯基學派發揚光大，叫做「one mouth principle」。所謂一口原則是試圖用同一套系統去描寫元音與輔音。從單音節語言來看，舌體在元音與輔音之間穿梭協調，用同一套尺度便於掌握互動狀況。同時，如果要求充分一致，往往有必要打破主要發音的迷思，把次要發音也納入描寫；語音是各種發音器官協同動作的結果。這一點從合口介音消失的次序可以看得很清楚；唇音聲母後例必消失，舌根音聲母後例必保存。但為什麼 puei > pei 而 nuei 不變，nuei > nei 而 luei 不變等等。如要取得一致的解釋，不能不注意聲母的舌體高度——次要發音。這種信息一般描寫闕如。這個舌體高度可以分為六、七個層級。

2. 音韻行為

現代音系學一個常見的名稱是「phonological behavior」。我們除了要瞭解西方指涉內涵，更重要的是用來深入探討漢語方言。語音規律一般是用來描述已經發生的語音事件，不變的且置一旁。音韻行為的問題是：為什麼在相似的情況下甲變而乙不變？例如山西太原方言早期的 -an 鼻化而 -ang 不鼻化。傳統的回答：從古音咸山兩攝來的就變鼻化。從音韻行為的角度看，這不是很好的答案。音韻行為的觀察是：為什麼北京的「李、魯、呂」在許多湖北方言讀為「李、魯、雨」？最後找出語音動機。再舉一個例子，傳統學者關注的對象之一是官話方言分不分尖團，也就是精組和見曉組在細音前是否合流。音韻行為的問題是：為什麼精組和見曉組洪分細混、而泥來兩母洪混細分？

音系學講求規律、掌握通性；對語言的連續性來說其規律運用次序（rule ordering）最具教育價值。由於強調形式化，音系學不免逐漸走上抽象化，引起務實的學者不滿，紛紛要求自然；同時，它的區別特徵（包括偶分法）發音語音學家覺得不切實際，認為宜改用多值特徵。

五、語音學

關於入門教科書，Peter Ladefoged 曾寫過兩本，較早的是 *A Course in Phonetics*，新近的一本是 *Vowels and Consonants*。讀完入門應看 Catford（1977）*Fundamental Problems in Phonetics* —— 這是發音（生理）語音學，其次是 *Pickett*（1980）*The Sounds of Speech Communication* —— 這是聲學語音學。

1. 多值特徵

讀語音學最重要的一件事是不要被語音名稱所惑，而應留心其語音內涵。這樣的意見在語言學家開始注意語音學的時候，就有西方學者提出警告，如 Key（1855）。現在看來，這個警告仍應視爲暮鼓晨鐘，因爲在語音學與音系學分治的時代空氣下，許多音系學家以爲既然已有區別特徵（distinctive features）可用，就無往不利。那種作法語音學家Catford斥爲「procrusteanism」（削足適履），爲了比較精準地描寫語音，他認爲必須採取多值特徵（multi-valued features）的辦法。音系學家承認像 anterior 和 coronal 兩個區別特徵並無明確的語音定義。

依傳統的說法，[t]和[s]的區別主要在發音方法，實際上舌尖所抵部位並不相同，甚至整個舌體也有垂、揚之別。這種區別在觀察音韻行爲的時候是有意義的、起作用的。例如爲什麼有的方言 tuei > tei 而 suei 不變。聲學研究上，[b]跟[p]的區別還包括口腔氣壓上升的快慢──清音快於濁音。這種區別平時看來沒什麼作用，到了觀察音韻行爲的時候可能成爲關鍵。[t]跟[d]不僅清濁有別，舌尖上底齒齦的寬窄也有不同，前後也有差異。（Pickett 1980：137）

2. 漢語特色

傳統的空韻後來改稱舌尖元音（apical vowel），兩個名稱都難免誤導（misnomer），其實質是一個偏後的高元音（倒 m）。音韻行爲上，閩南人把北京話「老師」唸成「老蘇」，說明舌尖元音原具後高性質。

最後我們看北京音系代表的漢語特色。爲什麼舌面音聲母只在細音前出現，捲舌音聲母只在洪音前出現？從舌體異同來看，那是因爲舌面音是「央高」而捲舌音是「央凹」，恰成對比。

這兩個漢語常見語音現象值得一提，因爲：舌尖元音在前人的理解裏是平舌、捲舌的延長部分，實際上偏前的那一個舌尖元音是可以出現

在各類聲母之後的。漢語的舌面音與西方常見的舌葉音不同，捲舌也不同於印度。此外，漢語的洪細在西方的類似說法叫 wide/narrow channel，但指涉內涵並不相同。

語音學實事求是，音標名稱底下具有多種可能內涵。如果不從多值特徵著眼，語音事件將成空談，無濟於事。

＊ ＊ ＊

二十世紀的國內外學者都從北歐版學習如何重建漢語語音史，對其成果如數家珍，對其基本假設很少質問，以為執行比較法必然得出那種結果，事實不然。

語言的連續性是靠比較方法建立的。所謂比較法，就是兩兩對比直到材料窮盡的方法。這個屬於操作技術的層面是 low-tech，一學即會。事關重大的 high-tech 是在方法學的基本假設。如華田所說研究語言演變的初步工作是研究文獻材料。這個工作有三個重心：《切韻》本身，《切韻》與後代韻圖，《切韻》與《詩經》關係。如果我們仔細看周祖謨、李榮、魯國堯、陳保亞對這三個核心議題的發言，中國人是懂歷史語言學的，他們對相關文獻的解讀是深入的。語言的連續性關切的是：如何使文獻材料發潛德之幽光，使方言材料也能虎虎生風。

西歐的比較方法經過北美洗禮才成為今日所見，King（1969）更把生成音系學導入重新表述。是否懂得音系學所發的問題很不一樣，不過也不要以為會寫規律就算了事，其後還有語音解釋一層。幾門學科交織，語言的連續性是一道漫漫長路。

總論篇

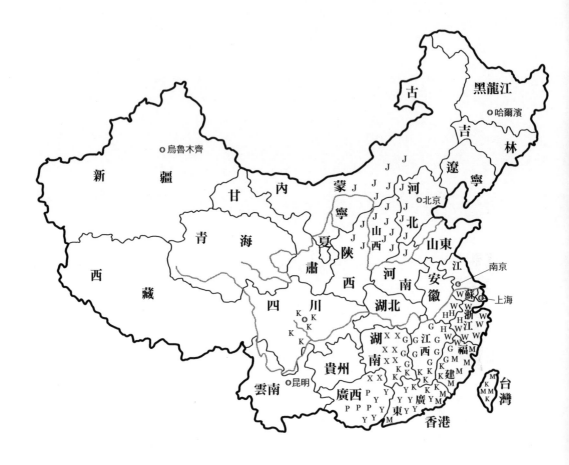

官話	空白	贛 語	G
晉語	J	粵 語	Y
吳語	W	客家話	K
閩語	M	湘 語	X
徽語	H	平 話	P

漢語十大方言分佈示意圖

第二章　現代漢語方言的分區

　　中國是一個土地廣大，人口眾多的國家。自古以來，漢語方言即呈現紛歧複雜的局面，其情況大抵如顏之推《顏氏家訓·音辭》所說：「夫九州之人，言語不同，生民以來，固常然矣！」類似的說法在顏氏前後的漢語史文獻屢屢見之，不勝枚舉。隨著中國歷史的發展，漢語方言地圖也歷經變動，大要言之，不外分化與統一迭相運作。在重文輕語的傳統下，前人對古代漢語方言的零星記述不足以清晰勾勒方言分區的情況，只留下籠統而往往是片面的概括。近代學者最早嘗試為漢語方言分區的是章太炎，他在《章太炎文鈔》卷二依山川地理形勢把漢語方言分為十區，其後黎錦熙、王力、趙元任、李方桂、董同龢等人也分別做出大同小異的分區，奠定了分區的科學基礎。袁家驊在1960年《漢語方言概要》把漢語方言分為八區，1983年合為七區。自1979年《方言》季刊創刊以來，漢語方言的分區被列為重點課目，比較範圍日益寬廣，界劃工作也越加細密，整個漢語方言浮現了比較明顯的輪廓。表面看來，方言分區似乎是一個刻板的工作，實際上其意義和作用很大，漢語方言發展的探討即以漢語方言分區為張本。

　　自1987年《中國語言地圖集》出版以來，漢語方言分為十大區的說法已大致塵埃落定。這十大方言區及其人口數（單位萬人）是：

　　官話區66224　　晉語區4570　　吳語區6992　　徽語區312　　贛語區3127

　　湘語區3085　　閩語區5507　　粵語區4021　　平話區200　　客家話區3500

其中官話區人口高達六億六千萬，是超級大區，其人口總數比其他九區人口的總和還多。平話人口只有兩百萬，是超級小區。如按人口多寡排列，漢語方言的次序是：官話、吳語、閩語、晉語、粵語、客家話、贛語、湘語、徽語、平話。從上列數目看來，大小之間相差達兩三百倍。如欲簡省言之，可把平話附在粵語，把徽語附在吳語中去討論。除了官話、徽語和平話之外，其他七個方言區比較旗鼓相當。

　　大略說來，官話和晉語分佈在長江以北，其他八個方言分佈在長江以南的東南半壁。從南京到烏魯木齊，從哈爾濱到昆明這一大片地方都是官話分佈所在，當中只有晉語有如寶石鑲在一塊絨布上，十分耀眼。如把晉語改稱山西官話，那麼官話在北方的分佈即無涯際。東南方言所占地理面積相對促狹，但是古風遺韻多所萃止，不容輕忽。如以揚州、南京、蕪湖、安慶、九江、武漢、沙市、常德、桂林、百色為大體的界劃，則線東南即為東南方言，線以西以北即為官話。底下分區介紹漢語方言概況，各方言分佈請參看附圖，這裏著重說明方言區內的大體傾向。

一、官　話

　　這裏所謂「官話」是指從南京到百色一線以西以北的方言。官話方言一般都沒有入聲，古代的入聲變化方式隨地而異，大體有以下幾種情況：

古入聲字的今調類

	西南官話	中原官話	冀魯官話	蘭銀官話	北京官話	膠遼官話	江淮官話
古清音	陽平	陰平	陰平	去聲	陰陽上去	上聲	入聲
古次濁		陰平	去聲	去聲	去聲	去聲	
古全濁		陽平	陽平	陽平	陽平	陽平	

　　西南官話古入聲不管聲母清濁全歸陽平，江淮官話全歸入聲。古全濁入聲除江淮官話之外其他方言都歸陽平，古次濁入聲中原官話歸陰平。

　　古清音入聲在冀魯官話歸陰平，蘭銀官話歸去聲，膠遼官話歸上

聲，北京官話分歸陰、陽、上、去。

　　《中國語言地圖集》中把官話分爲八區，除了上述七區已大體分清之外，還有「東北官話」。如就古清音入聲分歸陰、陽、上、去來說，東北官話區也可與北京官話區合併。不過，東北官話古清音入聲今讀上聲情況比北京多，陰平調值比北京低，多數方言無[z]聲母。因此把東北官話區獨立成一區。（李榮，1989）東北官話可以看做一個介於北京官話和膠遼官話的方言區。北京官話把古清音入聲唸成陰陽上去四調，似無規律，其實不難從地域來源加以追蹤找出規律。

　　官話分區當中還有一個問題：爲什麼在大華北地區中既以入聲有無劃分晉語和官話，官話區內卻不排除有入聲的江淮官話？有入聲的江淮官話既可納入官話方言，有入聲的晉語何以必須讓它獨立於官話之外？類似的問題在東南方言也有，不過名無固宜，漢語方言分區能在投注大量的人力之後得出今天的一幅畫面已屬不易。前修如有未密之處，後出一定轉精。我們完全可能從別的角度爲漢語方言區劃出不同的圖面。

　　官話方言中沒有入聲的方言一般都有四個聲調。膠遼官話的嶗山、平度、掖縣、即墨、威海、煙台、海陽、棲霞、萊西、長海、新金、莊河等十二處和冀魯官話的滄州、滄縣、青縣、黃驊、鹽山、海興、孟村、慶雲、泊頭、無棣等十處以及河南的澠池、洛寧等地只有三個調。這是漢語方言當中聲調數最小的方言。

　　官話方言古全濁聲母的變化一般都是平聲送氣，仄聲不送氣。但是有兩個例外，一是山東半島上的文登、榮成方言白讀平仄皆讀不送氣，一是山西西南角28縣和河南靈寶、陝縣、三門峽等地平仄皆送氣。這兩個例外一在東，一在西似乎是古代方言地理類型的縮影。

　　底下簡單介紹官話方言的一些特點。

　　東北官話大部分地區沒有[z]聲母，北京話讀[z]聲母的字東北官話一般讀零聲母。例如長春：如魚ᵉy，柔由ᵉiou，人銀ᵉin，軟遠ᶜyan。北京跟[pp'mf]相拼的[o]韻，東北官話一般都讀[ɤ]：菠ᵉpɤ，博ᵉpɤ，跛

ᵉp'ɤ，坡⊂p'ɤ，婆⊆p'ɤ，破p'ɤᵓ，摸⊂mɤ，魔⊆mɤ，抹ᵉmɤ，磨mɤᵓ，佛⊆fɤ。

膠遼官話以煙台爲例。古見組逢[i,y]讀[cc'ç]：經⊂ciŋ，輕⊂c'iŋ，稀⊂çi。北京的合口呼字（蟹、山、臻三攝）煙台讀開口呼：對teiᵓ，歲seiᵓ，短ᵉtã，孫⊂sən。

北京官話中承德、建平下列字的鼻音聲母比較特別：愛naiᵓ，矮ᵉnai，襖ᵉnau，藕ᵉnou，安⊂nan，岸nanᵓ，昂⊆naŋ。這些字北京都唸零聲母。

冀魯官話中，陰平調在天津讀低降調（21），濟南讀曲折調（天t'ian213）。陽平調在薊縣、玉田、寶坻讀低平調（陳tʂ'ən22），在正定、深縣讀高降調（桃t'au53），在邢台、柏鄉、隆堯讀低降調（麻ma21）。山東章丘、桓谷、鄒平、利津四個縣古入聲清音聲母多數字今讀入聲，少數字讀陰平。

中原官話蔡魯片（上蔡、曲埠等地）「齒恥此」同音[ᵉts'1]，「抄超操」同音[⊂ts'au]。信蚌片（信陽、蚌埠等地）「根庚」同音[⊂kən]，「今經」同音[⊂tɕin]。關中片把北京零聲母開口呼字都讀[ŋ]聲母，如「安」⊂ŋan：西安、長安、周至、韓城、潼關、蔡陰、合陽、大荔等八處把「豬、初、書」讀爲[⊂pfu，⊂pf'u，⊂fu]。

蘭銀官話銀吳片（銀川至吳忠市）古入聲全濁聲母字一部分歸陽平（＝上聲），一部分歸去聲。河西片古全濁入聲字全歸陽平，不歸去聲。金城片如蘭州、永登、皋蘭把「追、船、刷」讀爲[⊂pfei，⊆pf'an，faᵓ]。

西南官話鄂北片與武漢、天門等地下列字無-u-介音：對teiᵓ，罪tseiᵓ，短ᵉtan，亂lanᵓ，算sanᵓ。四川大多數地方「畝某謀茂」唸moŋ。湖北武漢，天門等地「木目」讀⊆moŋ。

江淮官話的主要特點是有入聲。其中泰如片（泰州、泰縣、泰興、大興、興化、東台、海安、南通、如皋、如東）古全濁聲母多數字送氣。湖北黃岡、黃陂、孝感等地「盧書」同音⊆ɕy。合肥、揚州等地聲

調都是陰平、陽平、上聲、去聲、入聲五個。

二、晉　語

　　晉語指山西及其毗連地區有入聲的方言。晉語分佈範圍包括山西全省（除去西南部28市縣），河北省西部鄰近山西的地區，河南省黃河以北地區（孟縣除外），內蒙古自治區中部黃河以東地區，陝西省的北部地區。

　　晉語的共同點包括下列幾端：（侯精一，1986）

　　A. 入聲多數帶喉塞音[ʔ]。例如平遙有ʌʔ iʌʔ uʌʔ yʌʔ四個入聲韻，張家口有ɚʔ iɛʔ uɛʔ ʮ eʔ əʔ iəʔ uəʔ yəʔ八個入聲韻。

　　B. 北京ən:əŋ　in:iŋ　uən:uəŋ　yn:yŋ。四對韻母分別合併、多讀-ŋ尾韻。例如太原：根庚kəŋ11，新星ɕiŋ11，魂紅xuŋ11，群窮tɕʻyŋ11。

　　C. 多數地區有詞綴「圪」[kəʔ₂]。例如文水圪都（拳頭）、圪洞（坑）。

　　D. 北京的輕聲「子」尾，晉語多數地區讀[tsəʔ₂]或[zəʔ₂，zə̩ʔ₂，təʔ₂，ləʔ₂]。例如和林格爾「女子」ˊny zəʔ₂。

　　E. 除邯鄲、安陽以外，多數地區都有分音詞。所謂分音詞就是一音分為兩音，例如平遙把「杆」[kaŋ53]說成kʌʔ45 laŋ53。

　　除此之外，成片的方音特點也有不少可觀之處。例如古全濁聲母平聲白讀不送氣見於清徐、榆次、太谷、交城、文水、祁縣、平遙、孝義、介休等地。

　　一等韻字讀細音見於離石、中陽、柳林、臨縣、方山、嵐縣、介休、沁源、五寨等地。例如柳林：齁ɕia52，漢ɕia52，旱ɕia52。介休：歌kiɛ13，可kʻiɛ523，河xiɛ13。

　　不少方言鼻音聲母帶同部位的濁塞音（mᵇ-，nᵈ-，ŋᵍ-）。這種現象見於清徐、太谷、文水、交城、祁縣、孝義、榆社、婁煩、靈石、左

權、離石、汾陽、中陽、臨縣、方山、嵐縣、靜樂、隰縣、大寧、永和、蒲縣、五谷、寧武、岢嵐、侯馬、襄汾等地。

一二等有別的方言見於太谷、文水、交城、祁縣、柳林、嵐縣、興縣、永和、忻州、原平、定襄、五谷。例如嵐縣「官」讀kuẽ，「關」讀kuÃ。

「人家」合音見於太原、太谷、祁縣、平遙、聞喜、新絳、運城、吉縣、忻州、天鎮、沁縣等地。例如太原合音讀nia45。

「雙」字讀塞擦音見於太原、清徐、太谷、祁縣、平遙、文水、孝義、和順、汾陽、平順、長子、陵川等地。例如祁縣ts'o33，陵川tʂ'uaŋ313。

假攝三等元音分讀為高、中、低的現象具體而微地反映了晉語（或山西方言）保守與創新互見的情況。例如：

	姐	夜
汾陽	ˉtɕi	iˉ
離石	ˉtɕie	ieˉ
中陽	ˉtɕia	iaˉ

晉語和山西境內的中原官話擁有相當豐富的文白異讀，其中不少白讀現象屬於創新形式比北京演變還要劇烈，若干現象屬於保守態勢有如南方的閩客方言。總的傾向看起來，山西方言的形貌是介於北方話和南方話之間。

三、吳 語

吳語主要分佈在江蘇南部，浙江全省，江西的上饒市、上饒縣、玉山、廣豐、德興（限隴頭）和福建的浦城（南部的石陂、水北、臨江等五鄉的閩語區除外）。

吳語最主要的特點是古全濁聲母今仍讀濁音，與全清、次清聲母有別。也就是說，「幫滂並」讀pp‘b，「端透定」讀tt‘d，「見溪群」讀kk‘g。有的方言讀法雖有不同，但仍保持三分。例如「端透定」在青田讀ˀdt‘d，慶元讀ˀdt‘t，浦城讀lt‘t，銅陵讀tt‘r。

否定詞「不」字口語讀唇齒音聲母。例如上海話讀vɐˀ23（一般多寫作「弗」或「勿」）。（錢乃榮，1992:1）

以上兩點是吳語的共性。此外還有一些現象值得注意。

A. 支微入魚：所謂「支微入魚」指的是康熙《嘉定縣志》所說「歸、龜呼爲居，晷、鬼呼爲舉」之類止攝合口三等讀同北京魚韻的現象。例如上海話：龜tɕy53，鬼貴tɕy34，虧tɕ‘y53，跪dʑy23。（許寶華，1988）這一類現象在吳方言的分佈很廣。

B. 鏈動變化：蟹攝二等（*ai）讀-a，假二（*-a）讀-o，果（*-o）讀-u（～əu），遇（*-u）讀-əu，流（*-əu）讀-y。以蘇州方言爲例：（葉祥苓，1992）

蟹二：排꜁ba，買꜂ma，柴꜁za，街꜀ka，蟹꜂ha。

假二：巴꜀po，怕p‘o꜄，爬꜁bo，麻꜁mo，沙꜀so。

果一：多꜀tu，我꜂ŋu，餓ŋu꜄，河꜁hu，左꜂tsu（上海）。

多꜀təu，拖꜀t‘əu，我꜂ŋəu，餓ŋəu꜄，河꜁həu（蘇州）。

遇一：租꜀tsəu，粗꜀ts‘əu，蘇꜀səu。姑꜀kəu，苦꜂k‘əu。

流一：剖꜂p‘y，某꜁my，頭꜁dy，樓꜁ly，狗꜂ky。

其中果一例字所示上海韻母有助於察看演變軌跡。這一系列韻母變化環環相扣。不少方言循著這條演變規律，把魚韻讀成-ie～e。例如常熟：魚ŋᴇ33，去k‘ᴇ324，鋸kᴇ324。（張光宇，1993、1994）

現代吳語區分爲太湖、台州、甌江、婺州、處衢、宣州六片。其中南部吳語和北部吳語顯現不小差距。

見系開口二等在北部吳語有文白兩讀，文讀舌面音，白讀舌根音。例如「家」蘇州[꜀tɕia，꜀ka]，紹興[꜀tɕia，꜀ko]。這類文白對立的現象最

南到金華爲止，再望南就只有舌根部位的讀法了。換句話說，官話對吳語區的衝擊北部甚於南部。平行的例子還有第三身代詞用「他」，表示領格用「的」，否定詞「不」讀雙唇音……等都是北部吳語近於官話而與其他吳語不同。

　　咸山兩攝三四等字的韻母在北部吳語沒有區別，南部吳語猶存區別的痕跡。例如三等「連」，四等「蓮」在上海話同音li23，浙江南部讀法不同：（金有景，1982；張光宇，1994）

	連	蓮
永康	1ie11	lia11
浦江	liɿ11	lia11
青田	liɛ31	lia31

四、徽　語

　　徽語分佈在新安江流域的舊徽州府（包括今屬江西的婺源），浙江的舊嚴州府，以及江西的德興，舊浮梁縣（今屬景德鎮市）等地，位於整個皖南地區的南部。徽語分爲五片：

　　績歙片：包括安徽的績溪、歙縣（桂林鄉多江北）、旌德（西南洪川一帶）、寧國（南部洪門鄉）和浙江的淳安（西部唐村等地）。

　　休黟片：包括安徽的屯溪市、休寧、黟縣、祁門（東南鳧峰一帶）、黃山市（西南郭村等鄉）和江西婺源。

　　祁德片：包括安徽祁門、東至（東南木塔一帶）和江西的景德鎮市（限於舊浮梁縣）、德興、婺源（南部太白鄉及賦春以西）。

　　嚴州片：包括浙江淳安（含舊遂安縣）、建德（含舊壽昌縣）。

　　旌占片：包括安徽旌德、祁門（安陵區）、石台（占大區）、黟縣（美溪、河村二鄉）、寧國（胡樂鄉一部分）。

　　徽語的共同點中有一項十分突出，就是用吸氣音[pf.]表示否定，[ts.]表示肯定。底下以績溪、休寧兩個方言爲例看看皖南徽語的一些現象。

　　1. 績溪方言（趙元任、楊時逢，1965）

　　古全濁聲母讀送氣清音：備p‘i24，笛t‘i3，度t‘u24，住tɕ‘y24，寂ts‘e3，在ts‘e24，白p‘a3，雜ts‘a3，讀t‘o3。

　　蟹攝二等讀-a：牌p‘a42，買ma55，敗p‘a24，賣ma24，鞋ha31，解ka55，蟹ha55，界ka324。

　　假攝二等讀-o：爬p‘o42，麻mo42，馬mo55，茶ts‘o42，假ko55，下ho55，怕p‘o324，沙so31。

　　古全濁聲母讀送氣清音的現象和客贛方言一致，蟹二讀-a、假二讀-o和吳語近似。此外，績溪旺川的流攝字因平仄而影響元音開口度的大小。例如：（鄭張尙芳，1986）

	平聲		仄聲	
溝	ᴋE21	≠	狗	ᴋɪ55
猴	xE31	≠	后	xɪ22

這類現象在徽語方言並不多見。

　　2. 休寧方言（平田昌司，1982）

　　梗攝三四等讀-a：命ma33，平p‘a55，定t‘a33，聽t‘a55，精tsa33，井tsa31，清ts‘a33，請ts‘a31，星sa33，醒sa31。

　　蟹攝二等讀-a：拜pa55，敗p‘a33，皆ka33，界ka55，楷k‘a31，蟹xa31，鞋xa55。

　　古全濁聲母多數變成送氣清音，少數變成不送氣清音。送氣字包括：大t‘o33，座ts‘o33，坐ts‘o13，在ts‘o13。不送氣字包括：舵to13，

台to55。

兒化帶-n尾。例如：阿姨a33 in35，猜謎ts'o33 min35，褲k'un13，笛t'en35，梯t'on13，蝦xɔn13。

徽語分佈面積較小，人口也不多，但內部差異可觀。例如古全濁聲母字徽語都讀清音，多數地點也讀送氣音。休黟片送氣音比不送氣音多，條例不明；婺源北部古入聲送氣，嚴州片的建德古去聲送氣，條例比較清楚。

五、湘　語

湘語主要分佈在湖南的湘水、資水、沅水流域以及廣西的全州、興安、灌陽和資源。湘語分爲三片。

長益片：長沙市、長沙、湘潭市、湘潭、株洲市、株州、平江、瀏陽、寧鄉、湘陰、望城、益陽市、益陽、桃江、沅江、汨羅、岳陽市、岳陽、南縣、安鄉、安化、衡陽市、衡陽、衡南、衡東、衡山、邵東、新邵、黔陽、洪江市、會同、綏寧（以上32縣都在湖南）。

婁邵片：婁底市、湘鄉、雙峰、漣源、冷水江市、新化、安化、邵陽市、邵陽、洞口、隆回、武岡、祁東、祁陽、城步、新寧、麻陽（以上湖南）、全州、資源、灌陽、興安（以上廣西）。

吉漵片：吉首市、保靖、花垣、古丈、瀘溪、辰溪、漵浦、沅陵（都在湖南）。

這三片方言的差異主要表現在古全濁母今音讀法：長益片無論平仄一律讀不送氣清音，婁邵片今讀b d g dz dʐ一類濁音，吉漵片平聲讀濁音，仄聲讀不送氣清音。底下舉長沙、婁底方言爲例。

1. 長沙方言（李永明，1991）

古全濁聲母讀不送氣清音：賠pei13，爬pa13，牌pai13，旁pan13，婆po13，盤põ13，彭pən13，皮pi13，平pin13。但是有些仄聲字讀送氣音：造tsʻau55，濁tsʻo24，助tsʻəu55，族tsʻəu24，寂tɕi24。

通攝字讀-ən：通tʻən33，東tən33，同tən13，中tsən33，聰tsʻən33，工kən33，紅xən13，空kʻən33。

北京話-uei，-uo在長沙讀-ei，-o。例如：堆tei33，推tʻei33，頹tei13，腿tʻei42，醉tsei55，退tʻei55；多to33，朵to42，所so42，坐tso55，過ko55，褐xo21。

2. 婁底方言（李濟源等，1987）

古全濁聲母今音有b d dz dʑ z ɣ等反映：菩bu13，題di13，徐dʑy13，除dʑy13，鞋ɣa13，蝦zi ɔ13。同時也有送氣清音的讀法：笛tʻi13，寂tsʻi35，直tɕʻi35，碟tʻe35，絕tsʻie35，薄pʻo35，昨tsʻo35，白pʻɔ35，蓆tsʻiɔ35，讀tʻɣu35，族tsʻu35。

蟹攝二等讀-a：敗ba11，買ma42，柴dza13，街ka44，解ka42，界ka35，楷kʻa42。

假攝二等讀-ɔ：巴pɔ44，把pɔ42，麻mɔ13，馬mɔ42，茶dzɔ13，沙sɔ44，架kɔ35，蝦xɔ44，牙ŋɔ13。

咸山兩攝三四等讀-ĩ：邊pĩ44，變pĩ35，篇pʻĩ44，天tʻĩ44，添tʻĩ44，年nĩ13，錢dzĩ13，見tɕĩ35，扇ɕĩ35。

此外值得注意的現象還有以下幾端。

長益片中益陽、桃江、沅江等，一部分古全濁聲母字今讀[l]聲母。舉益陽為例：淘lau13，弟li21，成lən13，錢liẽ13，蛇la13，文lõ21，長lõ13。

婁邵片中洞口縣黃橋鎮見系二等文讀為舌尖後音：家tʂa44，下ʐa13，嫁tʂa21，瞎ʂa44，江tʂõ44，講tʂõ21。（唐作藩，1960）這一類

字的文讀在長江中下游一般都作舌面音。

　　雙峰、婁底梗攝白讀元音是o～ɔ。例如婁底：壁piɔ13，滴tiɔ13，脊tsiɔ13，錫siɔ13，隻tɕiɔ7，爭tsõ44，生sõ44，省sõ42，坑k'õ44，平biõ13，命miõ11，釘tiõ44，聽t'iõ44。這一類字與假攝字元音平行，在客贛方言一般都作-a。

　　婁底方言「蝦」xɔ44讀陰平，「松」dzɣŋ13讀陽平。前者與官話一致，後者近似吳語。

六、贛　語

　　贛語主要分佈在贛江中下游和撫河流域及鄱陽湖地區。湘東、鄂東南、皖南、閩西北、湘西南也有贛語。贛語區分為九片。

　　昌靖片：南昌市、南昌、新建、安義、永修、修水、德安、星子、都昌、湖口、高安、奉新、靖安、武寧（以上江西）、平江（湖南）。

　　宜瀏片：宜春市、宜春、宜豐、上高、清江、新干、新余市、分宜、萍鄉市、豐城、萬載（以上江西）、瀏陽、醴陵（湖南）。

　　吉茶片：吉安市、吉安、吉水、峽江、泰和、永豐、安福、蓮花、永新、寧岡、井岡山、萬安、遂川（以上江西）、攸縣、茶陵、酃縣（湖南）。

　　撫廣片：撫州市、臨川、崇仁、宜黃、樂安、南城、黎川、資溪、金溪、東鄉、進賢、南豐、廣昌（以上江西）、建寧、泰寧（福建）。

　　鷹弋片：鷹潭市、貴溪、余江、萬年、樂平、景德鎮市城區、余干、波陽、彭澤、橫峰、弋陽、鉛山（以上江西）。

　　大通片：大冶、咸寧市、嘉魚、蒲圻、崇陽、通城、通山、陽新、監利（以上湖北）、臨湘、岳陽、華容（以上湖南）。

　　耒資片：耒陽、常寧、安仁、永興、資興（以上湖南）。

　　洞綏片：洞口、綏寧、隆回（以上湖南）。

懷岳片：懷寧、岳西、潛山、太湖、望江、宿松、東至、石台、貴池（以上安徽）。

贛語的主要特點是：古全濁聲母今讀送氣清音。「喫飯、喝茶」說「喫飯、喫茶」。「我的」說「我箇」。（《中國語言地圖集》B11）除此之外，a類元音與o類元音所組成的韻母系統兩兩對比也是贛語區中具有普遍性的特色。底下舉南昌、黎川為例。

1. 南昌方言（熊正輝，1989）

a:o對比韻系包括a:o，ua:uo，an:on，uan:uon，aŋ:ɔŋ，iaŋ:iɔŋ，uaŋ:uɔŋ，at:ot，uat:uot，aʔ:ɔʔ，iaʔ:iɔʔ，uaʔ:uɔʔ十二組24個韻母，占全部韻母（65個）的三分之一強。

梗攝白讀二等-aŋ/ʔ，三四等-iaŋ/ʔ。例如：冷laŋ213，爭tsaŋ42，白p'aʔ2，麥maʔ5，格kaʔ5；平p'iaŋ24，名miaŋ35，聽t'iaŋ42，壁piaʔ5，笛liaʔ5，脊tɕiaʔ5。

宕攝一等讀-ɔŋ/ʔ，三等讀-iɔŋ/ʔ。例如：當tɔŋ42，糖t'ɔŋ24，上sɔŋ11，康k'ɔŋ42，涼liɔŋ35，蔣tɕiɔŋ213，薄p'ɔʔ2，莫mɔʔ2，落lɔʔ5，略liɔʔ5，藥iɔʔ5。

假攝二等讀-a，三等讀-ia：爬p'a24，麻ma35，茶ts'a24，沙sa42，家ka42，姐tɕia213，借tɕia35，謝tɕ'ia11。

果攝一等讀-o：多to42，拖t'o42，駝t'o24，羅lo35，左tso213，歌ko42，可k'o213，我ŋo213，鵝ŋo35。

梗、宕兩攝平行於假、果兩攝：

假-a，ia　　梗-aŋ，aʔ，-iaŋ，iaʔ

果-o　　　　宕-ɔŋ，ɔʔ，-iɔŋ，iɔʔ

這種平行現象是漢語語音史相當值得注意的現象。

昌靖片多數地方今聲母送氣與否影響調類分化。例如南昌「爬」p'a24，「麻」ma35，「華」fa35，「茶」ts'a24，「蛇」sa35。同屬

陽平字，送氣一讀調值較低。

2. 黎川方言（顏森，1993）

a:o對比韻系包括a:o，ia:io，ai:oi，au:ou，am:om，an:on，aŋ:ɔŋ，iaŋ:iɔŋ，ap:op， aiʔ:oiʔ，aʔ:ɔʔ，iaʔ:iɔʔ十二組24個韻母。

咸攝一等「敢」唸kom44，二等「減」唸kam44。

山攝一等「肝」唸kon22，二等「間」唸kan22。

宕攝一等「鋼」唸kɔŋ22，二等「更」唸kaŋ22。

效攝一等「高」唸kou22，二等「交」唸kau22。

透、定兩母字唸[h]：拖ho22，駝ho35，天hiɛn22，田hiɛn35，土hu44，渡hu13。少數文讀仍唸tʻ-。

來自精、莊、知組的[tsʻ]今讀tʻ-：坐tʻo22，斜tʻia35，初tʻu22，狀tʻɔŋ13，茶tʻa，拆tʻaʔ2。

來母逢細音讀t-：犁ti35，劉tiəu35，林tim35，連tiɛn35，兩tiɔŋ44，龍tiuŋ35，旅ty44，濾ty13。

古全濁上聲大都讀陰平：坐tʻo22，動hŋ22，下ha22，後hɛu22，在tʻɛi22，近kʻin22。

七、粵　語

粵語主要分佈在廣東、廣西。廣東的粵語分五片。

廣府片：廣州、番禺、順德、南海、佛山、三水、清遠、龍門、花縣、從化、佛岡、東莞、寶安、深圳、增城、中山、珠海、英德、肇慶、高要、高明、新興、雲浮、電白。此外，韶關、曲江、樂昌等三個市縣的城區也屬廣府片。

四邑片：鶴山、新會、江門、斗門、恩平、開平、台山。

高陽片：陽江、陽春、高州、茂名、信宜、廉江、湛江、化州、吳

川。

　　勾漏片：四會、廣寧、德慶、羅定、郁南、封開、懷集、信宜、陽山、連縣、連山。

　　吳化片：吳川、化州、湛江。

　　劃分這五片的根據有三。首先是在全濁聲母的今讀，勾漏片一般都不送氣，吳化片一般都送氣，廣府、四邑、高陽三片一般今讀陽平、陽上字送氣，陽去、陽入不送氣。古透母字四邑片一般讀[h]，廣府片高陽片一般不讀[h]。古心母字高陽片一般讀[ɸ]，廣府片一般不讀[ɸ]。

　　底下舉廣州方言為例：

　　a:ɔ對比韻系包括a:ɔ，ua:uɔ，ai:ɔi，au:ou，an:ɔn，aŋ:ɔŋ，uan:uɔŋ，at:ɔt，ak:ɔk……等韻母。由於介音-i-的關係，有的ɔ元音受影響而變成前元音oe，同時介音消失，這一類情況有*iɔŋ→oeŋ（長），*iɔk→oek（雀），暫不列入對比韻系。這一系列對比韻母大體反映一二等有別，和客、贛方言沒有什麼不同。不過，四等韻系粵語頗有特色。

　　齊韻：西sɐi55，洗sɐi35，雞kɐi55，溪k‘ɐi55，壻sɐi33

　　蕭韻：鵰tiu55，耀t‘iu33，條t‘iu21，尿niu22，簫siu55

　　添韻：點tim35，店tim33，添t‘im55，碟tip22，貼t‘ip33

　　先韻：邊pin55，麵min22，天t‘in55，鐵t‘it33，篾mit22

　　青韻：瓶p‘eŋ21，丁teŋ55，鼎teŋ35，踢t‘ɛk33，笛tɛk22

其特色可從下列比較表顯示出來：

	齊	蕭	添	先	青
廣州	ɐi	iu	i	i	e
北京	i	iau	ie	ie	i

廣州話入聲分為上陰入（55），下陰入（33）和陽入（22）三個調。

　　上陰入：畢pɐt55，必pit55，七ts‘ɐt55，膝sɐt55，剝mɔk55

　　下陰入：殺sat33，脫t‘yt33，發fat33，猝ts‘yt33，作tsɔk33

陽　入：瞎hɐt22，末mut22，罰fɐt22，疾tsɐt22，樂lɔk22

　　廣西的粵語人口有一千兩百萬，主要分佈在桂省東南半壁，大約從賀縣到南寧、凭祥畫一條線，右下方占全區三分之一的土地都說粵語。（楊煥典等1985）廣西粵語分爲廣府、邕潯、勾漏、欽廉四片。

　　廣府片包括梧州市、蒼梧和賀縣縣城及其附近。此片特色與廣州相近，古全濁聲母在陽平、陽上讀爲送氣。例如梧州：瓶p'eŋ21，求k'ɐu21（平）；並p'eŋ23，舅k'ɐu23（上）。

　　邕潯片包括南寧、柳州等市，邕寧、崇左、寧明、橫縣、桂平、平南等縣城及其附近。其中南寧方言豪模兩韻合流：報布pu33，毛無mu21，討土t'u35，高姑ku55。

　　勾漏片包括玉林、梧州兩地區的13個縣，主要是廣大農村。其中玉林、容縣、藤縣、蒼梧（夏郢）等地幫端讀濁音[b,d]，並定讀清音[p,t]。例如玉林：碑bi53，皮pi53，膽dam33，淡tam23。此外。精清與端透合流。例如玉林：總董duŋ33，聰通t'uŋ53。

　　欽廉片包括欽州、合浦（廉州）、浦北、靈山、防城五縣和北海市。其中廉州方言（蔡權，1987）古全濁聲母不論平仄一律讀送氣清音：淡t'æm11，在tʃ'ui11，步p'u11，白p'ɛk11，及k'ɐp11，杰k'it11，倔k'wɐt33。這個特點和其他粵語都不相同而近似客家話。

八、平　話

　　平話是廣西漢語第四大方言，使用人口兩百多萬。平話比較集中分佈在交通要道附近，從桂林以北的靈川向南，沿鐵路（古官道路線）到南寧形成主軸線，柳州以下爲南段，鹿寨以上爲北段。北段從桂林分出一支，經陽朔、平樂到鍾山、富川、賀縣，是爲北片。南段北端從柳州分出一支，沿融江到達融水、融安；南端從南寧由水路分出三支，右江支到百色，左江支到龍州、邕江支到橫縣，是爲南片。（楊煥典等，

1985）

1. 桂北平話（李未，1987）

桂林北部的靈川縣平話可分爲北片、中片、東片，分別以九屋、三街、大圩爲代表。其共同點包括下列兩端。

古知組字讀如端組。例如：

	豬	長	丈	錘	柱	沉	蟲	重	竹
九屋	tei13	tioŋ22	tioŋ53	tuei22	tuei21	ten22	tiəŋ22	tiəŋ53	tiaw55
三街	ty24	tiaŋ42	tiaŋ21	ty42	ty44	tiŋ42	tiŋ42	tiŋ21	tiou54
大圩	ty52	tioŋ44	tioŋ21	ty44	tyl3	tiŋ44	tioŋ44	tioŋ21	diɛ44

古全濁聲母在九屋、三街不論平仄一律讀不送氣清音。大圩話有的送氣，有的不送氣。例如：

	袍	桃	道	才	廚	柱	求	舊	舅
九屋	pɣ22	tɣ22	tɣ53	tsã22	tsl22	tuei21	kiaw22	kiaw53	kiaw53
三街	pau42	tau42	tau21	tsɣ42	tɕy42	ty44	tɕiou42	tɕiou21	tɕiou21
大圩	pau44	tau44	tau21	ts'ei44	tɕ'y44	ty13	tɕ'iu44	tɕ'iu21	tɕ'iu21

此外，三街平話「茶」tɕyo42，「家」tɕyo24，「借」tɕyo35等麻韻字讀爲後元音。

2. 桂南平話（張均如，1987）

桂南平話人口超過平話總人口半數，主要分佈在邕寧、賓陽、橫縣、上林、馬山等縣和南寧市郊區以及左右江流域的一些城鎮和沿江的一些村莊。底下舉南寧心圩平話爲例。

南寧心圩平話有11個聲調：

陰平53：剛開丁邊	陽平31：陳才時文
陰上33：古口好手	陽上24：近杜五老
陰去甲55：再障塡衆	陽去11：共樹望件
陰去乙35：榮唱怕銃	
陰入甲33：急出百法	陽入甲11：局白雜服
陰入乙55：沒滴	陽入乙24：力木額納

其中不難看出，陰去依送氣與否分爲甲乙兩類；全濁入聲歸陽入甲，次
濁入聲歸陽入乙。陰入分甲乙看不出條件。

古全濁聲母今讀不送氣清音：盆pun31，窮kuŋ31，近kan24，陳
tsan31，罪tsoi11，鋤tso31。

果攝合口一等讀-u，遇攝合口一等讀-o。這兩韻的讀法與南寧白話
正好相反：（白話是粵語在廣西的又稱）

	朵	糯	坐	鎖	火	杜	路	苦
心圩平話	tu33	nu11	tsu24	ɬu33	hu33	to11	lo11	ho33
南寧白話	to35	no11	ts'o24	ɬo35	fo35	tu11	lu11	fu35

從以上所舉的例子看起來，平話古全濁聲母讀不送氣清音與假攝字
具-o元音的表現近似湘語，知組讀如端組近似閩語；就語音系統來說，
平話與粵語相當接近。

九、閩　語

閩語主要分佈在福建偏東三分之二的地方。福建西部大約三分之一
的土地是客贛方言區。福建之外，閩語還廣見於浙江、江西、廣東、廣
西、台灣和海南島。閩語分爲閩南、閩東、閩北、閩中、瓊文、莆仙六
片。瓊文片指海南島上的閩南系方言。福建以外的閩語主要是閩南話，

在福建境內也以閩南話分佈最廣，人口最多。不只如此，瓊文片和莆仙片都以閩南話爲基礎逐漸脫胎變化而成。

閩方言在漢語方言當中最突出的特點是聲母數少，一般只有15個。這就是早期地方韻書如閩北的《建州八音》，閩東的《戚林八音》，閩南的《彙音妙悟》、《雅俗通十五音》、《渡江書十五書》等所顯示的閩語聲母系統的共同點。

其次一個重要的共同特點是古全濁聲母清化，平仄皆送氣和平仄皆不送氣兩種類型並存。這是漢語方言少見的現象。更有趣的是兩種類型都見於白讀。其中平仄皆不送氣來自古代中原東部，平仄皆送氣來自古代中原西部。

文白異讀多，層次複雜是閩方言的共同特點。例如蟹攝開口四等，北京話只有-i韻一讀，閩南方言有-ai，-e，-i，-oi，-ue，-ui，等六個常見的韻母。例如「西」有sai，se，si三音，「梯」唸t'ui，「齊」唸tsue又唸tse。「洗」字潮州唸soi。

閩方言內部的差異表現在好幾個方面。就韻母數大小來說，大體趨勢是由南望北遞減：潮陽90，泉州84，福州45，松溪28。此外，「豬」在閩中、閩北叫做「豨」，「狗」在閩東叫做「犬」，「魚」在閩南方言唸喉擦音聲母（hi～hw）。三種動物可以區別三大片方言。莆仙方言有舌邊清擦音[ɬ]，瓊文方言有吸氣音或前喉塞音（ˀb，ˀd）。這樣說來，閩語分片並不困難。

保守是一般對閩語的印象。例如知組讀如端組，輕唇讀如重唇……。這類保守現象在漢語方言並不怎麼特別。比較特別的是：（以閩南方言爲例）

1. 「石」字唸[tsioˀ˳]帶後元音。這個後元音在方言史考古上的價值有如毛公鼎。其他漢語方言不唸後元音，如客贛方言是-a，粵語是-e，北京是-i。

2. 《切韻》同攝三四等的區別是-ia:ai-。這種對立現象不見於所有

其他漢語方言。其中四等並非如江永所說的「尤細」，其意義不容等閒視之。

3. 支韻「騎」kʻia，「寄」kia，「蟻」hia的低元音-a也是少見於其他漢語方言的保守現象。

不過，獨特現象並非完全是保守現象。例如山攝二四等的-iŋ（如閒iŋ，先siŋ），從比較的觀點看是劇烈演變的結果（*ain→aĩ→oĩ→uẽ→uĩ→iŋ）。

日母字的h-（如燃hiã，箬hioʔ）是歷經變化的結果，其出發點是個鼻音聲母，由於氣流換道（N+V→N+Ṽ→H+Ṽ→H+V）才轉讀爲喉擦音。

「熊」字唸ₛhim，聲母被視爲「喻三古歸匣」的例樣，於是引發韻尾-m保守古音的聯想。其實，熊字唸him如同欣字唸him（欣賞），忍字唸zim（忍耐）都是條件制約的變化（conditioned change），來由是-u-加鼻音（-iuŋ，-iun）。

總之，閩語的複雜有多重原因，就其獨特性來說，有些是保守現象，有些是歷經演變的創新形式。就其文白異讀來說，也沒有任何一個漢語方言比它複雜。這些現象共同構成閩語的特性。

十、客家話

客家話最大的特色是「居無定所」。我們看吳在江浙，閩在福建，贛在江西，徽在皖南，湘在湖南，粵在廣東，平話在廣西，晉語在山西，各有一個省級行政單位作爲方言分佈的主要基盤。客家話的搖籃在福建西部、江西南部、廣東東部北部。

閩、粵、贛交界地帶是七世紀以來歷史文獻所稱「蠻僚」（今畬族）棲息的天地。客家話就是在蠻僚棲息的天地由於漢畬通婚才成其爲客家話的。其先決條件是通婚後造成一支新興民系叫做「客家人」。有

了客家人，才有所謂客家話。客家話是仰賴「族群意識」標榜出來，實在說來其語言成分與贛語難分彼此。

　　大約在通婚之後，客家人的容貌與習俗變得與四鄰人民頗不相同，因而遭受種種歧視，激發了客家內部的義憤。客家人的祖先與江西人的祖先都來自中原，只因通婚而受不平待遇，心中不免感到委屈、憤懣。為了讓四鄰知道他們原係漢家子孫，客家人勤修族譜，門楣出示堂號以中原郡望自矜，告誡子孫「寧賣祖宗田，不賣祖宗言」。

　　「客家」兩字一般總依正史解釋為稅制中主戶，客戶的「客」。但我認為應從少數民族的用法去解釋。華南地區少數民族生活的天地有個習慣把新來的漢人叫做「客家」。例如湘西土家族自稱「畢茲卡」（本地人），稱漢族為「客家」。（嚴學宭，1993：42）廣東廉江縣1932年的《重修石城縣志》卷二《輿地志・語言》說：「縣之語言有三種：一曰客話，多與廣州城相類。……二曰哎話，與嘉應州相類。三曰黎話，……與雷州話相類。」其中哎話是客家話，客話指粵語。這兩例說明「客」是對漢移民的泛稱。現今所謂「客家人」、「客家話」原為畬族人民對進入其生活天地的漢人、漢話的稱呼。「客家」的名稱黏附在閩粵贛一帶的新興民系完全是因為這是漢畬兩族大量且集中通婚的結果。如此說來，「客家」就是漢人，「客家話」就是漢話。四鄰人民不認同他們主要是因為客家人融有畬族血統，並不因為他們不說漢話。

　　就語言質素來說，「次濁上聲歸陰平」是客家方言的共同特點。這個特點各方言轄字多寡不一。除了這個特點，客家話和贛語相當近似。然而在江西境內相鄰的客贛人民之間彼此並不相互認同。這個「族群」差異才是區別客家話與贛語的主要根據。瞭解到客家人的血統含有畬族因素，就不會感到奇怪何以客家話以族群意識分。客家話和閩南話的關係也很密切，這是因為構成閩南話的因素當中有一部分和客家話的源頭（中原西部方言）相同。雖然地域毗連也可能拉近彼此的距離，但是深一層的關係應是共同有個北方淵源之故。

　　以上是現代漢語十大方言的大略。其中有的方言特色比較鮮明，有的方言不然。因此，我們必須鄭重指出：漢語方言分區並不完全等同於漢語方言分類。分區是以地理爲第一要義，分類是以語言質素爲第一要義。土地是靜止的，人口是流動的，只有眞切瞭解這動、靜關係，我們才能不爲分區觀念所框限，從區際之間的異同探討漢語方言的形成與發展。

第三章　漢語方言的區際聯繫

　　現代漢語方言分區是地理類型的概念而不純粹是語言分類的概念。如果拿生物學上的種、屬概念來看漢語方言分區，勢必鑿枘難通，也無必要。漢語方言分區是歷史地理、人文地理甚於自然地理、行政地理。漢語方言區的成立是以一個定點為中心逐漸擴大比較範圍而來，而不是沒有定點地直接進行全面的漢語方言調查再做歸納。這個定點一般是歷史名城或現代的通都大埠，例如蘇州、長沙、南昌、福州、廣州、太原、北京。這些定點不只影響四鄰人民的經濟生活，同時也是四鄰人民文教的傳習中心。中心點方言對四鄰的方言來說，好比是一個磁場的核心，也好像是一個「震央」，抓住中心方言的特色，四鄰方言就容易綱舉目張，一網成擒。由於這個緣故，現代漢語方言分區主要是看相鄰方言的異同，而不計較隔區方言的異同。但是為了分區的目的去同求異，卻不免割捨歷史聯繫。對方言史的研究來說，方言分區工作中所揀選出來的同異各具價值，不宜偏廢。假使我們搭乘直升機對漢語方言森林做一次鳥瞰式的巡行，很快就可以發現：不同的方言區含有不少共通質素以及隨地理而異的一些傾向。

一、聲、韻、調的鳥瞰

　　首先，我們就聲、韻、調做一番考察。聲調數在漢語方言的分佈態勢是南方多而北方少。就東南方言來說，沿海多而內陸少。例如吳、閩方言有7、8個調，粵語有9個聲調，到了內陸的客、贛方言，聲調數變成5、6、7，而到湘語一般只有4、5個聲調。北方聲調數較多的地區是山西方言（包括晉語和中原官話汾河片）；五台片只有4個調，其餘地區有5、6、7個調。就官話方言來說，超過四個調的方言一般都在中原邊區、外圍或更遠的地方。例如江淮官話洪巢片有5個調，西南官話也

有不少5個調的方言，江淮官話泰如片有6個聲調。只有三個調的方言多見於北方而少見於南方。三調方言的分佈見於：

河北：行唐、井陘、欒縣、欒南、定縣、滄州、滄縣、青縣、黃驊、鹽山、海興、孟村、泊頭、慶雲。

山東：博山、博興、無棣、萊蕪、嶗山、即墨、海陽、萊西、威海、煙台、福山、棲霞、掖縣、平度。

山西：新絳、絳縣、垣曲、稷山、侯馬、曲沃。

甘肅：天水市、天水、清水、秦安、張家川、定西、會寧、通渭、臨夏、康樂、永靖、廣河、和政、渭源、臨洮、靜寧、莊浪、永登、皋蘭。

寧夏：海原、西吉。

青海：民和、樂都、循化、同仁、大通。

遼寧：長海、新金、莊河、安東。

河南：澠池、洛寧。

黑龍江：虎林。

新疆：吉木薩爾、烏魯木齊、米泉、昭蘇、特克斯、鞏留、伊寧、霍城、察布查爾、吐魯蕃、鄯善、拖克遜、焉耆、和靜、若羌、烏什、拜城、阿克蘇、疏附、疏勒、阿克陶、伽師、阿圖什、庫車、溫宿、巴楚、莎車、英吉沙、澤普、葉城、和田、庫爾勒、和碩、輪台、尉犁、新和、沙雅、阜康、呼圖壁、昌吉、木壘、奇台、青河、烏蘇、巴里坤、博樂、精河、哈密、伊吾、沙灣、阿勒泰、額敏。

在南方，三調方言目前所知只有江西的寧岡和井岡山兩處，有趣的是，江西有少至三個調的方言，也有多至10個調的方言（都昌和新建望城）。廣西南寧心圩平話和江蘇吳江方言的11個調大約是漢語方言聲調數的極致。

聲母數的大小首先可就有無濁音，其次可就有無舌尖後音（捲舌

音）來看。有濁音系列的方言，聲母數一般也比較大。這一類方言分佈在長江中下游。吳語方言一般都有30個左右的聲母，例如常熟具有如下33個聲母：

p p‘ b m f v，t t‘ d n l，ts ts‘ dz s z，tʂ tʂ‘ dʐ ʂ ʐ，
tɕ tɕ‘ dʑ ȵ ɕ，k k‘ g ŋ x，h ʔ

湘語有濁音的方言一般聲母數都在23以上：漵浦（23），沅陵（24）、武岡、祁陽、永順、保靖、永綏、古丈（25）、新寧、邵陽、零陵、麻陽、乾城、辰溪（26）、城步、湘鄉、東安（27）、瀘溪（31）。沒有濁音的湘方言一般聲母數都在23以下。

以吳、湘方言爲界，一般說來，北方方言的聲母數都大於南方方言。北方聲母數大的方言主要見於山東、山西，例如山東高密、昌邑、安丘、昌樂（29），山西萬榮、新絳（28），山東臨朐、平度和山西永濟、吉縣（27），山東濰坊、坊子、青州和山西介休（26）。底下舉新絳方言爲例：（朱耀龍，1990）

p p‘ m pf pf‘ f v，t t‘ n l，ts ts‘ s z
tʂ tʂ‘ ʂ ʐ，tɕ tɕ‘ ȵ ɕ，k k‘ ŋ x，ø

其中唇齒塞擦音和舌尖後音都是南方方言比較少見的聲母。山東即墨方言（趙日新等，1991）也有28個聲母：p p‘ m f，t t‘ n l，tθ tθ‘ θ，ts ts‘ s，tʃ tʃ‘ ʃ，tʂ tʂ‘ʂ ʐ，tɕ tɕ‘ ɕ，k k‘ x，ø。其中塞擦音系列分爲五組（tθ系，ts系，tʃ系，tʂ系，tɕ系）在漢語方言當中相當突出。華北聲母數較少的方言見於河南商城、潢川，都只有15個。

南方方言（包括西南官話）一般聲母數都在23以下，只有個別例外，如雲南省邱北有27個聲母。南方方言當中聲母數最少的是閩語。閩方言地方韻書如《建州八音》、《戚林八音》、《彙音妙悟》、《雅俗通十五音》、《渡江書十五音》等都只有15個聲母：p p‘ m～b t t‘ n～l，ts ts‘ s z，k k‘ ŋ～g h，ø。有的方言（如廈門）更只有14個聲母，這是所有漢語方言當中聲母最少的方言。

韻母數的大小有兩個指標。一般說來，a:o 對比韻系整齊，整個韻母數較大；韻尾（-m，-n，-ŋ，-p，-t，-k）保存越完整，韻母數也越大。就單一方言來說，廣東潮陽閩南方言的90個韻母和雲南賓川方言的22個韻母是漢語方言韻母系統的兩極。潮陽的韻母系統如下：（張盛裕，1981）

i	e	a	o	u		iʔ	eʔ	aʔ	oʔ	uʔ
ia	io	iu	iau			iaʔ	ioʔ	iuʔ	iauʔ	
ua	ue	ui	uai			uaʔ	ueʔ			
ai	au	oi	ou			auʔ	oiʔ			
ĩ	ẽ	ã	õ	ũ		ĩʔ	ẽʔ	ãʔ	õʔ	
iã	iõ	iũ	iaĩ			iãʔ	iũʔ	iaũʔ		
uã	uẽ	uĩ	uaĩ			uẽʔ				
aĩ	aũ	oĩ	oũ	m̩	ŋ̍	aĩʔ	aũʔ	oĩʔ	m̩ʔ	ŋ̍ʔ
im	am	om	iam	uam		ip	ap	op	iap	uap
iŋ	eŋ	aŋ	oŋ	iaŋ	ioŋ	ik	ek	ak	ok	iak	iok
uŋ	ueŋ	uaŋ				uk	uek	uak		

賓川方言的韻母系統是：（楊時逢，1969）

ï i ɯ u a o e ə
ia io ie ua ue uə yi ye
a iao ĩ õ oũ ioũ

這一大一小之間相差達四倍以上。閩語區內韻母系統差異懸殊，一般的趨勢是由南望北遞減：潮陽90、泉州87、汕頭84，到了閩北松溪方言只有28個韻母。有趣的是，漢語方言當中，聲母數最小，韻母數最大的都見於閩南方言。

客贛方言韻母數緊隨閩南方言。例如梅縣有75個，江西安義方言有69個韻母。底下舉安義爲例。（高福生，1988）

i ɛ a ɔ，ia iɛ ai ɜi iu iau，ua cu ɜu ui uai，
ai au，m̩i m̩ m̩ ŋ̍，im ɛm am ɔm əm iɛm，in ɛn
uɜ ŋc ɣɜ ɣi，ncu，iŋ ɛŋ aŋ ɔŋ əŋ
an ɔn ən iɛn un uɛn uan uɔn，iŋ ɛŋ aŋ ɔŋ əŋ
ɡɛ ŋc ɣɜ ɣi，ncu，iɜi ɛɜi uɜi nc

iaŋ ieŋ ioŋ uaŋ uoŋ，it ɛ at ɔt ət iɛt ut uɛt uat
ʔɔu，iʔ ɛʔ aʔ ɔʔ əʔ，iɛʔ iaʔ iɔʔ iuʔ，uʔ uɛʔ uaʔ uɔʔ

北方方言一般沒有整齊的 a:o 對比韻系，輔音韻尾也大量弱化、消失，韻母數一般都在50以下。這是就「基本韻母」說，兒化韻不計在內。閩南方言韻母數大和文白異讀系統的疊合有關，如果文白系統分計，結果將大大不同。這樣說來，具有嚴整 a:o 對比韻系和輔音韻尾的客、贛方言韻母在漢語方言韻母系統中最為龐大。

總起來說，漢語方言的聲、韻、調可以概括如下：

聲調：南方多，北方少。南方則沿海多，內陸少；北方則山西多，中原邊區及外圍次之。多的有11調見於南方，少的有3調見於北方。

聲母：南方少，北方多。最多的見於長江中下游。最少的見於閩南方言。

韻母：南方多，北方少。最多的見於閩南方言，其次是客贛方言，最少的是雲南賓川。

二、漢語方言區際聯繫

我們鳥瞰漢語方言森林，所得到的總體印象是：相鄰的方言比較近似，距離遠的方言差異比較大。好比地球表面的植物落群一樣，在一定的緯度以北遍佈針葉林，一定的緯度以南只見灌木。但這只是表面或平面現象。事實上地表非盡平面，崇山峻嶺起起伏伏，所以觀看植被還有海拔因素。這個比喻也許未盡恰當，不過的確在相距遙遠的地方，也不難發現方言的共同點。

北京的舌尖後音聲母[ʂ]在山東平邑和新疆吉木薩爾唸唇齒音[f-]：（錢曾怡，1991序《吉木薩爾方言志》）

例字	樹	衰	栓	雙
山東平邑	fu⊃	₌fɜ	₌fã	₌fã
吉木薩爾	fu⊃	₌fai	₌fan	₌faŋ

宕攝舒聲字山西文水讀[ʊ，iʊ]相當於廈門方言的[-ŋ̩，iũ]：（胡雙寶，1984）

例字	當	湯	床	醬	搶	箱
文水	₌tʊ	₌tʻʊ	₌tsʻʊ	tɕiʊ⊃	⁼tɕʻiʊ	₌ɕiʊ
廈門	₌tŋ̩	₌tʻŋ̩	₌tsʻŋ̩	tsiũ⊃	⁼tsʻiũ	₌siũ

「戀」字北京讀力卷切lian去聲，但有不少方言讀陽平，例如太原₌luæ̃，洛陽₌luã。這類韻書失收的讀法見於：

山西：汾西、新絳、天鎮、武鄉、文水、沁縣、清徐、萬榮、吉縣、
　　　晉城、懷仁、祁縣、介休、和順、臨縣、臨汾、大同、長治、忻
　　　州、陽曲、運城、太原、中陽。

甘肅：蘭州、敦煌。

陝西：延川。

河南：洛陽、開封、鄭州、淮陽、安陽。

山東：利津、平度、臨清。

安徽：太平（仙源）。

江蘇：嘉定。

《普通話閩南方言詞典》注有去聲（luân）、平聲（luán）兩音。平聲一讀被視爲「俗」讀，其實和上列方言一致。

「褪」字《現代漢語詞典》收有tui，tun兩音。前音行而後音廢，事實上漢語方言唸同廈門音「吐困切」*thun的情況不少。例如：

山西：婁煩、洪洞、襄垣、晉城、清徐、新絳、沁縣、山陰。

山東：煙台、安丘、博山、利津、牟平、即墨、德州、平度。

河南：洛陽、鄭州。

江蘇：漣水、呂四、泰州、贛榆、海州、揚州。

安徽：岳西。

湖南：臨武、婁底。

浙江：平陽、鄞縣、寧波、蒼南。

雲南：永勝、建水、永善。

福建：福清、建甌、崇安、政和、將樂、廈門、泉州、漳州。

河北：昌黎。

甘肅：敦煌。

青海：西寧。

新疆：吉木薩爾。

　　「牛」字在漢語方言如有洪細兩讀，洪音一般爲白讀，細音爲文讀。洪音讀法分佈很廣，河南普遍讀爲ꜜɣou（張啓煥等，1993）底下列方言實例。

江蘇：南通ꜜŋe，泰興ꜜŋei，如皋ꜜŋei，興化ꜜɣɯ，泰州ꜜɯ，鹽城ꜜɣɯ。

河南：獲嘉ou31，遂平ou42，洛陽əu31，靈寶ŋou35。

山西：吉縣ŋou13，萬榮ŋəu24，運城ŋou13，晉城ʌɣ113，陽城ɣʊɐ13，聞喜ŋəu213，陵川ɣʊɐ53，芮城ŋou13，平陸ŋəu113，河津ŋəu214，夏縣ŋou31，垣曲ŋəu212。

湖南：江永ŋou42。

山東：臨清ŋəu53。

浙江：舟山ŋai22。

江西：黎川ŋɛu35。

　　「飛、肥、匪、費、肺、痱」等字北京讀唇齒音[f-]，在下列方言白讀舌面擦音[ɕ-]，文讀唇齒音[f-]。例如：

	白讀				文讀			
	飛	肥	費	肺	飛	肥	費	肺
山西萬榮	ɕi51	ɕi24	ɕi33	—	fei51	fei24	fei33	—
山西臨猗	ɕi31	ɕi24	ɕi44	—	fei31	fei24	fei44	—
山西永濟	ɕi21	—	ɕi33	—	fei21	fei24	fei33	—
山西吉縣	ɕi423	ɕi13	ɕi33	—	fei423	fei13	fei33	—
山西新絳	ɕi53	ɕi325	ɕi31	—	fei53	fei325	fei31	—
山西清徐	—	ɕi11	ɕi35	ɕi35	fi11	fi11	fi35	fi35
山西汾西	—	ʑ̩35	ʑ̩35	ʑ̩11（痹）	fei1	fei35	fei55	fei55
山西介休	—	ɕi13	ɕi45	—	—	xuei13	xuei45	
山西運城	ɕi31	ɕi13	ɕi33	—	fei31	fei13	fei33	
山西中陽	—	ɕi44			xuei24	xuei44	xuei53	xuei53
山東梁山	꜀ɕy							
山東肥城	꜀ɕy	꜁ɕy	—	꜄ɕy	—	—	—	—
江蘇呂四	ɕy44							
浙江淳安	꜀ɕy	꜁ɕy	꜂ɕy（匪）	꜄ɕy（痹）	꜀fi	꜁fi	꜂fi（匪）	꜄ɕy（痹）

其中山西十個點分屬晉語中區（清徐、介休），西區（汾西、中陽）和中原官話汾河片（萬榮、臨猗、永濟、吉縣、新絳、運城）。換句話說，就是在山西境內，上列現象已屬跨區而存在的現象。遠在江浙的方言分屬吳語（呂四）和徽語（淳安）更不必說了。

　　咸山兩攝三四等在江淮官話、吳語、湘語、閩南話之間也有某種相似性。例如：（北京大學，1989）

	邊	扁	添	天	年	連	箭	鉗
合肥	꜀piĩ	꜂piĩ	꜀tʻiĩ	꜀tʻiĩ	꜁liĩ	꜁liĩ	tiɐ꜄	꜁tsʻiĩ
蘇州	꜀piɪ	꜂piɪ	꜀tʻiɪ	꜀tʻiɪ	꜁ȵiɪ	꜁liɪ	tɕiɪ꜄	꜁dziɪ
溫州	꜀pi	꜂pi	꜀tʻi	꜀tʻi	꜁ȵi	꜁li	tɕi꜄	꜁dzi
雙峰	꜀pĩ	꜂pĩ	꜀tʻĩ	꜀tʻĩ	꜁ȵiĩ	꜁lĩ	tsĩ꜄	꜁gĩ
廈門	꜀pĩ	꜂pĩ	꜀tʻĩ	꜀tʻĩ	꜁nĩ	꜁nĩ	tsĩ꜄	꜁kʻĩ

　　類似的區際聯繫還可以繼續延伸下去。這種跨區存在的客觀現象表明：漢語方言之間事實上難以劃出截然的分界線，你中有我，我中有你。這樣的比較表雖然不免模糊漢語方言分區，但是對方言史研究來說卻彌足珍貴。就大類傾向而言，我認為漢語方言之大分在南北有別，南方有近江、遠江之別，北方有中原與環中原之別。

三、南方方言與北方方言

　　南北方言大體以長江中下游一段為界。梗攝三四等的主要元音南方較低，北方較高。底下是南方方言的例子。

1. 安徽績溪（趙元任、楊時逢，1965）

　　明mæ̃42，丁tæ̃31，請tsʻæ̃55，醒sæ̃55，平pʻiæ̃42，病pʻiæ̃24，名miæ̃42，命miæ̃24，鏡tɕiæ̃324，贏iæ̃42，聽tʻiæ̃31，定tʻiæ̃24

2. 安徽休寧（平田昌司，1982）

　　兵pa33，並pal3，平pʻa55，命ma33，定tʻa33，聽tʻa55，領la13，令la33，靈la55，請tsʻa31，星sa33，醒sa31

3. 上海市（許寶華等，1988）

　　隻tsAʔ5，炙tsAʔ5，尺tsʻAʔ5，赤tsʻAʔ5，斥tsʻAʔ5，石zAʔ12

4. 浙江平陽（陳承融，1979）

　　京tɕiaŋ44，驚tɕiaŋ44，頸tɕiaŋ54，鏡tɕiaŋ32，輕tɕʻiaŋ44，慶tɕʻiaŋ32，勁tɕiaŋ22，迎n̻iaŋ21，英ʔiaŋ44，影ʔiaŋ54，嬰ʔiaŋ44，贏iaŋ21

5. 福建福州（王天昌，1969）

　　餅piaŋ33，名miaŋ51，命miaŋ353，定tiaŋ353，聽tʻiaŋ55，領liaŋ33，驚kiaŋ55，鏡kiaŋ113，迎ŋiaŋ51，青tsʻiaŋ55，聲siaŋ55，贏iaŋ51

6. 福建廈門（廈門大學，1982）

　　餅piã51，名miã24，命miã33，定tiã33，聽tʻiã55，領niã51，驚kiã

55，鏡kiã11，迎ŋiã24，壁piaʔ32，錫siaʔ32，隻tsiaʔ32

7. 江西南昌（熊正輝，1989）

餅piaŋ213，平pʻiaŋ24，名miaŋ24，聽tʻiaŋ42，定tʻiaŋ11，領liaŋ 213，井tɕiaŋ213，青tɕʻiaŋ42，姓ɕiaŋ35，壁piaʔ5，滴tiaʔ5，錫ɕiaʔ5

8. 廣東梅縣（北京大學，1989）

餅piaŋ31，病pʻiaŋ52，命miaŋ52，聽tʻaŋ44，領liaŋ44，驚kiaŋ44，鏡kiaŋ52，青tsʻiaŋ44，醒siaŋ31，壁piak1，錫siak1，隻tsak1

9. 湖南衡陽（李永明，1986）

平pian11，名mian11，鼎tian33，嶺lian33，井tsian33，醒sian33，影ian33，聽tʻian24，病pian213，壁pia22，尺tɕʻia22，劈pʻia22

10. 湖南婁底（李濟源等，1987）

平biõ13，病biõ11，命miõ11，聽tʻiõ35，定diõ11，贏niõ13，井tsiõ 42，青tsʻiõ44，醒siõ42，壁piɔ13，劈pʻiɔ13，脊tsiɔ13

　　北方方言梗攝三四等的元音一般都比較高，較低的元音見於山西西南角的中原官話汾河片。

1. 山西臨汾（潘家懿，1988）

平pʻiɛ13，病pʻiɛ55，明miɛ13，聽tʻiɛ21，影niɛ55，零liɛ13，領liɛ 51，驚 tɕiɛ21，鏡tɕiɛ55，輕tɕʻiɛ21，星ɕiɛ21，醒ɕiɛ51

2. 山西永濟（吳建生等，1990）

平pʻiɛ24，病pʻiɛ33，名miɛ24，釘tiɛ33，聽tʻiɛ21，嶺liɛ42，井tɕ iɛ42，驚tɕiɛ21，青tɕʻiɛ21，迎ȵiɛ24，醒ɕiɛ42，星ɕiɛ21

3. 山西運城（呂枕甲，1991）

平pʻiɛ13，病pʻiɛ33，名miɛ13，釘tiɛ21，聽tʻiɛ21，定tʻiɛ33，零 liɛ13，驚tɕiɛ21，井tɕiɛ53，青tɕʻiɛ21，贏iɛ13，星ɕiɛ21

4. 山西吉縣（蔡權，1990）

平pʻiɛ13，病pʻiɛ33，名miɛ13，聽tʻiɛ423，迎niɛ13，影niɛ53，零 liɛ13，井tɕiɛ53，青tɕʻiɛ423，醒ɕiɛ53，贏iɛ13，命miɛ33

5. 山西萬榮（吳建生，1984）

　　平pʻiɛ24，病pʻiɛ33，名miɛ24，釘tiɛ51，聽tʻiɛ51，零liɛ24，領
liɛ55，井tɕiɛ55，青tɕʻiɛ51，輕tɕʻiɛ51，星ɕiɛ51，赢iɛ24

6. 山西新絳（朱耀龍，1990）

　　平pʻie325，病pʻie31，名mie325，釘tie53，聽tʻie53，領lie44，井
tɕie44，青tɕʻie53，輕tɕʻie53，星ɕie53，醒ɕie44，影n̩ie33

　　總起來說，梗攝三四等的主要元音南北方言有別，南方傾向於讀低
元音-a，北方傾向於讀高元音。北方的山西方言元音雖然較低，也沒有
低到-a的程度。

　　粵語在南方話中表現較爲特殊，梗攝三四等字有低、中元音兩種讀
法。例如：（詹伯慧、張日昇，1987）

　鄭：番禺tsiaŋ22，花縣tsiaŋ21，三水tsiaŋ22，中山tsiaŋ33，珠海tsiaŋ
　　　33，斗門tsiaŋ21，江門tsiaŋ31，新會tsiaŋ31，台山tsiaŋ31，開平
　　　tsiaŋ31，恩平tsiaŋ31，寶安tsiaŋ32，廣州tsɛŋ22，香港tsɛŋ22，
　　　澳門tsɛŋ22，從化tsɛŋ21，增城tsɛŋ22，佛山tsɛŋ42，南海tsɛŋ
　　　22，順德tsɛŋ21，鶴山tseŋ32，高明tsɿ̞ə21。

　石：番禺siak22，花縣siak22，三水siak22，中山siak33，珠海
　　　siak33，斗門siak21，江門siak11，新會siak21，台山siak11，開
　　　平siak21，恩平siak21，寶安siaʔ22，廣州sɛk22，香港sɛk22，澳
　　　門sɛk22，從化sɛK22，增城sɛk22，佛山sɛk22，南海sɛk22，順德
　　　sɛk21，鶴山sik32，高明siɛk22

　這兩個例字大體反映了粵語的一般情況。其中元音ɛ，e雖然較高，但也
沒有高到北京的-i元音的田地。

　　以上所舉例證有幾個相關問題，乘便說明如下。

　　首先是例字取梗攝三四等而不取二等。這是因爲梗攝二等在南北方
言都有較低的元音一讀，顯示不出南北分野。例如上舉山西方言的梗攝
二等字多具-a元音，與南方方言如出一轍。

　　其次是舒促平行與否。一般說來，南方方言梗攝三四等舒促平行發展，舒聲為-iaŋ則促聲為iak。但是北部吳語不然，促聲有-iAʔ，舒聲獨不見-iÃ。這是上海、嘉興等方言所呈現的情況。

　　第三是元音前後的問題。一般說來，南方方言梗攝三四等字都唸前元音-a，但湖南婁底、雙峰等方言轉唸為後元音-o，-ɔ。這種元音變化是長江中下游兩岸常見的現象，不只梗攝字如此，假攝字亦復如此。

　　南方方言除了梗攝三四等字具有較低的元音這一共性之外，還有一些分佈廣狹不一的共同傾向。例如「匣」母歸零，「日」母讀鼻音，「鳥」字讀都了切……等。

1. 「匣」母歸零見於：

　　浙江平陽：河何荷禾和湖糊狐葫壺鬍胡u21，戶禍u35，護互和賀u22，惠慧y35，形刑型iaŋ21，回vai21，匯會繪vai22，混渾vaŋ22。

　　湖南桃江：下a11，華ua13，滑ua55，話ua11，荷o11，鞋ɛ13，禾u13，回uei13，寒an13，莧an11，還uan13，巷ɔŋ11。

　　安徽休寧：鏤o35，話uɔ̆33，活uɔ̆35，縣yɛ̆33。

　　江西南昌：話ua11，禾uo35，湖u35，還uan35，橫uaŋ35，黃uaŋ35，滑uat22，鬍u35，懷uai35。

　　廣東梅縣：話va52，滑vat5，還van11，橫vaŋ11，換vɔn52，黃vɔŋ11，禾vɔ11，會vɔi52。

　　福建廈門：下e33，話ue33，鞋ue24，湖ɔ24，畫uiʔ4，活uaʔ4，閑iŋ24，紅aŋ24，頷am24，盒aʔ4，學oʔ4，河o24，後au33。

　　廣西南寧心圩平話：化ua55，糊o31，黃uŋ31，候au31，鞋a:i31，現in11，下ia11，行eŋ31，壞ua:i11，鹹a:m31。

　　廣東廣州：華wa21，滑uat2，話ua22，活wut2，或wak2，懷wai21，會wui22，環uan21，換wun22，黃wɔŋ21。

其中梅縣的v-可以視為-u-介音的變體。從上列「匣」母歸零的例字可以看出多數是合口字，有些方言兼有開口字。

2.「日」母讀鼻音見於：

　　上海市：二ȵi23，饒ȵiɔ23，軟ȵyø23，讓ȵiã23，人ȵin23，認ȵin23，茸ȵioŋ23，肉ȵioʔ12，日ȵiɪʔ12，熱ȵiɪʔ12。

　　浙江桐廬：染ȵiɛ55，饒ȵiɔ13，讓ȵiaŋ24，人ȵiŋ12，忍ȵiŋ55，箬ȵiʌʔ12，日ȵiəʔ12，熱ȵiəʔ12，肉ȵyəʔ12，褥ȵyəʔ12。

　　安徽銅陵：熱ȵiæ13，惹ȵiɒ51，肉ȵio13，軟ȵiĩ51，饒ȵiau11，讓ȵiã35，褥ȵio13，壤ȵiã51，繞ȵiau35，攘ȵiã51。

　　江西南昌：軟ȵyon213，染ȵiɛn213，忍ȵin2l3，人ȵin35，讓ȵioŋ11，日ȵit5，箬ȵiɔʔ5，弱ȵiɔʔ5，肉ȵiuʔ5。

　　湖南桃江：惹ȵia53，弱ȵio55，燃ȵie13，熱ȵie55，人ȵin13，軟ȵye53，肉ȵiəu55，日ȵi55，認ȵin11，讓ȵioŋ11。

　　福建福州：二nɛi353，耳ŋiɜi353，惹nia33，認nɛiŋ353，日nik35，軟nuoŋ33，肉nyk35，繞nau33，染nieŋ33，箬nyok35。

　　廣東梅縣：惹ȵia44，熱ȵiat5，認ȵin52，日ȵit1，箬ȵiok1，肉ȵiuk1，軟ȵion44，二ȵi52，耳ȵi31，弱ȵiok5。

　　廣西南寧心圩平話：人ȵian31，日ȵiat24，熱ȵit24。

3.「鳥」字讀端母（*t-）在南方方言的分佈很廣。例如浙江的嘉興、平湖、嘉善、海鹽、桐鄉、海寧、湖州、長興、安吉、孝豐、德清、餘杭、臨安、昌化、富陽、桐廬、分水、紹興、上虞、諸暨、肖山、嵊縣、新昌、餘姚、寧波、鎮海、奉化、象山、定海、寧海、臨海、天台、仙居、黃岩、溫嶺、樂清、永嘉、溫州、瑞安、平陽、文成、金華、蘭溪、湯溪、永康、武義、東陽、義烏、浦江、麗水、縉雲、松陽、遂昌、宣平、龍泉、慶元、青田、泰順、衢州、龍游、開化、常山、江山、建德、壽昌。就吳語區來說，江蘇的蘇州、無錫、常熟、上海、嘉定、松江和江西的玉山、廣豐、上饒也有同類現象。客贛方言區包括梅縣、翁源、連南、清溪、揭西、詔安、秀篆、武平、長汀、寧化、寧都、三都、贛縣、大余、西河、陸川、永新、吉水、醴陵、

新余、修水、余干、弋陽、南城、建寧、宜春、宜豐、撫州、南成、景德、鉛山、峽江、泉口、安義、都昌、永定。湘語區包括長沙、安鄉、衡陽、臨武土話、耒陽、婁底、瀏陽南鄉、嘉禾、桃江、邵陽、常德、攸縣。徽語區包括銅陵等地。舉四個方言實例：蘇州tiæ53，銅陵tiau51，梅縣tiau44，長沙tiau41。

此外，「松」字讀「詳容切」和「蝦」字讀匣母也都是南方比較常見而北方比較罕見的現象，由於篇幅所限，不再多舉。上列現象在南方方言的分佈廣狹不一。有的現象也不只見於南方方言。底下做一個綜合說明。

(1) 匣母歸零也見於江淮官話地區（如泰州）。泰州這一帶地方原為吳語世界，只是在後來北方移民的衝擊下才轉為官話區。就其方言性質而言，這一帶的官話介於吳語和中原官話之間。南方方言「匣」母的另一常見現象是塞音讀法（李榮，1965），這裏不再多所介紹。

(2) 日母的讀法南北有別。一般的傾向是，南方讀鼻音，北方讀口音（擦音或零聲母）。長沙的鼻音一讀已少見，多為口音所取代，從這裏不難推知長沙的北方化程度遠較湖南中、南部為深。閩南地區，日母一些字由於氣流換道由鼻音轉讀為喉擦音（如「燃」$_c$hiã），但仍有不少字讀鼻音，例如「染」^{c}nĩ。（張光宇，1989）

(3) 鳥字讀「都了切」比較多見於南方，比較少見於北方。北方例見山西陵川（tiao213），甘肅敦煌（tiɔ53），新疆吉木薩爾（tiɔ51）。福建地區一般讀為精母（如廈門^{c}tsiau），不像是「鳥」字，可能是由「雀」字（即略切）來的。粵語方言多屬北方一派讀法。杭州在浙江省內最為突出，只有鼻音一讀。

四、近江方言與遠江方言

長沙日母讀口音，杭州鳥字讀鼻音。這兩種現象和上海梗攝三四等

舒聲字只有-in韻一讀是平行的，反映北方勢力在沿江一帶大於其他南方地區。表現這種傾向的例子還有見系二等的文白異讀。以蘇州和長沙爲例。

蘇州	家	蝦	交	教	間	減	江	角	降
文讀	tɕia55	ɕia55	tɕiæ55	tɕiæ55	tɕiɪ55	tɕiɪ51	tɕiã55	tɕioʔ55	tɕiã51
白讀	ka55	ho55	kæ55	kæ513	kɛ55	kɛ51	kã55	koʔ5	kã51

長沙	家	下	蝦	架	嫁	交	膠	甲	夾
文讀	tɕia33	ɕia21	ɕia33	tɕia55	tɕia55	tɕiau33	tɕiau33	tɕia24	tɕia24
白讀	ka33	xa21	xa33	ka55	ka55	kau33	kau33	ka24	ka24

　　吳語區中，這種文讀現象只達到北部，南部吳語大體未受波及。例如「家」字在下列方言只有白讀而無文讀：

　　臨海ₑko，天台ₑko，樂清ₑko，永嘉ₑkuo，溫州ₑko，瑞安ₑko，平陽ₑko，文成ₑko，永康ₑkuʌ，武義ₑkua，麗水ₑkuo，縉雲ₑkɷ，宣平ₑko，雲和ₑko，景寧ₑko，青田ₑkɷ，松陽ₑkuʌ，龍泉ₑkɔ，慶元ₑko，泰順ₑkɔ。

　　湘語區中，長沙上列文白讀現象分佈很廣，看不出有什麼新湘、老湘之別。衡陽、瀏陽、湘潭如此，婁底、雙峰、洞口、邵陽也莫不如此。洞口黃橋的文讀從舌面音轉爲舌尖後音，是湘語中比較特殊的。

　　贛語見曉組聲母在二等韻仍多讀舌根音，與客家話大體相當。可是在三四等韻字，贛語傾向於讀舌面音，客家話仍爲舌根音：

例字	茄	協	吉	叫	肩	捐	斤	鏡	興	窮
南昌	₌tɕʻia	ɕiɛt₌	tɕit₌	tɕiau⁼	₌tɕiɛn	₌tɕyon	₌tɕin	tɕiaŋ⁼	₌ɲiŋ	₌tɕʻiuŋ
梅縣	₌kʻio	hiap₌	kit₌	kiau⁼	₌kian	₌kian	₌kin	kiaŋ⁼	₌hin	₌kʻiuŋ

　　總起來說，見曉組在近江方言多有舌面音一讀、在遠江方言多仍讀

爲舌根音。近江方言包括北部吳語、徽語、湘語、贛語，遠江方言包括南部吳語、閩語、粵語、客家話。近江方言所受北方話影響遠較遠江方言爲深。平行的例子還有：

（1）古塞音尾在客家話、粵語和閩南話保存較完整，越往北走，弱化的情況越嚴重。

（2）古輕唇音聲母在閩客方言仍有不少讀雙唇音，非敷奉微各有其例。近江方言以微母、奉母讀雙唇音的比較常見。長江以北，則以敷母「蜂」字（見於「馬蜂」一詞）讀雙唇音爲較常見。

見曉組是否讀舌面音雖可用來區別南方話的近江與遠江方言。但近江方言見曉組二等字讀舌面音的現象也廣見於華北，那是以中原爲核心所擴散出來的「環中原」現象。我認爲聯繫近江方言的主要是以下諸韻類的共同傾向。

1. 大約從長江口的崇明島開始沿江上溯一直到湖南中部，沿江兩岸的方言都有或多或少「魚」韻讀-e的現象。

吳語　崇明島：魚ɦŋei24，居kei55，鋸kei33，裾kei55。常熟：魚ŋ
　　　E33，去kʻE324，鋸kE324。宜興：去kʻɛ412，鋸kɛ412。溫嶺：
　　　去kʻie55。上海：鋸ke35。桐廬：鋸ke53。蘇州：鋸kE44。青
　　　田：魚ŋe21。

徽語　績溪：渠ke42，去kʻe535。黟縣：徐tʃʻyei44，去tʃʻyɛi213，魚
　　　ȵyɛi44，鋸tʃyɛi213，銅陵：渠ɣe11。

湘語　鋸：婁底ke35，邵陽kɛ35，衡陽kai24，耒陽kai213，安鄉
　　　ke213，攸縣ke11，常德kei35，瀏陽kie11。
　　　去：瀏陽kʻie11，邵陽kʻɛ24～tɕʻiɛ24，攸縣kʻe11，常德kʻe35。

贛語	鋸	去	魚	渠	弆	許
南昌	kie35	tɕʻie213	ȵie35	tɕʻie24	kie213	he213
南城	kiɛ3	kʻiɛ3	ŋiɛ35	kiɛ51	—	hɛ51

| 安義 | kiɛ55 | tɕʻiɛ214 | n̠iɛ21 | — | kie214 | — |
| 余干 | kɛ53 | tɕʻiɛ53 | n̠iɛ25 | tɕʻiɛ25 | — | — |

2. 蟹攝二等（*-ai）讀爲-a韻。

江蘇蘇州：拜pɒ412，牌bɒ24，買mɒ52，柴zɒ24，派pʻɒ412，街kɒ44，界kɒ412，楷kʻɒ52，鞋ɦɒ24，蟹hɒ31。

浙江桐廬：拜pa53，牌ba13，買ma55，柴za13，派pʻa53，街ka43，界ka53，楷kʻa55，鞋ɦa13，蟹ha55。

安徽績溪：牌pʻa42，敗pʻa24，買ma55，賣ma24，解ka55，介ka324，界ka324，鞋ha42，蟹ha44。

安徽黟縣：拜pɑ213，牌pɑ44，買mɑ53，柴ʃɑ44，解kɑ53，街kɑ21，界kɑ213，楷kʻɑ53，鞋xɑ44，蟹xɑ53。

湖南雙峰：拜pa35，牌ba23，買ma21，賣ma35，柴dzai23，楷kʻa21，街ka55，界ka35，鞋ɣa23，蟹xa21。

湖南婁底：拜pa35，牌ba13，買ma42，賣ma42，柴dza13，街ka44，界ka35，楷kʻa42，鞋ɣa13，蟹ɣa11。

3. 假攝開口二三等（*-a，*-ia）字傾向於讀後元音-o。

江蘇蘇州：把pɒ52，爬bɒ24，麻mɒ24，茶zɒ24，沙sɒ44，家kɒ44，假kɒ52，架kɒ412，下hɒ31，牙ŋɒ24。

浙江桐廬：把puo55，爬buo13，麻muo13，茶dzyo13，沙ɕyo42，家kuo42，假kuo55，架kuo53，下huo24，牙ŋuo13。

安徽績溪：把po55，爬pʻo42，麻mo42，茶tsʻo42，沙so31，家ko31，假ko55，架ko324，下ho24，牙ŋo42。

安徽黟縣：把poĕ53，爬pʻoĕ44，麻moĕ44，茶tʃoĕ44，沙ʃoĕ21，家koĕ21，假koĕ53，架koĕ213，下xoĕ53，牙ŋoĕ44。

湖南雙峰：把po21，爬bo23，麻mo23，茶dzo23，沙so55，家ko55，假tɕio21，架ko35，下ɣo33，牙ŋo23。

湖南婁底：把pɔ42，杷bɔ⊢13，麻mɔ⊢13，茶dzɔ13，沙sɔ44，架kɔ35，嫁kɔ35，蝦xɔ44，下ɣɔ⊢11，牙ŋɔ13。

上列方言元音變化的共同傾向只是近江方言共性的一些樣品。事實上。相關的韻類變化還包括歌戈、模、侯等韻。（張光宇，1994）

韻類	蟹	假	歌戈	模	侯
江蘇蘇州	a	o	u	əuɐ	y
安徽太平	a	ɔ	o	əuɐ	y
湖南雙峰	a	o	u	əuɐ	y(→e)

我們已無多少餘裕可以充分舉例，細節參差的說明只好從略。

五、中原核心與中原外圍

華北方言的情況可以大體分爲中原核心與環中原。我們在漢語方言分區簡介裏已清楚看到幾個事實。例如：

1. 古全濁聲母清化平仄皆送氣和平仄皆不送氣的方言多見於中原邊區和外圍而少見於中原核心地帶。

2. 古入聲帶喉塞音見於晉語和江淮官話。無喉塞尾但入聲獨立成調見於西南官話和江淮官話洪巢片。

3. 與上述事實相應的是調類多寡。官話方言以四調爲常，五調以上的方言見於晉語、西南官話和江淮官話。

4. 對應於北京話舌尖後音聲母的唇齒音（pf-，pf‘-，f-）多見於中原邊區和外圍而少見於中原核心地帶。

漢語方言當中文白異讀最多的地區是閩語，其次是晉語和吳語，再其次是客、贛、粵方言，又其次是湘語和徽語。官話區中，環中原地區較多，中原核心方言較少。這種分佈態勢說明：中原核心地帶的官話是漢語方言文讀的總源頭。對華北方言來說，最明顯的例子是見曉組二

等文白異讀。環中原區的此類現象多不勝數，底下只舉山東文榮（張衛東，1984）、江蘇漣水（胡士云，1989）、湖北天門（邵則遂，1991）、甘肅蘭州（高葆泰，1985）、陝西延川（張崇，1990）、寧夏鹽池（張安生，1992）、山西臨汾（潘家懿，1988）、萬榮（吳建生，1984）、汾西（喬全生，1990）九個方言為例。

文榮	家	下	街	交	敲	間	夾	角	瞎
文讀	₌kia	xia⁼	₌kiai	₌kiau	₌k'iau	₌kian	₌kia	ꜛkia	ꜛxia
白讀	₌tsia	sia⁼	₌tsei	₌tsiau	₌ts'iau	₌tsian	₌tsia	ꜛtsia	ꜛsia

漣水	家	恰	下	閒	學	解	界	牙	崖
文讀	tɕia31	tɕ'ia²34	ɕiaŋ55	ɕiaŋ35	ɕia²34	tsɛ212	tsɛ55	ia35	ia35
白讀	ka31	k'a²34	xa55	xã35	xa²34	kɛ212	kɛ55	a35	ɛ35

天門	家	下	交	揀	甲	瞎	杏	間	鹹
文讀	₌tɕia	ɕia⁼	₌tɕiau	ꜛtɕiɛn	₌tɕia	₌ɕia	ɕin⁼	₌tɕiɛn	₌ɕiɛn
白讀	₌ka	xa⁼	₌kau	ꜛkan	₌ka	₌xa	xən⁼	₌kan	₌xan

延川	匣	蝦	下	嚇	瞎	界	芥	街	楷
文讀	ɕiA35	ɕiA35	ɕiA53	ɕiA53	ɕiA423	tɕiɛ53	tɕiɛ53	kai314	k'ai314
白讀	xA35	xA35	xA53	xA53	xA423	tɕi53	tɕi53	tɕi314	tɕ'i314

鹽池	下	街	敲	角	項	杏	衛	瞎	匣
文讀	ɕia13	tɕiɛ44	tɕ'iɔ44	tɕyə53	ɕiaŋ13	ɕiəŋ13	ɕiæ̃53	ɕia53	ɕia53
白讀	xa13	kɛ44	k'ɔ44	kə53	xaŋ13	xəŋ13	xæ̃53	xa53	xa53

臨汾	下	夏	瞎	嚇	鞋	蟹	巷	項	陷
文讀	ɕia55	ɕia55	ɕia21	ɕia55	ɕiɛ13	ɕiɛ55	ɕiaŋ55	ɕiaŋ55	ɕiɛn55
白讀	xa55	xa55	xa21	xa55	xai13	xai55	xaŋ55	xaŋ55	xan55

萬榮	家	嫁	夾	甲	膠	巧	間	繭	角
文讀	tɕia51	tɕia33	tɕia51	tɕia51	tɕiau51	tɕʻiau55	tɕiæ̃51	tɕiæ̃51	tɕio51
白讀	tʂa51	tʂa33	tʂa51	tʂa51	tʂau51	tʂʻau55	tʂæ̃51	tʂæ̃51	tʂo51

汾西	家	夾	甲	交	巧	覺	角	間	揀
文讀	tɕia11	tɕia11	tɕia11	tɕiao11	tɕʻiao33	tɕiu55	tɕiu11	tɕiã11	tɕiã33
白讀	tia11	tia11	tia11	tiao11	tʻiao33	tiu55	tiu11	tiã11	tiã33

蘭州	下	敲	解	界	皆	芥	階	戒	鹹
文讀	ɕia24	tɕʻio31	tɕie33	tɕie24	tɕie31	tɕie24	tɕie31	tɕie24	ɕiɛ̃53
白讀	xa24	kʻɔ31	kɛ33	tsɛ24	tsɛ31	tsɛ24	tsɛ31	tsɛ24	xɛ̃53

這九個方言的文白異讀分屬好幾種不同的類型，簡化表示如下：

*k-	k-	ki	tɕ	ts	tʂ	t
文榮		文		白		
漣水	白	文				
萬榮		文			白	
汾西		文				白
蘭州	白	文	白			

其中以漣水、天門、延川、鹽池、臨汾等方言的文白異讀模式最爲常見。其他幾種類型表面看起來有點紛亂，似無頭緒，其實不難理解。有些方言在引進文讀之時，其固有白讀比文讀保守；有些方言白讀比文讀演變劇烈。總起來說，漢語方言見曉組二等文白異讀的產生是在中原核心地帶的官話已經大量舌面化（ki-，tɕ-）之後。唯一的例外是閩方言。這樣說來，文讀本身有不同的擴散階段。閩南方言接收的是第一波文讀（如「家」₋ka），山東文榮和湖南瀏陽接收的是第二波文讀（如「家」₋kia），一般漢語方言接收的是第三波文讀（如「家」₋tɕia）。

閩南「家」字的文讀形式[ₑka]在許多方言是白讀形式，不同方言間的這種文白對等關係是漢語方言發展史研究上一個值得深入探討的問題。

中原核心區的方言一般都沒有見曉組二等字文白異讀現象。河南境內，見曉組二等洪細大體與北京一致，只有「硬、杏」兩字多讀洪音與北京有別。

	硬	杏
遂平	əŋ412	xəŋ412
獲嘉	əŋ13	xəŋ13
洛陽	əŋ412	(ɕiŋ412)xəŋ412
開封	ɣəŋ31	(ɕiŋ31)
鄭州	ɣəŋ31	xəŋ31
商丘	ɣəŋ41	(ɕiŋ41)
淮陽	ɣɣəŋ312	(ɕiŋ312)
安陽	ɣəŋ213	(ɕiŋ213)
信陽	ŋən312	(ɕiŋ312)

所謂與北京一致，但比兩字可以概知其餘：「港」唸洪音[ᶜkaŋ]，「講」唸細音[ᶜtɕiaŋ]。兩方一致，何以知道哪方是起源地或供給者（donor）？哪方是受影響或收受者（recipient）？這個問題從中原核心與環中原的比較看來可說不辯自明。北京位在中原外圍，北京話在上升成爲全國的標準語以前，曾經接受中原核心官話的洗禮。北京音系內部，德職（莊組）陌麥鐸藥覺七韻有文白之別，其文讀來自中原官話。例如「學」字白讀xiao是河北方言，文讀xue來自中原官話xyo。等到取得標準語地位之後，北京話在中國境內發揮強大的影響力是比較晚近的事。北京東邊的昌黎「街」字文讀tɕie32，白讀kai32，平行於「學」字文讀ɕye13，白讀ɕiau13。昌黎文讀的直接來源極可能是北京，但最終來源應屬中原核心。主從易位之後，河南方言也受到來自北京的影響，

「杏」字的洪音逐漸爲細音所取代。

　　總結而言，現代漢語方言首先可依長江中下游一段爲界分爲南方方言與北方方言。南方方言的共同傾向包括：梗攝三四等字的主要元音較低，匣母歸零，日母多讀鼻音，鳥字多讀都了切，松蝦兩字讀陽平調。

　　南方方言分爲近江方言與遠江方言。近江方言的共同傾向包括：見系二等有文白異讀，蟹攝二等讀-a類元音，假攝字讀-o類元音，魚韻字讀-ie，-e。

　　北方方言分爲中原核心與中原外圍（或稱環中原）。見系二等文白異讀見於中原外圍，不大見於中原核心。來自舌尖後音聲母唇齒音（pf，pf'，f），入聲字帶喉塞尾，聲調多於四個以及在全濁聲母清化平仄皆送氣或皆不送氣的方言多見於中原外圍而少見於中原核心。

第四章　漢語方言的形成發展

　　漢語方言的區際聯繫呈現了一幅與漢語方言分區大不相同的景觀。這幅嶄新的畫面首先把漢語方言分爲南方方言與北方方言。南方方言又分爲近江方言與遠江方言，北方方言又分爲中原核心與中原外圍。這是採取鳥瞰式觀察漢語方言森林所攝取的影像，也可以說是漢語方言的宏觀格局。塑造這個宏觀格局的主要因素是歷史上的人口移動和文教推廣。就南方方言來說，白讀是移民從北方帶下的口語成分，文讀是後來經由文教推廣從北方傳佈而來的讀書系統。南北對照起來就浮現如下的一幅畫面：（張光宇，1991）

　　　現代的北方：現代的南方

　　　近代的北方 > 南方的文讀

　　　古代的北方 > 南方的白讀

所謂現代的南方話就是對應於古代與近代北方話的白讀和文讀的疊加物；所謂現代的北方就是古代北方、近代北方一脈相傳的演變結果。應該指出，這是宏觀格局所見的古今南北對應關係。其中的「北方」是一個籠統的概念。如就北方方言來說，其實還應分爲中原核心與中原外圍。大略說來，中原外圍的白讀是較早一個時期從中原核心游離出來的沉澱物，中原外圍的文讀是較晚一個時期從中原核心擴散出來的疊加品。上文所謂古代、近代、現代北方話一脈相傳指的是中原核心地帶的北方話。

一、人口移動

　　漢語方言發展史上曾經發生幾次波瀾壯闊的擴散運動。其中決定南北方言分途發展的一次大運動是西晉末年史稱「永嘉之亂」的民族大遷徙。

晉懷帝永嘉五年（西元311年），匈奴族劉曜會同族石勒出兵攻陷洛陽，不數年，石勒盡取幽并諸州，又西破劉曜，南取豫州，徙都鄴城，控制淮北。而東胡族鮮卑慕容氏亦相繼入寇中國，於石勒衰落後，盡得青、冀、幽、并、徐、司、豫諸州。氐羌族符氏，又乘著慕容氏滅石的時候，佔據關、隴，東向寇掠，旋復戰勝慕容，西取涼州，南臨淮水。前此漢族居於陝西、山西、直隸、山東、河南、安徽等省的，至是亦慘遭外族的蹂躪，流離顛頓，轉徙南下；任官的人家，多避難大江南北，當時號曰「渡江」，又曰「衣冠避難」，而一般平民則多成群奔竄，號曰「流人」。（羅香林，1933）

五胡亂華，北方漢族仕民相率南下，大約可分三股。

第一支是秦雍流人。當時陝西、山西一帶的難民多走向荊州（今湖北一帶）南徙，沿漢水流域，逐漸徙入今湖南洞庭湖流域，遠者且入於今日廣西的東部。

第二支是并司豫流人。河南、山西一帶的難民多集於今日安徽、河南、湖北、江西、江蘇一部地方，其後又沿鄱陽湖流域及贛江而至今日贛南及閩邊諸地。

第三支是青徐流人。山東、江蘇北部的難民多集於今日江蘇南部，旋復沿太湖流域，徙於今日浙江及福建的北部。

從這三股移民的遷徙路線，我們可以看出「就近避難，輾轉遷徙」是事起倉促自發式難民的必然取徑。隨著北方難民南下，西晉末年的北方話也被帶到大江南北，奠定了後來南方方言的基礎。唐代詩人張籍在〈永嘉行〉所咏「北人避胡皆在南，南人至今能晉語」如實地反映了歷史真相。

中國歷史上一直到民國初年開始才有方言音系的描寫，在這以前中國語文的傳統只有斷簡殘編論及零星的方言現象。《切韻》成書以前，原有的「各有土風，遞相非笑」的地方韻書在《切韻》成書以後逐漸亡佚。正如羅常培所說「假使當時陸法言不想論定南北是非，古今通塞，

仍保存這些方音韻書的本來面目，那麼六朝方音的概況或許就不待我們重新考證了」。探討方言史有時的確像是從事考古挖掘一樣，必須從實物去探照書缺有間的早期文明。

唐代去晉未遠，張籍在〈永嘉行〉所咏代表唐代學者對當代南方話的體會和透視。唐代南人所說的晉語長得是什麼模樣？我們無法從詩人精鍊的文句去描繪，只有仰賴漢語發展史的邏輯過程和移民史的歷史過程去加以探討。

梗攝字在南方方言普遍以較低元音爲白讀，較高元音爲文讀。以開口三四等爲例，白讀是*-iaŋ，文讀是*-iŋ。已知文讀是透過文教傳習進來的，白讀當係移民南下之時從北方帶下來的。文白與南北、古今的關係是：

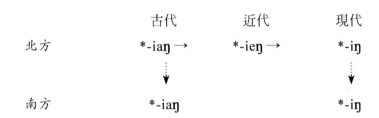

南方白讀的起點是西晉末年（古代）的北方共通形式*-iaŋ，北人南下以後，*-iaŋ在北方元音逐漸升高成*-ieŋ，最後變成高元音*-iŋ。山西臨汾、永濟、運城、吉縣、萬榮、新絳的白讀-iɛ，-iɛ就是近代北方*ieŋ的反映，北京的-iŋ是現代北方話的代表。現代南方話的文讀*-iŋ是近代北方的後續發展，和北京相當。南方的白讀*iaŋ和文讀*iŋ都來自北方，而不是自身演變的結果。漢語史文獻並未說明梗攝三四等字的元音高低，以上論述就中國傳統文獻而言是一種重建的邏輯過程。有趣的是，日本吳音（借自五、六世紀的南方），漢音（借自七、八世紀的北方）也以較低，較高元音爲區別：（張光宇，1994）

	京	影	清	丁	星	逆	益
吳音	kia-u	ia-u	sia-u	tia-u	sia-u	kiaku	iaku
漢音	kei	ei	sei	tei	sei	keki	eki

我們從漢音的元音形式可以肯定大約自盛唐以後，北方話梗攝三四等字的主要元音已明顯高化（a→e），唐代以前的北方話大體仍爲低元音。西晉末年南下移民所操的口語中梗攝三四等字普遍是低元音。這是邏輯過程與歷史過程相符的現象，誠可說是歷歷如繪。

西晉末年，北人避胡南下以前，南方大多爲總稱「百越」的少數民族。在北人大批南下以前以及南下初期，漢語方言在華南的分佈主要見於吳楚江淮一帶，而以江東的吳語勢力最大。隨晉室南下的臣民中有位山西聞喜人郭璞，他在爲楊雄《方言》作注的時候特別注意南北方言的差異。例如他說「南方人呼剪刀爲劑刀」。今天的松江方言「剪、劑」同音ji，足見郭璞的注眞有其事。大約因爲一方面南北方言差異顯著有礙臣民交通，另一方面經濟大權掌握在江東世家大族手裏，東晉政權爲了籠絡吳人由王導倡導學說吳語，作爲其開濟之一端。（陳寅恪，1935）這些事例說明，吳語在東晉政權成立以前不但早已存在而且頗具勢力雄據一方。

北人南下先至長江沿岸，然後再輾轉南遷。青徐移民先至太湖流域再轉浙南、福建；并司豫移民先至安徽、江西再轉贛、閩邊界：秦雍移民先至湖北再轉湖南、廣西。大略說來，移民路線是沿海的恆走沿海，內陸的恆走內陸。這樣的路線說明何以客贛方言「同系異派」，吳閩方言關係密切。

除了輾轉南下之外，華南還有一股移民洪流由東向西墾殖。這就是清代魏源在《古微堂內外集》卷六〈湖廣水利篇〉所說的「江西填湖廣，湖廣填四川」。江西移民湖南的活動始於五代，宋元漸多，至於明清不絕如縷。舉個例，同治《醴陵縣志》卷六云：「元明之際，湘潭土

著僅餘數戶，後之人多來自豫章。……洪武之初，招集流亡，皆來自他省，而豫章人尤眾」。到了清初。江西移民愈向湖南僻遠地區推進，甚至達到湘西大庸一帶。（何文君，1990）元末明初和清朝前期的兩次大移民運動對四川方言的形成有直接和深遠的影響。以清初爲例，由於張獻忠（1606-1646）引發的戰亂前後長達34年，使「蜀省有可耕之田，而無耕田之民」（《清聖祖實錄》卷三十六）。於是外省人口大量移入。光緒乙巳年新修《四川邛州大邑縣鄉土志》說：「獻賊亂後，幾無孑遺，全資兩湖、江西、兩廣、山陝之人來邑墾荒生聚。麻城人較多，江西山陝次之，兩廣又次之。俗傳湖廣塡四川，其明證也」。今天江西、湖南、四川方言中把「吃飯」說成tɕ'ia fan就是江西塡湖廣，湖廣塡四川的移民運動造成的結果。客家人也有不少參與了這個由東向西的移民運動，把客家話散佈到湖南和四川。

平話在東南諸方言中比較特別。有一種說法認爲平話是宋代狄青「平定」儂智高之後，宋室把「平南軍」留駐廣西形成的。今天的平南縣和平話就是「平南」之役留下的痕跡。據說平南軍大多來自山東，直到本世紀四十年代每隔數年還派代表回山東掃祭祖墳。（周振鶴、游汝杰，1986:30）也有人認爲平話是秦漢以至唐宋歷代南遷的漢人在湖南南部和廣西逐漸演變而形成的一種漢語方言。（張均如，1988）如據前說，平話是軍事移民的結果；如據後說，平話是自發移民的結果。雖然兩說時代來源頗有差距，但是地域來源共同指向北方。

今天官話方言的分佈面積相當遼闊，東北起自黑龍江向西南延伸至昆明相距何止千里。官話擴散到如此廣大的土地上主要經由兩種方式。大致說來，中原以北是自發性移民，中原以南是軍事性移民。「闖關東」是百姓自發的行動，「鎭滇」或「鎭西南」是政府的軍事行動。

洪武14年（1381）9月，明太祖命傅友德、藍玉、沐英率兵30萬人平滇，事成之後留下一部人馬戍衛地方。洪武20年（1387）及21年（1388）爲準備征討麓川思倫發，又不斷調各省軍兵入雲南從征或戍

守。見於《明實錄》的徵調共有十次，總計23萬多人。到明代中葉，全省衛所已有20衛及16個千戶所，屯軍數也大大增加。據萬曆《雲南通志》，全省共計有馬步旗軍27,838名，屯軍34,591名，舍丁18,386名，軍餘254,611名，共計335,426人，占當時雲南全省人口140多萬的四分之一。這些士兵的原籍包括江西、浙江、湖南、湖北、陝西、四川、貴州等省及南京地區。其中絕大部分都沒有再轉回原籍，而在雲南安家落戶。（田方等，1986）明代的官話於是經由屯戍官兵在各個衛所紮根，然後慢慢向四鄰擴散，好比湖心所起漣漪一般，最後遍及全境。明代衛所的所在地方言比較近似，各衛所與其四鄰方言差異較大，就是這個歷史背景造成的。

　　東北漢語方言的形成主要是清代移民的結果。清初由於長期的明清戰爭，遼東地區受到了極大的破壞。清軍入關之後，大批兵丁、家眷以及奴僕也隨之入關。龍興之地因而零落凋敝，大片土地荒蕪。清廷於是採取獎勵措施，招徠流民。燕魯一帶窮民在優厚條件吸引下，「聞風踵至」。獎勵政策實行了23年，就因種種緣故下令封禁。這一封禁時期長達兩百年（1668-1860），但是潮水般的移民仍不斷湧進，使封禁政策形同具文，迫使朝廷再度開禁（1861）。闖關東就是禁不住東北沃土良野的誘惑，無視朝廷封禁查辦流民政策的自發性移民運動。我們從極北的黑龍江一地在清代即吸納了兩百多萬人口可以想見其南的吉林、遼寧等地漢移民的盛況。燕魯一帶移民闖關東，延伸了北京官話的勢力；膠東半島的移民走海北，終使膠遼官話成為一體。此外，東北地區還有站人所說的「站話」。站人多係雲南人，清初三藩之亂後被流放到東北服役於驛站而得名，站話在東北地區成方言島狀分佈。（游汝杰，1992：63）

　　新疆漢語方言的形成與三次大規模的移民浪潮有關。（劉俐李，1993）乾隆年間清廷派不少士兵駐守新疆，絕大多數駐守北疆。例如1772年烏魯木齊一帶的攜眷駐防軍總數不少於一萬一千。為了解決軍

需糧餉，清廷又進行了大規模的屯田，屯田勞力多向關內招募。陝甘移民因地利之便，大批湧入北疆和東疆。今天蘭銀官話北疆片就是在甘肅話的基礎上形成的。光緒十年（1884）新疆正式建省後出現第二次大規模移民浪潮。這一次移民浪潮和第一次一樣，移民多來自陝甘一帶，且多移住北疆和東疆。但是有一批被白彥虎裹脅的陝西回民在敗事之後遁入南疆的焉耆、庫車、輪台、阿克蘇、溫宿、烏什等地，後來朝廷出面善後，這些陝西回民終於在南疆安定下來。南疆的漢語方言就是這批陝西回民所說的漢話。二十世紀四十年代末至六十年代是新疆的第三次大移民潮。這個時期內，屯墾戍邊、支邊務農、復員轉業、知青赴疆、企業支邊、畢業分配、投親逃荒、以及服刑由關內入疆的人口數以萬計。人口統計顯示，三十年代中期，全疆漢人不過二十餘萬，1953已有三十三萬，到了1964年已增至二百三十二萬。這是一次規模空前的移民浪潮，人數之多，分佈範圍之廣，延續時間之長以及對新疆社會影響之深，都遠遠超過前兩次。這大規模的移民來自五湖四海，方言背景各異，由於交際的需要自然選擇了普通話。這就把北京官話散佈到天山南北。

　　晉語的勢力向北擴展，是清朝「移民實邊」的結果。以伊克昭盟為例，自清康熙末年（1772），山西、陝西北部的移民由土默特而西，私向蒙人租地耕種，境內凡近黃河長城處均有漢人足跡。山西的移民從土默特沿黃河西行至達拉特旗、杭錦旗。陝北府谷、神木、榆林、定邊、靖邊等地的移民北越長城和原來的黑界地到內蒙的准格爾旗、郡王旗、烏審旗。此外，在清朝征服內蒙古及中原地區後，山西商人（舊稱「山西幫」）走西口，大批進入內蒙古中、西部，主要是舊歸化城（今呼和浩特）一帶。商業經濟的發展對晉語的北移也起了一定的作用。（侯精一，1986）

　　總起來說，移民運動對漢語方言的散佈起了推波助瀾的作用。東南地區的移民在明代以前已經湧入，官話和晉語的擴散主要是明清兩代。

由於處境的不同，新移民的方言和當地語言或方言的互動關係也呈現多姿多樣的形貌。例如客家人在閩、粵、贛交界地帶同化了畬族，使畬族放棄了本民族語改操客家話。又如南宋偏安江左，使杭州（舊稱臨安）方言變成半官話半吳語。閩南移民到了海南島方言被當地語言同化（如 pt變ʔbʔd）。如不同化四鄰方言又不被四鄰方言同化，那麼移民者的方言會成爲方言島，這是漢語方言大海中屢見的現象，四川的客家方言島與廣西的「福建村」就屬於這種情況。

二、文教推廣

我們從見系二等文白異讀在華北地區的分佈情況可以知道，文讀的輻射中心是中原核心地帶的官話，也就是以河南方言爲基礎的讀書音系統。文白異讀現象的產生是因爲方言語音與標準語音相互乖離；乖離愈甚，文白異讀愈豐富。中原核心一帶的方言沒有文白異讀，說明它是文白一致的地區，對其他方言來說，中原核心地帶的白讀是四鄰方言崇奉的正音，只有輸出而無輸入。在傳統中國社會，舉國知識分子由於科舉的需要無不傳習當代的讀書音，所以文讀是跨方言而存在的一套系統。文讀儘管是跨方言而存在的一套系統，但並非只是在師徒之間口耳相傳而已，它的起源是一個活的方言音系；它的功用也不限於誦習經書，而是可以用來溝通臣民的交際媒介。舉業士人學會了這套系統便於赴試，金榜題名以後出任官職，既可用於庭訟也可用於宣導政令。在傳統中國社會言文不一的情況下，士人學習的古典漢語與士人當代的口語大爲不同，古典漢語必須轉譯才能爲一般民眾所理解。由於這個緣故，不免使人設想：讀書音伴隨古典漢語出現，古典漢語既然是「死」的語言，相伴出現的讀書音也必是一套「架空」的音系。這種想法把「超方言」與「架空」等同起來是不切實際的。在「官話」的名稱還沒正式登場以前，讀書音總在帝國行政中樞傳習、培護和推廣。洛陽、長安各曾

長期充當帝國首府，傳統中國知識界傳習的讀書音如非出自長安即出自
洛陽；東漢以來佛經翻譯不在長安就在洛陽；東晉政權成立於江東，金
陵承襲洛陽成爲新的中國文化中心；李唐在長安定都，日本所派「遣唐
生」逕赴長安傳習所謂「漢音」。因此，中原核心地帶實指東西兩京，
這一帶的讀書音即是日常口語，也就是官話。

　　北京位在中原外圍，北京音系曾經吸納中原官話作爲讀書音。北京
的「學」字讀xiao是口語音（來自河北方言），讀xue是讀書音（來自
中原官話）。上文曾經說過，xue來自xio→xyo。山西盂縣「學」字白
讀ɕiʌˀ53文讀ɕiɔ22。（宋欣橋，1991）其中文讀正是中原官話的標記。
明清以來，北京成爲帝國政治、文化中心，北京話上升成爲全國的新的
標準。北京話與中原官話主從易位，中原官話反從北京吸收讀書音。
以河南鄭州方言（盧甲文，1992）爲例，「學」字讀ɕyo42是白讀，ɕyɛ
42是文讀。中原官話原爲文讀（xio→xyo）原料的輸出口，登陸北京
稍微加工（xyo→xue）又回銷原產地成爲文讀。沒有購買這項北京加
工產品的中原官話依然我行我素，其xio其xyo並無所謂文白之別。開
封如此，洛陽如此，商丘如此，淮陽、信陽也都如此。（張啓煥等，
1993）今天中原外圍的文讀原出中原官話；北京的加工成品雖然隨處
可見，但其原料的來源卻是中原核心一帶。

　　中原核心一帶作爲漢語方言文讀的輻射中心，這是與中國歷史
舞台以中原爲政治、經濟、文化中心步調齊一的現象。明成祖13年
（1415）定都北京以前，洛陽和長安是中國歷史上的行政中樞。洛陽
曾經做過東周、東漢、曹魏、西晉、北魏、隋、唐、後梁、後唐的都
城。周、秦、漢、唐、西晉、前趙、前秦、後秦、西魏、北周和隋等
十一朝曾建都長安。就漢語史來說，洛陽一帶的河南方言特別受到傳統
知識分子的敬重。孔子生在魯國，讀詩書執行禮儀必用「雅言」。這雅
言就是當時士人的標準共同語。西周的封建，以一個諸侯共主要統轄一
個異言異語的廣大地區，其勢非有一種共同的語言不可。王引之《讀書

雜志》說：「雅讀爲夏，夏謂中國也」。中國指中原、中州，也就是在今河南一帶。春秋時期的魯國人要以雅言爲正言，就像明代以前的北京人要崇奉中原官話一樣。中原核心地帶的方言非比尋常，從下列傳統知識分子的言談可知一二：

a. 北齊顏之推《顏氏家訓·音辭篇》說：「自茲厥後，音韻鋒出。各有土風，遞相非笑，指馬之諭，未知孰是。共以帝王都邑，參校方俗，考核古今，爲之折衷。摧而量之，獨金陵與洛下耳。」顏氏的意見認爲洛陽一帶的語音，就是北人的標準音。

b. 唐代李涪《切韻刊誤》指出：「凡中華之音，莫過東都，蓋居天下之中，稟氣特正。」

c. 宋代陸游《老學庵筆記》卷六：「四方之音有訛者，則一韻皆訛……中原，唯洛陽得天下之中，語音最正。」

d. 南宋陳鵠《西唐集·耆舊續聞》卷七：「鄉音是處不同，惟京都天朝得其正。」此京都天朝實指洛陽。

e. 元代范梈《木天禁語》引馬御史的話說：「東夷、西戎、南蠻、北狄、四方偏氣語，不相通曉，互相憎惡。惟中原漢音四方可以通行，四方之人皆喜於習說。蓋中原天地之中，得氣之正。聲音散佈，各能相入，是以詩中宜用中原之韻。」

中原核心方言在漢語史的崇高地位既說明了中原外圍方言文讀的來源，也說明了華南地區近江方言文讀的來源。通史觀之，漢語方言所有的文讀都來自中原核心。中原官話實爲漢語方言文讀的總源頭。官話從古至今代有變化，不同歷史階段傳送出去的文讀形式不同。這種波段性的擴散運動十分明顯。

例如「家」字，廈門白讀ke，文讀ka。蘇州白讀ka，文讀tɕia。湖南瀏陽白讀ka，文讀kia。山東文登、榮成白讀tsia，文讀kia。山西萬榮白讀tʂa，文讀tɕia。山西汾西白讀tia，文讀tɕia。表面看起來相當雜亂，實際上不難理出頭緒。漢字音最終同出一源，只因方言與標準語變

化異趣，才衍生出上列許多形式。我們藉下列演變階段來說明：

「家」ka→kia→tɕia

在很長一段時期內，中原官話「家」字讀ka。但方音的分化早晚不同。閩南由ka變ke，吳語由ka變ko的時候，中原官話仍讀ka，於是各自引進ka的形式作為文讀。這個文讀形式在蘇州與原先的白讀ko長期併用，最後把白讀擠走，成為讀書和日常生活使用的唯一音讀。中原官話持續演進，變到tɕia的階段與蘇州的ka明顯不同，於是又被引進成為最新的文讀。瀏陽的文kia白ka和一般漢語方言常見的文tɕia白ka關係比較容易說明：白讀較早，文讀較晚。萬榮、汾西的文（tɕia）白（tia，tʂa）其實也都來自tɕia，較早的tɕia變成tia、tʂa等方言形式之後再度引進tɕia成為文讀。文榮的文白異讀與其他北方話都不相同，文讀反比白讀保守。這只有把ka，kia，tɕia各階段的歷史拉長（如ka→ka→ka→kia→kia→kia→tɕia→tɕia→tɕia），然後看口語變化的速度，才可能看清其中的關係。文榮的tsia源自tɕia，與萬榮、汾西的白讀並無不同。只是文榮的文讀比萬榮、汾西的形式較早一個階段。這樣說來文榮的文白和廈門的文白關係是平行的，道理也相通。

　　其次一個顯著例子是蟹攝四等的文白異讀。閩南方言的白讀有ai，oi，ue，ui等四種形式，文讀有e，i兩種形式。其實文白同出一源，只因變化異趣衍生上列種種形式：*ai→oi→ue→ui，*ai→e→i。前一種變化途徑是方言內部的，後一種變化是中原官話自隋唐以來的走向。e和i在廈門方言屬於文讀系統，但是浙江桐廬方言「細」字的文（ɕi53）白（sɛ53）顯示，與廈門e相當的形式ɛ是白讀，與i相當的形式是文讀。山西平遙方言與廈門e相當的ei是白讀，與i相當的是文讀。日本吳音ai與廈門白讀相當，漢音ei與廈門文讀相當。其對應關係如下：

i　北京，平遙文讀，桐廬文讀，廈門文讀

e　漢音，平遙白讀，桐廬白讀，廈門文讀

ai　吳音，廈門白讀

這三個語音發展階段，頭尾不成問題，只有中間階段的e～ei在甲方言為文讀，在乙方言為白讀。e～ei是隋唐譯經最流行的蟹攝四等讀法，隋唐以後元音逐漸升高，成為目前漢語方言最普遍的形式。日本吳音和廈門白讀-ai代表隋唐以前的情況。從這ai, e, i三個形式在漢語方言的分佈可以看出文讀對方音的衝擊是連續的取代。後起的文讀不斷沖刷方言原有的文白形式。隋唐的中原官話形式（ei）見於山西平遙而不大見於中原核心地區，這是平行於中原外圍方言「家」字音ka的保守現象。

　　日母的發展大略可分為鼻音、擦音和歸零三個階段（簡寫為ȵ→z→ø）。上文曾說過南北方言的差別是鼻音與口音不同。南方的鼻音是移民從早期北方方言帶下來的，口音是文教推廣之後從北方引進的。止開三「二耳」兩字在梅縣客家話讀ȵi而無文白之分，蘇州白讀ȵi文讀əl，山西萬榮白讀zʅ文讀ər。「人」字蘇州白讀ȵin，文讀zən。萬榮「人」字讀zei而無所謂文白，梅縣讀ȵin而無所謂文白。其中文白關係可略如下示：

	ȵ	z～ʑ	ø
萬榮	—	白	文
蘇州	白	文	文

中間階段在萬榮為白讀，在蘇州為文讀。這種情況如同蟹攝四等e～ei在平遙為白讀，在廈門為文讀。南昌方言日母的白讀是ȵ-文讀是l-，ø-。其中的l-是ʑ的變體，只在洪音出現，ø只見於止攝開口三等「耳、二」等字。如此說來，日母在南昌和蘇州相當一致：

蘇州	ȵ-	z-	ø-
南昌	ȵ-	l-	ø-

只不過，「耳二」兩字南昌已完全為文讀（θ）所取代，蘇州文白並見。這是近江方言共同點的一個例證。

　　總起來說，上面所舉三個文白異讀現象是漢語語音史三個階段的產物。列表對照如下：

	見系二等「家」	蟹攝四等	日母
現代的北方	tɕia	i	ø
近代的北方	kia	e〜ei	z〜ʐ̩
古代的北方	ka	ai	ȵ

應該指出，這裏所謂古代、近代、現代三個階段是就每一個音類演變的邏輯過程說的。例如kia比tɕia早，而比ka晚，餘此類推。每一音類的每一階段在歷史過程中行用的時間長短不一。單一方言如此，不同方言間的參差就更明顯了。例如廈門方言「家」字的文讀ka相當於古代的北方，而蟹攝四等的文讀e相當於近代的北方。日本漢音顯示「家」ka是與蟹攝四等-ei共存的現象。這說明當古代北方的蟹攝四等-ai在隋唐時期被-ei大量取代的時候，「家」字仍然讀ka未被後起的kia所動搖。又如江蘇漣水「家」字音ka而「細」字音ɕi，前者與古代的北方相當，後者與現代的北方相當。這些例證表明，每個音類演進的速度不等，甲音類還停留在古代階段的時候，乙音類也許已經演進到近代階段，丙音類進入現代階段。所以，從共存關係看，有甲音類古代形式與乙音類近代形式一起出現的情況。換句話說，邏輯過程是一回事，歷史過程是另一回事，並非齊頭並進，腳步劃一。

　　理想上，如果每一音類的起點都確定的話，文白異讀的層次分析將大增便利。然而事實上漢語語音史研究並非都像上述三個音類那麼沒有爭議（或雖有爭議而無較好的建議）。漢字音最終如果同出一源，漢語方言文白異讀的種種形式正是古音重建上應加妥善利用的素材。如果不能追溯到終極來源（ultimate form），至少可以看到方言分化時期的若干形貌。

　　總而言之，文讀擴散有波段性，它以蠶食鯨吞的姿態逐漸取代方言

原有的白讀，使面貌迥異的方言變得比較近似。

三、分化與統一

人口移動導致方言分化，文教推廣促使方言統一。漢語方言發展史的主要脈絡就表現在分化與統一兩股力量交相運作。白讀代表漢語方言分化或離心（centrifugal）的面相，是方言人民在各地自然演變的結果；文讀代表漢語方言統一或向心（centripetal）的面相，是文教推廣而覆蓋在各地方言之上的疊加品。

漢語方言發展史上的人口移動可按性質分為自發性移民和政策性移民，按時代大略可分早晚兩期。政策性移民包括駐軍屯田和移民實邊……等，這是出於政府命令或獎勵之下的移民運動。官話方言在西南、西北（和東北）的廣大分佈主要是明清以來政策性移民的結果。這晚期的政策性移民實質上把官話推廣開來，效果相當於一次大規模的國語統一運動。其他漢語方言（特別是東南方言）的形成是早期自發性移民造成的結果，方言分化的現象比較顯著。

人口移動造成方言分化大約有四個原因。1. 移民保守而母土創新。2. 移民創新而母土保守。3. 方言融合形成新方言。4. 漢語方言習染少數民族語言。

移民的方言傾向於保守。這是漢語方言屢試不爽的經驗總結。例如見系二等在中原外圍和東南方言都讀洪音，而中原核心地帶變讀為細音。日母在東南方言多讀鼻音，華北方言多讀口音，非敷奉微在東南方言讀雙唇部位的發音也甚於華北方言，輔音韻尾（-m/p，-n/t，-ŋ/k）在東南方言保存較完整，在華北方言多已脫落。梗攝字在東南方言多讀低元音，華北多傾向於讀較高元音。漢語方言當中，《切韻》三四等的區別還見於浙南吳語和閩方言而不見於其他地方，重紐問題的蛛絲馬跡見於閩方言而不見於其他地方。這些事例都說明移民者的方言比較保

守。

　　所謂保守，就語音來說，實應分爲「音類」和「音值」兩種情況。客家話「寒」$_⊆$hon，「閒」$_⊆$han不但在音類上保存了一二等的區別，音值也幾近古音出發點。然而在廈門方言，「寒」字讀$_⊆$kuã，「閒」字讀$_⊆$siŋ，音類是區別了，音值卻已歷經變化。同時就聲母來說，「寒閒」兩字都屬「匣」母，讀k-反映較早音值（*g-），而讀ø-反映經過劇烈演變（*g→ɣ→ø-）。所以保守的方言未必全面皆保守，其中時常有創新的情況。

　　杭州方言是融合吳語和官話方言的典型例子。（鮑士杰，1988）杭州話有一套濁音聲母（b，d，g，dz，dʐ）和七個單字調，入聲帶喉塞尾。這些現象和一般吳語並無什麼差異。但是古見系二等字（界街假眼江）只有細音一讀，相鄰的杭嘉湖地區都有文白兩讀。古微母字（聞味蚊問忘）只有一讀，跟普通話一樣。古日母字（二耳日）只有口音一讀和普通話一樣，鄰近的吳語都有鼻音一讀。這些例子說明，南宋駐驆臨安以來，汴梁方言逐漸滲透杭州地區，使杭州方言成爲浙江官話化程度較深的方言，既有吳語特色，又兼具官話成分。假使拉長歷史鏡頭，不難看到江北今屬江淮官話的通泰地區從西晉末年以來就開啓了吳語與北方話的融合過程。（魯國堯，1988）福建西北邵武是閩語與客贛方言交會的地區，方言性質兼具兩邊色彩十分明顯。方言融合自古以來就不曾間斷過，杭州方言所顯示的狀況只是歷史上諸多事例之一端，因爲事屬晚近，分辨比較容易。

　　海南島海口方言是漢語方言習染少數民族語言而形成的一個例子。海口方言的基盤是明清時期潮州一帶移民所帶來的閩南話。在少數民族語言（如黎語）的影響下，閩南方言原有的pt變成了ʔbʔd。其他變化包括：s變t，tʻ變h，tsʻ變s，鼻化成分與喉塞尾消失。如此一來，海口方言的容貌煥然一新。台灣的閩南話從母土遷出的時間與海口方言從大陸遷出的時間約略相當。然而台灣閩南話與大陸泉漳一帶的閩南話仍然如

出一轍，差異微乎其微。海口方言的變異只有從習染少數民族語言的發音習慣才能獲得解釋。

文教推廣對紛歧複雜的漢語方言起著統一的作用，例證俯拾即是。爲了讓讀者有一更清楚的概念，特再舉例說明。

梗攝字韻母在華北和華南方言差別很大。例如山西原平方言白讀的情況是：二等讀舌尖元音ɿ，三四等讀高前元音i，不但沒有鼻音韻尾，甚至連鼻化成分也已消失。南昌方言白讀的情況是：二等讀-aŋ，三四等讀-iaŋ。文讀方面，原平方言二等是-əŋ，三四等是-iəŋ；南昌方言二等是-ɛn，三四等是-in。列表對照如下：

		二等	三四等
原平	白	-ɿ	-i
	文	-əŋ	-iəŋ
南昌	文	-ɛn	-in
	白	-aŋ	-iaŋ

如表所示，白讀差異大，文讀差異小。其中文讀的共同出發點是二等*-eŋ，三四等*-iŋ，南方方言如此，北方方言亦復如此。由於文讀不斷取代白讀，原來差異大的方言距離因而縮小。

宕攝三等在山西汾西方言白讀是-i，文讀是-iã。例如：兩li33/liã33，醬tɕi55/tɕiã55，箱ɕi11/ɕiã11，羊i35/iã35。廈門方言白讀-iũ，文讀-ioŋ。例如，兩niũ53/lioŋ53，醬tsiũ11/tsioŋ11，箱siũ55/sioŋ55，羊iũ24/ioŋ24。白讀差異大，汾西是前元音，廈門是後元音。文讀在兩方言都是低元音（*iaŋ）。列表對照如下：

宕三	文讀	白讀
汾西	-iã	-i
廈門	-ioŋ	-iũ

效攝三四等在山西文水方言白讀-i，文讀-iau。例如表pi423/piau423，挑t'i22/t'iau22，料li35/liau35，橋tɕi22/tɕ'iau22。「橋」字顯示，文白差異不單表現在韻母，也表現在聲母是否送氣。（胡雙寶，1988）

止攝合口三等在蘇州方言（葉祥苓，1988）白讀-y，文讀-uɛ。例如：虧tɕ'y55/k'uɛ55，餵y512/uɛ512，跪dʑy31/guɛ31，鬼tɕy31/kuɛ31。

總體說來，漢語方言的文讀系統比較接近北京音系。各方言文讀音的輸入有早有晚，非盡出自北京。早期的文讀源自中原官話，晚期的文讀源自北京話。北京的文讀既與中原官話一脈相承，所以在外貌上漢語方言的文讀都形似北京話。杭州方言的「半官話」源自北宋末年的河南汴梁，那個時期北京話並未取得「標準語」地位。但杭州半官話仍與北京話近似。由此可知，文讀的音系基礎實為中原核心地帶的方言。這個文讀所從出的母體方言如隨移民而出就成各地的「官話」，如果僅僅透過學堂推廣就成為各方言區的「文讀」。

文讀推廣到各方言區起初只限於學堂讀書一個用途，與庶民大眾日常生活的口語並不相涉。隨著讀書人口的增加，文讀逐漸擴大滲透範圍，於是開始與口語處於競爭的局面。競爭的結果，一般是「文勝白敗」。今天我們所見的文白異讀是不分勝負的現象，也就是以分工的姿態出現。一般所謂文白異讀可以區別詞性、詞義其實就是分工的結果。因為各有職掌，所以能兩兩並立。文白異讀並不限於一字兩讀，一字一讀也有文白問題。例如安徽岳西方言（儲誠志，1987）見系二等「家嫁架夾」只唸洪音ka，「加假價傢」只唸細音tɕia。前一組字保守白讀壁壘，抵拒文讀侵奪；後一組字表示文讀取代成功，擠走了白讀。（張光宇，1992）

文讀隨文教推廣而散播於各方言區。所以文讀首先紮根的地方是各方言區的文教中心。由這個文教中心再傳播到四鄰鄉鎮。傳統中國社會

的知識階層就是經由這些大大小小的文教中心習得文讀系統。以今天的電訊設備來比喻，帝國首府好比是個中央電台，各方言區的文教中心是轉播台，轉播台下又轄有地方分台。透過這種層級組織，文讀慢慢往下紮根普及於庶民大眾。

　　總而言之，文讀有波段性。它的起點是居天地之中的中原核心方言。這文讀起源地有如一個震央，又好比是個湖心，從震央或湖心擴散出去的運動前仆後繼，逐漸拉平漢語方言的差異，使它們向中心靠攏，起了統一的作用。

四、邏輯過程與歷史過程

　　高本漢在研究漢語語音史的過程當中曾經留心過漢語方言的形成問題。他有段論見認爲現代漢語方言（除了閩語之外）都是從《切韻》演化過來（Karlgren, 1954:216）。這個學說影響廣被，閩語源自上古漢祖語的說法即從中導出。最近，游汝杰（1992:106）把漢語方言的形成畫出樹形圖：

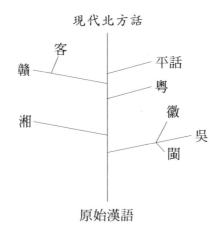

略謂吳閩徽語形成最早，依次是湘語、粵語、客贛方言、平話。其中並

無晉語的位子，顯然列在現代北方話合併探討。

　　高本漢的說法是韻書中心說，就是透過方言與《切韻》的比較所獲得的保守與創新的一種體認。他的說法無非是認爲閩語是所有的漢語方言當中最保守的，其形成時期應在《切韻》（西元601年）以前，其他漢語方言應在《切韻》成書以後。語言科學中的歷史比較法只能顯示語言發展的邏輯過程，也就是相對年代。高本漢所說閩語比其他漢語方言古老一點是對的，其古老成分從上古時代一直延用至今也不成問題。若說閩方言形成於上古時代，那就不免混淆邏輯過程與歷史過程。好有一比，古代器物製作的年代與棄置的年代並非完全平行於地下層位的深淺。製作時期早而丟棄時期晚也所在多有。邏輯上，先製作的古器物先棄置，後製作的古器物後棄置。但我們不能純依這種邏輯來看漢語方言的形成，因爲漢語方言的形成是古器物「棄置」年代的問題，不是古器物製作年代的問題。高本漢拿製作年代來論棄置年代，顯然不合歷史過程。歷史過程必須結合漢語史和移民史。

　　游汝杰所繪樹形圖參酌了移民史料，但是觀念上仍無突破。這個樹形圖有一主幹，代表漢語由古至今綿延不絕。漢語方言主要是從主幹的不同節點分枝出去形成的。五個節點代表五個發展階段。如此說來。漢語方言的差異主要就是發展先後的差異，時代的差異。樹形圖給人的印象是漢語方言最終同出一源，主幹代表同質系統的歷史發展。其中客贛方言從同一樹枝分叉而成代表「同系異派」（羅常培，1958）近乎事實；吳徽閩三方言有某種歷史上的聯繫也不難印證。然而，漢語史文獻表明，原始漢語之後，北方已有方言差異；移民史路線表明，南方沿海的移民來自北方沿海，南方內陸的移民來自北方內陸。漢語方言的形成與發展絕非一個簡單化的樹形圖所能概括；樹形圖只有誤導作用，而不能予人以正確的概念。從邏輯過程來看，「石」字的演變軌跡似乎與漢語方言的發展情況相應：

石：tsiok　　siak　　sek　　sik　　ʂɿ
　　閩南　　客贛　　粵　　湘　　現代北方

但是漢語史文獻表明，北人還未大批南下形成後來的東南方言以前，北方方言「石」字已分為兩派，一派唸後元音（*iok），一派唸前元音（*-iak）。閩語延續前派讀法，客贛方言延續後派讀法。還未南下以前，那兩派方言就叫閩與客贛方言嗎？

　　歷史比較法所幫助建立的漢語語音史邏輯過程，就好比考古類型學對古代器物發展過程所考定的年代順序一樣。一般說來，深埋在最下層的古器物同時也是製作年代最久遠的古器物。可是，地層的形成是自然界的物理現象，由下往上可以數出年代深淺；古代器物是人文現象，棄置年代的次序未必與製作年代的次序完全平行。漢語方言的形成主要是人口移動的結果，移民到了新居地落腳之後才慢慢形成的。移民遷到新居地形成方言彷彿古器物被棄置一般。我們怎能依其製作年代來論其棄置年代？當我們把移民史的歷史過程加進考慮之後，不難發現：保守的閩客方言形成時期並不如一般所設想的那麼早。問題是既然肯定其保守性，為什麼又不能承認其時代早呢？那是因為古器物的製作年代不一定能代表棄置年代。其實，還有一個重要觀念必須強調。那就是文讀或官話的傳佈對漢語方言的衝擊。大約從唐代以來，中原核心地帶的官話就以無比凌厲的威勢向外擴散。接近「震央」的方言，原有的差異早就被沖蝕、拉平。閩、客、贛方言所從出的北方話只剩零星的類型學特點可供憑弔就是這個緣故。遠離「震央」的方言雖受波及，但還未被完全取代，因而相形古老。這是高本漢以韻書為中心所未慮及的問題，也是樹形圖未能如實反映的現象。

閩語篇

第五章　論閩方言的形成

　　福建在中國歷史上的經略很晚。東漢時期，當中國現有版圖已泰半劃歸中原王室奄有或羈縻之時。福建仍如一塊孤懸海上的化外之地。（Bielenstein, 1959）但是閩方言質素比起其他漢語方言都顯古老。爲什麼一塊經略較晚的土地反倒貯藏著古色古香的漢語史文物？前人對閩方言形成問題曾經提過種種看法，例如在時代方面有源於原始漢語、上古漢語、漢代、兩漢之交、東漢三國和南北朝等等學說，在地域背景方面有中原、江東、古南方等理論，意見相當紛歧。紛歧的原因主要是因爲1. 古代漢語方言發展不平衡的現象不明朗。2. 對閩方言的層次剖析還沒有建立正確的認識。更重要的是在推論上沒有釐清邏輯過程和歷史過程的概念，甚至把根源和形成、發展混爲一談。

一、閩方言的形成：三階段、四層次

　　閩方言是一個層次複雜的綜合體。探討閩方言的形成首先必須從事有如考古類型學的層次剖析。（張光宇，1989a；俞偉超，1989）從層次剖析看，閩方言的形成可分三個階段四個層次。「階段」指時代過程，「層次」指地域來源和類型特點。底下試從西晉末年說起。

　　1. 西晉：中原東部與中原西部

　　西元291年，司馬氏皇族內部發生「八王之亂」，長達16年，社會動盪不安，引起異族覬覦，紛紛起事。西元311年（晉永嘉五年）6月，劉曜攻入晉都洛陽，俘晉懷帝。西元316年，劉曜又陷長安，俘晉愍帝，西晉滅亡。西元317年，晉宗室琅玡王司馬睿在北方士族的擁戴下即位於建康，是爲晉元帝，史稱東晉，轄有長江中下游，開啓了南朝的序幕。西元317年，中原大亂，北人紛紛南逃。《晉書・王導傳》上

謂：「洛京傾覆，中州士女避亂江左者十六七。」隨晉元帝南來的就有千餘家。在南北朝長達273年的對峙局面下，漢語方言呈現南北分途發展的傾向。

　　據《晉書‧地理志》，西晉末年南下的北方移民大致可分青徐、司豫、秦雍三股。（譚其驤，1934；羅香林，1933）一般人民由於缺乏舟車條件，倉皇離家時多選就近避難。於是，沿海的恆走沿海，內陸的多走內陸。其中和後來閩方言形成有關的是青徐移民和司豫移民。這兩股移民匯聚到江東地區，構成東晉政權的基本台柱。其中青徐移民由於交通近便，人數最多；司豫移民多屬「過江名士」，也就是原來住在洛陽地區的上層社會階級。（陳寅恪，1963）圖示如下：

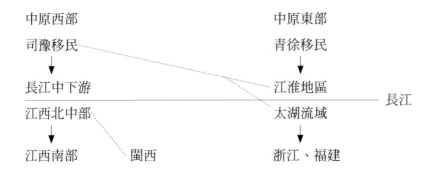

　　司豫移民的大宗走內陸一線，小宗走長江下游。其後再度南下抵達贛南、閩西而與畬族大量通婚的成為「客家人」。司豫移民的散佈說明了今天通泰方言和客、贛方言之間的共同點——古全濁聲母平仄皆讀清音送氣的演變類型特點在華南地區對吳閩方言呈包圍之勢。

　　移居太湖流域的北方仕民以青徐移民為大宗、司豫移民為小宗。這兩支移民匯聚在太湖流域之後，開啓了南北方言交融的局面。東晉政權在「開濟政策」下，朝野形成「共重吳聲」的風氣。（陳寅恪，1935）宰相王導領頭學說吳語。（事例見《世說新語‧排調》劉眞見王丞相一段）南方士大夫階級也從北人習「洛下書生咏」。從太湖流域

再度南下以前，北人早已習染了許多吳語成分。

　　北人再度南下緣於經濟利益衝突。王仲犖（1980:329）指出：「當北方的世家大族不嚴重損害江東世家大族的經濟利害時，江東世家也還能與北來世家大族和平共處，共同維護東晉政權；假如江東世家大族的經濟利益遭到嚴重損害，他們不但不肯發揮支持東晉新政權的作用，甚至會不惜一切來拆新政權的台。東晉政權認識到這一問題的嚴重程度，必須迅速解決。於是北來的世家大族就轉而去開發東土。……以王、謝爲首的北來世家大族率其宗族、鄉里、賓客、部曲，紛紛流寓到浙東會稽一帶，進而又發展到溫、台一帶，林、黃、陳、鄭四姓則移居福建。」這一段史實在方言關係上極具關鍵性，有必要強調移居福建的是再度南遷的北人而不是單純的吳人。

　　從漢語方言發展史的一面說，西晉末年北人南下以前，華北漢語方言實有東西之別。爲了便於稱說，我們可以把這種地理分野稱做中原東部和中原西部。從以下數例可知中原東部方言遠比中原西部保守。

　　(1) 庚三的分合　古陽部所屬的庚韻系三等開口字，到了傅毅、班固的時候，即西元60年左右，在鄒魯、扶風、京兆等大部分地區裏，都已轉入漢時的耕部；而在汝南、南陽等小部分地區裏，當時還沒完成這一轉變。（王顯，1984）用《切韻》韻類來說，中原東部是：清 ≠ 庚 = 陽，中原西部是：清 = 庚 ≠ 陽。

　　(2) 歌支分合　西漢時期，沿著長江北面一帶及山東等地區，歌支兩部的音讀是不分的。（虞萬里，1994）從後世語音流變看起來，這種分合消息表明：中原東部方言支部元音較低，中原西部（或其他）方言支部元音較高。

　　(3) 益石分合　《顏氏家訓‧音辭》批評呂靜《韻集》把「爲奇益石分作四章」。其實，益石上古不同部，晉代石爲鐸部，益爲錫部，仍非一部。（周祖謨，1966:438）呂靜是山東任城（今曲阜）人，他分益石爲兩韻代表中原東部方言的保守色彩。從呂靜到顏之推時隔兩三百

年，但呂顏的差異與其說是時代之別，不如說是地理類型之異。（張光宇，1992a）

(4) 三四等分合　陸法言編纂《切韻》曾取五家韻書作爲參酌之資。在那五家韻書當中，呂靜分韻最爲突出，同攝之內三四等大都分爲兩韻。（周祖謨，1966:455）

這四則漢語史文獻，庚三的分合年代最爲久遠，現代漢語方言無分南北都只有庚三清合流一種類型（北方*iŋ，南方*iaŋ）。其餘三則仍可見於華南，正應了唐代詩人張籍在〈永嘉行〉所說的話：「北人避胡皆在南，南人至今能晉語。」上文說過，移民路線大致是沿海的恆走沿海，內陸的多走內陸。從語言現象加以印證，信然有據。呂靜《韻集》的兩則猶廣見於吳閩方言。例如「益石」在閩方言爲元音前後（*iak：*iok）之別：

	潮陽	廈門	福清	福州
益	ia^{ʔ11}	ia^{ʔ32}	ia^{21}	ie^{ʔ21}
石	tsio^{ʔ55}	tsio^{ʔ4}	syo^{53}	suo^{ʔ4}

同攝三四等在現代漢語方言當中只見於浙南吳語和閩方言，以山攝三四等「連、蓮」爲例：

山攝例字	永康	浦江	青田	潮陽
三等「連」	lie^{11}	liɿ^{11}	liɛ^{31}	hiã^{55}（姓）
四等「蓮」	lia^{11}	lia^{11}	lia^{31}	naĩ^{55}

「油條」在吳閩方言通稱「油煠（炸）餜」，但寫法不一：
油炸鬼　見於《普通話閩南方言詞典》、《簡明吳方言詞典》。
油炸檜　見於《上海市區方言志》。
其實「鬼」係誤認，「檜」係附會（《補正俗字編》：相傳謂油炸宋奸秦檜夫婦也）。正字應作「餜」（《建州八音》注：饗之對）。這個食

品名稱在華北多見於山東，少見於他地。《濰坊方言志》的「油炸果
子」說法見於濰坊、坊子、寒亭、安丘、昌樂、臨朐、青州、壽光等
地。（錢曾怡等，1992:86）其中所寫「果」字正與「餜」同一音韻地
位。地理分佈表明，吳閩方言的「油炸餜」是中原東部移民從北方帶下
來的說法。

　　閩方言的第二個層次是司豫移民帶來的中原西部方言。它最突出
的特色表現在古全濁聲母不分平仄皆讀送氣清音。司豫移民所到之處都
留下這項類型特點，通泰方言如此，皖南、客、贛方言也莫不如此。這
是一個相當值得矚目的現象。爲了界定「什麼是閩方言？」，中外學者
曾經長期測試。羅杰瑞（Norman, 1988:229）總結認爲，任何一個漢語
方言如果古全濁聲母不分平仄兼有送氣與不送氣兩種表現的就可能是閩
方言。以定母爲例，假如某個方言「啼、頭、糖、沓」四字讀送氣清音
[tʻ]，而「蹄、銅、弟、斷、袋、豆、脰、毒」八字讀不送氣清音[t]，
那個方言很可能就是閩方言。於今看來，這兩種類型分別是司豫移民和
青徐移民帶來的。司豫移民的「送氣」類型廣見於客、贛、皖南和通泰
地區，在華北見於中原官話汾河片。有待說明的是青徐移民和「不送
氣」類型的關係。這一層關係有兩個支持。其一是古全濁聲母在膠東半
島文登、榮成一帶猶有平仄皆不送氣的殘跡。（張衛東，1984）其二
是西晉末年隨司馬睿南下的千餘家多從膠東半島的琅玡出發。閩南方言
「堂」[ɕtŋ̍]不送氣而「糖」[ɕtʻŋ̍]送氣正是青徐移民和司豫移民分別從中
原東部和中原西部方言帶下來的結果。這一點適足以說明，所謂層次不
同是地理背景不同和類型不同。兩種類型匯合在一起，這就是平面分析
理不出分化條件的原因。

　　昔韻在上古有兩個來源，昔A（益字一類）來自錫部，昔B（石
字一類）來自鐸部。以閩南話爲例，昔A有-iaʔ，-ik兩種唸法，昔B則
有-ioʔ，-iaʔ，-ik三種唸法。其中-ik係文讀，且不置論。白讀字例如
下：

昔A　僻pʻiaʔ˛，跡tsiaʔ˛，脊tsiaʔ˛。

昔B　赤tsʻiaʔ˛，席siaʔ˲，隻tsiaʔ˛，石tsioʔ˲，尺tsʻioʔ˛，惜sioʔ˛。

昔B的兩種唸法代表兩個層次，也就是兩個地域來源。其情況正如同古全濁聲母有「送氣」和「不送氣」兩種類型一樣。上文既已表過，昔B的「石」tsioʔ˲屬於中原東部現象，-iaʔ當來自中原西部。客、贛方言照例昔B只有*iak一讀。例如梅縣：赤tsʻak˛，隻tsak˛，石sak˲，惜siak˛。閩客方言昔B的*iak都是司豫移民口語的反映。

2. 南朝：江東吳語

閩方言的第三個層次是江東吳語。這是東晉朝野「共重吳聲」風氣下，北方移民「南染吳越」的結果。這一層次色彩鮮明，辨認起來並不困難。

1. 咸山兩攝三四等-ĩ/iʔ：除了三四等有別的情況之外，閩南方言咸山兩攝還有前高元音一讀，與吳方言最爲近似：（張光宇，1993）

例字	邊	變	添	天	見	鉗	燕	鐵	接
蘇州	꜀piɪ	piɪ꜄	꜀tʻiɪ	꜀tʻiɪ	tɕiɪ꜄	꜄dʑiɪ	iɪ꜄	tʻiʔ˛	tɕiʔ˛
溫州	꜀pi	pi꜄	꜀tʻi	꜀tʻi	tɕi꜄	꜄dʑi	i꜄	tʻi˛	tɕi˛
廈門	꜀pĩ	pĩ꜄	꜀tʻĩ	꜀tʻĩ	kĩ꜄	꜄kʻĩ	ĩ꜄	tʻiʔ˛	tɕiʔ˛

爲了探討常用鹽醃製講的閩南話「鹽」[sĩ꜄]的來源，有人認爲應從上古音著手。看了上列現象可以不假外求。《阿拉寧波話》：「鹽，音巳（zi），用鹽醃製。」對應關係無懈可擊。

2. 「柴」字士佳切，蟹攝開口二等。閩方言福州、古田、寧德、周寧、福鼎、廈門、泉州、永春、漳州、龍岩、大田、尤溪等地都唸[꜄tsʻa]。《普通話閩南方言詞典》以爲[꜄tsʻa]是「樵」字白讀，其實從吳方言最普遍的形式（za～dza）來看，其本字應作「柴」。這是閩方言先民「路過」江東時期習自吳方言的說法。

3.唐宋：長安文讀

閩方言的第四個層次是文讀系統。李唐躍身中國政治舞台不久，國力大振，聲威遠播，往昔鞭長莫及的地方如今悉歸中央節制。四海承平，百姓安居樂業，於是文教大興。唐都長安成為東西漢字文化圈的「震央」，地位可比回教世界的麥加。日本漢音傳自長安，閩南文讀的終極來源也是長安。漢音與閩南文讀的近似表明它們同出一源。文讀在福建地區的發展過程大約可以概括為：唐代播種、紮根，宋元開花、結果，明末以前已廣被民間。

《新唐書・常袞傳》：「始閩人未知學，袞至為設鄉校，課為文章，親加講導。……由是俗一變，貢士與內州等。」

陳衍《補訂〈閩詩錄〉敘》：「文教之開興，吾閩最晚。至唐始有詩人；至唐末五代，中土詩人時有流寓入閩者，詩教乃漸昌；至宋而日益盛。」

唐宋科舉以詩賦取士，詩教發達與文教發達互為表裏。詩賦講求押韻合律，不能無所準繩。這個準繩不是別的正是唐都長安──洛陽的讀書音。這個讀書音以廈門韻母系統為例，呈現如下的特點：（只舉開口，促聲從略）

	果	假	遇	蟹	止	效	流	咸	深	山	臻	宕	江	曾	梗	通
一	o	—	ɔ	ai	—	o	o	am	—	an	un	ɔŋ	—	iŋ	—	oŋ
二	—	a	—	ai	—	au	—	am	—	an	—	aŋ~ɔŋ	—	iŋ	—	—
三	io	ia	ɔ~u	e i~u	i~u	iau	iu	iam	im	ian	in	iɔŋ	—	iŋ	iŋ	ioŋ
四	—	—	—	e	—	iau	—	iam	—	ian	—	—	—	—	iŋ	—

文讀的推廣主要仰賴學堂，戲曲界也有推波助瀾之功。例如閩南梨園戲師傳嚴謹，道白考究，每個字的讀音和咬字都有一定的規範。道白分文讀和白讀，文讀一般用在身分和文化修養較高的人物如讀書人、官

宦、閨門小姐等,白讀用在身分較低下的人物或丑角或性格風趣的人。
(李麗敏,1992)作為宋元南戲遺響的梨園劇團有如紀律嚴明的文化
軍,隨著公開演出的需求經常轉移陣地,把文讀夾在白讀中傳送給庶民
大眾;舞台形同講台,觀眾好比學生,使文讀的散播日益波瀾壯闊。

　　唐初陳政、陳元光父子,唐末王潮、王審知兄弟對閩方言文讀的
推廣似乎也有功勞。陳氏父子在西元669年領135將校、八千多士兵到
漳、潮一帶鎮壓畬族的叛亂。事平之後,悉數定居屯守。王氏兄弟領軍
數萬入閩,審知且受梁封為閩王,治閩五十年(893－945)。這前後
兩次入閩的軍隊肯定會對閩方言產生衝擊,對文讀的推廣也大有助益。
陳氏父子和王氏兄弟都出自河南光州固始,其士兵也多來自河南。從後
世西南官話的情況看來,軍隊往往是語言的傳播體。不過,我們今天已
難以衡量這前後兩支軍隊對閩方言文讀推廣的力量達到什麼地步。我以
為在學堂裏師徒相傳,透過梨園戲普及民間是文讀廣被的主要方式。陳
氏父子守漳最大的影響是把九龍江以西以南變成漳州話的分佈地。王氏
兄弟的最大影響是把洛陽等河南方言植入福州。比較:

	格革隔	克刻客
洛陽	kai	k'ai
福州	kai?	k'ai?

福州這類字的讀法是白讀而非文讀,多見於閩江以北而少見於閩南。足
見文讀的傳習別有其他途徑。

　　明鄭以來,台灣與閩南故土隔絕了三四百年,可是兩地文白異讀系
統如出一轍,差異微乎其微。這個事實說明,閩南文讀系統在明末以前
早已廣被民間。

　　總起來說,閩方言層次的時代背景包括西晉、南朝和唐宋三個階
段,地域來源包括中原東部、中原西部、江東吳語區和長安文讀系統:

時代	地域來源	性質
西晉	中原西部，中原東部	白讀
南朝	江東	白讀
唐宋	長安	文讀

宋代以來，閩語已經相當定型化，只有邊陲和飛地可以見到若干發展變化，核心地帶的閩語沒有什麼大的變動。

二、前人學說述評

經由層次分析，閩方言形成的時代在西元四世紀至西元七、八世紀，地域來源涵蓋大江南北。這個移民史和漢語史文獻共同映照的看法與前人大異其趣。底下分層次、時代和地域三個方面對前人的學說略作述評。

1. 層次問題

把層次觀念引進閩方言研究是羅杰瑞（1979）的重要貢獻。由於這個觀念，人們開始認識到文白兩分法的粗疏。羅杰瑞的三層次說以下列四個單字音的分析為基礎：

「天」	I	II	III	方言	例字	I	II	III
將樂	thaĩ¹	thieng¹	thieng¹	廈門	石	tsio²˰	sia²˰	sik˰
廈門		thĩ¹	thien¹	廈門	蓆	ts'io²˰	sia²˰	sik˰
福州		thieng¹	thieng¹	福州	懸	ˍkein	ˍhein	ˍhien

其中I層來自漢代，II層來自南朝，III層來自晚唐。這種分析比起傳統的文白兩分顯然精密許多，不過仍有其侷限。

我們以音類為分析基礎，很快就可得出四個層次。例如匣母就含有k-，k'-，ø-，h-四個層次：

	匣母	寒	環	學
白讀		₌kuã	₌k'uan	oʔ₌
文讀		₌han	₌huan	hak₌

青韻也有-an，-iã，-ĩ，-iŋ四個層次：

　　-an：零星₌lan　₌san，瓶₌pan

　　-iã：鼎ᶜtiã，聽ᶜt'iã，定tiã²

　　-ĩ：青₌ts'ĩ，星₌ts'ĩ，醒ᶜts'ĩ

　　-iŋ：零₌liŋ，定tiŋ²，青₌ts'iŋ

　　就像考古類型學中的一個層位是一個橫切面一樣，我認爲閩方言的一個層次是一個面的現象，談到面不能不顧及「共存關係」或類型特點。這就是上文採取音類分合爲層次辨析的原因。從「共存關係」上看，上列匣母和青韻的形式可以分析如下：

	中原東部	中原西部	江東吳語	文讀
匣母	k-	k'-	ø-	h-
青韻	-an	-iã	-ĩ	-iŋ

其中匣母（*g-）的兩種唸法k-，k'-分別來自中原東部和中原西部；青韻的-an，-iã意義也不相同，前者不見於清韻代表三四等有別的四等形式（*aiŋ→an），後者復見於清韻代表三四等合流，這種合流現象廣見於客贛方言。簡言之，青韻的-an源於中原東部，-iã源於中原西部。這共時的兩個方言類型在羅杰瑞的分析中並未得到適切處理。

　　總之，羅杰瑞以單字音爲基礎所作的分析得出三個時代層次，我的分析以音類爲基礎兼顧共存關係得出三個時代階段，四個地理類型背景。

　　2. 時代問題

　　白保羅（Benedict, 1982）認爲原始閩語在原始漢語之後即與其他

漢語方言的共同祖語（即一般所稱「上古漢語」）分途發展：

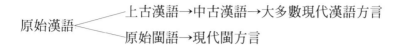

原始漢語　┌─ 上古漢語→中古漢語→大多數現代漢語方言
　　　　　└─ 原始閩語→現代閩方言

這種說法源自高本漢。高本漢（Karlgren, 1954:216）認為：「現代漢語方言（除了閩語之外）都從《切韻》語言演化而來」。如所周知，高本漢是站在《切韻》重建的立場上說的，他賴以重建的33種方言材料北方偏多而南方偏少也難免左右他的視線。高本漢的說法無非表明，就邏輯過程而言，閩語在相對年代上比起其他方言保守。問題就在保守的內容是什麼？下列兩點是無法迴避的：

1. 保守《切韻》同攝三四等的區別。這種區別除了閩語和浙南吳語之外不見於其他任何方言。

2. 保守昔韻上古漢語錫、鐸兩部字的對立。這種對立在閩語是元音前後（*iak：*iok）的對立，在吳語和長江中下游沿岸的方言是高低（*ik：*iak）的對立。這兩個事實不免迫使白保羅的理論發生基礎性的動搖。

白保羅關於原始閩語源自原始漢語的說法大約是從心母h-聲等現象得到啓發。例如閩南方言「歲」字讀hue˫。董同龢（1960:989）指出：「古s-照例不變閩南的h-。不過由歲字的諧聲關係來看，他在上古必然和k-，k'-，x-系字有關係。那麼閩南的讀法當不是直接從《切韻》來的。」董同龢的推論合情合理，白保羅據以說明閩語來自原始漢語也順理成章，因此他在《漢藏語概論》把「歲」字擬作*s-hwiy。但是，應該指出，歷史語言學的重建在於探討語言發展的邏輯過程，重建內容只有相對年代的意義。論及方言形成問題首重歷史過程，必須結合移民史和漢語史相互參證。白保羅未能見到閩語和中古漢語、上古漢語的關係，因而使他的閩語脫胎於原始漢語的說法帶有很大的片面性。其盲點

就在把閩方言的「根源」視爲「形成」。從歷史過程看，白保羅的學說簡直是個空中樓閣。

　　大約出於同一思考模式，梅祖麟和羅杰瑞（1971）在「試論幾個閩北方言中的來母s-聲字」也採用重建的方式，把來母s-聲的來源定爲上古時期的*Cl-型複輔音，結論指出：「早期的閩語該有相當多的複輔音，由此可見閩語與其他漢語方言分支之早。」其實，閩北來母s-聲與閩南次濁聲母讀h-都是「氣流換道」演變的結果。前者是氣流由舌邊到舌央的變化，後者是氣流由鼻腔到口腔的變化。（張光宇，1989b）現象既可從中古聲母出發得到解釋，就沒有必要另起爐灶從上古複聲母尋求解釋之道。上古複聲母的前提既不存在，他們的結論也自然頓失依傍。

　　梅祖麟和羅杰瑞（1971）雖有「分支早」的籠統說法，但沒有時代節點的提議。到了1979年羅杰瑞提出時代層次說的時候，他推論閩語最早的一個層次來自漢代。隨後，丁邦新（1983）進一步把分支節點定在兩漢之交。

　　兩漢之交說以支韻B類（上古歌部）字爲論說基礎。例如廈門、潮州等閩南方言「騎、徛、寄、蟻」都唸-ia韻，與李方桂先生所擬歌部形式*jar相當近似。這一類字在西漢時期仍留在歌部，東漢以後才轉入支部（*jei）。（羅常培、周祖謨，1958）東漢以後，這類字不再與歌部有何瓜葛，元音也節節升高。丁邦新據此認爲閩南支韻B類的-ia是從兩漢之交的漢語主流分支出來的。同類現象也見於吳方言，例如「蟻」字在下列浙江方言多半帶低元音：昌化ŋa⁴⁵、壽昌ŋe²¹²、淳安ɑ³³、開化ŋɛ¹³、常山ŋɛ⁵³、江山ŋɑɪ³²、遂昌ŋɑ¹²、龍泉ɦua²²、慶元ŋa³²²、浦江ŋɑ³⁴、蘭溪ŋɑ³³、東陽ŋa⁴⁴⁵、湯溪ɦua¹²、宣平ŋA¹¹³、松陽ŋa²¹²、雲和ŋɔ⁵⁴、景寧ŋɑ³²、嵊縣ŋa²²、新昌ŋɑ³³、縉雲ŋo³²、青田ŋɑ⁴⁴、永嘉ŋa²⁴、文成ŋa³³、樂清ŋɛ²³、溫州ŋa³³、瑞安ŋa²⁴、平陽ŋa³³。（傅國通等，1992）尤其值得注意的是這些地方多在浙江南部，大體與三四等有區別的方言重疊。

從移民史路線圖看起來，這樣的地理分佈絕非偶然，正是青徐移民過江之後再度南遷所留下來的痕跡。其時代應在東晉以後。

3. 地域問題

閩方言的地域背景在層次學說提出以前鮮有學者論及。隨著「時代層次」觀念的進展，人們逐漸意識到，層次似乎不只跟時代掛鉤，也有地域來源的問題。融入地域的考量之後，關於時代的看法也發生了變化。羅杰瑞對閩語地域來源的問題前後提過兩種看法，較早的是吳閩方言關係說，最近的是古南方話說。前說反應熱烈，後說未見回響，一併檢討如下。

吳閩方言關係說是羅杰瑞（1983）在查考十四個閩語古方言字之後提出來的。他的例證包括：

1. 浦隩《爾雅》：隩隈。段玉裁《說文》注：今江東呼爲浦隩。隩即澳，是海灣的意思。福州o⁵，廈門u⁵。

2. 袩《方言》：袩襦謂之袖。郭璞注：衣標音襦，江東呼袩音婉。《廣韻》婉。於阮切。福州uoŋ³，廈門ŋ³。

3. 藻《廣韻》：藻，符霄切，方言云：江東謂浮萍爲藻。福州p'iu²，廈門p'io²。

4. 健《爾雅》：未成雞健。注：江東呼雞少者曰健；健音練，廈門nuã⁶。

5. 蟣《爾雅》：蛭蟣。注：今江東呼水中蛭蟲入人肉者爲蟣；蟣音祈。福州ma² k'i²，廈門go² k'i²的k'i²即此字。以這類方言字爲基礎，羅杰瑞認爲閩語的來源是《切韻》成書以前的江東或吳方言。值得注意的是，此說一出未免把1979年劃然有別的時代層次模糊化。儘管如此，他的吳閩關係說得到以下兩家的推闡。

1. 周振鶴、游汝杰（1986）認爲：「閩語的主要淵源應該是東漢三國時期的吳語，因爲福建的漢人主要是這一時期開始從江浙一帶遷入

的。他們帶來的這一時期的吳語與當地閩越族語言經過交融後，逐漸形成與今日吳語大不相同的閩語。」（頁15）又說：「吳語歷史雖然最為久遠，但在表現形態上卻不算最古老。因為三千年來它一直受到不斷南下的北方話的強烈影響。比較原始的吳語特徵反而保留在閩語裏頭。」（頁38）

2. 丁邦新（1988）的說法是：「現在吳語的底層具有閩語的成分，可能南北朝時的吳語就是現在閩語的前身，而當時的北語則是現在吳語的祖先。」

這兩家說法把羅杰瑞的「切韻以前」改為「東漢三國」、「南北朝」。為了解釋日後吳閩方言的差異，兩家又各有推論。依周、游兩人的說法，吳閩本一家，古吳語和閩越語交融之後成為閩語，古吳語受後起北方話影響的是吳語。以公式表之，就是：

閩語 ＝ 古吳語 ＋ 閩越語

吳語 ＝ 古吳語 ＋ 北方話

丁邦新的看法有類「掏空移植式」，南北朝的吳語連根拔起移植到福建成為閩語，北方話乘虛而入江東再生而為今日吳語。周、游兩人的說法貼近真相，丁邦新的說法乖離事實。這兩家推闡吳閩關係的學說共同忽略了北人再度南遷的史實：閩語中的吳語成分是中原移民「路過」江東時期夾帶南下的結果。

當後人循其視線繼續推演前行的時候，羅杰瑞本人已轉移焦點發現了閩客方言的密切關係。這一發現促使他放棄閩語源自吳語的說法，改提「古南方話」（Old Southern Chinese）的假設，以便於籠罩更廣的現象。

古南方話的假設大意是說：閩客方言關係特別密切，這個事實只有假設它們早期有一個共同的淵源才能夠解釋。已知閩方言含有許多早於《切韻》的成分，可見這個共同淵源必定在西元前二、三世紀已被帶到南方。至於一般所說的客贛方言關係實際上是相當膚淺的。（Norman,

1988:222）羅杰瑞所說的古南方話範圍包括今天的閩、粵、客和一部分吳語。這些方言呈現如下共同點：

1. 上古歌部字都帶-i尾。梅縣「我」꜀ŋai，廣州「舵」꜀t'ai，福州「破」p'uai꜄。

2. 「毒」字當名詞和當動詞說法不同。

	名詞	動詞
梅縣	t'uk꜊	t'eu꜄
廣州	tuk꜊	tou꜄
福州	tøik꜊	t'au꜄

依羅杰瑞的說法，這些共同現象是西元前二、三世紀由北方帶到南方來的，閩、粵、客方言的來源就是從這個共同的南方話的基礎上成長起來的。

　　羅杰瑞試圖以秦始皇發配五十萬大軍屯守嶺南作為古南方話假設的歷史背景。這個背景與「冶」的郡望問題同樣撲朔迷離。（勞幹，1935；蔣炳釗，1981）如果秦軍的語言和閩方言有任何關係，至多表示在「根源」上有某種聯繫，閩方言的「形成」首先必須分清層次，找尋各層次的時代和地域來源。如此說來，古南方話的假設只不過是尋根工作的一部分，對閩方言的最終形成並無解釋。

　　為了聯繫閩客方言，羅杰瑞把客贛方言的關係拉遠，實為得不償失。上文說過，客、贛方言和江蘇通泰方言、皖南方言共有的類型特點是司豫移民留下的足跡。閩方言的一部分先民來自司豫，就因此故閩客方言才有難以切割的聯繫。羅常培（1950）很早就從客家遷徙蹤跡提出客贛方言「同系異派」的說法。羅杰瑞（Norman, 1988:222）不否認族譜資料顯示客家人源自四世紀的北方，但又認為這與客家話的起源是兩碼事。如此一來，羅杰瑞不免陷入兩難，語言類型不足為據，移民史文獻也不足為據。其實，只有首先把客贛方言關係建立起來，閩客方言

的關係才能加以釐清。羅杰瑞既以古全濁聲母的兩種演變類型並存作為閩語的定義，其中清音送氣類型正是客贛共有的特點而不僅僅是客家話的特點。客贛關係無從否認，古南方話的假設不免基礎動搖。

　　羅杰瑞從吳閩關係說轉而倡議古南方話說，地理背景變得更加模糊，時代背景卻反而更加明確。其實，新說不如舊說。因為，吳閩方言關係說至少解釋了閩語中的一個層次，古南方話說對閩、客、粵、吳方言的歧異全然沒有解釋能力。

　　華南原為百越棲息之地，北方漢人南下不免要與南方土著產生互動關係：少數民族逐漸漢化而北來漢人習染吳越。從這個觀點上說，「古南方話」假設不如留給少數民族語言底層。橋本萬太郎、余藹芹的「侗台語」底層說和羅杰瑞、梅祖麟的「南亞語」底層說都試圖為南方習見而北方罕見的「漢語」成分（例如閩方言常用詞「骹」和「囝」）找尋其非漢語的根源。不消說，這種嘗試足以深化漢語南方方言形成與發展的認識。問題就在：北方漢人不南下，南方漢語方言如何成立？底層現象又從何說起？

　　總結言之，閩方言是一個層次複雜的綜合體，探討閩方言形成首先必須從事層次的考古類型分析。層次是時代、地域和類型三位一體的「面」的現象，一個面上佈滿共存關係的網絡。關於時代問題，前人多從邏輯過程立論，仰賴歷史比較語言學的重建方法；我認為應從歷史過程立論，結合漢語史和移民史文獻。用考古類型學的話來說，邏輯過程專注器物的製作年代，歷史過程除了製作年代之外還同時照顧器物的傳承和棄置年代。方言形成應從器物棄置年代算起。北方移民經過江東到達福建才逐漸形成與北方故地不同的方言。至於地域背景的探討，也因為缺乏古代方言地理類型的觀念，目光不及於大江南北，其結果不是偏於一隅，就是失於空泛。

第六章　閩方言：音韻篇

　　歐亞大陸有兩個語言東西對峙，相互爭輝：西北波羅地海海濱矗立著傲視群倫的立陶宛語，東南東海海濱散佈著世外桃源般的閩語。立陶宛語是日耳曼語系裏最古老的一支，其保守態勢比西元前五百年到一千年的原始日耳曼語還近於原始印歐語[1]。閩語是漢語最為古老的一支，其保守態勢比西元七世紀的中古漢語還要早，時或超過上古漢語而近乎原始漢語（Chang, 1972）。從這個意義上說，立陶宛語和閩語有如歷經風霜的古語燈塔。

　　保守及其對立面創新是歷史比較法的結晶，只有在語言的連續性成立的情況下才說得清楚。例如法語數詞「百」從原始印歐語往下看，經歷了九個階段，內含八個變化：kṃtom > kemtom > kentom > kent > cent > sent > sen > sẽ > sã。這八個變化是：(1) 拆解（unpacking, ṃ > em）；(2) 同化（-mt- > -nt-）；(3) 音節失落（-om > -ø）；(4) 顎化（k > c）；(5) 擦音化（c > s）；(6) 塞音尾消失（-t > -ø）；(7) 鼻化（en > ẽ）；(8) 元音降低（ẽ > ã）。

　　這九個階段是歷史語言學家據語言發展不平衡的事實所建立的邏輯過程（Crowley 1997:55-56），貫穿其間的八個變化就是語音學家心目中的最佳途徑（an optimal route）。前一個環節是保守，後一個環節是創新，環環相扣。

　　二十世紀漢語語音史研究的重心在探討文獻材料的音系內容，重建工作前仆後繼，很少同時關涉語言的連續性。王力（1985）晚年頗留心於語言的連續性，但是在文獻材料的束縛下，語音發展不是一成不

---

[1] Sapir（1921）的原文是：「We have already seen that Lithuanian is to-day nearer its Indo-European prototype than was the hypothetical Germanic mother-tongue five hundred or a thousand years before Christ.」（p.171）

變，就是跳躍前進，看不見幾多邏輯過程。例如「牛」的聲母從宋代到現代的變化是：ŋ > j > n；「霜」的讀法從宋代到元代是：ɕiaŋ > ʂuaŋ（王力，2008）。中間的斷裂性是很明顯的。語言的連續性係從比較方法提煉出來的，單從文獻著眼上述斷裂性幾可說是必然的。

　　閩語號稱保守，這種概括大體不錯。其實，這是一個不甚完整的印象，這個印象把人們的注意力全都引導到存古的面向。如何經由比較方法，把閩語的保守與創新呈現出來，無疑是焦點所在。

一、閩語重建

　　閩語重建是漢語語音史重建工程的一環。就重建工程來說，所有漢語方言都應延攬在內為漢語語音史研究服務，閩語並不自外。然而，從高本漢晚年的一段談話以來，學界目光焦點開始集中在閩語身上。這段談話是說，現代漢語方言都從《切韻》脫胎而來，只有閩語例外[②]（Karlgren 1954）。如果用樹形圖來呈現，大體可如下示：

　　左圖是從高本漢的話推想出來的草圖，據此草圖實施比較法即為右圖。後代學者所說「閩語超越《切韻》」的說法都根源於此（例如董同龢1960：1016）。這就是閩語重建的意義。

　　作為漢語語音史繪圖的一個特殊面向，古閩語重建從一開始就採

---

② Karlgren（1954）的原文是：「they all (except the Min dialects) derive from the Ts'ie-yun lan-guage.」（p.216）

取有別於傳統的途徑。漢語語音史研究的傳統途徑是：以攝爲綱，韻分四等；開合洪細，囊括其中。換言之，用方言詮釋韻圖，用韻圖掌握《切韻》。古閩語研究者認爲，這種途徑會扭曲《切韻》，正確的途徑是：把方言的地位提升上來與韻圖並排去瞭解《切韻》（Norman 1988:41）。瞭解韻圖的用處及其局限，古閩語的重建就在甩棄傳統包袱的狀況下展開，其結果如與《切韻》有所不同也在預料當中。底下，就是古閩語重建工程的部分成果（Norman, 1973）：

平聲	例字	福州	廈門	潮州	建陽	建甌	邵武
*b	爬	2p	2p	2p	2p	5p	2p'
*bh	皮	2p'	2p'	2p'	2p'	5p'	7p'
*-b	瓶	2p	2p	2p	9v	3p	2p'
*p	分	lp	lp	lp	lp	lp	lp
*ph	蜂	lp'	lp'	lp'	lp'	lp'	lp'
*-p	飛	lp	lp	lp	9ø	3ø	3p'

　　數字表調類，其後是聲母表現。如何看待這樣一張嶄新的畫面？

　　首先，我們得肯定這是執行比較法的結果。這六個古閩語聲母是根據六種對應關係建立起來的；如非聲調有別，就是聲母有異。其中 *b、*bh、*-b，在《切韻》同屬一類（並母*b），*p、*ph、*-p在傳統韻圖只分兩類（非、敷）；幫、滂合在*p、*ph討論，因此沒有單獨舉例。

　　如果我們只看沿海閩語（福州、廈門、潮州），聲母只有四類：*b、*-b無別，*p、*-p不分。多出來的兩類（*-b、*-p）主要是因爲內陸閩語（建陽、建甌、邵武）的特殊表現。就聲母而言，古濁音部分建甌與沿海閩語一致；古清音部分沿海與內陸大體一致，只在*-p中有別。*-b、*-p是所謂軟化聲母（softened），在方言或者弱化（*-b > v-）或者消失（*-p > ø-）。

　　面對這六種分法，傳統音韻學者頗感疑惑，認為於古無據，大大破壞既有規模。回憶一下洪尼斯華爾德的話：「不管是比較法還是內部重建法，都不仰賴文獻材料。」[3]（Hoenigswald, 1991）用於古無據去否定上述成果，那是對比較法的誤解，也是一種污衊。比較法有雙重性質（dualism），方法的運用是一回事，成果的解釋是另一回事[4]（Fox, 1995）。幾種對應關係反映幾種古音來源，這是比較法的正宗作法。至於如何解釋其成果，往往得從別的（有時是超語言的extralinguistic）因素去考慮。那六種聲母的寫法只不過代表六種聲調和聲母的對應關係。

　　孕育閩語的自然地理相對封閉，三面環山，一面臨海。但是從北到南山口不少，其中有兩個都叫分水關，此外還有鐵牛關、楓嶺關、杉關……歷史上比較有名的相關記述是明‧王世懋《閩部疏》所提：「建邵之人帶豫音。」這個豫就是古稱豫章的南昌，代表江西口音在建陽、建甌、邵武的勢力。由於北鄰浙江，吳語隨移民翻山越嶺進入閩境。古閩語的濁聲母在邵武都是清送氣，如果把邵武這類字移走，其餘閩語相對一致。同樣的，如把所謂軟化聲母暫時移走，其餘對應相對整齊。換言之，內陸三方言的特殊現象有必要另外處理，因為可能是特殊環境下起於語言接觸的產物。（王福堂1999：87）

　　上述比較法的演練呈現了好幾個漢語方言學的問題。就理論上說，上述結果是比較法同質假設的產物，分化模式的邏輯必然。六分法的主要支柱是內陸閩語，從這個原始形式出發，沿海閩語是合流的結果：*-b與*b-合流，*-p與*p合流。從方言地理學上說，結論恰恰相反。因

---

[3] Hoenigswald（1991）的完整說法是：「It should, however, be undertood that neither the comparative method nor internal reconstruction depend on written records.」

[4] Fox（1995）的原文是：「The application of the methods on the one hand and the interpretation of the results on the other.」（p.13）

為方言區內分核心地區（heartland）和周邊地區（periphery），後者常因與他方言毗鄰染上過渡色彩。軟化聲母見於過渡區而不見於核心區，絕非起於偶然。

　　真正引人入勝的是大面積呈現的一致性：為什麼一個並母在閩方言分讀送氣與不送氣兩類而聲調並無不同？從文獻材料看，這種情況叫無條件分化。然而，這也非事實。從方言地理學上看，所謂無條件分化，其實是兩類型並存，起於語言接觸；如非文白異讀，就是方言融合。

二、層次分析

　　閩語重建所呈現的另一個問題是層次分析。其挑戰是：語言學家得從一個平面系統去透視其立體斷面。考古學家往地下挖掘，可以根據土質顏色分出層位，越往下越古老，每一層位的歷史遺物代表同一時期的棄置品——雖然製作年代未必一致。相形之下，方言的層次分析困難多了，而閩語在所有漢語方言中層次最為複雜。雖然如此，帶著一點考古類型學的概念去嘗試瞭解閩語的層次分析，可使抽象內涵變得稍微具體一點。

　　1.點的分析。層次的初步工作是就單字在詞語的發音進行匯集整理。例如「星」字在閩南語有 ₌ts'ĩ（星～仔）、₌san（零星）、₌siŋ（明星）三種讀法，據此暫時假設它們代表三個層次。

　　2.線的分析。層次分析的第二個步驟是就單字所屬的音韻類別進行橫的聯繫。例如「星」字的古代聲母是心母（*s-），這個古聲母下有無平行現象。結果是「臊」有 ₌ts'o、₌so 兩讀。據此，我們暫時建立心母有 ts'-、s- 兩個層次。韻母的線的分析是就青韻整韻字進行分析，結果是多出一類 -iã，如「鼎」 ᶜtiã（鍋子）所示。據此，梗攝開口四等可以暫定為 -an、-iã、-ĩ、-iŋ 四個層次。

　　3.面的分析。擴大線的分析把相關音類延攬在內觀察彼此異同

就是面的分析。心母的相關音類是生母、書母等,這是就古音中清擦音(*s-、*ʃ-、*ɕ-)合併觀察。結果是:這三個古聲母在閩南方言都有tsʻ-、s-兩種情況:生ₑtsʻĩ、ₑsiŋ/舒ₑtsʻu、ₑsu。青韻的相關音類是清韻,比較結果顯示:清韻有-iã、-ĩ、-iŋ三類,青韻比清韻多出一類-an。比較範圍越廣,越能深入瞭解層次的內涵。

點、線、面除了代表單字、單一音類和相關音類之外,在方言地理上也可用來代表單個方言點、單一方言片和相關方言片。廈門是點,閩南是線,閩語是面。為了區別,前者可以稱做音類的點線面,後者可以稱做地理的點線面。

這兩種點線面分析是彼此強化的,如果我們對層次的瞭解是一種具有演變類型特點的共存關係的話。不難設想,共存關係越古越稀,越晚越多。僅憑這樣的認識,文讀系統就可以充分掌握。例如,在韻母系統上凡一二等同韻,三四等同韻,彼此可以相押的,就是文讀:咸一二-am,咸三四-iam,其它讀法是白讀。心、生、書今讀擦音的是文讀,讀塞擦音的是白讀。「星」字ₑsan,韻母是白讀,聲母與文讀ₑsiŋ所見相同是「層次重疊」;文讀-iŋ是梗攝二三四等一致的。「舒」字在韻母(-u)文白層次重疊。重疊是指來源不同而讀法相同,或者讀法相近經過系統調整變成相同。

層次分析的另一個相關概念是取代作用。「星」字所屬的梗開四共有四種韻母,其中只有三種(-ĩ、-an、-iŋ)見於星字,-iã並未出現。然而「拼、鼎、廳、聽、定」都有-iã這個白讀形式,相應的入聲讀法-iaʔ見於「壁、錫」。很可能「星」原來的-iã韻讀法是在發展過程中失落了。

此外,值得特別注意的是同層異讀現象。例如「郭」字漳州、廈門、泉州的白讀(見於姓氏)是kueʔₐ > keʔₐ > kəʔₐ。平行的例子見於果合一,底下是個比較表:

例字	漳州	廈門	泉州
郭	kueʔ˦	keʔ˦	kəʔ˦
果	˘kue	˘ke	˘kə
火	˘hue	˘he	˘hə

　　廈門所見是介音消失，泉州進一步元音央化。

　　層次分析的最大意義在探討方言如何形成與發展。如果一個方言只是文讀一層，白讀一層，那也許可以說是簡單的疊置關係；白讀是方言固有，文讀是從讀書音引進之後借貸過來，早晚不難判明。如果超過兩層，到底多出來的一層或兩層是怎麼進入方言的？如果文讀有兩層，那也容易；如果白讀有兩層或更多，如何溯源？從語言接觸的歷史語言學經驗來看，口語中有兩層語言成分起於雙語人口的語言交融或干擾。從移民史看，這樣的接觸應發生在西晉末年永嘉之亂（314年）以後的東吳地區，北方移民「南染吳越」，構成所謂「洋涇濱化」（pidgionization）的現象。到了侯景之亂（548年），這批北人的子孫南遷之時，其語言早已克里歐化（creolized）。從永嘉之亂到侯景之亂的兩百多年歲月，語言有足夠的時間交融變化；這洋涇濱語言的吳語成分至今還相當耀眼、鮮活，至於其中的西晉北方話成分相對較為隱微。早期的北方是一個簡單概括，移民史路線顯示應分東西兩股勢力，語言上這種差別辨認為難。福建先民帶著克里歐化的語言來到生活新天地，隨著唐宋時代文教推廣，新的洋涇濱化開始浮現；文讀滲透到日常生活成為口語。

　　總結言之，從層次分析和移民過程來看，閩語的形成發展是：洋涇濱化、克里歐化、洋涇濱化。大體可如下示：

西晉　　　　　南朝　唐宋　　現代
北方東、西漢語 + 吳語 + 讀書音 = 閩語

這樣的發展途徑還僅只是就漢字音來說，南染吳越其實還應包括漢

字無法表現的口語成分。

三、聲母問題

　　閩語保守形象主要歸功於其聲母，尤其自清朝中葉錢大昕（1728-1804）提出「古無輕唇」、「古無舌上」的學說之後，那種印象變得更加深刻；保守幾乎成爲閩語專屬的形容詞。因爲這樣，其創新之處常遭忽略。

　　1. 十五音。閩語地方韻書的最大共同點是十五音，包括《建州八音》、《戚林八音》、《渡江書十五音》、《雅俗通十五音》、《匯音妙悟》等代表建甌、福州、廈門、漳州、泉州的地方韻書都反映了十五個聲母系統這一共同特點。潮州的所謂《增三潮聲十五音》代表後來的發展，增三之後成爲十八個聲母。由於音近合流的關係，有的方言只有十四個聲母（如廈門），有的方言（如惠安崇武鎭）更進一步合流只有十三個聲母。閩語的聲母數居漢語方言末位，崇武是閩語中聲母最少的方言。

　　2. 保守性。除了非組讀雙唇音（p、p'、b/m）、知組讀舌尖塞音（t、t'）之外，閩語聲母的保守性還包括章組讀如見組，心生書分別讀如清初昌母，例如下表：

例字	指	齒	痣	支	柿	星	醒	生	鼠
廈門	⁻ki	⁻k'i	kiᵓ	₌ki	k'iᵓ	₌ts'ĩ	⁻ts'ĩ	₌ts'ĩ	⁻ts'u
切韻	tɕ-	tɕ'	tɕ-	tɕ-	dʒ-	s-	s-	ʃ-	ɕ-

　　《切韻》歸爲擦音的閩南讀塞擦音，《切韻》歸在塞擦一類的閩南讀爲塞音。歷史語言學的經驗顯示，弱化多於強化，上列閩南聲母顯然不是從《切韻》系統變出來的。如何變出來？這個問題得回到陸法言

的序文才能理解。他說：「我輩數人，定則定矣。」——如有保守與創新兩派讀法，陸法言悉采新音（周祖謨1966）。方言如與《切韻》不同，那是起於《切韻》未加采錄。其中的崇母字「柿」，古音家或以為例外，從音變條理看只不過多進一步：g > dʐ > dʒ。上列章組字：k，k' > tɕ, tɕ'。上列心生書母字的閩南讀法來自*ts'、*tʃ'、*tɕ' > ts'，《切韻》的讀法來自*ts'、*tʃ'、*tɕ' > s、ʃ、ɕ。

至於匣母字讀舌根塞音的，吳語都讀濁音*g，其理至簡：g > k（寒₌kuã），g > k'（環₌k'uan）。吳語在這一方面比閩語保守。閩語匣母的四種讀法中，k、k'可能代表早期北方中原東西，零聲母ø-為吳語成分，h-為文讀系統。

3. 捲舌音。閩語表面上沒有捲舌聲母，深入透視之後不難看到莊組留下曾經捲舌的跡象。例證一是廈門「莊₌tsŋ、章₌tɕiũ、張₌tiũ」，同為宕開三一類，為什麼「莊」字沒有介音？例證二是廈門「思、師」同讀[₌su]，為什麼同為止攝字，章組（詩₌si）、知組（智tiˀ）沒有類似的後元音讀法？這個問題得從漢語語音史舌尖元音的發展談起。文獻上，舌尖元音最早出自晚唐五代，也就是止攝的精組別出一部，王力（2008:287）稱之為資思韻（-ɿ）。第二個文獻是元代《中原音韻》的支思韻，涵蓋的聲母是精、莊章（-ɿ、ʅ）。第三個文獻是清初《李氏音鑒》的第七韻，含精莊章知四個聲母，我把這個韻部稱做知思韻。這樣的發展似乎短少一個環節，也就是宋代的資師韻，含精莊兩組在內的舌尖元音。比較一下：

年代	晚唐五代	宋代	元代	明清
聲母	精	（精　莊）	精莊章	精莊章知
文獻	資思韻	（支魚韻）	支思韻	第七韻
今稱	資思韻	資師韻	支思韻	知思韻

文獻上短缺的一塊是北方短缺，南方不缺；南方宋代文獻所見的

「支魚通押」廣泛見於福建，轄字範圍正是精莊兩組止攝與遇攝字相押（-u）。舌尖元音具有後高（-ɯ）性質，廈門文讀「思師」的-u就是從-ɯ變來的：sʅ，ʂʅ > su。換言之，廈門這類字的後高元音反映早期舌尖元音來源，其中的莊組在北方應是一個捲舌聲母系列。「莊」字介音丟失，起於聲母捲舌化過程，而不是單純丟失。閩語本身沒有捲舌聲母，它的莊組字反映曾經歷捲舌階段。

4.次濁音。古聲母次濁一類在閩方言的創新形式常被視爲保守姿態。保守與創新只有放在語言連續性中去看才能說得清楚，絕非一步到位的簡單假設能解決的。

(1) 邊音。來母（*l-）讀成舌尖－齒齦清擦音（s-）及其變體舌葉音（ʃ-）是福建西北與閩中方言的特色。例如明溪方言：螺sueˍ、膈sueˍ、蘆suˍ、露sɣˀ、癩sueˀ、李seˍ、笠saˀ、卵ꞈsuõ/suõ、鱗sain̠、力saˀ、聾sɣŋˍ。類似的例字共有31個，但在方言分佈不一，最多的是建陽（23個）（李如龍，1996）。這種現象在其它方言罕見，但就語音變化來說悉無難處。比較下列音變規律⑤：

    拉丁語　s > z > r   閩語　l > z > s

濁擦音/z/是流音/l、r/與清擦音/s/的橋樑，只不過行進方向相反。湖南沅陵鄉話：來ꞈzɛ、犁ꞈza就是來母讀z-的例子（楊蔚，1999）。閩西北、閩中可能也經歷過沅陵一樣的變化成爲今貌；永安方言在細音前s變爲ʃ，將樂沒有條件限制都讀爲舌葉音，代表後續發展。

(2) 鼻音。明、泥、疑、日（*m-、*n-、*ŋ-、*n̠-）讀爲喉擦音（/h/）主要見於閩南方言。例如廈門：茅媒ꞈhm̩/魚ꞈhi、硯hĩˀ、瓦hiaˀ、額hiaʔˍ、艾hiãˀ、岸huãˀ / 耳hiˀ、燃ꞈhiã、箬hioʔˍ。這類問題最有啓發

---

⑤ 就像日耳曼語的i-umlaut（伊音變）一樣，拉丁語的下列發展是西方歷史語言學的音變範例，隨處可見。

的例子是潮州方言「年」字₌nĩ/₌hĩ兩讀，因爲它表示著可能的音變方向：鼻音變爲喉擦音是在鼻化元音（高元音）的條件下發生的。演變過程分四個階段：N＋V＞N＋Ṽ＞H＋Ṽ＞H＋V。這個規律就是上列種種不平衡發展的概括；成音節鼻音相當於一個鼻化元音。「媒」字在泉州方言讀m̩，再往前一步就成廈門所見形式⑥。

(3) 喻母。鹽字廈門用在以鹽醃漬的時候讀[sĩ²]。《集韻》：「鹽，以鹽漬物。以瞻切。」這個以母字較早的讀法是zĩ²，屬於吳語來源字，因此寧波話今讀[zɿ²]；廈門聲母清化（zĩ² ＞ sĩ²），而寧波鼻化消失、元音舌尖化（zĩ² ＞ zi² ＞ zɿ²）。類似的例子在廈門還有「翼」[sit₌]，其前身是zik。以母這一類字的變化都起於音節首摩擦程度加重（j ＞ ʑ、z），然後清化；如果鹽字的s-是上古遺物，阿拉寧波話的z-是更早還是更晚？

語言的連續性就是歷史語言學所追求的邏輯過程，用一種語言的形式解釋另一種語言的形式出於語音動機的需要。相隔遙遠的方言早已分家，歷史過程雖談不上，但邏輯過程可以聯結；沅陵處在湘西，其來母字的讀法可供遠在東南的閩方言參考；寧波與廈門一衣帶水，雖然難說它們彼此一定有歷史淵源，但在漢字音讀法上的關係相當密切。其實，文獻與方言的關係也應從語音動機著眼，彼此先尋求是否能從對方找到語音解釋的合理性（phonetic plausibility），然後決定是否兩音都從更早共同的祖先傳承而下。

---

⑥ 這個問題及上面來母（*l ＞ z ＞ s）的變化，參看作者（1989）的「閩方言古次濁聲母的白讀h-和s-」，《中國語文》第六期。潮陽「連姓」字的讀法₌hiã來自：lian ＞ liã ＞ niã ＞ hiã，聲母先讀爲鼻音（l ＞ n/_Ṽ），再變喉擦音。

四、韻母問題

　　閩方言內部的差異在韻母系統上表現最爲明顯，例如松溪只有28個韻母而潮陽有90個韻母，高低相差不止三倍。大體說來，韻母數多寡從南到北呈遞減之勢。韻母數越大層次越豐富；倍數差異說明了地理上的層次不等，歷史因素隨地而異，難以一概而論。底下集中探討幾個韻母。

　　1. ŋ̩韻。上文談鼻音聲母的演變時曾說到，成音節鼻音相當於一個鼻化元音，m̩如此，ŋ̩當然不例外。這一點從音韻行爲上看相當透明，閩南方言有如下一條件規律：

$$m \quad n \quad ŋ/\_\tilde{v}$$
$$b \quad l \quad g \diagup \quad b \quad l \quad g/elsewhere$$

　　這一條規律裏，ṽ含ŋ̩在內，所以「門」讀[ₔmŋ̩]，平行於「麵」[mĩ²]，而不同於「免」[ᶜbian]。舌根成音節鼻音相當於一個鼻化的高元音，可從幾方面去看。

　　首先，廈門音系內部宕攝一三等白讀呈現：倉ₔtsʻŋ̩、落loʔ₌、羊ₔiũ、藥ioʔ₌，據此可以假設-ŋ̩相當於-ũ。漳州羊字讀ₔiõ，其餘讀法如廈門。如果擴大範圍把海康方言納入比較，演變軌跡變得更爲清楚：

例字	倉	羊	落	藥
廈門	ₔtsʻŋ̩	ₔiũ	loʔ₌	ioʔ₌
漳州	ₔtsʻŋ̩	ₔiõ	loʔ₌	ioʔ₌
海康	ₔtsʻo	ₔio	lo₌	io₌

　　這些形式的共同出發點是一等õ/oʔ，三等iõ/ioʔ。廣東海康失落鼻化和喉塞尾成分，但元音保存良好；漳州發生õ > ŋ̩的變化，廈門在舒聲字進行了iõ > iũ、õ > ŋ̩的變化。廈門和漳州都沒有單獨出現的/ũ/韻，據此

不難確定ŋ是它的變體形式。以上是宕開一的成音節鼻音的來源。

　　海豐方言的成音節鼻音有一部分與廈門來源相同，有一部分是與閩南大勢不同的。底下列比較簡表：

例字	糖	霜	糠	變	染	錢	扇	年	見	圓	燕
廈門	₌t'ŋ	₌sŋ	₌k'ŋ	pĩ⁼	ᶜnĩ	₌tsĩ	sĩ⁼	₌nĩ	kĩ⁼	₌ĩ	ĩ⁼
海豐	₌t'ŋ	₌sŋ	₌k'ŋ	pŋ⁼	ᶜnŋ	₌tsŋ	sŋ⁼	₌hŋ	kŋ⁼	₌ŋ	ŋ⁼

　　表左三字是宕開一，已如上述。表右是咸山兩攝三四等字，在閩南方言核心地區最爲一致。上文說過，「年」字在潮州有兩讀₌nĩ/₌hĩ，作爲潮汕方言的分支，海豐繼承了喉擦音聲母的讀法，但變化了其韻母形式。這樣的比較說明ŋ是前高鼻化元音-ĩ的變體。

　　成音節鼻音-ŋ可以作爲-ũ的變體，也可以作爲-ĩ的變體，作爲-uĩ的變體殊無難處。漳州方言的「飯puĩ⁼、門₌muĩ、斷tuĩ⁼、卵nuĩ⁼、酸₌suĩ、光₌kuĩ、遠huĩ⁼」在廈門都讀爲-ŋ韻，其餘聲調、韻母完全一致。

　　2. -ua韻。閩南方言的一個絕大特色是-ua韻系陣容龐大，來源非僅一端。首先看廈門一組相關韻類的表現：

泰韻	帶tua⁼	泰t'ua⁼	賴lua⁼	蓋kua⁼
寒韻	單₌tua	散suã⁼	肝₌kuã	看k'uã⁼
曷韻	辣luaʔ₌	獺t'uaʔ₌	割kuaʔ₌	喝huaʔ₌

　　這一類讀法的共同起點是*oi、*on、*ot，其中的後元音是元音破裂的基礎，而韻尾-i/-n/-t是輔佐條件：oi > uoi > uo > ua；on > uon > uõ > uã；ot > uot > uoʔ > uaʔ。「蟑螂」閩南話都說ka⁼ tsuaʔ₌，其中的第二成分應來自*dzot。

　　歌戈兩韻的-ua可以合而並觀。戈韻「破p'ua⁼、磨₌bua」來自*uo > ua，歌韻「大tua⁼、拖₌t'ua、我ᶜgua、歌₌kua」來自：*o > uo > ua。麻

韻的「麻ᴄmua、沙ᴄsua」係經由吳語演變類型變化的結果：*a > o > uo > ua。麻三的「蛇ᴄtsua」也是吳語演變類型的產物：*dʑia > dʑio > dʑyo > dʑuo > dʑua > tsua。吳方言雲和ᴄzio、麗水ᴄʑyo、蘭溪ᴄzuɑ、湯溪ᴄzua正是上述四個中間階段的反映；聲母塞擦音的讀法（dʑ～dz）見於江山、玉山、開化、常山（傅國通等，1985）。

整韻字行動一致，一般都會認爲那是無條件變化。如果，我們問爲什麼寒韻發生*on > uã的變化而談韻（*om > ã）、唐韻（*oŋ > ŋ̩）不然？很快就會掌握到決定因素。介音的產生、轉移、消失其實都是有條件的。底下再舉一例：

「癬」，廈門的讀法[ᶜtsʻuã]似乎怪異，因爲從山攝開口三等仙韻（*jän）怎樣看都變不出來。從方言比較看，合口的讀法幾乎遍地都是。《山東省志·方言志》所列36個縣市中，「癬」字分爲三派：齊齒呼（*ian）7縣市，撮口呼（*yan）25個縣市，合口呼（*uan）4縣市。多數方言不依韻書，可見「定則定矣」的編輯方針未加以青睞。從湖北一路望西走到四川，癬字讀yan～uan俯拾即是。其來源：*ion > yon > uon，元音變化（o > a）在哪個階段發生，隨地而異。

3. -im韻。閩南話「熊」字讀ᴄhim，通攝合口三等（*juŋ）讀爲雙唇尾似難以理解。我不知道這個字是否和日語kuma、朝鮮kom有關。但是，漢語方言顯示得很清楚：鼻音尾由前往後變（-m > -n、-ŋ，-n > -ŋ）通常是無條件的，鼻音尾由後往前變（-ŋ > -n/i,e_、-n,-ŋ > -m/u,o_）通常是有條件的。閩南「熊」字的韻母並非孤立現象，類似的情況還有「欣ᴄhim、忍ᶜlim」。北京話「熊」讀ᴄɕiuŋ（> ᴄɕyŋ），梅縣話「欣ᴄhiun、忍ᴄȵiun」。比較如下：

例字	熊	欣	忍
方言	ᴄɕiuŋ	ᴄhiun	ᴄȵiun
廈門	ᴄhim	ᴄhim	ᶜlim

廈門這三個-im韻字的來源可以用同一條規律掌握：-iun/ŋ > im。有趣的是，廈門話「忍」字另有ᶜlun一讀，從ᶜlim、ᶜlun兩讀的差異也可推知其共同來源是ᶜliun～ᶜȵiun。附此一提潮陽虎字來自：hou > hoũ > hom。

就漢語語音史而言，廈門的熊字音其實並非什麼問題，云母讀同匣母，通合三讀同深開三（-iuŋ > im），是聲母保守而韻母創新。眞正的問題是爲什麼臻開三兩類（*jĕn、*jən）也會合流入深開三。

閩方言裏-m尾韻也有來自鼻化元音的。如果連同這一類字一起觀察，永安的-m韻無疑是閩中翹楚（周長楫1992，調類從省）：

例字	單	傘	飯	糠	光	中	宮	用
沙縣	tuĩ	suĩ	puĩ	k‘aŋ	ŋ̇	（tøyŋ	køyŋ	yɛ̃ŋ）
三明	tŋ̇	sŋ̇	pŋ̇	k‘am	kam	tam	kam	vã）
永安安砂	tum	sum	pum	k‘ɔm	kɔŋ	（tiaŋ	kø̃	iaŋ）
永安市	tum	sum	pum	k‘ɔm	kɔm	tam	kiam	iam

比較清楚的對應狀況是：uĩ > um、ɔŋ > ɔm，至於通合三的am～iam可能來自更早期的oŋ～ioŋ（先變om～iom，再低化爲am、iam）。附此一提三明所發生的uĩ > ŋ̇正是上文所見由漳州至廈門的變化。括號內的形式（近乎閩北、閩東），不足以說明永安-m尾的來源。成音節鼻音相當於一個鼻化元音，實際上鼻音就是鼻化的。

五、共同起點

閩語的複雜起於兩個因素。就歷史發展來說，北人南下進入閩境之前，其語言已成克里歐化狀態；就地理擴散來說，閩人從核心地區蔓延至周邊甚至飛地以後，語言接觸引發新的質素產生。這兩種結果都不

是歷史語言學家湯麥森與柯夫曼（Thomason & Kaufman 1988）所稱的
「正常傳承」（normal transmission）；如果是正常傳承，一定可以透
過親族樹的圖形呈現其間脈絡。

　　閩方言引人入勝之處正在於此：雖然不是正常傳承下的產物，還是
首先得經由比較方法瞭解對應關係。克里歐只不過是一個比喻，在西方
所見是毫無淵源的語言混合，在東方是具有同源關係的方言的交織：同
源異流最後又融匯在一起。層次能夠爬梳、釐清，首先得歸因於演變類
型的穩固性。

　　山攝三四等仙先兩韻在閩南方言至少可以分爲三個層次。其中一個
層次是反映三四等有別的，例如潮陽方言「連≤hiã：蓮≤naĩ」可以說是
所有漢語方言三四等的「最小對比」；聲母都是來母，聲調都是平聲。
另外一個層次是三四等不分都作前高元音-ĩ/iʔ，例如廈門：「棉≤mĩ、
錢≤tsĩ、舌tsiʔ₌ / 邊≤pĩ、面mĩ²、見kĩ²、鐵t'iʔ₌」。第三個層次是-iɛn/t，
例如：「連蓮≤liɛn、棉≤biɛn、面biɛn²、鐵t'iɛt₌、舌siɛt₌」。第二個層次
（ĩ/iʔ）能夠分析出來是因爲其類型特點大量見於現代吳語；第三個層
次（iɛn/t）能夠分析出來，是因爲官話方言的共同形式多少反映如此
（其中，舌：ɕiɛt > ɕiɛ > ʂɛ > ʂʏ）。這兩個層次一經確定，三四等有別
的那個層次就自然浮現。

　　所謂同層異讀就是在這樣的層次分析中看出來的。底下以先韻
「蓮、前」兩字爲例：

例字	廈門	潮州	泉州
蓮	≤naĩ	≤noĩ	≤nuĩ
前	≤tsaĩ	≤tsoĩ	≤tsuĩ

　　其變化是：aĩ > oĩ > uĩ。這個例子說明，語音並非一成不變的，層
次的穩固性不能把這一類有跡可尋的變化形式排除在外。類似的情況就
是上文所見「年」字從潮州到海豐（≤hĩ > ≤hŋ）的變化。

　　閩南方言內部，仙韻也有同層異讀。例如廈門：燃₌hiã、件kiã²、煎₌tsuã、癬ᶜtsʻuã、線suã、熱luaʔ₌。這一類讀法的較早來源是*ion/t。其中的uã/uaʔ的演變過程是：ion/t > yon/t > uon/t > uã/uaʔ。福清方言：燃₌yoŋ、件kyoŋ²，即從ion > yon > yoŋ變來，閩南的情況是：ion > ian > iã。《切韻》裏仙韻字數龐大，元韻字數很少且只限於牙喉音聲母。從閩方言看，《切韻》以前元韻（*ion/t）一類字數應該更多；閩南仙韻中的-iã/uã/uaʔ反映的實為前切韻時期的韻類歸屬。這一類同層異讀起於條件音變：精組-uã，其餘-iã，「熱」-uaʔ 隨精組變，「燃」-iã隨見曉組變。

　　上文以「蓮、前」兩字說明同層異讀，這一類現象不只見於先韻，也見於山韻。底下是海豐、潮州、泉州、廈門山攝開口二等的同層異讀：

例字	海豐	潮州	泉州	廈門
間	₌kaĩ	₌koĩ	₌kuĩ	₌kiŋ
莧	haĩ²	ᶜhoĩ	ᶜhuĩ	hiŋ²
眼	ᶜaĩ	ᶜoĩ	ᶜguĩ	ᶜgiŋ
閑	₌aĩ	₌oĩ	₌uĩ	₌iŋ

　　廣東海豐是潮汕系統的一支，歷史上潮州又是從漳州方言分支出去的，而漳州又是廈門方言的源流之一。廈門「前」字₌tsaĩ、₌tsiŋ兩讀，可能分別來自漳州方言和泉州方言。廈門話的特色是匯集早期閩南的兩大系統，所謂「不漳不泉，亦漳亦泉」就是這特色的概括描述。語音變化上一個有趣的對應關係是：來自漳州的-uĩ廈門讀-ŋ̩（如飯、光），來自泉州的-uĩ廈門讀-iŋ，為什麼「同一個」-uĩ會演出兩個不同的結果，十足耐人尋味。

　　魚虞兩韻到底有無區別，如有區別其早期對立形態到底怎樣？底下從兩韻各取五字比較三個閩南方言：

例字	呂	豬	鼠	去	魚	珠	樹	蛀	柱	數
泉州	꜀lɯ	꜀tɯ	꜂tsʻɯ	kʻɯ꜄	꜁hɯ	꜀tsiu	꜂tsʻiu	tsiu꜄	꜂tʻiau	siau꜄
廈門	꜀lu	꜀ti	꜂tsʻu	kʻi꜄	꜁hi	꜀tsiu	tsʻiu꜄	tsiu꜄	tʻiau꜄	siau꜄
漳州	꜀li	꜀ti	꜂tsʻi	kʻi꜄	꜁hi	꜀tsiu	tsʻiu꜄	tsiu꜄	tʻiau꜄	siau꜄

　　魚韻在三個方言的對應關係是ɯ/u～i/i，虞韻的對應關係相當一致。魚韻裏，廈門的-u來自泉州-ɯ，廈門的-i來自漳州；-ɯ和-i的共同來源可以假設為*-y。至於虞韻的早期形式可能是*-iu，讀為三合元音是其變體。汕頭話「住」字讀tiu꜄，其韻母形式可能反映同聲母的「柱」字的較早狀態，例如經由滑音成為今貌：*iu > iəu > iau。

　　閩南方言一般都沒有撮口呼，從比較法的執行看起來，撮口呼*-y是上列魚韻的共同起點。一般都說閩南方言沒有捲舌聲母，從比較法看起來，捲舌聲母曾經引進過，只因引進過程經由調整變化，終於不見，但留痕跡。-ɯ/i的對應關係就是撮口的痕跡。比較法必須把相關現象一起衡量，如果只就單一方言來說，魚虞的區別在泉州是ɯ：iu，廈門是u～i：iu，漳州是i：iu，那是不可能瞭解共同起點的，也是對比較法的誤解。

　　共同點的探尋應該參考文獻而不完全受文獻所束縛。熟讀《切韻‧序》就不難瞭解為何這樣。陸法言說他的書「古今通塞，南北是非」兼而有之，「我輩數人，定則定矣」一刀裁決，如實把他對文獻材料的處理方式扼要道出，後人偏要自出機杼以為陸氏誤導，這是對法言先生最大的污辱。《切韻》的韻原來只是據個人聞見所及把漢字歸在一起，後人偏要把它與後代的等攝壓縮成近乎一個平面，這是對法言先生最大的扭曲。

　　「定則定矣」的標準是創新的新，聲母如此，韻母也是如此。「心、生、書」母（*s-、*ʃ-、*ɕ-）在漢語方言常讀同「清、初、昌」（*tsʻ-、*tʃʻ-、*tɕʻ-）就是陸法言時代塞擦音與擦音互見的情況下，他

取新音的證明。仙韻字類龐大，其中有不少應從更早的元韻一類變來（*ion > ian）。參與《切韻》成書前討論晚會的顏之推說：「夫九州之人，言語不同，自生民以來，固常然矣！」這就是歷史語言學家所說語言發展的不平衡性。如果說等第、開合、洪細古今一律，南北無別，通達的顏之推恐難首肯。

六、結　語

　　閩語的保守與創新應該從漢語語音史的「語言的連續性」去衡量。主導二十世紀漢語語音史重建藍圖的北歐版不以連續性爲主要內涵，而以串連文獻爲首務。影響所及，閩語的保守性不是言過其實，就是語焉不詳。在文獻的解讀上，北歐版把韻書、韻圖視爲等值品，後人習焉不察，把原本代表三個層次，具有三個不同語音系統內涵的韻、等、攝壓縮成近乎一個平面，這種思想觀念也在很大程度上妨礙了人們的視線。更爲關鍵的北歐版假設是：《切韻》是單一方言的同質系統。如果不能從這些傳統工作假設跳脫出來，不但語言的連續性談不上，方言的保守與創新也無所依傍。

　　（一）聲母方面。如果採取同質假設，一個原本簡單的問題會變成極爲複雜。例如心、生、書三個擦音聲母現代方言只能讀擦音，因爲那是合乎規律性演變的；如果讀爲塞擦音只能是另外一套古音經過特殊演變的結果，不能視爲來自清、初、昌，如果來自清、初、昌會破壞「規律性」。天下作繭自縛無過於此。歷史語言學家的經驗結晶之一是弱化多於強化，弱化的實質內涵是氣流受阻程度減輕；塞音 > 塞擦 > 擦音這種遞變極爲正常。方言心、生、書的塞擦音讀法是比《切韻》保守的延續，絕非什麼其它來源的遺跡。我輩數人取新音，所以歸在心生書；我輩數人取舊音，勢必歸在清初昌。

　　（二）韻母方面。如果還原層次，韻、等、攝的涵義是不同的。

例如咸攝，「覃談咸銜：鹽嚴添」的內涵是am：iam。以等論，一二等的分野是om：am；以韻論，覃um、談om、咸銜am。北歐版採取層次壓縮，以上諸韻形貌近似。閩南文讀「寒閑」[₌han]是攝的系統，白讀₌kuã：₌iŋ是等也是韻的區別；細究起來，是音類保存區別，音值發生巨變。兩字的音值較佳地保存在梅縣：寒₌hon：閑₌han。換言之，閩方言號稱保守，未必處處比其它方言保守。

十九世紀西歐的比較法經由北歐輸入中國，它是透過漢語語音史的重建工程引進來的，不是以獨立學科姿態呈現給學界的。浸假，人們產生一種錯覺，以爲這就是具有普遍性價值的比較法的正宗。其實，北歐版在兩方面異常特殊[⑦]。首先是方法的執行悉以文獻爲對象，西歐——北美一脈相傳的比較法認爲不應仰賴文獻材料。其次是文獻的解讀北歐版與中國版不同。歷史語言學的任務是語言的連續性；漢語語音史的連續性越清楚，方言的保守與創新將更透明，閩方言音韻問題必將變得更加具體、明確。

---

⑦ 參看作者（2010）〈漢語語音史中的比較方法〉，《中國語文》第4期。

第七章　什麼是閩南話？

　　歐亞大陸東西各矗立著一座古語的燈塔，一座是西北角波羅地海濱的立陶宛語（Lithuanian），這個語言的古樸色彩比起已知的（重建的）西元前五百年或一千年的古日耳曼語還接近印歐語的原型。（Sapir 1921:171）一座是東南角面向台灣海峽的閩語，這個語言的保守質素比起六、七世紀所見的中古漢語還要保守（Karlgren 1954:271），有些質素甚至可以溯自上古時期或原始漢語。這兩座濱海的古語燈塔東西輝映，各自訴說著遙遠且漫長的移民史故事。閩南話就在這東南海濱的古語燈塔之中，其斑斕的古樸色澤引發無限的思古幽情，其複雜多樣的內涵直如地下迷宮充滿探索挖掘的興味。具備這種性質的漢語方言並不多見，閩語誠可說是漢語史的考古博物館。我們要瞭解什麼是閩南話，首先必須對這棟典藏琳瑯滿目的考古博物館作一概括的認識。

一、

　　福建作爲中國的版圖，在土地上固然與內陸是血肉相連，可是在形勢上「三山一海」卻使它相對隔絕與獨立。這種地理形勢使福建如同一座孤島，又彷彿是個世外桃源。對外的聯繫，就陸路說只有透過山隘關口，缺乏通衢大道。北面與浙江鄰接之處有分水關，西面從北南下有楓嶺關、分水關、鐵牛關、杉關、甘家隘可與江西往來。這些山隘關口讓福建能夠從北、西兩面吸納一定數量的移民，但經由這些孔道進入福建的移民很快就被山川阻隔，難以昂首闊步繼續前進。山海之間是「海」主宰了福建的歷史發展。這種孤島似的地理形勢說明何以李唐以前福建並無多少大事可記，何以閩語的容貌迥異於其他漢語方言。我們且傾聽一下語言學家如何看待閩語的獨特卓絕的性格。如高本漢（Karlgren 1954:216）所說，現代漢語方言都從《切韻》脫胎而來，只有閩方言例

外。圖示如下：

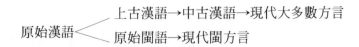

如此說來，福建不僅在歷史、地理形勢上如同一座孤島，連其子民所說的語言也與其他漢語方言大相逕庭。

　　六十年來，高的學說深植人心。閩語的獨特卓絕幾與閩語的保守劃上等號，開展了可觀的論述。董同龢（1960）在〈四個閩南方言〉對高本漢的學說做了第一個回應（頁1016）。羅杰瑞（Norman, 1988）在*Chinese*一書爲建立他的「古南方漢語」的假設，也以高的學說爲前提（頁222）。二十世紀進入八十年代，當中國境內積極進行漢語方言分區時，閩方言學界一般仍不脫棄臼地把古樸色彩作爲閩語性質的標幟。不論名叫「閩語的一致性」（陳章太、李如龍，1983）還是「閩語的特徵」（黃典誠，1984），條目總要包含以下幾項：

　　1. 古非、數、奉、微讀同幫、滂、並、明。
　　2. 古知、徹、澄讀同端、透、定。
　　3. 古匣母讀同群母。
　　4. 古云母讀同匣母。

不過，到了《中國語言地圖集》正式出版，閩語的性質不再以這些耳熱能詳的古音色彩去刻畫。（中國社會科學院、澳大利亞人文社會科學院編，1987）顯然，職司分區的學者已警覺不能再耽溺於傳統。在這個問題上，張振興（2000）的意見具代表性。他說：「《中國語言地圖集》B12閩語圖只討論內部各區的方言特徵，有意避開了閩語共同的方言特徵這一問題，筆者當時認爲這是一個難題，應當留著進一步討論研究。」我們相信一定有不少人會爲這種「區已立而類難分」的現象感到迷惑：到底什麼是閩語？

　　歷史音韻學者錯了嗎？肯定沒有。錯的是「演繹過度，引喻失義」，謹守分寸是不錯的。然而，爲什麼漢語方言學界利用歷史音韻學研究成果去爲閩語定義卻未能通行無阻？答案相當清楚，因爲這兩種工作的性質並不相同。底下舉兩個例子來說明。

　　歲　相銳切，聲屬心母（*s-），閩方言讀同曉母（*x-）。例如：廈門heˀ，福州huoiˀ。董同龢（1960:989）說：「古s-照例不變閩南的h-。不過由『歲』字的諧聲關係看，他在上古必然和k-，kʰ-，x-系字有關係。那麼閩語的讀法當不是直接從《切韻》來的。」歲h-音不來自《切韻》，當來自上古（諧聲）時期。這個古音現象在漢語方言當中可說絕無僅有，十分耀眼。

　　石　常隻切，韻屬昔韻（*jäk），閩方言讀同藥韻（*jâk）。例如：廈門tsioʔ˰，福州suɔʔ˰。「石」字上古鐸部，與來自上古錫部的「益」字同歸《切韻》的昔韻，然而兩字在閩語有別。例如廈門「益」讀iaʔ˰，「石」讀tsioʔ˰。換句話說，兩字韻母直承上古韻部，不與《切韻》相同。爲了醒目，概括如下：

上古	中古	閩語
錫	昔A	益（*-iak）
鐸	昔B	石（*-iok）
鐸	藥	藥（*-iok）

　　如果我們取「歲」字的h-聲代表閩語的共同特點，永安方言的suiˀ即爲例外；同樣的，如果我們以「益石有別」當作閩語的特點，沿海還行得通，內陸（尤其偏北地區）卻難以涵蓋。這就使得歷史音韻研究與漢語方言分區越行越遠。最後，學者採行的是內部一致性的標準，逐漸放棄了傳統音韻的老路。（潘茂鼎等，1963；張振興，1985；周長楫，1986，2002）

　　大約出於對傳統窠臼的不滿，羅杰瑞（Norman, 1982）很早就嘗

試爲閩語找尋新的定義。其結論爲「定母十二字」，意思是說，凡漢語方言當中把「啼頭糖疊（查）」四字讀做送氣清音tʰ-，把「蹄銅弟斷袋豆腚毒」八字讀作不送氣清音t-的，那個方言可能就是閩語。這項定義代表羅杰瑞長期浸淫閩語的結晶，顚覆傳統，一新耳目，顯然深受《中國語言地圖集》編著者的青睞，李榮（1989）也頗表贊同。這十二個定母字不分平仄都有送氣與不送氣的現象，實爲古全濁聲母兩種演變類型的縮影，對閩方言形成含有深長的意蘊，非可等閒視之。簡單說是兩大地理背景造就的結果（張光宇，1996a）。除了羅杰瑞的「定母十二字」，最近張振興（2000）加上三個閩語詞彙來完善閩語的定義。這三個詞彙是「囝」（兒子）、「厝」（整座房子）、「鼎」（鍋），一方面通行於閩語各地方言，一方面又均不見於其他漢語方言（其實，湖南境內有些方言也以鼎爲鍋，如新化、常寧、宜章、衡山，參看張光宇2006）：對內有一致性，對外有排他性。在閩方言學史上，這是一項意義重大的宣言，因此我們不避重複，轉錄如下：

> 現在，可以結合羅杰瑞1988提出的閩語十二個鑑別字讀音，完善閩語的定義。假如某個方言「啼頭糖疊」四字讀送氣清音[tʰ]，「蹄銅弟斷袋豆腚毒」等八字讀不送氣清音[t]，並且管兒子叫「囝」，管整座房子叫「厝」，管鍋叫「鼎」，那個方言可能就是閩語。

從上述摸索閩語性質的漫長經歷，就不難明白什麼是「區已立而類難分」；漢語方言學界顯然並非因爲這些共同點才能把閩語從其他方言中區劃獨立出來。如果事實是這個樣，當初又依憑什麼「冥冥之中」的要素能夠假定它別具風格單獨列爲一區而從無異議呢？假如後來的較嚴格的定義能從原來較不嚴格的定義下所立的區中汲取，豈非證明原先的定義依然有效？「定母十二字」難道不是來自古全濁聲母演變的條例

嗎？「囝、厝、鼎」三個詞彙共同點難道不是從這已知的閩語區內擷其精萃嗎？

　　回顧前人「篳路藍縷，以啓山林」的過程，我們覺得能夠言簡意賅兼具雅俗共賞的閩語特質似乎不假外求，這個特質就是閩方言各地韻書呈現的共同點「十五音」。閩方言刊印地方韻書種類之多以及翻刻次數之頻，幾可說是漢語方言的異數。刊印韻書的目的固爲適應「因音識字」的廣大人民的需求，論其背景則爲方音與「中原雅音」乖離過甚。有趣的是，一部韻書尙不足以慰省民之望，因而有兩部、三部……。這種風起雲湧的刊刻熱潮，絕非盲目進行，而是以特定社會背景爲基礎一一出現的。最早的地方韻書是《戚林八音》，戚爲抗倭名將戚繼光（此書的最早版本爲明末人所編，託名爲戚所作題爲《戚參軍八音字義便覽》），繼起則有《建州八音字義便覽》（林端材編纂，初版刊於乾隆六十年，1795年）。這兩部韻書出自閩江以北，前者主要爲閩東方言人民服務，後者係爲閩北方言人民而編。閩江以南至於潮汕地區，地方韻書的種類更多。例如泉州有《彙音妙悟》（黃謙著，序寫於嘉慶五年，1800年），漳州有《雅俗通十五音》，廈門有《擊掌知音》、《八音定訣》、《渡江書十五音》，潮州有《潮聲十五音》（此書爲清末商人張世珍所編，民國後續有改編本《潮聲十七音》、《潮聲十八音》）。建甌、泉州、漳州、潮州爲州治所在，福州、廈門均爲通都大埠，地方韻書出自這些地方殆非偶然，這說明這些地方的方言對傳統行政轄區內的百姓而言具有一定的威信，如非被目爲「標準」，至少是具「代表性」的。無論這些方言彼此之間的關係是大異還是微殊，都共同具備十五音的特點。舉例如下：

《戚林八音》	柳邊求氣低	波他爭日時	鶯蒙語出喜
《建州八音》	柳邊求氣直	坡他曾日時	鶯問語出非
《彙音妙悟》	柳邊求氣地	普他爭入時	英文語出喜
《雅俗通十五音》	柳邊求去地	頗他曾入時	英門語出喜
《潮聲十五音》	柳邊求去地	頗他貞入時	英文語出喜

　　這十五音的意義，可從幾方面來看。首先，閩語是一個文白異讀層次最豐富也最複雜的方言，歷經不同時代不同地域來源的層次融合或疊置之後，閩語的文白異讀主要集中在韻母系統上，聲母系統「巋然不動」──都在十五音內部交替，並無損益。十五音做爲閩方言的標幟，可以說是「頑如磐石，固若金湯」。

　　其次，十五音對相鄰方言具區別性。吳音具濁音，是漢語方言中聲母數最大的方言；客贛方言一般都具唇齒擦音（f-，v-），閩方言具備這項語音特點的只有尤溪境內的湯川方言。（陳章太、李如龍，1991：338）粵語方言的聲母數，總在十五以上。就全中國版圖而論，華北地區只有河南東南一隅聲母較少，如潢川、商城有15個，固始16個。（張啓煥等，1993）但是相距遙遠，混同不易。如此說來，閩語十五音在全中國是「鶴然獨立，傲視群倫」。

　　《中國語言地圖集》的工作者在爲漢語方言分區時，早已洞悉「區好劃而類難說」的狀況。比如，晉語、西南官話、吳語、客家話屬於特徵明顯的一群，閩語、粵語、徽語、平話屬於特徵不明顯的一群。（張振興，2000）在調整焦距之後，如今閩語定義躍然紙上；一個就是羅杰瑞的定母十二字和張振興的三詞彙。假如我們把焦點集中在傳統地方韻書的產地，綜合建甌、潮州、泉州、漳州、福州、廈門這些具有代表性（包括涵蓋面積和使用人口）的方言共同點，那麼無疑「十五音」就是閩語標幟最爲鮮明的特點。「十五音」對外而言，可與相鄰方言區別，甚至可與中國境內其他漢語方言相區別。「十五音」對內而言，既可以統攝閩語各主要據點的特色，也可以統攝歷史音韻研究中所揭示的古樸色彩。（例如：歲讀h-，輕重唇不分，舌頭舌上不分，匣讀如群……等等）上文說過，山海之間是「海」主宰了福建的歷史發展。我們調整焦距，也以海岸線爲立足點。由海及山層層推進，閩語的色彩越淡，而客贛方言的色彩越濃，到了武夷山麓方言匯聚之處，竟至渾然難別，這種方言交雜的狀況自北而南迤邐成鏈。例如偏北的邵武方言，到

底是閩方言還是客贛方言，議論紛紛；偏南的孔夫（來自「坎埔」雅化）方言，「三句福佬四句客」，顯然混雜已甚。假使沒有一個立足點，混合方言將從何說起？漢語方言能夠區劃，主要是因爲首先建立了代表點的觀念，絕非經由全面普查再進行歸納。代表點是「類」是綱目，普查歸納是「區」是界劃。綱舉目張，方言分區才能進行順利。這一點在官話方言分區已屢試不爽（李榮，1989），在其他方言區劃上其實也是一體適用。方言作爲歷史的產物，分區工作不能不兼顧歷史、人文現象。福建開發史呈現得相當清楚，乘桴浮於海而來的集結在沿海河口，翻山越嶺而來的散居在武夷山麓。兩隊人馬原不相侔。閩語代表點多出沿海一帶，就是歷史人文塑造的結果。

二、

　　假使我們對閩語各地方言聲韻調做一次鳥瞰式的掃描，很快就可以發現聲母、聲調的差異遠遠不如韻母。[1]閩方言韻母數目南多北少，由南望北遞減的態勢相當明朗。例如潮陽有90個韻母，泉州87個，漳州85個，廈門72個，進入閩江之後，韻母數驟減：福州45個，建陽、建甌34個，到了浙閩邊境的松溪只有28個。底下是潮陽和松溪的韻母系統：

潮陽（90）

a	ai	au	e	o	oi	ou	i	iu	ia	iau	io	u	ui	ua	uai	ue
ã	ãi	ãu	ẽ	õ	õi	õu	ĩ	iũ	iã	iãu	iõ	ũ	ũi	uã	uãi	uẽ	m̩	ŋ̍
am	aŋ	eŋ	om	oŋ	im	iŋ	iam	iaŋ	ioŋ	uŋ	uam	uaŋ	ueŋ

---

① 語料出處參看北京大學（2003），陳章太、李如龍（1991），張光宇（1996b）。作者對閩語的
　 分區辦法參看張光宇（1996b:94-95）。

aʔ　auʔ　eʔ　oʔ　oiʔ　iʔ　iuʔ　iaʔ　iauʔ　ioʔ　uʔ　uaʔ　ueʔ

ãʔ　ãiʔ　ãuʔ　ẽʔ　õʔ　õiʔ　ĩʔ　iũʔ　iãʔ　iãuʔ　uẽʔ　m̥ʔ　ŋ̥ʔ

ap　ak　ek　op　ok　ip　ik　iap　iak　iok　uk　uap　uak　uek

松溪（28）

a　ɒ　o　i　u　y

ai　ɒu　œ　ei　ia　iu　ua　yœ　yo　iei　uei

aŋ　oŋ　iŋ　yŋ　œyŋ　eiŋ　iaŋ　ieiŋ　ioŋ　uaŋ　ueiŋ

　　如以五十爲基準點，那麼大體上閩語韻母系統的差別可以閩江和戴雲山爲界線，閩江以南和戴雲山以東是韻母數龐大的地區，在方言性質上多歸閩南。我們覺得這一片地區占地廣袤，人口眾多，是一個首須正視的方言群。因爲韻母數多寡在內涵上深具意義。

　　如潮陽方言韻母系統所示，閩南話的韻母結構類型一般都比較多樣。除了可依傳統名目劃分爲陰、陽、入之外，另有三種結構類型：鼻化韻、喉塞尾韻、鼻化喉塞韻。90個韻母分爲六種結構類型，在漢語方言當中堪稱異數。全中國（精確一點應說所有漢語方言）韻母數最多的粵語佛山方言，共95個，但其結構類型只有陰、陽、入三分。閩南方言雖未必個個都具六種韻母結構類型，但一般都有其中四、五種，也有丟失鼻化成分、喉塞尾成分的方言，主要見於邊陲或飛地，核心地帶的閩南話具有比較多樣的韻母結構，那是無可置疑的。

　　內涵方面，如前所說，閩方言的文白異讀主要表現在韻母差異上。閩南方言韻母數多，正是大量文白異讀累加的結果，在這一方面非閩南話遠遠不及閩南話複雜。如果說，閩語是漢語方言當中文白異讀最複雜的方言區，那麼，閩南方言又是閩語之最。這一點也使閩南話成爲漢語方言的異數。例如廈門方言青錫韻就有an/t，iã/iaʔ，ĩ/iʔ，iŋ/k四種韻母，匣母就有k-，kʰ-，ø-，h-四個讀法。放眼中國全境罕有其匹。因此，韻母系統作爲閩語內的分片標準，數目多寡只是外觀表示大體傾

向，重要的是蘊藏其中的大量文白異讀的內涵。就絕對數來說，閩東的寧德（80）、周寧（78）韻母數也不小，然而論其內涵卻與閩南方言大有區別：這兩個方言撮口呼韻母特別發達，寧德有5個，周寧有9個。

韻母系統表明，閩南方言韻母數多卻無撮口呼（-y），非閩南方言韻母數少卻都有撮口呼韻。這個明顯的對比反映在「魚」字的讀法上。例如，閩南讀$_\subset$hi（廈門、漳州）、$_\subset$hɯ（泉州、永春、汕頭）、$_\subset$hu（潮陽）、$_\subset$hɣ（潮州），而閩江以北多讀$_\subset$ŋy（福州、古田、建甌、建陽、松溪）。如以代表點的方言為基礎，「魚」字的分組態勢更為明顯。

除了「魚」之外，還有兩個動物可用來區別閩語方言，尤其是韻書產地的方言，這兩個動物是「狗」和「豬」。福州及鄰近閩東地區管「狗」叫「犬」，閩南和閩北不然；建甌、建陽及鄰近地區管「豬」叫「豨」，閩東和閩南不然。這三個動物的特殊叫法（包括語音的區別）非但把閩方言分為三塊，在全中國也是絕無僅有。（魚字部分詳下文）這三塊正與韻書產地相應，豈非天造地設？為了醒目，表列示意如下：

例	閩南	閩東	閩北
魚	$_\subset$hi	$_\subset$ŋy	$_\subset$ŋy
狗	狗	犬	狗
豬	豬	豬	豨

事實上，能夠用來區別三片方言的特點並不止於這三個動物。例如第三人稱代詞，閩南、閩東用「伊」，閩北用「渠」；表氣味芳香的字，閩南說「芳」，閩東、閩北說「香」。經由這些比較，閩南方言的輪廓變得逐漸清晰起來。所謂輪廓既指閩南方言的地理界線，也指閩南方言的突出色彩。這其中，一「魚」雙吃最饒興味。我們要探討什麼是閩南話

可從「魚」字說起。

　　上文利用「魚」字是否讀撮口指出閩南與非閩南的大體傾向，實際上「魚」字的區別作用主要的是其聲母：閩南讀喉擦音，其他讀鼻音（或塞音）。底下舉22個方言為例。

閩南：廈門⊆hi　　漳州⊆hi　　龍巖⊆hi　　漳平⊆hi　　大田⊆hi；
　　　泉州⊆hɯ　　永春⊆hɯ　　汕頭⊆hɯ　　潮陽⊆hu　　潮州⊆hɣ；莆田⊆hy

其他：福州⊆ŋy　　古田⊆ŋy　　尤溪⊆ŋy　　永安⊆ŋy　　建甌ŋy²
　　　建陽⊆ŋy　　松溪⊆ŋy；沙縣⊆gy；寧德⊆ŋøy　　周寧⊆ŋøy；福鼎⊆ŋi

閩南方言「魚」字讀喉擦音只不過是古次濁聲母今讀三分的一個縮影。所謂三分指古次濁（鼻音）今分喉擦音、鼻音、口音三種讀法。

喉音	魚	蟻	岸	瓦	燃	耳	箸
泉州	⊆hɯ	⁅hia	huã²	⁅hia	⊆hiã	⁅hi	hioʔ₌
廈門	⊆hi	hia²	huã²	hia²	⊆hiã	hĩ²	hioʔ₌
漳州	⊆hi	hia²	huã²	hia²	⊆hiã	hi²	hioʔ₌
潮陽	⊆hu	⁅hia	huã²	⁅hia	⊆hiã	⁅hĩ	hioʔ₌

鼻音	棉	染	年	硬	名	娘	迎
泉州	⊆mĩ	⁅nĩ	⊆nĩ	⁅ŋĩ	⊆miã	⊆niũ	⊆ŋiã
廈門	⊆mĩ	⁅nĩ	⊆nĩ	ŋĩ²	⊆miã	⊆niũ	⊆ŋiã
漳州	⊆mĩ	⁅nĩ	⊆nĩ	ŋɛ̃²	⊆miã	⊆niɔ̃	⊆ŋiã
潮陽	⊆mĩ	⁅nĩ	⊆nĩ	⁅ŋẽ	⊆miã	⊆niõ	(⊆iã)

口音	米	女	牛	馬	面	日	月
泉州	⁅bi	⁅lɯ	⊆gu	⁅be	bin²	lit₌	gəʔ₌
廈門	⁅bi	⁅lu	⊆gu	⁅be	bin²	lit₌	geʔ₌
漳州	⁅bi	⁅li	⊆gu	⁅bɛ	bin²	dzit₌	gueʔ₌
潮陽	⁅bi	(⁅nŋ)	⊆gu	⁅be	(miŋ²)	zik₌	gueʔ₌

這種分化不見於閩江以北。閩南讀喉擦音、口音的字，福州、建甌均讀鼻音。例如：

鼻音	魚	蟻	岸	瓦	燃	耳	箸
福州	₌ŋy	ŋiɛ²	ŋaŋ²	ŋua²	(₌yoŋ)	ŋei²	nuɔʔ₌
建甌	ŋy˙	ŋyɛ₌	naiŋ²	(ua₌)	(˙iŋ̍)	neiŋ	niɔ₌

鼻音	米	女	牛	馬	面	日	月
福州	˙mi	˙ny	₌ŋu	˙ma	mieŋ	niʔ₌	ŋuɔʔ₌
建甌	˙mi	˙ny	₌niu	˙ma	miŋ̍²	ni₌	ŋyɛ₌

爲了方便比較，我們把上列現象概括如下：

古次濁		閩南			閩北
明	*m-	h-	m-	b-	m-
泥　日	*n-~ɳ-	h-	n-	l-~z-~dz-	n-
疑	*ŋ-	h-	ŋ-	g-	ŋ-

文中舉例，喉音部分「疑、日」較多，這是因爲「明、泥」兩母閩南方言是否讀喉擦音，各地頗有參差。例如「媒」，廈門有₌m̩~₌hm̩兩讀，潮陽只見₌muɛ一讀。「年」字潮陽有₌nĩ~₌hĩ兩讀，廈門只有₌nĩ一讀（不計文讀）。古次濁（鼻音）聲母今讀喉擦音，是閩南方言在閩語世界的突出標幟，也是閩南方言在所有漢語方言當中十分耀眼的色彩。如欲簡省言之，可以標舉「魚」字做爲閩南方言的突出色彩，一方面可以突出聲母特點，另一方面也可以多少藉其韻母顯示閩南與其他閩方言的區別。順便一提，「耳」字在閩南方言有鼻化與口音兩類元音讀法，在方言比較上也有一定的功用。

其次是古咸、山兩攝三四等在閩南方言普遍都有前高元音（-ĩ/iʔ）

一讀。例如：

咸攝	染	鉗	添	甜	接	摺	碟
泉州	⁻nĩ	₌kʰĩ	₌tʰĩ	₌tĩ	tsiʔ₋	tsiʔ₋	tiʔ₌
廈門	⁻nĩ	₌kʰĩ	₌tʰĩ	₌tĩ	tsiʔ₋	tsiʔ₋	tiʔ₌
漳州	⁻nĩ	₌kʰĩ	₌tʰĩ	₌tĩ	—	tsiʔ₋	tiʔ₌
潮陽	⁻nĩ	₌kʰĩ	₌tʰĩ	—	tsiʔ₋	tsiʔ₋	tiʔ₌

山攝	變	錢	天	見	驚	舌	鐵
泉州	pĩ⁻	₌tsĩ	₌tʰĩ	kĩ⁻	piʔ₋	tsiʔ₌	tʰiʔ₌
廈門	pĩ⁻	₌tsĩ	₌tʰĩ	kĩ⁻	piʔ₋	tsiʔ₌	tʰiʔ₌
漳州	pĩ⁻	₌tsĩ	₌tʰĩ	kĩ⁻	piʔ₋	tsiʔ₌	tʰiʔ₌
潮陽	pĩ⁻	₌tsĩ	₌tʰĩ	kĩ⁻	piʔ₋	tsiʔ₌	tʰiʔ₌

這一類韻母現象山攝字遠多於咸攝字，常見的山攝三四等字還有「邊、扁、篇、片、棉、麵、年、煎、硯、箋」，可以說是族群龐大而色彩鮮明。閩北方言同一批字都沒有這種韻母形式。例如：

咸攝	染	鉗	添	甜	接	摺	碟
福州	⁻nieŋ	₌kʰieŋ	₌tʰieŋ	₌tieŋ	tsieʔ₋	tsieʔ₋	tieʔ₌
建甌	⁻nĩŋ	kʰiŋ⁻	₌tʰiŋ	⁻taŋ	tsiɛ₋	tsiɛ₋	tiɛ₌

山攝	變	錢	天	見	驚	舌	鐵
福州	pieŋ⁻	₌tsieŋ	₌tʰieŋ	kieŋ⁻	pieʔ₋	sieʔ₌	tʰieʔ₌
建甌	pĩŋ⁻	tsiŋ⁻	₌tʰiŋ	kiŋ⁻	piɛ₋	yɛ₌	tʰiɛ₋

閩南方言的這個韻母特點，對內可與閩北區別，對外可與客贛、粵方言相區別。能與毗鄰方言區別，特色不可謂不突出。閩南方言的這個鮮明色彩在江淮官話和吳語是最普遍的現象；北起江蘇鹽城、安徽合肥直到浙江南部，咸山兩攝三四等都呈現高元音讀法（iĩ/iʔ～ĩ/iʔ）。不過，

這些方言已在其他特點上與閩語區別開來，不至於混淆。我們是在閩語範圍內標舉這個閩南話特點。就其來由說，這項特點是閩南先民「路過」江東時期習染吳音夾帶南下的結果。閩江以南才有這個特點，光就閩語境內的分佈來說，適足以充當閩南方言的區域特點。如欲簡省言之，可以「錢」 ₌tsĩ爲其代表，「錢」字從母，吳語讀濁音，閩語讀清音。

總起來說，什麼是閩南話？首先應確認它是不是閩語。如果一個方言具15音系統，韻母數在50以上（同時不具撮口呼韻），文白異讀豐富，古次濁（鼻音）今讀三分而且其中一讀爲喉擦音（h-），古咸山兩攝三四等讀高元音（ĩ/iʔ）的，那個方言就可能是閩南話。爲了便於稱說，我們把這些內涵簡化爲兩個單字：凡漢語方言當中把「魚」唸做喉擦音h-，把「錢」唸做₌tsĩ的，那個方言就是閩南話。

上述結論係從核心地帶（heartland）的閩南話綜合歸納而來，現在我們把目光放到邊陲（border region）和飛地（outlier）。明清以來，閩南方言人民不斷對外遷移，北至江蘇、安徽，南至廣東南部、海南島，東至台灣、澎湖，西至廣西、四川。其中台灣、澎湖地理上雖屬離島，方言上悉如核心。底下比較「魚、錢」兩字在浙江蒼南，江蘇宜興（梅園鄉），江西廣豐（梘底鄉銅山村，胡松柏1998），福建順昌（埔上），廣西平南，廣東海康（張振興、蔡葉青1998）、海豐（楊必勝等1996），海南島海口，四川金堂（玉虹鄉陳姓）的讀法：

	蒼南	宜興	廣豐	海康	海豐	順昌	平南	海口	金堂
魚	₌hɯ	₌hɯ	₌hɯ	₌hu	₌hi	₌hɯ	₌hi	₌hu	---
錢	₌tsĩ	₌tsĩ	₌tsĩ	₌tsi	₌tsĩ~₌tsŋ	₌tsĩ	₌tʃĩ	₌tsi	₌tsin

這些遠離母土的閩南話呈現高度的一致性相當明顯，尤其是「魚」字讀喉擦音幾無例外。如海豐、金堂所示，「錢」字不讀鼻化元音，轉讀爲

鼻音韻，看似例外，但從演變規律看，都從ĩ導出，類似的變化在閩南周邊已有跡象。

　　莆田　閩南話的ĩ在莆田或讀-iŋ，如：「棉、變、箭、邊、年、天、見」，廈門讀ĩ韻，莆田讀-iŋ韻。莆田的「魚」讀₋hy，「耳」讀hĩ²，說明其白讀有閩南為底，由-ĩ變-iŋ的道理一樣。

　　大田　前路話（也就是城關話）基本上是閩南方言，也有閩東、閩北的色彩。這個方言把「魚」字唸做₋hi，而把「錢」唸做₋tsiŋ，「耳」唸做hiŋ²。上文說過「耳」字在閩南有鼻化一派，這兩個字的-iŋ都可視為ĩ的變體，經由unpacking而來。

　　海豐　閩南話的ĩ（來自咸山兩攝三四等）多有ĩ~ŋ兩讀：變pĩ²，pŋ²、鼻pʰĩ²，pʰŋ²、添₋tĩ，₋tŋ、見kĩ²，kŋ²、年₋hĩ，₋hŋ。因此「錢」字有₋tsĩ，₋tsŋ兩讀並非例外。從閩南方言的比較可以推知成音節的鼻音ŋ是ĩ的變體。（「鼻」在閩南核心方言有鼻化一讀）

　　金堂　四川閩南話的資料很少。崔榮昌（1996）記錄了兩個樣品，其中之一是金堂縣玉虹鄉（陳姓），另外一個是大足縣天山鄉（徐姓）的閩南話。底下是相關現象的例子。金堂：鼻pʰin¹³、錢tsin²¹、扇ɕin⁵⁵、麵min²¹。大足：麵min⁵³、錢tɕin³¹。這些例子說明閩南話的ĩ在四川轉讀為-in。更有趣的是金堂陳姓所說的閩南話把「耳」字讀為ɕi²¹，從核心方言看過去不難理解：hi→ɕi。

　　如果把海康、海口鼻化消失的現象一併觀察，ĩ的變體在閩南話世界共有四種：-i，-in，-iŋ，-ŋ。這四種變體都出現在閩南話的邊陲和飛地，殊非偶然。這個例子說明，只有掌握核心方言的共同質素才能看出邊陲、飛地方言的新生面貌，「萬變不離其宗」在此展露無遺。

　　古次濁（鼻音）今讀三分現象，閩南核心方言與外圍方言之間如今也稍有不同，而且呈現南北異趣。北邊的莆仙方言把口音中的濁轉化為清。比較泉州、仙游的例子。

	買	眉	尾：	我	牛	月：	入	日
泉州	ˋbue	≤bai	ˋbə	ˋgua	≤gu	gəʔ≤	lip≤	lit≤
仙游	ˋpe	≤pai	ˋpoi	ˋkua	≤ku	koi≤	tiʔ≤	tiʔ≤

莆仙先民來自泉州地區（周振鶴、游汝杰，1986：69），上面的例子適足以表明其臍帶關係。閩南核心地區的南邊呈現另一種風貌；泉州、廈門、漳州的b-（目、木）在潮州、潮陽、澄海（林倫倫，1996）、海豐、海康分讀爲m-，b-。這種現象主要見於廣東、海南，一併列舉如下：

	泉州	廈門	漳州；	潮州	潮陽	澄海	海豐	海康
目	bak≤	bak≤	bak≤	mak≤	mak≤	mak≤	mak≤	mak≤
木	bak≤	bak≤	bak≤	bak≤	bak≤	bak≤	bak≤	bak≤

從「十五音」系統看來，這些m：b有別（構成最小對比）的現象是後起的。《增三潮聲十五音》的「增三」現象來自核心方言早先語音的差別：m～b→m：b，n～l→n：l，ŋ～g→ŋ：g。原先的鼻音（m-，n-，ŋ-）與口音（b-，l-，g-）呈互補分佈，如今在上列地區形成兩兩對立，書名題爲「增三」就代表這種新生趨勢。（這種情況在歷史語言學與indirect inheritance有關，潮陽「女、面」的例外也是如此）

三、

　　漢語方言分區的工作千頭萬緒，如果沒有確立幾項工作原則，恐怕至今仍然治絲益棼，難以劃出方言地圖。其中最重要的概念是代表點的確立。例如吳語以蘇州爲代表點，贛語以南昌爲代表點，客家話以梅縣爲代表點。分布面積遼闊的西南官話以重慶、武漢、昆明、貴陽爲代表點。代表點確立之後，逐漸擴大比較範圍，有如湖心之於漣漪，然後區劃才能成立。晉語立區之初，頗遭非議；細審所遭非議部分，只不過因

爲起初所標舉的有入聲這項特點也見於其他漢語方言（如江淮官話）。非議者以生物學的種屬概念看待方言分區，因此宣告「晉語區」無由成立。但是在官話的汪洋大海中，晉語畢竟像是一個浮出海面的島嶼，以太原爲核心把鄰近有入聲方言悉數納入其中，其實正符分區精神。因爲憑藉「有入聲」這個特點才把晉語與四鄰方言區分開來。進一步研究表明「入聲兩分」（也就是「日」字有表意，有不表意兩用法）可以確立晉語爲一個方言區。（溫端政，1997）如果入聲兩分有效確立晉語區劃，當初有入聲的特點豈無斬將搴旗之功？

　　閩語作爲漢語方言的一個區，在精確的定義提出之前早已成立。我們如取傳統地方韻書產地的方言爲代表點，「十五音」無疑爲其最顯著的共同特點，對外可與毗鄰的吳語、客贛方言、粵語相區別，對內可說是閩語區內的三個湖心。這三個湖心以閩南爲最大，因此可先分閩南與閩北。閩北有兩個湖心，東邊的是閩東（以福州爲代表），西邊的仍可名爲閩北（以建甌爲代表）。三個湖心的漣漪擴散而出，才有所謂的莆仙方言、閩中方言，以及若干零星分佈的具有居中性質的方言，彷彿漣漪激盪出來的浪花。

　　莆仙方言　「魚」字唸ɕhy，聲母是閩南特點，韻母是閩北特點。僅此一例已足以概見其居中性質。莆仙地區先民來自泉州，方言性質本屬閩南，只是後來的發展深受閩東影響。北宋以來，木蘭溪流域行政單位獨立，莆仙逐漸脫離閩南勢力範圍，改向省府治所的福州靠攏，方言狀況也由閩南腔逐漸轉向閩東腔。

　　閩中方言　沙溪方言的底層是閩北話，沙溪流域開發較早的是下游的沙縣。南朝宋元嘉二年（425年）立南平的南鄉爲沙村縣，屬建安郡。明景泰三年（1452年）劃沙縣南部和尤溪西部爲永安縣。三元縣更晚至1940年才由沙縣析地分置。閩中方言（以永安爲例）「魚」讀ɕŋy，管「豬」叫「豨」ᶜkʰyi，正和閩北方言一致，來母s-～ʃ-也是閩北式的。閩中一帶有不少閩南話的村落，而沙溪的上游九龍溪有寧化、清

流兩個客家縣。整個閩中區因而有閩北、閩南、客家方言色彩，而以閩北爲主。

　　大田尤溪　　大田的情況是幾個漣漪激盪而成的，其閩南成分上文已舉過例，但管「狗」叫「犬」^{c}kʰuŋ，管「豬」叫「豨」^{c}hui，卻有閩東閩北色彩。尤溪境內方言複雜，以街面話來說，閩南色彩明顯，例如「魚」唸$_{≤}$huɯ，「錢」唸$_{≤}$tsĩ。但母狗叫「犬母」^{c}kʰũi ^{c}bu卻爲閩東色彩。尤溪其他鄉鎮的閩東、閩北色彩明顯，如以「犬、豨」表「狗、豬」。大田立縣於明嘉靖十四年（1535年），析尤溪、永安、漳平、德化邊緣地帶合置。尤溪縣立於唐開元二十九年（741年），原爲閩中大縣，初屬福州，後來鄰縣分立置，先後有永泰（766年）、德化（933年）、永安（1452年）、大田（1535年）。尤溪境內方言分別與相鄰方言近似，如街面話近閩南德化話，洋中（天堂）話近閩清話，新橋話近大田後路話。

　　從沿海往內陸望去，越近武夷山，客贛方言色彩越濃。宋代以來，經由江西翻山越嶺進入福建的客贛方言人民，長期與閩方言人民接觸，彼此交互滲透、影響甚至混合，許多方言兼有客贛與閩方言色彩，造成五色雜駁的現象，這種現象在明代已十分顯著，明・王世懋在《閩部疏》所說「建、邵之人帶豫音」指陳的就是這個事實。（「豫」爲「豫章」即今南昌）五色雜駁隨地而異，大要是方言成分比重的不同。武夷山麓的方言有必要從閩、客、贛的代表點方言去觀照。立足點和探照路線是閩（沿海福州、廈門→內陸建甌、建陽）、贛（南昌→撫州片）、客家（梅縣→永定→長汀）。經由這樣的程序，我們才能揭示漣漪與漣漪相激盪而成的浪花。

第八章　閩音的保守與創新

閩方言音韻問題當中，最引人注目的兩個焦點是保守性（Conservatism or archaïsm）和層次性（stratification）。其中層次問題留待第九章論析，這裏集中探討保守性的問題。

閩音保守的印象既有感性的基礎也有理性的基礎。所謂感性的基礎，指的是朗讀唐詩之類的韻文所得的印象。例如膾炙人口的劉禹錫〈烏衣巷〉：

朱鵲橋邊野草花，烏衣巷口夕陽斜
舊時王謝堂前燕，飛入尋常百姓家

以北京話讀之並不相諧，以閩南話讀之宛如「天籟」。比較：

	花	斜	家
北京	hua	ɕie	tɕia
廈門	hua	sia	ka

這天籟之音不免給人們以信心，認爲閩音比之於北京音保守，而且接近唐音。

所謂理性的基礎，指的是以漢語語音史邏輯發展過程爲比較對象所獲得的認識。前人對閩方言內部一致性的探討加深了閩方言保守的印象。這些具有保守傾向的一致性包括：非組讀如幫組，知組讀如端組，匣母讀舌根塞音，云母讀喉擦音。在有清一代經過錢大昕蒐證發現「古無輕唇」和「古無舌上」兩條鐵律之後，閩音保守的聲名更不脛而走。

這些經由粗淺比較所得的結論是對的，但效用有限，流弊則更大。爲什麼說結論是對的又說是粗淺比較而來？因爲方言與全國標準語的比較只不過是比較工作的初級產品，以此初級產品去論漢語史的保守現

象，顯然小大失衡，不足爲據。作爲全國標準音系基礎的北京方言只不過是漢語方言森林中的一棵樹而已，此外還有千萬棵樹。比較範圍狹窄，效用端的有限。

按理說，以漢語語音史邏輯發展過程爲比較對象所獲閩音保守的結論應屬可信，尤其在錢大昕發現的兩條鐵律的基礎上所做成的結論更屬顛撲不破。但是，我們看看這種比較工作只涉及聲母問題，即不難斷其效用有限。古音名目的不當利用也阻礙了閩音保守的嚴肅探討。

閩音保守既然得自粗淺的比較經驗，流弊是相當明顯的。例如上舉非組讀p-，p'-，m-，知組讀t-，t'-，匣母讀k-，k'-，云母讀h-都是閩音中的白讀現象。這類白讀現象比全國標準語保守，就漢語語音史的邏輯發展過程說也屬於較早階段。於是不免引起一個總體印象，認爲白讀傾向保守，從而把跟全國標準語比較所得的閩音的獨特現象視爲天經地義的保守現象。例如閩西北地區的來母讀舌尖擦音s-就說是從上古漢語的複輔音*Cl-導出，閩南方言次濁聲母讀h-就說是從上古漢語的清鼻音、清邊音導出。這類白讀現象固然獨特，但獨特現象卻未必保守，經由比較罕見的演變過程也可以產生獨特的結果。匣母的白讀k-，k'-固屬保守，ɸ-卻是演變劇烈的創新形式。即以上舉劉禹錫〈烏衣巷〉來說，韻腳字「花、家」讀-a是文讀，讀-e是白讀。文讀反比白讀保守。

探討閩音的保守與創新就是把閩音放在漢語語音史的邏輯發展過程當中去決定其舊質要素和新質要素。只有透過古今對應，南北對應，才可能衡量出合理的結果。我們不能只憑單一的古今對應或單一的南北對應就期望得出結論。漢語語音史上下三千年，成於西元601年的《切韻》適居其中。從事古今對應自不能不以《切韻》爲基本參照點。利用《切韻》作爲基本參照點，應該時時謹記在心：什麼是《切韻》原貌？什麼是後人所繪的《切韻》面貌？假使我們分不清這兩種相貌的差別，《切韻》的價值必將大爲失色。因爲後人所繪的《切韻》面貌都不免帶有後人自身的方言色彩。中國各地方言色彩並不統一，如以一隅方言色

彩為據，難免掩蓋其他方言色彩。例如，作為一部中古時期的韻書，《切韻》並無所謂「洪細」學說，洪細是後人給予彩繪的結果。假使不能在這個關節上透析其分際，原本客觀的古今對應必定難免導出備受扭曲的演變過程。

　　歷史上發生過的語音事件已成過眼雲煙，留在文獻上的往往是一鱗半爪。時光隧道中所不能見到的影跡只有從它在地面上的倒影去追蹤。這就是素樸的方言地理學的價值所在。方言之間的關係有的像姐妹，有的像叔侄，也有的像是母女。關係不同，意義和價值也隨之而異。但是就探求漢語語音史的邏輯發展過程來說，每一個方言都應得到照應：家族大的固然值得重視，家族小的也沒有理由小覷。遠親近戚的資料越多，描繪的家族史就可以減少遺珠之憾。方言類型掌握得越多，比較的基礎越廣，漢語語音史邏輯發展過程的探討也可以越加逼近真相。

　　前人對閩音的保守與創新有不少正是建立在粗淺的比較基礎上。真正的保守現象常被忽略，創新現象反被視為保守。底下試加論析。

一、古次濁聲母的白讀h-和s-

　　次濁聲母「明、泥、疑、日」白讀為喉擦音h-是閩南方言的標幟之一；「來」母讀s-則為閩西北與閩中一帶方言的區域性特徵。這兩類語音現象其實有相通之處，如*m-，*n-，*ng-，*n̥（~ńź），*l-古為「響音」（sonorants），今為「持續音」（continuants）h-，s-，因此在音變闡釋上應該用一種辦法加以掌握，才不致失其同理共貫的發音機制，其機制就是「氣流換道」（switch of out-going airstream channel）閩南方言次濁聲母讀h-的現象可舉廈門、潮陽為例：

古聲母	例字	廈門白讀	潮陽白讀	廈門文讀	潮陽文讀
明*m	茅	hm̩^{24}	…	mau^{24}	mau^{55}

聲母	字				
	媒	$hṃ^{24}$	...	$buẽ^{24}$	$buẽ^{55}$
泥*n	年	$nĩ^{24}$	$hĩ^{55}, nĩ^{55}$	$lian^{24}$	...
日*ńʑ	燃	$hiã^{24}$	$hiã^{55}$	$lian^{24}$	$ziang^{55}$
	辱	...	$hiok^{11}$	$liok^{4}$	$ziok^{55}$
	肉	hik^{4}	nek^{55}	$liok^{4}$	...
	箬	$hioʔ^{24}$	$hioʔ^{55}$	$liok^{4}$	...
	耳	$hĩ^{33}$	$hĩ^{313}$	ni^{51}	zu^{53}
疑*ng	瓦	hia^{33}	hia^{313}	gua^{51}	ua^{313}
	艾	$hiã^{33}$	$hiã^{11}$	$ngãi^{33}$	$ngãi^{313}$
	蟻	hia^{33}	hia^{313}	gi^{24}	...
	魚	hi^{24}	hu^{55}	gu^{24}	...
	硯	$hĩ^{33}$	$ngĩ^{11}$	$hian^{33}$	...
	岸	$huã^{33}$	$huã^{11}$	gan^{33}	$ngãi^{313}$
	額	$hiaʔ^{24}$	$hiaʔ^{55}$	gik^{4}	...

其中所列文讀僅供參考不在問題之列，白讀呈現明顯的音變階段性痕跡。通觀其演變軌跡，大約全程分為四個階段，其代表形式為N＋V，N＋Ṽ，H＋Ṽ，H＋V：

　　N＋V代表出發點的古音形式，N代表鼻音聲母（nasals），鼻音是氣流由鼻腔外出的發音。

　　N＋Ṽ是鼻音聲母進行「順行同化」的結果，使元音鼻化。就氣流外出的途徑說，部分氣流改從口腔外出，部分氣流仍經鼻腔外出。

　　H＋Ṽ是經由口腔外出的氣流增強，經由鼻腔外出的氣流減弱。

　　H＋V是氣流完全經由口腔外出。

其間的細節變化且不置論。起點形式的探討只有日母小有爭議，有人以為是鼻擦合音（ńʑ），但從南方方言觀之可以視如一個鼻音（或作ŋ-，或作n-）。除了起點形式之外，閩南方言次濁聲母白讀的形式可以統攝在三個發展階段：

N + Ṽ：年₌nĩ，耳ᶜnĩ，硯ngĩ²

H + Ṽ：艾hiã²，耳hĩ，硯hĩ²

H + V：瓦hia²，蟻hia²，額hia²₌

從閩南方言的音韻行爲來看，成音節的鼻音（-m̩，ŋg）應該視同一個鼻化的高元音。這可以分兩方面來看：

第一，就聲韻結構來說，成音節鼻音與鼻化元音一樣，在互補分佈的聲母表中只與鼻音聲母一起出現，不與口音聲母一起出現。如「問」唸mŋ²，不唸bŋ²。

第二，就閩南方言內部的對應關係來說，同一層次的韻母在一方爲鼻化元音時，在另一方是成音節鼻音。如漳州的「遠」huĩ²，在廈門爲hŋ²。

這有助於說明「茅、媒」何以在成音節鼻音之前產生有如鼻化元音之前的h-聲母。

潮陽方言充當姓氏用的「連」₌hiã（來母變爲h-）演變軌跡稍異。其鼻化韻母係得自鼻尾音的弱化（-ian→iã），也許在元音鼻化之後促使聲母由邊音變爲鼻音（l-→n-），然後進行下一步的變化（lian→liã→niã→hiã）。

除此之外，上文所舉例證似乎也反映了陽聲韻與陰聲韻、入聲韻在變化速度上的不同。不過，當我們看到海南島海口方言「年」字唸₌hi，「耳」字唸hi²的時候，就可以明白不管是陰聲韻、陽聲韻還是入聲韻，其依循上述演變路徑而進行變化的道理是一致的。

總的說來，這一類變化是氣流由鼻腔外出變成由口腔外出的不同階段造成的。

「來」母字讀s-的現象在地理分佈上見於建甌、建陽、崇安、政和、松溪、浦城（南鄉）；邵武、光澤、泰寧、將樂、順昌；永安、三明、沙縣、明溪等十六個縣市。轄字範圍包括「籬、螺、膭、李、狸、力、露、蘆、雷、類、裏、癩、瀨、撩、老、劉、留、六、冽、籃、

藍、卵、僆、連、鱗、郎、宸、兩、礱、籠、笠」等31個。（李如龍，1983）其中有幾個值得注意的現象：

一、例字多寡，各地不一。如建陽具有23例，明溪只有13例。

二、有的字（如「笠」）在所有上列方言都讀s-，有的字（像「類」）只在少數方言有讀s-的情況。

底下舉建陽、建甌方言爲例：（張光宇，1989）

例字	建陽白讀	建甌白讀	建陽文讀	建甌文讀
露	su^{43}	su^{43}	lu^{43}	lu^{33}
籃	saŋ^{33}	saŋ^{33}	laŋ^{33}	laŋ^{33}
雷	sui^{33}	so^{38}	iui^{33}	lo^{33}
螺	sui^{33}	sɔ^{33}	lo^{33}	lɔ^{33}
鱗	saiŋ^{33}	saiŋ^{33}	…	leiŋ^{33}
郎	…	sɔŋ^{33}	…	lɔŋ^{33}
礱	suŋ^{33}	sɔŋ^{33}	luŋ^{33}	lɔŋ^{33}
卵	syŋ^{32}	sɔŋ^{33}	nueŋ^{21}	luaŋ^{21}

這一類s-音在將樂全讀爲ʃ-，在永安s-與ʃ-互補。邵武方言，這一類來母s-聲字都讀陰去。（陳章太，1983）但其他方言不然；同時，從古音條件如開合、等第去探討也得不出合理的解釋。（羅杰瑞、梅祖麟，1971；李如龍，1983）我們只有專注與來母有關的音讀去找尋解釋的辦法。

閩南方言的聲母對應關係中有一條是古日母dz與z，l相對應。比較（董同龢，1960；張盛裕，1979）

例字	龍溪	晉江	廈門	潮陽
二	dzi^2	li^2	dzi^2，li^2	zi^2
熱	dzua^2	lua^2	dzua^2，lua^2	zua^2
仁	⊆dzin	⊆lin	⊆dzin，⊆lin	⊆ziŋ

這些音讀的演變過程可以寫做：*ńʑ→dz→z→l。

湖南瀘溪瓦鄉話的來母有z、dz兩種變體。（王輔世，1982）

z 來zɛ～zuɛ，梨za，漏ẓa

dz 林dzɛ，亂dzong，陋dzəɯ

這些音讀似乎是同一系列的產品，可以寫做*l→z→dz。

福州的連讀音變有一類現象反映s→l的變化。例如：（王天昌，1969）

野獸 ia siu→ia liu

比賽 pi suoi→pi luoi

這類連讀音變在福清方言（馮愛珍，1993）或變爲ʒ-。福州也許也曾有z-（或其變體ʒ-）一讀，可以寫做s→(z)→l。

莆田方言沒有s-聲母，其他閩方言的s-莆田都作清邊音寫做lh。比較：

例字	廈門	莆田
西*s	⊂sai	⊂lhai
駛*s	⊂sai	⊂lhai
屎*s	⊂sai	⊂lhai
時*z	⊆si	⊆lhi
神*dz	⊆sin	⊆lhin
寺*z	si²	lhi²

上列種種對應或變體說明了舌尖部位的邊音和擦音關係密切。從一般的發音情況說，發邊音時氣流係經由舌體兩邊外出，發舌尖擦音時氣流集中在舌體中央外出。相對而言，前者爲「邊」音，後者爲「央」音。從l到s的變化即爲氣流改道由舌邊到舌央的變化。中間過程有兩

個可能，或者是lh，或者是z。據此，可把來母s-聲的演變過程寫如下式：

$$*l \rightarrow \begin{cases} lh \\ z \end{cases} \rightarrow s$$

這個過程顛倒寫之可用以解釋如福州、福清等方言的連讀現象，也可說明莆田方言s聲的變化。

總起來說，閩方言古次濁聲母h-和s-的演變同為「氣流換道」造成的結果。古次濁聲母變為h-是「鼻腔到口腔」的氣流換道，古來母變為s-則是「舌邊到舌央」的氣流換道。這兩個因氣流換道所造成的結果突出地標幟著閩南和內陸一大片地區方言的色彩。雖然轄字不多，但在方言區劃上仍不失為色彩鮮明的方言特點。從鼻音到喉擦音前後歷經四個階段，從舌邊音到舌「央」音前後分為兩三個演變階段。古次濁聲母讀為h-和s-究竟是保守現象還是創新現象，從上面的論述看起來已可謂不辯自明。

二、海口方言聲母的鏈動變化

從聲母系統的外觀看起來，海口方言表現著與一般漢語方言風貌迥異的特色。其突出色彩包括：

1. 具有兩個前喉塞音聲母ˀb、ˀd而沒有p-。
2. 具有兩個相當弱化的送氣音聲母p‘-(~f)，k‘-(~x)，但是沒有一般漢語方言常見的t‘-，ts‘。

因此，整個聲母系統的格局顯得不太整齊，出現了若干空檔。這種不整齊的格局係歷經演變的結果。

比較大陸本土核心區的閩南方言與海口方言，我們可以看到海口的閩南話進行了以下幾種變化：（張光宇，1989）

　　一、音位化　閩南方言的鼻音聲母（m-，n-，ŋ-）與口音聲母（b-，l-，g-）呈互補分佈的狀態。但是在海口方言中，這種語音性的區別轉化為音位性的對立。具體的情況是（a）m～b變成m：v。如閩南的「棉」ᵢmĩ，「迷」ᵢbe，海口分別唸為ᵢmi，ᵢvi。（b）「難」與「蘭」在閩南同聲母，海口分別唸為ᵢnan，ᵢlan。閩南的「軟」ᶜnuĩ，「念」liamᒿ，海口唸為ᶜnui，niamᒿ。（c）閩南的ŋ-在海口也唸ŋ-，但閩南的g-在海口變為k-，v-，h-。如閩南的「牛」ᵢgu，「我」ᶜgua，「外」guaᒿ在海口分別唸為ᵢku，ᶜva，ᵢhua。以上三條以（a）最能表現從語音區別到音位對立的變化。另外兩條對應關係比較複雜。但總的說來，閩南方言m～b，n～l，ŋ～g的互補狀態在海口方言已不存在，代之而起的是另一副容貌。

　　二、通音化　閩南方言一般都有p'，t'-，ts'-，k'-四個送氣聲母，但在海口方言中t'-，ts'-已變為擦音h-，s-。比較下列兩組字：

例字	塔	天	讀	頭	拆	柱	賺	蟲
閩南	t'aʔ	t'ĩ	t'ak	t'au	t'iaʔ	t'iau	t'an	t'aŋ
海口	haʔ	hi	hak	hau	hia	hiau	han	haŋ

例字	粗	牆	笑	象	差	車	手	市
閩南	ts'ɔ	ts'iũ	ts'io	ts'iũ	ts'a	ts'ia	ts'iu	ts'i
海口	sou	sio	sio	sio	sa	sia	siu	si

　　至於p'-和k'-則游移於p'～pf'～f，k'～kx'～x之間。如把p'-，t'-，ts'-，k'-四個送氣聲母依發音部位前後分，不難看出，因送氣成分加重而發生的通音化現象起於部位偏央的兩個聲母。t'→h與ts'→s的變化是徹底的，但p'→pf'，f與k'→kx'，x的變化只是局部的，還未完全改頭換面。其命運取決於方言與普通話勢力的消長。如方言勢力大，p'，k'走向全盤通音化的可能性強；如普通話勢力大，已經通音化的現象也

可能被導正讀回送氣塞音。

　　三、塞音化　　閩南方言的s與ts在海口方言變爲t。其中s變t是無條件的，也是全面性的；ts變t只出現在後元音之前。海口方言的單元音有六個，可分前（i、e、ɛ）後（a、o、u）兩組。ts-在前元音之前不變，在後元音之前才變爲塞音t-。底下分別舉例：

例字	西	心	邪	謝	沙	山	收	屎	是	常
閩南	sai	sim	sia	sia	sua	suã	siu	sai	si	sioŋ
海口	tai	tim	tia	tia	tua	tua	tiu	tai	ti	tiaŋ

例字	早	助	主	前	泉	子	坐	爭	酒	上
閩南	tsa	tso	tsu	tsaĩ	tsuã	tsi	tse	tsẽ	tsiu	tsiũ
海口	ta	to	tu	tai	tua	tsi	tse	tsɛ	tsiu	tsio

　　四、喉塞化　　閩南方言的p-，t-聲母在海口方言變讀爲前喉塞音ˀb ˀd。（下面簡寫做b，d）

例字	邊	北	平	盤	分	放	肥	房
閩南	pĩ	pak	pẽ	puã	pun	paŋ	pui	paŋ
海口	bi	bak	bɛ	bua	bun	baŋ	bui	baŋ

例字	都	點	同	定	豬	張	茶	重
閩南	tɔ	tiam	taŋ	tiã	ti	tiũ	te	taŋ
海口	dou	diam	daŋ	dia	du	dio	dɛ	daŋ

　　總起來說，從閩南方言到海口方言聲母的變化趨向兩極：一類是強化，也就是氣流受阻程度加大，包括塞音化（s，ts→t）和喉塞化（p，t→ˀb，ˀd）。一類是弱化，也就是氣流受阻程度變小，包括通音化（tʻ→h，tsʻ→s）和音位化中b→v，g→h，v等變化。圖示如下：

```
    （喉）塞化        閩南聲母        通音化
        ʔb      ←    p  ‖  pʻ  →  pfʻ～f
        ʔd      ←    t  ‖  tʻ  →  h
        t       ←    s  ‖  tsʻ →  s
        t       ←    ts ‖  b   →  v
                       ‖  g   →  h，v
                       ‖  kʻ  →  kxʻ～x
```

這些聲母變化反映一個大體的傾向，也就是不送氣的聲母（包括s）是一個走向，送氣聲母和濁音聲母是另一個走向。

　　除此之外，我們在舌尖音系列還可以看到環環相扣的「鏈動變化」：t變爲ʔd，s變t，ts也變爲t，s變走了，由tsʻ→s來塡補。用圖形表示如下：

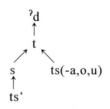

這是漢語方言當中比較罕見的聲母系統變化。經過以上種種變化之後，閩南方言的比較均衡的聲母系統終於演化成一個比較不整齊的局面：

```
        閩南方言                      海口方言

p   pʻ   m～b                   ʔb        pʻ   m    v

t   tʻ   n～l                   ʔd   t         n    l

ts  tsʻ  (dz～z)   s            ts             z    s

k   kʻ   ŋ～g      h            k    kʻ   ŋ         h

ø                              ø
```

　　經過一系列的變化之後，任何關於海口方言的保守古音的論述都變得不切實際。作爲閩南方言「飛地」的音韻現象，在取用海口方言例證時，第一步必不可少的工作就是比較大陸本土核心區閩南方言的現象，才可能避免引喻失義。

　　有趣的是，台灣的閩南方言和海南島的閩南方言從大陸故土隨移民遷徙而來的時期約略相當。可是這兩個閩南「飛地」的方言發展結果迥異。台灣閩南方言與廈門方言仍然如出一轍，差別甚微。海南島閩南方言與大陸故土的方言已如南轅北轍，難以通話。造成這種差別的原因大約有以下幾端：

　　1. 台灣的閩南話主要出自泉州、漳州一帶。海南島的閩南話主要出自潮州、汕頭一帶。母土方言本有微殊。

　　2. 閩南移民遷徙到台灣起初係一種軍事和政治移民的型態，所以明鄭有足夠的力量驅逐荷蘭殖民者，把台灣改造成閩南社區，社區內部有強大的凝聚力，因而能夠保存方言的活力。原住民人口不多，勢力不強，對漢移民的方言構不上滲透作用。更由於生活天地不同，漢語方言和土著語言之間的交融狀況並不顯著。閩南移民遷徙到海南島屬於自發性移民，這種移民型態不是有組織、有計劃的行動，而是零星的、斷續的。移民到了新居地之後，由於日與土著民族爲伍，逐漸習染了土著語言，改變了自己原有的發音習慣，終而至於「面目全非」。

三、廣西平南閩南話的聲母

　　廣西平南閩南話所出材料不多，但從其音系整體看來卻顯現不少特點。這些特點包括：

　　1. 聲母有十八個。其中有下列兩組對比情況不見於核心地區的閩南方言。一是 mb：p：m 對立，二是 ɲ：ŋ：h 對立。例如：

篾 mbi^{33} ≠ 備 pi^{33} ≠ 美 mi^{33}

艾ŋ̊ia³³ ≠ 瓦ŋia³³ ≠ 穖hia³³（勺子）

2. 聲調共有十個。除了平、上、去各分陰陽之外，陰入、陽入還各分爲兩類。陰入、陽入的分化情況如下：

上陰入：竹tie²54　　上陽入：笛tie²23

下陰入：滴tie²4　　下陽入：敵tie²1

這種聲調分化情況在閩南方言相當特殊。

廣西的閩南話人口不過十五、六萬，而且多呈點狀分佈，最大一片呈帶狀分佈的人口也僅有大約六萬人，在整個廣西（今壯族自治區）兩千萬人口當中幾可說如滄海之一粟。在這樣的「強敵環視」之下，閩南移民者的語言獨能保存母土所無的古音痕跡不免令人疑竇叢生。即以聲調系統來說，平南閩南話上、下陰入，上、下陽入的區別不但不見於其所從出的福建漳州地區，也不見於福建境內的任何閩南方言。由於這個緣故，不免令人設想，這種聲調分化情況是閩南話在廣西境內發展的新起現象，而不是攜自漳州故土的古音痕跡。源自宋代狄青「平南」的廣西平話也有類似的聲調變化。例如南寧心圩平話把陰入和陽入各分爲甲乙兩類：（張均如，1987）

陰入甲（33調）：急出百法　　陽入甲（11調）：局白雜服

陰入乙（55調）：沒滴　　　　陽入乙（24調）：力木額納

其中陽入甲是全濁聲母，陽入乙是次濁聲母，猶有條件可說。陰入分甲乙，條件不明。這種分化條件不明的情況也見於平南閩南話的上列上下陰入、上下陽入的分化。爲什麼兩種來源不同的漢語方言到了廣西之後卻都發展出類似的聲調分化現象？這也許只有從習染當地方言或語言的發音習慣才能得到理解。

平南閩南話的一些聲母現象是否眞爲上古音的痕跡也有必要從廣泛的比較才能判定。這裏舉兩個例來說。

一、清鼻音ŋ̊-　李玉（1990）把下列平南閩南話的ŋ̊-聲母視爲保存上古漢語清鼻音的痕跡：

兄 $\mathring{\eta}$ia^{45}　暖 $\mathring{\eta}$ia^{54}　燒 $\mathring{\eta}$ia^{23}　艾 $\mathring{\eta}$ia^{33}

葉 $\mathring{\eta}$io^{32}　歡 $\mathring{\eta}$ua^{45}　（田塍）t'iϵn^{23}　$\mathring{\eta}$ua^{33}

橫 $\mathring{\eta}$uei^{23}　方 $\mathring{\eta}$uη^{45}　遠 $\mathring{\eta}$uan^{54}

這些例證從閩南方言看來有不少問題。首先是本字認錯，如「燒」 $\mathring{\eta}$ia^{23} 本字是「燃」，「葉」 $\mathring{\eta}$io^{32}本字是「箬」，「田塍」t'iϵn^{23} $\mathring{\eta}$ua^{33}的 $\mathring{\eta}$ua^{33} 係「岸」字。例字不多，而本字認錯三個，其餘推論不免附會。從已經 相當明確的閩南核心方言的情況來看，上列平南閩南話的清鼻音聲母 $\mathring{\eta}$ 主要有兩個來源。一是次濁聲母來源字，如：

例字	艾疑	箬日	岸疑	燃日
漳州	hiã^2	hio^2	huã^2	₌hiã
平南	$\mathring{\eta}$ia^2	₌$\mathring{\eta}$io	$\mathring{\eta}$ua^2	₌$\mathring{\eta}$ia

另一是曉、匣、云母來源字，如：

例字	兄曉	歡曉	橫匣	遠云
漳州	₌hiã	₌huã	₌huẽ	huĩ^2
平南	₌$\mathring{\eta}$ia	₌$\mathring{\eta}$ua	₌$\mathring{\eta}$uei	⊂$\mathring{\eta}$uan

經過這一層比較，平南閩南話的 $\mathring{\eta}$-係閩南方言h-的另一種寫法，已可謂 不辯自明。因為 $\mathring{\eta}$-在閩南方言的對應系列中主要是喉擦音和鼻化韻母， $\mathring{\eta}$-實為h-和鼻化成分的替換物。

　　二、st-類複聲母　平南閩南話精組、莊組、章組字都有讀為塞音 t-，t'-的現象，李玉（1990）引為上古st-類複聲母的例證。其例如下： 精組：粗t'uou^{45}，伸t'un^{45}，促t'u^{54}，隨t'uei^{23}，槽t'ao^{23}，祥t'io^{23}，層 t'iη^{23}。 莊組：楚t'o^{54}，柴t'a^{23}，插t'a^{32}，炒t'a^{54}。 章組：扯t'i^{54}，臭t'ao^{21}，春t'un^{45}，蠢t'un^{54}，出t'ut^{54}，章tiõ^{45}，炊 t'uei^{45}。

其實這一類字和上古聲母毫不相干，而是「塞音化」的結果。我們在上節討論海口方言的聲母特點時曾指出，華南漢語方言的聲母變化有兩股勢力，一是通音化，二是塞音化。送氣的塞音、塞擦音在海口進行的是通音化的過程，但送氣的塞擦音在湘、贛、鄂和兩廣地區常有塞音化的現象，其例多至不勝枚舉。ts，ts'→t，t'的變化有的可以看出演變的條件（如洪細），有的似乎是無條件的變化。有的方言只出現在章組字（或以章組爲主），有的方言則涵蓋精組和莊組。最重要的是，在那些能夠分辨出閩南來源的字當中，其規律說明平南閩南話的塞音來自塞擦音（ts'→t'-）：

例字	柴	插	炒
漳州	₌ts'a	ts'aʔ₋	ᶜts'a
平南	₌t'a	t'a₋	ᶜt'a

其中「柴」字閩南音ts'a承自吳方言dza～za（張光宇，1993）

四、歌、支韻的低元音問題

就韻攝來說，歌屬果攝，支屬止攝，不相隸屬。但在上古韻部裏，支韻有一部分字歸在歌部。這種由合而分的現象代表漢語語音史的流變；閩方言歌、支韻的低元音在漢語方言之間相當突出，不少學者一致認爲應係代表合而未分階段的古音現象。其例包括福州方言歌韻的-ai和廈門方言支韻的-ia：

福州：跛ᶜpai，破p'uaiᵔ，簸puaiᵔ，磨₌muai，大tuaiᵔ，拖₌t'ai～₌t'uai，
　　　舵tuaiᵔ，籮₌lai，過₌kuai，我ᶜŋuai，河₌xai

廈門：騎₌k'ia，徛k'iaᵔ，寄kiaᵔ，蟻hiaᵔ，奇₌k'ia，倚ᶜua

福州歌韻的韻母-ai，黃典誠（1982），鄭張尙芳（1983），羅杰瑞（1988:212）都認爲是上古音的遺跡。羅杰瑞以李方桂先生（1971）

的上古音重建形式爲出發點指出，上古歌部＊（u）ar變到中古音開口爲â，合口爲uâ，這個發展見於華北、華中方言。就華南（閩、客、粵）方言來說，其變化爲＊ar→＊âi，＊uar→＊oi。爲了醒目起見，我們把這兩種發展情況簡化爲北方、南方重寫如下：

北方	南方
ar→â	ar→âi
uar→uâ	uar→oi

　　羅杰瑞還指出，南方的發展在閩方言還大量的保存著。客家話和粵語原先應有更多的南方形式，惟在後代北方勢力的影響下多數已被取代，僅僅留下少量殘跡，如客家話「我」$_≤$ŋai，粵語「舵」$^≤$t'ai。就分佈範圍來說，南方的發展形式不只見於閩客粵方言，也見於浙江溫州方言。（鄭張尚芳，1983）

　　個kai$^⊃$　餓ŋai$^⊃$，vai$^⊃$　蛾$_≤$mai　簸pai$^⊃$

　　腡$_≤$lai　裸$^≤$lai　穤$^≤$lai　剉ts'ai$^⊃$

事實上，除了這個例子之外，浙南方言還有不少「南方」質素，應合而並觀。

　　自1923年汪榮寶《歌戈魚虞模古讀考》發表以來，「唐宋以上，凡歌、戈韻之字皆讀a音，不讀o音。」早已深入人心。他的例證取自梵漢對音，日譯吳音、漢音材料極多，音值也相對穩定。七十年前，漢語方言材料出土有限，取證域外對音探討古音被視爲一大坦途。如今看來，其說大有可商。漢語方言無分南北，歌戈韻字之發展都從＊o這個起點演變而來。以域外方音爲證的說法可謂本末倒置，喧賓奪主。

　　上列福州歌韻字，實際包括戈韻字在內。歌、戈爲開口、合口關係。現在按韻來分把福州讀法重排如次：

　　歌：拖$_c$t'ai～$_c$t'uai，舵tuai$^⊃$，籮$_≤$lai，我ŋuai，河$_≤$xai。

　　戈：跛$^≤$pai，破p'uai$^⊃$，簸puai$^⊃$，磨$_≤$muai，過$_c$kuai。

從中不難看出，介音u-的出現並無條件的限制，既出現在合口戈韻，也出現在開口歌韻。在開口韻中，-u-既出現在舌尖音聲母後，也出現在舌根音聲母之後。這種分佈情況說明歌韻原來是具有圓唇成分的元音。-u-介音是從主要元音中的圓唇成分演變出來的（如*o→uo）。

　　福州歌、戈韻中的尾音-i，黃典誠（1982）根據其上古韻部的重建形式認爲直接源自上古音。他認爲上古韻母系統「歌－曷－寒」的關係是ai－at－an。羅杰瑞（1988:212）的說法把福州等南方方言歌部字的-i尾看做是-r尾的變化形式。這兩種說法都只顧及主要元音和韻尾，而沒有對介音的產生提出解釋。事實上，爲了尋求內部一致的解釋，不能顧此失彼。主要元音的性質不但和介音的產生有關，和韻尾的發展、變化也有關係。底下是三個相關的問題。

　　一、前面所列廈門方言支韻字都來自上古歌部，但沒有任何-i尾痕跡。如以-a元音爲上古音痕跡，「倚」字的-u-介音又從何變來？建甌方言的圓唇介音（寄kyɛ²²，騎kuɛ⁴²，蟻ŋyɛ⁴²，倚uɛ²¹）又如何產生？如把這些形式統統列入考慮，只有假設起點是個具有圓唇成分的主要元音。

　　二、與福州歌戈韻-(u)ai對應的形式在閩南是-ua，-ue，在閩西北方言如建陽、建甌是-uɛ，-ui。例如：

廈門：拖ₑtʻua，我ₑgua；破pʻuaˀ，磨ₛbua；過kueˀ，果ₑkue。

建陽：拖ₑhue，鵝ₛŋue；螺。sui，禾。ui；破pʻoiˀ，磨ₛmoi。

建甌：拖ₑtʻuɛ，我ₑuɛ；簸puɛˀ，破pʻuɛˀ，磨ₛmuɛ。

其中戈韻有兩個條件音變。一是廈門方言的-ue只見於舌根聲母，二是建陽方言的-oi只見於唇音聲母。這些形式似乎都是從-uo變化出來的，其演變過程大體如下：

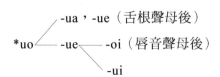

由此看來，福州歌戈韻的-uai是-uo的後續變體，可以看做是-ue的等值品或變化形式。

　　三、閩南方言的「皮」 ₌p'ue，「被」 p'ue⁼也是上古歌部字，但在《切韻》與「寄、蟻、騎」同列在止攝開口三等支韻。從閩方言的對應關係看來，這個-ue韻的早期形式也是-uo。這個超出切韻韻母系統的古音現象也只有在元音性質弄清之後才得到比較合理的解釋。

五、等第與洪細

　　關於漢語語音史的「等第」，從本世紀初高本漢的古音重建工程開展以來，學界一般無不遵從江永的說法，把他的說法視爲金科玉律，奉行不渝。江永《音學辨微‧八辨等列》云：「音韻有四等：一等洪大。二等次大。三四皆細，而四尤細。」後代學者運用音標去「翻譯」這四句話，以效攝來說就有如下的容貌：（Norman, 1988:32）

Division	Volpicelli	Schaank	Karlgren	Pulleyblank
I	kou	kau	kâu	kau
II	kau	kyau	kau	kjau
III	keu	kyiau	kjäu	kiau
IV	kiu	kiau	kieu	kjiau

這四位西方學者在一三等方面並無歧見：一等沒有介音，三等具有硬顎部位的某種介音。瓦皮齊里（Volpicelli）認爲四個等代表四個不同的元音，商克和浦立本認爲四個等的元音並無不同，其差別在介音。高本漢的「翻譯」最爲忠實，其影響也最大。依高氏的「翻譯」，他對江永學說的理解對照如下：

江永	高本漢
一等洪大	低後元音：â
二等次之	低前元音：a
三四皆細	同有某種介音：-j，-i-
而四尤細	四等元音e高於三等ä

　　高本漢的學說因爲披著「音標」這件科學外衣而風行於世，但從上面對照看起來，論功行賞應推江永爲首功。因爲江永才是原創者，高本漢只不過是個翻譯家。假使我們追問一下：陸法言在西元601年編成《切韻》之時，其書並未附有一張206韻的元音部位關係表，一千多年之後的江永（1681-1762）又如何能探賾發微偏有獨得之秘？李榮（1983）的觀察很有意思，他說：

　　要瞭解江永的眞意，先得問他對「等」的解釋是從哪兒來的？說穿了非常簡明易曉。江永的話大概是根據當時所謂官音，就是十八世紀前期的北京音說的。……總之，江永的四句話是在北京音那一路音系的基礎上說的。這個話的價值也就在這個上頭，適用的範圍也限於此。因此不能奉爲金科玉律，也不能貶得一文不值。

李榮這段話出示「盡信書不如無書」的道理深入肯綮，發人深省，意義非比尋常。但江永那四句話的價值和適用範圍並不限於北京那一路音系，絕大多數漢語方言都適於用江永的四句話去概括。江永洪細說無法概括的現象包括(1)山西和浙江等方言中一等韻讀細音和(2)閩方言四等韻讀洪音。

　　一等韻讀細音可舉兩條以見其一斑。一是山西平遙、太谷、介休方言果攝一等的-ie，-iɛ：（侯精一，1989:144；楊述祖，1983:10；張益梅，1991:20）

平遙：搓tɕiɛ13，左tɕiɛ53，哥kiɛ13，蛾ŋiɛ13，我ŋiɛ53，鵝ŋiɛ13

太谷：拖tʻie22，羅lie22，哥kie22，我ŋie323，鵝ŋie22，河xie22

介休：多tie13，羅liɛ13，哥kiɛ13，我ŋiɛ423，蛾ŋiɛ13，河xiɛ13

另一個例是安徽績溪方言侯韻：（趙日新，1989:126）

斗ti35，偷tʻi55，勾ki55，口kʻi213，走tsi213，偶ŋi213，候xi31

此外，還有不少漢語方言具有類似現象不遑列舉。

　　四等韻讀洪音是閩方言最突出的特點，不但地理分佈廣，轄字多，且其變化方式也比較特殊。底下僅列廈門方言四等洪音之例以供參考：（周長楫，1991）

齊韻：臍₌tsai，西₌sai，犀₌sai，婿saiᐟ；迷₌be，體ᖾtʻe，犁₌le，妻₌tʻse，細seᐟ；題₌tue，底ᖾtue，犁₌lue，洗ᖾsue。

先韻：前₌tsãĩ；前₌tsun；節tsat₌，tsueʔ，tseʔ；結kat₌。

添韻：店tãĩᐟ。

青韻：瓶₌pan，零₌lan，星₌san，亭₌tan，釘₌tan，挺ᖾtʻan，笛tat₌。

　　其中齊韻的-ai與日語吳音-ai相當，-e與日語漢音-ei和山西平遙方言白讀-ei相當。分別舉例如下：

　　1. 吳音、漢音

例字	西	體	題	妻	齊
漢音	sei	tei	tei	sei	sei
吳音	sai	tai	dai	sai	sai

　　2. 山西平遙方言白讀

西sei13，洗sei53，細sei35，婿sei13，妻tsʻei13，劑tsei35，擠tsei13

綜合上述韻母形式，齊韻四等在可考的較早時期（如吳音）的音值可以假定為-ai。以這個形式為出發點可以較好地說明閩方言的演變特點。

　　1. 齊韻在潮汕方言讀-oi，在泉州方言讀-ue。如：

潮陽：底toi53，替tʻoi31，蹄toi55，齊tsoi55，洗soi53，細soi31，雞
　　　koi33。

泉州：底tue55，替tʻue41，蹄tue24，齊tsue24，洗sue55，細sue41，雞
　　　kue33。

這些韻母形式的變化軌跡相當明確：*ai→oi→ue，從-ue再進一步演變
就是閩南方言常見的「梯」 ₑtʻui字的韻母。客家話「梯」 ₑtʻoi的韻母
比-ue還早一個階段。

　　2. 先韻在閩南方言的演變呈現舒促不平行。比較：

潮陽：蓮naĩ55，千tsʻaĩ33，肩kaĩ33；節tsoiʔ11，截tsoiʔ55。

潮州：蓮naĩ55，千tsʻoĩ33，肩koĩ33；節tsoiʔ11，截tsoiʔ55。

泉州：蓮nuĩ24，千tsʻuĩ33，先suĩ33；節tsueʔ55，截tsueʔ24。

廈門：前tsun24 tsiŋ24，千tsʻiŋ55，先siŋ55；節tsueʔ32，截tsueʔ55。

把這些韻母形式表列起來，可以看到如下一個有趣的畫面：

先韻	潮陽	潮州	泉州	廈門
舒聲	-aĩ	-oĩ	-uĩ	-iŋ
促聲	-oiʔ	-oiʔ	-ueʔ	-ueʔ

這個表說明：a. 促聲韻母變化只有兩類，舒聲韻母分為四類。舒聲變
化速度比促聲快。b. 舒聲部分沒有與促聲-ueʔ相應的-uẽ，泉州是舒-uĩ
促-ueʔ相配，廈門是舒-iŋ促-ueʔ相配。廈門的-ueʔ來自泉州的-ueʔ，廈門
的-iŋ來自泉州的-uĩ。（張光宇，1989）

　　添韻字少，上文所見只有一例「店」taĩ⁻，有趣的是，泉州方言
「店」字讀tuĩ41（林連通，1993:140），演變過程與先韻平行。

　　3. 青韻在廈門方言舒聲讀-an，促聲讀-at。從閩方言內部比較看來
絲毫沒有難解之處。例如下列建陽、建甌方言都顯示舒聲為*-aiŋ，促
聲為*-aik：

建陽：瓶vaiŋ31，零laiŋ33，星saiŋ53，釘taiŋ53；剝hoi35，敵toi35，
　　　析soi35

建甌：瓶paiŋ21，零laiŋ22，星saiŋ54，釘taiŋ54，丁taiŋ54，頂taiŋ21

其中建陽方言的入聲字讀-oi與先韻在潮州方言的變化方向一致。廈門
方言「零星」lan san的韻尾顯然是因爲-i尾的關係而變爲舌尖部位的
（-aiŋ→an），「笛」字的-at來自-aik。

　　總起來說，假使我們不爲江永「四等尤細」的說法所矇蔽，而專注
於古今漢語方言或域外對音的事實，我們就可以看出可考的四等韻的韻
母乃是一個洪音*-ai，北京之類的細音乃是歷經演變的結果：

　　　齊韻　-i：北京音，平遙文讀 ———

　　　　　　-e(i)：廈門文讀，平遙白讀，日本漢音

　　　　　　-ai：廈門白讀，　———　，日本吳音

　　閩方言除了具有這三個代表不同時代和地域來源的形式之外，還
有表現自身演變特點的階段性產品。這個演變特點以齊韻、青韻爲例就
是：

　　　*-ai→-oi→-ue→ui

　　　-aiŋ，-aik→-an，-at

這是比較罕見於其他漢語方言的演變規律，只有從出發點*-ai才能得到
切當的理解。

　　從以上種種韻母可以知道，閩方言一方面擁有較早階段的語音形
式，另一方面也有歷經演變的創新形式和中間各階段的產品。這是閩方
言複雜性的由來。

六、開合與圓展

　　二十世紀初期以來，漢語古音重建工程的一個特色表現在合口韻
的重建形式：開合口同韻的合口用介音-w-標示，獨立的合口韻用-u-標

示。這種用音標形式去「翻譯」古代文獻的做法除了保存文獻中的韻類之外並無其他重大的意義。「歌」（*-â）與「戈」（*-uâ）係開合分韻的兩個韻類，華南方言一般的趨勢卻是混而不分都作-o。「麻」韻二等開合同韻（*-a，*-wa），然而在漢語方言（包括華南方言）中往往區別劃然。這類現象不免令人好奇：寧信古音還是寧信方音？事實上，開合口韻讀爲展唇還是圓唇有保守也有創新，不能一概而論。

一、止攝開口三等「微」韻閩南方言讀-ui：

	幾	氣	衣
廈門	ˉkui	k'uiˀ	꜀ui
泉州	ˉkui	k'uiˀ	꜀ue
潮陽	ˉkui	k'uiˀ	꜀ui
漳州	ˉkui	k'uiˀ	꜀ui

「微」韻字在《切韻》只有牙喉音聲母，總數也不多。但從閩南方言上列白讀的一致表現來看，意義十分重大。其中最重要的意義是保存了「微」與「支：脂之」的區別。「支」韻讀-ia已如前述。「脂之」兩韻讀-ai混而不分是閩南方言普遍的現象，以廈門爲例：

脂：梨꜀lai，利laiˀ，私꜀sai，師꜀sai，獅꜀sai，屎ˉsai，眉꜀bai。

之：使ˉsai，史ˉsai，駛ˉsai。

就其分者而言之，止攝開口三等的四個韻分爲如下三類：

支：脂之：微

-ia：-ai：-ui

就其合者而言之，支韻的「皮、被」-ue與脂韻的「屁」-ui，微韻的-ui同具圓唇成分。同時，支韻的「荔laiˀ，篩t'aiˀ」也與脂之韻的-ai合流。如從文讀韻母形式上看，四韻更形「大雜亂」全讀爲-i。（由此產生的舌尖元音，閩南方言也有改讀爲-u的現象。這是後來的發展）

　　這裏附帶討論一個相關的問題。浙江寧海一帶把「衣櫥」（衣櫃）叫[ᴇy ᵴdzʅ]。從北京音的出發點看起來，這個例子很像是「木犀」（雞蛋）讀[muˀ ᵴxy]的情況：先稽切的「犀」字xi因為受前字圓唇元音的影響而變為「虛」音。同理，寧海「衣」字因受後字元音的影響而變為「迂」音。（徐通鏘，1991:119）但是從上文閩南方言的-ui看來，微韻帶圓唇成分不必是受鄰近音的同化而來。

　　二、臻攝開口一等「痕」韻，三等「眞（臻）、殷」韻泉州方言讀-un。例如：（林連通，1993）

痕韻：跟根ᴄkun，墾懇ᴄkʻun，痕ᴄhun，很ᴄhun，恨hunˀ，恩ᴄun。

眞韻：陣tsunˀ，伸ᴄtsʻun，忍ᴄlun，韌lunˀ，巾ᴄkun，銀ᵴgun。

殷韻：斤筋ᴄkun，勤芹ᵴkʻun，近kunˀ，殷ᴄun，隱ᴄun。

　　類似的音讀現象在漢語方言並不罕見。例如江蘇呂四方言（盧今元，1986）和山東牟平方言（羅福騰，1992）就有如下的韻母：

　　呂四：進tɕyŋ35，晉tɕyŋ35，芹dzyŋ13。

　　牟平：晉tɕyn131，津tɕyn131，秦tɕʻyn53。

　　這一類帶圓唇元音的韻母形式在客家方言的分佈很廣，底下舉梅縣（黃雪貞，1992）和苗栗（張光宇，1992a）為例：

梅縣：謹ᴄkiun，近ᴄkʻiun，芹ᵴkʻiun，忍ᴄȵiun，銀ᵴȵiun，刃ᴄȵiun，韌ȵiunˀ，欣ᴄhiun。

苗栗：謹ᴄkiun，近ᴄkʻiun，芹ᵴkʻiun，忍ᴄȵiun，銀ᵴȵiun，韌ȵiunˀ，欣ᴄhiun，勤ᵴkʻiun。

　　普通話的基礎音系 —— 北京話只有「吞」字一例讀圓唇元音：ᴄtʻun。這是北京痕韻碩果僅存的古音痕跡。

　　三、山攝三等開口「仙、元」韻的圓唇成分

　　閩南方言仙韻「煎、濺、線」讀-uã，「熱」讀-uaˀ。例如：

	煎	濺	線	熱
廈門	₌tsuã	tsuã²	suã²	lua⁷₌
泉州	₌tsuã	tsuã²	suã²	lua⁷₌
永春	₌tsuã	tsuã²	suã²	lua⁷₌
潮陽	₌tsuã	tsuã²	suã²	zua⁷₌

這一類韻母形式和其他漢語方言所見的*-ion有關。福州方言*-ion轄仙、元兩韻字：

仙韻：然₌yoŋ，件²kyoŋ，焉₌yoŋ，延₌yoŋ。

元韻：建kyoŋ²，健kyoŋ²，言₌ŋyoŋ，軒₌hyoŋ，憲獻hyoŋ²，歇hyok₌。

日語吳音元韻字也含有一個圓唇元音：建kon，獻kon，言gon，揭koti。

仙韻「聯」字當「縫」講在苗栗客家話讀₌lion。山西、河南許多方言「聯」字的韻母形式都可以從-ion的後續發展去解釋：（張光宇，1992）

河南：洛陽₌lyan，鄭州₌lyan，襄城₌lyan，濟源₌lyan。

山西：汾西₌lyã，吉縣₌luæ，新絳₌lyã~₌luã，文水₌luan，清徐₌lye，懷仁₌lyæ~₌luæ，太谷₌lyẽ，祁縣₌luɯ̃。介休₌lyɛ̃，和順₌luæ，忻州₌luẽ，太原₌lye，中陽₌lyɛ，平遙₌lyE，陵川₌lyɔ̃，婁煩₌luɛ。

也就是說，這些方言的介音-y-，-u-是-i-介音在圓唇元音的影響下演變而成（-i-→-y-→-u-）。介音圓唇化之後，元音才轉爲展唇。從漢語方言的廣泛現象看來，閩南方言仙韻的-uã，-ua⁷是分別從*-ion，*-iot變化出來的，其演變過程大約是：

*-io→yo→ua

從這個過程可以知道，今音-uã，-ua⁷是歷經演變的創新形式，但其圓唇成分烙印著古音痕跡。

附帶一說，仙韻「癬」字帶圓唇介音的現象（如ɕyan）在漢語方言

的分佈相當遼闊，幾可說俯拾即是。這是漢語語音史研究上同樣值得珍視的材料。

　　元韻「歇」字閩南方言普遍唸 hio?。，帶圓唇元音，董同龢（1960:989）以爲不可解。他說：「歇字古音 xjɐt（所以國語ɕie），-jɐt 照例不變-io?或-ia?」。其實如以廈門「歇」讀 hio?不好解釋，同韻「軒」字國語讀ɕyan 也不好解釋。但是如以日語吳音，福州方言爲基礎把元韻的出發點看做是個具有圓唇元音的韻母（*-ion，*-iot），那麼廈門的「歇」和普通話的「軒」可以並時獲得解決；廈門的「歇」來自*-iot→io?，普通話的「軒」來自*-ion→yon→yan。

七、開口一二等的圓唇成分

　　開口一二等韻在閩方言也不乏讀爲合口呼的現象。底下舉廈門爲例：

　　　一等

歌韻：拖ₑt'ua　籮ₑlua　歌ₑkua　可ᶜk'ua　我ᶜgua

泰韻：帶tuaᒾ　賴luaᒾ　蔡ts'uaᒾ　蓋kuaᒾ

寒韻：單ₑtuã　爛nuãᒾ　散suãᒾ　肝ₑkuã　寒ₑkuã　割kua?。

　　　二等

麻韻：麻ₑmuã　沙ₑsua

蟹二：買ᶜbue　賣bueᒾ　界kueᒾ　街ₑkue　鞋ₑue　解ᶜkue

山韻：山ₑsuã　八pue?。

　　這些語音現象有幾個值得注意的地方：

　　1. 一等韻都讀-ua-，具有較低的主要元音。二等韻有-ua-和-ue-兩種形式。其中蟹攝一二等以-ua：-ue爲對立形式，分別比較清楚。不過一等咍韻在廈門方言有「開」ₑk'ui，「改」ᶜkue近似二等讀法，泰韻「艾」hiãᒾ與三等相似。除去這些比較特殊的讀法，大體可以看出泰韻

的合口音來自*âi→ua；蟹二的ue來自*ai→oi→ue。

2. 一等歌、寒的-ua-如以方言比較爲著眼，其出發點可以定爲
-o，-on：*o→uo→ua，*on→uon→uã。歌、寒讀-o-類元音是客、
贛方言最普遍的現象之一。麻韻二等在漢語方言最普遍的讀法是*-a，
廈門方言「麻、沙」爲什麼讀-ua？其實麻韻在吳方言由*-a變-o，
-uo是一個佔地最廣的特色，閩南方言的「麻、沙」即由吳語傳來
（mo→muo→mua，so→suo→sua）。附帶一提，閩南麻三「蛇」ₛtsua
也是經歷吳語類型的變化而來*dzia→dzio→dzyo→dzuo→tsua。

3. 山韻的「山」ₛsuã與「八」pueʔ₌，表現舒、促發展異趣。從閩
方言內部的比較來看，它們的來源是*ain→aĩ→oĩ(→uẽ)→uã，*ait→oiʔ
→ueʔ。以「八」字來說，福州讀paikₒ，潮陽讀poiʔ₌。山韻舒聲在潮
陽、潮州、泉州分別讀爲-aĩ，-oĩ，-uĩ例如：

	潮陽	潮州	泉州
間	₌kaĩ	₌koĩ	₌kuĩ
揀	˪kaĩ	˪koĩ	˪kuĩ
閑	₌aĩ	₌oĩ	₌uĩ
莧	haĩ⁼	hoĩ⁼	huĩ⁼

「山」字讀uã代表莊組字的獨特變化，可以看做是從oĩ到-uẽ的一個變
體。附帶一說，漢語方言當中，同屬一韻的字，莊組的韻母變化常和他
組不同。

4. 同屬一等，歌、泰、寒變爲-ua-，而談、唐不然。這跟古代韻尾
性質的差異有關。從下列廈門音的讀法可以知道，同一個元音和三個不
同韻尾的結合

	談（*âm）	寒（*ân）	唐（*âŋ）
*t-	擔ₛtã	單ₛtuã	當ₛtŋ
*s-	三ₛsã	散suã⁼	桑ₛsŋ

產生三種不同的互動結果。要看清其中的互動關係，只有把輔音韻尾依舌位所在加以分析。例如：（張光宇，1991）

-m	-n	-ŋ
前	央	後
低	中	高

這樣，我們就不難看到韻尾對元音變化所起的作用：

*-âm	*-ân	*-âŋ
-ã	-uã	-ŋ̇
低	高低	高

換句話說，*ân→uã中的變化爲「高 ＋ 低」仍不失其爲居中性質。*âm→ã與*-âŋ→ŋ̇係隨韻尾低、高而起的變化。

　　總起來說，閩方言是一個保守與創新色彩兼備的方言。只有透過廣泛的比較才可能確認什麼是保守成分，什麼是創新成分。比較有兩層含義，一是縱的比較，也就是古今的比較；一是橫的比較，也就是方言間的比較。縱橫兩面看，八九不離十。但是中西學者在比較態度上各走極端。當中國學者正在試圖多挖材料、排比事實的時候，國外的學者已開始感到不耐。例如橋本萬太郎（1985:33）即有這樣的評斷：

> 音韻對應的發現，在語言科學方面只不過是語言事實的整理和分類。作爲人類知識勞動的產物，是相當低級的。它只是研究的起點，絕不是終點。如果把它作爲終點，那麼語言學將變得多麼淺薄。

橋本的話當然並非全無道理，他試圖扭轉靜態研究走向動態研究的努力亦足敬佩。不過，持平地說，起點的工作越紮實，邁向終點的腳步越勇

健。紮根不深廣而希冀枝葉繁茂，徒見詞窮理屈。閩方言保守與創新的探討正是一個實驗場。

就單一方言來說，語音既爲語言的物質外殼，語音系統也只不過是一個平面現象。方言作爲歷史的產物，世世代代沉澱下來的質素共處一室，使保守與創新的辨析益加困難。假使我們固守一隅，停滯不前，只在古今的比較上使勁，一定不免於視線短淺而致束手無策。這大約就是爲什麼創新形式時或被誤以爲是保守成分而保守成分反被目爲創新形式的緣由。相反地，假使我們不爲一隅方言所限，把比較範圍拓寬，無異多闢窗口使視野更加遼闊，對歷史縱深的透視更爲明澈。就這個意義來說，音韻對應的發現自是越多越好，實在沒有理由去加以輕詆。

作爲漢語方言的一支，閩語音韻的保守與創新必須在兩個基礎上立論。這兩個基礎是：閩方言內部的音韻對應和閩方言與其他漢語方言的對應。只有這兩個基礎穩固，古代文獻的價值才能發出應有的光芒。對應關係清楚，演變軌跡明朗，然後能夠分辨什麼是保守？什麼是創新？過去，不少關於閩音保守的說法言過其實，其弊就在欠缺內外對應關係的發現，而逕行古今的比較，結果強爲曲解，滯礙難通。眞正保守的情況也因爲欠缺內外對應關係的研究以致隱沒不彰。音韻對應的發現仍是一個大有前途的中國歷史語言學的重要課題。

第九章 閩音的層次與對比

一、漢語語音史的窗口

　　漢語語音史邏輯發展過程的重建是一種「透視工程」，「窗口」無比重要。沒有窗口，無法透視；有了窗口，視線不免受窗口所左右。只有多開幾個窗口，才能免於受單一窗口矇蔽。這種情況在印歐語史研究上也是如此。印歐語比較研究的基礎是梵語，但是如俄國學者博杜恩所說：「比較語言學的奠基人不是對全部阿里安印歐語的結構作同等的說明，只是把它們同梵語進行比較，而且他們是通過梵語這個窗口去觀察其他語言，並迫使它們遷就梵語的範疇。」（康得拉紹夫，1979:124）這種以一窗口籠罩全局的作法在印歐語中到底有多大影響不是本文關心的焦點。我們要關心的課題是：透視漢語語音史的窗口在哪裏？前人有沒有透過這個窗口去觀察其他方言，並迫使它們遷就這個窗口？

　　漢語語音史上下三千年，西元601年成書的《切韻》適居其中，允為上窺古音下推今音的大窗口。這個大窗口是一個可以彈性運用的活動窗口。例如昔韻只是一韻，上古有錫、鐸兩個來源，現代閩方言顯示有兩類韻母（*iak，*iok）形式：

上古	中古	現代閩方言
錫	昔	*iak
鐸		*iok

站在《切韻》這個窗口，也許有人會說，這是由分而合，由合再分的現象。但是，我們覺得這是沒有透視力的說法。因為中古時期實際上有兩種情況，一種是昔A、昔B有別，一種是昔A、昔B合流。《切韻》反映的是後一種情況。（張光宇，1992）我們怎能迫使閩方言遷就

《切韻》的範疇而不去開另一扇窗口呢？所謂彈性運用，就是依據中古時期的實際分合情況把昔韻分析爲：甲方言（*iak：*iok）和乙方言（*iak）。這樣才可能避免視線受單一窗口所朦蔽。

　　漢語語音史的奠基人在利用《切韻》這個大窗口時，也許因爲窗口太大，焦距不易調整，於是乃從宋元韻圖下手。他們把韻圖框在《切韻》之上，於是把《切韻》這個大窗口切割爲韻攝、等第、開合等幾個小窗口，最後更從等第的洪細找到了他們心目中最精準的焦點，從中去透析《切韻》韻類的語音形貌。對漢語語音史的奠基人來說，韻圖無疑是個靈感的泉源，使他們能夠從橫推直看的座標當中去爲漢字的發音定位，滿足了他們夢寐以求的科學化、形式化的要件。最後的結果，如所周知，漢語語音史的奠基人就把《切韻》和宋元時代的韻圖等同起來，視爲一體，開啓了二十世紀漢語語音史研究的序幕。

　　窗口之有大小一如方言之有差異；大窗口可以籠罩古今南北，小窗口只以一隅方言爲據。大小窗口之不相垺，上文論等第與洪細之關係時已躍然紙上。且不論中國語言學史學者王力（1981:92）所提的大問題：「一音爲什麼能有四等，令人百索不得其解。」端看四等尤細一項已十足令人質疑。爲什麼四等齊韻在吳音-ai，漢音-ei，閩音-ai，客家音-e，山西平遙白讀-ei的情況下非要以「尤細」來指稱不可？其實大窗口中的「齊」韻不過說明其成員可以相互押韻，至於押什麼韻（-ai，-ei～-e，-i或別的什麼）《切韻》並無任何明確指示。既無明確指示，漢語語音史的奠基人爲什麼非給它穿上「尤細」的科學外衣不可？爲什麼不保留它原來的具有抽象意味的韻類的風貌呢？當漢語語音史的奠基人以一隅方言爲據把尤細外衣穿在齊韻之上時，大窗口的景觀已被小窗口的框限大大窄化，呈現一幅削足適履的畫面。好有一比，漢語語音史的奠基人原意企圖帶領我們去欣賞大山大水，但由於出手不愼破壞了自然美景的一角。

　　漢語語音史的奠基人非但沒有發覺大小窗口的扞格，對小窗口之間

的齟齬也不以爲意。例如在奠基工程當中，他們所擺設的兩個最重要的礎石（前a：後â）遍見於各類韻尾之前，但到了部位高的舌根韻尾前，後â還在，前a就不見了。如果說，同攝一二等容易擺設這兩個元音，異攝一二等之間難以安插，事實上卻又不是這樣。假攝二等和果攝一等並不同攝卻可以前a後â爲別。從這樣的對比分析清楚可見：漢語語音史奠基人受縛於等、攝而無法施展的困境。

前a後â的對比不但在舌根韻尾前留下一個缺口，在三四等韻當中更大量缺席。我們很想知道爲什麼漢語語音史的奠基人在擺下兩個重要礎石之後，吝於讓他們發揮功能？不用說，這是洪細學說小窗口所提供的線索。

經驗科學（empirical science）講求實證，在大小窗口混爲一談的情況下，實證精神已蕩然無存，演變到後來幾成宗教信仰。爲了還科學以眞面目，我們有必要把漢語語音史的大窗口視爲大窗口，小窗口視爲小窗口。也就是依攝做一次分析，依等做一次分析。底下是以閩音爲據所作的一個嘗試。

二、閩南方言文讀的性質及其音系基礎

關於閩南方言文白讀，一般總認爲文讀與《切韻》比較接近，白讀與《切韻》距離較遠。在這方面，黃典誠（1990）的意見頗具代表性，他說：

> 「現代漢語諸方言中與《切韻》音系最接近的莫過於閩南方音。……這裏所言與《切韻》有密切關係乃係就閩南文讀而說的。…閩南文讀音最能體現中古《切韻》音系韻讀的眞實面貌。」

其實，這種說法是概念含混的。我們試從他的立論基礎稍加檢證，即不

難見到其矛盾之處。底下是黃典誠所開列的《切韻》音系閩南方言今讀表：

	開口				合口			
	一	二	三	四	一	二	三	四
果	o		io		o		io	
假		a	ia			ua		
遇					ɔ		ɔ(u)	
蟹	ai	ai	e	e	ue	uai(ua)	ue	ue(ui)
止			i~u				ui(ue,i)	
效	o	au	iau	iau				
流	ɔ		iu					
咸	am/p	am/p	iam/p	iam/p			uan/t	
深			im/p					
山	an/t	an/t	ian/t	ian/t	uan/t	uan/t	uan/t	uan/t (ian/t)
臻	un/t		in/t		un/t		un/t	
宕	ɔŋ/k		iɔŋ/k		ɔŋ/k		ɔŋ/k	
江		ɔŋ/k						
曾	iŋ/k		iŋ/k		iŋ/k		iŋ/k	
梗		iŋ/k	iŋ/k	iŋ/k		ɔŋ/ik	iŋ/k	iŋ/k
通					oŋ/k	(i)oŋ/k		

　　這個表清楚顯示，在《切韻》四等具足的蟹、效、咸、山四攝當中，除了效攝一二等有區別之外，其他都是同攝一二等合流、三四等合流。根據這樣大量合流的現象，怎能得出「閩南文讀音最能體現中古《切韻》音系韻讀的真實面貌」的結論？真令人百思不解。

　　其實所謂「真實面貌」在閩南文讀音的反映只有兩點還勉強可說：一是一二等洪音，三四等細音；二是輔音韻尾不變（咸、深收-m/p，

山、臻收-n/t，宕江曾梗通收-ŋ/k）。但從整個漢語方言的反映來看，
這兩點也只能淡然處之，不足以大張旗鼓。同攝一二等合流，三四等合
流，其間雖有洪細之別，卻完全可以相押韻。從押韻的通塞情況來看，
等的區別也已完全泯除。這只能說是經過劇烈演變之後呈現的合流現
象。這樣，就只剩輔音韻尾供人憑弔。然而，如陸法言《切韻‧序》中
所說「欲廣文路，自可清濁皆通；若賞知音，即須輕重有異」，陸書是
為詩文押韻而作。押韻首重在「韻」，也就是元音高低前後是否相諧。
就這一點來說，輔音韻尾一項不是「韻」的主體成分，我們怎能僅就韻
尾來說閩南文讀音與中古《切韻》音系的韻讀近似呢？

假使我們以元音性質為著眼點去看「等」的區別，很快就可以看
到：閩南文讀音不能區別的一二等在許多漢語方言還有區別。例如一等
「官」和二等「關」在山西晉中方言（溫端政、侯精一，1993）和客
贛方言（李如龍、張雙慶，1992）呈現如下的區別：

1. 山西方言

	太谷	祁縣	文水	臨縣	嵐縣	汾西	忻州
官	kuẽ22	kuũ33	kuen22	kuo24	kuẽ324	kuɐ22	kuɐ313
關	kuɛ̃22	kuã33	kuaŋ22	kuɛ24	kuÃ324	kuã22	kuã313

2. 客贛方言

	連南	清溪	揭西	三都	贛縣	西河	香港
官	kuɔn¹	kɔn¹	kuɔn¹	kuɔn¹	kõ¹	kɔn¹	kɔn¹
關	kuan¹	kan¹	kuan¹	kuan¹	kuã¹	kuan¹	kan¹

	吉水	醴陵	新余	宜豐	平江	修水	安義
官	kuɔn¹	kõŋ¹	kuɔn¹	kæn¹	kuon¹	kvɔn¹	kuɔn¹
關	kuan¹	kuaŋ¹	kuan¹	kɑn¹	kuan¹	kvan¹	kuan¹

	都昌	陽新	余干	南城
官	kuɔn¹	kɔ̃¹	kuon¹	kuɔn¹
關	kuan¹	kuẽ¹	kuan¹	kuan¹

　　就音類的區別來說，山西方言和客贛方言上列現象顯然要比閩南文讀音合為一類（-uan）還要保守。

　　整體說來，閩南文讀音的性質是「併轉爲攝」的語音現象：攝與攝間區別嚴明，同攝一二三四等可以相押韻，非但三四等無別，同攝一二等能區別的也只有效攝。

　　我們在前文談到四等齊韻時，曾經列表顯示閩南文讀的-e和日語漢音的-ei是同一個層位的語音現象。現在我們不妨擴大比較範圍看看漢音共存關係的面貌。底下所列是開口一二三四等韻：

	一	二	三	四		一	二	三	四
果	a				深			in	
假		a	ia		山	an	an	en	en
遇	o		io~iu		臻	on~in		in	
蟹	ai	ai	ei	ei	宕	au		iau	
止			i		江		au		
效	au	au	eu	eu	曾	ou		iou	
流	ou		iu		梗		au	ei	ei
咸	an	an	en	en	通	ou		iou	

從四等具足的蟹、效、咸、山四攝來看，漢音同攝一二等合流，三四等合流的現象幾全與閩南文讀音相同。比較顯著的差異表現在果一和梗二。差異的原因有歷史的、地理的和傳承過程的幾個方面。假使我們注視其中的類同現象，我們不免要問：爲什麼相隔遙遠的日本和閩南地區會表現如此相似？答案只有一個：日本漢音和閩南文讀音的音系基礎

是唐代長安的讀書音。唐代七大詩人（孟浩然、王維、李白、杜甫、韋應物、白居易、柳宗元）的用韻基本上與十六攝相符。（史存直，1985:34）這是探討閩南方言文讀音系基礎不能忽視的。

閩南方言白讀音隨地而異，文讀音則大體一致，差別微乎其微。這是因為文讀音受到刻意維護的結果。維護機關有二：

一是私塾、學堂。在科舉時代，學子為了能通過文官考試，不能不學「官音」；一方面由於作詩押韻有需要，一方面也為將來出仕能與百姓交通。即使不舉業，讀書識字也有必要通曉文讀音。文讀音在閩南地區又稱做「孔子白」，大約起因於論語為啟蒙必讀課本。

二是梨園、戲界。梨園、戲曲界出於表演形式的需要合用文白。文人書生出場必伴以文讀，樵夫盜匪出場必伴以白讀音。無論是白讀還是文讀，舞臺演出例必講求字正腔圓。這樣，隨著劇團的巡迴表演，梨園戲曲界也把文讀音散播各地，起了推波助瀾的正音作用。

三、一二等的對比

漢語語音史研究上的最重要的創獲之一是韻母系統中前a與後â對比系統的發現與構擬。傳統的中國音韻學研究以字音的分類為重心，談不上音值的描劃。因此，所謂音韻史的研究側重字音類別的分合，音類底下音值的分化與合流不成其為關注焦點。到了清代審音派的大將江永提出韻等與洪細關係的學說之後，韻值的研究初露曙光。高本漢在江永學說的基礎上以前a後â來分別二等和一等的元音，奠定了漢語語音史韻母系統研究的基礎。前a與後â的對比可以說是韻母系統中的兩個樞紐，有了這兩個元音才能開展韻類遠近關係的研究。現代漢語方言中*a：*â的流變形形色色（張琨，1984），蘇州方言的a：ɑ和客贛方言的a：o是兩個存古樣態最為明顯的例子。就音值上說，蘇州的a：ɑ與高本漢的元音符號（*a：*â）最相近似。然而，就對比系統的保存來說，客贛方言的

a：o最爲嚴明。

　　首先，我們看前*a與後*â在中古韻母系統的分佈情況：

	-ø		-i		-u		-m		-n		-ŋ	
一等	â	歌	âi	泰	âu	豪	âm	談	ân	寒	âŋ	唐
二等	a	麻	ai	夬	au	肴	am	銜	an	刪	ɐŋ	庚
			aï	佳			ăm	咸	ăn	山	(ɛŋ	耕)
			ăi	皆							åŋ	江

這個元音分佈表清楚顯示：

　　1. 後â在各種韻尾前都出現。（ậ只見於咍、覃，這裏不予論列）。

　　2. 前a除了不出現在*-ŋ尾前之外，在其他韻尾前都可以出現。（如果採取簡化的辦法。上列蟹、咸、山、梗諸攝二等重韻可以合而並觀）。

　　一般漢語方言舌根韻尾前可以出現的元音種類最多。十二攝中，舌根韻尾即有五攝，比舌尖尾、雙唇尾各有兩攝還多。爲什麼前a遍見於各類韻攝，獨不見於舌根尾韻攝？換句話說，前a與後â既然可區別大多數二等和一等韻類，爲什麼舌根尾前沒有a：â的對立現象？如果說是因爲舌根尾的一二等分屬不同的攝才不得不然，爲什麼果、假兩攝的一二等又以a：â爲區別，平行於其他同攝一二等。從這裏可以看出：古音學家對這兩個樞紐元音的安排舉棋不定。舉棋不定的基本原因是因爲把「等」和「攝」的概念混淆了。其實如果以「等」來看前a後â的出現情況，平行於果一假二及其他同攝一二等的舌根尾韻母是宕一和梗二。這種對比系統在客贛方言相當普遍，底下以江西安義方言爲例：（高福生，1988）

二等	一等	二等	一等	例	字
假二	果一	-a	-ɔ	家ka11：	哥kɔ11
咸二	咸一	-am	-ɔm	鹹ham21：	酣hɔm21
山二	山一	-am	-ɔn	間kan11：	肝kɔn11
梗二	宕一	-aŋ	-ɔŋ	耕kaŋ11：	鋼kɔŋ11

　　以這類對比系統爲基礎，梗攝二等和宕攝一等構成一二等的關係，平行於假二和果一，也平行於四等具足的蟹攝、效攝、咸攝、山攝中的一二等。其實蟹攝一二等的區別在客贛方言不乏其例，如苗栗客家話蟹一是-oi（蓋koiˀ，害hoiˀ），蟹二是-ai（鞋ₛhai，矮ᶜai）。總起來說，古音學家發現的前a與後â具有方音的基礎，但沒有嚴守「等」的立場把這兩個樞紐元音的分佈貫徹到底，以致在-ŋ尾前留下空檔，而塡以它種元音。從對比模型看起來，前a與後â的分佈相當勻稱：

	-ø		-i		-u		-m		-n		-ŋ	
一等	â	果一	âi	蟹一	âu	效一	âm	咸一	ân	山一	âŋ	宕一
二等	a	假二	ai	蟹二	au	效二	am	咸二	an	山二	aŋ	梗二

　　比較這個表和閩南文讀今音表即可明白：閩南文讀音是依攝而分，凡不同攝例必韻讀不同，同攝一二等除效攝之外都已合流。閩南文讀音同攝一二等合流的現象比許許多多客贛方言還甚，所謂接近《切韻》韻讀實在是一個嚴重的誤解。

　　閩南白讀音的一個突出特點是山攝二等與蟹攝二等平行，而不與假攝二等平行。山攝二等的出發點是*ain，而不是*an。例如：

潮陽：辦paĩ11，綻tsʻaĩ11，揀kaĩ53，閑aĩ55，莧haĩ11；八poiʔ11。

潮州：辦pʻoĩ11，揀koĩ53，間koĩ213，閑oĩ55，莧hoĩ11；八poiʔ11。

泉州：間kuĩ33，揀kuĩ55，研guĩ55，閑uĩ24，莧huĩ22；八pueʔ55。

比較「買、街、鞋」三字在潮陽、潮州、泉州方言的讀法：

	買	街	鞋
潮陽	boi53	koi33	oi55
潮州	boi53	koi33	oi55
泉州	bue55	kue33	ue24

　　閩南白讀音山攝二等的獨特韻母（*ain→aĩ→oĩ→uĩ）從比較的觀點看起來似乎是一種殘存形式。其意義從福州相關韻類的讀法參照起來更不容忽視：

梗二：猛maiŋ33，更kaiŋ242，硬ŋaiŋ35；百paik24，格kaik24，客k'aik24，幸haiŋ242；欂paik24，摘tsaik24，責tsaik24，革kaik24，隔kaik24。

山二：辦paiŋ242，限aiŋ113，莧haiŋ242，慢maiŋ242；八paik24。

咸二：壓aik24。

結合福州這些二等韻的讀法與上列閩南山攝二等的種種讀法，閩方言二等系列是：蟹二（*ai）、咸二（*aim）、山二（*ain）、梗二（*aiŋ）。這是與客贛方言大不相同的現象。

　　底下，我們回頭看看廈門方言白讀一二等的情況。

果一：拖˰t'ua，大tuaˀ，歌˰kua，我˅gua。

蟹一：泰t'uaˀ，帶tuaˀ，賴luaˀ，蔡ts'uaˀ，蓋kuaˀ。

山一：單˰tuã，散suãˀ，肝˰kuã，岸huãˀ，割kuaʔ˰，辣luaʔ˰。

宕一：當˰tŋ，湯˰t'ŋ，倉˰ts'ŋ，康k'ŋ，薄poʔ˰，落loʔ˰，索soʔ˰，閣koʔ˰。

假二：爬˯pe，馬˅be，茶˯te，家˰ke，牙˯ge，啞˅e。

蟹二：買˅bue，街˰kue，鞋˯ue，矮˅ue。

山二：山˯suã，間˰kiŋ，揀˅kiŋ，閑˯iŋ，八pueʔ˰。

梗二：彭˯p'ĩ，猛˅mĩ，生˯sĩ，更˰kĩ，爭˰tsĩ，白peʔ˰，麥beʔ˰，客k'eʔ˰，隔keʔ˰。

爲了醒目起見，我們把上列對比狀況簡括如下：

	-ø	-i	-n	-ŋ
一等	ua	ua	uã；ua?	ŋ̇；o?
二等	e	ue	iŋ；ue?	ĩ：e?

效攝一二等在廈門方言文讀有區別，白讀也有區別。

效攝	一等	二等
文讀	-o	-au
白讀	-au	-a

例「老人」白讀爲lau² ₌laŋ，文讀爲ᶜlo ₌lin。二等「教」字在「教他讀書」唸白讀ka²（讀陰去，不讀陰平），在「教育」唸文讀kau²。

　　咸攝一二等中二等的入聲有「狹」ue?₂、「壓」a?₂兩類白讀韻母。其中-ue?與山攝二等「八」pue?₂平行，代表閩方言的特點。-a?在陽聲韻的平行現象是-ã。ã既見於一等（如「三」₌sã）也見於二等（如「衫」₌sã）。除此之外，一二等又有文讀am/p。如此看來，入聲二等部分可分三層：-ap（插）、-a?（插，煤），-ue?（狹）其中只有-ue?具有區別作用。附帶一說，一般常以談韻白讀有鼻化韻母（藍籃₌nã，膽ᶜtã，欖ᶜnã，敢ᶜkã），而覃韻讀am不讀ã，作爲覃談有別的跡象。（李如龍、陳章太，1986）從文白分析的角度來看，這樣的區別看不出元音演變的特點，意義不大。

　　總起來說，閩南方言白讀一二等有區別。就對比模型來說，其特色反映在蟹二、咸二、山二、梗二屬於同一系列。底下是客贛方言和閩語反映的兩個不同的一二等對比模型：

1. 客贛型						2. 閩語型					
假二	蟹二	果一	a	ai	â	假二	蟹二	果一	a	ai	â
咸二		咸一	am		âm		咸二	咸一		aim	âm
山二		山一	an		ân		山二	山一		ain	ân
梗二		宕一	aŋ		âŋ		梗二	宕一		aiŋ	âŋ

這兩個對比模型中â系韻母相重疊。上文我們說，前a與後â是漢語語音史的兩個樞紐元音。現在我們可以進一步指出後â是樞紐中的樞紐。â的變化在閩南白讀隨韻尾的性質而異：

　　1. 陰聲韻：*â > ua

　　2. 陽聲韻：*âm > ã，*ân > uã，*âŋ > ŋ̍

　　3. 入聲韻：*âp > aʔ，ât > uaʔ，*âk > oʔ

其中有舒促平行的變化（如咸、山兩攝所示），也有舒促不平行的變化（如宕攝所示）。

　　一般總以韻尾是否保存良好來說明文白在閩南方言的差異：文讀保存輔音韻尾，白讀輔音韻尾弱化。現在我們可以用元音的變化來說明文白的差異：

　　一、*â在閩南文讀的變化與*âŋ/k一致：â > o，âŋ > oŋ，âk > ok。但在閩南白讀中*â與*ân/t的變化一致：*â > ua，*ân > uã，*ât > uaʔ。

　　二、山攝一二等在閩南文讀合流，但在閩南白讀漸行漸遠。以陽聲部分來說，我們可以看到如下的畫面：

	潮陽	潮州	泉州	廈門	例字
*ân	uã	uã	uã	uã	寒
*ain	aĩ	oĩ	uĩ	iŋ	閑

其他方言一二等仍為洪音。廈門方言成為洪細之別。從二等韻母在閩南諸方言的變化情形來看，廈門的-iŋ可說是達到變化的極致。

　　最後是相關的歷史音韻學問題。我們給一二等韻描畫了兩個對比模型，這是從方音基礎投射出來的結果。就歷史音韻的重建來說，一個古代音類只能有一個終極來源，爲什麼不以其中一個模型爲終極形式而把另一個模型認爲是它的變體或衍生結果？如果這樣做誠然有其理論意義，但很可能強不知以爲知，抹殺方音演變的事實及其特點。我們進行古音重建只有首先尊重方音事實，才可能一步步穩健地向上發展。我們建立的兩個對比模型分別取材於客贛方言和閩語，代表著西晉衰落前古代中原東部（閩語型）和中原西部（客贛型）的兩大方言差異。

四、三四等的對比：宏觀格局

　　《切韻》的三等韻是一個韻類叢聚的所在，如把開合及重紐都算在內，三等韻類的總數超過一二四等韻類的總和。在探尋三四等的對比上，首先應看同攝三四等，其次再擴大比較範圍把相關的其他三等韻列入考量。底下是古音學家對同攝三四等的重建內容：（只列開口，重紐暫置不論）

	-i	-u	-m	-n	-ŋ
三等	jäi 祭	jäu 宵	jäm 鹽	jän 仙	jäŋ 清
三等	jɐi 廢	—	jɐm 嚴	jɐn 元	jɐŋ 庚
四等	iei 齊	ieu 蕭	iem 添	ien 先	ieŋ 青

這個重建內容有幾個值得注意的地方：

　　1. 三等韻的兩類韻母區別相當清楚，一類具有較前的元音ä，一類具有較後的元音ɐ。

　　2. 三四等韻既有不同的介音（三等是輔音性的-j-，四等是元音性的-i-），又有不同的元音（三等的元音ä，ɐ較低，四等的元音e較高）。

　　這個重建內容和江永「三四皆細，而四尤細」的說法相當，在浙南吳語方言三四等有區別的現象「出土」以前一向相安無事，普獲認同。縱有爭議，也是微不足道的。可是，在浙南「出土」了三四等有區別的「實物」之後，這一部分的古音史面臨了嚴厲的挑戰，勢非改寫不可。因為浙南出土實物所顯示的三四等區別與古音學者重建的內容正好相反：三等的主要元音比較高，四等的元音比較低。例如山攝三等「連」與四等「蓮」在浙南方言有如下的區別：（金有景，1982）

	連	蓮
永康	lie11	lia11
浦江	liɪ11	lia11
青田	liɛ31	liɑ31

　　除此之外，三四等古音重建內容還隱含一個系統性的問題：為什麼三等元音ä與四等元音e不出現在一二等？ɐ也只出現在梗二（庚韻）而不見於其他地方？換一個方向來看，為什麼一二等的元音（â，a）不大出現在介音後頭，只能單獨出現？果攝一等是â，三等jâ，為什麼同是一三等關係而在宕攝非得是âŋ，jaŋ而不是âŋ，jâŋ？同是二三等關係，為什麼麻韻二等是a，三等是ja而庚韻非得是二等ɐŋ，三等jɐŋ而不是aŋ，jaŋ？為了醒目起見，我們把相關問題概括如下：

果	一	â	宕	一	âŋ	麻	二	a	庚	二	ɐŋ
果	三	jâ	宕	三	jaŋ	麻	三	ja	庚	三	jɐŋ

這些問題並非純粹只是理論上要求系統達到形式的整齊一致，更重要的是在實質上探討漢語方言發展的過程。例如客贛方言宕攝一三等是oŋ，ioŋ，庚韻二三等是aŋ，iaŋ。這一類整齊的對應使我們不能不稍稍改易古音學家的重建內容。â a不僅只可充當一二等對比韻類的主要元音，它們在三四等韻類中也曾扮演過重要角色。

　　三四等三向對立有大小兩種格局。就其大者而言之，廈門方言在梗、宕兩攝三四等呈現如下的區別：

　　梗四：丁～香 ₌tan，釘 ₌tan，瓶 ₌pan，零 ₌lan，星 ₌san。

　　梗三：丙 ᶜpiã，命 miãᵓ，驚 ₌kiã，名 ₌miã，領 ᶜniã，贏 ₌iã。

　　宕三：兩 ᶜniũ，蔣 ᶜtsiũ，像 ts'iũᵓ，唱 ts'iũᵓ，薑 ₌kiũ，羊 ₌iũ。

其中日常口語「零星」所見韻尾是舌尖部位的鼻音，其前又是一個低元音a，不像是一般漢語方言所見的因高元音而起的變化（iŋ→in）。比較了閩西北方言的相關韻讀之後即不難獲得理解。底下是建陽方言的例子：（Norman, 1969）

　　梗四：丁 ₌taiŋ，釘 ₌taiŋ，瓶。vaiŋ，零 ₌laiŋ，星 ₌saiŋ。

　　梗三：命 miaŋᵓ，驚 ₌kiaŋ，名 ₌miaŋ，領 ᶜliaŋ，姓 siaŋᵓ。

　　宕三：兩 ᶜlioŋ，蔣 ᶜtsioŋ，像 sioŋᵓ，唱 ts'ioŋᵓ，姜 ₌kioŋ，羊 ₌ioŋ。

這樣，從建陽方言看廈門「零星」的讀法，可以得致如下的規律：aiŋ ＞ an。也就是舌根鼻音在-i音的影響下前化成舌尖鼻音，由於部位相近-i又融入-n而消失了。

　　入聲韻部分，廈門方言也有平行的三向對立：

　　梗四：笛 tatₔ，踢 t'atₔ。

　　梗三：屐 kiaʔₔ，僻 p'iaʔₔ，脊 tsiaʔₔ，隻 tsiaʔₔ，赤 ts'iaʔₔ。

　　宕三：著 tioʔₔ，藥 ioʔₔ，約 ioʔₔ。

　　我們以舌根韻尾所呈現的三向對立為基礎，把《切韻》相關韻類排列起來，可以看到如下的分佈情況：

四等	三等	三等	四等	三等	三等
齊	支麻	戈	ai	ia	iâ
添	鹽	嚴	aim	iam	iâm
先	仙	元	ain	ian	iân
青	清庚	陽	aiŋ	iaŋ	iâŋ

其中咸攝三四等的區別例證較少，大致可說是依據類比推演而來。但是，就在廈門市郊的地名裏頭，我們還可以看到「店前」讀taĩ⁼ ₌tsaĩ的例子，「店」是四等添韻。其他鹽、嚴兩韻在閩南方言見不到多少區別的痕跡。姑置不論。

　　陰聲韻部分三向對立異常明顯。例如廈門方言齊韻、支麻和戈韻分別讀為ai：ia：io。

齊四：西₌sai，犀₌sai，婿sai⁼，臍₌tsai。

支韻：蟻hia⁼，寄kia⁼，騎₌kʻia，徛kʻia⁼。

麻韻：姐ᶜtsia，謝sia⁼，車₌tsʻia，社sia⁼，野ᶜia。

戈韻：茄₌kio。

山攝三四等在廈門方言的對立情況是：

先韻：前₌tsaĩ。

仙韻：囝ᶜkiã，件kiã⁼，健kiã⁼，燃₌hiã。

元韻：歇hioʔ₌。

　　如開頭所說，三四等的三向對立有大小兩種格局。以上所論是大格局所見的三向對立。從中可以看出：

　　1. 浙南吳語的三四等區別不如閩語明顯。閩語的四等是洪音、三等是細音，而浙南吳語三四等多為細音。我們從閩語三四等的區別很容易看出浙南吳語演變的軌跡：

$$
\begin{array}{ll}
\text{三等} & *ia \rightarrow i\varepsilon \rightarrow i\varepsilon \; \rightarrow ie \rightarrow i\iota \rightarrow i \\
\text{四等} & *ai
\end{array}
$$

三等因為有介音-i-的關係帶動了主要元音變化，變化也比較快。四等則以填補三等留下的空檔的方式進行變化，所以元音比三等為低。比對「蓮、連」兩字在浙南吳語和閩南潮陽方言的韻母（如下），就可以知道：閩南的形式比浙南吳語的韻母形式還要保守。我們無法反其道而行去解釋閩南方言三四等的區別。如果是那樣的話即不免破壞了三四等三

向對立的格局。三四等的區別自然也就蕩然無存。

	蓮	連
永康	lia11	lie11
浦江	lia11	liı11
青田	lia31	liɛ31
潮陽	naĩ55	hiã55

　　2. iâ韻系中只有「陽」韻具有大量的例子，我們從平行關係看去，漢語語音史上iâ似乎應有比較廣的分佈情況。然而事實上，《切韻》果攝三等開口戈韻只有「茄」一個字，其他「嚴、元」雖獨立成韻但字數也不多，在方言中反映的古音則更少。所有閩南方言也只見元韻「歇」（hioʔₐ）一個字讀後元音。從這裏不難看出舌根音尾對韻類的保存遠較雙唇、舌尖音尾為好。

　　3. 從韻類的平行關係來看。古音學家把「祭」視同「鹽、仙、清」一類，「廢」視同「嚴、元、庚」一類是有一定道理的。但我們從閩方言中看不出「祭、廢」有什麼有意義的區別，因此從開始就置而不論。

五、三四等的對比：微觀格局

　　我們從平行關係去看古音重建內容，在三等韻部份jä類韻母遍見於陽聲韻和入聲韻，惟獨不見於陰聲韻。陰聲韻中與jä相近的是支韻的jě。其實連同眞韻jěn在內，這一系列韻類正是紛擾的「重紐」問題所在。關於重紐，反切的分析只能反映出字的歸類傾向，最終還是得從方言探討音值的問題。重紐問題紛擾已久，我們在這裏想從方音切入，探討其中的一些疑難，提供透視古音史的一個窗口。

　　《切韻》的「昔」韻（*jäk）在廈門方言有-iaʔ，-ioʔ兩種讀法：

ia[?]：僻p'ia[?]₋，跡tsia[?]₋，脊tsia[?]₋；赤ts'ia[?]₋，席sia[?]₌，隻tsia[?]₋。

io[?]：惜sio[?]₋，蓆ts'io[?]₌，尺ts'io[?]₋，石tsio[?]₌。

這兩種讀法反映其上古來歷不同。「惜、蓆、尺、石」來自上古鐸部，「僻、跡、脊」來自上古錫部。「赤、席、隻」係鐸部而唸同錫部代表韻類變化。從其元音性質差異上著眼，這兩類韻母的早期來源是*iak：*iâk。

《切韻》的「支」韻（jě）在廈門方言事實也有兩類韻母反映上古的不同來歷。因為只有來自上古歌部的字才有較低的元音。這個低元音的性質可從廈門和建甌的韻母形式比較得知是後元音：*iâ：

	寄	騎	蟻	倚
廈門	kia^ɔ	₌k'ia	hia^ɔ	ꜛua
建甌	kyɛ^ɔ	₌kuɛ	ŋyɛ^ɔ	ꜛuɛ

從建甌的圓唇介音看，這一類字的主要元音原來是後低元音。廈門方言上列兩類韻母的變化也說明其主要元音的性質（*iâ→ia，*iâ→yo→ua）。

福州方言仙韻有一類字與元韻合流讀為-yoŋ/k：

仙韻：然₌yoŋ，件kyoŋ^ɔ，焉₌yoŋ，延₌yoŋ。

元韻：健kyoŋ^ɔ，言₌ŋyoŋ，軒₌hyoŋ，憲hyoŋ^ɔ，歇hyok₋。

這種情況與廈門方言昔韻、藥韻合為-io[?]一類正相平行。此外，仙韻「聯」字（當「縫」講）在台灣四縣、海陸客家方言都讀₌lion。以後元音為起點，不難解釋為什麼漢語方言開口三等仙韻字常有圓唇介音一讀（如「聯」字在洛陽讀₌lyan，在山西文水讀₌luan）。從福州方言仙韻反映的古音形式*iân/t去看廈門方言也比較容易理解為什麼「熱」字讀lua[?]₌，而「囝、件」讀ꜛkiã，kiã^ɔ等平行於支韻字中的-ua與-ia的現象。

總起來說，â類韻母在三等韻的分佈並不限於三四等三向對立中一般所謂純三等的戈、陽、元、嚴諸韻，還存在於重紐韻中的昔、支、仙

等韻。底下依韻母關係把相關韻編列如下：

昔A	昔B	藥	*iak	*iâk	*iâk
支A	支B	戈	*ia	*iâ	*iâ
仙A	仙B	元	*ian	*iân	*iân

從中可以看出，《切韻》合昔A與昔B爲「昔」韻一類，支A與支B合爲「支」韻一類，仙A與仙B合爲「仙」韻一類。閩方言顯示，昔B與藥合爲一類，支B與戈合爲一類，仙B與元合爲一類。如把「藥、戈、元」稱爲三等C類，我們就可用簡化的辦法把《切韻》與閩方言韻類的分合差異寫成下式：

三等	A	B	C
切韻	A	= B	：C
閩語	A	：B	= C

這些韻類的分合具有多方面的意義。

1. 《顏氏家訓・音辭》上說：「韻集以成仍宏登合成兩韻，爲奇益石分作四章。」顏之推的意思是說，呂靜不應把「益、石」分開，應把它們合在一韻才是。大約是在顏之推的觀點指引下（陸法言即曾說「蕭顏多所決定」，顏就是顏之推），《切韻》把「益、石」都歸併在「昔」韻。然而，呂靜的益石分韻並非毫無根據，從上古來源上看，「益、石」分別來自錫部、鐸部。從閩方言今音看兩字韻母也不相同：

	潮陽	廈門	福清	福州
益	iaʔ11	iaʔ32	ia21	ieʔ23
石	tsioʔ55	tsioʔ4	syo53	suoʔ4

這種分韻情況可以說是直承上古音而來。這是就時代的一面說。

2. 就地域來源的一面來看，「益石」分韻代表的是西晉時期中原

東部的方言情況。呂靜是山東任城人（今山東曲阜），他的分韻爲顏之推所批評。可見顏之推「益石」合韻另有方音基礎，其基礎是中原西部方言。只要看看庚三的分合情況就不難明白至少到顏之推的時代爲止，中原方言實有東西之別。王顯（1984）的研究指出：

> 「古陽部所包括的庚韻系三等開口字，到了傅毅、班固的時候，即西元六〇年左右，在鄒魯、扶風、京兆等大部分地區，都已轉入漢時的耕部；而在汝南、南陽等小部分地區，當時還沒完成這一轉變。」

換句話說，古陽部來源的庚三韻字在中原西部與耕部合流，而在中原東部一些地方仍留在陽部。呂靜分部中的「石」仍未與錫部「益」字合流，正是中原東部舒、入平行的現象。

　　3. 從呂靜與顏之推對「益、石」分合的不同看法，開啓了我們對古代（西晉至隋）中原東西方言差異的體認。從漢語方言發展史看來，其餘緒至今不絕如縷。顏之推「益、石」合韻的方音基礎，也就是客贛方言所承繼的中原西部方言；呂靜「益、石」分韻的方音基礎，也就是吳閩方言所承繼的中原東部方言。客贛方言中，昔A與昔B同讀*iak；如永定客家話昔A「脊」字讀tsia'2，昔B「蓆」字讀ts'ia'4，梅縣、南昌、安義、高安也均如此。（張光宇，1992）與此相對的，吳方言中昔A元音均已高化，只有昔B才有較低的元音；例如上海話「隻tsA'5，尺t's A'5，石zA'2」都屬昔B，昔A唸-i'。（張光宇，1994）更有趣的是，客贛方言昔A、昔B合流，但與藥韻嚴然有別；吳閩方言，昔A自爲一類，昔B與藥合流。通史觀之，「益、石」分合的古今對應是：

	中原西部			中原東部	
上古韻部	錫：鐸		上古韻部	錫：鐸	
顏氏合流	錫＝鐸		呂氏分部	錫：鐸	

客贛合流　　錫＝鐸　　吳閩分部　　錫：鐸

客贛合流是都作*iak，閩語分部是錫*iak：鐸*iâk，吳語分部是錫*ik：鐸*iak。吳語昔韻AB大體平行於閩南支韻A(-i)，B(-ia)。

4. 假使我們的眼光不為a：â兩類元音的分佈所限，而依類似的韻類分合去看，真韻在閩方言與客方言也都有與切韻不一致的地方。底下是廈門方言與梅縣客家話的例子：

韻類	真韻			殷韻		
例字	忍	韌	銀	近	芹	勤
梅縣	ᴄn̠iun	n̠iunᴐ	₌n̠iun	ᴄkʻiun	₌kʻiun	₌kʻiun
廈門	ᶜlun	lunᴐ	₌gun	kunᴐ	₌kʻun	₌kʻun

《切韻》分真、殷為兩韻，而閩客方言合而為一。換句話說，真韻也有AB兩類，與殷合流的是真B。真B與殷的來源形式是*iun。

以上所述韻類分合問題對漢語語音史研究具有兩個比較重大的啟發作用。

首先是《切韻》本身有沒有重紐問題？如就《切韻》本身的結構去看，《切韻》並無重紐問題。什麼是《切韻》本身的結構？就是《切韻》所分各韻。我們試看所謂A類B類，陸法言並未以不同韻目概括，統以相同韻目加以概括。A類B類既都在同一韻目下，表示其為押韻的一個韻類，主要元音相同。在此，我們不能忽略魏彥淵對陸法言所說「吾輩數人，定則定矣」的話。再回頭看《顏氏家訓・音辭》對呂靜分「益石」為兩韻的批評，我們就可以知道：開皇初年蕭、顏等人在陸法言家論韻的時候，中古方言各地不同，用顏之推的話來說就是「各有土風，遞相非笑」。所謂「定則定矣」就是採取「規範」（prescriptive）的態度去決定取捨，而不是用「描述」（descriptive）的態度忠實反映各地土風或方言特色（localism）。經過顏之推的審議，「益石」於是

就都算作昔韻。「益石」合在一韻以後，呂靜分韻的方言特色終被抹殺。《切韻》成書之後聲譽日隆，相對地，其他韻書逐漸式微，呂靜《韻集》也隨著隱沒消失。如果蕭、顏等人不「多所決定」，採取有聞必錄的「描述」的態度，面對昔B在不同方言的分合情況，他們只有一個辦法，那就是把昔B與昔A合韻的說是甲方言的現象，昔B與藥合韻的說成乙方言的現象。他們不此之圖，而以昔A昔B合韻爲理所當然。照這樣的「規範」辦法，還有所謂重紐問題嗎？

我們今天看重紐問題是採取通史的觀點，結合現代漢語方言和上古音，而把《切韻》當作一個橋樑。因爲蕭、顏等人所取「規範」態度，不免主觀和片面。假使我們爲他們的作爲所圍，就絕難看出文字背後的語音史眞相。例如「益石」在上古爲兩類，《切韻》爲一類，閩方言爲兩類，我們能說那是合而又分嗎？表面上看起來是合而又分，實際上卻是分者仍分，合者仍合。所謂「分者仍分」就是上古音的兩類，在西晉中原東部仍爲兩類，在現代吳閩方言還是兩類。所謂「合者仍合」就是上古音的兩類，在中古中原西部方言合爲一類，在現代客贛方言還是一類。總而言之，重紐是漢語語音史的「通史」問題。而不是中古《切韻》的「斷代史」問題。把「通史」問題看成「斷代史」問題，無異於把高山深谷化爲平面地圖。這是重紐問題的最大癥結所在。

其次，我們比較宏觀格局與微觀格局不難看出漢語語音史中iâ類韻母的變動趨勢。在宏觀格局中iâ仍以獨立姿態出現在《切韻》韻類之中，這些韻類包括「戈、陽、元（嚴）」：而在微觀格局中iâ已經併入ia韻類，也就是上文所稱三B包括支B，昔B，仙B。宏觀格局和微觀格局代表漢語語音史後元音前化的兩個階段，微觀格局中的三B代表較早的前化階段，宏觀格局中的三C在現代漢語方言的前元音的讀法代表較晚的前化階段。三B元音的前化在《切韻》以前已廣泛存在，經過長期的演進，現代方言只留下些許後元音的痕跡，而以閩客方言所見的爲大宗。三C元音的前化是《切韻》以後的主流趨勢，尤其在宋元「併轉爲

攝」的情況下，咸山兩攝的三C韻也都轉唸爲前元音。「併轉爲攝」是
同攝相押，不止同攝三等ABC三類混同，四等也與之混同。這個宏觀
格局下的三四等合流現象是否曾在更早階段中發生過？換句話說。微觀
格局裏頭有沒有例證去說明類似於後代併轉爲攝的三四等合流現象？用
符號來說，宏觀格局中的-ia在微觀透視下還可分爲-ia，iâ兩類，有沒
有例證說明別有-ai一類在內？我們在「仙」韻（宏觀中的*ian）中既可
看到*iân（如「聯」*∈lion），也可看到「剪」（與四等「前」諧聲）
讀*ᶜtsain（建陽tsaiŋ21，建甌tsaiŋ11，將樂tsaĩ31，崇安tsaiŋ31，政和
tsaiŋ12）。這些現象反映，在微觀下*ian一類實含三類。通史透視起來
可如圖所示：

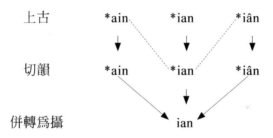

其中，《切韻》的*ian代表第一度的合流，「併轉爲攝」的ian代表第
二度合流。

六、三四等的合流

　　閩南方言文讀音顯示同攝三四等合流（咸-iam，山-ian，梗-iŋ），
前文已經列表說明。其中的元音性質從廈門方言看來是隨韻尾而異的：
咸攝的主要元音是[a]。山攝的主要元音是[e]，梗攝的主要元音是[i]。
一般寫法採取音位分析辦法把山攝中的[e]元音寫爲a，實則音值並不與
咸攝中的a相等。因此，閩南文讀音三四等的合流現象還可就元音部位
分爲低、中、高去分析。這在方言比較上是有意義的。

　　除了文讀音三四等合流的現象之外，閩南方言白讀音還有一種三四等合流的現象，在閩方言中相當突出。底下舉廈門方言爲例：

咸三：閃ᶜsĩ，染ᶜnĩ，鹽ₛsĩˉ，躡niʔₛ，摺tsiʔₛ。

咸四：添ₛtʻĩ。

山三：鞭ₛpĩ，變pĩˉ，篇ₛpʻĩ，錢ₛtsĩ，纏ₛtĩ，扇sĩˉ，驚piʔₛ，舌tsiʔₛ。

山四：邊ₛpĩ，扁ᶜpĩ，麵mĩˉ，天ₛtʻĩ，年ₛnĩ，見kĩˉ，硯hĩˉ，燕ĩˉ，鐵tʻiʔₛ。

梗三：平ₛpĩ，病pĩˉ，鄭tĩˉ，井ᶜtsĩ，靜tsĩˉ，姓sĩˉ。

梗四：青ₛtsʻĩ，星ₛtsʻĩ，腥ₛtsʻĩ，醒ᶜtsʻĩ。

這三攝三四等的韻母形式在廈門方言完全一致，但就閩南方言的比較看起來，梗攝三四等部分在潮州一帶不讀高元音，而讀中元音ẽ, eʔ。這樣以上三攝實可分爲兩組。一組是通乎閩南方言完全一致的，包括咸山兩攝三四等的ĩ/iʔ。一組是在閩南方言中呈現差異的，就是梗攝的ĩ/iʔ和ẽ/eʔ。其間異同列表顯示如下：

	咸、山三四	梗三、四
一般閩南	ĩ，iʔ	ĩ，iʔ
潮汕方言	ĩ，iʔ	ẽ，eʔ

其中閩南方言大面積所呈現的一致性是一個特別值得注意的地方。

　　從漢語方言地理演變的類型來看，咸、山兩攝三四等合流而且讀爲高元音的現象，最密集的分佈地區是在江蘇、浙江一帶。這一帶地區正是永嘉喪亂時期中原東部百姓南下途經的所在。閩南人祖先在太湖流域落腳時從江東地區習染了這一方言特色，再度南下時把它帶到閩南地區。關於這一點，第五章「論閩方言的形成」已經述及，茲不贅述。

　　梗攝三四等還有一種合流現象，主要元音較低。例如廈門方言的下列白讀：

梗三：丙ᶜpiã，餅ᶜpiã，命miãˉ，名ₛmiã，領ᶜniã，京ₛkiã，驚ₛkiã，鏡kiãˉ，影ᶜiã，正tsiãˉ，贏ₛiã，僻pʻiaʔₛ，跡tsiaʔₛ，隻tsiaʔₛ，赤tsʻiaʔₛ。

梗四：鼎ᶜtiã，聽₌tʻiã，庭₌tiã，定tiãᵓ，壁piaˀ，蘿tiaˀ₌，錫siaˀ₌。

　　這一類現象的存在說明，廈門方言梗四一共有四個層次，兩個是具有低元音成分（-an，-iã）的層次，兩個是具有高元音成分（-ĩ，-iŋ）的層次。其中只有-an不見於梗三，前面說過，-an代表三四等對比中的四等形式（*aiŋ→an）。假使，我們把三四等的層次並列起來，我們就可以看到如下的分合情況：

梗四：梗三

an	iã
iã	iã
ĩ	ĩ
iŋ	iŋ

其中iã在梗三是「層次重疊」的現象，在三四等有區別的情況下，iã是三等的標幟；而在三四等合流的情況下，iã是四等流向的目標。三四等有別是西晉中原東部方言的特色，三四等無別中的iã是西晉中原西部方言的特色，-ĩ代表南朝江東方言的特色。閩南方言人民的祖先帶著西晉中原東部方言的方言特色（三四等有別an：iã），到了太湖流域之後從「官話」或讀書音吸收了中原西部方言的特色（三四等無別-iã），又從江東地區吸收吳方言口語的特色（三四等無別-ĩ）。這些層次隨移民遷徙被帶到閩南地區成為口語的基礎。等到唐宋文教推廣之後，由長安傳來的讀書音（三四等無別-iŋ）終於成為標準音日益普及，前此進入閩南日常口語的成分於是全被視為白話音。

　　昔韻事實上也有三個層次表現在昔B一類字上。我們在前文「微觀格局」底下注意到，昔A與昔B的區別是-iaˀ：-ioˀ。可是就在-ioˀ類字中還有一層-iaˀ與昔A合流。連同文讀在內，昔韻的層次問題可如下示：

昔A	iaʔ	iaʔ	ik
昔B	ioʔ	iaʔ	ik

其中，昔A與昔B有別的現象（iaʔ：ioʔ）是西晉中原東部方言的特色，昔A與昔B無別（iaʔ）的現象是西晉中原西部方言的特色，而ik是唐宋文讀音的特色。吳方言中，昔A幾已全爲文讀*ik所取代，只有昔B才有文（*ik→iiʔ）白（*iok→iaʔ，iAʔ）的區別，這就是上海、嘉興等方言所顯示的現象。雖有文白因素參雜其中，但就類別而言，吳方言的昔B並沒有完全被文讀所取代，仍可視爲保存了昔A與昔B的區別。這是吳閩方言關係上值得注意的現象。（張光宇，1993）

七、結　語

上文的解析表明，透視漢語語音史的「窗口」是內隔重紗，外裹葛藤的窗口。要使那些窗口成爲明窗，首須掀開重紗，芟除葛藤。布龍菲爾德（Bloomfield, 1933:282）有句暮鼓晨鐘謂：「由於文獻提供我們有關過去說話習慣的直接訊息，研究語言變化的第一步是，只要有文獻紀錄，一定要先研究這些紀錄。」問題就在：內隔重紗，外裹葛藤的窗口是提供過去說話習慣的直接訊息嗎？就漢語語音史而言，歷史上的文獻紀錄其實都是間接訊息，如果是直接訊息還有必要進行重建工程嗎？這間接訊息只有透過爬梳才有使用價值。所謂「爬梳」就是解釋，而不是翻譯。漢語語音史的奠基人以爲翻譯（translation）就是解釋（interpretation），其結果是內隔重紗依舊內隔重紗，外裹葛藤依舊是外裹葛藤。

從對比模型來看，我認爲一二等的礎石是a：ai：â三向對立。閩音的特色是一等â與二等ai兩韻系兩兩對立，客贛方言的特色是一等â與二等a兩韻系兩兩對立。這兩個對比模型重疊的部分是一等的â，â可以說

是漢語語音史重建上的樞紐元音。â的性質從漢語方言綜合起來看可以看做是個-o元音,或如陸志韋所說的開口-ɔ。二等韻系中的咸、山、梗三攝的二等在閩音是*-ai-,在客贛方言是*-a-,無論從方言資料還是從歷史文獻,我們都難以決定何者是終極來源。也許,我們可以用互應形式來表示:*a≍*ai。這種互應情況在藏緬語極爲常見。(Matisoff, 1994)有趣的是,吳語方言與客贛方言之間呈現如下的對應情況:

	蟹二	假二	果一
客贛	ai	a	o
吳語	a	o	u

從吳、閩、客、贛(甚至粵也在內)的這種對應關係來看,一二等對比模型的礎石實應從a:ai:â三足鼎立爲出發點來探討。

閩音中最奧妙的部分莫過於三四等對比不只有宏觀格局,還有微觀格局。這兩個格局既是探求遠古漢語的明燈,也是開啓重紐謎底的鑰匙。《切韻》正像張琨先生所說好比是一個日本式的燈籠。折起來是一個樣,拉長來看是另一個樣。(徐通鏘,1984)只有把《切韻》看做是一個活動的大窗口,才可能伸縮鏡頭看清漢語語音史遠近的事物。也許有人會說,同一個韻母可以出現在好幾個不同的韻類,同一韻類又可以有好幾個不同的韻母,這樣不會把《切韻》弄得支離破碎嗎?其實,《切韻》的最大價值正在於此。對於《切韻》,你可以靜態觀之,也可以動態觀之。靜態觀之,《切韻》呈現一個模樣;動態觀之,《切韻》呈現另一個模樣。這是「古今通塞,南北是非」的精義所在。事實表明,只有把《切韻》看活了,漢語語音史的故事才能生動上演。至於二等、四等何以可以同形還是問題中的小焉者也。

總起來說,漢語語音史的奠基人並沒有對全部的漢語方言作同等的描寫,他們把透視漢語語音史的大小窗口視爲等價物,甚至並未察覺把大窗口納入小窗口的格局有何不妥。不但迫使大窗口遷就小窗口的範

疇，還迫使漢語方言遷就小窗口的範疇。高本漢會得出「只有閩語例外」這樣的結論，正說明小窗口是不免削足適履的。在這一點上，漢語語音史的奠基人和印歐比較語言學的奠基人何其相像！

第十章　閩方言的分佈

一、福建地理概況

　　福建的北面、西面與南面爲山所環繞，東面臨著台灣海峽，在交通不甚便利的古代，這樣的地理環境在整個中國大陸形同一個離島。福建的地形有如下幾個特徵：

　　1. 地勢西北高東南低。從西而東，由武夷山帶、閩中大谷地、鷲峰山——戴雲山——博平嶺山帶到沿海丘陵、平原，略似馬鞍形傾斜。

　　2. 山丘多，平原少。中山（海拔800米）和低山（海拔500-800米）約占全省面積百分之75，高丘陵（海拔250-500米）和丘陵（海拔50-250米）約占百分之15。平原僅占百分之10，較大的平原有漳廈、福州、莆仙、泉州平原。因而全省有「八山一水一分田」之稱。

　　3. 多斷層地貌，多河谷盆地。由於斷裂發育，斷塊山、斷崖、斷谷等地貌顯著而普遍，沿著河谷，廣泛分佈著串珠狀盆地。

　　4. 海岸曲折，多港灣島嶼，以及寬闊的海塗、海域。本省海岸晚近間歇性上升量不及原先大幅度的下降，因此仍具有下降海岸的特點。

　　就地形來說，福建大致可分爲四個地形區：

　　1. 閩西北山地：包括武夷山北段和杉嶺。

　　2. 閩西南山地：包括武夷山南段。

　　3. 閩東山地：包括太姥山。

　　4. 閩東南丘陵及沿海平原：包括漳廈、福州、莆仙、泉州平原。

　　福建省主要山脈多作北北東——西西南走向，與海岸線平行。主要山脈有：

　　1. 武夷山，北起浦城，向西南延伸至閩粵交界，蜿蜒於閩贛邊界，長約500公里，海拔700-1500米，是省境最高的山脈。

2. 杉嶺，北起光澤，向西南延伸至建寧境內，海拔1000-1500米，長約150公里。

3. 戴雲山，是本省中部主要山脈，位於閩江南部，經尤溪至安溪境內，海拔700-1500米，長約300公里。

4. 博平嶺，北起漳平延伸至廣東境內，海拔700-1500米，省境內長約150公里。

5. 太姥山，是閩東沿海主要山脈，從浙江入境，經福鼎至霞浦，海拔400-700米，長約50公里。

福建海岸十分曲折且多由岩岸構成，也有沙岸、泥岸、紅樹林海岸。海岸線直線距離535公里，而海岸線長達3324公里。港灣較多，較大港灣有22個，以興化灣、三都澳為最大。著名港口有馬尾港和廈門港。島嶼達1400個，較大島嶼有海壇島和金門島，原有廈門島和東山島分別有跨海海堤與大陸相連。

福建河川有閩江、九龍江、汀江、晉江、木蘭溪、岱溪、交溪、霍童溪等。其水系水文特徵是：具有自成流域的獨立入海的水系單元，河流多數流程短，形成外流區單向性格子狀水系，尤以閩江為典型。

閩江是本省最大的河流，上源為沙溪，發源於寧化的楓樹排。主要幹、支流有富屯溪、建溪、尤溪。富屯溪發源於光澤縣的司前公社岱坪村。建溪發源於崇安縣的銅鈸山。尤溪發源於大田縣的溪頭。閩江水系總長2872公里，流域面積60806平方公里，占全省總面積近一半。

九龍江是本省第二大河流，主流發源於龍岩市的孟頭村，水系河流總長1148公里，流域面積13600平方公里。

汀江是廣東韓江的主要幹流，發源於寧化縣上坪，全長328公里，流域面積11802平方公里。

晉江上源分東溪和西溪。幹流西溪，發源於永春的一都坑頭。水系河流總長404.8公里，流域面積5629平方公里。

福建的自然環境說明：北方漢人南下的途徑海路便於陸路。海路遼

關而山路艱險。陸路由北南下必經浦城北界的楓嶺關、崇安的分水關、光澤的老關、鐵關……等等山隘，過了關口進到福建省境又逢群山繚繞、高峰疊起。福建的發展史中沿海與內陸的差別無疑是自然地理條件起了決定性的作用。閩人的先民主要由海路來，客家的先民悉數由陸路來。閩江穿過本省中部大致把福建分為閩南、閩北，地形特徵更把福建分為四區。這種自然地理的條件對閩方言區的形成起著明顯的作用。因為先民進入福建之後，多半安土重遷，在福建境內的遷移只是局部的、小規模的。等到生齒日繁，物力不足為濟的時候，福建人民總是望境外移，因為「八山一水一分田」的自然條件無法供應足夠的糧食。今天閩語方言區和水文系統大致相合，更是一個明顯的事實。請看下表：（周振鶴、游汝杰，1986:69）

	今方言片	流　域	西晉政區	北宋政區
閩　語	閩　東	雙溪、閩江中下游	晉安郡	福州（元壽寧）
	莆　仙	木蘭溪		興化軍
	閩　南	晉江、九龍江、尤溪		泉州及漳州（加大田、尤溪）
	閩　北	建溪	建安郡	建州
	閩　中	沙溪		南劍州西半
閩客過渡	閩西北	富屯溪、金溪		邵武軍（加順昌、將樂）
客家話	閩　西	長汀溪	晉安郡	汀州

這個表說明：1. 西晉政區把福建分為沿海和內陸兩區，分別歸晉安郡和建安郡管轄。2. 閩語的五個方言區和不同河川流域相應，也和北宋行政區劃相應。足見今天的閩方言在宋代已經定型了。

二、閩方言的分區

　　就福建省來說，以上五區是閩方言的核心區。福建的西南角是客家話區，西北角是客贛方言和閩語的過渡區。假使暫且把閩語飛地（out-lier）放在一邊，就閩語分佈比較密集的地區作一劃分，則除了上列五區之外還應包括邵將區和瓊文區，一共成爲七區。底下是各區分佈情況。（張振興，1985）

　　一、**閩南區**——包括福建省南部，台灣省大部、廣東省東部地區四十九個縣市。閩南區分爲三片：泉漳片、大田片、潮汕片。

　　1.泉漳片36個縣市

　　廈門、金門、同安、漳州、長泰、華安、龍海、漳浦、雲霄、南靖、平和、東山、詔安、漳平、龍岩、泉州、晉江、南安、安溪、永春、德化、惠安（以上福建省22個縣市）

　　台北、基隆、宜蘭、彰化、南投、台中、雲林、嘉義、台南、屏東、高雄、台東、花蓮、澎湖（以上台灣省14個縣市）

　　2.大田片一個縣　大田（福建省）

　　3.潮汕片12個縣市　潮州、汕頭、南澳、澄海、饒平、揭陽、揭西、潮陽、普寧、惠來、海豐、陸豐（廣東省東部）

　　二、**莆仙區**——包括福建省東部兩縣市：莆田、仙游（今合併爲莆田市）

　　三、**閩東區**——包括福建省東北部19個縣市：

　　1.侯官片13個縣市　福州、閩清、閩侯、永泰、長樂、福清、平潭、羅源、古田、寧德、屏南、連江、尤溪

　　2.福寧片6個縣市　福安、壽寧、周寧、柘榮、霞浦、福鼎

　　四、**閩北區**——包括福建省北部地區7個縣市：建甌、建陽、崇安、松溪、政和、浦城、南平

　　五、**閩中區**——包括福建省中部地區3個縣市：三明、永安、沙縣

六、**瓊文區**──包括海南島地區14個縣市：

1. 府城片6個縣市　海口、瓊山、澄邁、定安、屯昌、瓊中

2. 文昌片2個縣　文昌、瓊海

3. 萬寧片2個縣　萬寧、陵水

4. 崖縣片2個縣　崖縣、樂東

5. 昌感片2個縣　東方、昌江

七、**邵將區**──包括福建省西北地區6個縣市：邵武、光澤、泰寧、建寧、將樂、順昌

　　從以上所列分佈情況來看，大陸本土的閩語以閩南方言爲最大宗，共占35縣市，多於其他四區的總和（30縣市）。據此，閩語可先分爲閩南區和非閩南區，兩區大體以閩江爲界，逕稱「閩南」和「閩北」亦無不可。目前學界已不大採行這樣的兩分法，以爲不足以描述閩方言各地的差異。然而一般民衆對閩方言的印象仍爲閩南、閩北兩分法牢不可破。其實，學者所做分區並非不能與庶民大衆的印象相容，只要先建立層次的概念再行分區，不難得到一個比較全面的提綱挈領的分區辦法。我認爲閩方言可以首先分爲閩南、閩北和閩中三區。閩南區又分爲泉州、漳州、潮州三片；閩北區分爲閩東、閩北、邵將三片；閩中區分爲東區莆仙，中區大田，西區三明、永安、沙縣即上文閩中區。我們認爲只有這樣才能兼顧自然地理和人文社會情況。簡括如下：

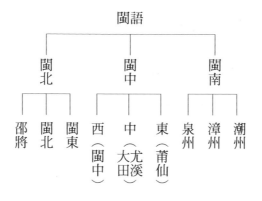

　　這三區九片中，閩南和閩北勢均力敵，轄縣數也大體相當。閩中區的設立一方面是爲照顧地理位置，一方面也因爲方言性質帶濃厚的混合成分之故。

　　閩語的「飛地」見於江蘇、浙江、江西、廣東、廣西和海南島。所謂「飛地」是指遠離核心區，準此定義，台灣也是閩語的一個飛地，不過台灣和海南島的情況不同。從方言關係上看，台灣閩南話與大陸本土的閩南話差別很微，海南島的閩南話則幾乎形同一支獨立的方言。底下所列是閩語飛地在大陸本土分佈的大致情況。

　　江蘇省：宜興縣南部山區。這是目前所知閩南話在中國本土分佈的北極。

　　浙江省：目前約有百萬人說閩語，分佈在浙江南部和西南部。大致說來，沿海地區和島嶼說的是閩南話，如溫嶺的石塘一帶，玉環的坎門鎮，洞頭縣的本島、半屏島、元角、倪嶼等島的部分及瑞安縣的北麂島，平陽縣的南麂島等；平陽縣東部沿海的西灣鄉、墨城鄉，中部的梅源、梅溪、樹賢、麻步、塘北、漁塘、江嶼、水頭、小南、帶溪、騰蛟、嶺門、龍尾、內塘、鳳臥、山門、礬岩、睦源、青街、聯山、蒼南、鬧村、南湖等鄉也都說閩南話。此外，浙南的閩南話還延伸到泰順東南角的月湖、富垟、彭溪、五里牌等鄉，北面還延伸到瑞安的大南鄉和文成的東南角，浙江西北的長興和臨安等縣境內也有一些村莊居民自稱說的是「溫州話」，實爲平陽閩語。舟山群島也有零星的村落說閩南話。總的說來，浙江的閩語以閩南話爲大宗，說閩北、閩東話的反而比較少。泰順縣的龜湖鄉說閩北話，其餘岳巢、南山、葛坪、小村、鳳坪、玉西、東安一線以南的地區都說「蠻講」，可能是帶有閩東或閩北方言色彩的方言。（傅國通等，1985：3-4）

　　江西省：玉山縣、廣豐縣、上饒縣。

　　廣東省：除了東北部之外，全省尤其是沿海地區都點綴著閩方言的使用人口，包括徐聞、海康、遂溪三縣的全部，湛江市的麻章、湖光、

太平、民安、東山、東簡、硇洲等七個市轄郊區以及赤坎、霞山兩個市區的一部分居民、廉江縣的橫山、河堤、新民、龍灣、營仔等五個區，吳川縣的覃巴、蘭石、王村港三個區，電白縣城關水東鎮以及林頭、坡心、七逕、霞洞、羊角等五個區的一部分。人口約275萬多人。（熊正輝，1987）

　　廣西省：閩語在廣西呈散點分佈。最大的一片是從平南縣丹竹到桂平縣江口一段潯江的兩岸，共約六萬人。其次是平樂縣二塘為中心的沿河一帶，由水路斷續北上，至於恭城縣內，這一片共約二萬人。北流縣新圩、民樂有幾個村被當地人稱為「福建村」，共有一萬多人。陸川縣的馬坡和羅城縣的龍岸各有一萬多人。柳州市南及柳江縣進德、百朋有上萬人。其餘不足萬人的點還有：融安縣大巷，來賓縣蒙村，賓陽縣新賓同義村，邕寧縣蒲廟仁福村，欽州縣大直、平吉、青塘等地，北海市郊及潿洲島、合浦縣福成、博白縣浪平、玉林縣山心、河池地區南丹縣小場、車河、大廠鎮等地。廣西境內說閩語的人口總數在15萬以上。（楊煥典等，1985）

　　以上閩語方言的「飛地」有三點值得注意的地方：

　　第一，閩語的飛地主要出自閩南故土，來自其他方言區的較少。浙江全省有一百多萬閩語人口，絕大多數說閩南話，只有鄰近福建的浙南邊界有少量的閩東話人口。福建以南、廣東、廣西也幾乎全是閩南話天下。

　　第二，閩南話的輸出大致呈現鄉里鄉黨結伴而行的傾向。大體福建以北的閩南話屬泉州系（甚至閩江北岸閩東地區的閩南話也以泉州系為主），廣西的閩南話屬漳州系，海南島的閩南話屬潮州系。有趣的是，台灣西部沿岸的閩南人大體以濁水溪為界，濁水溪以北屬泉州系，濁水溪以南屬漳州系。台灣最南端的閩南人屬潮州系。

　　第三，閩語飛地的方言主要是明清移民造成的。例如台灣的閩南話係明末清初由福建帶來的，廣西的閩南話起於明朝中葉（楊煥典

等，1985），海南島的閩南話主要也是起於明清兩代移民（雲惟利，1987）。浙江的閩南話據說早的可推至唐代（傅國通，1985:3），但是多數是明清兩代漁民從閩南遷來。

　　福建境內除了閩語之外，還有客贛方言、吳語和北方話。客贛方言分佈在福建西部，西南一角是客家話大本營。吳語分佈在浦城縣中部、北部，這是吳語在大陸本土分佈的南極。北方方言見於南平市和長樂縣洋嶼的滿族鄉，這是福建境內的兩個北方方言島，起於軍屯和守邊。福建境內因軍屯而形成的方言島除了南平、長樂之外，還有武平縣中山鎮客家話區的贛方言島。茲簡介如下：

　　南平市的北方方言被稱為「土官話」，這是明朝官兵留駐的結果。明正統13年（西元1448年）二月，沙縣人鄧茂七領導農民革命。八月，王室抽調京營官兵入閩鎮壓無效，年底又增派京兵2萬，江浙漕運軍2萬7千人，由陳懋總兵，圍剿農民軍。鄧茂七死後，陳懋所部留閩，經過數年，亂事敉平。京營官兵多駐紮在南平，後來也定居於此。子孫繁衍仍說北方話。（李如龍，1991:472）

　　武平縣中山鎮的「軍家話」是福建西南客話區的贛語方言島。明洪武24年（西元1391年）在此設武平千戶所，軍士皆屯田。士兵來源複雜，其中最多的來自撫州的臨川和金溪兩縣。目前中山鎮軍家話的人口有七千多人，占全鎮的百分之四十，他們對內說軍家話，對外說客家話。（梁玉璋，1990）

三、閩方言的共性

　　閩方言的分佈情況表明，閩語不全在福建境內。飛地的方言遠離母土之後在新居地既不免日起變化，就是在福建境內與其他方言鄰接的情況下也會遭受滲透和影響。大約是由於這些因素模糊了方言的分際，竟使一個原本單純的問題變得複雜起來。面對「什麼是閩語？」言人人

殊，頗有束手無策之感。其實分歧就在分區和分類的做法不盡相同。分區是先驗地以福建方言爲範圍，以「累加」的共同質素充實其內容，而不大理會境外方言與境內的異同。分類的觀點著重與其他方言的差異，就是在境內的共同質素中找出與其他方言的不同之處，以「卓絕」的特色去爲它定義。如果要標舉一項閩語的特點，我認爲應從閩語的核心地區去找尋。這個特點不是別的，就是大家熟知的「十五音」聲母系統。理由有三：

一、現代漢語方言的聲母數以閩語爲最少。關於這一點，前文介紹漢語方言時已大略鳥瞰一過，北方方言的聲母一般較多，吳語具有濁音聲母數更多，南方方言一般總在18-22之間，只有閩語最少，一般是15個。這是平面比較中，閩語相當突出的特點。超過15音的閩方言都處在邊區和飛地，不難加以解釋。

二、從閩語由古至今的形成過程來看，青徐流人經歷三個時代和四個層次的衝擊和疊加之後，十五音系統竟「巍然不動」，被衝擊而遭隱沒的和因歷次疊加而逐漸豐足的主要反映在韻母系統。足見閩語在固守聲母系統上表現了相當強勁的內聚力，文白的聲母系統都是十五音，其差異也只在十五音內交替。

三、閩方言韻書都反映十五音系統。反映福州話的《戚林八音》，泉州話的《彙音妙悟》，漳州話的《雅俗通十五音》，建甌話的《建州八音》，廈門話的《渡江書十五音》，潮州話的《潮語十五音》。這些韻書服務的對象雖然不同，同時也可能轉相傳抄，但在十五音聲母系統方面完全一致。後出的潮陽話《增三潮聲十五音》也說明其聲母系統原爲十五音，變爲十八音是晚近的現象。

閩方言的地方韻書以《戚林八音》爲嚆矢，成於西元1749年。它的底本有二，一是明末戚繼光《戚參軍八音字義便覽》，另一是清初林碧山所著《珠玉同聲》。其次是《建州八音》成於西元1795年。閩南方言韻書都成於清代。最早的是黃謙所輯《彙音妙悟》，目前所知較早

一個版本是西元1800年（嘉慶五年）的薰園藏版刻本。這些地方韻書用十五個漢字代表十五個聲母，雖然代表字各韻書間稍有出入，但所反映的聲母系統一致：

	柳	邊	求	氣	低	波	他	曾	日	時	鶯	蒙	語	出	非
戚林八音	柳	邊	求	氣	低	波	他	曾	日	時	鶯	蒙	語	出	非
建州八音	柳	邊	求	氣	直	坡	他	曾	日	時	鶯	問	語	出	非
彙音妙悟	柳	邊	求	氣	地	普	他	爭	入	時	英	文	語	出	喜
渡江書15音	柳	邊	求	去	治	波	他	曾	入	時	英	門	語	出	喜
雅俗通15音	柳	邊	求	去	地	頗	他	貞	入	時	英	文	語	出	喜
潮聲15音	柳	邊	求	去	地	頗	他	貞	入	時	英	文	語	出	喜
注音	l	p	k	k'	t	p'	t'	ts	dz	s	ø	m	ŋ	ts'	h

從以上六部地方韻書不難看出三個系統：《戚林八音》和《建州八音》是一系，《彙音妙悟》和《渡江書十五音》是一系，《雅俗通十五音》和《潮聲十五音》是一系。這種關係不但可以看作方言韻書的傳承關係，例如《建州八音》仿自《戚林八音》，《渡江書十五音》仿自《彙音妙悟》，《潮聲十五音》仿自《雅俗通十五音》，似乎也體現了方言間的近似程度。有趣的是，這些方言韻書所代表的都是閩方言歷史比較悠久的方言點，介於閩南和閩東的莆仙方言雖立為一方言區卻無一代表性的韻書，閩中三明、永安、沙縣也無特定韻書。足見有地方韻書的方言代表強勢方言，閩南方言有四種韻書與閩南方言的強勢地位是分不開的。「十五音」聲母系統是閩語在所有漢語方言中最為耀眼的特色。

除了十五音之外，所有其他閩語的共同點（黃典誠，1984；陳章太、李如龍，1982）都或多或少見於其他漢語方言。

1.「非、敷、奉、微」讀雙唇音p、p'、b、m。

這一類現象在漢語方言的分佈很廣，不勝枚舉。以台灣的客家話來說，下列九例也都唸雙唇音：分ₑpun，飛ₑpui～ₑpi，痱puiˀ，放pioŋˀ，

蜂₋p'uŋ，吠p'oi⁼，網₋mioŋ，尾₋mui，問mun⁼。

	分	飛	痱	放	蜂	吠	網	尾	問
廈門	₋pun	₋pe	pui⁼	paŋ⁼	₋p'aŋ	pui⁼	baŋ⁼	₋bue	mŋ̩⁼
莆田	₋poŋ	₋pue	pui⁼	paŋ⁼	₋p'aŋ	pui⁼	maŋ⁼	₋pue	moŋ⁼
福州	₋puoŋ	₋pui	puoi⁼	pouŋ⁼	₋p'uŋ	puoi⁼	mɔyŋ⁼	₋mui	muoŋ⁼
建陽	₋pun	₋pɔi	py⁼	poŋ⁼	₋p'oŋ	pɔi⁼	₋mɔŋ	₋mui	muŋ⁼
永安	₋pm̩	₋pue	pui⁼	paŋ⁼	₋p'aŋ	pui⁼	(₋wm)	₋mue	mui⁼

「微」母字在長江中下游沿岸的方言時有唸雙唇鼻音m-現象。例如：

江蘇蘇州　味mi31，萬mɛ31，蚊mən13，問mən31，物məʔ3，望mã31。

浙江嘉興　微mi51，尾mi212，味mi14，未mi14，無m̩31。

江西安義　尾mi214，蚊mən21，問mən24。

湖南雙峰　望maŋ33，晚mã21，蚊min55。

在北方方言裏，「蜂」字讀爲雙唇送氣塞音是最常見的例子，尤其是在「馬蜂」一詞出現的情況更多。例如，

山西清徐	馬蜂	mɒ53	p'ɑ̃11
武鄉	馬蜂	ma213	p'aŋ113
沁縣	馬蜂	ma213	p'əŋ33
介休	馬蜂	ma423	p'əŋ45
文水	馬蜂	ma423	p'uəŋ22
和順	馬蜂兒	ma35	p'ər31
太谷	馬蜂	mɒ32	p'ɔ̃22
祁縣	馬蜂	ma213	p'ɔ̃33
壽陽	馬蜂	ma423	p'ɔ̃21
山東博興	馬蜂	ma44	p'əŋ·
平度	黃蜂	xuaŋ53	p'oŋ53

河北天津　（螯）蜂：馬蜂　—　　　　p'əŋ11

　滿城　馬蜂　　　　　ma213　　p'əŋ·

2.「知、徹、澄」讀舌尖塞音t、t'。

	張	鎮	竹	抽	拆	櫥	陳	重	直
廈門	ꞈtiũ	tinꜛ	tikꜜ	ꞈt'iu	t'ia'ꜜ	ꞈtu	ꞈtan	taŋꜛ	titꜜ
莆田	ꞈtiɒu	tiŋꜛ	tæ'ꜜ	ꞈt'iu	t'ia'ꜜ	ꞈtiu	ꞈtɜŋ	taŋꜛ	ti'ꜜ
福州	ꞈtuoŋ	tɛiŋꜛ	tøy'ꜜ	ꞈt'iu	t'iɛ'ꜜ	ꞈtiu	ꞈtiŋ	toyŋꜛ	ti'ꜜ
建陽	ꞈtioŋ	toiŋꜛ	tyꜜ	ꞈhiu	hiaꜜ	ꞈty	ꞈtɔiŋ	leiŋꜛ	lɔiꜜ
永安	ꞈtiɑm	tãꜛ	tyꜜ	ꞈt'iau	t'iɐꜜ	ꞈty	ꞈtã	ꜛtaŋ	ꜛta

　　這一類現象也見於廣西平話、浙江和江西的吳語區。平話三街、大圩、九屋方言的類似音讀如下：（李未，1987）

	豬	長	文	鍾	柱	沉	蟲	重	竹
三街	ty24	tiaŋ42	tiaŋ21	ty42	ty44	tiŋ42	tiŋ42	tiŋ21	tiou54
大圩	ty54	tioŋ44	tioŋ21	ty44	ty13	tiŋ44	tioŋ44	tioŋ21	diɛ55
九屋	tei13	tioŋ22	tioŋ53	tuei22	tuei21	ten21	tiəŋ22	tiəŋ54	tiaɯ55

　　「豬」字在吳語麗水、縉雲、宣平、雲和、景寧、青田、泰順方言唸ꞈti，遂昌、龍泉唸ꞈtɔ，常山、玉山唸ꞈta，開化、江山、廣豐唸ꞈtɑ，慶元唸ꞈto，松陽唸ꞈtuʌ，龍游唸ꞈtua。（傅國通等，1985：33-34）

　　平話的起源跟《宋史》所載狄青南征「平定」儂智高之亂有關，事定之後宋室把「平南軍」留在廣西屯駐。廣西的「平南縣」這個地名和「平話」這個方言名稱，都是「平南」戰爭留下的痕跡。屯駐軍人原籍大多出自山東。有的說平話的村莊，一直到本世紀四十年代，每隔數年還要派代表回山東祭掃祖墳。（周振鶴、游汝杰，1986:30）如此看來，平話的先民也出自「青徐」，與閩方言先民是大同鄉，只不過離開母土先後有別。古全濁聲母字（長、丈、鍾、柱、沉、重、蟲）讀不送

氣正與古中原東部方言如出一轍。

　　吳語「豬」字讀t-聲母的方言主要分佈在浙南。對照東晉時期「青徐」流人有一部分播遷至溫、台地區的史實，可能就是那批移民留下的烙印。

　　如果平話的形成確是狄青平南時從山東所帶子弟兵留屯的結果，那麼知組在宋代北方的保守性強的東部方言仍讀舌尖塞音就不言而喻了。

　　3.「心、邪、生、書、禪」讀舌尖塞擦音ts、ts'。

	醒	斜	蓆	生	深	手	鼠	試	樹
廈門	ᶜtsʻĩ	₌tsʻia	tsʻioʔ₌	₌tsʻĩ	₌tsʻim	ᶜtsʻiu	₌tsʻu	tsʻiᵓ	tsʻiuᵓ
莆田	ᶜtsʻa	₌łia	łiuaiʔ₌	₌tsʻa	₌tsʻiŋ	ᶜtsʻiu	ᶜtsʻy	łiᵓ	tsʻiuᵓ
福州	ᶜtsʻaŋ	₌tsʻia	tsʻuoʔ₌	₌tsʻaŋ	₌tsʻiŋ	ᶜtsʻiu	ᶜtsʻy	tsʻɛiᵓ	tsʻieuᵓ
建陽	ᶜtsʻaŋ	ₒlia	siᴄ₌	₌tsʻaŋ	₌tsʻiŋ	ᶜsiu	ᶜtsʻy	tsʻiᵓ	tsʻiuᵓ
永安	ᶜtsʻõ	₌tsʻia	ᶜtsʻiw	₌tsʻõ	₌tʃʻiã	ᶜtʃʻiau	ᶜtʃʻy	tsʻiᵓ	tʃʻyᵓ

　　這一系列聲母可分兩組，「邪、禪」是濁音，「心、生、書」是清音。「邪」母和「禪」母在漢語方言當中經常與「從」母、「船」母糾纏不清。其中只有「從」母唸*dz是比較清楚的，其餘三個聲母古音值難定，或唸塞擦音，或唸擦音，例子多至不勝枚舉。清音部分一般看法比較一致，都認為是擦音。但是，不僅閩語有塞擦音一讀，其他方言也有不少讀為塞擦音。底下舉「鼠、深、雙」三字為例：

「鼠」字唸塞擦音舉例：

浙江：金華tsʻ⫯423，義烏tsʻ⫯53，平陽tsʻi43，鄞縣tsʻ₵53，桐廬tɕʻy55，溫嶺ts⫯53，蒼南龍港tɕʻi54，杭州tsʻu51，紹興tsʻ⫯52，黃岩tsʻ⫯523，衢州tsʻ₵45，諸暨tɕʻy52，餘姚tsʻ⫯325，溫州tsʻ⫯35。

江蘇：宜興tɕʻy324，溧陽tɕʻy52，金壇tsʻəu323，丹陽tsʻəu44，靖江tsʻy334，江陰tɕʻy45，常州tsʻ₵334，無錫tsʻ₵324，常熟tʂʻ₵44，昆山tsʻ₵52，海州tʂʻu41，泰興tsʻu213，徐州tʂ ‘u35，呂四tsʻu51，上海tsʻ˪34，嘉定tsʻ˪34，海門tsʻ˪23，泰州tsʻu213，漣水tsʻu212。

安徽：岳西tʂʻɿ24。銅陵tɕʻy51，太平仙源tsʻəu35，黟縣tsʻu53。

雲南：永勝tʂʻu42，永善tsʻu53。

甘肅：蘭州pfʻu33，敦煌tʂʻu42。

寧夏：鹽池tʂʻu53。

新疆：吉木薩爾tʂʻu51。

山東：莒南tʃʻɿ55。

青海：西寧tʂʻɣ53。

湖南：常德tɕʻy31。

此外，客贛方言也多唸塞擦音，如梅縣tsʻu³、翁源tsʻy³⁶、揭西tʃʻu³⁶（以上廣東），詔安秀篆tʃʻi35、武平tsʻu³⁶、邵武tɕʻy³（以上福建），廣西西河tʃʻu³、江西三都tʂʻu³、弋陽tɕʻy³。

「深」字唸塞擦音舉例：

山西：武鄉tsʻaŋ113，和順tʂʻəŋ31，臨汾tʂʻən31，沁縣tsʻəŋ213，晉城tʂʻẽ33。

山東：單縣tʂʻẽ21，濟南tʂʻẽ213，臨清tsʻẽ323。

河南：遂平tsʻən213，洛陽tʂʻən33。

江蘇：徐州tʂʻə̃213。

　　客贛方言：「深」字也常見塞擦音聲母。如廣東境內的梅縣˪tsʻəm，翁源˪tsʻin，連南˪tʃʻin，河源˪tsʻim，清溪˪tsʻim，揭西˪tʃʻim；福建境內的詔安秀篆˪tʃʻim，武平˪tsʻeŋ，邵武˪tɕʻin；廣西陸川˪tsʻim；江西三都˪tʂʻən。

　　「雙」字在山西方言常有文白兩讀，白讀爲塞擦音，文讀爲擦音。白讀形式常見於「雙生兒」一詞，舉例如下：

太原　　　tsʻuɒ45　　　　　　孝義　　　tsʻuɣ11

清徐	ts'uɒ35，ts'uɒll	和順	ts'uɒ31
太谷	ts'uɒ45	汾陽	tʂ'uÃ324
祁縣	ts'o33	平順	tʂ'uaŋ313
平遙	ts'uə13	長子	ts'uaŋ45
文水	ts'ʋ22	陵川	tʂ'uɑŋ313

4.「匣」母白讀有兩類，一類讀舌根塞音k，k'，一類讀零聲母ø-。先看舌根塞音一類：

	猴	糊	滑	厚	寒	懸(高)	縣	汗	含
廈門	₌kau	₌kɔ	kut₌	kau²	₌kuã	₌kuaĩ	kuaĩ²	kuã²	₌kam
莆田	₌kau	₌kɔu	ko²₌	kau²	₌kua	₌ke	keĩ²	kua²	₌kaŋ
福州	₌kau	₌ku	kou²₌	kau²	₌kaŋ	₌kɛiŋ	kaiŋ²	kaŋ²	₌kaŋ
建陽	ₒkau	₌ko	kui₌	kəu²	₌xueiŋ	—	kyeiŋ²	kueiŋ²	ₒkaiŋ
永安	₌kø	₌ku	ᶜkui	ᶜkø	₌kum	₌kyɛiŋ	ʃiɛiŋ²	xm̩°	₌kim

類似現象也見於山西、湖南和江西。例如：
山西平遙：核k'ʌʔ53，kʌʔ53，合kʌʔ53，喉kuʌʔ53，蛤kʌʔ53。
湖南桃江（高橋）：虹戶公切kɔŋ13，解姓kɛ11，蟹ka55。此外，江西南昌「下」ka11，江西安義「橫」k'uaŋ24，山西襄垣「滑」kuaŋ55。
　上列閩語聲母都是清音不送氣，其實還有清音送氣一讀見於「環」字，例如福州音₌k'uaŋ，廈門音₌k'uan。「環」字讀舌根塞音前文曾經舉過例，江淮官話讀k'-，吳語讀g-，這裏不避重複摘錄如下：
k'系：泰州k'uɛ̃45，漣水k'uã34，海州k'uã35，沭陽k'uã35，泰興k'uɛ̃45，金壇k'uɛ̃45。
g系：嘉興guɛ31，呂四guɛ̃13，宜興gua24，吳江guɛ23，紹興guɛ̃231，寧波guE113。
　「匣」母讀爲零聲母在閩方言的例子是：

	鞋	紅	萬	閑	下	旱	話	畫	學
廈門	⊆ue	⊆aŋ	⊆ŋ̍	⊆iŋ	e²	huã²	ue²	ui²	oʔ⊇
莆田	⊆e	⊆aŋ	⊆uŋ	⊆e	ɒ²	muã²	ua²	ua²	oʔ⊇
福州	⊆ɛ	⊆øyŋ	⊆uoŋ	⊆ɛiŋ	a²	aŋ²	ua²	ua²	oʔ⊇
建陽	₀ɦai	₀ɦoŋ	₀uoŋ	₀xaiŋ	xa²	ueiŋ⊇	ua²	kua⊂	ɔ⊆
永安	⊆e	⊆xaŋ	⊆wm	ĩ⊆	⊇ɒ	⊆m̩	⊆ɒu	⊆ɒu	⊆ɯ

從這些例字不難看出若干參差。「匣」母讀零聲母在華南方言俯拾即是。例如：

湖南桃江	湖u13	寒an13	汗an11	鞋ɛ13	話ua11	華ua13	還uan13
江西高安	湖u24	禾uo24	鑊uok1	黃uoŋ24	話ua11	鬍u24	還uan24
安徽太平	糊u13	活uɛ35	畫uɔ24	環uã13	會ie24	黃uõ13	狐u13
湖南臨武	狹a11	禾u13	滑ua33	黃uaŋ13	峽a11	猾ua33	
安徽休寧	話uǎ33	活uǎ35	縣yě33	鑊o35			
湖南婁底	話ɔ11	禾u13	滑ua35	黃aŋ35	還a13	猾ua35	
江蘇呂四	胡u13	話o213	活o213	黃uaŋ35	換uɰ213	會uei213	
浙江平陽	湖u21	禾u21	護u22	形iaŋ21	會vai22（u-→v-）		
廣西南寧平話	化ua55	核ot11	糊o31	候au31	現in11	下ia11	
台灣苗栗	滑vat5	還van11	會voi55	禾vo11	黃voŋ11	鑊vok5	

其中台灣苗栗的v-是從u-變來的。

　　5. 古全濁聲母今逢塞音、塞擦音閩語多數讀不送氣，少數讀送氣。底下分兩個表舉例：（李榮，1989b）

不送氣例字

	爬	盤	平	肥	房	婦	吠	飯	薄
福州	pa˦	puaŋ˦	paŋ˦	puoi˦	puŋ˦	pou˦	puoi˦	puoŋ˦	pɔʔ˥
廈門	pe˦	puã˦	pĩ˦	pui˦	paŋ˦	pu˩	pui˩	pŋ˩	poʔ˥

	白	縛	蹄	藤	銅同	弟	斷	重	大
福州	pa˧	puɔ˧	tɛ˥	tiŋ˥	tøyŋ˥	tiɛ˥	touŋ˥	tøyŋ˥	tuai˥
廈門	pe˧	pak˧	tue˩	tin˩	taŋ˩	ti˩	tŋ˩	taŋ˩	tua˩

	豆腐	袋	毒	茶	綢	趙	陳	長腸
福州	tau˥	tɔy˥	tøy˧	ta˥	tiu˥	tieu˥	tiŋ˥	touŋ˥
廈門	tau˩	te˩	tak˧	te˩	tiu˩	tio˩	tan˩	tŋ˩

	箸	籼稻	鄭	直	窮	跪	近	舅
福州	tøy˥	tieu˥	taŋ˥	ti˧	kyŋ˥	kuoi˥	kɔyŋ˥	kieu˥
廈門	ti˥	tiu˩	tĩ˥	tit˧	kiŋ˩	kui˥	kun˩	ku˥

	舊	共	猴	寒	厚	齊	罪	泉
福州	kou˥	kɔyŋ˥	kau˥	kaŋ˥	tau˥	tsɛ˥	tsɔy˥	tsuoŋ˥
廈門	ku˩	kaŋ˩	kau˩	kuã˩	kau˥	tsue˩	tse˩	tsuã˩

送氣例字

	皮	藻	蓬	扶	浮	被	鼻	伴
福州	pʻui˥	pʻiu˥	pʻuŋ˥	pʻu˥	pʻu˥	pʻuoi˥	pʻei˥	pʻuaŋ˥
廈門	pʻe˩	pʻio˩	pʻaŋ˩	pʻɔ˩	pʻu˩	pʻe˩	pʻĩ˩	pʻuã˩

	曝	雹	涂土	啼	桃	頭	糖	沓疊
福州	pʻuo˧	pʻøy˧	tʻu˥	tʻiɛ˥	tʻo˥	tʻau˥	tʻouŋ˥	tʻa˧
廈門	pʻak˧	pʻau˧	tʻɔ˩	tʻi˩	tʻo˩	tʻau˩	tʻŋ˩	tʻa˧

	錘	程	蟲	柱	杖	騎	徛立	臼
福州	tʻui˥	tʻiaŋ˥	tʻøyŋ˥	tʻieu˥	tʻuɔŋ˥	kʻiei˥	kʻiɛ˥	kʻou˥
廈門	tʻui˩	tʻiã˩	tʻaŋ˩	tʻiau˩	tʻŋ˩	kʻia˩	kʻia˥	kʻu˥

	環	牆	賊	像	柴	膡田	樹	席
福州	kʻuaŋ˥	tsʻuoŋ˥	tsʻei˧	tsʻuɔŋ˥	tsʻa˥	tsʻɛiŋ˥	tsʻieu˥	tsʻuo˧
廈門	kʻuan˩	tsʻiũ˩	tsʻat˧	tsʻiũ˩	tsʻa˩	tsʻan˩	tsʻiu˩	tsʻio˧

這兩個表的例字取自福州、廈門，如擴大比較範圍不免參差錯落，

難以整齊劃一。即便是在福州、廈門取樣，送不送氣也不完全一致，例如：

	抱	沉	屐
福州	pɔ²	≤t'ɛiŋ	k'ia²≤
廈門	p'o²	≤tim	kia²≤

羅杰瑞（1988:229-230）因此提出十二個字作爲閩語的判別字。假如某個方言「啼、頭、糖、沓」四字讀送氣清音[t']，「蹄、銅、弟、斷、袋、豆、脰（脖子）、毒」八字讀不送氣清音[t]，那個方言很可能就是閩語。概括的說，閩語古全濁聲母今逢塞音、塞擦音不論平仄都有送氣與不送氣的讀法。

　　大致說來，閩語的這種情況起於兩個不同的來源，不送氣的讀法源自古中原東部，送氣的讀法源自古中原西部。兩個來源匯聚的時代是東晉，匯聚的地點是太湖流域。閩語今天表現的參差有兩個因素：一是青徐系統與司豫系統互競的結果不同，一是唐宋文讀傳入時代及其依據版本不同。所謂版本不同，例如廈門文讀古全濁今讀不送氣清音，潮陽文讀古全濁今讀平聲送氣，仄聲不送氣。

　　山西境內晉中方言白讀古全濁聲母平仄皆爲不送氣清音，晉南方言平仄皆送氣，經過晚近文讀的洗禮之後，晉中方言平聲增加送氣一讀，晉南方言增加仄聲不送氣一讀。但是總的來說，晉中與晉南仍不與閩語相當。

　　客家話古全濁聲母今讀照例爲平仄皆送氣，可是有一組字在現代客家方言常讀不送氣。例如：（黃雪貞，1987）

		辮	笨	佢（他）	隊	贈	叛	站	鍘
梅	縣	≤piɛn	pun³	≤ki	tsui³	tsɛn³	pan³	tsam³	tsat≤
佛	岡	—	—	≤ki	tui³	tsen³	pan³	ts'am³	ts'iɛt≤

連　平	₌p'iɛn	pun˥	₌k'i	tui˥	tsən˥	pan˥	tsam˥	tsɛt₌
永　定	₌p'iɛn	pun˥	₌ki	tei˥	tsɛn˥	pan˥	tsan˥	tsa'₌
龍潭寺	₌piẽ	pən˥	₌iɐi	tui˥	tsɛ̃˥	p'ã	tsã˥	tsa˥

這些例字大約只有第三人稱的「佢」是眞正的口語。其他不送氣的讀法有些在較早時期讀送氣，如Maciver，1926《客英大辭典》注音中「辮phien，隊tui，thui，chui，站tsham」三字都有送氣一讀，台灣海陸和四縣「隊、站」今仍爲送氣音。

　　總起來說，十五音系統是閩語的「卓絕式」特點。這個特點可以分兩方面說：一，從歷史上說它有地方韻書作根據。二，從地理上說它是閩語核心地區的共通點。

四、閩方言聲、韻、調

　　閩語「十五音」的特點與福建境內客家話的聲母系統對比顯得更爲突出。先看下列十四個閩方言的聲母系統。（陳章太等，1982）

福州（15）	p	p'	m	t	t'	n	l	ts	ts'	s	k	k'	ŋ	x	ø
古田（15）	p	p'	m	t	t'	n	l	ts	ts'	s	k	k'	ŋ	x	ø
寧德（15）	p	p'	m	t	t'	n	l	ts	ts'	s	k	k'	ŋ	x	ø
周寧（15）	p	p'	m	t	t'	n	l	ts	ts'	s	k	k'	ŋ	x	ø
福鼎（15）	p	p'	m	t	t'	n	l	ts	ts'	s	k	k'	ŋ	x	ø
莆田（15）	p	p'	m	t	t'	n	l	ts	ts'	ɬ	k	k'	ŋ	h	ø
廈門（14）	p	p'	m	t	t'	n		ts	ts'	s	k	k'	ŋ	h	ø
泉州（14）	p	p'	m	t	t'	n		ts	ts'	s	k	k'	ŋ	h	ø
永春（14）	p	p'	m	t	t'	n		ts	ts'	s	k	k'	ŋ	h	ø
漳州（14）	p	p'	m	t	t'	n		ts	ts'	s	k	k'	ŋ	h	ø
龍岩（14）	p	p'	m	t	t'	n		ts	ts'	s	k	k'	ŋ	h	ø

大田（15）	p	p'	m	t	t'	n		ts	ts'	s	k	k'	ŋ	h	j	ø
建甌（15）	p	p'	m	t	t'	n	l	ts	ts'	s	k	k'	ŋ	x	ø
松溪（15）	p	p'	m	t	t'	n	l	ts	ts'	s	k	k'	ŋ	x	ø

這十四個方言點涵蓋了閩方言核心地區的絕大多數方言，只有閩中永安、沙縣等方言不在其內。建陽、潮陽等邊緣地區的方言也不在其內。

　　閩西客家話的主要地區聲母數總在十八個以上，底下是十五個方言點的情況：（《龍岩地區志・卷38方言》）

萬安18	p	p'	m	f	v	t	t'	n	l	ts	ts'	s				k	k'	ŋ	g	h	ø
雙車18	p	p'	m	f	v	t	t'	n	l	ts	ts'	s				k	k'	ŋ	g	h	ø
下洋18	p	p'	m	f	v	t	t'	n	l	ts	ts'	s	z			k	k'	ŋ		h	ø
大池20	p	p'	m	f	v	t	t'	n	l	ts	ts'	s	tʃ	tʃ'	ʃ	k	k'	ŋ		h	ø
古蛟20	p	p'	m	f	v	t	t'	n	l	ts	ts'	s	tʃ	tʃ'	ʃ	k	k'	ŋ		h	ø
連城20	p	p'	m	f	v	t	t'	n	l	ts	ts'	s	tʃ	tʃ'	ʃ	k	k'	ŋ		h	ø
姑田20	p	p'	m	f	v	t	t'	n	l	ts	ts'	s	tʃ	tʃ'	ʃ	k	k'	ŋ		h	ø
湘店20	p	p'	m	f	v	t	t'	n	l	ts	ts'	s	tʃ	tʃ'	ʃ	k	k'	ŋ		h	ø
軍家20	p	p'	m	f	v	t	t'	n	l	ts	ts'	s	tʃ	tʃ'	ʃ	k	k'	ŋ		h	ø
長汀20	p	p'	m	f	v	t	t'	n	l	ts	ts'	s	tʃ	tʃ'	ʃ	k	k'	ŋ		h	ø
塗坊20	p	p'	m	f	v	t	t'	n	l	ts	ts'	s	tʃ	tʃ'	ʃ	k	k'	ŋ		h	ø
武平21	p	p'	m	f	v	t	t'	n	l	ts	ts'	s	tɕ	tɕ'	ȵ	ɕ	k	k'	ŋ	h	ø
新泉21	p	p'	m	f	v	t	t'	n	l	ts	ts'	s	tʃ	tʃ'	ȵ	ʃ	k	k'	ŋ	h	ø
四堡21	p	p'	m	f	v	t	t'	n		ts	ts'	s	tʃ	tʃ'	ȵ	ʃ	ʒ	k	k'	ŋ	h	ø
武東21	p	p'	m	f	v	t	t'	n	l	ts	ts'	s	tɕ	tɕ'	ȵ	ɕ	k	k'	ŋ	h	ø

　　從上面兩個表不難看出，閩客方言在聲母系統上的差異是：客家話一般比閩語多出兩個唇齒擦音（f-，v-），有些客家話還多出一套舌面音（或舌葉音）。

　　閩方言中聲母較多的都見於邊緣地區，底下由北到南各舉一例以見其一斑。

　　建陽方言有17個聲母：p p‘ m β t t‘ n l ts ts‘ s k k‘ ŋ x h ø。多出的聲母是雙唇擦音（β-），x-，h-有別。（陳章太等，1982）

　　永安方言有17個聲母：p p‘ m t t‘ n ts ts‘ s tʃ tʃ‘ ʃ k k‘ ŋ h ø-。（林寶卿，1992）多出一套舌葉音。

　　潮陽方言有18個聲母：p p‘ b m t t‘ n l ts ts‘ s z k k‘g ŋ h ø。（張盛裕，1979）多出的一套是m n ŋ與b l g分而為二，其他閩南方言m～b，n～l，ŋ～g分別合為一個音位。

　　海口方言有16個聲母：ʔ b p‘ m v ʔd t n l ts s z k k‘ ŋ h ø。（張光宇，1989）這個系統的獨特處是具有兩個吸氣音（ʔb，ʔd）而缺乏p-，t‘-兩個聲母。

　　閩語聲調系統以「七調」最為普遍，也有六調、八調系統。底下是二十三個方言點的聲調情況：

	陰平	陽平	陰上	陽上	陰去	陽去	陰入	陽入
福州	44	52	31		213	242	23	5
福清	53	55	33		21	41	22	5
古田	544	44	42		21	213	2	5
寧德	44	22	41		34	31	23	5
周寧	44	21	43		35	213	5	2
福鼎	34	212	55		41	22	4	24
莆田	533	13	453		42	11	21文 11白	4文 35白
廈門	44	24	53		21	22	32	4
泉州	33	24	54	22	31		4	23
永春	44	24	52		21	22	43	4
漳州	44	12	53		21	22	32	121

漳平	24	11	31		21	53	55文 55白	53
龍岩	45	21	32	52	213	55	4文 55白	43文 52白
大田	33	24	53	55	31		3	5
尤溪	33	12	55		53	31	24	
潮陽	33	55	53	313	31	11	11	55
潮州	33	55	53	35	213	11	2	5
汕頭	33	55	53	35	213	11	2	5
永安	41	33	21	5	24		12	
沙縣	33	31	21	53	24		212	
建甌	54		21		33	44	24	41
建陽	53	44甲 31乙	21		33	42	214	55
松溪	51	44甲 21乙	213		33	55	24	41

上列方言材料來源：

1. 馮愛珍，1988　福清方言的語音系統，《方言》287-300。
2. 張振興，1992《漳平方言研究》，中國社會科學出版社。
3. 張盛裕，1981　潮陽方言的語音系統，《方言》27-39。
4. 蔡俊明，1976《潮語詞典》，台灣學生書局。
5. 林倫倫，1991　汕頭方言詞彙，《方言》153-160。
6. 陳章太、李如龍，1982　論閩方言的一致性，《中國語言學報》1.25-81。

　　六調系統見於福建中部包括尤溪、永安、沙縣。建甌方言在上表中也是六調系統，但如據黃典誠（1957）「建甌方言初探」所記述的情形來看，建甌也有七個聲調：陰平53、陽平33、上聲11、陰去22、

陽去55、陰入13、陽入31。羅杰瑞（Norman, 1976）的材料和新出的《閩北方言對比手冊》（1982）都只有六個調。其間的差別在分不分陽平和陰去，可能黃典誠（1957）描述的情況代表較早階段的建甌話，因為1922年所出建甌方言版本的《新約全書》中對建甌方言聲調的分析也得出七個調類。

八調系統可分為兩類。一類是潮汕方言的單純八調，另一類是複合性八調。所謂「單純」八調是指單字發音呈現的八個調類，所謂「複合」八調是指單字調應依文白再作細分。複合八調又可分為兩種情況，一種是文白複合，一種是甲乙複合。為了醒目起見。簡括如下：

$$
八調 \begin{cases} 1.\,單純：潮陽、潮州、汕頭 \\ 2.\,複合： \begin{cases} A.\,文白：莆田、漳平、龍岩 \\ B.\,甲乙：建陽、松溪 \end{cases} \end{cases}
$$

其中甲乙複合的系統出現在不分文白的方言裏，就其「複合」過程來說也如文白異讀一樣來自不同的音系。文白複合系統早已分辨清楚，甲乙複合的情況則一直到最近才獲得澄清。（平田昌司，1988；王福堂，1994）

底下以漳平方言為例說明聲調系統的文白差異。

大略說來，一般閩南方言的入聲韻尾，白讀作喉塞尾-ʔ，文讀作-p，-t，-k。漳平方言保存-p，-t，-k，喉塞尾已經消失如同一個陰聲韻，因而儘管入聲調仍然保持，音節結構的其餘部分卻與開尾韻無異。文讀帶-p，-t，-k尾，聲調也比較短促；白讀不帶-p，-t，-k，聲調相對變得比較舒緩。莆田和龍岩的文白調可以從同一個道理去加以解釋。莆田方言性質介於閩南和閩東之間。在入聲尾的對應情況上，一般閩南收-p，-t，-k的地方，莆田收-ʔ尾，一般閩南收-ʔ尾的地方，莆田讀作開尾韻。

韻母系統在閩方言呈現鉅大的差異，韻母數大致由南望北遞減。就漢語方言一般的傾向來說，聲調數的多寡和韻母數大致成正比，閩方言

內部也不例外。底下所列是二十三個方言點的韻母數：（陳章太、李如龍，1983）

30以下：松溪28

31—40：建甌34　沙縣36　大田38　永安39　莆田40

41—50：尤溪42　福鼎42　福州45　福清46　古田47　建陽49

51—60：漳平57

61—70：龍岩63　漳州68　永春70　廈門67

71—80：泉州72　周寧78　寧德80

81—90：汕頭84　潮州85　潮陽90

　　如表所示，韻母最多的方言是潮汕一帶的閩南方言，其次是福建境內的閩南方言，其次是閩江沿岸的方言，最少的是閩西北和閩北方言。松溪位在福建省的北境，潮陽位在廣東東部，兩方言韻母數相差三倍有餘。當中有些例外，如周寧和寧德位置偏北而韻母數大大超過閩北內陸一帶的方言，閩北和閩西北一帶建陽的韻母數也屬鶴立雞群。除去這些個別情況，閩方言韻母數南多北少的事實還是相當明朗的。

　　韻母數的大小和輔音韻尾多寡有關。松溪只有28個韻母，輔音韻尾只有一個舌根鼻音，塞音尾更已完全消失；福州方言有45個韻母，有一個鼻音韻尾（-ŋ）和一個塞音韻尾（-ʔ）；廈門方言有67個韻母，有三個鼻音韻尾（-m，-n，-ŋ）和三個塞音韻尾（-p，-t，-k），如包括輔音韻尾的弱化形式（鼻化ṽ，和喉塞尾-ʔ）在內，則一共有8種韻尾。潮汕方言韻母數最多，但韻尾-n，-t已經變入-ŋ，-k，所以反比廈門方言少了兩個韻尾。漳平失去喉塞尾，原來的喉塞尾韻母併入陰聲韻中，因此韻母數也隨之大爲減少。

　　此外，韻母數的多寡也和文白異讀保存的情況有關。總的趨勢看來，韻母數在60以上的方言文白異讀的數量既大，分析起來也比較複雜。韻母數在50以下的方言即使有文白異讀也相對較爲單純。閩南方言的文白異讀在閩方言中最爲突出，文白差異主要就表現在韻母系統

上，而韻母數量大更是因爲歷史不同階段上來自不同方言類型的韻母或多或少疊置起來的結果。閩南方言的文白異讀也因此成爲中國古代方言地理學的「考古」博物館。

五、閩南與非閩南

從上列聲母、聲調和韻母的分佈上看，閩方言內部大致呈現如下傾向：

1. 以聲母系統來說，閩方言可分爲「十五音」系統與「非十五音」系統。十五音系統爲沿海方言群，非十五音系統爲內陸方言群。

2. 以韻母系統來說，閩方言可分爲「五十韻以下」和「五十韻以上」兩大系統。五十韻以上爲閩南方言群，五十韻以下爲非閩南方言群。

這兩種粗分各有其不周延之處。例如以「十五音」系統爲據，潮汕方言的十八音即爲沿海方言群的例外；若以韻母數爲據，周寧的78個韻母和寧德的80個韻母則將劃歸閩南地區。潘茂鼎等人（1963）在爲福建漢語方言分區時並未把潮汕方言列入考慮，因此在分區時沒有遇見上列的難題，首先就把福建境內的閩方言分爲沿海和內陸兩組，沿海方言群又分爲閩東、莆仙和閩南，內陸方言群又分爲閩北和閩中。他們分區的條件包括：

1. 古來母的讀法，內陸方言白讀爲清擦音（s-，ʃ-）沿海方言讀爲邊音。

2. 古見母的讀法，內陸方言有少數字讀清擦音或零聲母，沿海方言不然。

3. 古止攝合口的讀法，內陸方言逢章組、見組讀撮口呼，沿海方言不然。

4. 古音遇攝三等、效攝二等、流攝一等和通攝在沿海方言有文白

之分，內陸方言沒有文白之分。

　　這四個條件當中，古來母讀清擦音的轄字很少，總數大約在30個左右。在各地分佈的情況很不均勻，有的方言甚至只有一兩個例字。就這一點來說，閩南方言古次濁聲母（明、泥、疑、日）讀清擦音的現象更有意義，雖然轄字也不多，但各方言的分佈相當均勻。古見母和止攝合口的語音差異也微不足道。比較具有系統意義的是文白異讀之有無。然而如據所列文白異讀情況，福州和廈門又何以區別。可見他們的分區辦法是不免疑竇叢生的。

　　閩南方言的分佈最爲遼闊，使用人口也最多。閩方言分區的工作似乎應該首先考慮閩南方言的共性問題。大方言的問題解決了，小方言可以一一加以處理。閩南方言的共性表現在下列三個語音特徵：

　　1. 韻母數一般總在五十個以上，非閩南話一般總在五十個以下。

閩南話	非閩南話
漳平57 龍岩63，廈門67，漳州68，永春70 泉州72 汕頭84，潮州85，潮陽90	松溪28 建甌34，沙縣36，大田38，永安39 莆田40，尤溪42，福鼎42，福州45 福清46，古田47，建陽49 例外：周寧78，寧德80

　　2. 古次濁聲母「明、泥、疑、日」白讀喉擦音h-。這是閩南話相當突出的特色。底下舉「魚」字爲例來看閩南與非閩南的區別：

魚							
閩南方言：h-				非閩南方言：ŋ-			
廈門	₌hi	泉州	₌hɯ	福州	₌ŋy	寧德	₌ŋøy
漳州	₌hi	永春	₌hɯ	古田	₌ŋy	周寧	₌ŋøu
龍岩	₌hi	汕頭	₌hɯ	尤溪	₌ŋy	福鼎	₌ŋi
漳平	₌hi	潮陽	₌hu	永安	₌ŋy	松溪	₌ŋy
大田	₌hi	潮州	₌hɣ	建甌	₌ŋy	沙縣	₌gy
莆田	₌hy			建陽	₌ŋy		

其中「明、泥、疑」在閩南方言還有一個共性爲其他方言所罕見。就是在鼻化韻之前,「明、泥、疑」讀鼻音m-、n-、ŋ-,在非鼻化韻之前讀塞音b-,d-(～l),g-。就這一點來說,大田、莆田,海口與閩南方言的行爲是一致的。莆田有清化的傾向(b→p,g→k),不過就系統的分化上說並無不同。海口也有一些例外情況,這裏也無法細說。

3. 咸山兩攝三四等在閩南方言一般都有前高元音(ĩ -iʔ)的白讀形式。茲舉「邊、變、天、見」四字爲例:

	廈門	漳州	漳平	泉州	永春	汕頭	潮陽	潮州
邊	₌pĩ	₌pĩ	₌pĩ	₌pĩ	₌pĩ	₌pĩ	₌pĩ	₌pĩ
變	pĩ⁼	pĩ⁼	pĩ⁼	pĩ⁼	pĩ⁼	pĩ⁼	pĩ⁼	pĩ⁼
天	₌tʻĩ	₌tʻĩ	₌tʻĩ	₌tʻĩ	₌tʻĩ	₌tʻĩ	₌tʻĩ	₌tʻĩ
見	kĩ⁼	kĩ⁼	kĩ⁼	kĩ⁼	kĩ⁼	kĩ⁼	kĩ⁼	kĩ⁼

其他閩方言的情況不然,底下舉福州、建甌、建陽、永安四方言爲例:

	福州	建甌	建陽	永安
邊	₌pieŋ	₌pieŋ	₌pieŋ	₌peiŋ
變	pieŋ⁼	pieŋ⁼	pieŋ⁼	peiŋ⁼
天	₌tʻieŋ	₌tʻieŋ	₌tʻieŋ	₌tʻeiŋ
見	kieŋ⁼	kieŋ⁼	kieŋ⁼	keiŋ⁼

以上三點不僅顯示了閩南與非閩南(或可逕稱爲閩北)方言的區別,也透露了居中方言的游移性質。以韻母數大小來說,大田和莆田應在閩北之列;而以「魚」字的音讀來說,大田和莆田應劃歸閩南。總而言之,閩方言的分區首先應該對分佈面積最廣,使用人口最多的閩南方言加以界定,以免因小失大。閩南方言界劃清楚之後,其他方言還可再行細分。

第十一章　閩方言分區概況（上）：閩南

　　大陸本土閩方言密集地區，韻母數由潮汕地區開始往北遞減，越到北部韻母數越少。潮汕方言有八九十個韻母，泉漳方言有六七十個韻母，過了閩江福州只有四十五個韻母，而到浙江邊界的松溪只有二十八個韻母。我們以五十韻母爲據大致分出了閩南和閩北兩大方言群：韻母多的是閩南方言，韻母少的是閩北方言。韻母系統的大小作爲分區的條件意義重大，因爲其中蘊涵了輔音韻尾的多寡以及文白異讀層次的厚薄。光是這個條件還不足以爲閩南、閩北做出明確的劃分，因此還得加一個聲母條件和一個韻母條件。聲母條件是古次濁聲母「明、泥、疑、日」是否具有喉擦音的讀法，韻母條件是古咸山兩攝三四等是否具有前高元音的讀法。這兩個條件也是系統性的，而不是單一語音現象。附加了這兩個條件之後，閩南、閩北的分別已判若雲泥。有了南北的概念，然後能夠對中介性質的方言做出系統性的說明。莆田、大田的方言事實上是閩南與閩北成分揉和而成，不是沿海方言與內陸方言的混合品。這樣，沿海與內陸分區的意義不如閩南與閩北。邊界方言的性質常有異於核心地區的方言，如把邊界方言與核心方言等量齊觀作爲分區的依據，其結果適足以模糊視線。不幸的是，早年（潘茂鼎等，1963）對閩方言分區的做法即爲不分邊區與核心方言的結果。潘氏等人是站在邊區的立場，總結內陸方言的共性來區別沿海方言，沿海方言以三個方言點爲例找出其共性而不說明其區別所在。這種做法不免本末倒置，也不符合人文社會心理。談到閩方言，自然應以通都大埠的強勢方言爲首要對象，爲閩方言分區更不能不以歷史悠久，人文薈萃的方言爲基礎。主從不分、軒輊無別，顯示不出分區的意義和價值。方言韻書的編纂與刻印會出現在福州、建甌、泉州、廈門、漳州、潮州絕非偶然。這個事實說明所謂閩方言就是以地方韻書的通行區爲主要範圍。六部韻書中，閩北占其二，閩南占其四，就服務對象說是恰如其分，就閩方言分區說是天

造地設。早年的分區工作以福建境內爲範圍，弊端還不致於暴露。於今看來，如把邊區的概念延伸到福建境外的閩語飛地，那麼廣西的閩南話和海南島的閩南話必先單獨設區以區別核心地帶的閩語才算完滿。可是這樣一來，歷史淵源就被切割，主從關係也難免遭到抹殺。反過來說，從核心區的閩南方言爲出發點來看飛地方言現象，可謂綱舉目張、清澈見底。由此可見，分區工作的立足點是舉足輕重的。選對了立足點，分區工作才可望順利推展，獲得合理結局。

一、閩南方言

　　閩南方言在大陸本土的主要分佈地區跨越閩、粵兩省，北起惠安、德化，南至潮汕一帶。這核心區的閩南方言大致可以分爲泉州腔、漳州腔、廈門腔、潮州腔四種腔調。這四種腔調當中，廈門腔兼有泉州、漳州方言的特點，一向被人們視爲「不漳不泉」或「亦漳亦泉」的混合腔。由於廈門腔的包容性，以及鴉片戰爭之後廈門港成爲中國對外開放的五個通商口岸之一，廈門話一百五十年來變成了閩南話的代表。海通以前，閩南話在福建境內只有泉州、漳州兩個歷史悠久的腔調。現在的閩南話不出於泉，即出於漳。福建惠安、德化以北的閩南話（包括浙江沿海島嶼和陸地）主要是泉州腔。廣東的潮州腔源自漳州，廣西的閩南方言也源自漳州。台灣西部濁水溪以北屬泉州腔，濁水溪以南屬漳州腔。混一日久，台灣的閩南話和廈門一樣也呈現著不漳不泉的混合色彩。當中也有比較純正的地區，如新竹、鹿港的泉州腔，台南、高雄的漳州腔。不過總的態勢是日趨混合。

　　廈門話躍昇成爲閩南話的代表在福建史上是比較晚近的事。在廈門話地位躍昇以前，閩南地區大體以九龍江爲界劃分爲泉、漳兩大勢力，泉州話的勢力籠罩九龍江以北地區，漳州話則盤據在九龍江以南地區。長久以來，這樣隔江對峙的局面並沒有發生明顯的變動。廈門開放成爲

通商口岸之後，泉漳兩地商人和庶民開始匯集到古稱嘉禾嶼的廈門島，經過長期的互動，終於使廈門話別樹一格。泉州刺桐港在唐代與揚州、廣州並稱為中國三大商港，元代馬可波羅來華時，稱揚泉州比埃及的亞歷山大港口更為繁興。但自明代以來，河水日漸淤淺，漳州的月港（今海澄）代之而興。月港好景不長，從興起（明成化年間，1465-1487）到衰落（明崇禎末年，1644）不過一百多年就結束了它的歷史任務。所以，廈門港從十七世紀中葉以來事實上已成為地位日益重要的海口，闢為通商口岸之後，更因貿易加倍成長，終使廈門躍身一變成為名副其實的閩南大埠。原來此疆彼界劃分儼然的泉州腔和漳州腔也隨著廈門商埠的繁榮開啓了交融的過程。由於這個緣故，要瞭解閩南話首先得分析廈門話；掌握了廈門話無異開啓了閩南方言之大門，不管是核心區的其他閩南方言還是邊區的閩南方言，也不管是大陸本土的閩南方言還是飛地、離島的閩南方言，廈門話都可以充當參照的一面鏡子，從中可以透視色澤不一，分佈遼闊的閩南方言現象。底下先從廈門話談起。

二、廈門方言音系

聲母14個：

p	p'	m~b
t	t'	n~l
ts	ts'		s
k	k'	ŋ~g	h
ø		

韻母72個：

i	e	a	ɔ	o	u		iʔ	eʔ	aʔ	oʔ	uʔ
ia	io	iu	iau				iaʔ	ioʔ			
ua	ue	ui	uai				uaʔ	ueʔ	uiʔ		
ai	au						auʔ				
ĩ	ẽ	ã	ɔ̃				ĩʔ	ẽʔ	ãʔ	ɔ̃ʔ	
iã	iũ	iaũ					iãʔ				
uã	uĩ	uaĩ									
aĩ	aũ	m̩	ŋ̍								
im	am	iam					ip	ap	iap		
in	an	ian	uan	un			it	at	iat	uat	ut
iŋ	aŋ	iaŋ	ɔŋ	iɔŋ			ik	ak	iak	ɔk	iɔk

聲調7個：

陰平55　陰上53　陰去21　陰入32

陽平24　　　　陽去22　陽入55

1. 廈門方言的聲母依音位分析只有14個。鼻音m-，n-，ŋ-只拼鼻化韻母，口音b-，l-，g-只拼元音韻母、鼻音尾韻母。例如「微」bi24，「棉」mĩ24；「琉」liu24，「梁」niũ24；「蜈」gia24，「迎」ŋiã24。如前所說，這種出現地位互補的情況是閩南方言的特色之一。如果採取語音分析的辦法，不把這兩系列合併，那麼廈門方言的聲母數爲17個。當中的邊音l-到底是邊音還是舌尖塞音d-不無疑問，從系統上看可以視如舌尖塞音，因爲b-，g-都是塞音屬性。整個說起來，廈門聲母系統有六個塞音，兩個塞擦音，兩個擦音，在漢語方言當中這是特點相當突出的一個聲母系統。

2. 廈門方言的韻母有72個，共可分爲六組。除了一般的陰聲韻（不帶輔音韻尾或鼻化成分）之外，還有鼻化韻（ṽ），喉塞尾韻（vʔ），鼻化喉塞尾韻（ṽʔ），鼻音尾韻和塞音尾韻。其中鼻音尾韻和塞音尾韻兩兩相配，各有13個成員。自成音節的所謂「聲化韻」有m̩、ŋ̍兩個。從聲韻配合關係來說，這兩個聲化韻的行爲如同鼻化韻。例如

「問」mŋ22的聲母是鼻音m-而非口音b-。ṃ韻轄字很少，但從次濁聲母演變爲喉擦音的一系列現象（詳後文）看起來，它的行爲也相當於一個鼻化韻母。更進一步說，ṃ和ŋ可以視如一個鼻化的高元音。

　　3. 廈門方言的聲調有七個：平、上、去、入各分陰陽，陽上歸陽去。這個聲調系統和台灣的閩南話如出一轍，不過各家所記調値小有出入。現在把兩種常見的聲調記法對照如下：

陰平	陽平	陰上	陰去	陽去	陰入	陽入
55	24	53	21	22	32	55
55	24	51	11	33	32	5

　　廈門話的興起較晚，大約在闢爲通商口岸之後才迅速崛起成爲勢力強大的閩南方言的代表。這一點與上海話的成長過程相似。上海話得勢以前，蘇州和嘉興方言長期引領風騷；廈門話得勢以前，閩南地區由泉州和漳州方言平分秋色。爲了更好地瞭解廈門方言，有必要深入比較其他閩南方言。底下由北到南分別介紹泉州、漳州和潮州系的方言，限於篇幅，每系只介紹兩個方言樣品。

三、泉州方言音系

　　自1985年中共實行市轄縣體制以來，泉州市轄鯉城區、晉江縣、惠安縣、南安縣、永春縣、德化縣、安溪縣、金門縣和石獅市。這一區、一市、七縣的範圍大體沿襲明、清泉州府舊制，也就是泉州話的分佈區。當中石獅市係1987年從晉江縣的石獅、永寧、蚶江三鎮和祥芝鄉劃出設立的。金門縣則爲中華民國管轄。

　　歷史上，行政區的劃分屢經變動。唐代泉州設治初期轄有晉江、南安、龍溪、莆田、仙游五縣。開元29年（741）析龍溪歸漳州。宋太平興國四年（979）析莆田、仙游兩縣歸興化軍。莆仙地區曾經屬泉州轄

區，這是探討方言史上值得注意的事實。

關於泉州地區的方言，目前有兩份比較詳細的調查報告：

1. 林連通，1993《泉州市方言志》，社會科學文獻出版社。

2. 林連通、陳章太，1989《永春方言志》，語文出版社。

底下即以此二書爲據大略介紹泉州和永春方言音系。

A. 泉州方言音系

聲母14（17）個：

```
p      p'     b(m）
t      t'     l(n)
ts     ts'             s
k      k'     g(ŋ）    h
ø
```

韻母87個：

i	e	a	ə	ɔ	o	u	ɯ		iʔ	eʔ	aʔ	əʔ	ɔʔ	oʔ	uʔ	ɯʔ
ia	io	iu	iau						iaʔ	ioʔ	iuʔ	iauʔ				
ua	ue	ui	uai						uaʔ	ueʔ	uiʔ					
ai	au								auʔ							
ĩ	ẽ	ã	ɔ̃						ĩʔ	ẽʔ	ãʔ	ɔ̃ʔ				
iã	iũ	iaũ							iãʔ	iũʔ	iaũʔ					
uã	uĩ	uaĩ							uĩʔ	uaĩʔ						
aĩ	m̩	ŋ̍							aĩʔ	aũʔ	m̩ʔ	ŋ̍ʔ				
im	am	iam	əm						ip	ap	iap					
in	an	ian	ən	un	uan				it	at	iat	ut	uat			
iŋ	aŋ	ɔŋ	iaŋ	iɔŋ	uaŋ				ak	ɔk	iak	iɔk				

聲調7個：

陰平	陽平	陰上	陽上	去聲	陰入	陽入
33	24	55	22	41	55	24

B. 永春方言音系

聲母14（17）個：

```
p      p‘     b(m)
t      t‘     l(n)
ts     ts‘           s      (dz)
k      k‘     g(ŋ)   h
ø
```

韻母79個：

i e a ə ɔ o ɯ u	iʔ eʔ aʔ əʔ ɔʔ oʔ uʔ
ia io iu iau	iaʔ ioʔ iuʔ
ua ue ui uai	uaʔ ueʔ uiʔ
ai au	
ĩ ã ɔ̃	ĩʔ ɔ̃ʔ
iã iũ iaũ	iãʔ
uã uĩ uaĩ	uĩʔ
aĩ aũ m̩ ŋ̩	ŋ̩ʔ
im am əm iam	ip ap iap
in an ən un ian uan	it at ət ut iat uat
iŋ aŋ ɔŋ iaŋ iɔŋ uaŋ	ik ak ɔk iak iɔk

聲調7個：

陰平	陽平	上聲	陰去	陽去	陰入	陽入
44	24	53	21	22	32	44

從以上所列音系內容來看，泉州、永春方言和廈門方言的差異主要表現在：

1. 聲母部份，永春縣的湖洋、仙夾（老派）、蓬壺等地都有[dz]聲母，城關話已混同於邊音。廈門方言一般也沒有dz聲母，但郊區具有dz

聲母，如「熱」唸dziat。（李熙泰，1991）

　　2. 韻母部分。泉州（87個）比廈門（72個）多出15個韻母。泉州的ə，ɯ，əʔ，ɯʔ，iuʔ，iauʔ，iũʔ，iaũʔ，uĩʔ，uaĩʔ，aĩʔ，aũʔ，m̩ʔ，ŋ̍ʔ，əm，ən，uaŋ等17個韻母不見於廈門方言。廈門的aũ，ik兩個韻母不見於泉州方言。

　　泉州比永春方言多出ɯʔ，iauʔ，auʔ，ẽʔ，ãʔ，iuʔ，iaũʔ，uaĩʔ，aĩʔ，auʔ，m̩ʔ 11個韻母，但永春的aũ，ət，ik 3個韻母也不見於泉州方言。

　　3. 聲調方面，永春與廈門近似。泉州古全濁上有一部分字讀陽上獨立成調，另一部分歸去聲，去聲不分陰陽，最為獨特。

四、漳州方言音系

　　福建省的第二大河流是閩南地區的九龍江。九龍江發源於龍岩市的孟頭村，上游有漳平、下游有漳州，漳州南部有漳浦，三地都以「漳」字取名。所謂漳州方言就是漳平—漳州—漳浦這一線以南的閩南方言，相當於明清時期漳州府的轄區，包括華安、長泰、南靖、平和、龍海、雲霄、詔安等地。

　　唐代以前，漳州地區的主要居民是古稱「蠻僚」的畬族人民。由於唐初蠻僚嘯亂，高宗總章二年（669）命陳政、陳元光父子率領八千多中原士兵征討龍溪及潮汕地區的畬族。這些士兵「且耕且戰」歷經四十多年，終於定居下來，成為開發漳州地區的功臣。漳州府也在陳氏父子入漳19年後設立，從此化外之地也開始由北方政權節制。陳氏父子原籍中州固始（今河南固始縣），所領將士多係河南東南一帶人。因此可以說，漳州方言是陳氏父子等軍屯的結果。漳州方言的形成稍晚於泉州，形成方式兩地也不相同：泉州是自發性移民，漳州是軍事性移民。泉州方言人民的祖先由中原出發，落腳於江東再轉徙至泉州；漳州方言人民的祖先由中原直接南來。從此不難推知，漳州方言的發展過程不免

受過泉州音系的影響，因爲「古江東」方言的特色原爲泉州方言人民的
祖先帶下來的。如果排除泉州系方言的擴散和影響，閩南方言的許多共
同點不好解釋。當然，泉州和漳州方言源出中原方言，它們共有的一些
特點也可能是分別從中原方言帶下來的結果。

　　關於漳州方言，最近也有兩份比較詳細的調查報告：

　　1. 林寶卿，1992　漳州方言詞彙，《方言》151-160，230-240，
310-312。

　　2. 張振興，1992　《漳平方言研究》，中國社會科學出版社。

　　底下的音系介紹以此二份材料爲據。

A. 漳州方言音系

　　聲母15（18）個：

p	p'	b(m)	
t	t'	l(n)	
ts	ts'	dz	s
k	k'	g(ŋ)	h
ø			

　　韻母89個：

i	e	ɛ	a	ɔ	o	u	iʔ	eʔ	ɛʔ	aʔ	ɔʔ	oʔ	uʔ
ia	io	iu	iau				iaʔ	ioʔ	iuʔ	iauʔ			
ua	ue	ui	uai				uaʔ	ueʔ	uiʔ				
ai	au						auʔ						
ĩ	ẽ	ɛ̃	ɔ̃	ũ			ĩʔ	ẽʔ	ɛ̃ʔ	ãʔ	ɔ̃ʔ		
iã	iɔ̃	iũ	iaũ				iãʔ	iɔ̃ʔ	iũʔ	iaũʔ			
uã	uĩ	uaĩ					uaĩʔ						
aĩ	aũ	m̩	ŋ̩				aũʔ	m̩ʔ	ŋ̩ʔ				

im	am	ɔm	iam		ip	ap	ɔp	iap
in	an	un	ian	uan	it	at	ut	iat	uat
iŋ	aŋ	ɔŋ	iaŋ	iɔŋ	ik	ak	ɔk	iak	iɔk

聲調7個：

陰平	陽平	陰上	陰去	陽去	陰入	陽入
44	13	53	21	22	32	12

B. 漳平永福方言音系

聲母17個：

```
p    p'    m    b
t    t'    n    l
ts   ts           s
k    k'    ŋ    g    h
ø
```

韻母57個：

i	a	o	u						
ia	io	ie	iu	iau					
ua	ue	ui	uai						
ai	au	ei	ou						
ĩ	ã								
iã	iẽ	iaũ							
aĩ	eĩ								
uã	uĩ	uaĩ	m̩	ŋ̩					
im	am	iam			ip	ap	iap		
in	an	un	ian	uan	it	at	ut	iat	uat
iŋ	aŋ	ɔŋ	iaŋ	iɔŋ	uaŋ	ik	ak	ok	iak	iɔk	uak

聲調8個：

陰平	陽平	陰上	陰去	陽去	陰入文	陰入白	陽入
24	11	31	21	53	<u>55</u>	55	<u>53</u>

漳州、漳平方言音系和廈門方言音系的主要差別包括：

1. 聲母部分，漳州方言具有dz-聲母，反映了早期韻書中十五音的「日」母。漳平方言和廈門、泉州等方言一樣，dz-都合流於邊音，老派有人把邊音讀作舌尖塞音d。

據張振興的分析，漳平永福方言的b和m，l和n，g和ŋ分別對立。例如，父母的「母」唸mu31，武裝的「武」唸bu31。魔鬼的「魔」唸mo11，「無」唸bo11。努力的「努」唸no31，老儂（老人）的「老」唸lo31。頭腦的「腦」唸nau31，老資格的「老」唸lau31。俄國的「俄」唸ŋo11，「鵝」唸go11。以上例字構成最小對比，允宜分立。不過，在其他詞例中，鼻音聲母出現在鼻化韻母前，口音聲母出現在非鼻化韻母前，和其他閩南方言一致。

2. 韻母部分，漳州比廈門多出18個韻母：ɛ，ɛʔ，ɔʔ，iuʔ，iauʔ，uaiʔ，ɛ̃ʔ，iɔ̃ʔ，iũʔ，iaũʔ，uaĩʔ，aũʔ，m̩ʔ，ŋ̍ʔ，ɔp，ɛ̃，iɔ̃，ɔm。但廈門方言的-uiʔ不見於漳州方言。

漳平方言只有57個韻母，在閩南話方言當中是韻母數較少的一個例樣。漳平方言韻母數少主要是因為喉塞尾全數失落。此外，它跟廈門方言的韻母系統相比，還少了e，ɔ兩個單元音韻母，卻多出ei，ou兩個複元音韻母。

3. 聲調方面，漳州方言與廈門方言相當一致，差別只有陽入調值。漳平永福方言號稱有8個調，實為陰入分文白調的結果，白讀喉塞尾消失仍存原來調型，文讀具-p，-t，-k韻尾，調型仍為高平，實際唸法兩者為舒促之別。從閩南方言區的比較看起來，漳平方言喉塞尾-ʔ的消失是比較晚近才出現的現象。

五、潮州方言音系

潮州方言分佈在廣東東部12個縣市，包括潮州、汕頭、南澳、澄海、饒平、揭陽、揭西、潮陽、普寧、惠來、海豐、陸豐。

這一地區漢人的歷史故事最早可以追溯到秦朝。始皇二十五年（西元前220年）派大將王翦平定南越。二十九年越叛。三十三年，秦始皇派屠睢率五十萬大兵進攻五嶺，統一南方。史祿曾爲秦軍開渠運糧，事成之後與其部下「留家揭嶺」，這是漢人定居潮汕一帶的先聲。關於史祿及其部下所操的語言，文獻上沒有留下任何紀錄，我們無從知道他們的語言與後代的閩南方言有什麼聯繫。但是我們已經相當明確的理解到所謂「閩南方言」是兼具西晉中原與六朝吳語音韻特點的方言，潮汕方言既爲閩南方言一支，它的形成時期不應早於泉漳方言，可能形成於宋代。潮汕一帶在唐以前的主要居民是畬族，「開漳聖王」陳元光平定漳州之時，聲勢也進入潮汕。潮汕方言與漳州方言較近似，從歷史看來應與陳氏父子及其部屬遍佈漳潮有關；而從地理看來，潮汕與漳州「平壤相接，又無山川之限」（明·王士性《廣志繹》）便於人民流徙、播遷。

潮汕方言研究文獻相當豐富，近年有兩份比較詳細的調查、分析。

1. 張盛裕，1981　潮陽方言的語音系統，《方言》27-39。

2. 林倫倫，1991　汕頭方言的詞彙，《方言》153-160，232-240，310-314。

底下音系介紹以此二份材料爲據。

A. 潮陽方言音系

聲母18個：

```
p    p'    m    b
t    t'    n    l
```

ts	ts'		s	z
k	k'	ŋ	g	h
ø				

韻母90個：

i	e	a	o	u		iʔ	eʔ	aʔ	oʔ	uʔ
ia	io	iu	iau			iaʔ	ioʔ	iuʔ	iauʔ	
ua	ue	ui	uai			uaʔ	ueʔ			
ai	au	oi	ou			auʔ	oiʔ			
ĩ	ẽ	ã	õ	ũ		ĩʔ	ẽʔ	ãʔ	õʔ	
iã	iõ	iũ	iaũ			iãʔ	iũʔ	iaũʔ		
uã	uẽ	uĩ	uaĩ			uẽʔ				
aĩ	aũ	oĩ	oũ	m̩	ŋ̍	aĩʔ	aũʔ	oĩʔ	m̩ʔ	ŋ̍ʔ
im	am	om	iam	uam		ip	ap	op	iap	uap
iŋ	eŋ	aŋ	oŋ	iaŋ	ioŋ	ik	ek	ak	ok	iak	iok
uŋ	ueŋ	uaŋ				uk	uek	uak			

聲調8個：

陰平	陽平	陰上	陽上	陰去	陽去	陰入	陽入
33	55	53	313	31	11	11	55

B. 汕頭方言音系

聲母18個：

p	p'	m	b
t	t'	n	l
ts	ts'		s	z
k	k'	ŋ	g	h
ø			

韻母84個：

i	e	a	o	u	ɯ		iʔ	eʔ	aʔ	oʔ	uʔ	ɯʔ
ia	io	iu	iau				iaʔ	ioʔ	iuʔ	iauʔ		
ua	ue	ui	uai				uaʔ	ueʔ				
ai	au	oi	ou				aiʔ	auʔ	oiʔ			
ĩ	ẽ	ã	ũ				ĩʔ	ẽʔ	ũʔ			
iã	iõ	iũ	iaũ				iaũʔ					
uã	uẽ	uĩ	uaĩ				uã	uaĩʔ				
aĩ	aũ	oĩ	oũ	m̩	ŋ̍		aĩ	aũʔ				
im	am	iam					ip	ap	iap			
iŋ	eŋ	aŋ	oŋ	ɣŋ	uŋ		ik	ek	ak	ok	ɣk	uk	ŋ̍k
iaŋ	ioŋ	uaŋ					iak	iok	uak			

聲調8個：

陰平	陽平	陰上	陽上	陰去	陽去	陰入	陽入
33	55	53	35	213	11	2	5

潮汕方言和廈門方言的主要差異表現在：

1. 聲母方面：潮汕方言是18音系統，b l g與m n ŋ對立。例如潮陽「墨」唸[bak55]而「目」唸[mak55]，「綠」唸[lek55]而「肉」唸[nek55]，「玉」唸[gek55]而「逆」唸[ŋek55]。這是潮汕方言和十五音閩南方言的一個顯著區別。不過，這一類對比轄字不多，多數例子仍和廈門、泉州的情況一樣，鼻音聲母拼鼻化韻母，口音聲母拼非鼻化韻母。

2. 韻母方面：潮陽方言比廈門方言多出oi，ou，iuʔ，iauʔ，oiʔ，õ，iõ，uẽ，oĩ，oũ，õʔ，iũʔ，iaũʔ，uẽʔ，aĩʔ，aũʔ，oĩʔ，m̩ʔ，ŋ̍ʔ，om，uam，eŋ，uŋ，ueŋ，uaŋ，op，uap，ek，uk，uek，uak等31個韻母，其中-uam，-uap在閩南方言中比較少見。但廈門的ɔ，ɔ̃，in，an，ian，uan，un，it，at，iat，uat，ut，ɔʔ等13個韻母卻爲潮陽所缺。潮陽方言

沒有以舌尖音（-n/t）結尾的韻母，是閩南方言中相當突出的特點。

3. 聲調方面，潮陽和汕頭都有8個調，上聲分陰陽。

除此之外，在語音細節上潮陽方言也有值得注意的地方。例如[p，p'，b，m]四個唇音聲母在合口呼韻母前有唇齒化的傾向，唸成[pf，pf'，bv，ɱ]。邊音聲母的發音游移於[l]和[d]之間。這樣的語音細節在方言比較上也有一定的意義。

六、核心地區閩南方言的異同

我們在第六章指出閩南方言有三個共通音韻現象：韻母數在五十以上，次濁聲母白讀有讀爲喉擦音的情況，咸山兩攝三四等有前高元音（ĩ/iʔ）讀法。這三個音韻現象可以區別閩南和非閩南方言，但實際上閩南方言的共同特色還不僅止於此。現在補充說明如次。

閩南方言的韻母系統大分可以分爲「舒」和「入」兩類，舒聲韻包括開尾韻、鼻化韻、鼻尾韻，入聲韻包括兩種喉塞尾韻（開尾韻+喉塞尾，鼻化喉塞尾）和塞音尾韻。兩大類六組韻母爲其他閩方言和漢語方言所罕見。其他漢語方言如有入聲韻母系統分爲「陰、陽、入」三類，如無入聲就只分「陰、陽」兩類。如把「兒化韻」併入韻母系統，其他漢語方言一般也只不過分爲三、四類。邊陲地區的閩南方言如漳平，因爲丟失了喉塞尾音，只有四組；飛地的閩南方言如海南島海口、文昌，鼻化成分和喉塞尾音都已消失，所以韻母系統只分三組或四組。

閩南方言古次濁聲母「明、泥、疑」除了白讀h-之外，還有鼻音（m-，n-，ŋ-）與口音（b-，l-，g-）互補出現的現象，也構成閩南方言的重要共同特色。這兩組聲母在漳平、潮陽等方言有一些對比情況，自應分立；廈門、泉州等方言的這兩組聲母應分應合不免見仁見智。一般採用音位分析的辦法將兩組合併。這種分析結果對單一音系內部起了簡化聲母系統的作用。可是從方言比較來看，不如依語音性質分爲兩

組。這兩組聲母在莆仙方言和海口方言進行不同的變化。這兩組聲母的互補分佈情況，上文已舉過例，現在不避重複以廈門為例再次舉例如下：

棉꜁mĩ　　未꜂bi　　面bin꜅　　滅biet꜇

廈門唸鼻音的地方，莆仙方言也唸鼻音（如仙游「棉」꜁miŋ），廈門唸口音的地方，莆仙方言也唸口音（如仙游「未」꜂pi）。莆仙方言與閩南方言的聯繫據此建立，海口、文昌等方言與閩南方言的關係（詳後文）也可據此說明。總之，古次濁「明、泥、疑」各分三讀的現象是閩南方言相當突出的共同特點。

關於閩南方言的共同特點，周長楫（1986）在「福建境內閩南方言的分類」一文曾舉過兩項他認為「最重要」的條目。這兩條是：語音上閩南方言都沒有撮口呼韻，詞彙上閩南方言都管「妻子」叫「母」。除了以上所舉種種共同特點之外，閩南方言其實還有不少共同特點，也都各有小大不等的意義。由於篇幅有限不容盡列。底下我們繼續觀察閩南方言的差異。

泉州、漳州、潮汕三系閩南方言當中，潮州方言最易辨識。潮州音系中有下列三個突出成分：

1. 聲母m和b有別。如潮陽「墨」mak、「目」bak不同音。潮州（李永明，1959）「目」mak、「木」bak不同音。泉州、漳州、廈門「墨、目、木」同音bak。

2. 韻母系統中，潮汕一帶方言一般都有-oi，-ou，-oĩ，-oũ四個韻母，一般都沒有以舌尖音（-n/t）結尾的韻母。其中-ou只見於漳州沿海區如漳浦、詔安、雲霄、東山。

3. 聲調系統在潮汕方言一般都有8個調，平上去入各分陰陽。泉漳方言一般只有七個調，其中泉州系方言如分陰陽上即不分陰陽去，如分陰陽去即不分陰陽上。

　　根據這三個特點可以區別潮汕方言和泉漳系的方言。

　　泉州系和漳州系的差異主要表現在下列各點：（周長楫，1986）

　　1. 日母「熱」字，泉州系讀邊音l，漳州系讀舌尖塞擦音dz。如泉州liat˨，漳州dziat˨。

　　2.「過、賠、皮、月」泉州讀開口呼、漳州讀合口呼。

	過	賠	皮	月
泉州	kɣ⁼	₌pɣ	₌pʻɣ	gɣ⁼˨
漳州	kue⁼	₌pue	₌pʻue	gue⁼˨

　　3. 蟹攝開口二四等泉州讀合口呼，漳州讀開口呼。

	買	雞
泉州	ᶜbue	₌kue
漳州	ᶜbe	₌ke

　　4.「卵、飯、光」等合口韻字泉州讀-ŋ韻、漳州讀uĩ韻。

	卵	飯	光
泉州	nŋ̍⁼	pŋ̍⁼	₌kŋ̍
漳州	nuĩ⁼	puĩ⁼	₌kuĩ

　　5. 痕韻「根」字泉州方言讀後元音（u～ɣ），漳州方言讀前元音。如晉江₌kun，泉州₌kɣn，漳州₌kin。

　　6. 梗攝舒聲「生、病」等字，泉州讀高元音，漳州讀中元音。

	生	病
泉州	₌sĩ	pĩ⁼
漳州	₌sɛ̃	pɛ̃⁼

7. 屑韻「血」字，泉州讀hui²˧，漳州讀hue²˧。

8. 物韻「物」字，泉州讀mŋ²˧，漳州讀mĩ²˧。

就以上八項泉州與漳州的差異來說，廈門話在1至7七項中與泉州一致，只有8一項與漳州一致。

底下各舉一例以便比較：

	熱	皮	雞	飯	病	血	根	物
泉州	liat˨	₌p'ɣ	₌kue	pŋ²˧	pĩ²˧	hui²˧	₌kɣn	mŋ²˧
廈門	liat˨	₌p'e	₌kue	pŋ²˧	pĩ²˧	hui²˧	₌kun	mĩ²˧
漳州	dziat˨	₌p'ue	₌ke	puĩ²˧	pɛ̃²˧	hue²˧	₌kin	mĩ²˧

從這個比較表可以知道，泉州系的方言在廈門地區顯然居於優勢。

除此之外，漳平、長泰方言也有一些值得注意的地方。漳平的聲母g-和韻母-ei在閩南方言比較特殊。漳平的g-可分兩種情況，一種和其他閩南方言疑母的g-相對應，另一種對應關係比較複雜，難以一概而論。前者例如：語gi31，牛gu11，芽gia11，我gua31，鵝go11，藝gei53，吳gou11，癌gam11，驗giam53，顏gan11，研gian11，願guan53，五goŋ53，逆git53，玉giok53。後者例如：葉gia53，藥gio53，慰gue21，位gui53，歪guai24，姚giau24，油giu21，音gim24，人gin11，溫gun24，煙gian24，完guan11，羊giŋ11，弱giak53。這後一種情況的g-聲母主要出現在高元音或介音i，u之前，可能是經由ø→g/-i，u的規律變出來的增生現象。雖然其中絕大多數在廈門方言唸零聲母，但是也有日母字（如「人，弱」）出現在其中。來源不同，但增生的條件一樣。

漳平的韻母-ei與漳州的-e相對應。例如：賣bei24，買bei31，帝tei21，禮lei11，妻ts'ei24，洗sei31，街kei24，啓k'ei31，鞋ei11。

長泰方言屬於漳州系統，但是音系內部表現著與泉州、廈門一致的行為，例如合口韻字「斷、卵、飯、園、門、問」等不唸漳州派的-uĩ韻而唸泉州派的-ŋ韻。但是長泰方言最顯著的特色係在模韻和流攝字

讀-eu韻。（林寶卿，1993）例如：

模韻：布peu21，薄p'eu22，墓beu22，圖teu24，土t'eu53，爐leu24，
　　　祖tseu53，粗ts'eu44，蘇seu44，古keu53，苦k'eu53，吳
　　　geu24，雨heu22，烏eu44。

流攝：斗teu53，豆teu22，頭t'eu24，透t'eu21，走tseu53，湊ts'eu21，
　　　口k'eu53，溝keu44，厚heu22，嘔eu53。

這種韻母在一般閩南方言十分罕見，卻是客贛方言分佈相當廣的共通現
象。長泰方言的韻母-eu是內部演變的結果，而不是經由客贛方言引發
的語音變化。模韻在漳州地區有不少方言唸-ɔu韻，如「祖、湖」兩字
在漳浦、雲霄、東山、詔安等沿海地區的唸法是：

	漳浦	雲霄	東山	詔安
祖	ᶜtsɔu	ᶜtsɔu	ᶜtsɔu	ᶜtsɔu
湖	₌ɔu	₌ɔu	₌ɔu	₌ɔu

據此可知，長泰方言-eu的早期形式是-ou。這條規律也適用於流攝來源
字的情況，因爲流攝字唸-eu韻在長泰方言都是文讀，而文讀形式以-ou
的可能性最大。所以，儘管來源不同，但經歷的變化過程（-ou→-eu）
卻是一致的。

七、邊陲與飛地的閩南方言

　　明清以來，閩南人民四處播遷，閩南方言也隨之散佈。東起台灣，
西屆廣西，南抵海南，北至江浙都可以看到閩南方言。這四向的擴散運
動中，閩南方言的勢力並不均等。台灣是閩南人在大陸本土以外最大的
社區，方言情況與閩南本土核心區最爲一致。海南島居次，但方言情況
經歷了劇烈的變化，在外形上已換上一副全新面貌。江浙的閩南方言人
總數估計在百萬以上，多呈點狀分佈，比較集中的地區是平陽和蒼南一

帶。廣西的閩南人口最少，大約只有15萬，其中有一些被稱爲「福建村」，實際上也就是閩南方言島。

　　就大陸本土來說，閩江以北的閩南話主要是泉州系統，廣西的閩南話主要是漳州系統，海南島的閩南話主要是漳州——潮州系統，台灣的閩南話泉漳系統都有。這一節討論邊陲與飛地的閩南方言以大陸本土和海南島的閩南方言爲主。台灣地處「邊陲、飛地」，但就方言性質而論卻是「本土與核心」的方言，其不漳不泉的情況類如廈門，與母土方言的差別微乎其微。底下依浙南、海南、廣西的次序對邊陲與飛地的閩南方言做一鳥瞰式的觀察。

　　1. 浙南閩南話

　　浙南閩語主要分佈在平陽、蒼南和泰順三個縣。其中蒼南縣係1981年6月從平陽析置。民國十四年刊《平陽縣志》卷十九對方言狀況有如下記述：

　　　今以言語分別，約有五派：曰甌語，曰閩語，曰土語（俗稱「蠻話」），曰金鄉話，曰畬民話。大別區之，縣治及萬全區純粹甌語，小南則閩語十一，江南則閩語、土語與甌語參半，金鄉語唯衛所而已，北港則閩語六甌語四，南港、蒲門則閩語七八甌語二三焉。

縣治所謂閩語如今看來實指閩南話，而土語指閩東話。閩南話人口在蒼南縣有60萬，在平陽縣約有35萬，分別占該縣總人口數的54%，38%，可以說是核心區外的閩南大埠。（溫端政，1994）底下介紹蒼南縣城關靈溪鎮的閩南話。（溫端政，1991）

　　聲母15個：

```
p        p‘       b(m)
t        t‘       l(n)
```

ts(tɕ)　ts'(tɕ')　　s(ɕ)　　z(ʑ, ȵ)

k　　k'　　g(ŋ)　h

ø

韻母49個：

i	e	a	ɔ	o	ɯ	u	ə ɐ
ia	ie	iɔ	iu	ieu	iau		
ua	ue	uɐ	ui	uai			
ai	au	əu					

ĩ	ã	ɔ̃	õ	ũ
iã	iũ	iaũ		
uã	uĩ			
aĩ	əũ	m̩	ŋ̍	

in	an	un	ian	uan
iŋ	aŋ	ɔŋ	əŋ	iaŋ	iɔŋ	uaŋ

聲調6個：

陰平	陽平	陰上	陽上	去聲
44	24	53	31	11

　　靈溪話的15音系統和閩南話一致，比較明顯的差異體現在韻母系統上。核心地區的閩南方言一般可把韻母系統分爲六組，靈溪話只分爲開尾、鼻化、鼻尾三類，因此韻母總數也大爲減少。這不能不說是浙南閩南話的特點。但是，除了這個明顯的特點之外，靈溪話仍保有閩南方言的兩個共通現象。例如，

　　1. 古次濁聲母分爲三音：「魚」字唸ₛhɯ，「棉」ₛmĩ，「未」ᶜbi。

　　2. 咸山兩攝三四等讀ĩ/iʔ韻：「邊」ₛpĩ，「天」ₛt'ĩ，「添」ₛt'ĩ，「染」ᶜnĩ。

　　靈溪話的泉州屬性可從下列字的-uĩ韻得到說明：

	反	媒	前	指	千	先	間	揀
靈溪	ꜛpuĩ	⊆muĩ	⊆tsuĩ	ꜛtsuĩ	⊆tsʻuĩ	⊆suĩ	⊂kuĩ	ꜛkuĩ
泉州	ꜛpuĩ	⊆muĩ	⊆tsuĩ	ꜛtsuĩ	⊆tsʻuĩ	⊆suĩ	⊂kuĩ	ꜛkuĩ

　　由於塞音尾的消失，靈溪話沒有入聲調。大致說來，古清聲母入聲字歸陰上調，古濁聲母入聲字歸陽平調。靈溪話分陰陽上和泉州系的泉州、南安、安溪、德化一樣。漳州系方言一般不分陰陽上，陽上歸去。

　　江蘇宜興縣南部山區也有閩南話（華湘蘇，1983），據說是太平天國時期，浙南平陽人流落至此的結果。宜興閩南話有22個聲母，50個韻母，6個聲調。b、l、g和m、n、ŋ對立，如「幕」boˀ ≠「帽」moˀ，泥⊆n̩i≠梨⊆li，誤goˀ≠餓ŋoˀ。但是，「年、天」讀ĩ韻，二四等字「閑、店、間」讀aĩ韻……仍保存閩南共通現象。宜興閩南話的處境有如一座孤島，四鄰爲吳語所環繞。由於社會生活的需要，這裏的閩南方言不免遭受鄰近吳語的滲透。有趣的是，咸山兩攝三四等如「年、天」讀ĩ韻的現象，前文曾說過是閩南人「路過」太湖流域時習染當地吳語再帶進閩南境內的，在閩語分區上也被視爲閩南方言的重要特點之一。如今時移勢易，閩南人回遷至祖先曾經駐足的蘇南地區，這個地區的吳語仍保存「年、天」讀ĩ韻的現象。我們又如何能決定宜興閩南話的此類現象是隨回遷的閩南人由閩南帶至平陽，從平陽再帶至宜興而不是回遷至蘇南以後從吳語汲取過來使用的現象？實際上，這只是舉其一端爲例，因爲在閩語分區上這是區別閩南、閩北的一個相當突出的語音特點。除此之外，還可累加不少現象來說明它跟閩南方言的密切關係，如「三」讀-ã，「張」讀-iũ，而「茶」讀-e。

　　關於蘇南閩語，目前所知大約分佈在13個村。這些閩南方言島，除了上舉材料之外，只有銅鋒鄉梅園村的簡介。（郭錦桴，1995）梅園閩南話沒有-m，-p，-t，-k韻尾。村民多數姓林，祖上來自漳州府龍

溪縣溪園村，大約明末由福建遷至平陽，清末又由平陽北遷。韻母系統特色近似泉州，可能是在平陽定居時期習染泉州腔而來。

　　2. 海南閩南話

　　海南島的漢語方言分為閩語系統、粵語系統、客家話和官話系統四類。官話系統又稱「軍話」，可能是西南官話的一個變體（variety）。閩語系統分為府城片、文昌片、萬寧片、崖縣片、昌感片，其分佈情況是：（梁猷剛，1984）

　　府城片：海口（市中心及東郊、南郊）、瓊山（府城鎮及其西部）、澄邁（中部、南部）、定安、屯昌、瓊中（北部）

　　文昌片：文昌，瓊海，瓊山（近文昌的部分地區）

　　萬寧片：萬寧、陵水（南部）

　　崖縣片：三亞市（原崖縣南部），樂東（南部）

　　昌感片：東方（舊稱感恩西部），昌江（北部）

這五片閩語都是閩南話，而且是以潮汕為主體的閩南方言變體。

　　歷史上，漢人很早就經略海南島。不過早期的經略在文獻上往往語焉不詳，跟現代的方言分佈有何等關係更難證實。我們回顧閩南本土方言的歷史，不難推知海南島閩南話的形成應在唐宋以後，不大可能是在唐宋以前。唐宋以前，閩南話還未定型。同時，我們從閩南人四向流播的時代推測，遷到海南島的閩南人大約與遷到台灣的閩南人是同一個時代遠離故土的。這個時代是明清之際。台灣閩南人的主要來源是福建泉州、漳州，海南島閩南人的主要來源是潮汕地區。如今兩地方言迥異，主要是因為海南島的閩南話習染當地少數民族語言經歷了劇烈的變化。底下舉海口方言為例。

　　聲母15個：

$$\text{ʔb} \qquad \text{pʻ} \qquad \text{m} \qquad \text{v}$$

$$\text{ʔd} \qquad \text{t} \qquad \text{n} \qquad \text{l}$$

ts		z	s	
k	kʻ	ŋ	h	

韻母54個：

i	e	ɛ	a	o	u	iˀ	eˀ	ɛˀ	aˀ	oˀ
ia	io	iu	iau			iaˀ	ioˀ			
ua	ui	uai				uaˀ				
ai	au	oi	ou							
im	am	om	iam			ip	ap	op		
in	an	un	uan			it	at	ut	uat	
iŋ	aŋ	oŋ	uŋ			ik	ak	ok	uk	
iaŋ	ioŋ	uaŋ				iak	iok	uak		

聲調7個：

陰平	陽平	上聲	陰去	陽去	陰入	陽入
13	22	21	35	33	5	3

　　海口方言的聲母系統有兩個帶前喉塞音（preglottalized）的聲母 ˀb、ˀd，發音時帶有輕微的吸氣作用，因此或叫做「吸氣音」（implosive）。沒有p，也沒有送氣音tʻ-，tsʻ-，因此分佈格局顯得不勻稱。除此之外，海口方言的送氣聲母pʻ和kʻ可寫爲pfʻ～f，kxʻ～x，在合口呼韻前pʻ傾向於唸f。海口方言的韻母可分四組，沒有鼻化韻，喉塞尾也傾向消失。雙唇音p不在聲母部位出現。

　　從底下的例字比較不難看出海口方言聲母所經歷的變化：

	爬	稻	喙	天	未	山	紙	坐
廈門	₌pe	tiuˀ	tsʻuiˀ	₌tʻĩ	˥bi	₌suã	˥tsua	tseˀ
海口	₌ˀbɛ	ˀdiuˀ	suiˀ	₌hi	˥vi	₌tua	˥tua	tseˀ

其中ts→t只出現在後元音（a，o，u）前，在前元音（i、e、ε）之前ts聲母不變（如「坐」）。總的說起來，閩南話的p-，t-在海口讀ˀb，ˀd，tsʻ變s，s變t，b變v。舌尖音系列的變化可以圖示如下：

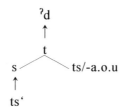

s變t是無條件的，ts變t是有條件的。這是需要附帶說明的。

　　至於韻母系統的變化，鼻化成分的消失是最明顯的。底下舉些例：

	三	山	見	城	上	圓
廈門	₌sã	suã	kĩ⁼	₌siã	tsiũ⁼	₌ĩ
海口	₌ta	₌tua	ki⁼	₌tia	tsio⁼	₌i

　　海口方言含有漳州、潮州韻母系統的特點。下列合口韻字讀-ui，如「酸₌tui，卵nui⁼，磚₌tui，園₌hui，門₌mui，光₌kui」反映漳州系方言的特色。

　　蟹攝二四等讀-oi如「街₌koi，鞋₌oi，買ᶜvoi，雞₌koi，洗ᶜtoi」反映潮州系方言的特點。後者可以作《廣東府志》所說「音與潮同」的注腳。

3.廣西閩南話

　　閩南話在廣西呈散點分佈。比較集中的分佈地依次為：

　　(1) 最大的一片見於平南縣丹竹到桂平縣江口一段潯江的兩岸，共約六萬人。

　　(2) 其次是以平樂縣二塘爲中心的沿河一帶，由水路斷續北上，至於恭城縣內。這一片總共約有二萬人。

(3) 北流縣新圩、民樂有幾個村被當地人稱為「福建村」，共有一萬多人。

(4) 陸川縣的馬坡和羅城縣的龍岸各有一萬多人。

(5) 柳州市南及柳江縣道德、百棚有上萬人。

(6) 其他不足萬人的閩南方言點包括：

融安縣：大巷	來賓縣：蒙村
賓陽縣：新賓同義村	邕寧縣：蒲廟仁福村
欽州縣：大直、平吉、青塘	合浦縣：福成
北海市郊及潿州島	博平縣：浪平
玉林縣：山心	南丹縣：小場、車河、大廠鎮

據粗略的估計，廣西境內的閩南話人口總數當在十五萬以上。（楊煥典等，1985）

這些閩南人多係五百年前漳州移民的後裔。漳州移民入桂主要依循兩條水路。一條是從南海入合浦南流江，到達博白、陸川、玉林、北流一帶。一條是溯西江而上，沿其支流賀江、柳江、紅水河、郁河，到達賀縣、平樂、柳州、羅城、來賓、邕寧等地。

廣西的閩南話由於使用人口較少，一向不大為外界所知。同時，由於處在其他方言或語言的包圍之下，廣西的閩南話不免遭受其他方言或語言的衝擊而進行變化。底下以平南縣思介鄉的閩南話為例（李玉，1990）介紹廣西閩南話。

聲母18個：

p	p'	mb	m
t	t'		n l
tʃ	tʃ'	ȵ	s
k	k'	ŋ	h ŋ̊
ø			

韻母65個：

i	ɛ	a	o	u		ɐ˧	a˧	o˧	u˧	
ia	io	iu	iai	iɛu		ia˧	ie˧	io˧	iu˧	
ua	uei	uai	uou			ua˧	ui˧			
ai	ɐi	oi	ao	ou						
ĩ	ã									
iã	iõ									
uã	m̩	ŋ̍								
im	ɐm	am	iɛm			ip	ɐp	ap	iɛp	
in	ɐn	an	un	iɛn	uan	it	ɐt	at	ut	iɛt	uat
iŋ	ɒŋ	aŋ	oŋ	uŋ						
iaŋ	uaŋ	iuŋ	uiŋ							

聲調10個：

陰平	陰上	陰去	上陰入	上陽入	陽平	陽上	陽去	下陰入	下陽入
45	54	21	54	23	23	32	33	4	1

平南閩南語的語音系統呈現幾個明顯的特點：

1. 聲母系統方面，平南沒有b-，g-兩個聲母，但有mb-和清鼻音ŋ̊-兩個聲母。清鼻音聲母字包括：箬ŋ̊io32、歡ŋ̊ua45、艾ŋ̊ia33、兒ŋ̊ia45。

2. 韻母系統方面，平南閩南話具有幾個比較少見於一般閩南話的韻母，如「批」p'iai45，「布」puou21中的三合元音。此外，入聲韻中獨缺-k尾韻，而有-p，-t，-˧尾韻。

3. 聲調系統方面，平南閩南話的陰入、陽入各分上下，調類十個也是一般閩南話少見的現象。

平南閩南話處在「飛地」有如孤島，使用人口既少，四周又為其他方言或語言所環繞。因此探討起來，首須分辨什麼是閩南方言的共同質素，什麼是自當地社會環境習染過來的質素。只有把新、舊質素分析

清楚了，才可望對平南閩南話的性質得出正確的理解。例如鼻化韻是核心區閩南話共有的現象，平南也保存了七個鼻化韻，見於「變pĩ21，餅piã54，娘niõ23，半puã21，姆m̩54，秧ŋ̍45，三sã45」等例字。這些字音與漳州相當一致，這就提示我們從事與鼻化韻相關的聲母現象分析有必要比較核心區的閩南方言。例如，廈門方言的「兄ₕhiã，歡ₕhuã，燃ₕhiã」平南閩南話作「兄ₛ̍ŋia，歡ₛ̍ŋua，燃ₛ̍ŋia」，這個清鼻音只出現在高元音或介音-i，-u之前，寫作ŋ只不過是喉擦音加鼻化的一種寫法，而不是什麼上古音的殘留。

　　總結上述三個邊陲和飛地的閩南方言現象，不難看出：核心區之外的閩南方言在韻尾的消變上最為突出。

1. 鼻化成分的消失（ṽ→v）是海南島閩南方言的共通特色。
2. 喉塞尾的消失（vʔ→v）見於浙南平陽的靈溪方言。
3. 鼻音尾（-m，-n，-ŋ）方面，靈溪話的-m尾韻已經消失，只保存-n，-ŋ尾。
4. 塞音尾（-p，-t，-k）方面，靈溪話完全缺如，平南閩南話只有-p，-t尾而無-k尾。

這些變化導致韻母數大量減少。靈溪話只有49個韻母，海口有54個韻母，平南有65個韻母。平南閩南話韻母系統中的若干成分是受外來影響之下的產物，正如同其10個調並非完全源自漳州故地。

　　最後，應該指出，以上介紹的邊陲與飛地的閩南方言只是三個樣品。限於篇幅，許許多多方言現象不可能悉數舉例，所討論的範圍也以音系為主，不少細節無法詳論。但是，從以上的描述不難確認方言分區的工作有必要劃分「核心」與「邊陲──飛地」。

第十二章　閩方言分區概況（下）：閩北、閩中

　　閩語當中，內部一致性較高的是閩南方言。閩南方言分佈面積非常
遼闊，也的確呈現了區域性的差別，但是只要掌握主次，從核心地區出
發漸次擴大比較範圍，邊陲和飛地閩南方言的遞邅之跡可以看得相當透
明。閩南與非閩南的區別就是從漸次擴大比較範圍的工作基礎上建立起
來的。閩南話的共同傾向包括以下四端：

　　a.韻母數在五十個以上。

　　b.韻尾輔音包括-m/p，-n/t，-ŋ/k；此外還有鼻化（ṽ）和喉塞尾
（vʔ）。

　　c.明泥疑日分化爲鼻音與口音同時又有喉擦音（h-）讀法。

　　d.咸山兩攝三四等有-ĩ/iʔ韻讀法。

非閩南話的大致傾向則是：

　　a.韻母數在五十個以下。

　　b.韻尾輔音較少。

　　c.明泥疑日多讀鼻音，同時也沒有h-的讀法。

　　d.咸山兩攝三四等一般都沒有-ĩ/iʔ的韻母。

　　相對說來，非閩南方言的色澤比較駁雜。我們不能絲毫不加鑑別，
混一言之。其中最值得注意的是地方韻書產地的方言現象。非閩南地區
的地方韻書有兩部，一是福州所出的《戚林八音》，一是建甌所出的
《建州八音字義便覽》（簡稱《建州八音》）。這兩部韻書也都是十五
音系統，分別爲閩東和閩北人民而作，長期充當兩地人民讀書識字的教
材。換句話說，這兩部韻書的背景方言在鄉近地區是具有威望的。一般
所指「閩北」方言當係指這兩個具有代表韻書的方言。我們從福建境內
的漢語方言去看。廈門、泉州、漳州代表閩南方言，福州、建甌代表閩
北方言，那麼，整個福建境內的閩方言就有兩個核心，一北一南。如此
一來，對待中介方言（如閩南與閩北，閩南與客贛，閩北與客贛，閩北

與吳語，甚至畬話的客中帶閩性質）的現象可以獲得比較完整的理解。

　　從整個福建地理來說，閩方言的共同質素由東往西遞減，越到西部客贛成分逐漸增加。這就是爲什麼有人試圖分閩語爲沿海與內陸兩大區的原因。問題是，同爲沿海的閩方言核心區，我們又當如何區別呢？顯然地，我們只有從韻書產地的方言先分出南北，再漸次擴大比較範圍才算是站在穩固的立場。關於這一點，前文已經說過。底下分區簡介。

一、閩北方言

　　閩北方言主要分佈在閩江以北的福建省境內，包括《中國語言地圖集》所指稱的閩東區、閩北區和邵將區，所轄縣市是：（張振興，1985）

　　閩東區：福建東北部19個縣市，分爲兩片。

　　A.侯官片13個縣市：福州、閩清、閩侯、永泰、長樂、福清、平潭、羅源、古田、寧德、屛南、連江、尤溪。

　　B.福寧片6個縣市：福安、壽寧、周寧、柘榮、霞浦、福鼎。

　　閩北區：福建省北部地區7縣市

　　建甌、建陽、崇安、松溪、政和、浦城、南平

　　邵將區：福建省西北地區6個縣市

　　邵武、光澤、泰寧、建寧、將樂、順昌

應該指出，這種區劃是大致的情況。有些縣市境內方言複雜，難以一概而論。例如尤溪縣東部與北部近似閩東方言，西部、南部近閩南方言；南平城內通行「土官話」，樟湖坂以東通閩東方言，其他地區通行閩北建甌方言。（李如龍，1991:472）

　　底下依福州、福清、建甌、順昌、邵武的次序簡介閩北方言的情況。

1. 福州方言音系（王天昌，1969）

聲母15個：

```
p     p'     m
t     t'     n          l
ts    ts'           s
k     k'     ŋ      h
ø
```

韻母58個：

i	ε	æ	a	ɔ	œ	u	y
ia	ie	iu	ieu				
ui	uo	uai	uoi				
yo							
ai	εi	au	ou	eu	εu		
ɔy	œy						

iŋ	aŋ	uŋ	yŋ			
iaŋ	ieŋ					
uaŋ	uoŋ					
yoŋ						
aiŋ	εiŋ	ouŋ	ɔuŋ	œŋ	ɔyŋ	

ik	εk	ak	ɔk	œk	uk	yk
iak	iek					
uak	uok					
yok						
aik	εik	ouk	ɔuk	œyk	ɔyk	

聲調7個：

陰平	陽平	上聲	陰去	陽去	陰入	陽入
55	52	33	112	242	24	45

　　福州方言的聲母在連讀變化上大體可分兩類。上字音節如為開尾韻，下字聲母唸成同部位或部位相近的濁音。這一類聲母濁化現象見於唇音和舌尖音：

p	→β	台幣	tai	βei	
pʻ	→β	霞浦	ha	βuo	
t	→l	打倒	ta	lɔ	
tʻ	→l	鋤頭	tʻy	lau	
s	→l	野獸	ia	liu	
ts	→ʒ	製造	tɕie	ʒɔ	
tsʻ	→ʒ	基礎	ki	ʒu	
tɕ	→ʒ	燒酒	siu	ʒiu	
tɕʻ	→ʒ	汽車	kʻi	ʒia	

這一類連讀變化中第二音節的牙喉音聲母逕行失落：

k	→ø	西瓜	sɛ	ua
kʻ	→ø	期考	ki	ɔ
h	→ø	起火	kʻi	uoi

　　第二類的聲母變化是第二音節的聲母受到前一音節鼻音尾的影響而變成鼻音。這種同化現象導致唇音聲母 p pʻ 變 m，舌尖音聲母 t tʻ l s 變 n，牙喉音聲母 k kʻ h 變 ŋ，舌尖塞擦音聲母 ts tsʻ（及其變體 tɕ, tɕʻ）變 n̠。底下各舉一例：

p	→m	鋼筆	koum	meik
pʻ	→m	綁票	poum	miu
t	→n	兄弟	hian	nie
tʻ	→n	滾湯	kun	nouŋ

l	→n	三樓	san	nau
s	→n	本事	puoŋ	nœy
k	→ŋ	關公	kuaŋ	ŋuŋ
k'	→ŋ	分開	puoŋ	ŋuoi
h	→ŋ	政府	tsiŋ	ŋu
tɕ	→ȵ	天津	t'ien	ȵiŋ
tɕ'	→ȵ	電車	tien	ȵia
ts	→ȵ	現在	hien	ȵai
ts'	→ȵ	甘草	kan	ȵɔ

以上例子顯示，前後音節交互影響：前一音節的鼻音尾同化了後一音節的聲母使成鼻音，這是發音方法的同化。後一音節的發音部位同化了前一音節的韻尾。

福州方言的韻母系統有「隨調變韻」值得注意。聲調高的是一類韻，聲調低的是另一類韻。就舒聲韻而言，陰平、陽平、上聲三調一組在韻母音值上與陰去、陽去有別。就入聲韻而言，陰入與陽入的韻母互異。這種隨調變韻的現象見於下列30個韻母：

舒				促			
平	上		去		陽入		陰入
伊	i	意	ɛi	逸	ik	乙	ɛik
余	y	裕	œy	育	yk	郁	œyk
烏	u	務	ou	物	uk	屋	ouk
英	iŋ	應	ɛiŋ	特	ɛik	色	aik
雍	yŋ	用	œyŋ	或	œyk	北	ɔyk
翁	uŋ	運	ouŋ	岳	ouk	各	ɔuk
鶯	ɛiŋ	限	aiŋ				
雙	œyŋ	甕	ɔyŋ				
恩	ouŋ	恨	ɔuŋ				

分析起來，這30個韻母可依元音性質化約為如下三組：

$$i\sim\varepsilon i\sim ai$$

$$u\sim ou\sim \mathfrak{o}u$$

$$y\sim \mathfrak{œ}y\sim \mathfrak{o}y$$

就平面分佈狀況來看，元音較高的一組似乎可以視爲「本韻」，元音較低的一組似乎可以視爲「變韻」。εi、ou、oey對i、u、y來說是「變韻」，對ai，ɔu，ɔy來說卻是「本韻」。這樣的分析對福州方言內部的平面或共時狀態來說是合適的，規律寫起來也簡單明瞭。然而，若從漢語方言比較的立場加以探究，問題就不簡單。舉例來說，「色」字在福州音saik應屬「變韻」，北京口語「顏色」的「色」讀shǎi，無所謂本變。「應」字在福州音εiŋ應屬「變韻」，台灣客家（四縣與海陸）均讀爲ɛn，亦無所謂本變。

2. 福清方言音系（馮愛珍，1993）

聲母15個：

p	p'	m
t	t'	n	l
ts	ts'		s
k	k'	ŋ	h
ø		

韻母49個：

i	e	a	o	u	y	ø
ia	ie	iu	ieu	(iau)		
ua	uo	ui	uoi			
yo						
ai	oi	au	eu			

iŋ	eŋ	aŋ	oŋ	uŋ	yŋ	øŋ
iaŋ	ieŋ					
uaŋ	uoŋ					
yoŋ	(N)	(m̩)	(n̩)	(ŋ̩)		

iʔ	eʔ	aʔ	oʔ	uʔ	yʔ	øʔ
iaʔ	ieʔ					
uaʔ	uoʔ					
yoʔ						

聲調7個：

陰平	陽平	上聲	陰去	陽去	陰入	陽入
53	55	33	21	41	22	5

　　福清方言聲母的連讀變化大體和福州一致。這裏只列變化規律，不舉例說明。

　　1. 上字為開尾韻時，下字聲母的變化是：

$$p \quad p' \to \beta$$
$$t \quad t' \to l$$
$$ts \quad ts' \to ʒ$$
$$s \to ʒ或l$$
$$k \quad k' \quad h \to ø$$

　　2. 上字為鼻音尾韻，下字聲母的變化是：

$$p \quad p' \to m$$
$$t \quad t' \quad s \quad l \to n$$
$$ts \quad ts' \to n或ʒ$$
$$k \quad k' \quad h \quad ø \to ŋ$$

上字為開尾韻時，福州的s聲母變l；上字為鼻音尾韻時，福州的ts，

ts'變n̥。除了這兩個細節之外，福清和福州的聲母連讀音變沒有什麼差異。不過，福州上字鼻音尾和下字的聲母交互影響的情況不見於報導中的福清方言。

　　然而，「隨調變韻」在福清方言是全面性的。福清方言的韻母隨調類的不同分爲緊音和鬆音兩類。逢陰平、陽平、上聲、陽入，韻母歸緊音一類；逢陰去、陽去、陰入，韻母歸鬆音一類。緊音的元音較高，鬆音的元音較低。例如：

	陰平	陽平	上聲	陰去	陽去	陰入	陽入
緊音	心siŋ53	神siŋ55	嬸siŋ33				實siʔ5
鬆音				信seŋ21	盛seŋ41	濕seʔ22	

簡化說來，隨調變韻的情況是：

$$i \sim e \sim \varepsilon$$
$$u \sim o \sim \mathrm{ɔ}$$
$$y \sim \o \sim \mathrm{œ}$$
$$a \sim ɑ$$

也就是說，i、u、y、a只作緊音，ε、ɔ、œ、ɑ只作鬆音。e、o、ø對i、u、y而言是鬆音，對ε、ɔ、œ而言是緊音。

　　福清方言「隨調變韻」的現象也體現在連讀變調。例如上字爲陰去，連讀時調值變同陰平、陽平，原來的鬆音也相應變成緊音。例如：

糞缸　　poŋ21　koŋ53→puŋ55　ŋoŋ53
氣枕　　k'e21　tsieŋ33→k'i53　tsieŋ33（充氣枕頭）

　　福州、福清等閩東方言最主要的特徵是把「狗」說做「犬」，如福州、福安讀ᶜk'ɛiŋ，寧德讀ᶜk'ɛŋ，浙南平陽、泰順的閩東方言叫做「蠻話」，也把「狗」叫做「犬」。這是閩東方言的鮮明標幟，在所有漢

語方言當中也是相當耀眼的。據羅杰瑞（Norman, 1988:17）的說法，「犬」是漢語固有詞，「狗」是從苗瑤語借入漢語的說法。

福州、福清兩方言都在閩東區的侯官片，這片方言的共同點是韻母系統分緊音、鬆音。閩東區的另一片叫福寧片，其中的福安、寧德方言有-m，-n，-ŋ和-p，-t，-k，-ʔ七種輔音韻尾，在閩東方言中相當突出，然而其韻母系統也有緊、鬆之別。（Norman, 1977-78）閩東方言「魚」字音都帶鼻音聲母，如：

	福鼎	柘榮	福安	寧德	福州
魚	⊆ŋy	⊆ŋy	⊆ŋøi	⊆ŋøːy	⊆ŋy

這是與閩南方言的重要區別之一。

3. 建甌方言音系（Norman, 1976）

建甌是閩北的重要城市，也是地方韻書《建州八音》的產地。在福建傳統社會裏，建甌方言在閩北的地位相當於福州方言在閩東的地位。掌握了建甌方言，對瞭解建陽、崇安、政和、松溪等閩北方言是有助益的。

聲母15個：

p	p'	m	
t	t'	n	l
ts	ts'		s
k	k'	ŋ	x
ø			

韻母32個：

i	e	ɛ	a	ɔ	o	u	y	œ
ia	iɛ	iɔ	iu	iau				
ua	uɛ	uai						
yɛ								
ai	au							

aŋ	eŋ	oŋ
iaŋ	ieŋ	ioŋ
uaŋ	ueŋ	uaiŋ
yeŋ		
aiŋ	oiŋ	

聲調6個：

陰平	上聲	陽上	陰去	陽去	陰入
54	21	22	44	35	42

　　建甌方言聲母有兩個比較突出的特點。一是來母唸s-，如「鱗saiŋ22，籃saŋ22，老se44，笠sɛ44，李sɛ44，郎soŋ22，聾soŋ22，卵soŋ44，蘆su22」。二是見母、船母、禪母字今讀零聲母：

　　見母：高au54，狗e21

　　船母：實i22，射ia22，食iɛ22，蛇yɛ44

　　禪母：匙i22，社ia22，上ioŋ22

　　建甌方言韻母系統分爲開尾韻與鼻尾韻兩組，韻母數只有32個。這兩種情況和官話方言比較相近，在中國東南方言當中可說是個異數。韻母數少源於韻母系統經歷了劇烈變化。從韻母經歷的變化不免令人懷疑是否聲母系統也經歷了同等程度的變化？即以上述聲母特點來說，見母的聲母（*k-）脫落是一項重大的音變，來母（*1-）唸成s-音是否保存上古音就不免令人遲疑起來。這是一個有待深入探討的課題。

　　建甌方言聲調有六個，這一個結論在羅杰瑞（Norman, 1976）和潘茂鼎等人（1963）的分析中是一致的。黃典誠（1957）「建甌方言

初探」分爲如下七個聲調：

陰平	陽平	上聲	陰去	陽去	陰入	陽入
54	33	11	22	55	13	31

其間的差異或許是發音人背景不同所致。黃典誠的分析雖立陽平一類，但他指出「很大一部分應該是陽平的字都歸入上聲」，從羅杰瑞記錄的材料看來也是如此。

以建甌爲代表的閩北方言第三人稱代詞用「渠」，管豬叫「豨」頗具地方特色：（李如龍，1991:141, 147）

	建甌	峽陽	松溪	政和	洋墩	石陂	建陽	崇安
渠	ky˕	ˌky	kyo˕	ky˥	ky˥	ˌgy	ˌky	ˌkəu
豨	˥k'y	˥k'y	˥k'y	˥k'ui	˥k'y	˥k'y	˥k'y	˥k'əu

一般「十五音」閩方言的第三人稱用「伊」，閩北的「渠」或係受客贛方言影響的結果。（黃典誠，1957）從東南方言觀之，「伊、渠」並用的方言只有吳、閩兩方言。（張光宇，1993）

4. 順昌方言音系（馮愛珍，1987）

順昌位於建甌西部，縣境方言複雜，大體可依富屯溪分爲東西兩片。東片包括洋口、建西、際會、大歷、嵐下、高陽、洋墩、仁壽等鄉鎮。西片包括雙溪、水南、元坑、鄭坊、大干、埔上等鄉鎮。東西兩片難以通話，底下介紹的是閩北方言系統的「洋口話」。

聲母15個：

p	p'	m	
t	t'	n	l
ts	ts'		s
k	k'	ŋ	h
ø			

韻母47個：

i	ε	a	ɔ	u	y	œ	iʔ	εʔ	aʔ	ɔʔ	uʔ	yʔ	œʔ
ia	iε	iu	iau				iaʔ	iεʔ					
ua	uε	ui	uai				uaʔ	uεʔ	uiʔ				
yε	yɔ						yεʔ	yɔʔ					
ai	au	œy											

iŋ	aŋ	ɔŋ											
iaŋ	iɔŋ												
uaŋ	uɔŋ	uaiŋ	uiŋ										
yiŋ													
aiŋ	εiŋ	œyŋ											

聲調7個：

陰平	陽平	陰上	陽上	去聲	陰入	陽入
11	53	31	55	33	13	5

　　洋口話的聲母在下述兩個地方表現閩北建甌方言的特色。1. 來母讀爲s-，如「老sœy55，籃saŋ11」。2. 見母讀零聲母，如「狗u31」。

　　洋口話的韻母系統分爲陰、陽、入三組。洋口有喉塞尾韻，建甌方言沒有。洋口的韻母數47個也比建甌的32個多。

　　洋口話的聲調有兩個比較突出的特點。一是古濁母平聲字分歸陰平、陽平，看不出分化條件。二是陰入的韻母都沒有喉塞音韻尾。

　　順昌西片方言以城關雙溪鎮爲代表，通稱順昌話。雖然同具閩語的一些共同特點，順昌話比起洋口話多了一層客贛方言的色彩。例如來母讀s-既見於東片方言，也見於西片方言：

	籃	鱗	狸	螺	聾	卵	老	笠
洋口話	saŋ11	saiŋ11	sε11	sui11	sɔŋ11	suiŋ55	sœy55	sεʔ5
順昌話	ʃɔ̃35	ʃε̃35	ʃε35	ʃœ35	ʃiuŋ35	ʃɔ̃31	(lo33)	ʃiεʔ5

第三人稱代詞為「渠」，管「豬」叫「豨」也是兩片相同反映閩北區域特點的例證：

	渠	豨嫲（母豬）		豨獅（公豬）	
洋口話	ky31	kʻy31	ma11	kʻy31	sɛ11
順昌話	kɛ31	kʻy31	mɔ11	kʻy31	ʃɛ55

以「嫲」為「母」且置於「豨」字之後，這可以看做是客贛方言的成分之一。閩南核心地區不常見此用法，但「豬嫲」在客家話是極常見的共通說法。

古全濁聲母字，順昌話比洋口話還常見送氣音。例如

	舅	病	飯	度
洋口話	ky55	paŋ33	puaiŋ33	tu33
順昌話	kʻy3	pʻiŋ53	pʻuɛ̃53	tʻu53

這一類現象顯示順昌話所受閩西客贛方言的影響程度遠大於東片方言。從地理位置上說，西片方言緊鄰邵武和將樂，金溪上游諸縣包括建寧、泰寧和將樂都是客贛方言分佈所在。金溪流至順昌與富屯溪合流，然後東經南平又與建溪匯聚而成閩江。順昌以上的支流河谷為客贛人民所盤據，順昌以下盡屬閩人天下。這樣的水文系統多少說明了何以富屯溪以西的順昌縣境客贛方言成分多於東片方言。總之，順昌東片是閩北方言，西片屬邵將方言。

5. 邵武方言音系（陳章太，1991）

《中國語言地圖集》把福建西北邵武、光澤、將樂、順昌四縣市的方言劃歸「邵將區」，並說明邵將區兼備客贛方言和閩語的某些重要特點，其中順昌東西兩片分歸閩北與邵將上文已經述及，其餘方言的情況，特別是邵武方言的性質歷來頗有爭議，底下試加剖析。

聲母20個：

p	pʻ	m	f	v
t	tʻ	n		l
ts	tsʻ		s	
tɕ	tɕʻ		ɕ	
k	kʻ	ŋ	h	
ø				

韻母46個：

i	a	o	u	y	ɻ	ə	ɯ
ia	ie	io	iau	iou			
ua	uo	uə	uai	uei			
ye							
ai	ei	oi	əi	au	ou	əu	

in	an	en	on	ən
ien				
uan	uon	uən		
yn	yen			
aŋ	oŋ	uŋ		
iaŋ	ioŋ	iuŋ		
uaŋ	uoŋ			
ŋ̍				

聲調6個：

陰平	陽平	上聲	陰去	陽去	入聲
21	22	55	213	35	53

邵武方言的聲母系統比「十五音」的閩語多了5個：f-，v-，tɕ-，tɕʻ-，ɕ-。其中的唇齒音被視爲客贛方言的標幟。舌面音只出現在細音之前與舌尖前音對立，例如：跡tsia53 ≠ 隻tɕia53，青tsʻin31 ≠ 深tɕ 'in31，西si31 ≠ 施ɕi31。這種「尖團」對立情況在閩方言區比較罕見。

邵武方言的韻母系統只分開尾韻與鼻尾韻兩組，與閩北建甌方言類似。開尾韻中ou，əu，ei，əi獨立爲韻，可以說是它的突出特點。鼻尾分爲-n，-ŋ兩類，其中-n尾字含有古*-p尾韻字，如「法fan53，答tan53，甲kan53，澀sen53」（台灣客家話的讀音是「法fap，答tap，甲kap，澀sep）。其變化過程也許是*-p→-t→-n。（張光宇，1984）這類現象也見於光澤。（熊正輝，1960）

邵武方言的入聲主要是古清聲母入聲字，也就是陰入。古次濁、全濁入聲字一般歸陽去。此外，邵武聲調的最大特色是在平、上、去和「陽入」各有一部分字讀爲「陰入」。

關於邵武方言的性質，羅杰瑞（1987）在「邵武方言的歸屬」一文曾有過詳細的論證。有趣的是，他的舉證一致指出邵武方言的閩語屬性，結論卻認爲是「典型閩語和客家話之間的一種過渡」。這個結論和較早的幾個觀察如張光宇（1984），陳章太（1984）是一致的。這裏沒有多少餘裕可以對此一問題條分縷析。但要指出，我們只要離析閩語核心與邊陲方言的區別，即不難對處於福建西北邊境且與客贛方言相鄰的邵武話做出明確的判斷。其次，閩客方言有許多相似點，我們處在閩客方言並用的台灣，對其差別的瞭解可用以甄別具有相似情況的福建西部地區。前一種認識是理性的，後一種瞭解是感性的。據此可以充分說明邵武方言的過渡性質。

邵武方言的「閩北」色彩反映在來母s-聲上，例如：露so213，籃san53，李sə53，卵son55，六su53，笠sen53，籮sai53。

邵武方言的「客家」色彩，我們用比對台灣閩客方言的方式來說明：

	邵武	客家	閩南
1. 豬圈	豬欄 ⊂ty ⊆lan	豬欄 ⊂tsu ⊆lan	豬寮 ⊂ti ⊆tiau
2. 柴火	樵 ⊆t'au	樵 ⊆ts'eu	柴 ⊆ts'a
3. 母牛	牛嫲 ⊆ny ⊆ma	牛嫲 ⊆n̦iu ⊆ma	牛母 ⊆gu ᶜbo
4. 嘴	嘴 ᶜtsei	嘴 ᶜtsoi	喙ts'uiᵒ

邵武方言也有深具閩方言特色的詞彙，如「骹、厝、鼎」分別表示「腳、房子、鍋子」。最特別的無疑是其人稱代詞：

	單數	複數
第一人稱	伉 ᶜxaŋ（我）	伉多 ᶜxaŋ ⊆tai（我們）
第二人稱	儜 ᶜxien（你）	儜多 ᶜxien ⊆tai（你們）
第三人稱	伊 ᶜxu（他）	伊多 ᶜxu ⊆tai（他們）

這一類人稱代詞在閩客方言並不多見，在漢語方言中也是突出的。

以上，我們把《中國語言地圖集》閩語區劃中的閩東、閩北與邵將區統攝在「閩北」的標題下做了簡略的介紹。這五個閩北方言的異同情況是：

1. 韻母系統可分兩組、三組兩大類。分為三組的方言包括福清、福州、順昌；分為兩組的方言是建甌和邵武。

2. 閩東區把「狗」叫「犬」。

3. 閩北區把「豬」叫「豨」。

4. 閩北、邵將區都有來母讀s-聲的現象，閩東區沒有此類現象。

5. 閩東區韻母系統有緊音、鬆音隨調變韻的現象，閩北與邵將兩區沒有此類現象。

二、閩中方言

　　閩中方言包括莆仙區、大田（前路話）和永安方言。這一地帶的方言夾在閩北與閩南之間，不只在地理分佈上居於閩中地位，在方言性質上也顯示過渡性質。茲各舉一例簡介如下。

　　1. 仙游方言音系（戴慶廈、吳啓祿，1989）

　　聲母14個：

$$
\begin{array}{llllll}
p & p' & m \\
t & t' & n & l & ɬ \\
ts & ts' \\
k & k' & ŋ & & x \\
ø
\end{array}
$$

　　韻母48個：

i e ɛ a ɔ o u y ø	iʔ eʔ ɛʔ aʔ ɔʔ oʔ uʔ yʔ øʔ
ia iu	
ua ui	
ya	
ai au eu oi ou	
ĩ ã ɔ̃ ỹ	iŋ eŋ ɛŋ aŋ ɔŋ oŋ yŋ øŋ
iã iũ	
uã uĩ	
yã	
aĩ aũ ŋ̇	

　　聲調7個：

陰平	陽平	上聲	陰去	陽去	陰入	陽入
55	24	33	51	21	21	54

　　仙游方言的14個聲母可以說是閩南泉州系方言聲母系統的「翻版」。比較突出的語特徵是其清邊音ɬ，這個音與閩東、閩南方言的s-相對應。

　　仙游方言的韻母系統分爲開尾韻、鼻化韻、喉塞尾韻、鼻尾韻四組。其中鼻化韻帶閩南方言特點，鼻尾韻帶閩東方言特點（只有舌根鼻音韻尾）。

　　仙游方言的陽去調有一部分字是陰入字因韻尾脫落併入的。

　　莆仙方言兼備閩南和閩東方言的特質，分述如下。

　　1. 閩南方言古次濁（明、微、泥、疑）聲母分化爲鼻音、口音的現象也見於莆仙方言。其中鼻音聲母只出現在鼻化韻母之前，口音出現在非鼻化韻母之前。舉口音爲例，閩南的b-，g-，莆仙讀爲p-，k-：米pi33，味pi21，賣pe21，買pe33，廟peu21；鵝kya24，業keʔ54，玉køʔ54，芽kɔ24，危kui24。此外，耳xi24，硯xiŋ21，魚xy24，蟻xya21也表現了閩南方言的特色。

　　2. 莆仙方言連讀中的聲母濁化與鼻音化現象也是閩東式的。

　　聲母濁化現象的條件是前一音爲開尾韻，後一音節的唇音聲母（p-p'-）變β，舌尖音變l，舌根音變ɣ：

　　　　白米　pa24　pi33→pa24　βi33

　　　　下鋪　ɔ21　p'ou55→ɔ21　βou55

　　　　鋤頭　t'y24　t'au24→t'y24　lau24

　　　　報紙　po51　tsya33→po51　lya33

　　　　戶口　xou21　k'au33→xou21　ɣau33

　　　　師姑　dai55　kou55→dai55　ɣou55（尼姑）

　　聲母鼻音化現象的條件是前一音節爲鼻化韻或鼻尾韻，後一音節的聲母變爲部位相同或相近的鼻音：

醫米　tsiũ51　pi33→tsiũ51　mi33（豆豉）

寒天　kuã24　tʻiŋ55→kuã24　niŋ55（冷天）

洋燭　iũ24　tsɔʔ54→iũ24　nɔʔ54（蠟燭）

紅旗　aŋ24　ki24→aŋ24　ŋi24

辛苦　ɬiŋ55　kʻou33→ɬiŋ24　ŋou33

中華　tøŋ55　xua24→tøŋ55　ŋua24

從泉州方言（林連通，1993）看起來，仙游話的韻母系統經歷了一些值得注意的變化。泉州的-uĩ，仙游話讀爲-ĩ：

	卅	千	店	前	先	縣	揀	閑
泉州	puĩ24	tsʻuĩ33	tuĩ31	tsuĩ24	suĩ33	kuĩ31	kuĩ55	uĩ24
仙游	pĩ24	tsʻĩ55	tĩ21	ɬĩ24	ɬĩ55	kĩ21	kĩ33	ĩ24

泉州的-ĩ，仙游讀爲-iŋ：

	天	年	染	見	硯	圓	院	錢
泉州	tʻĩ33	nĩ24	nĩ55	kĩ31	hĩ31	ĩ24	ĩ31	tsĩ24
仙游	tʻiŋ55	niŋ24	niŋ33	kiŋ51	xiŋ21	iŋ24	iŋ21	tsiŋ24

前者是圓唇成分丟失，後者是從鼻化韻轉化爲鼻尾韻。從鼻化韻轉化爲鼻尾韻在漢語方言當中似乎比較不尋常，其實並非罕見。在閩方言就有漳平-iŋ來自-iũ（張光宇，1989），後文大田前路話也可見到-ĩ, -iũ→iŋ的例子。就仙游話來說，「硯」字最足以說明其韻母變化，因爲「疑」母讀h-是閩南特色，相伴的韻母照例總是-ĩ。

瞭解莆仙方言與閩南方言的對應關係有助於探討本字的考訂。有人以爲莆仙方言的「我」唸ᶜkua，本字應作「寡」，實際上瞭解到閩南的g-對應於莆仙方言的k-，本字仍應爲「我」就不辯自明：閩南ᶜgua，莆仙ᶜkua。

　　莆仙方言的過渡性質還可從文白異讀入手分析。大致而言，莆仙方言的白讀與泉州系閩南方言關係深，其文讀與閩東方言關係深。有人以爲莆仙方言的文白系統與閩南話基本一致，（周振鶴、游汝杰，1986:69）那是失察所致。

　　2. 尤溪方言音系（李如龍，1991）

　　尤溪縣位於福建的地理中心，境內方言複雜。東與閩清、永泰相鄰，北與南平交界，西與沙縣、三明接壤、南與大田、德化依偎。四鄰方言勢力交侵，境內方言多姿多采。這裏以尤溪城關方言爲例。

　　聲母16個：

p	p'	m		
t	t'	n		l
ts	ts'		ɕ	s
k	k'	ŋ		x
ø				

　　韻母43個：

i	e	a	o	u	ɿ	ø	y	ɣ
ia	ie	io	iu	iau				
ua	ue	uo	ui	uai				
yo	yø							
ai	au							

ĩ	ẽ	ã	ø̃	ũ
iã	iũ			
uã	uẽ			
yø̃	ŋ̍			

iŋ	aŋ	oŋ	ɣŋ
ieŋ	ioŋ		
uaŋ	uoŋ	uɣŋ	

聲調6個：

陰平	陽平	上聲	陰去	陽去	入聲
33	12	55	53	31	24

尤溪方言的聲母除了一般所見的十五音之外，還有一個舌面擦音ɕ。這個舌面擦音所轄的字包括章組的船、書、禪三母，如蛇 ₌ɕia，舌 ₌ɕi（船），社 ɕiaᒧ，石 ₌ɕyø（禪），扇 ɕĩˀ（書）。這個聲母沒有相配的塞擦音 tɕ tɕ‘。

尤溪方言的韻母系統可以分為三組：開尾韻、鼻化韻和鼻尾韻。古陽聲韻今分鼻化和鼻尾兩類，這一點和閩南方言相似。古入聲尾不見輔音，鼻尾只有舌根音-ŋ，這一點與閩北方言的一般趨勢一致。

尤溪方言具有六個調。入聲只有陰入一類，陽入已變同陰平。

整個看起來，尤溪城關方言應劃歸非閩南方言。只要比較一下城關方言與縣境南部的街面話即可一目瞭然。街面話屬於泉州系的閩南方言，與德化話相近。以古次濁聲母來說，街面話清楚表現閩南派的讀法而城關方言不然。

	網	未	萬	我	牛	五	耳	魚	蟻	箸
城關	mɤŋᒧ	mueᒧ	uaŋᒧ	₌ŋua	₌ŋu	ŋuᒧ	ŋiᒧ	₌ŋu	ŋiaᒧ	₌nø
街面	baŋᒧ	bɤᒧ	baŋᒧ	₌gua	₌gu	gɔᒧ	hiᒧ	₌hɯ	hiaᒧ	hioˀ₌

這十個例字分屬「明、微、疑、日」四母，兩方言的區別是：

1. 明微母在街面話讀雙唇濁塞音 b，在城關讀雙唇鼻音。其中「萬」字在城關讀零聲母，與福州方言一致。

2. 疑母字城關方言皆作舌根鼻音，街面話皆為非鼻音。街面話分作 g-，h-兩聲母，與泉州方言完全一致。

3. 日母字「箸」城關讀鼻音 n-，街面話讀喉擦音 h-。

如「魚」字所示，尤溪城關唸舌根鼻音聲母，街面唸喉擦音聲母，

反映了「非閩南」與「閩南」的特色。從類似的現象看起來，尤溪方言不能籠統概括，必須分別處理。這就是尤溪話難以歸類的原因。尤溪的地理位置適在福建中部，境內方言既有閩南話的色彩又可見到閩東、閩北一帶方言的特點，因此把尤溪列在閩中方言。

3. 大田方言音系（陳章太，1991）

大田縣境內方言複雜，大體可以分為五種：前路話（也稱大田話或城關話），後路話、閩南話（舊稱下府話）、桃源話和客家話。除了客家話之外，其他四種方言都是閩語。這裏所介紹的大田話分佈在城關、紅湖、謝洋、武陵、上京、太華、梅山、前坪、湖美、早興等鄉。

聲母15個：

p	p'	b(m)	
t	t'	l(n)	
ts	ts'		s z
k	k'	g(ŋ)	h
ø			

韻母36個：

i	e	ɛ	a	ɔ	ɤ	u	aʔ	eʔ	oʔ	iaʔ	ioʔ	uaʔ
ia	iɤ	iɔ	iu								
ua	uɛ	ue	ui								
iŋ	eŋ	aŋ	oŋ	uŋ		ã	ɛ̃	ɔ̃	iã	uã	
iaŋ	ioŋ					ŋ̍					
uaŋ	ueŋ										

聲調7個：

陰平	陽平	陰上	陽上	去聲	陰入	陽入
33	24	53	55	31	3	5

　　大田話的聲母系統具有閩南方言的特點：b-，l-，g-逢鼻化韻轉讀為鼻音m-，n-，ŋ-。其他聲母和閩南方言的對應也相當整齊劃一，只有z聲母比較特殊。z-所轄的字包括：

　　疑母：鵝zia24，嚴ziaŋ24，業zia²5。

　　日母：仁zeŋ24，忍zeŋ53，潤zeŋ31，染ziaŋ53。

　　以母：羊ziŋ24，癢ziŋ53，樣ziŋ33。

　　大田話的韻母系統可分開尾韻、喉塞尾韻、鼻化韻和鼻尾韻四組。鼻尾韻只有舌根鼻音一種韻尾，顯現閩北方言的色彩。有趣的是-iŋ韻和閩南方言的-ĩ，-iũ相對應，底下以廈門代表閩南比對如下：

	邊	變	天	見	燕	耳	長	讓	癢	想	羊	腔
廈門	₌pĩ	pĩ²	₌t‘ĩ	kĩ²	ĩ²	hĩ²	⸝tiũ	liũ²	tsiũ²	siũ²	₌iũ	₌k‘iũ
大田	₌piŋ	piŋ²	₌t‘iŋ	kiŋ²	iŋ²	⸝hiŋ	⸝tiŋ	₌liŋ	⸝tsiŋ	⸝siu	₌iŋ	₌k‘iŋ

其中ĩ > iŋ也見於莆仙方言（例見上節），iũ > iŋ則是閩南漳平方言的特色。「耳」字大田讀h-聲，有助於說明從ĩ到-iŋ韻的變化。

　　雖然不少例證表明大田方言與閩南方言關係很深，但是從韻母系統的「崩壞」現象來說，大田前路話和莆仙方言一樣是一種「過渡」性很強的方言。理由是：

　　1. 韻母數只有36個，鼻尾只有一種。足見其韻母系統向「閩北」靠攏。

　　2. 閩南方言的共同特點中有一項是咸山兩攝三四等讀為-ĩ/i²韻。大田前路話沒有ĩ，i²也只有殘餘（如鐵t‘i31）。ĩ已如仙游話一樣變成-iŋ。

　　3. 大田前路話把「豬」叫做「豨」hui53。如前所說。「豨」是閩北建甌等方言詞彙的特色。

　　以上這三個現象都不見於閩南方言。從地理位置和方言性質兩方面看，與其把大田前路話當做閩南方言的一支，不如把它和莆仙方言放在一起叫做「閩中方言」。

最後，應該指出，就像所有靠近閩西客家方言的閩方言一樣，大田前路話也含有不少客家話的成分。例如把母親叫做「阿姐」a33 tsia53，女婿叫做「婿郎」sɛ31 lŋ24。一些古全濁聲母也唸成送氣音，如「舅」kʻiu55，「屐」kʻiaʔ5（廈門「舅」ku33，「屐」kiaʔ5）。

4. 永安方言音系（周長楫、林寶卿，1992）

永安、三明、沙縣的方言在《中國語言地圖集》中稱爲「閩中方言」，因爲它的地理位置適在福建中部。本書所謂「閩中方言」是指地理位置和方言屬性介於閩南、閩北之間。

聲母17個：

p	pʻ	b	
t	tʻ	l	
ts	tsʻ	s	
tʃ	tʃʻ	ʃ	
k	kʻ	g	h
ø			

韻母41個：

i	e	a	ɔ	o	u	y	ɿ	ø	ɯ
ia	ie	iɔ	iø	iɯ	iau				
ue	ui	ɔu							
ya	ye	yi							
aɯ	ɔu								

ĩ	ã	õ		
iã	iõ			
uã	m̩			

am	ɔm	um	ym	iam
aŋ	eiŋ	ueiŋ	yeiŋ	ieiŋ

聲調6個：

陰平	陽平	陰上	陽上	去聲	入聲
42	33	21	54	24	12

永安話聲母系統有兩個特點。一是b-，l-，g-在鼻化韻之前唸成鼻音聲母m-，n-，ŋ-。二是舌葉音tʃ-，tʃ'-，ʃ-與舌尖前音ts，ts'，s在齊齒、撮口、合口呼韻都有對立現象，在開口呼韻只有舌尖前音出現，舌葉音不出現。

永安話韻母系統分為開尾韻、鼻化韻、鼻尾韻三組。鼻尾只有-m和-ŋ兩種。-m尾的來源是通、江、宕、梗、臻、山、咸七攝。

永安話的六個聲調中，陽上包括古全濁、次濁入聲字。

永安是沙溪流域建置較晚的一個縣，原屬沙縣轄境。沙縣立於南朝宋元嘉元年（西元425年），起初叫做沙村縣，歸建安郡管轄，隋開皇元年（西元582年）改為今名。直到明景泰三年（西元1452）才把沙縣南部和尤溪西部劃立永安縣。從歷史沿革上說，永安方言原與閩北方言關係近。不過近百年來，由於閩南人不斷遷入，永安方言的發展難免受到閩南話的衝擊。例如，永安市西洋鄉有七個村近萬人說閩南話，大湖鄉有四個村數千人說閩南話，梅列區岩前鄉的歐坑村、星橋村也是閩南話的分佈所在。據估計，沙縣全境約有三分之一人口說閩南話。（李如龍，1991）整體說來，閩中方言是在閩北和閩南兩種方言勢力的激盪下發展、變化的。

永安話的閩北屬性見於下列三端：

1. 韻母系統沒有塞音尾韻。古代收*-p尾的「狹」唸a54，古代收*-t尾的「節」唸tsa12，古代收*-k尾的「力」唸la54。

2. 來母讀s-，ʃ-。例如：

聾saŋ33，籠saŋ33，蘆sɔu33，露sɔu24，籃sõ33，鱗ʃĩ33，狸ʃia33，李ʃia54，力ʃia54，留ʃiø42，籮suɔ33，螺sue33，卵

sum54，健sum24。

3. 把「豬」叫做「豨」。詞例包括：

豨獅　k'yi2l　ʃia42：種豬

豨嫲　k'yi2l　mɔ33：母豬

豨樹　k'yi2l　ty33：豬圈

豨槽　k'yi2l　tsaɯ33：豬槽

關於永安話的閩南色彩，李如龍（1991:199-200）曾舉三例爲證，包括1. 古泥來母今洪音相混，逢鼻化韻爲n-，其餘爲l-。2. 古陽聲韻字今讀不少爲鼻化韻。3. 上聲分陰陽，去聲不分陰陽。這些條例不無道理，但言之未詳。底下舉二例說明。

1. 古次濁聲母「明、泥、疑」在閩南方言逢鼻化韻讀鼻音，其他地方讀口音。永安話也大體如此。以明、疑爲例：

明：墨ba54，夢baŋ54，馬bɔ21，未bi21，木bu54。

疑：鵝gya33，我guɔ42，疑gi33，牙gɔ33，言geiŋ33。

2. 永安話上聲分陰陽、去聲不分陰陽。這種聲調分合與閩南泉州系方言一致，而與漳州系方言不同。漳州系方言是上聲不分陰陽，去聲分陰陽。永安話上、去聲的陰陽分合與泉州系的泉州、南安、安溪、德化一致。（周長楫，1986）

永安話的-m尾韻包括成音節的-m̩無疑是閩方言當中相當突出的特色。這一類韻母來自古-m尾的少，來自古-n，-ŋ尾的情況較多，轄字含有古咸、山、臻、宕、江、梗、通七攝。舉例如下：（周長楫、林寶卿，1992）

-m̩：橫hm̩33，秧m̩42。

-am：忠tam42，龍lam33，嵩sam42，弓kam42，胸ham42。

-ɔm：幫pɔm42，堂tɔm33，床ts'ɔm33，江kɔm42，昂ɔm33。

-iam：張tiam42，癢tsiam54，廠tʃ'iam21，強kiam33，羊iam33。

-um：搬pum42，炭t'um24，山sum42，寒kum33，安um42。

-ym：鹹kym33，銜kym33。

這一類現象除去由古*-m尾來的字之外代表韻尾的轉化，在漢語方言當中並不罕見。我們從山西祁縣、江蘇呂四等等方言的類似情況看來，一般由-n，-ŋ尾韻轉化爲-m尾韻都是有條件的變化（conditioned change），也就是說只有當元音具有圓唇成分的時候才產生這種韻尾變化。所以，多半的時候，我們所見的韻母形式是-om，-um，-ym。永安話上列六個韻母有三個具有圓唇成分（-ɔm，-um，-ym），有兩個（-am，-iam）具有展唇元音，一個是自成音節。永安話的-am韻以通攝字爲大宗（少數字屬於臻、梗攝），-iam韻以宕攝三等爲大宗。這兩個韻母原先可能是帶圓唇元音（-o），由於圓唇成分的作用使-ŋ變-m，韻尾變化完成以後，-o再變爲-a。簡單說，就是先經同化作用，再經異化作用造成的結果。（*-oŋ→om→am；*-ioŋ→-iom→iam）至於永安話成音節的m̩韻例字較少，從閩南方言看起來，有的可能只是發音部位轉移（如「央」ᴄm̩，閩南ᴄŋ），有的可能從鼻化韻變來（如「橫」ᴄhm̩，閩南ᴄhuaĩ，ᴄhuẽ，ᴄhuĩ）。其中雖然有些細節得從廣泛比較研究才能釐清，但總的來說，永安話-m尾韻的韻尾轉化現象爲閩中方言再添一例。

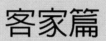

客家篇

第十三章　論客家話的形成

　　關於客家話的形成，近年有兩種學說頗引學界注目。其一是羅杰瑞（1988）的「古南方漢語說」（Old Southern Chinese），略謂現代的客家話是在西元一世紀到三世紀（東漢至三國時代）已存在於華南地區的古漢語的基礎上形成起來的方言。其二是魯國堯（1992）的「南朝通語說」，略謂永嘉亂起之後，由於北人南來使金陵成爲南朝通語中心，客家人在長江中下游僑居時即操南朝通語，後來再度南遷才成爲客家話。這兩種學說都以方言關係爲立論基礎。羅杰瑞以閩客方言關係密切爲張本，魯國堯聯繫客家話、贛語和江蘇通泰方言。客贛方言關係密切，自羅常培（1950）以來向無異議，魯國堯本此學說再事伸展，但在羅杰瑞看來，客贛關係相當膚淺（superficial）；閩客方言關係密切，羅杰瑞首發其論並認爲只有假定從早期南方古漢語的共同根源出發才足以解釋這一層關係。大約由於聯繫面向歧異，兩人所獲結論南轅北轍。方言的歷史就是人民的歷史。要探討客家話的歷史，首先得瞭解客家先民遷移過程。

一、北人避胡皆在南　南人至今能晉語

　　「北人避胡皆在南，南人至今能晉語」是唐代詩人張籍在〈永嘉行〉所咏的兩句話，鮮明生動地概括了西晉末年政治動盪下北人南移所造成的方言地理變化。這個政治動盪史稱「永嘉之亂」。

　　西元291年，由於司馬王朝內部爆發「八王之亂」，十六年間紛擾迭生，造成社會不安。北方的部族匈奴、鮮卑、氐、羌、羯見有機可乘，紛紛揭竿而起。西元304年，匈奴族劉淵在今山西離石舉兵，開啓了「五胡十六國」的序幕。西元311年6月，羯人石勒攻入晉都洛陽，俘晉懷帝。西元316年，劉曜攻陷長安，俘晉愍帝。西晉滅亡。西

元317年，晉宗室琅琊王司馬睿在北方士族的擁戴下即位於建康，是為晉元帝。自此以後的273年間，中國以長江為界，形成了南北對峙的分裂局面。《晉書·王導傳》說：「洛京傾覆，中州士民避亂江左者十六七。」

當時南逃的北方仕民大致可分三股：（羅香林，1933:41）

一、秦雍流人　秦雍（即今陝西、山西一帶地）等州的難民多走向荊州（即今湖北一帶）南徙，沿漢水流域，逐漸徙入今日湖南的洞庭湖流域，遠者且入於今日廣西的東部。

二、司豫流人　并、司、豫（山西、河南）的流人則多南集於今日安徽及河南、湖北、山西、江蘇一部分地方，其後又沿鄱陽湖流域及贛江而至今日贛南及閩邊諸地。

三、青徐流人　青、徐諸州（山東、江蘇北部）的流人則多集於今日江蘇南部，旋復沿太湖流域徙於今日浙江及福建的北部。

這三股移民把北方漢語方言帶到南方，對日後南方方言的形成與發展產生重大的影響。其中與後世閩客方言的形成有關的移民路線可以簡括如下：

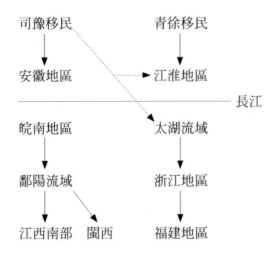

這個簡圖有主次之別，分別用實線、虛線表示。

　　如羅香林（1933:63）所說：「客家先民東晉以前的居地實北起并州上黨，西屆司州弘農，東達揚州淮南，中至豫州新蔡、安豐。換言之，即汝水以東，潁水以西，淮水以北，北達黃河以至上黨，皆爲客家先民的居地。上黨在今山西長治縣境，弘農在今河南靈寶縣南四十里境上，淮南在今安徽壽縣境內，新蔡即今河南新蔡縣，安豐在今河南潢川（唐以前又稱光州，民國改今名）固始等縣附近。客家先民雖未必盡出於這些地方，然此實爲他們基本住地。」從客家的堂號來看，客家先民也有秦雍和青徐的來源。例如梅州望族大姓當中，有王氏（太原堂，又三槐堂）、李氏（隴西堂）、溫氏（太原堂）、楊氏（關西堂）等屬秦雍背景，而謝氏（寶樹堂）、顏氏（魯國堂）、張氏（清河堂）、劉氏（彭城堂）、徐氏（東海堂）等屬於青徐背景。（張衛東，1992：17）簡要說來，客家先民以司豫背景爲大宗，青徐和秦雍背景爲小宗。

　　司豫背景的移民當中有一部分徙入江淮（通泰）地區和太湖流域。譚其驤（1934）謂：「宋志：南徐州備有徐兗幽冀青并揚七州郡邑（南徐州今鎮江武進一帶），實查則又有司州之廣平郡後省爲縣，豫州之南魯郡立魯縣，並隸南徐州。五方雜處，無遠勿至，蓋以此州爲最。」陳寅恪（1963）說：「至南來北人之上層社會階級本爲住居洛陽及其近旁之士大夫集團，在當時政治上尤其在文化上有最高之地位，晉之司馬氏皇室既舍舊日之首都洛陽，遷於江左之新都建業，則此與政治中心最有關係之集團自然隨司馬氏皇室，移居新政治中心之首都及其近旁之地。王導之流即此集團之人物，當時所謂『過江名士』者也。」當時南下的移民多集結於江南太湖流域，一方面因爲可以在東晉政權的庇護下得到安全保障，另一方面也因爲江南土壤肥美，易於營生。但是僑置郡縣不盡在江南，江北亦往往有之。《宋書・州郡志》「南徐州」序謂：「晉成帝咸和四年，司空郗鑒又徙流民之在淮南者於晉陵諸縣，其徙過江南及留在江北者並立僑郡縣以司牧之。……江北又僑立幽冀青

并四州」。

　　在長安陷落以前，西晉宗室琅邪王司馬越早已派司馬睿為鎮東大將軍，都督揚江湘交廣五州諸軍事，移鎮建業，做好南渡的準備。永嘉五年，司馬越病死於行軍途中。等到愍帝被俘，西晉傾覆，司馬睿就和過江世家大族建立了東晉政權。由於這一層關係，集結於太湖流域的北方世家大族有不少來自山東。《晉書·儒林·徐邈傳》上提到東莞姑幕（今山東諸城縣西北）人徐澄之「與鄉人臧琨等，率子弟並閭里士庶千餘家，南渡江，家於京口（今江蘇鎮江市）。」這一批山東世家大族和洛陽來的士大夫集團共同維繫東晉政權，而就太湖流域移民的來源來說實以青徐為大宗，以司豫為小宗。青徐移民和司豫移民匯聚在太湖流域一起營生，這是一個相當重要的史實。

　　流寓太湖一帶的北方仕民一則出於日常生活的需要，再則在宰輔王導的提倡下朝野形成「共重吳聲」的風氣。王導領頭學說吳語，事例見於《世說新語·排調》：

　　劉真長始見王丞相。時盛暑之月，丞相以腹熨彈棋局曰：「何乃渹。」劉既出，人問：「見王公云何？」劉曰：「未見他異，唯聞作吳語耳。」

劉孝標的注說：「吳人以冷為渹」，直到今天吳語仍用「渹」表示冷，音「楚勁切」。陳寅恪以這則故事為例說道：「然則導何故用吳語接之？蓋東晉之初，基業未固，導欲籠絡江東之人心，作吳語者，乃其開濟政策之一端也。」相反地，當時的南方士人以說洛陽話為榮。事例之一見於《南齊書·張融傳》：

　　張融字思光，吳郡吳人也。……出為封溪令。……廣越嶂嶮，獠則執融，將殺食之，融神色不動，方作洛生咏，賊異之而不害也。」

其實，不僅張融能作洛生咏，一般南朝士族都能用洛陽話交談和讀書。
（鮑明煒，1988）這些事例表明，東晉時期由於北方仕民南下，太湖
流域一帶進行了一場規模不小的方言交融。

太湖流域素為沃土膏壤，北方流人原可在此安居樂業。但其前提
是不能損及江東世家大族的經濟利益。東晉政權是南北門閥支持下的產
物，在這樣的政權性質下，江南「萬頃江湖」盡被世家豪族霸佔，「百
姓投一綸，下一筌者，皆奪其魚器，不輸十匹，則不得放」。（《太平
御覽》卷834引王胡之與庾安西牋）由於北方世家大族憑藉政治地位的
優越而不斷強取豪奪，終於引發了南北世家大族的利益衝突，導致一部
分北方仕民被迫再度遷徙。以王、謝為首的北來世家大族率其宗族、鄉
里、賓客、部曲，紛紛流寓到浙東會稽一帶，進而又發展到溫、台一
帶，林、黃、陳、鄭四姓則移居福建。（王仲犖，1980:329）這是認識
閩方言形成上一個具有關鍵性的歷史背景。流寓至太湖一帶的北方人來
源雖然複雜，但其方言背景主要的是青徐（以山東為首）和司豫（以洛
陽近旁為首）。這兩支移民共同習染吳語之後相攜南下奠定今日閩語的
基礎。（張光宇，1996）

二、古代和現代的方言關係

隨晉室南遷的士族從初履江南開始就觀察到南北方言的顯著差異。
例如山西聞喜人郭璞在給《方言》、《爾雅》做注的時候，就常提「江
東人呼某為某」一類的話。從南北朝開始，學者之間對南北方言差異的
言談也逐漸多了起來。例如關心子女語音正訛的顏之推在《顏氏家訓》
就說：

> 南方水土和柔，其音清舉而切詣；北方山川深厚，其音沉濁而鈋
> 鈍。

陸德明在《經典釋文》敘錄說道：

> 方言差別，固自不同，河北江南，最爲鉅異。或失在浮清，或滯於
> 重濁。

在南北對舉的傳統下，南方方言固然是混一言之，北方方言也不免籠統
概括。其弊在遮掩事實眞相，也給方言關係的探討帶來不利的影響。

　　事實上，北方漢語很早就呈方言發展不平衡的現象。例如，古陽
部所屬《切韻》庚韻開口三等字在西元一世紀的時候，在京兆、扶風、
鄒魯等大部分地區裏都已轉入漢時的耕部；而在汝南、南陽小部分地區
裏仍留在陽部。（王顯，1984）西漢時期，歌支兩部在長江北面連著
山東一帶合而不分，其他地區分別劃然。（虞萬里，1994）西元三世
紀，山東任城（今曲阜）人呂靜《韻集》有兩個特色：一個是後來遭受
顏之推非難的「益石」分韻，一個是後來爲《切韻》承襲的「三四等」
有別。假使我們暫時把細節（例如周祖謨指出：益石有別是魏晉時期詩
文押韻的共通現象，不獨呂靜爲然。）置於一旁，這四則漢語史現象大
體反映：西元三、四世紀以前中原偏東一帶的方言和中原偏西一帶的方
言在發展上很不一致。爲了便於稱述，我們姑且簡稱之爲中原東部方言
和中原西部方言。大致說來，中原東部方言比中原西部方言保守。

　　西晉末年的北人南遷，世家大族和所謂士大夫集團大約因爲掌握機
先能夠做有計劃的退路準備，庶民大衆則在鼙鼓動天、戎馬倥傯之際才
倉皇逃難，尋求庇護。前者可以從容應對，跨越地理障礙而遠走高飛；
後者限於舟車條件，只有就近避禍，輾轉遷徙。洛陽士大夫集團能在東
晉政權底下成爲「過江名士」，其他移民則多半沿海的歸向沿海，內陸
的多走內陸，其故在此。這也說明寓居太湖流域的北方移民何以青徐多
於司豫。在這樣的移民史背景下，從事方言關係的聯繫就成爲不但有意
義而且興味盎然的工作。

　　舉個例來說，「油條」在廈門叫做「油炸（煤）粿」[ˌiu tsiaˀ ᶜkue]，上海話（許寶華等，1988）叫做「油煤燴」[ˌɦiɣ zAˀₑ kuᴇᶜ]，山東濰城、坊子、寒亭、安丘、昌樂、臨朐、青州、壽光叫做「油炸果」（錢曾怡等，1992），儘管「粿、燴、果」寫法不同[1]，其實同出一源，可以視同《建州八音》注餕之對的「粿」（和果同一音韻地位）字。這種食品名稱多見於沿海一帶的方言而少見或甚至不曾一見於內陸的其他漢語方言。這樣的地理分佈絕非偶然，正是沿海移民在南下途中主走海路一線沿途撒播的例證。華南閩客方言比鄰而居，一在沿海，一靠內陸。閩、客方言的區別大約反映古代中原東西的差異。例如在下列詞彙上閩客方言劃然有別，絕不相涉：

詞　彙	客家	閩南
香芳～	香	芳
鍋～子	鑊	鼎
採～花	摘	挽
修～屋	整（～屋）	修（～厝）

這些分居劃然的單音詞使我們想到漢語史上「複音詞」化的由來，可能是不同方言的人民接觸之後的結果，因而有「芳香、鼎鑊、修整」等新面貌出現，閩、客方言保存的這一類單音詞現象當是東晉以前長期行用於中原東西兩地的方言詞彙特色。

　　客家話與中原西部方言的關係，彰明較著的是「鼻」字。「鼻」字《廣韻》注音「毗至切」，去聲，北京音pi35來自古入聲（可作「毗質切」）。現代漢語方言當中，毗至切一讀只見於客家話（如梅縣pʻiˀ）、

---

[1] 其實還有種種不同的暫代寫法。例如沈同（1981）在「上海話老派新派的差別」（《方言》275-283）寫作「管」下加浪線。朱彰年等（1991:60）《阿拉寧波話》寫作「油煤膾」。「管、膾」都應作「粿」。

粵語（如廣州pei²）和閩語（如廈門p'i²）；其他漢語方言多從入聲毗
質切一讀，例如太原[piə²₌]，上海[biɪ²₌]還有入聲尾印記，其他沒有入聲
的方言「鼻」字多隨全濁入聲字一起變化。《廣韻》爲何不服從多數方
言去「捃選精切」來爲「鼻」字注音？反從少數論「南北是非」呢？從
《切韻・序》中「吾輩數人定則定矣」和參與隋初陸家論難的顏之推
《顏氏家訓・音辭》所謂「摧而量之，獨金陵與洛下耳」的話來看，鼻
字注爲「毗至切」大約是陸法言根據「多所決定」的蕭該、顏之推等人
的意見取洛陽音爲雅正的標準所定下的音切。客家話唸毗至切是先民南
下時從司豫一帶方言攜下的結果。

　　「水」字音[ᶜfi]在客家話地區的分佈很廣，例如台灣新竹六家莊
（Yang, 1967），廣東饒平（詹伯慧，1993），福建建寧、詔安秀篆
（李如龍、張雙慶，1992）和龍岩地區萬安、雙車、大池、永定、下
洋、古田、上杭、武東、武平、湘店、軍家、塗坊、新泉、四堡、姑
田。贛語地區的類似現象見於江西吉水、宜豐、修水、弋陽等地。華南
漢語方言「水」字f-聲的現象在華南主要見於客贛方言而罕見於其他地
區，極可能是司豫移民足跡所至所留下的殘跡。現代山西南部洪洞、萬
榮、臨汾、吉縣、新絳、汾西、永濟、運城等地正是西晉司州轄境，
水字照例均讀f-聲母。雖然現代華北地區的同類現象也散見於山東（單
縣、滕縣、嶧縣、肥城）、甘肅（蘭州、武都sf-）和新疆吉木薩爾、
青海西寧等地，但是論其來源，都不脫中原西部方言干係。例如山東
滕、嶧一帶的移民都來自「山西洪洞大槐樹」（俞敏，1989）。

　　「母親」一詞在客家話地區有三種說法。一是「嬭」，《廣韻》：
「齊人呼母，莫兮切。」梅縣₌mɛi、新竹₌me。這個說法是泛稱。二是
「姐」，《說文》：「蜀謂母曰姐。」《集韻》注爲「子野切。」寧
都讀ᶜtsia，新竹讀ᶜtsia。這個說法見於「大婆細姐」（大老婆、小老
婆），「姐公、姐婆」（外公、外婆；母親那邊的阿公、阿婆）。第三
個說法是：「孃」，《集韻》：「於開切。婢也。」翁源叫₌oi，新竹

叫₋oi。其中「嬢」可能有比較特殊的來歷（李如龍、張雙慶，1992：498）暫且不論，其他兩種說法也都見於今天的山西南部。以洪洞方言爲例，「母親」一詞就有「姐ᶜtɕia」和「默₋mɛ」兩種說法和台灣海陸、四縣客家話如出一轍。

中國東南一隅從江蘇通泰地區（也就是《江蘇省和上海市方言概況》所稱第三區）開始迤邐向西到安徽南部，然後從黃山南麓直下鄱陽湖流域，沿贛江而上到達贛南，或攀越武夷山到閩西、粵東。這一地帶的方言古全濁聲母今讀不分平仄皆爲送氣清音，對吳閩方言呈包圍之勢。從西晉以來移民史路線看起來，幾可說凡司豫移民及其後世子孫足跡所到之處，都留下這個語音標幟。這種語音特點在華北集中見於古司州所屬的河東方言（也就是《山西方言調查研究報告》所稱南區方言）。例如「步pʻ-、杜tʻ-、在tsʻ-、淨tɕʻ-、跪kʻ-」在運城、芮城、永濟、平陸、臨猗、萬榮、河津、鄉寧、吉縣、侯馬、（沁水）、夏縣、聞喜、垣曲、稷山、新絳、襄汾、絳縣、臨汾、浮山、古縣、洪洞、霍州幾無例外。由此可知，司豫移民從西晉末年逃離故土以前，古全濁聲母早已讀成送氣清音。若說司豫移民帶著古濁音（*b-、*d-、*dz-、*g-）南下，到了南方之後散居各地的子孫後代突然百花齊放，產生相同的結果，那是不可思議的。

古全濁聲母今讀平仄皆爲送氣清音在東南地區的分佈對吳、閩方言呈包圍之勢，其實並不精確。被包圍的是吳語，閩語不在其中。多少年來，中外學者爲了揭示閩語的神秘性質，長期努力找尋閩語中有別於其他漢語方言的突出標幟。黃典誠（1984）的「閩語的特徵」就是具有代表性的其中一件作品。但論其實際意涵不過表彰閩方言內部的一致性。（比較李如龍、陳章太（1983）「論閩方言的一致性」）閩方言內部的一致性「特點」其實也廣見於東南諸方言，還不足以突出閩語的特徵。也許出於對這種以「一致性」充代「特徵」作法的不滿，閩方言研究者間企圖另闢蹊徑，嘗試爲閩語的定義找出一個比較精確的測試標

準。這種嘗試的結晶之一就是羅杰瑞（1982）的「定母12字」：

t'：嗁、頭、糖、疊（杳）

t：蹄、銅、弟、斷、袋、豆、脰、毒

假如某個方言，前四字讀送氣清音，後八字讀不送氣清音，那個方言很可能就是閩語。這些個判別字得來匪易，誠可說是目光獨到，意蘊深遠。一般漢語方言古全濁聲母如有文白兩讀，常見的文讀情況是平聲送氣、仄聲不送氣。閩方言的現象不然，白讀中不論平仄都有送氣和不送氣。更有趣的是在同一音韻條件下，一方讀送氣，一方讀為不送氣。以廈門為例：鼻pit˨，p'i²‖堂˨tŋ，糖˨t'ŋ‖投˨tau，頭˨t'au。這些同一音韻條件下的兩讀並行情況才是真正的關鍵所在。其間的區別既不足以用文白加以概括，那麼現象由何而起呢？從移民史路線看來，這種現象當緣於方言融合。上文說過，凡司豫移民及其後世子孫足跡所到之處，都有古全濁不分平仄讀送氣音的現象。閩方言先民中原有青徐和司豫兩個來源。兩方人馬匯聚在太湖流域習染吳語之後再度南下才成為後世所謂「閩語」。古全濁不分平仄皆讀不送氣是原來青徐移民的方言特色。（張光宇，1995）現代閩方言古全濁聲母讀不送氣的多於讀送氣的，正與閩方言先民以青徐為大宗，以司豫為小宗的背景相應。閩客方言的水乳交融關係在太湖流域時期已經展開，只是當時並無閩客之稱，但有青徐、司豫之別。換句話說，現代華南地區閩客方言比鄰而居（例如龍岩地區）所產生的互動關係是晚近的；南朝太湖流域一帶青徐方言和司豫方言的融合關係才是閩客關係密切的源起。

五胡崛起於西北，西晉覆滅以前，懷、愍二帝分別在洛陽、長安就逮。五胡十六國的禍害在中原西部尤為慘烈。烽火一起鐵蹄呼嘯而至，兩京及其近旁的百姓首遭其殃，不得不大肆逃亡。南逃的司豫移民對後世漢語方言的發展是廣泛而深遠的。除了上文所論閩客關係之外，司豫移民還對通泰地區、皖南地區、江西地區以及贛閩邊界的方言產生鉅大

的衝擊。

　　現代的吳語區大抵北以長江為界與江淮官話遙遙相望。但在東晉以前，吳語北界直抵淮河。（魯國堯，1988、1992）西晉末年，司豫移民遷入江淮地區以來，吳語在江北的勢力逐漸萎縮。通泰方言就是在吳語的底層上融入司豫方言色彩而逐漸變成今貌的。魯國堯以古全濁聲母今讀送氣清音和陰入調值低陽入調值高來聯繫通泰方言和客家話。所論的然有據。問題就在有了這兩個共同點，通泰方言何以不能叫做「客家話」？我認為通泰方言之所以叫做通泰方言而不叫做客家話，一個最明顯的標記是咸山兩攝三四等讀為偏前偏高的元音（-ĩ/iʔ）。這個元音特色一方面可用以區別客家話，一方面可用以聯繫閩南方言。通泰方言、閩南方言都曾和吳語有關係，因而也都具有這項語音特點。（張光宇，1993）所謂通泰方言與客家話的關係，其實緣於「司豫移民」，也就是說同出於西晉末年的司豫方言。

　　皖南是西晉末年司豫移民南逃的首站。司豫移民在此駐足長達五、六百年，等到唐末亂事又起，其子孫才再度相率南遷，到達江西南部和閩西山區。今天的皖南方言情況複雜，有的方言（像銅陵、太平仙源）比較近似吳語，有的方言（像績溪）具有類似客贛方言共通的特點。這一帶地方古稱吳頭楚尾，在西晉末年以前應屬大吳語區的範圍，休寧方言（平田昌司，1982）的「兒化」-n尾就是吳語的標記之一。（游汝杰，1993：105）但是在司豫移民由此繼續南下之後，後世又不斷有從他地遷入的新移民，帶來了河南、湖北的官話方言。直到今天，徽語有些什麼共性，一時還難以釐清。（李榮，1989）不過，司豫移民由此「路過」，有些人就在此落戶不隨人潮南流，這是可以肯定的。績溪方言古全濁聲母不分平仄今讀皆為送氣清音，實與早期司豫移民難脫干係。大約和通泰方言的情況一樣，績溪方言是第一期司豫移民所遺留下來的語言。

　　客家話和贛語的關係密切，早期的漢語方言區劃（李方桂，

1937；趙元任，1949） [2] 常把它們合稱爲「客贛方言」。由於發現臨川話和梅縣話的大量相同點，羅常培（1958:2）於是根據客家遷徙的蹤跡試圖把客贛方言的關係定爲「同系異派」，並認爲至少有一部分江西方言是客家第二期遷徙所遺留下來的語言。羅常培聯繫客贛關係的條例包括全濁一律變次清，曉匣合口變[f]，保存-m/p尾，蟹山兩攝殘餘一二等分立的痕跡，侯韻讀作[-ɛu]。這些條例說明，客贛方言的關係遠比客家話與皖南方言、通泰方言的關係還要密切。事實上，除了次濁上歸陰平調之外，客家話與贛語難分彼此。至於贛語，如袁家驊（1983:127）所說，「沒有很突出的特徵」。從司豫移民的路線看起來，客贛爲「同系異派」殆無可疑，他們是在同一母體（司豫）方言背景下孕育出來的，他們的差異主要是因異地而居以後的不同發展所致。這也說明何以「南昌話在詞彙方面似乎更接近吳、湘、江淮諸方言，而與客家話並沒有特殊的親密關係。」（袁家驊，1983：127）

　　總起來說，客家話的關係方言不少。除了皖南一帶方言複雜，必須分別探討之外，其餘關係方言的來龍去脈相當清晰：

　　閩方言是司豫移民與青徐移民匯聚在太湖流域習染吳語之後再度南移才逐漸形成；通泰方言是司豫移民進入江淮地區，以吳語爲底層，經由司豫方言與吳語的互動才逐漸形成今貌的；贛語的背景與客家話的背景原無二致，只因贛語吸納吳楚江淮方言的成分，才逐漸與客家話分道揚鑣。

　　從上述關係網絡來說，所謂「客家話」的關係方言主要源於「司豫移民」這一因素。「客家話」是客家民系形成之後才出現的，也就是司豫移民遁入贛南和閩西等地之後才慢慢被標舉出來。所以，與其把上述方言叫做客家話關係方言，不如將它正名爲司豫關係方言。客家話與上

---

[2] 關於前人所作漢語方言分區的異同，請參看詹伯慧主編的《漢語方言及方言調查》（湖北教育出版社，1991）。

述方言同爲司豫方言在南方所結的一個果實。

三、客家人與客家話

　　客家話之所以爲客家話和客家人之所以爲客家人是互爲表裏的。中外語言學家長期測試的結果顯示：次濁上歸陰平在客家話內部呈現大面積的一致性，（橋本萬太郎，1973:440-441）是一個大體可區別於其他漢語方言的特徵。底下是李玉（1984:6）親自調查所得的結果，從中可以看出次濁上讀陰平（左邊數字）往往多於讀上聲（右邊數字）：

下洋29,25	楊　村58,20	大　鵬42,15	陸川25,14	貴縣70,30
中保45,22	涼水井47,22	四　縣30,21	海陸15,12	尋鄔28,5
長汀49,23	連　城33,15	上　杭34,16	清流40,19	高陂36,12
南康30,9	上　猶51,20	崇謙堂36,25		

黃雪貞（1988）認爲以次濁上讀陰平作爲客家話的定義還不周延，應該加上全濁上讀陰平才算完備。如此才能區別粵語台山話和贛語新淦方言。這是現代漢語方言區劃上的一個貢獻。但是從方言史研究的角度來看，我們的視線不必爲分區的界劃所限。我們的問題是：爲什麼通泰方言和江西新淦方言相距遙遠而同具古全濁上歸陰平的特色？爲什麼安徽太平仙源方言和廣東台山同具古次濁上歸陰平的特色？是出於偶然共同創新？還是出於共同的歷史淵源？

　　持平地看，上述客家方言的聲調特點並無大張旗鼓的必要。閩南話漳州系方言與泉州系方言聲調的區別遠甚於客贛方言之間，例如漳州方言分陰陽去而不分陰陽上，泉州方言分陰陽上而不分陰陽去：（周長楫，1986）

	上　　聲　　去　　聲			
	陰上	陽上	陰去	陽去
漳州	53 = 53		21 ≠ 22	
泉州	54 ≠ 22		31 = 31	

爲什麼在這種分組態勢明顯的情況底下，方言分區工作者容許以其他共同點把兩個大方言合在「閩南方言」的屋簷底下，而非要想方設法利用轄字不多的聲調特點（如以次濁上歸陰平爲限）把客家話從贛語分立出來？爲了分可以無視其間的共同點，爲了合可以無視其間的差異性。這種作法使得方言分合進退失據，實非平允立場。

　　由閩南漳泉兩系方言的異同回觀客贛方言的關係，我們可以清楚看到，一般所謂客家話的特點不免誇大其辭。客家話之所以獨特，首先是緣於客家人的獨特歷史經驗。由於其獨特歷史經驗，客家人長期遭受誤解。1957年，中國科學院歷史研究所和北京大學歷史系合編《中國史學論文索引》把《粵西北部客方言》等文獻列入「少數民族語文」類，就是這種誤解之下的產品。若問這種誤解從何而來？實在是因爲客家人是華南半漢半畬的新興民系。關於這一點，羅香林（1933:74）早已指出：

　　　客家是自北南遷的民系，當其輾轉奔投的時候，自然免不了要受種
　　　種自然淘汰與選擇作用的規範，衰老的、弱小的不容易達到安全的
　　　境地，就是身體不很結實的女人也不容易與男子一同奔避。結果能
　　　夠到達目的地的，十之八九都是精力較優的丁壯。就中其有原日妻
　　　室能夠同時履止的，自然不必遽與土著通婚。但其他沒有原日妻室
　　　同時履止的，那就只好降格以娶土著婦女了。客家先民所以不能不
　　　與畬民混血的，大概就是這個緣故。

這個說法合情合理，因為客家先民移入的閩、粵、贛交界地區至遲在西元七世紀初（隋唐之際）已為畬族人民聚居之所。但是，應該指出，客家先民初履畬地，其身分為司豫移民後裔。我們今天所稱之客家人當起於漢畬通婚以後也就是趙宋初年。「客家」得名之由即此土客關係，也就是以畬族立場對外來漢人的稱呼[3]。

　　自《客家研究導論》刊佈以來，羅香林的客家遷移運動五期說已大體為學界所公認[4]。除了周振鶴、游汝杰（1986:22）認為應增「唐中期安史之亂後有許多北方人南下」一段之外，一般似無他議。從客家民

---

[3] 「客家」名稱的由來，一向有主戶客戶說和土客說。我懷疑主戶和客戶對舉而來的客家名稱也許是一種附會。最近讀到嚴學宭《八十自述》（語言研究1993年增刊）有段話道：

　　在一次偶然的閒談中她告訴我說，他們的家鄉語言既不像湘西苗語，又不像當地漢語，可能是一種獨立的少數民族語言。他們自稱為「畢滋卡」，即「本地人」的意思，對外則自稱為「土家」，稱漢族為「客家」，漢人稱他們為「土人」或「土蠻」。（頁42）不免令人設想，「客家」起於土著對漢人的稱呼。這跟後來客家人標榜祖上來自中原是相應的。

[4] 為了便於讀者參照，底下轉錄袁家驊（1983:146）整理的分期表：

遷徙次序	遷徙時代	遷徙原因	遷徙起點	到達地點
第一次	由東晉至隋唐	匈奴族及其他外族入侵，對漢族大肆蹂躪，迫使漢族南遷避難。	并州司州豫州等地。	遠者達江西中部，近者到達潁淮汝三水之間。
第二次	由唐末到宋	黃巢起義，為戰亂所迫。	河南西南部，江西中部北部及安徽南部。	遠者達循州、惠州、韶州、近者達福建寧化、汀州、上杭、永定，更近者到達江西中部和南部。
第三次	宋末到明初	蒙元南侵。	閩西，贛南	廣東東部和北部。
第四次	自康熙中葉到乾嘉之際	客家人口繁殖，而客地山多田少，逐步向外發展。	廣東東部北部，江西南部。	有的到了四川，有的到了台灣，有的進入廣東中部和西部，有的遷入湖南和廣西。
第五次	乾嘉以後	因土客械鬥，調解後地方當局協助一批客民向外遷徙。	粵中（如新興、恩平、台山、鶴山等地）。	近者到粵西（高、雷、欽、廉諸州），遠者到達海南島（如崖縣、定安）。

系形成的背景來看五期的說法，從首至尾統冠以「客家」似有未妥。因為司豫移民非盡是今日所稱客家人。他的五期說可以分作兩節，前一節是司豫移民，包括一二兩期；後一節是客家民系，源於第二期的司豫移民，至第三期已經定型。客家民系形成之後的遷徙才是真正的客家遷移運動，這相當於羅香林的第四、五期。這樣區分便於說明所謂「客家」關係方言的關係。閩語、通泰方言、皖南方言、贛語和「客家」話的關係是同具「司豫」背景；湖南、四川的客家話是客家民系形成之後輾轉遷徙的結果（主要是元末、明末隨「江西填湖廣，湖廣填四川」的移民潮造成的）⑤。前者的關係是遠親，後者的關係如同手足。

　　司豫移民進入閩、粵、贛交界地區之後對原住民畬族產生鉅大的衝擊。一部分畬族與漢族通婚形成後代的客家人，一部分畬族未與漢族混血仍保存其狗圖騰信仰作為其族群標幟。畬族「亦因須與客家盛營貿易的緣故，漸漸習染客人的語言和文化，久而久之，遂把他們的語言都消失了」。（羅香林，1933：75）因此，今天使用客家話的人口實可分為兩種情況，一種是漢畬混血的客家人所說的客家話，另一種是畬族人所說的客家話。這兩種客家話的使用人口都與「畬」族有關，外人不察，於是產生了令客家人大為激憤的誤解（例如以「猺、犵」稱之）。客家人身上雖然流著有畬族的血液，但在他們的心目中仍自認為「華夏冑裔」，與信守狗圖騰的畬族大有區別。客家人的族群意識表現在兩方面：一是勤修族譜以中原郡望自矜。客家民居門楣出示堂號無非告示外人祖上來歷，幸勿以他族視之。二是告誡子孫「寧賣祖宗田，不賣祖宗言」，「寧賣祖宗坑，不忘祖宗聲」。因為只有這樣才能簡單明瞭地顯示「華夏冑裔」的身分。客家人以是否具有中原意識來區別客、畬；外人以是否帶有畬族血統去界定客家人，客家人就是在這樣的夾縫中激發

---

⑤ 關於「江西填湖廣，湖廣填四川」的移民運動，參看崔榮昌（1985）的「四川方言的形成」，《方言》6-14。

了特別濃烈的族群意識。

　　瞭解了客家人族群意識的緣起，就不難洞悉爲什麼比鄰而居的客贛方言明明大同小異卻非劃清此疆彼界不可。例如江西東部的黎川方言，古全濁聲母平仄皆爲送氣清音，例外的「渠」字（第三人稱代詞）讀不送氣清音（₌tɕiɜ³）。古全濁上讀陰平（坐、下、在、近、動），「鼻」字讀去聲[p'i²]都與梅縣一致，可是卻劃在贛語範圍。（顏森，1993）又如江西永豐南部的沙溪話明明具有一些客家話的特點（如陰入低、陽入高，與南昌不同而與梅縣一致），但是當地人並不認爲自己說的是客家話。「贛南信豐縣城和附近農村說官話，當地人很清楚哪兒哪兒的話是客家話，界線一直明確到具體的村子。」（顏森，1986）這是一個很有趣的信息。我們要問：當地人是因爲客家人把次濁上讀爲陰平才指認他們講客家話呢？還是因爲知其爲客家人才指認他們講的是客家話？

　　總而言之，客家話的起源是西晉末年的司豫方言，客家話是在司豫移民進入閩粵贛交界地區轉成客家人之後才作爲族群標幟出現的名稱。轉成客家人以前仍應稱做司豫移民；轉成客家人之後的遷移運動才是貨眞價實的客家移民運動，帶著濃烈的客家族群意識轉徙華南各地甚至遠赴海外。

　　從客家人的歷史經驗看來，所謂古南方漢語的假說實屬子虛烏有[6]。閩客方言非無關係，但其關係發生在東晉太湖流域，司豫移民與青徐移民融爲一體。然後南下成爲閩語。換句話說，閩語中的「客家」成分得自司豫移民，並非原有什麼古南方漢語提供給閩客方言一些共同質素才使兩者搭上密切關係。事實上，閩方言的古漢語質素來自中原東西，謂之爲「古北方漢語」尤爲恰當。

---

[6] 古代南方並非沒有漢語，例如《方言》提及的吳楚江淮就是東晉以前華南既存的方言。但是羅杰瑞所稱「古南方漢語」指的是閩粵客的共同祖語（或根源），所論以共同詞彙和語音現象為假設根據並不涉及移民史的實質問題，這是他學說的特點。參看Norman（1988）的第八、九兩章。

　　客家話源於南朝通語的學說也滯礙難通。因爲通泰方言和客、贛方言之間的共通質素實由司豫移民這一共通方言背景造成，並非共同得自南朝通語的結果。南朝時期，江東士族以學說洛陽話爲時尙，固屬事實，但其通行範圍只限於金陵及其近旁，論其來源也不脫司豫背景（洛陽及其近旁）。客家先民從北而南，穿過皖南、江西直貫而下者多；繞到太湖流域共維東晉政權，子孫輾轉進入客家地區者少。事實上，入仕南朝的原司豫移民者的後代，在繼續南下的進程中多轉入福建成爲今天閩方言人民的祖先。總括言之，今天的閩客方言同具司豫背景，除此之外，閩方言還有青徐背景和太湖流域的方言經歷爲客家話所缺如。

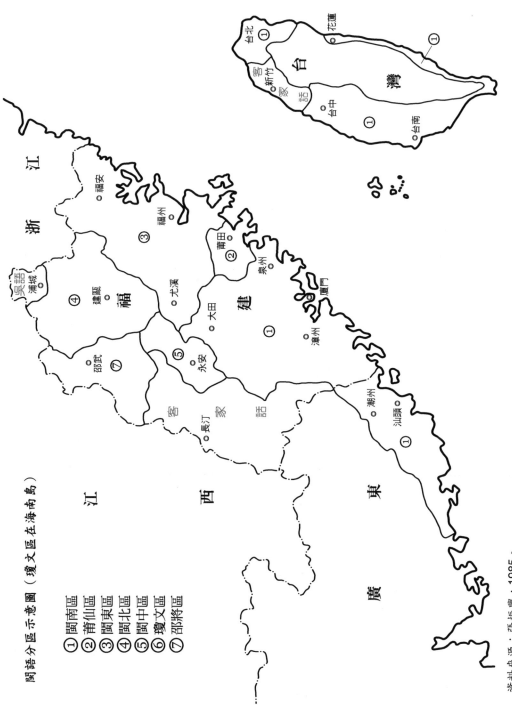

閩語分區示意圖（瓊文區在海南島）

①閩南區
②莆仙區
③閩東區
④閩北區
⑤閩中區
⑥瓊文區
⑦邵將區

資料來源：張振興，1985。

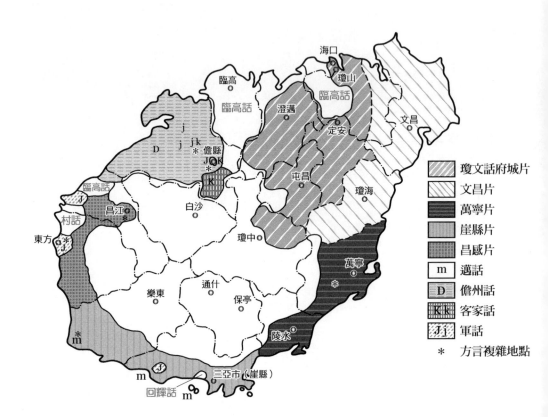

海南島方言圖

資料來源:梁猷剛,1984「廣東省海南島漢語方言的分類」,《方言》第四期。

第十四章　客家與山哈（附錄：客與客家）

　　現代漢語十大方言，依通名分可別爲兩大類。一類通名作「語」，包括晉語、吳語、閩語、粵語、徽語、湘語、贛語。另一類通名作「話」，包括官話、平話、客家話。凡通名稱「語」的，專名部份都屬地理名稱，或者是相沿成習的古國名（如晉、吳），或者是今省區的簡稱（如湘、粵、閩、贛），或者是州府的名稱（如徽語在古之徽州）。這些方言區大小不一，但名稱天成，稱說方便，就取名言之，無待解釋。然而，通名作「話」的，方言名稱稍爲費解，包括命名原義，起於何時，出於何地，由誰賦予都有待斟酌。其中最爲撲朔迷離的是「客家」的名稱。下面先說平話和官話。

　　平話　梁敏（1997）指出：平話在各地的名稱不一。南寧市郊區、邕寧、桂北的臨桂和湖南的寧遠、道縣、通道等地自稱平話；融安、融水、羅城、柳江、柳城一帶自稱百姓話。由於說這種話的人在當地落籍較早，故後來到達的，說西南官話的把他們當做土人，並給這種話一個不雅的稱謂，叫土拐話；對桂北的其他地方的平話也多在地名之後加一個「土」字，如靈川土話、富川土話等；在桂南的一些地方也有以地名來命名的，如賓陽話、南寧市郊的橫塘話、亭子話、沙井話、楊美話等；右江和雲南富寧一帶則因說這種話的人多從事甘蔗種植業而稱之爲蔗園話；左江一帶和賓陽附近的壯族、瑤族人民也有稱之爲客話的。各地自稱雖然不同，但他們一般都不排斥「平話」這個統稱。對平話的「平」字沒有一致而又滿意的解釋，有人說因爲這種話的音調平緩，故稱之爲平話，也有人說這是平民百姓的話（與官話的「官」字相對），未審孰是。

　　《宋史》卷一九〇《兵志》有段記載謂：「皇祐五年（1053）增置雄略指揮，廣州、桂州各二，全州、客州各一，更加募澄海、忠敢、雄略等軍，以四千人屯邕州。二千人屯宜州，一千人屯賓州，五百人屯

貴州。」這一段記載說的是狄青南征之事。現代說平話的人大都認爲祖先是北宋年間隨狄青南下平定儂智高，事後定居屯駐下來的。廣西地名中不但有平南縣，南寧市邕江南岸還有平南村、平西村等地名。因此，平話的「平」字，和地名一樣，都是平南戰爭留下的痕跡。（張均如，1982；周振鶴、游汝杰，1986）

官話　文獻上較早的名稱見於朝鮮《李朝實錄・成宗四十一年九月》（葉寶奎，2001），時當西元1483年，距明太祖洪武元年（1368）大約百年。官話名稱在明建國百年之後見諸域外文獻，足見域內在明初即已通行。中國文獻上，宋元兩代「官話」一詞未嘗一見，元雜劇雖有一見但出於明人之手，不足爲據。（這一點承魯國堯先生告知）域內首見之例應推明何良俊《四友齋叢說》：「（王）雅宜（寵）不喜作鄉語，每發口必官話。」鄉語和官話對稱，有如後世所說方言與國語、方言和普通話，或如清江永在《音學辨微》提到的鄉音與官音。官話應是通行較廣、具共同語性質的語言。不過，中國文獻上對「官話」一詞並無說解。義大利籍的天主教神父留下了極爲珍貴的紀錄。《利瑪竇中國札記》指出，中國各省口語大不相同，各有方言鄉音。此外，「還有一種整個帝國通用的口語，被稱爲官話，是民用和法庭用的官方語言。這種國語的產生可能是由於這一事實，即所有的行政長官都不是他們所管轄的那個省分的人，爲了使他們不必需學會那個省分的方言，就使用了這種通用的語言來處理政府的事務。官話現在在受過教育的階級當中很流行，並且在外省人和他們所要訪問的那個省分的居民之間使用。懂得這種通用的語言，我們耶穌會的會友就的確沒有必要再去學他們工作所在的那個省分的方言了。各省的方言在上流社會是不說的，雖然有教養的人在他的本鄉可能說方言以示親熱，或者在外省也因鄉土觀念而說鄉音。這種官方的國語用得很普遍，就連婦孺也都聽得懂。」（魯國堯，1985）這段話珍貴之處就在表明所謂「官話」就是做官的人所說的話，因爲所有行政首長都來自外省。明代這種派官制度

同樣施行於軍隊。明代前期，本籍軍戶一般不在本地衛所從軍，北方衛所的軍人來自南方，南方衛所的軍人來自北方。（曹樹基，1997：7）官吏和軍隊如此調遣，使他們必須曉習官方的語言以便作爲共同的交際媒介。這樣的解釋無疑是貼切的。

平南軍的歷史說明了平話的「平」字，官人所說的話說明了官話的「官」字，字面上的解釋得到了歷史或制度背景的支持，這兩說應符合事實。相對而言，客家話的「客家」一詞，顯得撲朔迷離，迄未究明眞相。底下，我們嘗試揭開其神秘性質。

一、客家是外來漢人

「客家」一詞最通俗的解釋是「客而家焉」，陳運棟（1980）及《民族辭典》（上海辭書出版社，1987）都取此解。客家流傳很久的「遷流詩」表達的也正是此意。詩文內容說：

人稟乾坤志四方，任君隨處立綱常。
年深異境猶吾境，身入他鄉即故鄉。

這首豪邁干雲的民間歌謠，立意頗佳，對古代安土重遷的農業社會來說富於勵志色彩，隨遇而安的豁達情操。然而，從中國移民史（葛劍雄、吳松弟、曹樹基，1997）上看，率土之濱，寰宇之內，或因戰亂，或因天災，或因疾疫，中國百姓遷徙流轉，史不絕書，移民莫不以他鄉爲故鄉，客而家焉無處無之，何以「只有」今天說客家話的人稱爲客家，其他地區說其他方言的人不稱爲客家？由此可見，「客而家焉」的解釋流於寬泛。

漢語詞匯用漢語用字習慣去注疏，原屬天經地義。但是，有時候還應考慮到誰使用這個漢語詞匯傳達什麼意思。例如「國語」一詞在非漢

族統治中原時期指的就不是民國時期的同一個內容，《隋書‧經籍志》經部小學類後序云：「後魏（即北魏，鮮卑族）初定中原，軍容號令皆以夷語（鮮卑語）。後雜華俗，多不能通，故錄本言，相傳教習，謂之國語。」台灣在日據時期，因統治者推行皇民化運動，凡台灣人家庭日常以「國語」為交談工具的都會被封為「國語家庭」。古今一例，所謂國語云者指的都是統治階級的語言。「客家」一詞至今沒有達解，也許與此「同名異實」的現象有關。當我們循著這條思路搜尋時，在華南民族接觸地區找到以下幾則文獻，說明「客家」是少數民族對外來漢人的稱呼，「客話」是少數民族稱與其「比鄰」而居的漢語方言。

　　湖南　嚴學宭（1993）在《語言研究》增刊《八十自述》有段文字回憶道：1952年籌建湘西苗族自治區期間，我擔任中南民委湘西工作隊隊長。有一位在中南民委工作，名叫田心桃的女同志。二十來歲，湘西龍山縣人。在一次偶然的閑談中她告訴我說，他們的家鄉語言既不像湘西苗語，又不像當地漢語，可能是一種獨立的少數民族語言。他們自稱為「畢滋卡」，即「本地人」的意思，對外則自稱為「土家」，稱漢族為「客家」，漢人稱他們為「土人」或「土蠻」。（頁42）

　　貴州　李藍（1994）在調查黔東南苗族侗族自治州丹寨縣的漢語方言時，記下一段親身經歷道：丹寨縣語言分佈與使用的情況也比較複雜。……當地苗族稱漢族為「客家」，漢語為「客話」。客話是各民族之間的公共交際語，也是文教、衛生、集市貿易，開會讀文件等場合使用的「官話」。

　　廣西　梁敏（1997）的文章上文已經引述一遍，為了便於對照，這裏不避重複，扼要摘引如下：平話在各地的名稱不一，南寧市郊區、邕寧，桂北的臨桂和湖南的寧遠、道縣、通道等地自稱平話；融安、融水、羅城、柳江、柳城一帶自稱百姓話。……左江一帶和賓陽附近的壯族、瑤族人民也有稱之為客話的。

　　廣東　民國時期所出縣志，如廉江縣（廉江原名石城，設縣於宋

孝宗乾道三年，因與江西石城同名，民國三年改稱廉江。）1932年的
《重修石城縣志》（卷二《輿地志‧言語》）和海康縣1929年續修的
《海康縣志‧民俗志‧言語》分別有客話、客語的名稱。

　　廉江　「縣之語言有三種。一曰客話，多與廣州城相類。……二曰
哎話，多與嘉應州相類。三曰黎話，……與雷州話相類。」

　　海康　「有東語，亦名客語，與漳潮大類，三縣九所鄉落通談
此。」（按三縣指今海康、徐聞、遂溪三縣地）

　　海南島　廣東通志館（1931）《澄邁徵訪》卷語言類云：「唯余
客家人數百戶，俗稱新客，清同光間始遷來。至於黎人在本縣已絕跡
矣。」羅香林（1933:117）在引述這段文字之後說道：「瓊崖各地通常
唯操福老話，但其自己則稱客話，與客家的方言無涉，不能相混；其人
們的特性，亦與客家不同。」

　　上述文獻表面上看起來似頗紛繁，實際上同理共貫，相當一致。
湘西的土家族、貴州的苗族都稱當地的漢人為客家。廣西的壯族、瑤族
稱漢語方言的平話為客話，據此推知說這種話的人應稱為客家。總起來
說，華南少數民族有稱漢人為客家的習俗。「客話」或「客語」在廣
西指平話，在廣東、海南島或指粵語（如廉江），或指閩南話（如海
康）。所指內容雖異，但客話和客語指的都是漢語方言。其名稱當起於
當地少數民族。其中比較特別的是閩南系（福老）人民為什麼到了海南
島稱自己所說的話為客話，而文獻上稱其人為客家人。推測起來，可能
因為他們曾經與少數民族一起生活，因而被稱為客家人，久而久之，以
他稱為自稱而把自己說的話叫客話。附帶一說，廉江所見「客話」指粵
語，「哎話」指客家話。為什麼不以客話指客家人所說的話，而要以哎
話稱之呢？其中可能有先來後到的問題。粵語人口先來，當地少數民族
遂以客稱之；客家人後到，當地少數民族為了區別就以其第一人稱的發
音特點[ŋai]稱其話。無獨有偶，台灣台東地區的卑南族稱當地的客家人
為「哎哎」（ngai ngai）。

二、漢客與畬客

　　華南少數民族稱外來漢人爲客家，漢語方言爲客話。這一事實表明：現代客家人的「客家」稱謂有可能源自與其接觸的少數民族。這個少數民族不是別的，正是出自今客家大本營的畬族。畬族是一個漢化歷史悠久的少數民族，瞭解畬族漢化歷程，就不難鉤稽「客家」名稱之由來。

　　就民族識別來說，現代的畬族人有三個標籤：活聶、山哈和客家。

　　活聶　據毛宗武、蒙朝吉（1986）《畬語簡志》，活聶（hɔ^{22} ne^{53}）是廣東博羅、增城、惠東、海豐等縣畬族人的自稱，人口總數一千多人。活聶保留著原有的語言，即苗語，與苗語支的瑤族布努語炯奈話非常接近。（頁5）畬語hɔ^{22}是山，ne^{53}是人，活聶是山人的意思。南宋劉克莊（1187-1269）在《漳州諭畬》（收於《後村先生大全集》卷93）云：「凡溪洞種類不一：曰蠻、曰猺、曰蜑、在漳曰畬。西畬隸龍溪，南畬隸漳浦。其地西通潮梅，北通汀贛，奸人亡命之所窟穴。……二畬皆刀耕火種，崖棲谷汲，……有國者以不治治之。畬民不悅（役），畬田不稅，其來久矣。」其中所說「崖棲谷汲……不治治之」的話正是「山人」的寫照。附帶一說，這是「畬民」見諸文獻的最早紀錄。

　　山哈　據福建人民出版社1981年所出《畬族簡史》，畬族自稱「山哈」。「哈」在畬語爲「客人」之意，「山哈」指山裏人或居住在山裏的客人。但這個名稱不見於史書記載。（頁6）山哈分佈在福建、浙江、江西、安徽等省以及廣東省鳳凰山區的潮州、豐順等地，占所有畬族人口99%以上。其語言近於漢語的客家方言，但跟現在各地的客家話又有所不同，它在語音、詞匯、語法等方面都有一些自身的特點，含有古畬族的「底層」和現代居住地的漢語方言成分。畬族把這種語言叫做「山哈話」。（《福建省志‧方言志》，頁600）據此可知，山哈的

哈就是「客家」的「客」，所謂山哈也就是山客。活聶為山人，則山客意同「畲客」。「畲客」一詞見於清楊瀾《臨汀匯考》卷三「畲民」：「唐時初置汀州，徙內地民居之，而本土之苗仍雜處其間，今汀人呼曰畲客。」

　　客家　蔣炳釗（1992）的田野報告指出：上杭縣三萬多藍雷鐘姓，1988年才恢復畲族成分。閩西這個原來畲民聚居區，目前姓同樣的姓在其他縣都有，有的還是大姓，如武平縣素有「鐘半姓，李半街」之稱，可是武平的大姓鍾（鐘）氏還是劃為客家。就是已恢復了畲族成分的上杭畲民，他們的民族意識已很淡薄，還是認為自己也是客家人，可見畲民同化於客家已有相當長的歷史。（頁195-196）畲族人口在1982年普查時為36萬8千多人，到1990年為63萬人，增幅達71%。同一時期，全中國人口增長12%，少數民族人口增長28%。少數民族的跳躍式增長主要來自「轉換登記」（switched registration），也就是在政府民族平等的政策下，許多早先登錄為漢籍的少數民族認祖歸宗恢復其原有民族成分。畲族人口在這一時期的巨幅增長主要來自許許多多客家人恢復了畲族成分。（Erbaugh, 1996）換言之，在未恢復民族成分以前，許多畲族人是隱身在「客家」名稱之下。沒有資料可以顯示，在轉換登記的運動下到底還有多少客家人沒有恢復其固有民族成分。這種客家人的民族成分屬畲而在認同上歸漢的現象表明，原來先有一個與畲族有別的「漢人」客家，後來才能成為其認同對象。如此說來，「客家」名稱之由來已經呼之欲出。

　　羅香林（1933）有個看法認為：客家是自北南遷的民系，當其輾轉奔投的時候，自然免不了要受種種自然淘汰與選擇諸作用的規範，衰老的、弱小的，不容易達到安全的境地，就是身體不很結實的女人，也不容易與男子一同奔避，結果能夠到達目的地的，十之八九都是精力較優的丁壯，就中其有原日妻室能同時履止的，自然不必遽與土著通婚，但其他沒有原日妻室同時履止的，那就只好降格以娶土著婦女了。客家

先民，所以不能不與畬民混血的，大概就是這個緣故。（頁74-75）這段話應是合乎情理的推估。這種客家人與上述起於認同轉移而稱的客家人似應有所分別。為區別起見，我們把這兩種客家人分別稱為「漢客」與「畬客」。

漢客就是一般所說的客家人，雖然在血統上是一種漢畬混血的新興民系，但是在民族意識上仍然自認為「華夏胄裔」與「中原正統」。因為帶有畬族血統，所以常遭誤解。在民族歧視嚴重的古代社會，尤其在發生土客爭鬥的情況下，好事之徒竟杜撰犬旁客字稱之。客家人遭此侮辱，實難辯解。因此，很早以來，漢客就有「勤修族譜」表彰先民來歷，「門楣出示堂號」揭示其以中原郡望自矜的心態（張衛東，1991）；並代代相傳告誡子孫「寧賣祖宗田，不賣祖宗言」，用語言來昭告世人此乃中原雅音，客家乃華夏胄裔。這種種努力代表客家人的主觀願望，然而長期以來不敵客觀事實，外人誤解由此而起，客家族群意識也由此激發出來。總之，客家人是漢畬混血兒的子孫，但在民族認同上，客家人棄畬歸漢。

武平、上杭一帶姓藍、雷、鐘的客家人，1988年已恢復民族成分「畬族」，但他們認為自己也是客家人。這種客家人應即楊瀾《臨汀匯考》所說的「畬客」：身為畬族，心向客家。這種認同轉移當起於其姻親「漢客」的長期影響、同化。甚至仿照漢客編撰族譜，以中原為祖先郡望，以權貴出身自豪。例如上杭《雷氏族譜》云：「雷氏為黃帝諸侯國。秦漢以降，代有傳人。上杭一世為雷梓福，其先居山西平陽府馮翊村，郡望故稱馮翊。因避元兵胡兵亂，偕兄弟入閩，有止江右、清流、寧化而居者。寧化為雷氏祖居，梓福始就於寧化，後愛上杭山水之勝，得附城水西，渡黃河、南崗，遂遷上杭，是為上杭雷氏始祖。」

既然「畬客」也認為自己是客家人，外人又如何能與「漢客」相區別？應該指出，閩粵交界地帶「藍、雷、鐘」為畬族大姓，他們認同「客家」當屬積漸而然的現象。

　　山哈即山客，意同畬客，已如前述。為了區別起見，這裏沿其「自稱」仍叫「山哈」。山哈的語言狀況已見上面所引《福建省志·方言志》，這是畬族人說客家話的又一個例證。其語言帶有畬語的底層成分，又習染現住地的漢語方言。從分佈來看，山哈見於安徽、浙南、閩東等地，這些地方並無客家人，他們的客家話當從別處習得，其背景應在四處遷徙以前祖先棲息的大本營閩粵交界地。因此，畬客與山哈的區別是：畬客留住先民居地，而山哈遠離故鄉四處為家。畬客與漢客長期比鄰而居，認同發生轉移；山哈只在歷史上有過數百年與漢客接觸的經驗，遠離故鄉之後，雖然操客家話，但認同沒有發生轉移，仍以盤瓠信仰為民族標幟。

　　相對而言，活聶是「正宗」的畬族，所說的畬語是苗瑤語系的一支。不過，就像中國境內的少數民族一樣，活聶的畬語多少也帶有漢語借詞，其借詞以來自客家話為主。

　　總起來說，畬族與客家先民的接觸是一個波瀾壯闊的場面，整個民族都曾參與的運動。其中畬客是全程參與，始終不渝；山哈曾經大量介入，後因外遷而告中斷；活聶則是淺嘗即止。為了明晰起見，底下列表加以簡單概括：

	漢客	畬客	山哈	活聶
民族成分	漢	畬	畬	畬
認同對象	中原	客家	畬	畬
語言成分	客家	客家	客家	畬

　　漢客既然是畬客的認同對象，其語言又為畬族的畬客與山客的學習對象，足見漢客的「客家」名稱當早於畬客與山客而存在。賦予客家名稱的不是別人，正是活聶的先民，如同活聶在貴州的「同胞」苗人稱漢人為客家一樣。至於客家名稱，當始於客家先民進入畬族早期大本營之後，山哈逃離畬族大本營之前。這個時代問題與客家先民的移民過程有

關，也與山哈何時逃離故土有關。繼續探討時代問題以前，先看幾則前人關於客家名稱由來的說法。

三、客家名稱的幾種學說

關於客家名稱之由來，前人學說大約可歸納為三種，即官方說、民間說與時代說。

宋代客戶說　清代溫仲和在《嘉應州志‧方言》云：「《太平寰宇記》載梅州戶，主一千二百一，客三百六十九，而《元豐九域志》載梅州主五千八百二十四，客六千五百四十八。則是宋初至元豐不及百年而客戶頓增數倍，而較之於主，且浮出十之一二矣。……《元史》所載，亦不分主客，疑其時客家之名已成無主之非客矣。」據此，則客家名稱來自宋代政府簿籍之客戶，這一說法現代學者已辨其非是。因為宋代主戶客戶之分是因稅法劃分，凡有田產繳納兩稅的稱主戶，無地的佃農稱客戶，不必繳納兩稅。因此主戶亦稱有產稅戶，客戶亦稱無稅戶。這種依土地佔有與否所做的劃分全國通行，非僅見於客家住地。（張衛東，1988；蔣炳劍，1992）因此，不能把客戶與客家等同起來。

南朝給客制度說　羅香林（1933）《客家研究導論》贊同溫仲和上述學說，1950年在《客家源流考》又把客戶的起源上推至晉元帝的「給客制度」。他的說法是：

至於客家的名稱由來，則在五胡亂華中原人民輾轉南徙的時候，已有「給客制度」。《南齊書‧州郡志》云：南兗州，鎮廣陵，時有百姓遭難，流移此境流民多庇大姓以為客。元帝大興四年，詔以流民失籍，使條民上有司，為「給客制度」。可知客家的「客」字，是沿襲晉元帝詔書所定的，其後到了唐宋，政府簿籍乃有「客戶」的專稱。而客家一詞，則為民間的通稱。

這個學說的問題是，如果客家的「客」始於晉元帝大興四年的詔

書，客家應在江淮地區形成。事實上，自晉至唐，凡帶客字的種種稱謂（如客、僮客、佃客、浮客、逃移客戶之稱）大多是指流離失所，無以為業，不得已投靠大姓受其奴役的貧窮百姓，全國各地所在多有。（謝重光，1999：26）

　　以上兩種學說都把「客家」名稱來源指向官府。但是文獻上所見並非「客家」兩字。為此，羅香林才有客戶為政府簿籍專稱，客家為民間通稱的疏解。但相關歷史既遭否認，則此疏解已成蛇足。

　　民間說有廣東與閩南兩說。

　　廣東說　溫仲和《嘉應州志》謂：「嘉應州及其所屬興寧、長樂、平遠、饒平四縣，并潮州府屬之大埔、豐順二縣，惠州府屬之永安、龍川、河源、連平、長樂、和平、歸善、博羅一州七縣，其土音大致皆相通。……廣州之人謂以上各州縣人為客家，謂其話為客話。由以上各州縣遷徙他州且所在多有，大江以南皆占籍焉，而兩廣為最多，土著該以客稱之，以其話為客話。」從移民史路線觀之，客家進入廣東相對晚近。這一說法後文再做評論。

　　閩南說　王東（1998）推論客家名稱起於閩南人。首先，「從整體上來講，廣東本地人從其傳統的用語習慣來看，沒有把由外地遷入廣東的人稱為『客』的習慣。閩南人則不同。在閩南人中，把外來人稱為『客』則是一個普遍的口語用法。如把自外國到中國經商的稱為『蕃客』，把異地來此者稱為『客人』，等等。」其次，「從客家一詞首先係他律性的稱謂來看，這一稱謂最初是生活在廣東潮汕一帶的閩南人，對不時由大本營地區遷至廣東東南沿海一帶的那部份客家人的總稱。……這是由於閩南人較早到達這裏，相應地也就把外來者和後來者目為『客人』的緣故。」從客家人遷徙過程來看，潮汕一帶的客家人來自汀贛，其中有不少是循著所謂「客家母親河」（汀江及其下游韓江）進入廣東。如依閩南說，則子孫先獲客家之稱，然後名稱溯回母親河上游。這一點，可能性不大。最重要的是，在閩南話中，口語並無「客

家」一詞。

　　官方說和民間說多少已經觸及時代問題。例如給客制度起於東晉初年，主客戶制度起於唐宋。前人以歷史制度追溯客家一詞的淵源，但既爲政府制度，當是全國通行。所以儘管制度名稱都帶客字，卻難以和客家聯繫起來。民間說中，廣東說只說廣州人稱梅、潮一帶的客家人爲客家，也許只是相沿成習，並不表明廣州人率先使用客家一詞。閩南說認爲潮汕一帶的閩南人稱鄰近的客家人爲客家當在明代中後期。除了這些探討兼及時代問題之外，關於客家名稱起於何時，別有兩說。

　　宋代說　鍾用龢（獨佛）在《粵省民族考源》有個看法謂：「客家之稱始於宋，因被諸同語之先民；恰與福老之稱始於唐，被諸閩越之先民同，亦自持之有故。」這代表清代學者對客家名稱始於宋代的一種看法。他所說持之有故，後文再做解讀。

　　明清說　萬芳珍、劉綸鑫（1992）的學說摘錄如下：

　　「客家」首先是在廣東得名。明萬曆年間，交界地的居民成批地向歸善、博羅等地移居，當地居民日益感受到移民在經濟上的競爭和潛在威脅，雙方發生摩擦、衝突漸至械鬥，「客家」作爲與當地人相區別的移民代稱，大約就在這個時期。……明萬曆前，各種地輿、方志中出現的「客戶」、「客民」等名稱，都與我們所講的「客家」無關。只有萬曆後，特別是清代廣東方志等書提到的「客民」、「客籍」、「客家」，才是眞正的廣東「客家」。其來歷，志書的記載是明晰的。如道光《佛岡廳志·土俗》：「其方言有土著，有客家。自唐宋時立籍者爲土著，……國初自惠、韶、嘉及閩之上杭來占籍者爲客家。」嘉慶《增城縣志·輿地》「客民」條：「客民者，來增佃耕之民也。明季兵荒疊見，民多棄田不耕，……康熙初，……時有英德、長寧（今廣東新豐）人來佃於增，葺村落殘破者居之。未幾，永安、龍川等縣人亦稍稍至。……益引嘉應州屬縣人雜耕其間，所居成聚。」很明顯，這兩地的「客家」是對清初主要由三省交界地遷入的移民的稱呼。

　　明清說所引文獻不能揭露的是，「客家」名稱是移民未遷以前就有還是既遷之後才有。就像漢語史上許多現象一樣，事實通例見於紀錄之前，因此我們對上述所引方志的解讀是，最晚在明季清初「客家」已聞見於廣東。把「客家」首見的文獻年代視為「客家」一詞起始的年代有違常理。

四、時代問題

　　上文（二）提出「客家」一名係活聶先民對早期移入畬族天地的漢人的稱呼，主要立論基礎是畬族的漢化過程；畬族當中共有三個標籤，其中畬客自認為客家人，山哈說客家話，這兩支畬族人口占畬族總人口的百分之九十九。並由此推論，畬客、山客的名稱當以客家為前提。時代問題應從客家人何時遷入為上限，山哈何時遷出為下限。底下，繼續探討時代問題。

　　客家話目前分佈狀況是七省兩百多個縣市，比較集中的客家人口見於江西南部、福建西部、廣東東部和中部，其中所謂「純客」縣市包括下列（黃雪貞，1987）：

　　江西　寧都、興國、石城、瑞金、會昌、安遠、尋烏、定南、龍南、全南、于都、南康、大余、崇義、上猶；桂東（在湖南）

　　福建　長汀、上杭、寧化、清流、明溪、永定、武平、連城

　　廣東　梅縣、惠州、興寧、大埔、五華、蕉嶺、豐順、平遠、河源、和平、連平、龍川、紫金、新豐、始興、翁源

　　這四十個純客縣市相連成片，也就是一般所謂「客家大本營」，與早年羅香林所述「客家基本住地」大致相應。這些純客縣市成為目前狀況有先有後，大體說，閩贛境內的純客現象早於廣東。有趣的是，不論成為純客縣市的先後，這個客家大本營早期都是畬族大本營。畬字地名顯示的正是這個狀況（詳參附錄）。

　　福建境內畬字地名共有231個，分佈在全省7個地區41個縣市。其中龍岩地區78個，建陽地區59個，晉江地區41個，三明地區28個，龍溪地區19個，福州市3個，廈門市、莆田、寧德地區各1個。（陳龍，1993）這些數字顯示：福建畬字地名比較密集的地區在閩西和閩南。

　　江西境內的情況，早期畬族村寨不少，據《畬族簡史》所述，明武宗正德年間，江西南部爆發畬、漢人民抗暴鬥爭。當時，「上猶、大庾、南康等縣有畬民聚居和畬漢雜居的村寨八十多處。畬族人民在這方圓三百余里的土地上繁衍生息。」（頁46）目前所見則有11個：資溪3個，黎川2個，石城1個，尋烏5個。

　　廣東境內純客縣市中，現代可查的畬字地名在梅縣有9個，蕉嶺有10個，平遠有10個。

　　地名有如化石，反映的是早期的狀況。畬字地名反映早期畬族生活天地。現代的純客縣市範圍和畬字地名的分佈狀況雖然並非完全重疊，整齊劃一，但是大體言之，客家的大本營原為畬族的大本營。

　　畬族目前是個少數民族，1982年統計的人口總數是36萬8千多人，但在古代，至少就閩西南地區來說，卻是一個勢力不小的族群。就像許多少數民族一樣，關於畬族早期的歷史，書缺有間，文獻不足徵，唯一較著名的故事是唐初發生的「蠻獠嘯亂」。唐高宗總章二年（669年），陳政奉命前去鎮壓。陳率子元光及府兵5600入閩。九年後，政死，子代父為將，與畬族進行長達四十年（669-708年）的拉鋸戰，雙方互有勝負。元光死，子、孫先後出任漳州刺史。陳氏一門，四世守漳，歷時百年。這一故事說明，如非長期盤踞，勢力雄厚，畬族如何能與官軍長期爭戰？唐初，畬族勢力多大，文獻沒有具體數目。但是唐末昭宗乾寧元年（894年），寧化縣發生「黃連洞蠻二萬圍汀州」（《資治通鑒》卷259，《唐紀》七十五）之壯舉，一次出兵兩萬，早期畬族人多勢眾，於此可見一斑。這一歷史片段也為靜態的畬字地名增添了生動注腳。

　　客家先民由北南遷，據羅香林（1933）的說法始於西晉末年的「永嘉之亂」。近年來，周振鶴（1987, 1996）提出異說，認為永嘉亂後，北人南遷主要集於江蘇，進入江西的比例很小。但是，安史之亂大量移民深入江西，使江西人口猛增。這批移民的語言形成客贛方言的共同源頭。唐末，黃巢之亂，迫使江西中部、北部的人口往贛南和閩西挺進。例如江西南部的虔州，在五代與宋初數十年間增設了六個新縣（瑞金、石城、上猶、龍南、興國、會昌）；中部撫州地區（與閩西接壤）安史之亂後接納了不少北方移民，唐末，由於局勢動盪，這些移民後裔有一部分向東前進，靠近或進入武夷山區，宋初在武夷山兩側分設建昌與邵武二軍，顯然與此一移民運動有關；汀州在宋初淳化五年（994）新設武平與上杭兩縣。汀州在唐元和年間不過2618戶，到了北宋太平興國年間（976-984年）已達24011戶，為元和時的9倍。（吳松弟1997：305）如從發生黃巢之亂的唐僖宗乾符年間（876年）算起，到北宋立國為止（960年）作為移民流動、安定的年代，則客家先民進入畬族大本營的年代應在九、十世紀。客家先民與畬族先民接觸的年代當在十世紀初年前後，客家名稱亦當起於是時。由於早期畬族的生活天地多屬崇山峻嶺，形勢封閉，既無通衢大道，河川又不便舟楫往返，遷入的漢人逐漸與畬族通婚形成了新興民系，畬族人也開始向他們的「姻親」習染了客家話。

　　有趣的是，現代的畬族人口如以1982年的統計數為據，閩東約有20萬人（占54%），浙南約有15萬人（占40%），其他零星分佈情況是江西有7,400人，廣東有2,500人，安徽有1,000多人。（據1998年《福建省志・方言志》，福建畬族共有36萬人，絕大多數見於福州以北的閩東地區。這個數字，除了自然增長之外，也許加計了1990年恢復民族成分的畬族人口數字）這些地區畬字地名很少。換句話說，畬字地名集中所在畬族人口不多，畬族人口多的地方，畬字地名反而少見。現代畬族人口較多的地方是：

福建　福安、霞浦、福鼎、寧德、連江、古田、順昌、建陽、永泰、光澤、邵武、壽寧

浙江　景寧、雲和、麗水、遂昌、泰順、文成、龍泉、武義、臨安、建德

這是明清以來畲族屢經遷徙的結果。遷徙路線是從汀、潮一帶逐漸向閩南、閩中、閩東、閩北移動。浙南的畲族，據族譜記載，主要是從閩東的連江、羅源等地遷去的。畲族遷入浙江境內最早約在明代，大量遷入則在清代。（徐規，1962）

明崇禎《興化縣志》卷八提到，明初畲族由汀、漳遷移到興化（今莆田）山區，明萬曆間該地區爆發了畲民起義。閩東的畲族，見於記載較早的是明萬曆間謝肇淛的《太姥山志》卷中、卷下（《畲族簡史》，頁20）。謝肇淛顯然是明代學者中比較關注畲族問題的一位，他在《五雜組》有段記述謂：「山中一種畲人，有盤、雷、藍三姓，不巾不履，自相匹配，福州、閩清、永福山中最多。」（陳龍，1993：233-234）由於長途跋涉，輾轉遷徙，畲族的現住地絕非先民長驅直入、一步到位的。明萬曆見於述聞，可見最晚在明末以前畲族已逃離故土。

遷徙對刀耕火種的畲族而言，自古以來經常發生。因為他們的生活形態，正如《永春縣志》所述是「巢居崖處，射獵為業，耕山而食，率二三歲一徙」。不過這是換地而耕的短距離遷徙，長距離跋涉則多出於他故。大約從南宋嘉泰至元大德（1201-1307）以後，大批畲民就從他們世代勞動、生息的閩、粵、贛交界廣大地區逐漸向閩北、閩南遷徙，隨後又散居全省各地，逐步向閩東沿海丘陵地帶轉移，形成今日畲族人口大多數聚居這一地區的狀況。其原因是宋元以後統治者對畲族人民施加殘酷的民族壓迫和剝削。宋元時期，福建汀、漳一帶曾爆發大規模的畲民抗元起義，有關畲民的鬥爭事略，在《抗元史》和方志中已是屢見不鮮。（陳龍，1993：234-235）清楊瀾《臨汀匯考》卷一《方域》就有一段苛政猛於虎的例證：「元世祖女囊加真公主下嫁干羅陳，以汀州

路長汀、寧化、清流、武平、上杭、連城為公主賜地。六縣之達魯花赤聽其陪臣自為之，而汀州路四萬戶，絲以斤計者歲二千二百有奇；鈔以錠計者歲一千六百有奇，謂之歲賜。政繁賦重，盜又數起。於是過客作詩傷之云：七閩窮處古汀州，萬壑千岩草木稠。……雲中僧舍時聞犬，兵後人家盡賣牛。」這一則文獻雖出清人手筆，但從元《經世大典》序錄所記「世祖至元十六年五月招閩地八十四畬來降者」來看，應符史實。

如以元世祖（1271-1294）的年代作為畬族大規模向外遷徙的起始年代，那麼上距十世紀初客家先民進入畬地大約有三百年光景。這是漢畬人民交融的歲月，山哈習得客家話的時代。有了這個背景的瞭解，才能夠明白為何轉徙各地的山哈說一口近客家的漢語方言。

五

總結言之，客家、山客、活聶彼此互有關聯。假如不從音譯而把活聶意譯為山人，三者關聯更形環環相扣：山～山客～客。「山哈」的原意應指說客家話的山人，解作山裏人或山裏的客人，雖也可通，猶隔一層，不夠貼切。因為唯有把山解作山人，哈（客）解作客家，才確有所指；如把山解作山裏，客解作客人，不免含糊籠統。畬客說客家話並自認為客家人，山哈說客家話但自認仍歸畬族。客家既為畬族認同或學習的對象，則客家名稱自應早於處在不同「同化」階段的畬客與山哈名稱之前。由民族接觸的角度觀之，「客家」名稱應是畬族先民對進入畬族天地的外來漢人的稱呼，如同山人在貴州的「同胞」苗族至今仍以客家稱漢族一樣。由客家移民史觀之，客家名稱應起於公元十世紀初前後，即唐末至宋初。客家名稱見諸文獻較晚，係因早年客家先民生活在相對封閉的山區，與外界隔閡，有如葛天氏之民。後來，由於生齒日繁，而山多田少謀生維艱，導致大量外遷，並開始與外界多所接觸。甚至發生

摩擦，客家人民始引起外界注意，方志史乘著錄多見於明清，即此之故。文獻記載所述應是最晚在文獻所出年代已經聞見，並不代表客家名稱起始歲月。其理至簡，但不能不辨。上述論證過程顯示，鐘獨佛所謂「客家之稱始於宋」，雖不中亦不遠。然而，「客家」名稱出於畬族先民，產地應在早期畬族大本營，則爲鐘氏所未道及。

　　最後，爲什麼陳政父子領兵入閩，早於唐初就和時稱洞蠻、蠻僚的畬族發生接觸，畬族不稱陳氏父子及其來自河南光州固始的北方漢人爲「客家」？我的看法是：陳氏及其官兵代表政府軍隊，他們南下的任務是鎮壓，最後雖然以力服人，敉平嘯亂，但在畬族一方的感受卻是創傷未癒，心有未甘。畬族人保存的祖先歌（《盤瓠主歌》或稱《高皇歌》）唱道：「藍雷四姓要和氣，皁老都是無情義；有話莫通皁老去，皁老能交虎能騎。」「養女莫嫁皁老去，爹娘養你不容易；嫁給皁老無情義，恰似從小死掉去。」其憎恨皁老（福老，閩南人）之情溢於言表。足見閩南人的開漳聖王在畬族心目中無異罪魁禍首。對比起來，畬族與客家先民水乳交融。這一強烈對比說明：「客家」是帶著友善、親切意味的稱呼，並非對所有漢人都適用。

　　曹國慶（1992）有一段很有意思的話謂：「有些客家論著稱，凡是秦漢魏晉以降，由中原南遷，言語敦古，深居山區便是客家，此說就值得商榷。於此筆者想舉一個例子：徽州地處安徽省西南邊陲，南與浙江接壤，西與江西省相鄰，四周群山環抱，東有大彰山之固，西有浙嶺之塞，北有黃山之隘，山谷崎嶇水險路梗，是一個較封閉的地理單元，地理環境與贛南、閩西相近；在現今徽州五十六個可考的族姓中，來自中州河南的十族，河北的四族，山東的九族，其餘來自徽州鄰近的州縣，他們由北南遷的時間，大體也分三個階段，晉永嘉之亂，唐末黃巢起義，宋靖康之亂，從堂號和南來的原由來看，也與客家情況大體一致；徽州人嚴密的宗族觀念和尊祖之風也不讓於客家，以大族的地域構成爲基礎的嚴密的宗祖觀念形成於唐宋，一直影響到清末，以血緣與地

緣相結合，在明清時期獨步天下的徽幫，其內部之團結互助，有口皆碑，客家有『無客不成埠』之語，徽人有『無徽不成鎮』之說；徽州的學儒風氣之濃、理學之盛，爲歷代士子推崇，有理學淵藪、東南鄒魯之譽；徽語亦多敦古，至今不少字的發音，還保留有中原音韻的痕跡，甚至完全相同。很顯然，上述對客家的界定，也可完全套用於徽州居民。但徽州居民並未獲客家之稱」。

　　爲什麼具有相同的移民史背景，徽州的移民不獲「客家」之稱？從客家名稱的由來觀之，其理簡明易曉，因爲客家是華南少數民族對外來漢人的稱呼，北方移民進入徽州之時，徽州並無長期盤踞不去的少數民族土著，與他們「比鄰」而居。

附錄　畬字地名

一、福建畬字地名（共227個）

地區	縣	畬字地名	處
龍岩地區	武平	黃畬、黃心畬、黎畬、蘇畬、袁畬、張畬、洪畬、藍畬、茅畬、劉畬、坪畬、上畬、中畬、樂畬、黎畬鄉、洋畬、湘畬坑、大畬	18
	龍岩	黃畬、楊家畬、顏畬、郭畬、盤畬、培畬、小高畬、大高畬、林婆畬、下畬、上經畬、下經畬、冬瓜畬	13
	連城	胡畬、賴家畬、堯家畬、楊公畬、傅家畬、江公畬、李家畬、官畬、河畬、大畬、高畬嶺、下畬峽、畬部、園畬、西江畬、鴨畬、儒畬	17
	長汀	黃麻畬、翁家畬、林畬頭、新畬、芒畬、紅畬、下畬、中畬、上畬、姜畬坑、官畬、牛畬、畬心	13
	漳平	百種畬、羅畬、謝畬、郭畬、南家畬、上五畬、下五畬、下畬、後畬	9
	上坑	高畬、坪畬、畬坑、畬裏、上畬	5
	永定	大畬、段畬、裏家畬	3

地區	縣	畬字地名	處
建陽地區	崇安	杜畬、範畬、吳杜畬、高畬、黃畬、彭畬、劉畬坑、吳家畬、毛畬、坪畬、東元畬、茅畬、將畬、林中畬、仕畬、洋畬、上畬、下畬、前畬、畬頭、苦竹畬、沙帽畬、大畬	23
	建甌	白畬、黃畬、甘畬、下畬洋、坪畬、上坪畬	6
	松溪	葛畬、茶畬、獅畬、東畬、下畬	5
	政和	丘畬、畬頭、王畬仔	3
	浦城	杜畬、王畬、周公畬、平畬	4
	建陽	平畬、上畬、前畬、後畬、上畬亭、畬布村、畬上、畬嶺下、大畬、下畬、茶畬	11
	順昌	畬村尾、芒畬	2
	邵武	楊家畬、下畬	2
	南平	曹畬	1
三明（市）	建寧	中畬、銅畬、黃桑畬、麻畬、珠家畬	5
	清流	林畬、賴畬	2
	沙縣	吉畬、谷畬	2
	三明	吉畬、鄭畬	2
	尤溪	下畬洋	1
	明溪	儒家畬、陳畬、吾東畬、苧畬	4
	寧化	南羅畬、洋畬、馮畬、楊畬、增畬、大羅畬、北羅畬、百種畬	8
	大田	貴畬	1
莆田	仙游	黃畬	1
寧德	屏南	葛畬	1
福州	永泰	後畬、上畬	2
	連江	利畬	1
廈門	同安	荏畬	1
	詔安	陳畬、火畬、南畬、雞母畬、黃擔畬、黃京畬、大坪畬	7
	南靖	紅畬、後畬、內畬、坪畬、柳畬、高畬、桂竹畬	7

地區	縣	畲字地名	處
龍溪地區	華安	三畲頭山、官畲	2
	平和	朱公畲	1
	雲霄	大畲、桃畲	2
晉江地區	南安	後畲、彬後畲、內畲、交尾畲、畲厝、虎頭畲、畲埔、頭畲、畲格寮、茶畲腳、後壁畲、後寮畲、大畲、外畲、內畲、頂畲、下畲、待駕畲、前畲	19
	晉江	西畲、畲店、後畲、雷畲、畲家寨	5
	安溪	新畲、炙畲、和尙畲、畲格寮、下畲、陳坑畲、東頭畲、後畲、大畲、湖畲、和美畲、尾畲	12
	德化	仁根畲、金畲、大畲	3
	惠安	雷畲	1
	永春	大畲、土畲	2

　　陳龍（1993）的福建畲字地名以縣地名辦公室所編爲據，經查
1999年所出《福建省地圖集》，實際數字可能更多。以寧化爲例，陳
龍共列8個，而實際上有18個：割畲、大畲、洋畲、林莆畲、上畲、練
畲、豐畲、李畲、上畲、粟畲坑、大畲、賴畲、李花畲、大下畲、涼
畲、山禾畲、田畲、上畲。其中同名的上畲有3個，大畲有2個。

　　二、江西畲字地名（共11個）

　　資溪縣：馬畲、大畲、陳畲
　　黎川縣：畲上、鄧家畲
　　石城縣：木馬畲
　　尋烏縣：河鳳畲、棉畲坑、吳畲、葉畲、周畲

　　三、廣東畲字地名（共29個）

　　梅　縣：桂竹畲、白玉畲、羅角畲、中畲、山隔畲、桃畲、粟畲、
孔畲、畲江

　　蕉嶺縣：下立禾畬、畬裏、高畬、下畬子、朱公畬、烏羅畬、高南畬、爛梅畬、畬禾背、洪畬筆

　　平遠縣：福脈畬、小畬、畬腦、香芒畬、大畬、梅畬、畬裏、黃畬、葉畬、歐畬

附錄：客與客家

　　漢語方言學者對什麼是客家話已有相當清晰的認識，但何謂客家概念相對模糊。有一回，美國總統柯林頓於華府接見在美行醫的客家人，總統問什麼是Hakka？來賓回答guest people。幽默風趣的柯林頓先生緊接著說：照先生高見，我柯某人也算客家鄉親。語畢，白宮會客室笑聲隆隆，賓主盡歡。[①]如果要找一個例子說明「似是而非，似非而是」這則插曲堪稱最佳候選。

　　回到神州大地，同一個話題頓時變得嚴肅起來，客家是一個獨特的族群。江西的方言工作者指出，客家話區的人不論老少都說自己的話是客家話，自己是客家人（顏森，1986）。其實，不僅江西如此，台灣也一樣，華南其他地方甚至南洋也可能相去不遠。這個嚴肅的話題是：客家為什麼會成為族群認同的標幟？

一

　　白宮笑聲源自漢字載體本身，客家者，客而家焉[②]之謂也。據此，說它是guest people有何不妥？字字有注，言之在理，加上淺顯易懂、琅琅上口，上述定義很快獲得流傳，深植人心。民間的歌謠〈遷流詩〉更為它的通行推波助瀾，誓當馬前。其詞曰：

人稟乾坤志四方，任君隨處立綱常。
年深異境猶吾境，身入他鄉即故鄉。

---

① 這則插曲是客委會前副主委林醫師由美帶回台灣並親口告訴我的。
② 這個定義首見羅香林（1933），上海辭書出版社出版《民族詞典》（1987年）也以此定義解釋客家，但毫無必要的把Hakka（客家）寫成哈卡。

　　這首民間流行的歌謠旨在勵志，撫慰顛沛流離的心靈綽綽有餘。如依舊時代的邏輯，這叫有詩為證。但作為客家的定義缺乏實質要素。有史以來，中國境內百姓或因戰亂，或因天然災害，到處遷徙，代不絕書。[3]哪個地方沒有客而家焉的事實？為什麼獨獨只有華南這個獨特族群叫做客家？

　　如果我們從少數民族的立場來看，客家的意義是漢族。這種詞語用法散見於湖南、貴州、廣西、廣東。

　　(1) 湖南　嚴學宭（1993）在《八十自述》有段文字回憶道：1952年籌建湘西苗族自治區期間，我擔任中南民族湘西工作隊隊長。有一位在中南民委工作名叫田心桃的女同志，二十來歲，湘西龍山縣人，在一次偶然的閑談中她告訴我說他們家鄉語言既不像湘西苗語，又不像當地漢語，可能是一種獨立的少數民族語言。他們自稱「畢滋卡」即本地人的意思，對外自稱為「土家」，稱漢族為「客家」，漢族稱他們為「土人」或「土蠻」（第42頁）。這段記述彌足珍貴，也許是文獻首次把田野調查經驗表露字面上：客家是與本地對比而言的，本地人與外來人的區別是少數民族與漢族人的區別。據此言之，所謂客家就是外來漢族人。

　　(2) 貴州　李藍（1994）的親身經歷說：丹寨縣語言分佈與使用情況也比較複雜。當地苗族稱漢族為「客家」，漢語為「客話」。客話是各民族之間的公共交際語，也是文教衛生、集市貿易、開會讀文件等場合使用的官話。

　　(3) 廣西　梁敏（1997）謂：平話在各地的名稱不一，南寧市郊區、邕寧、桂北的臨桂和湖南的寧遠、道縣、通道等地自稱平話；融安、融水、羅城、柳江、柳城一帶自稱百姓話。左江一帶和賓陽附近的壯族、瑤族人民也有稱之為客話的。

---

③ 葛劍雄、吳松弟、曹樹基：《中國移民史》，福建人民出版社，1997年。

(4) 廣東　民國時期所修縣志的相關詞語用法見於廉江（舊稱石城）和海康。（張振興，1987）

廉江縣語言有三種：一曰客話，多與廣州城相類。二曰艾話，多與嘉應州相類。三曰黎話，與雷州話相類（《重修石城縣志》卷二，《輿地志：言語》）。

海南島：廣東通志館（1931）《澄邁徵訪》卷語言類云：唯余客家數百戶，俗稱新客，清同治、光緒間始遷來。至於黎人在本縣已絕跡矣。羅香林（1933，第117頁）引述這段文字之後謂：「瓊崖各地通常唯操福佬話，但其自己則稱客話，與客家的方言無涉，不能相混；其人們的特性亦與客家不同。」

為了清晰起見，用下列一張簡表把名稱、含義及使用地方加以概括：

名稱	含義	使用地方
客家	漢族	湘西、貴州
客話	西南官話	貴州
客話	平話	廣西
客話	粵語	廣東廉江
客話	閩南話	廣東海康
客話	閩南話	海南島

一個名稱而有如許內涵，歸根究底只有一個原因：對本地的少數民族來說，所有外來漢族人都是客。客而家焉，似是而非，似非而是，即源於此。柯林頓幽默也非全無道理；對原住民印第安人而言，移民自歐洲的白人不是客家難道要喧賓奪主自稱土家嗎？

客或客家散見於廣大的華南土地，說明它原來是一個泛稱，如果它有什麼特別的意義，那是指少數民族用它來指稱「非我族類」。這些非我族類的漢族人在湘西、貴州並沒有把這個他稱冠在自己頭上說自己

是客家人；海南島上的閩南人也只不過名從主人把自己所說的話稱作客話。不知何時開始，這個泛稱被用做專稱，並且由他稱轉為自稱。鐘獨佛說：「客家之稱始於宋，福老之稱始於唐。」（林語堂1967年，第210頁）這個說法從移民史來看，淵源有自。移民史的故事這裏不詳細分析，但用做專稱的客家應由少數民族提供，這個民族是畬族。

客畬關係水乳交融，我投以語言與文化，汝報以血液與香火，演變到後來我中有你，你中有我，難分彼此。羅香林很早就指出：「客家是自北南遷的民系，當其輾轉奔投的時候，自然免不了要受種種自然淘汰與選擇諸作用的規範，衰老的、弱小的，不容易與男子一同到達安全的境地，就是身體不很結實的女人，也不容易與男子一同奔避。結果能夠到達目的地的，十之八九都是精力較優的丁壯，就其中有原日妻室能同時履止的，自然不必遽與土著通婚，但其他沒有原日妻室同時履止的，那就只好降格以娶土著婦女了。客家先民所以不能不與畬民混血的，大概就是緣故」（第74-75頁）。這種水乳交融大約始於唐末宋初，即十世紀前後，這個早期的民族接觸並沒有文獻可以參考，但我們從後來的事跡可以推斷其高度可能性；從華南其他地方的例子來看，漢族人進入畬地之後就被稱為客家，普遍通婚之後客家變成親家，語言互通後許多畬人也以客家為認同對象，並對外宣稱自己是客家人。所以，客家有兩層含義：

A. 客畬混血的後代子孫。

B. 認同上列客家的畬族人。

混血本來不是什麼罪過，但是很容易遭受扭曲。例如誰都知道，粵古稱越，本來就是一塊混血的天地[4]：粵人也是客。朱希祖序，羅香

---

④ 語言學上，有人認為「粵語不是漢語方言，而是漢族中的一種獨立語言」。（李敬忠：《語言演變論》，廣州出版社，1994年，第79頁）。這種西歐的定義下，吳閩也可援例要求獨立，中國自古以來的方言概念，可見魯國堯：《方言與〈方言〉》，收於《魯國堯自選集》，河南教育出版社，1994年。

林書說：「廣東之客家不與土著之民相齟齬，乃與其鄰近先來之客相齟齬。先來之客，忘其己之為客，而自居於主，竟有字客家人曰犬旁之客、曰犬旁之乞，且有謂客家非粵種，亦非漢種者。」這裡所謂土著之民就是畲族，而先來之客指的是廣東人。從咸豐六年（1856）到同治六年（1867）的十二年間，廣東西路發生嚴重的土客衝突，參與械鬥的客家人被稱為客賊，或加犬旁予以侮辱。如果說，客家民系有什麼族群意識，其意識應從類似的土客械鬥中產生。因為這是生死鬥爭，而不是什麼普通的社會案件。生死鬥爭並非什麼新聞，凡與土地開發、資源爭奪有關的經濟活動都可能引發類似衝突。[5]這樣的衝突如果摻雜種族歧視，事平之後受過歧視的一方一定憤憤不平，餘波盪漾長期難以真正平息。我們不知道江西客家的先民們是否曾參與過土客械鬥，但我們確知許多人有強烈的自我意識（顏森，1986：24）。如果不是混血，客家人怎麼可能無端受激而發展出客家意識？

畲族人在歷史上長期認同客家，一個簡單的數字可以清楚表明：1982年畲族有36.8萬人，到了1990年突然增加到63萬人（Erbaugh，1996）。除了自然增長的人口之外，多出的那27萬人中有不少是從漢族改回本族的，這個漢族幾無例外都是客家。他們所說的方言與客家大同小異（羅美珍，1980）。二十世紀九〇年代才真正認祖歸宗，在此以前的長期歲月，他們寄寓何處？答案不言自明。

其實，畲族人與漢族人的接觸並非始於客家。唐初，漢畲即有交手經驗。這個歷史經驗以水火不容畫下句點。據說由於「蠻僚嘯亂」，唐高宗於669年派陳政、陳元光父子到今漳州地區處理。經過百年拉鋸，雙方互有傷亡。陳氏父子後來被子孫奉為「開漳聖王」立祠膜拜。這件漢族人的光彩事跡對畲族人來說是一則血淋淋的教訓。畲族先民把這段奇恥大辱寫進祖先歌（或稱〈高皇歌〉）加以傳唱。其詞曰：

---

⑤ 閩人的先民曾與江東世家大族發生土地開發糾紛，參見王仲犖《魏晉南北朝史》。

> 藍雷四姓要和氣，福老都是無情義；
>
> 有話莫通福老去，福老能交虎能騎。
>
> 養女莫嫁福老去，爹娘養你不容易；
>
> 嫁給福老無情義，恰似從小死掉去。

這首歌說明餘怒未息，傷口還在流膿。歷史記憶如此傷痛，事件既然由兩造引發，我們不能只看到凱旋的一方歌功頌德、頂禮膜拜。我們更應該同時看到鎩羽而歸的一方，如何休養生息、撫慰創傷。

二

客家人比較獨特的行為作風是以中原郡望自矜：族譜裏祖述中原，門楣上出示堂號，墓碑上刻寫中原郡望名稱，生前死後以一貫之。這種行徑不知是否獨步神州，但其四鄰應該側目，印象深刻。其實，不僅如此，客家人還把它編成韻文以便記憶、傳頌，冀望垂諸久遠。以下錄開頭幾句：（陳支平，1997：189）

> 講郡望，要分詳，郡頭原是祖先鄉。
>
> 千年民族大遷徙，過了黃河過長江。
>
> 都教兒孫莫忘本，把那郡頭寫高堂。

活人活在長江以南，祖先追跡到黃河以北，時間長達千年，地理跨越萬里。這事本身就頗耐人尋味、啓人疑竇。一般說來，只有皇親國戚，世家大族才可能累世不斷把家世記載完備。如果我們看比較晚近的移民史故事越發覺得客家那種行徑頗不尋常。著名的故事包括：（葛劍雄等，1996-1997）

(1) 山西洪洞大槐樹
(2) 江蘇蘇州閶門巷
(3) 江西南昌瓦子街
(4) 廣東南雄珠璣巷
(5) 福建寧化石壁村

以山西爲例，明初，山西移民集中在洪洞廣濟寺大槐樹下，領取川資，然後上路。這些移民後代之間流傳如下一首詩：

問我祖先來何處？山西洪洞大槐樹。
祖先故居叫什麼？大槐樹下老鸛窩。

一般來說，這樣的紀念已足以顯示不忘本。客家人何須大費力氣進行粵若稽古，考出祖先源頭？有趣的是，就在這樣的比較裏透漏了玄機。最後這一則正是客家的傳說。

石壁傳說可能比什麼隴西堂、天水堂還更眞切。石壁今稱石碧，方圓15平方公里，有390戶，人口2100人。如此彈丸之地如何能夠孕育客家子孫，成爲客家搖籃？[6]大槐樹也只不過一棵古槐，但山西移民日思夜想就在槐樹下。唐代以前福建並無多少史事可以徵引（朱維幹，1985），唐初開漳之後兩百年，一向無事的寧化終於爆發驚天動地的故事，史家不能不爲它記上一筆。這就是《資治通鑑》卷259，《唐紀》七十五所書的：「黃連洞蠻二萬圍汀州。」時當唐昭宗乾寧元年（894）。即便把此兵力視爲傾巢而出，畬族在當地的勢力也不容小覷。寧化實爲畬族「大本營」，客家人把這個大本營視爲「搖籃」，間接說明了客家人的畬族血統。

---

⑥ 1992年所出《寧化縣志》謂：「現居國內外的客家人其祖先多是石碧籍，因此該村被稱為客家搖籃，客家祖地。」

　　客家人的另一個特殊行徑是語言忠誠（language loyalty）。我曾經從福建、廣西的有關文獻搜集過兩則如出一轍的客家家訓：⑦

　　寧賣祖宗田，不賣祖宗言；
　　寧賣祖宗坑，不賣祖宗聲。

　　田園可以放棄，祖宗的語言必須力守。類似的說法，董同龢早年在四川華陽涼水井調查客家話的時候曾經碰過。我早年在新竹六家莊也曾親自領教。一位中年婦女對我說：「現代的年輕人已不大會說饒平客家話了，他們把祖先都背叛了。」

　　語言是一個符號系統，為了社會交際的需要，「南染吳越，北雜夷虜」歷史上不斷重演；洋涇濱化（pidgionization）、克里歐化（cre-olization）也司空見慣。⑧閩南人的遷徙歷程表明：北人過江習染吳語（洋涇濱化），子孫再度南遷前已克里歐化，到達閩地後又從文教引進唐宋北方話，再經一次洋涇濱化。客家人如此大力護衛祖先語言所為何來？這種行徑如同祖述中原一樣，出於同一種心理需要：用實際行動來證明自己的漢家淵源。其實際效果對外人來說恐怕有限，四鄰漢人也許不大在乎你的這種努力，他們在乎別的事情。但客家這種努力影響深遠，客家話儘管分佈遼闊（七省兩百多縣），方言內部相對一致。橋本萬太郎（1978/1985）說客家話是少數可以經由比較法重建的漢語方言。個人經驗：1996年，我去新加坡，有天早上等候進餐，聽到兩位女服務生用客家話交談。她們以為旁人聽不懂，對不起，我全聽懂了她

---

⑦ 這兩側俗諺是我在1988年12月28日客家「還我母語運動」時介紹給台灣客家鄉親的，見《自立晚報》副刊。

⑧ Crowley (1997) *Historical Linguistics*, Chapter 12. Thomason and Kaufman (1988) *Language contact, Creolization and Genetic linguistics*, University of California, Berkeley.

們說什麼。從歷史語言學的觀點看，比較正確的說法也許是：由於刻意保存，客家話的內部凝聚力使語言演變的速度趨緩，比較能抗拒「南染北雜」的侵蝕力量。

三

歷史學家很想從語言學家那裡汲取研究結晶來爲客家的形成時期斷代，其實語言學家也很想分享歷史學家的史料鉤稽。可是，這樣的交流從一開始就不很順暢。例如羅香林（1933年，第16頁）在引述興寧羅翽《客方言》時有段評論說：

> 羅書亦多以訛傳訛的毛病。如羅氏自序謂：「陳蘭甫曰：客音多合周德清《中原音韻》」，按此語與羅氏客語尤多「周秦以後，隋唐以前之古音」一前提衝突。

羅香林年輕時具有如此犀利眼光，能夠指摘前人的矛盾自然把研究課題引向深入。然而，就是在類似的問題上，語言學家和歷史學家的基本出發點是不同的；歷史學家以爲方言有如古代制度，朝代更替制度隨之而異。這種觀念下歷史學家難免認爲：一時代有一時代的語言狀態，此狀態與彼狀態不能同時存在。以下是兩個例子。

安史說　歷史學家有一種說法認爲，客方言是中唐「安史之亂」以後來到江西地區的北方移民帶來的。語言上，古次濁上變陰平的時期約在中唐（周振鶴，1999）。

靖康說　歷史學家另一種說法認爲，客家先民是在「靖康之難」時期南遷的。語言上，客家話接近元代周德清《中原音韻》，《中原音韻》反映南宋和元代的基本語言面貌（吳松弟，1997：354）。

觀念上，歷史學家以爲斷代是可行的，歷史典章制度如此，考古

文物更是如此。爲語言斷代毋寧說是其專業要求。然而，語言是一條長河，抽刀斷流水更流的長河，本來就難有時代界線。一則對話：甲曰長河分上、中、下游，怎說不能斷代？乙曰上、中游的水最後都匯聚在下游，憑下游的水怎能知道哪份兒是上游下游？這個趣談的背後是一個嚴肅的歷史語言學課題。

歷史學家徵詢的對象是漢語音韻學家而不是歷史語言學家。本來漢語音韻學就是中國歷史語言學的一環。由於種種原因，漢語音韻研究在旨趣上與歷史語言學貌合神離。⑨二十世紀的漢語語音史研究主要在串聯文獻（陳保亞，1999），而不是在探討梅耶（Meillet，1925）所說的語言的連續性（岑麒祥，1992）。如果我們嚴格執行比較法，客家話的「時代」訊息包括（張光宇，2008）。

上古音　江韻的「窗、雙、角、捉」讀-ung/k：「角」念kuk見於口語「雞角子」（小公雞）；詩經文部字「忍、韌、銀、近、勤、芹、欣」讀-iun，《切韻》分歸眞、殷兩韻，客家仍舊讀爲一韻——這種讀法比閩南話（-un）還要古老。這兩種古音是所有漢語方言最古老的考古文物。

前切韻　《切韻》的侵韻字，客家方言一般讀爲-im/p。但人「蔘」sem、「澀」sep的讀法比《切韻》更早。平行的例子是「虱」set（臻韻）「色」set < sek（蒸韻）。這一類讀法的進一步發展就是切韻的形式：sem/p > sim/p，set > sit，sek > sik。

切韻音　切韻的侵韻中還有一種前切韻的讀法*ium/p反映在北京，但這類字客家與《切韻》一致：

侵韻	尋	淋	入	來源	時代
北京	xun	lun	ru	*ium/p	前切韻
梅縣	tshim	lim	nip	*im/p	切韻

---

⑨ 張光宇：《漢語語音史中的比較方法》，載《中國語文》2010年第4期。

這些現象比「靖康之難」還早，也比「安史之亂」還早。就語言的連續性來說，其規律是：

A　ung/k > ong/k > ang/k　　　　　（客家 > 唐代 > 閩南）

　　ung/k > iung/k > iong/k > yong/k（江淮官話的發展：今讀鼻化）

B　e > i/－C　　　　　　　　　　（客家 > 切韻）

C　*ium/p > im/p　　　　　　　　（前切韻 > 切韻，梅縣）

　　*ium/p > iun/u　　　　　　　　（前切韻 > 北京）

傳統的漢語音韻學並不執行類似的比較法，時代問題無所依傍。

四

田野經驗呈現另一種資訊。江西南部信豐縣城及其附近農村說的是官話，他們很清楚哪個地方說客家話，界線一直明確到具體的村莊（顏森，1986）。百姓不像學者，他們無須考證，也無須分析，他們的認識來自日常生活。一般百姓到底憑借什麼來指認客家？

我　第一人稱的說法大約是外人對客家人的第一，同時也是最深刻的印象。我們在廣東廉江的民國文獻裏可充分瞭解到，當地百姓用客家第一人稱的說法來指稱客家話，所謂客話是指的廣東話。廣西也是如此，客家話在玉林又被稱為崖話（陳曉錦，2004）。個人的經驗：台灣台東地區卑南族人用ngai ngai來指稱客家人。

客家兩字的讀法（Hakka）讓許多人不假思索以為是廣東人取的。語音如此相近，孰曰不然？廉江的民國文獻顯示那種想法未必正確：客話是廣府話，客家應指廣東人。朱希祖所說廣東人是先來之客，就是這個意思。如果我們從畲族人的立場看，答案呼之欲出。《畲族簡史》說畲族自稱「山哈」，「哈」畲語意思為「客人」，「山哈」即指山裏人或居住在山裏的客人。從語音變化看，「客」經由khak > hak > hah >

ha變「哈」。山哈之稱源自山客;漢人來到畬地之後被稱爲客家並大量成爲親家,畬族人從這個親家習染客家話,逐漸自視爲客家一分子,並把原來的自稱「活聶」(山人)用漢譯嫁接到客家前面成爲「山客」,後人據實際發音寫爲山哈。現代閩東地區(如福安),浙南地區(如景寧)的畬族都自稱山哈。文獻說他們是明代景泰年間(1450年以後)從潮州鳳凰山麓輾轉遷來的。廣東文獻所見客家(如清道光《佛岡廳志》、嘉慶《增城縣志》)比上述移民史晚得多,雖然足稱文獻首見,但不足以證明客家起源。因爲從移民史看,道光之前多少世代客家人並不在此「客而家焉」。

第十五章　梅縣音系的性質

作爲客家話的代表點方言，梅縣音系特色突出：聲母絕少，而韻母獨多。這個特色從附錄一百個客家方言音系的比較可以看得很清楚，其中縣級以下地名如非必要從略。附表中有幾個現象值得注意。

聲調：客家話聲調最少的是江西上猶社溪，只有四調。次少的是五調系統，多見於閩粵贛邊界地帶，而以江西境內較多。絕大多數方言（占七成以上）具六個聲調，梅縣也在其中。七調方言見於13個點。就客家方言內部來說，梅縣的六調並無特別之處。

聲母：客家話聲母系統最大的，據目前所見，是廣東英德縣白沙鎮池塘村的27個。不過其中若干聲母只在特定環境下出現。因此，如果採取省併措施把[c c' j]除去，英德與其它24聲母系統並沒有什麼不同。聲母次多的方言見於四川的儀隴、西昌和江西的于都、銅鼓、尋烏、上猶，這些方言有23～24個聲母。其中上猶營前鎮有[kv-、k' v-、ŋ v-]一組，其中的[v]實爲合口成分[u]的變體。聲母最少的是畲族所說的客家話；福鼎16個，福安、羅源、三明、順昌、華安只有15個。這些方言散見於閩東、閩北，其聲母系統與一般閩語殊無二致，都沒有客家話常見的唇齒音[f-、v-]。梅縣的聲母僅比福鼎多一個，具17個聲母。在非畲族所說的客家方言中，梅縣也只比福建寧化、廣東新豐、曲江馬壩葉屋、韶關滇江四處（均16個）多出一個。因此，梅縣是客家話中聲母數較少的一員。

韻母：漢語方言韻母數最多的是廣東佛山（94），最少的是雲南賓川（22），大小之間相差四倍。客家話韻母系統也有不小的差別。客家話韻母最少的是湖南瀏陽南鄉，只有28個。其次是廣東仁化長江（29）；福建長汀、寧化，江西上猶、東山、贛縣王母渡（30）。再次是江西上猶社溪（31）、安遠龍布（32），贛縣韓坊、大余南安（33），安遠欣山（34）。韻母數較大的方言是：福鼎（79）、平和

九峰（76）、福安（73）。其中福鼎、福安是畬族所說的客家話，而平和九峰深受閩南話滲透。即便如此，梅縣的74個韻母數也至少名列第三；如果把外方言成分除去，則梅縣韻母數在客家方言中穩居第一。

聲母絕少而韻母獨多代表梅縣音系的極化傾向：前者代表演變劇烈，後者代表保守態勢。

一、滋絲音（sibilant）聲母　漢語方言所見滋絲音一共有六套：[tθ]組、[tɬ]組、[ts]組、[tʂ]組、[tʃ]組、[tɕ]組。這六套聲母在漢語方言的分佈參差錯落，沒有一個方言同時具備。大體言之，北方多而南方少。山東沂南獨多，共有五套[tθ、ts、tʂ、tʃ、tɕ]；海南島絕少只有不到一套（有[ts s z]，而無[ts‘]）。滋絲音的多少大抵以長江為界。長江以北，兩套以上居多；長江以南，兩套以下居多，三套較少。客家方言擁有兩套滋絲音的居多數，具三套的或僅一套的都屬少數。梅縣方言只有一套滋絲音，但是從內部去分析，它原先應有兩套；一套平舌，一套捲舌。

進一步討論以前，可以先看一般滋絲音的音韻行為。漢語方言較常見的滋絲音是[ts、tʂ、tʃ、tɕ]四組。這四組聲母在聲韻配合上大體有如下的傾向：舌尖前音洪細皆宜，舌尖後音宜洪不宜細，舌葉音洪細皆宜，舌面音宜細不宜洪。如下表所示：

	ts	tʂ	tʃ	tɕ
洪音	+	+	+	−
細音	+	−	+	+

另外兩組[tθ、tɬ]常以[ts]的變體出現，且不細說。

有了這樣的瞭解，我們去看梅縣音系的表現，情況立即變得明朗。一個簡單的事實足以突顯問題所在，比較精知莊章四組聲母在流、宕兩攝三等的讀法：

精組	酒^{c}tsiu	秋$_c$ts'iu	修$_c$siu	蔣^{c}tsioŋ	搶^{c}ts'ioŋ	箱$_c$sioŋ
知組	畫tsu$^⊃$	抽$_c$ts'u	籌$_⊆$ts'u	張$_c$tsoŋ	長$_⊆$ts'oŋ	丈$_c$ts'oŋ
章組	周$_c$tsu	臭ts'u$^⊃$	手^{c}su	章$_c$tsoŋ	唱ts'oŋ$^⊃$	商$_c$soŋ
莊組	鄒$_c$tseu	驟^{c}ts'eu	愁$_⊆$seu	莊$_c$tsoŋ	床$_⊆$ts'oŋ	霜$_c$soŋ

凡精組字例必有介音-i-，知莊章三組沒有。同屬三等，而且同韻，爲什麼一方有介音一方卻沒有？這種音讀模式和北京音系相似，都是精組與知莊章兩分：精組細音，知莊章洪音。北京知莊章聲母捲舌，因此隨後的韻母宜洪不宜細。梅縣知莊章聲母只與洪音相配，原來怎麼讀法不是呼之欲出？

認眞說來，梅縣與北京不盡相同，流攝三等知莊章組的韻母，北京合流爲-ʅu，梅縣分爲兩類。莊組字的韻母常與它組字表現異趣，這種情況在漢語方言屢見不鮮，也是漢語語音史値得留意的現象。關於這個問題，後文再說。爲了避免節外生枝、模糊焦點，我們暫時把莊組字擺在一邊，而把焦點放在知章三等字上：怎麼知道它原來可能是個捲舌音？

追探這個問題的途徑不外兩種，縱的比較與橫的比較。爲了較好地展示語音理據，底下比較五個方言，其中弋陽是贛語，其餘是客家話：

	弋陽	大埔	詔安	五華	梅縣
畫	tɕiu$^⊃$	tʃiu$^⊃$	tʃiu$^⊃$	tʂiu$^⊃$	tsu$^⊃$
叔	ɕiu$^⊃_⊃$	ʃiuk$_⊃$	ʃu$_⊃$	ʂuk$_⊃$	suk$_⊃$

弋陽代表知章合流的先聲，讀舌面音。進一步的發展就是大埔所代表的舌葉音階段，「介音」猶在；第三個階段是詔安，「介音」或存或否。五華代表捲舌化的初階，「介音」還見於畫字。進一步的發展「畫」字念[tʂu$^⊃$]，見於江西銅鼓。由此可見，梅縣的發展變化最爲劇烈；「介音」不見，捲舌聲母平舌化。如就發音部位來說，從[tɕ]經[tʃ]、[tʂ]到

[ts]是滋絲音的前化運動。經由此項變化，梅縣的聲母少了三個，總數成爲17個。從各方面來看，它的聲母系統在未變以前應該近似五華，換言之，五華比梅縣保守。

二、莊組字的韻母　上文流攝三等的莊組韻母[-eu]有別於知章組[-u]，也不同於其它聲母[-iu]。粗略看起來，似乎可以說是莊組聲母影響下的條件音變。但擴大比較範圍一體審視，問題並不單純。底下所列是梅縣莊組字的讀法。

梅縣	侵	臻	蒸	尤	江
莊組	em	en	en	eu	uŋ
其他	im	(in)	in	iu	oŋ

例字包括：森[ₑsem]、澀[sep˰]（侵）；虱[set˰]（臻）；側[tset˰]、測[ts'et˰]、色[set˰]（蒸）；愁[ₑseu]、瘦[seuˀ]（尤）；窗[ₑts'uŋ]、雙[ₑsuŋ]（江）。這些特殊讀法在漢語語音史上到底代表什麼意義？結論說在前頭：它們代表前切韻時期的古讀。

江韻莊組字的讀法，前人從上古韻部立論，咸謂這是東部古讀的殘留，未隨大勢（也就是江韻全體）一起變化。其中的精義在：莊組聲母代表保守陣營。這是客家話在漢語方言當中異常突出的鮮明色彩；閩粵方言號稱保守，但此項特色卻竟告闕如。

尤蒸兩韻莊組字的讀法悉如同攝一等。例如，侯韻字「頭[ₑt'eu]、猴[ₑheu]」，登韻字「等[ᶜten]、北[pet˰]」。概括言之，尤蒸兩韻莊組可說是三等讀如一等。如果莊組在江韻代表保守勢力，在尤蒸兩韻也應如是看待。換言之，尤蒸莊組字在《切韻》以前應是侯韻、登韻一類。

侵、臻兩韻都屬三等，同攝內並無一等與之匹配。但是我們從蒸韻看過去，不難理解：臻韻本來就是一等，與它相配的三等是眞韻；侵韻莊組可仿臻韻獨立爲「森韻」。《切韻》沒有這樣作，那是「我輩數人，定則定矣」的結果。陸氏諸人的作法其來有自，並非向壁虛造。

漢語方言莊組三等的讀法大體分歸兩派。一派以梅縣爲代表，莊組韻母與同韻它組字儼然有別；一派以廈門文讀爲代表，莊組韻母與同韻它組字殊無二致。《切韻》諸人立韻的根據與廈門文讀相當。廈門文讀的例子包括：森[ₑsim]、澀[sipₐ]／瑟虱[sitₐ]／側測[ts'ikₐ]、色[sikₐ]／愁[ₑsiu]、皺[tsiu²]。

我們把梅縣莊組三等的讀法稱作「前切韻」（pre-Qieyun）時期的讀法，這是因爲比較的對象是《切韻》，不必逕稱爲上古時期。前切韻成分在漢語方言屢見不鮮，底下再舉一例。

踏字，他合切，透母。許多方言讀爲定母；有清濁之別的讀濁音，入聲分陰陽的讀陽入調，這些表現說明踏字是古全濁入聲，反切可作「唐合切」。方言例證俯拾即是。客家話「踏」字讀[t'apₐ]見於梅縣、河源、清溪、揭西、秀篆、寧都、西河、陸川、香港、苗栗、新竹。江蘇南通[t'aʔₐ]、如皋[t'eʔₐ]、海門[daₐ]、四甲[daʔₐ]。閩南方言廈門、泉州、漳州、永春、潮州白讀都作[taʔₐ]。他合切讀法見於江西。

莊組韻母，踏字以及下文即將談到的鼻字入聲讀法都可說是超越切韻的現象，也就是方言與文獻材料並不一致。

	莊組韻母	踏	鼻
文獻	三等	透母	去聲
方言	一等	定母	入聲

這種從文獻看來顯屬例外的現象，在歷史語言學饒有興味。正如梅耶所說：「兩種語言間相符合的事實越特殊，它們的證明力量就越大。所以例外的形式是最適宜於用來確定一種共同語的形式的。」確定的辦法就是語音解釋的合理性（phonetic plausibility）。以踏字來說，上列方言的語音規律表明源自全濁入聲，由此出發來看切韻，一目了然：全濁清化在切韻以前早已發生，陸氏諸人踏字定爲他合切，所據正是清化事實。

　　三、上古文部的讀法　　一般論客家話的保守性大都不免稱引江韻莊組字讀同上古東部，實際上，文部的讀法也應列其中，它分在《切韻》好幾個韻類而讀法如出一轍。

眞韻	忍⊂n̠iun	朄n̠iun⊃	僅⊂kiun	銀⊆n̠iun	
殷韻	謹⊂kiun	勤⊆k'iun	芹⊆k'iun	近⊂k'iun	欣⊆hiun
文韻	軍⊂kiun	群⊆k'iun	勳⊆hiun	訓hiun⊃	雲⊆iun

這三個韻在南北朝時期分爲兩種情況，有些詩人是眞殷相押，有些詩人是殷文相押。於今看來，眞殷相押可能俱讀開口三等（-in），殷文相押可能俱讀合口三等（-iun）。換言之，殷韻游移於開合之間。這是文獻上較早的可以考究的讀法。由於後代韻圖把眞殷兩韻注記爲開口三等，古音學家據以重建莫不視如開口三等。如果是開口三等，上列梅縣讀法怎麼來呢？開口變合口。這種說法缺乏透視力。不但無法解釋南北朝詩文押韻的游移性質，也無法解釋閩客方言讀爲合口的事實（廈門上列眞殷韻字多讀-un）。問題的核心是：韻圖以什麼做根據把眞殷兩韻歸入開口三等。比較一下北京、廈門、梅縣的開合口狀況，答案昭然若揭：

	眞	殷	文
北京	-in	-in	-un～yn
廈門	-in:-un	-un	-un
梅縣	-in:-iun	-iun	-iun

北京代表官話那一路音系，開合情況與韻圖注記內容若合符契，悉無齟齬。廈門與梅縣代表另一種類型，只有文部字才有合口讀法，不管歸在眞韻還是殷韻。

　　總結言之，上古文部原爲一個合口韻部，其合口狀態在漢語方言之間以梅縣保存較佳（-iun），其次才是閩南的廈門等方言。這個韻部在

南北朝時期已逐漸開口化，《切韻》把殷韻獨立出來，就多少反映這種開合游移狀態。其後開口化進一步發展，到了韻圖的音系背景，殷已屬開口三等。

四、梅縣音系與切韻　除了閩方言之外，所有漢語方言都從《切韻》的語言脫胎而來。這是高本漢（1954）總結畢生研究經驗所提煉出來的結晶。因此，如果漢語方言與其母體關係密切，那是一件稀鬆平常不過的事。事實也的確如此，泰半的時候只要懂得進行縱的比較，做一些簡單的連連看（linking exercise）工夫，問題可望迎刃而解。但我以為這樣的工夫是不夠的。好有一比，姊妹都像母親，究竟誰比較像，還有賴橫的比較。有兩個事實可以說明梅縣音與《切韻》關係甚密。

其一是「鼻」字。這個字《廣韻》作「毗至切」，去聲。絕大多數漢語方言讀的是入聲來源，我把這種讀法的反切寫作「毗質切」以示區別。從毗質切變化出來的約占漢語方言百分之七八十；從毗至切一讀的方言占有百分之二三十。入聲一派讀法包括：北京[$_⊆$pi]、太原[pie$^ʔ_⊇$]、蘇州[bir$^ʔ_⊇$～bɤ$^ʔ_⊇$]、南昌[p'it$_⊇$～p'it$_⊇$]。去聲一派讀法包括：梅縣[p'i$^⊃$]、廣州[pei$^⊃$]、廈門白讀[p'i$^⊃$]。其中比較有趣的現象是廈門和福州，文讀入聲[pit$_⊇$，pi$^ʔ_⊇$]，白讀去聲[p'i$^⊃$～p'i$^⊃$，pei$^⊃$]。鼻字入聲一派讀法占地如此廣袤，絕非無頭之水。李榮（1957）有個很好的說法：「《切韻》系韻書裏鼻字沒有入聲讀法。可是孫奕《示兒編》卷十八『聲訛』條有『以鼻為弼』的說法，可見鼻字古代有入聲讀法，不過《切韻》系韻書沒有收這個讀音而已。」（頁39）換言之，梅縣一派去聲讀法是陸氏諸人「捃選精切」時心目中的時尚標準音，儘管其勢力不能與入聲一派相敵。

其二是侵韻字。這個韻在漢語方言間共有三種念法：*-im、*-ium、*-em。其中*em/p只見於莊組聲母，已如上文所述。*ium/p廣見於漢語方言。例如北京：淋[$_⊂$luən]，尋[$_⊆$ɕyn]，入[ʐu$^⊃$]，這三個字的文讀來自*-im/p，分別作[$_⊆$lin，$_⊆$ɕin，ʐ$^ʅ⊃$]。有人以為「入」字讀[ʐu$^⊃$]，是

因避諱（讀[ẓʅˀ]），但從「淋、尋」的平行現象看去，可能起於白勝文敗，與一般文白競爭的結果文勝白敗相反。這些字在梅縣沒有文白異讀，都作-im/p。比較如下：

	淋	尋	入
北京白	₌luən	₌ɕyn	ẓuˀ
北京文	₌lin	₌ɕin	ẓʅˀ
梅縣	₌lim	₌tsʻim	ȵip₌

北京口語讀法是合口三等變來的，依聲母爲條件變出上列形式。北京文讀單純得多，來自開口三等，從梅縣看去，其理至簡。換言之，梅縣上列字讀法在《切韻》開口三等侵韻之內；北京文讀在其內，白讀在其外。孰像《切韻》？

　　五、梅縣音系與韻等　莊組韻母的討論透露韻與等第的關係不是一成不變的，開合與洪細當然也處於變動不居狀態。這一節的焦點在等第問題，範圍集中在閉音節上，因爲開尾韻常與閉尾韻不相平行。爲了避免節外生枝，底下先看一個韻母表（入聲尾從省）：

im	em	am	om	um
in	en	an	on	un
iŋ	eŋ	aŋ	oŋ	uŋ

這個表整齊劃一，看來合情合理，是從現代方言投射出來的切韻相關韻類的讀法，只有em代表前切韻已如上文所述。

　　1. -iŋ與-eŋ代表蒸登兩韻，由於前元音的關係，舌根韻尾也變成舌尖韻尾。-um是覃韻的早期讀法（詳後），-om則代表談韻。這兩個雙唇尾韻在梅縣方言早已合流入-am，不復存在。換言之，蒸登與眞臻合流，而覃談變同成銜。

　　2. 一般論一二等區別，注意力只集中在同攝之內。因此，梅縣的

一二等區別只見於山攝（on：an）和蟹攝（oi：ai）。如從語音系統來看，其範圍還可包括宕攝一等（oŋ）和梗攝二等（aŋ）。這只有打破攝界才看得清楚，換言之，談等可以跨出攝界，不必受其限制。江攝的表現在梅縣與宕攝一等合流，根據這合流事實，江唐兩韻也可以合而並觀。

3. 從登eŋ與蒸iŋ往上看，平行的韻類應該也是一三等關係。臻（en）在切韻是一等，森（em）在前切韻時期也是一等。

4. 從合流的角度觀之，森韻率先起變，因此在切韻的語言歸入侵韻（im）。臻韻其次，儘管字少，在切韻仍獨爲一韻。最後是登韻變入蒸韻（iŋ），廈門文讀就是這樣，反應曾梗合流。由此可見：韻尾差異決定了同一元音變化的速度。

江永《音學辨微・八辨等列》說：「音韻有四等。一等洪大。二等次大。三四皆細，而四尤細。」李榮（1983）認爲江永所本係十八世紀初年北京音。因此，上述討論不受等與洪細束縛。

梅縣有個字與韻的分合有關，也與等第、洪細有關。這就是土雞切的「梯」字，蟹攝開口四等齊韻，梅縣讀[ₑtʻoi]如同蟹攝一等。蟹開四在梅縣的讀法有三種：低底啼泥犁-ai，洗細婿雞-e，米體禮西啓-i。只有梯字行爲特異。這種情況不僅梅縣如此，廈門亦復如此，類似現象還見於安徽績溪、江蘇如皋。其中如皋梯字[ₑtʻy～ₑtɕʻy]與蟹合一推字同音，廈門、績溪讀同蟹開一。梅縣的-oi分見於蟹開一與蟹合一。換句話說，這些方言的梯字應入蟹攝一等灰韻或泰韻，不是《切韻》歸字的辦法。既然歸韻有別，等第自然逾越韻圖，洪細更不受牢籠。

六、梅縣音系與韻攝　傳統的音韻名目應該從嚴定義，然後才可能進行實質討論音變規律。關於「攝」，我的理解是有如後世所謂「韻轍」，也就是可以押韻的大類。例如北京話an ian uan yan形成一個韻轍，儘管細音之後元音稍高。這種定義下，同攝之內容許開合之別，再無等第差異。底下就從這個觀點來看梅縣音系與韻攝的關係。

　　咸山兩攝是所謂四等俱全的韻攝，咸攝諸韻只有一個合口韻（凡）。爲了便於說明問題，我們只比較梅縣兩攝的開口韻，粗略概括如下：

	一等	二等	三等	四等
咸攝	-am	-am	-iam	-iam
山攝	-on	-an	-ian	-ian

假如，am與iam因爲可以押韻而合在一起稱作咸攝，那麼梅縣的山攝只能涵蓋二三四等而不能兼包一等在內。這一點只要比較一下廈門一等「寒」，二等「閑」兩字就可以立時明白：

	寒	閑
梅縣	₌hon	₌han
廈門	₌kuã	₌iŋ

廈門「寒閑」兩字不能押韻，因爲元音差異太大。梅縣兩字元音前後有別，也不相押。只有像北京那種讀法，兩字才能相押。這兩字的差別在梅縣代表等的不同，與「攝」無關。換言之，山攝在梅縣還未完全形成，它還在半途中；它的一二等區別既見於開口韻，也見於合口韻（官[₌kuon]：關[₌kuan]）。

　　爲了更好地理解「攝」的含義及其形成發展過程，還有必要擴大比較範圍。底下是覃談咸銜四韻在江蘇南通、江西東鄉與梅縣的分合狀況：（南通的讀法請參看作者2007，且不細說）

	覃韻	談韻	咸銜
南通	um	om	am
東鄉	om	om	am
梅縣	am	am	am

南通方言覃談有別，代表韻的區別；東鄉覃談合流而與咸銜對立，代表等的區別；梅縣四韻一致，代表攝的狀況。從這樣的比較可以清楚看出，梅縣山攝一二等的分別（-on，-an）與江西東鄉咸攝一二等（-om，-am）平行。此外，四等俱全的韻攝還有蟹攝與效攝，梅縣音系的表現很有意思：蟹與山平行有一二等之別，效與咸平行已無一二等區別。總結而言，梅縣的咸效兩攝合乎「攝」的要求，山蟹兩攝實際上還沒達到攝的狀況。兩種發展代表遲速不均，不可一概而論。

　　總體言之，梅縣音系保守與創新兼備。有的質素源自切韻以前，年湮代久，古色古香；有的質素歷經演變，脫胎換骨，宛如新生。階段可以細分為前切韻、切韻、等、攝幾種特色。這種分析的背後是幾個重要的觀念。

　　首先是文獻材料的問題。韻、等、攝代表三個時代層次，原來各擁音系背景，不可混一言之。這個道理，簡明易曉，但在引述古代音韻地位的時候，其分際常由唇邊流逝。所謂「某攝幾等開合口何韻」是把後代幾種分類的標籤綁在一起，目的不過便於辨識，但是唱誦日久，其作用有如以經解經，不能洞悉就裡。暮鼓晨鐘發自李榮（1983），他說「對傳統的一些音韻名目，我們得明白它是在什麼音韻基礎上提出來的，我們要恰如其分地瞭解，恰如其分地使用。否則你多讀一本書，你的脖子上就多套上一根繩子，繩子多了，就寸步難行」。恰如其分就是不要把韻等攝混為一談，只有這樣我們才可望理解覃原為合口一等，只有等到它元音降低了才與談韻合流成為開口一等重韻，它在《切韻》可是一個獨立出現的韻類。

　　陸法言的《切韻》給後人出了兩道謎題，一道是「南北是非，古今通塞」，另一道是「我輩數人，定則定矣」。前一道前人論述極夥，蔚為大觀；後一道頗受冷落，其實意蘊宏深。定則定矣如用陸法言自己的話疏解就是「裁汰疏緩，捃選精切」。陸氏諸人面對河北江南鉅異，秦隴、梁益、燕趙、江東四境各有乖互的語言情勢，不能不採取審音定

韻的立場，試圖加以規範。所謂「定則定矣」就是「用我們心目中的標準去裁定」。其內涵可能有二，一是傳統太學的讀書音（如洛生咏），二是諸人的共識（不免主觀願望）。由於這個緣故，沒有一個漢語方言不像《切韻》，也沒有一個方言悉如《切韻》。前切韻現象不是無頭之水，只是在定則定矣的指導原則下未蒙青睞而已。

其次是古音重建的問題。恰如其分地瞭解文獻材料，我們就自然要對古音重建保持一定距離，懷抱幾分彈性。不能因爲韻書上說「鼻」字是去聲，就依樣畫葫蘆以爲太原、蘇州、北京的入聲讀法是由去變入。韻圖注記的開口只代表其音系背景讀開口，並不代表當時所有方言俱爲開口，也不代表通乎古今皆爲開口。除此之外，對前人重建的古音還得用歐坎的剃刀（Occam's razor）去加以整理。歐坎是中世紀英國哲學家，他的名言在科學界被奉爲圭臬，信守不渝。他說：「如非必要，千萬別畫蛇添足、節外生枝。」（Entia(~essentia) non sunt multiplican-dra praeter necessitatem。-Entities[in an argument]should not be multi-plied beyond necessity.）假使帶著點歐坎剃刀的精神去看前人的古音重建，稍加整併，不難得到一個比較清純的音系面貌。例如把uən（魂）改寫爲un，與uŋ（東）平行，自然引導我們去找尋um（覃）。又如不受文獻束縛，把侵、眞寫作im、in，以與蒸iŋ相配，那麼從iun（文）與iuŋ（東）自然引導我們找尋曾經存在過的ium。如此之例不少，功效顯而易見。

最後是音變條理的問題。上述兩個問題的邏輯結果是不容輕易實行縱的比較，也就是取現成的古音重建形式做出發點去導出現代方言，雖然在許多情況下是可行的。這裏牽涉的是語音動機（phonetic motiva-tion）的認識。所謂語音動機是說在什麼語音環境下發生了什麼音韻行爲。假使不問語音動機，直接實行縱的比較，那麼脂合三「季」念[kiʔ]是合口變開口，眞開三「忍」[ȵiun]是開口變合口。我們要問的是爲什麼忍字由開口變成合口以及開口的定義哪裏來的？這只有從橫

的比較才能提出答案。走筆至此,容我趁便引介一說。1855年,Key, T.H.說:「有些語言學者縱容自己成爲迷路羔羊,只看語音符號表象而不去探問語音內涵。」(Some[scholars of language]⋯have allowed themselves⋯to be led astray by paying more attention to the symbols of sound than to the sounds themselves.)(Ohala, 1990)。這個評論也如鐘鼓,對漢語方言學者深具啓發。回到本題,如果不問語音動機逕行縱的比較,莊組字的特殊韻母必將說成是莊組聲母影響下的元音變化。爲什麼莊組聲母具備如此神力?答案應在舌葉音洪細皆宜,因此原有元音得以保持較久;就三等而言,有的方言(如切韻所據)元音變細,但許多方言仍洪 —— 讀爲較低的元音。漢語語音史上的愛歐塔化(Iota-cism)是一個賡續不絕的過程,原爲舌葉音的莊組字最後加入這個洪流成爲三等,所以殘留的洪音最多。詔安、五華「晝」細,「叔」洪,不難索解。這是因爲[-iu]的韻母結構爲「主要元音+韻尾」,因此[i]存活較久。但在「叔」[-iuk]中,前高元音充當介音,所以隨知章聲母的捲舌化消失。行用日久,主客易位,[-iu]的韻母結構也可能變成「介音+主要元音」。韻母[-iu]中的第一個成分在漢語方言間到底充當介音還是主要元音,並不一定。不過如就響度層級(sonority hierarchy)來說,前高元音大於後高元音,兩音並列,前高元音充當主要元音理有固然。同樣的理由也說明爲什麼[-ui]的第一成分必然充當介音。

　　近年來,漢語方言文白異讀層次分析備受關注,蔚爲大觀,誠可謂「猗歟盛哉」。這個問題與漢語語音史有關,因此必然成爲歷史語言學的重要課題。關於文白異讀的定義、分析方法,經由廣泛參與、熱烈討論,最後一定可以凝聚共識。我們關心的焦點是:文白異讀的探討盛況空前,這背後到底反映了什麼?我以爲文白異讀問題意味:二十世紀的漢語語音史研究未竟全功。如果跑完了全程,今天的漢語方言學者可以從中汲取所需的三合一資訊:時代、地域及類型特點。如下列例子所示,西方的歷史語言學者大約不會有什麼異議。(Hock & Joseph,

1996:345）

	拉丁	>	西班牙	
A.	Dominum		dueño	「lord君主」
B.	Nominem		nombre	「name名字」
C.	Nominãre		nominar	「to name命名」

ＡＢＣ代表最早、較晚、最晚三個移借梯次。漢語方言文白異讀的研究可沒那麼幸運，我們的漢語語音史文獻並不像拉丁文那麼明確，那麼無可爭辯。上述從拉丁借進西班牙語的層次如用傳統漢語音韻學的思考模式有可能被壓縮成一個層次。因爲漢語語音史的傳統傾向於把歷代文獻壓縮成一個平面。例如，江永說四等尤細，二十世紀的學者就假設齊先蕭青添都具尤細的性質，既無顧於江永所說的地域背景、類型特點，也把陸氏以來一千兩百年的時代差距置之度外。《切韻》但有四聲與206韻，《韻鏡》方有等第開合，《四聲等子》出現韻攝。這三個文獻材料出自三個不同年代，各有地域背景和類型特點，宜乎代表三個時代層次。如果不是通泰地區近年材料大量出土，陸法言所立覃韻恐難昭雪。如果有材料而不知韻圖不等於切韻，它的面目仍將繼續遭受扭曲。質言之，覃韻讀[*um]代表與談[*om]有別，覃韻讀[*om]代表覃談合爲一等重韻，覃韻讀[*am]代表與談咸銜等合爲一攝。用音韻學的名稱來說，所謂重韻就是合流（merger），而所謂攝代表更大規模的合流。用後代韻圖的名稱來說，獨爲一韻的覃韻在《切韻》裏原爲合口一等。

　　漢語語音史研究近年復有所謂犬馬與鬼魅的比喻。相較言之，中古一段應屬畫犬畫馬之工藝，可信程度較高。如依傳統畫工的做法，把韻等攝混同起來，其結果不問可知：馬則非驢非馬，犬則畫虎不成反類犬。只有分門別類從嚴定義，後人才有法式足資依循。比較法是依一致性原則（uniformitarianism）與規律性假設（regularity hypothesis）來執行的。運用它執行的結果去檢視文獻材料，比較能夠闡明文獻材料的

意義。前切韻與韻、等、攝的區別即從執行比較法而來。梅縣音系具有如此豐富的內涵，它在漢語語音史研究上的意義不可小覷。同時，如果橫刀攔截，取其一端來爲客家話斷代，一定不免言過其實：得之東隅，失之西隅。

附　錄

客家話聲韻調

廣東	聲	韻	調	廣西	聲	韻	調
梅縣	17	74	6	西河	18	55	6
五華	20	56	6	賀縣	22	49	6
惠陽	17	56	6	陸川	22	52	6
惠州	21	57	6	玉林	20	60	6
翁源	17	48	6	興業	18	55	6
連南	20	46	6	北流	20	54	6
河源	18	53	7	容縣	18	55	6
清溪	17	48	6	陸川橫山鄉	19	57	6
揭西	21	64	6	博白	19	63	6
新豐	16	53	6	福建（※～後據《福建省志・方言志》）			
南雄烏逕	20	35	5	詔安	21	55	6
饒平	22	62	6	萬安	18	58	6
曲江	16	48	6	永定	20	47	6
增城程鄉	20	54	6	上杭	17	42	6
增城長寧	22	60	6	長汀	20	29	5
永和	17	53	6		～20	30	5
陽西	19	62	6	連城	20	34	5
陽春	19	51	6		～20	30	5
信宜思賀	18	57	6	寧化	16	30	6
信宜錢排	18	57	6		～16	44	6
高州	19	66	6	清流	20	48	6
電白	20	61	6	武平	17	38	6
化州	19	62	6	長汀紅山	20	51	6
廉江石角	18	63	6	平和	21	76	7
廉江青平	19	61	6	※以下為畬族所說客家話（《福建省志・方言志》）			
陸河	21	63	7				
增城派潭	22	60	6				
仁化	21	29	5	福安	15	73	6
英德	27	51	6	福鼎	16	79	6
韶關	16	46	6	羅源	15	46	6
南雄城關	21	53	7	三明	15	45	6
香港	17	46	6	順昌	15	63	6
				華安	15	61	6

四川、湖南

成都_{龍潭寺}	22	54	6

成都_{龍潭寺} 22　54　6
成都_{合興} 21　55　6
儀隴 24　60　6
西昌 24　49　6
威遠 21　52　6
華陽 21　45　6
瀏陽 19　28　5

江西
寧都 20　54　7
石城 20　56　5
定南 20　54　7
銅鼓 23　52　6
修水 21　52　6
萬載 22　54　6
奉新 20　50　6
遂川 20　59　6
井岡山_{黃坳} 20　48　6
井岡山_{下七} 20　63　6
全南 20　50　7
尋烏 23　41　6
興國_{江背} 21　44　6

上猶_{營前} 23　50　6
瑞金 20　44　7
永豐 20　47　6
龍南 20　47　7
寧岡 22　42　6
會昌 20　45　6
泰和 20　47　6
萬安 20　41　6
于都 24　48　6
興國_{瀲江} 22　47　7
贛州市 20　41　5
信豐 20　38　7
贛縣_{韓坊} 20　33　6
南康 20　36　6
崇義 20　36　5
上猶_{社溪} 21　31　4
大余 20　33　5
上猶_{東山} 20　30　5
贛縣_{王母渡} 20　30　7
安遠_{欣山} 20　34　5
安遠_{龍布} 20　32　6
貴溪 20　56　6

第十六章　客家話的分佈

在漢語的十大方言當中,官話和客家話有兩個明顯的共通點。

首先,就地理分佈說,官話和客家話都是橫跨數省不受行政地理的限制。同時,官話和客家話都不以地理名稱充當方言名稱。這一點和晉語、吳語、閩語、粵語、徽語、贛語、湘語有所不同,這七個方言區都有一個省作為基地,平話也只分佈在廣西(今稱壯族自治區)一省。

其次,就方言狀況說,官話和客家話都是內部一致性較高的方言。官話區中,從南京到烏魯木齊,從哈爾濱到昆明彼此大都可以通話;客家話區中,從台灣新竹,苗栗經過梅縣到四川一路走去也大體一致。

假使拿相鄰的閩語來對照,更立即浮現一個有趣的對比。閩語是一省而分數語(不同的方言片),彼此差異懸殊,難以通話;客家話是數省而共一語,彼此差異較小。客家話係以客家人的族群意識為區別標幟,內部的差異可分為以中原郡望自矜的客家人所說的客家話和漢化畬族人民所說的客家話。前者以漢人為主體,後者以畬人為主體。主體族群的差異多少決定了客家話的發展。

一、客家話的分佈

客家話分佈的地區橫跨七省,由東望西見於台灣、福建、廣東、江西、廣西、湖南、四川。其中有些地區客家人比較密集,方言相連成片;有些地區客家人比較離散,方言呈點狀分佈,形同方言島或飛地。

一、廣東省與台灣省的客家話可分為粵台片、粵中片、惠州片和粵北片四片。

粵台片包括廣東省東部20個縣市,北部3個縣市和台灣5個縣市。本片分為四個小片:

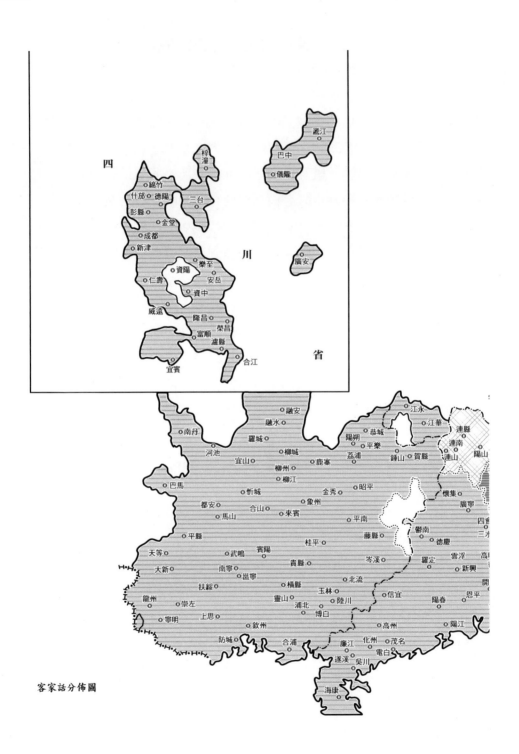

客家話分佈圖

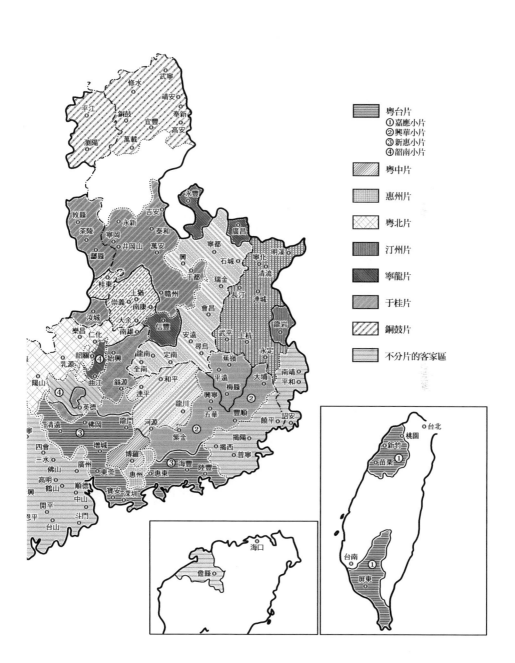

粤台片
①嘉應小片
②興華小片
③新惠小片
④韶南小片

粤中片

惠州片

粤北片

汀州片

寧龍片

于桂片

銅鼓片

不分片的客家區

1. 嘉應小片8個縣市：梅縣市、蕉嶺、平遠、苗栗、新竹、桃園、屏東、高雄。

2. 興華小片5個縣：興寧、五華、大埔、豐順、紫金。

3. 新惠小片12個縣：新豐、惠陽、惠東、寶安、龍門、佛岡、清遠、從化、增城、海豐、陸豐、東莞。

4. 韶南小片3個縣市：韶關、曲江、英德（部分地區）。

粵中片包括廣東省中部5個縣：和平、連平、龍川、博羅、河源。

惠州片只有惠州市一個市。

粵北片包括廣東省10個縣：始興、南雄、翁源、英德、乳源、仁化、連南、連縣、陽山、連山。

二、福建省西部的客家話稱汀州片，包括8個縣：長汀、永定、上杭、武平、寧化、清流、明溪、連城。

三、江西、湖南的客家話可分為寧龍、于桂、銅鼓三個片。

寧龍片包括江西省13個縣：寧都、興國、石城、瑞金、會昌、安遠、尋烏、信豐、定南、龍南、全南、廣昌、永豐。

于桂片包括江西省13個縣市及湖南省5個縣市：于都、贛縣、南康、大余、崇義、上猶、寧岡、井岡山市、永新、吉安、遂川、萬安、泰和；汝城、桂東、酃縣、茶陵、攸縣。

銅鼓片包括江西省8個縣市以及湖南省2個縣市：銅鼓、修水、武寧、靖安、奉新、高安、宜豐、萬載；瀏陽、平江。

上列分片是黃雪貞（1987）的貢獻，涵蓋了台灣、福建、廣東、江西、湖南五個省。底下介紹廣西（楊煥典等，1985）和四川（崔榮昌，1985）客家話的分佈情況。

四、廣西客家話比較集中的地區有：

1. 陸川、博白、浦北南部與合浦東部的一片，140萬人。

2. 防城、欽州與靈山斷續相連的一片，40多萬人。

3. 以貴縣為中心，沿鐵路東南至玉林北，西北到黎塘、賓陽形成

的一片，也有40多萬人。

4. 賀縣、鍾山、昭平相連接的一片，有30多萬人。

5. 其他人口在10到20萬的成片地區還有：來賓（20萬人），桂平、平南、象州（14萬人），柳州市及其附近（12萬人），蒙山、荔浦、陽朔（10萬人）。

客家話是廣西漢語的第三大方言，總共約有350萬人。

五、四川的客家話分佈在二十九個縣的局部地區，包括：

1. 川西的成都市（郊區東山一帶）、新都、金堂、廣漢（新華、小漢、金輪及興隆）、什邡、彭縣、溫江（金馬河）、雙流、新津（興義）。

2. 川南的簡陽、仁壽（方家區）、資中（鐵佛、球溪）、威遠（石坪）、安岳、富順、隆昌、榮昌、瀘縣、合江、宜賓。

3. 川中的廣安（花橋、天池）。

4. 川北的儀隴（樂興、鳳儀、大風、雙龍、五棚、周河）、巴中、通江（黃宗區）、達縣（碑廟區）、涼山州的西昌（黃聯、新河）。

四川客家話人口的分佈多寡不一，少則幾百（如威遠石坪），多則幾萬、幾十萬（如隆昌縣有20多萬），全省客家總人數當在一百萬以上。

四川的客家人自稱廣東人，把自己的話叫廣東話。四川人叫他們土廣東，說的話是土廣東話。

總計客家話分佈的縣市達二百多個。其中又可分為純客住縣和非純客住縣。純客市縣主要見於廣東省東部、中部地區，福建省西部地區，江西省南部地區，包括下列40個市縣：

梅縣市、惠州市、興寧、大埔、五華、蕉嶺、豐順、平遠、河源、和平、連平、龍川、紫金、新豐、始興、翁源；長汀、上杭、寧化、清流、明溪、永定、武平、連城；寧都、興國、石城、瑞金、會昌、安

遠、尋烏、定南、龍南、全南、于都、南康、大余、崇義、上猶；桂東

以上客家話是「以中原郡望自矜」的客家人所說的客家話，除此之外，還有漢化的畬族人所說的客家話。如把畬族人所說的客家話也計在內，客家話的分佈範圍更擴及閩南、浙南和安徽等地。據1982年人口普查，畬族約有36萬8千人，其分佈情況是：

福建：福安、霞浦、福鼎、寧德、羅源、連江、古田、順昌、永泰、光澤、邵武、壽寧等40多個縣市。

浙江：景寧、雲和、麗水、遂昌、泰順、文成、平陽、龍泉、武義、臨安、建德等20多個縣市。

江西：永豐、鉛山、吉安、貴溪、武寧、興國、德興、資溪、吉水、泰和、弋陽。

廣東：潮安、豐順、惠東（包括惠陽）、海豐、博羅、增城、大埔。

安徽：寧國。

其中福建畬族人口最多有20多萬人，浙江次之有15萬人，江西有7千多人，廣東約有2千5百人，安徽約有1千多人。據《浙江吳語分區》（1985:3）說：「畬族內部說客家話，對外說當地方言。」安徽的畬族多從浙江遷來，而以寧國雲梯鄉南部畬村最多。他們說的是畬話，如把石頭叫「石牿」，吃晚飯叫「食暗晡」（鄭張尙芳，1986）和台灣客家話如出一轍。其實，除了廣東增城、博羅等地的畬族人保留了一些畬族本民族語的詞彙之外，上列畬族人民都說客家話。

關於客家話的分佈還有兩個有趣的現象。一是「逢山必有客，無客不住山」，在中國大陸如此，在台灣島也是如此。以新竹來說，市區平地狹小盡屬泉州系閩南人天下，四周山巒起伏皆爲客家人所佔。二是在華南沿海一帶，往往是「有閩必有客」，閩人先來，客家人隨後繼踵而至。這就說明何以比鄰而居的閩客人民往往是閩南人佔有沿海平地、客家人佔有山地。

　　客家話簡稱爲「客話」或「客語」，但是縣志等文獻所見客話、客語往往不是現在漢語方言學中的客家話。例如：（黃雪貞，1987：B15）

　　《海康縣志》（1929年續修）上卷《民俗志・言語》上說：「有東語，亦名客語，與漳、潮大類，三縣九所（即今海康、徐聞、遂溪三縣地）鄉落通談此。」這裏說的客語是雷州話，是一種閩語方言。

　　《石城縣志》（1892）卷二《輿地志下・風俗》：「言語不一，有客話與廣話相類，其餘有哎話、雷話……。」

　　《重修石城縣志》（1932）卷二《輿地志下・語言》：「縣之語言有三種，一曰客話，多與廣州城相類。……二曰哎話，與嘉應州相類。三曰黎話，……與雷州相類。」

　　石城即今廉江，上列先後兩本縣志所見的「客話」都是粵語，「哎話」是客家話（以客家話第一人稱ŋai稱之，「黎話」就是雷（州）話。

　　《海康縣志》的「客語」是閩南話，《石城縣志》的「客話」是粵語。兩者皆稱「客」，大約是「名從主人」，即以當地少數民族的立場稱呼「漢人」。這種習慣在華南並不罕見，湘西的土家族稱漢人即爲「客家」（嚴學宭，1993:42），並不是漢語所指「客家」。名同實異，有必要區別。

二、廣東的客家話

　　客家人比較集中的「純客」住地有40個縣市，其中廣東16個，福建8個，江西15個，湖南1個。閩、粵、贛交界地帶從唐初以來即是畬族人民棲息的所在，而今成爲客家話的大本營。廣東的客家人係從福建和江西遷來，即便是以今天的純客住地統計，福建和江西的純客地盤也與廣東的純客地盤相埒。然而論到客家話的代表，眾口一聲都以梅縣爲

代表。大約因爲梅縣在諸純客市縣當中，文教事業比較發達，商業活動比較興盛。好有一比，閩南原以泉州（因有莿桐港）、漳州（因有月牙港）兩地的話爲代表，但在廈門成爲五口通商的港埠之一以後，廈門話的地位逐漸躍昇，最後取代了泉漳成爲閩南方言的代表。

　　底下以梅縣方言爲主介紹廣東的客家話。

1. 梅縣方言音系（袁家驊，1983）

聲母17個：

p	p'	m	f	v
t	t'	n		l
ts	ts'		s	
k	k'	ŋ~ȵ	h	
ø				

韻母74個：

i	e	a	o	u	ɿ	
ai	au	eu	oi			
ia	iai	iau	ie	io	iu	iui
ua	uai	ue	uo	ui		

im	em	am	əm	iam		ip	ep	ap	əp	iap
in	en	an	on	un	ən	it	et	at	ot	ut	ət
ian	ion	iun				iat	iot	iut
uan	uen	uon				uat	uet	uot
aŋ	oŋ	uŋ				ak	ok	uk
iaŋ	ioŋ	iuŋ				iak	iok	iuk
uaŋ	uoŋ		m̩	ŋ̍~n̩		uak	uok

聲調6個：

	陰平	陽平	上聲	去聲	陰入	陽入
	44	11	31	52	21	4

1. 梅縣聲母系統的特點可從兩方面說。一是與閩南方言比較，多出兩個唇齒音（f、v）。閩方言一般都是15音系統，客家話除去f-，v-兩個聲母之後，與閩方言並無太大差異。相鄰的閩客方言，可以根據有無f-，v-決定其歸屬。

其次是與普通話（國語）做比較，梅縣話沒有舌尖後音（或稱捲舌音tʂ，tʂʻ，ʂ，ʐ即知吃師日的聲母）和舌面音（tɕ，tɕʻ，ɕ即基欺希的聲母）。但梅縣的舌根鼻音卻為普通話所無。

2. 梅縣韻母系統的特點包括：A.a類韻系與o類韻系兩兩並立，相當整齊。如a:o，ai:oi，ia:io，ua:uo，an:on，at:ot，ian:ion，iat:iot，uan:uon，uat:uot，aŋ:oŋ，ak:ok，iaŋ:ioŋ，iak:iok，uaŋ:uoŋ，uak:uok共有16對。B.舌尖尾（-n/t）韻母共有24個，舌根尾韻母只有16個。舌尖韻尾前有6個不同的元音可以出現，舌根韻尾前只有3個元音可以出現。這三個可以出現在舌根韻尾前的元音發音部位較低（-a）較後（-o，-u）。較早時期的*iŋ/k-，*eŋ/k都已變入-in/t，-en/t。因此舌位較前、較高的元音（-i-，-e-）後頭沒有舌根尾。

3. 梅縣只有六個聲調，平、入分陰陽、上、去不分陰陽。陰入調值較低，陽入調值較高。上聲實際上有陰陽之分，但陽上白讀歸陰平，文讀或歸陰上或歸去聲。

從古今的對應看，梅縣客家話的語音現象還有以下幾個地方值得注意：

1. 輕唇讀如重唇。如斧ᶜpu，縫pʻuŋˀ，肥ₛpʻi，吠pʻoiˀ，尾₋mui，味miˀ，問munˀ，網₋mioŋ。這類現象在漢語方言當中以閩語最常見，客家話次之。

2. 知組有少數字唸舌尖塞音。如「中」₋tuŋ，「知」₋ti。

3. f-聲母除了非敷奉之外，還包括溪、曉、匣母合口字。如「褲」唸fu⊃，「苦」唸⊂fu（昧『苦』唸⊂fu，辛『苦』唸⊂k'u），「虎」唸⊂fu，「胡」唸⊆fu。這個hu→fu的現象（包括由k'變來的h-）和閩南方言正好相反。「花」梅縣唸⊂fa，廈門唸⊂hue，⊂hua；「發」梅縣唸fat⊃，廈門唸huat⊃。

4. v-聲母包括微、影、云、匣母的合口字。如文⊆vun，溫⊂vun，位vi⊃，滑vat⊇。

5. 泥母洪音讀n-，疑母洪音讀ŋ-，在細音前n-，ŋ-都轉讀爲n̠-。比較泥母的「泥」⊆nai和「年」⊆n̠ian，疑母的「牙」⊆ŋa和「迎」⊆n̠iaŋ。換句話說，n-和ŋ-洪分細混。

6. 山攝、蟹攝保留一些一二等對立的痕跡。例如：

	二等	一等
山攝	閒⊆han	寒⊆hon
蟹攝	鞋⊆hai	開⊂k'oi

7. 蟹攝四等讀洪音。如洗⊂se，細se⊃，雞⊂ke，契k'e⊃，弟⊂t'ai，梯⊂t'oi。

8. 以母蟹合三祭韻字「銳」梅縣唸iui⊃，這是普通話ʐui⊃音的前身。其情況有如「榮」⊆ʐuŋ來自*⊆siuŋ。

9. 梗攝有較明顯的文白異讀。白讀元音較低，二等aŋ/k，三四等是iaŋ/k；文讀元音較高，二等是en/t（<*eŋ/k），三四等是in/t（<*iŋ/k）。例如：

	爭	生	省	格	；輕	命	平	錫	跡
文讀	⊂tsen	⊂sen	⊂sen	ket⊃	⊂k'in	min⊃	⊆p'in	sit⊃	tsit⊃
白讀	⊂tsaŋ	⊂saŋ	⊂saŋ	kak⊃	⊂k'iaŋ	miaŋ⊃	⊆p'iaŋ	siak⊃	tsiak⊃

10. 江攝字一般讀oŋ/k，但知組「椿」⊆tsuŋ，莊組「窗」⊂ts'uŋ，

「雙」 ⊆suŋ的元音與東韻無別，可能保存了上古音的痕跡。

11. 昔韻AB兩類同韻。如昔A「跡」唸tsiak⊇，昔B「尺」唸ts'ak⊇。比較廈門方言的「跡」tsia²⊇，「尺」ts'io²⊇。

12. 次濁上聲讀陰平調。如：馬⊆ma，美⊆mi，領⊆liaŋ，語⊆n̩i，滿⊆man，買⊆mai，每⊆mui。

13. 古全濁聲母今讀平仄皆爲送氣清音。例如茶⊆ts'a，敗p'ai²，豆t'eu²，舅⊆k'iu，達t'at⊇。比較廈門方言：茶⊆te，敗pai²，豆tau²，舅ku²，達tat⊇。例外是第三人稱「渠」字梅縣讀⊆ki。

關於人稱代詞的複數，黃雪貞（1987）指出「較多地區的說法是在人稱代詞『偓你佢』後面加『兜人、登人、等人』。」袁家驊（1983:171）列有下列形式：

	單數		複數
第一人身	⊆ŋai	1. ⊆ŋai ⊂ten	2. ⊆ŋai ⊂ten ⊆n̩in
第二人身	⊆n̩i	1. ⊆n̩i ⊂ten	2. ⊆n̩i ⊂ten ⊆n̩in
第三人身	⊆ki	1. ⊆ki ⊂ten	2. ⊆ki ⊂ten ⊆n̩in

其中⊂ten可能是從「兜」字因語流音變轉讀而成，寫成「登」取其音，寫成「等」是釋其義，其實並不正確。在客家話裏，「兜」有「一些」的意思，kai² ⊂teu就是「那些」，加兜⊂ka ⊂teu是多些，⊆ŋai ⊂teu就是我（們）這些。大約因爲常跟「人」⊆n̩in字音一起出現的緣故，⊂teu終於變⊂ten。其演變過程是：⊆ŋai ⊂teu＋⊆n̩in⇒⊆ŋai ⊂teu ⊆n̩in，⊆ŋai ⊂ten ⊆n̩in，⊆ŋai ⊂ten。

語流音變也可用來解釋⊆ts'in ⊆ka（親家），⊆ts'ia ⊆me（親家母）的差異。其中的⊆ts'ia就是⊆ts'in ⊆ka兩音合成的。其情況和閩南方言完全一致。比較：

	梅縣	廈門
親　家	₌ts'in ₌ka	₌ts'in ₌ke
親家母	₌ts'ia ₌me	₌ts'e ᶜm̩

ts'in ka合爲ts'ia，一如ts'in ke合爲ts'e。

2. 饒平方言音系（詹伯慧，1993a,b）

饒平位於廣東省的東北角。全縣百分之八十的人口通行潮汕話，百分之二十人口說上饒客家話。上饒包括上善區、上饒區、饒洋區、建饒區、新豐區。上饒客家話的語音系統是：

聲母22個：

p	p'	m	f	v
t	t'	n		l
ts	ts'		s	z
tʃ	tʃ'		ʃ	ʒ
k	k'	ŋ~ȵ	h	
ø				

韻母62個：

i	e	a	o	u	ɿ		ã	ĩ			
ai	eu	au	oi				aũ	uĩ			
ia	iəu	iau	iu								
ua	uai	ui									
im	em	am	iam				ip	ep	ap	iap	
in	en	an	on	un			it	et	ɛt	at	ot	ut
ien	iun	uan					iet	iut	uat			
aŋ	oŋ	uŋ					ak	ok	uk	auk	
iaŋ	ioŋ	iuŋ	m̩	ŋ̍			iak	iok	iuk	iauk	

聲調6個：

陰平	陽平	上聲	去聲	陰入	陽入
11	55	53	35	21	55

1. 上饒客家話有一組舌葉音，古音來歷包括知、莊、章三組。例如直tʃʻit55，春tʃʻun11，術ʃut55，雙ʃuŋ11，眾tʃuŋ53，升ʃin11。此外，還有「須」ʃiu11（精組），「約」ʒok21（影母）。

2. 章組白讀唸唇齒音：水fi53，稅fe53，唇fin55，睡fe35。這類現象在廣東的客家比較罕見，在閩西客家話區相當普遍。

3. 有四個鼻化韻：ã，ĩ，uĩ，aũ。例如：

　　ã：蝦hã55，下hã11，廈hã35。

　　ĩ：鼻pʻĩ35，備pʻĩ35，鮮tsʻĩ11。

　　uĩ：跪kʻuĩ35，櫃kʻuĩ35。

　　aũ：好haũ53。

就饒平韻母系統來看，這四個鼻化韻相當突出。顯然係從潮汕一帶閩南話的發音習慣感染而來。潮汕閩南話的特色之一，就是來自古陰聲韻的鼻化現象比較豐富。

上饒客家話與潮汕方言緊緊相鄰，不少例證都可以說明來自閩南方言的滲透和影響。除了上列四個鼻化韻之外，閩南方言成分還包括：

1. 輕唇讀如重唇比梅縣還多。如：藩ᴄpʻan，糞ᴄpun，楓ᴄpuŋ，肺ᴄpʻui，帆pʻun。

2. 知組讀舌尖塞音比梅縣還多。如：著ᴄtu，蜘ᴄti，展ᴄten，鎮ᴄtin，抽ᴄtʻiu，暢ᴄtʻioŋ。

3. 一些詞彙從台灣四縣、海陸客家話看起來也比較特殊。例如：

「拐杖」說「洞葛」toŋᵓ kak。泉州方言說「洞葛」tɔŋᵓ kat（林連通，1993:222）

「菠菜」說ᴄpoi ᴄliuŋ ᶜtsʻoi，俗寫作「飛龍菜」，其實就是《新唐

書・西域傳》所說尼婆羅入獻的「波棱」。潮汕話「菠菜」叫 ₋pue ₌leŋ，四縣、海陸叫做「角菜」kɔk₋ tsʻoiˀ。

　　「吸煙」說「食薰」ʃet₌ ₋fun。這是客閩合璧詞，前一個成分是客家話，後一個成分是閩南話，閩南話用「薰」字。客家用「煙」字。「薰」唸做f-聲符合客家話的規律（hun→fun）。

　　3. 惠陽方言音系（周日健，1987）

　　惠陽位於廣東省東江中游南側，境內以客家話爲主，間有潮汕系的閩南話和粵語惠州話。底下是惠陽客家話的語音系統。

　　聲母17個：

p	pʻ	m	f	v
t	tʻ	n		l
ts	tsʻ		s	
k	kʻ	ŋ	h	
ø				

　　韻母56個：

i	e	a	o	u	ɿ
ai	eu	au	oi	ui	
ia	ie	io	iu	iau	ioi	iui

im	em	am	iak			ip	ep	ap	iap	
in	en	an	on	un		it	et	at	ot	ut
ian	ion	iun				iat	iot	iut		
aŋ	oŋ	uŋ				ak	ok	uk		
iaŋ	ioŋ	iuŋ	m̩	ŋ̍		iak	iok	iuk		

　　聲調6個：

陰平	陽平	上聲	去聲	陰入	陽入
44	11	31	53	1	5

從語音系統看起來，惠陽客家話和梅縣客家話相當近似。韻母系統中的兩個三合元音iui、ioi在文獻中找不到例子。是否iui相當於梅縣的「銳」，ioi相當於台灣客家話習見的「蹶」k'ioi⁼（疲累），一時難以確定。這個方言的語音現象除了客家話的一般特點之外，也有一些比較突出的色彩。

1. 古全濁聲母今讀平仄皆為送氣清音：橋ₛk'iau，盤ₛp'an，步p'u⁼，罪ts'ui⁼，丈ts'ɔŋ⁼，雜ts'apₛ，奪t'otₛ。

2. 古濁上今讀陰平：馬ₛma，買ₛmai，乃ₛnai，惱ₛnau，某ₛmeu，藕ₛŋeu，魯ₛlu，懶ₛlan，有ₛiu，斷ₛt'on，稻ₛt'au，舅ₛk'iu，後ₛheu。

3. 蟹攝四等讀洪音：低ₛtai，底ᶜtai，泥ₛnai，黎ₛlai，齊ₛts'e，洗ᶜse，細se⁼，計ke⁼，契k'e⁼。

4. 眞殷韻字讀-iun：近ₛk'iun，僅ᶜkiun，忍ₛŋiun，銀ₛŋiun，隱ᶜiun，韌ŋiunₛ。

5. 泥母一般讀n-，來母一般讀l-，有些字正好相反：弄luŋ⁼，寧ₛliaŋ，鬧lau⁼；類nui⁼，欖ᶜnam，隆ₛnuŋ。

6. 古合口字逢舌根聲母多讀開口呼：瓜ₛka，怪kai⁼，慣kan⁼，刮katₛ。

7. 聲母f-包括曉、匣、溪母合口字：花ₛfa，華ₛfa，闊fatₛ。

8. 聲母v-包括古影、云、以、匣、微字：滑vatₛ，屋vukₛ，萬van⁼。

惠陽客家話中有一些「有音無字」的說法和台灣四縣、海陸方言如出一轍。例如

ₛpa人：背人	ₛan樣：那樣
ₛŋa：我的	一tsepₛ米：一撮米
ₛkia：他的	ₛvon：整個

ᶜlia兜：這些　　　　　　　　　tsiot꜔：吸吮

tsioˀ：用前腳掌往下踩　　　　ᶜlin棍：男陰

꜄hoi：癢　　　　　　　　　　꜄p‘un：厚

꜄neu：稠　　　　　　　　　　mut꜄：腐爛

hapˀ：茱幫　　　　　　　　　郎郎lut꜄ lut꜄：零零落落

ᶜt‘iam：倦累　　　　　　　　꜄paŋ：拔（草、牙）

tep꜄：砸　　　　　　　　　　꜄p‘aŋ：用嘴吹氣

꜄k‘em：蓋　　　　　　　　　kiak꜄：快

at꜄：惱怒　　　　　　　　　　naŋˀ：腳用力往下踩

siap꜄：墊　　　　　　　　　　ŋiaŋˀ：執拗

三、福建的客家話

福建的客家話分佈於閩西，據《龍岩地區志》其分佈情況如下：

```
         ┌ 東北片：長汀話城關片
    長汀話┤ 西南片：西北區：長汀話塗坊片、武平話、軍家話
         └         東南區：永定話、上杭話、龍岩萬安話、畬家客
閩西客話區┤
    連城話┌ 北  片：連城城關話、姑田話、賴源話、文亨話、宣和
         │         話、羅坊話、龍岩雙車話
         └ 南  片：新泉話（下南話）、四堡話、上杭古蛟話、龍岩
                   大池話
```

底下介紹永定、長汀、連城、上杭四個方言點的情況。

1. 永定方言音系（黃雪貞，1983、1985）

聲母17個：

```
p      p'     m      f      v
t      t'                          l
ts     ts'    s      z
k      k'     ŋ      h
ø
```

韻母49個：

i	a	ɿ				
ai	au	ei	eu	oi	ou	
ia	iai	iei	iau	ieu	iou	iu
ua	uai	uei				

ɛn	an	ɔn	un	iɛn	uan	n̩
iŋ	aŋ	ɔŋ	uŋ	iaŋ	iɔŋ	iuŋ	uaŋ

at	ɔt	ut	uat					
iʔ	ɛʔ	aʔ	ɔʔ	uʔ	iaʔ	iɛʔ	iɔʔ	iuʔ	uaʔ	uɛʔ

聲調6個：

陰平	陽平	上聲	去聲	陰入	陽入
55	11	53	33	2	5

永定方言的語音系統很有特色：

1. 聲母系統中沒有舌尖鼻音n-，但在細音前有舌面鼻音n̠-作爲ŋ-的音位變體。從古音來歷看，泥母洪音變讀l-（如男₌laŋ），細音讀n̠-（如尿n̠ieuᵓ）。日母和疑母洪音讀ŋ-（忍₌ŋun，眼ᶜŋan），細音讀n̠-（惹₌n̠ia，語ᶜn̠i）。泥來是洪混細分；n̠-實含泥、日、疑等母的細音。

2. 韻母系統的特點是單純元音少，而複元音多。梅縣的e、o、u元音在永定不單獨出現。大體說來，永定的ei、ou、ɿ分別與梅縣的e、o、u相當。比較：

	梅縣	永定
步	pʻu˘	pʻ˻˘
刀	₋to	₋tou
雞	₋ke	₋kei

永定的iei相當於梅縣的iui。如梅縣「銳」iui˘，永定讀iei˘。

永定方言沒有-m/p尾韻母。深、咸兩攝原有的*-m尾變爲-ŋ尾（如暗˻aŋ，琴₌kʻiŋ），*-p尾變爲-ʔ尾（如雜tsʻaʔ₌，及kʻiʔ₌）。喉塞尾-ʔ含古*-p，*-k來源，舌根尾-ŋ含古*-m、*-ŋ來源，只有-n，-t尾與古音來源保持一致。

永定的成音節鼻音n̩有三個變體hm̩ hn̩ hŋ̍。隨後一音節起首音的部位而定。「你」n̩在唇輔音前讀hm̩，在前輔音和前元音的前頭讀hn̩，在後輔音和後元音的前頭讀hŋ̍。

除了上列語音系統上的特點之外，永定方言值得注意的現象還有：

1.「牛」字讀洪音₌ŋeu，不讀細音。

2.「梯」字讀₋tʻoi。一般客家話蟹攝四等讀ai，e，i等韻母，往往只有「梯」是例外。

3. 殷韻讀-un：勤芹₌kʻun，近kʻun˘，欣₌sun。

4.「水」字讀˹fi。

5. 有一些「有音無字」的詞語和台灣客家一致。如₌pa人（背人）。laˀ（夠）。₌maŋ去（未去）。hoŋ˹床（起床）。₋pʻun（厚）。tsʻut₌淨（擦乾淨）。tʻioŋ˹（高興、快樂）。腳fiŋ˘ fiŋ˘（腳搖來搖去。台灣唸fin˘）。fiʔ₌（拋擲。台灣唸fit₌）。

2. 長汀方言音系（李如龍、張雙慶，1992）

聲母20個：

```
p    p‘   m    f    v
t    t‘   n         l
ts   ts‘      s
tʃ   tʃ‘      ʃ
k    k‘   ŋ    h
ø
```

韻母30個：

i	e	a	ɔ	o	u(~ʉ)	ɿ
ai	əɯ					
ia	ie	iɔ	io	iəɯ		
ua	ue	ui				

aŋ	ɔŋ	oŋ	eŋ	
iaŋ	iɔŋ	ioŋ	ieŋ	
uaŋ	ueŋ	iẽ	ũ	ŋ̩

聲調5個：

陰平	陽平	上聲	陰去	陽去
33	24	42	54	21

1. 來母字有一部分讀t-：里꜀ti，梨꜀ti，李ᐣti，力ti²，六꜀təɯ，簾꜀tiẽ，涼꜀tiɔŋ，林꜀teŋ。

2. 舌葉音包括見、章、知組字。例如：

見組：兼꜀tʃiẽ，謙꜀tʃ‘iẽ，嫌꜀ʃiẽ，協꜀ʃie，曉ᐣʃiɔ，橋꜀tʃ‘iɔ。

章組：招꜀tʃɔ，少ᐣʃɔ，示ᐣʃi，出꜀tʃ‘e，順ʃeŋ²，純꜀ʃeŋ。

知組：畫tʃəɯ²，抽꜀tʃ‘əɯ，綢꜀tʃ‘əɯ，朝꜀tʃɔ，超꜀tʃ‘ɔ，趙tʃ‘ɔ²。

至於精、莊組一般讀舌尖前音。

3. 長汀方言的韻母系統沒有塞尾韻，總數也只有30個。這樣的一

個系統在客贛方言當中顯得十分突出。其中ū韻所轄字包括：肝꜀kū，漢hū꜄，寒꜀hū，旱꜀hū，汗꜄hū，安꜀ū，案ū꜄；端꜀tū，短꜀tū，斷꜀t'ū，酸꜀sū，官꜀kū，歡꜀hū……等山攝開合口一等字。其中古濁上字「旱、斷」讀陰平，仍不失其與其他客家話的聯繫。

4. 長汀方言的-ue韻在客家話中也相當突出。比較：

	梅縣	長汀
梯	꜀t'oi	꜀t'ue
割	kot꜆	꜌kue
奪	t'ot꜊	꜌t'ue

5. 長汀方言的-ai與梅縣的-at對應。例如：

	末	辣	殺	瞎	發
長汀	mai꜄	lai꜄	꜌sai	꜌hai	꜌fai
梅縣	mat꜊	lat꜊	sat꜆	hat꜆	fat꜆

3. 連城方言音系（《龍岩地區志》，1992）

聲母20個：

p	p'	m	f	v
t	t'	n		l
ts	ts'		s	
tʃ	tʃ'		ʃ	
k	k'	ŋ	h	
ø				

韻母33個：

i	e	a	ɒ	o	ɯ	ɿ
ao	ou					
ie	iɒ	io	iu	iɯ	iao	
ua	ue	uo	ui			
ye	vi					

aŋ	æŋ	eŋ	oŋ	əŋ		
iaŋ	iæŋ	ieŋ	ioŋ	iəŋ		
uaŋ	ŋ̍					

聲調5個：

陰平	陽平	上聲	陰去	陽去
43	22	213	51	55

　　整體看起來，連城音系和長汀音系相當近似。有一組舌葉音聲母，無塞尾韻，聲調只有5個。底下是連城方言比較顯著的特色。

　　1. 連城方言-vi韻字包括：跪k'vi²，規₌kvi，決kvi²。-vi韻只出現在舌根塞音聲母之後，其中的v可以視爲-u-的變體。

　　2. -ɯ韻字包括：學hɯ²，坐₌ts'ɯ，火ᶜfɯ，郭kɯ²，角kɯ²。這一類字在梅縣多具有-o-元音。

　　3. -ye韻字包括：奴₌n̠ye，度t'ye²，語ᶜn̠ye，愚₌n̠ye，除₌tʃ'ye，武₌fye，鼠ᶜʃye，蛙tʃ'ye²。

　　4. -o韻字包括：茶₌tʃ'o，蔗tʃo²，差₌ts'o，沙₌so，劃vo²，馬ᶜmo，雜ts'o²。這些字在梅縣一般讀爲-a元音。

　　5. 章組字在連城方言或讀舌根塞音。例如：春₌k'uæŋ，磚₌kue。或讀唇齒音：稅fi²（但水字讀舌葉音）。

　　6. 來母字有一部分讀舌尖塞音。例如：林₌teŋ，綠tao²，粒ti²。

　　其中有一些現象廣見於閩西客家話區。例如kv-聲母和章組聲母讀舌根塞音的現象還見於萬安、雙車、大池、四堡、姑田等地。

4. 上杭方言音系（《龍岩地區志》，1992）

聲母17個：

p	pʻ	m	f	v
t	tʻ	n		l
ts	tsʻ	(ȵ)	s	
k	kʻ	ŋ	h	
ø				

韻母42個：

i	a	ɒ	u	ɿ		ã	ɛ̃	ɒ̃	ɔ̃
ɔu	ei					iã	iɛ̃	iɔ̃	
iɒ	iu	iə	uɔi			uã	uɔ̃		
ua	uo	uai	uei						
əŋ	uŋ	iaŋ	uəŋ	ŋ̍		aʔ	ɔʔ	ɒʔ	əʔ	eʔ	ɛʔ
						iaʔ	iɔʔ	iəʔ	ieʔ		
						uaʔ	uoʔ	ueʔ			

聲調6個：

陰平	陽平	上聲	去聲	陰入	陽入
44	22	41	352	54	45

　　從上列音系內容看起來，上杭方言的聲母和聲調系統和梅縣相當近似，韻母系統相差較遠。其中鼻化韻和喉塞尾韻的豐富近似閩南方言。

　　1.「水」字唸ᶜfei，「稅」字唸suoᶜ。這一點和連城「水」字唸ᶜʃue，「稅」字唸fiᶜ正好相反。

　　2. ɔu韻字包括：坐₌tsʻɔu，桃₌tʻuɔ，火ᶜfuɔ，茄₌tsʻiuɔ。上杭方言沒有單純的-o韻，-ɔu從來歷看就是-o-的變體。

3. hŋ音節見於「語」hŋ⁼，「耳」ᶜhŋ，「你」⊂hŋ等字。從鄰近方言的比較看起來，hŋ的來源是ŋi。其變化過程和閩南方言的「耳」hĩ⁼類似。（參看第八章閩音的保守與創新）

4. 來母時或讀為舌尖塞音：粒te⁷₂，綠tə⁷₂，林⊂təŋ，鱗təŋ⁼。

5. 人稱代詞單複數的說法是：

	單數	複數
第一人稱	我⊂ŋa	我們⊂ŋa ⊂mẽ
第二人稱	你⊂hŋ	你大家⊂hŋ ᶜtʻa ⊂ko
第三人稱	佢⊆kei	佢子大家⊆kei ⊆tsↄ ⊂tʻa ⊂ko

其中「我、你」的聲調同化於第三人稱「佢」。這一點和梅縣相同。但是，第一人稱的複數形式不同於第二、第三人稱，可能是晚近受標準語影響的變化。第三人稱「佢」字群母例外讀不送氣是徽語、贛語和客家話常見的現象。

5. 綜合說明

《龍岩地區志・卷38方言》是目前所見一份涵蓋面比較廣的閩西客家話的調查報告。林寶卿（1991）的「閩西客話區語音的共同點和內部差異」也提供了不少可貴的材料。底下即以這兩份材料為基礎對閩西客家話做一些觀察。

1. 閩西客家話的一個顯著共通點是輔音韻尾大量弱化，甚至消失。

就鼻音韻尾來說，-m，-n，-ŋ三個韻尾具全的方言只有龍岩大池話。具有-n，-ŋ兩個韻尾的方言只有雙車話、下洋話、武平話、武北湘店話。只有-ŋ一個鼻音韻尾的方言包括永定話、古蛟話、上杭話、武東話、軍家話、長汀話、汀南塗坊話、連城話、新泉話、四堡話、姑田話。有的方言兼有鼻化韻母，如雙車、大池、上杭、武東、軍家、長

汀。

　　就塞音韻尾來說，閩西客家話沒有一個方言-p，-t，-k具全。具有-t，-k尾的只有武平話，具有-t尾的只有下洋話。其他方言古入聲尾或已弱化爲喉塞尾（大池、永定、古蛟、上杭、武東、武北湘店、軍家、汀南塗坊、四堡），或已完全消失（姑田、新泉、長汀、雙車）。其中武平兼有-ʔ，-t，-k尾。

　　由於韻尾大量弱化、消失的緣故，閩西客家諸方言的韻母數也大爲降低。底下所列是各方言韻母數：

雙車42　大池49　永定48　下洋49　古蛟40　上杭42　武東40

武平51　武北湘店40　軍家49　長汀30　汀南塗坊43　連城33

新泉27　四堡45　姑田30

　　這些方言的韻母數和廣東客家方言的韻母數相差懸殊，其中新泉話只有27個韻母已接近中國方言韻母數的底線（雲南賓川22個）。閩、粵兩省客家話的這項顯著差異也許原因不止一端，其中有個因素和文教發達與否有關。文教發達，方言得到培護；文教不發達，方言任其自然發展，自生自滅。另外一個因素和「是否以中原郡望自矜」的社群意識有關。以中原郡望自矜即以漢人爲主體，不以中原郡望自矜即以漢化畲人爲主體。

　　2. 章組字「鼠、蛀、春、煮、磚」和知組字「豬、除、槌」讀爲舌根塞音k-，kʻ-。

	鼠	蛀	春	煮	磚；	豬	除	槌
萬安	⁻kʻyi	—	₌kʻyẽ	⁻kyi	₌kyeŋ	₌kyi	₌kyi	₌kʻyi
雙車	⁻kʻyi	kyiˀ	₌kʻɛn	⁻kyi	₌kuĩ	₌kyi	₌kyi	₌kʻyi
大池	⁻kʻu	kuˀ	₌kʻeŋ	⁻ku	₌kian	₌ku	₌ku	—
四堡	—	kʉˀ	₌kʻuɣŋ	⁻kʉ	₌kuæŋ	₌kʉ	₌kʻʉ	₌kʻʉi
姑田	⁻kʻy	kʻyˀ	₌kʻuŋ	⁻ky	₌kye	₌ky	₌kʻy	₌kʻy

這一類現象分見於知、章兩組，似乎是在特定韻母條件下形成的。

　　3. 書母字「稅，水」兩字在閩西客話區常讀爲唇齒擦音f-。

水：萬安ᶜfi，雙車ᶜfi，大池fiᵓ，永定ᶜfi，下洋ᶜfi，古田ᶜfi，上杭ᶜfei，武東ᶜfi，武平fiᵓ，湘店ᶜfi，軍家ᶜfi，塗坊ᶜfi，新泉ᶜfi，四堡ᶜfi，姑田ᶜfy。

稅：萬安fiᵓ，雙車fiᵓ，大池fiᵓ，古田fiᵓ，軍家fiᵓ，連城fiᵓ，新泉feᵓ，四堡feᵓ，姑田feᵓ。

　　4. 泥、疑、日母字在上杭、永定有讀喉擦音的現象。例如：

	女	汝	疑	遇	義	語	藝	耳
上杭	ᶜhŋ	ᶜhŋ	₌hŋ	ᶜhŋ	ᶜhŋ	hŋᵓ	ᶜhŋ	ᶜhŋ
永定	ᶜhm	₌hm	—	—	—	hmᵓ	—	ᶜhm

這二類現象和閩南方言次濁聲母讀喉擦音相似。閩南方言的類似現象，前文已有解釋（參看第八章閩音的保守與創新）；上列客家話現象除了聲母可說是由氣流換道變成之外，韻母部分可能是由鼻化元音聲化而來。

　　5. 「牛」字在閩西客話有兩種讀法值得注意：

　　(1) 萬安方言「牛」字讀₌aŋ。《集韻》：「吳人謂犢曰犅，於杏切。」浙江紹興稱牛犢爲ᶜã（游汝杰，1992：179），湖北武漢（朱建頌，1992：71）讀爲ᶜŋən，福建漳平（張振興，1992：33）也稱牛犢爲ᶜaĩ。《阿拉寧波話》（朱彰年，1991：84）謂：「犅，音如櫻桃之櫻，白讀。牛犢；俗語：冬冷弗算冷，春冷凍殺犅。」這個「犅」字是個形聲字，據《玉篇》來源於「喚牛聲」。

　　(2) 「牛」字洪音的讀法在閩西相當普遍。例如：

永定₌ŋɐu，下洋₌ŋeu，武東₌ŋæ，武平₌ŋɛ，湘店₌ŋɯɯ，軍家₌ŋɯɯ，長汀₌ŋɐu，塗坊₌ŋɯɯ，連城₌ŋou，姑田₌ŋau

這一類讀法和閩南₌gu，廣州₌ŋɐu相似，都非細音。「牛」字讀洪音在華北廣見於山西、河南：

河南：獲嘉ou31，遂平ou42，洛陽ɘu31。

（據張啓煥等，1993，《河南方言研究》，頁6上說：「牛，河南話普遍叫[ˢɣou]。」）

山西：陵川ɣɘu53，運城ŋou13，陽城ɣɒu13，吉縣ŋou13，聞喜ŋɘu213，萬榮ŋɘu24，芮城ŋou13，平陸ŋɘu113，河津ŋɘu214，夏縣ŋou31，垣曲ŋɘu212。

四、江西、廣西、四川的客家話

江西和湖南的客家話相連成片，廣西和四川都是不分片的地區。底下舉江西寧都、廣西西河、四川華陽涼水井爲例。

1. 江西寧都話（李如龍、張雙慶，1992）

聲母17個：

p	p'	m	f	v
t	t'	n		l
ts	ts'		s	
k	k'	ŋ	h	
ø				

韻母58個：

i	a	o	u	ə	ɿ
ai	ɛi	au	əu		
ia	ie	iau	iəu	iai	
ui	uai				

im	am	əm	iam	uam	ip	ap	əp	iap	uap
in	an	ən	un	ian	uan	it	at	ət	ut	iat	uat
iŋ	aŋ	ɔŋ	uŋ	əŋ	ik	ak	ɔk	uk	ək
iaŋ	iɔŋ	iuŋ	m̩	n̩	ŋ̍	iak	iɔk	iuk

聲調7個：

陰平	陽平	上聲	陰去	陽去	陰入	陽入
43	24	213	31	55	2	5

1. 魚韻讀-ie：女ᶜnie，徐ᴉsie，豬ᴄtsie，苧ᴄtsʻie，煮ᶜtsie，書ᴄsie，鋸kieᵓ，去sieᵓ，魚ᴉŋie。

2. 一些合口韻讀爲開口呼：瓜ᴄka，垮ᶜkʻa，乖ᴄkai，怪kaiᵓ，拐ᶜkai。

3. 蟹攝合口一等讀-uai韻：背puaiᵓ，賠ᴉpʻuai，梅ᴉmuai，妹muaiᵓ，外ŋuaiᵓ，棻tsʻuaiᵓ，財ᴉtsʻuai，開ᴄkʻuai，代tʻuaiᵓ。

4. 蟹攝開口四等讀-iai韻：低ᴄtiai，替tʻiaiᵓ，弟ᴉtʻiai，犁ᴉliai，西ᴄsiai，洗ᶜsiai，細siaiᵓ。（但是泥ᴉnai，提ᴉtʻia，雞ᴉtsai）

5. uam，uap，uan，uat四韻字包括：

uam：感ᶜkuam，含ᴉhuam，暗ŋuamᵓ，甘ᴄkuam，柑ᴄkuam，敢ᶜkuam

uap：鴿kuapᴉ，合huapᴉ

uan：肝ᴄkuan，看kʻuanᵓ，寒ᴉhuan，汗huanᵓ，安ᴄŋuan

uat：割kuatᴉ

以上韻母現象是寧都客家話比較突出的特點。其中魚韻-ie在吳語和贛語相當常見。（張光宇，1994）蟹攝四等-iai在客家話中相當特殊。uai，uam/p，uan/t諸韻從比較的觀點看起來，其出發點是-oi，-om/p，on/t，o產生-u-介音之後，本身舌位降低爲-a。（o→ua）

2. 廣西西河話（李如龍、張雙慶，1992）

聲母18個：

p	pʻ	m	f	v
t	tʻ	n	θ	l
tʃ	tʃʻ		ʃ	

```
        k    k‘    ŋ    h
        ø
```

韻母55個：

i	ε	a	ɔ	u	ɯ
ai	æi	ɔi	εu	au	
ia	iε	iɔ	iu	iau	
ua	uai	ui			

im	am	iam			ip	εp	ap	iap
in	εn	an	ɔn	un	εt	at	ɔt	ut
iεn	iɔn	iun	uan		iεt	tau		
aŋ	ɔŋ	uŋ			ak	εk	ɔk	uk
iaŋ	iɔŋ	iuŋ	ŋ		iak	iɔk	iuk	

聲調6個：

陰平	陽平	上聲	去聲	陰入	陽入
35	22	31	53	11	5

1. 聲母θ主要包括精組和莊組、知組。

精：左ᶜθɔ，姐ᶜθia，栽₌iɔi，租₌θu，祭θɔ⁼，最θui⁼

心：鎖ᶜθɔ，寫ᶜθia，鬚₌θi，蘇₌θɯ，細θɔ⁼，碎θui⁼

莊：榨θa⁼，縐θuɔ⁼，斬ᶜθam，盞ᶜθan，裝₌θuŋ，壯θɔŋ⁼

生：沙ᶜθa，梳₌θu，數θu⁼，篩₌θi，搜₌θεu，杉₌θam

從：自θɯ⁼

崇：柿θɯ⁼，愁₌θuεu

知：罩θau⁼，桌θɔk₌，摘θak₌

船：舌θεt₌

斜：削θiɔk₌，象θiɔŋ⁼，俗θuk₌

2. 聲母t‘除了透定兩母之外，還包括清、從、斜、初、崇、徹、澄

諸母的字。

清：粗ᴄt'u，茱t'ɔiᴐ，催ᴄt'ui，草ᶜt'au，秋ᴄt'iu，參ᴄt'am，簽ᴄt'iam

從：坐t'ɔᴐ，財ᴇt'ɔi，罪t'uiᴐ，瓷ᴇt'u，慈ᴇt'ɯ，造t'auᴐ，蠶ᴇt'am

斜：斜ᴇt'ia，謝t'iaᴐ，徐ᴇt'i，飼t'uᴐ，隨ᴇt'ui，袖t'iuᴐ

初：叉ᴄt'a，炒ᶜt'au，鏟ᶜt'an，察t'atᴐ，瘡ᴄt'ɔŋ，窗ᴄt'uŋ

崇：查ᴇt'a，床ᴇt'ɔŋ

澄：茶ᴇt'a，賺t'anᴐ，站t'amᴐ

徹：戳t'ɔkᴐ，撐ᴄt'aŋ，拆t'akᴐ

3. 蟹攝四等唸洪音-æi，ɛ。

æi：低ᴄtæi，堤ᴄtæi，泥ᴇnæi，犁ᴇlæi，雞ᴄkæi。但是「梯」唸
　　ᴄt'ɔi。

ɛ：弟ᴇt'ɛ，齊ᴇtʃ'ɛ，洗ᶜθɛ，細θɛᴐ。

4. 臻攝開口三等真、殷韻唸-iun。

真：忍ᴄniun　銀ᴇniun

殷：近ᴄk'un

3. 四川華陽涼水井客家話（董同龢，1948）

聲母21個：

p	p'	m	f	v
t	t'	n		
ts	ts'		s	(z)
ȶ	ȶ'	ȵ	ɕ	
k	k'	ŋ	x	
ø				

韻母45個：

i	e	a	o	u	y	ɿ
ai	ei	au	əu	oi		
ia	ie	io	iu	iau	iəu	ioi
ua	ue	uai	uei	ye		

in	en	an	on	un	yn	ən
ien	uan	yen				
aŋ	oŋ	uŋ	iaŋ	ioŋ	iuŋ	
uaŋ	uər	m̩	n̩	ŋ̍		

聲調6個：

陰平	陽平	上聲	去聲	陰入	陽入
55	13	31	42	32	55

　　董同龢在分析語音系統的時候，曾仔細評估什麼是方言原有，什麼是借字出現的語音。例如聲母z在他的材料中只見於「絨」ᵕzuŋ和ᵕzau pʻienˀ（船槳。音讀是「橈片」），他認爲可能是普通四川話的借字。又如-y，ye，yen和uər，他都根據出現情況認爲來自借字。

　　上列韻母系統中只有開尾韻和鼻音尾韻，實際上古入聲字以喉塞音結尾。這樣的韻母系統和閩西客話相當類似。聲調既然已分陰、陽入，喉塞尾不標明並不礙事。如把喉塞尾韻單獨列出，華陽涼水井客家話共有59個韻母。多出的14個韻母是：ɿˀ，iˀ，uˀ，yˀ，aˀ，iaˀ，uaˀ，oˀ，ioˀ，eˀ，ieˀ，ueˀ，yeˀ，iuˀ。

　　1. ʨ，ʨʻ主要是精見兩組細音字。

精：祭ʨiˀ，借ʨiaˀ，走ᶜʨieu，剪ᶜʨien，妻ʨʻi，七ʨʻiˀ，親ʨʻin

見：佢ᵕʨi，膠ᵕʨiao，久ᶜʨiəu，斤ᶜʨin，奇ᵕʨʻi，邱ʨʻiəu，近ʨʻyn

　　2. ioi只見於「艾」ŋaiˀ，「碎」tsʻoiˀ的又音n̩ioiˀ　ʨʻioiˀ。

　　3. 兒化韻uər只見於「老官兒」nau42　kuər55（姘夫）一詞。

　　4. 眞、殷韻讀爲-yn：「忍」ᶜn̩yn，「銀」ᵕn̩yn，「近」ʨʻyn。

　　5. 雖然不免受西南官話的滲透和影響，華陽涼水井客家話仍然

維持著客家話的特色。舉古濁上聲讀陰平調爲例：牡母₌mu，碼馬螞₌ma，買₌mai，每₌mei，卯₌mau，滿₌man，裏₌ti，坐₌ts'o，鳥₌tiau，弟₌t'ai，淡₌t'an，斷₌t'on，動₌t'uŋ，理里禮旅蟻₌ni，柳₌niəu，懶₌nan，暖₌non，冷₌naŋ，領₌niaŋ，兩₌nioŋ，聾₌nuŋ，在₌ts'oi，重₌ts'uŋ，上₌soŋ，近₌t'yn，惹₌n̩ia，忍₌n̩yn，下₌xa，野₌ia，有₌iu。以上共38個字。我們不厭其煩摘錄這些材料爲的是便於比較台灣和四川客家話的共通點。上列古濁上字在台灣四縣、海陸方言也都唸陰平調。台灣和四川分隔兩地，相距何止千里，而現象保持一致。這是一個相當值得記述的客家話成分。

董同龢「華陽涼水井記音」發表迄今已近半個世紀，其文獻價值相當可觀。有些空白字和失誤現在可以補正。例如：(1) ₌ti（他）即「渠」（佢）字。(2) ₌pən ₌t̩i ₌t'ien（給他錢）即「分渠錢」。(3) ₌tsoi tsʅ（錐子：男生殖器）即「脧子」。(4) ꜛsuŋ（推攘）即「攃」（或寫作「搋」）字。(5) ₌k'ai（挑）即「荄」字。

華陽涼水井客家話還有不少成分值得注意，尤其是和台灣客家話的共同點。因爲四川和台灣的客家話都傳自廣東，兩地客家人從「母土」出走的時期也約略相當。

五、畲族所說的客家話

1. 潮安畲話（黃家教、李新魁，1963）

潮安位於廣東東部。這裏介紹的畲話是潮安鳳南公社山犁大隊碗窰畲族人民所說的客家話。

聲母16個：

p	p'	m	(b)
t	t'	n	l

```
        ts    ts'              dz    s
        k     k'    ŋ    (g)         h
        ø
```

韻母55個：

i	e	a	o	u				
ai	oi	au	eu	ou				
ia	ie	io	iu	iou				
ua	ue	ui						

im	am					ap	iap	iep			
in	en	an	un	ien	uen	it	et	at	ut	iet	iot	uet
iŋ	eŋ	aŋ	oŋ	uŋ		iʔ	eʔ	aʔ	oʔ	uʔ	
iaŋ	ioŋ					iaʔ	ioʔ	iuʔ	uaʔ	ueʔ	
(ĩ	ẽ	aũ	oĩ	iũ)		ioŋʔ					

聲調6個：

陰平	陽平	上聲	去聲	陰入	陽入
33	11	24	53	5	2

1. 潮安畬話沒有唇齒音聲母（f-，v-），這是和一般客家話不同的地方。就整個聲母系統來說，潮安畬話和閩南方言比較近似，但就個別聲母轄字情況而言仍與客家話比較接近。聲母b-，g-只出現在潮州話借詞，加括弧以示區別。

2. 潮安畬話有五個鼻化韻也都是潮州借詞。例如：靜tsẽˊ，鼻pʻĩˊ，第toĩˊ，幼iũˊ，□aũ（無字可表）。這種隨借詞而進入畬話的情況和饒平上饒客家話中ã，ĩ，aũ，uĩ四個鼻化韻相似。

3. 非組唸雙唇塞音：風꜀puŋ，飯pʻanˋ，肥꜂pʻui，房꜂pʻioŋ。

4. 知組一般唸塞擦音：豬꜀tsu，箸tsʻuˋ，晝tsiuˋ，丈tsʻoŋˋ。但「中」唸꜀tuŋ。這些現象和梅縣一致。初母「窗」唸꜀tʻeŋ可能是來自潮

州話的影響，一般客家話唸ᴄtsʻuŋ。

5. 四等韻唸洪音的例字包括：年ᵋnan，前ᵋtsʻan，邊ᴄpan，田ᵋtʻan，天ᴄtʻan，洗ᶜsai，第tʻaiᵓ，細saiᵓ，剃tʻaiᵓ，雞ᴄke。其中先韻字客家話一般唸細音，齊韻字一般客家話也唸洪音。

6. 聲調分爲六個與梅縣一樣。古濁上唸陰平有下ᴄha，婦ᴄpʻiu，冷ᴄlaŋ等例。

潮安畬話的詞彙含有客家、潮州、廣州和畬族固有四種成分。

(1) 客家成分：我ᵋŋai，淋ᴄlim（澆），落水loʔ₌ ᶜsui，下晝ᴄha tsiuᵓ（下午），漂亮叫ᴄtsiaŋ。這些詞彙和台灣客家話完全一致。

(2) 潮州成分：咒詛tsiuᵓ ᴄtsua（起誓）、薰ᴄhun（香煙），新婦ᴄsin ᴄpʻiu（媳婦），餅藥ᶜpiaŋ ioʔ₌（肥皂）。

(3) 廣州成分：檯ᴄtʻoi（桌子），睇ᶜtʻai（看），仔ᶜtsoi（兒子）。

(4) 畬語固有成分：眼睛叫ᶜŋi kʻit₌，亮hauᵓ，扇（量詞）ᴄlai，找ᴄlo。

2. 甘棠畬話（羅美珍，1980）

甘棠是福建省福安縣的一個鄉。中國境內畬族總人口不多，閩東是畬人群聚的一個地區。其中福安甘棠畬話是較早見諸報導的一個樣品，擁有不少可貴的材料。

聲母19個：

p	pʻ	m		w
t	tʻ	n		l
ts		s		ss
tj		sj	j	
k	kʻ	ŋ	h	
ʔ₋				

韻母59個：

i	e	a	o	u	œ	y		ip	ep	ap	iap		
ai	au	ou	oi					it	et	at	ot	ut	yt
ia	iu	iou						uat					
ua	ui	uai						iʔ	eʔ	aʔ	oʔ	uʔ	œʔ	yʔ
im	em	am						iaʔ	ioʔ				
in	en	an	on	un	œn	yn							
uan													
iŋ	eŋ	aŋ	oŋ	uŋ	œŋ	yŋ							
iaŋ	ioŋ	uaŋ	ŋ										

聲調6個：

陰平	陽平	上聲	去聲	陰入	陽入
33	22	35	31	53	21

　　1. 甘棠畬話沒有一般客家話常見的唇齒音（f，v），一般客家話的ts'和s，甘棠話讀作s和θ（寫作ss）。韻母系統中œ，y也不大常見於客家話。

　　2. 非組字讀雙唇塞音、鼻音：分ᴄpun，放ᴄpioŋ，飛ᴄpui，斧ᶜpu，孵p'iuᴐ，紡ᶜp'ioŋ，飯p'uanᴐ，肥ᴤp'ui，尾ᶜmui，問ᴤmun，網ᶜmioŋ。

　　3. 知組讀舌尖塞音的例子包括：中ᴄtœŋ，知ᴄti，展ᶜtin，除ᴤty，遲ᴤti，傳ᴤtun，超ᴄt'iau，丑ᶜt'iu。莊組字也有唸舌尖塞音的：愁ᴤtiu，巢ᴤtiu。

　　4. 章組唸舌面音：支ᴄtji，真ᴄtjin，戰tjinᴐ，臭sjiuᴐ，赤sjaʔᴐ。此外，還有知組字：畫ᴄtjiu，蟲ᴤsjyŋ，直sjiʔᴤ，丈sjioŋᴐ。

　　5. 四等唸洪音：天ᴄt'an，年ᴤnan，田ᴤt'an，甜ᴤt'an，剃ᴄt'ai，齊ᴤse，錫t'eʔᴤ，底ᶜtai，弟ᴄt'ai，洗ᶜθai，細θaiᴐ。

　　6. 殷韻讀-yn：近ᴄk'yn，勤ᴤk'yn，筋ᴄkyn，銀ᴤŋyn。

7. 古濁上唸陰平：近ₑk'yn，冷ₑlaŋ，兩ₑlioŋ。

甘棠畬話的詞彙含有客家、閩東和畬族固有三種成分。

(1) 客家成分：

	甘棠	梅縣	
下雨	loʔ꜒ ᶜsjy	lok꜒ ᶜsui	（落水）
玉米	ₑpau θyʔ꜒	ₑpau siuk꜒	（包粟）
晚上	ₑʔam ₑpu ₌t'iu	am꜒ ₑpu ₌t'eu	（暗哺頭）
哭	ₑkiu	kiau꜒	（叫）

(2) 閩東成分：

	甘棠	福州	
臭蟲	muʔ꜒ θet꜒	mœiʔ꜒ saiʔ꜒	（木虱）
什麼	ₑhi nau꜒	ₑsie nau꜒	（事情、東西）
家俱	ₑka ₑθi	ₑka ₑsi	（家私）

(3) 畬族固有成分：

ᶜpi：肉	ᶜhaŋ ₌tjy：痰
hau꜒：亮	ᶜpu：朵
ₑho：有	ₑsjai：快
ₑk'iu：蜈蚣	ₑlau k'œ꜒：蜘蛛

　　上面兩個畬話樣品顯示了「方言的歷史就是人民的歷史」。我們從潮安、甘棠畬話詞彙所含四個層次可以清楚看到：作為一個少數民族，畬族是一個漢化極深的民族。畬族漢化的第一個階段是「客家化」，這是發生在十～十四世紀左右當畬族還在舊居地生活的時代。十四世紀末葉，畬族大量南遷北徙之後，畬族人民隨地而安，出於實際生活的需要，他們又開始習染各地漢語方言，形成「當地化」的現象。他們所

說的客家話是一種類似「克里歐化」（creolized）的漢語方言，若說是「客家話」又不精純有如司豫移民；若說不是「客家話」卻又具備客家話的如許特點。他們以畲客混合語的狀態代代相傳，延用至今。

　　今天畲族36萬人口中大約有百分之99說的是如上的客家話，其餘不到百分之一的人口還操本民族語──畲語。畲語分佈在廣東的博羅、增城、惠東、海豐等地，總數只有一兩千人。這批畲族自稱「活聶」（hɔ33 nte52），也就是「山人」。（毛宗武、蒙朝吉，1982）關於這一部分畲族的語言狀況，已無多少餘裕加以介紹，但要指出，他們使用大量客家話詞彙。總起來說，儘管語言上的漢化程度深淺不一，但是所有畲族人民的語言質素都含有清晰可辨的「客家」色彩。這是畲族人民生活史經驗所留下的深刻烙印。

第十七章　客家話的語音現象

　　客家人是西晉末年自北南遷的民系，在大約十世紀進入畲族原住地之後，大量與畲族通婚形成了一支新興族群。由於其特殊的歷史經驗（如土客相仇，備遭歧視），這支族群激發了異常強烈的族群意識。從外人的眼光看來，這支族群在融入畲族血統之後，容貌不免「怪異」，生活習俗也有不類「漢人」之處。因此，其地位與少數民族相當，好事之徒竟以「猺」族稱之。早期文獻當中，只有少數民族的族稱才會用「犬」部識別（現代的壯族古稱「獞」，現代的瑤族古稱「猺」）。客家人被稱作「猺」，族群內部不免激憤難平。有趣的是「客」字本身就說明客家族群乃是漢人。我們從湘西、廣東等地的相關資料知道，華南少數民族有一個共通的習慣把「漢人」叫做「客家」。「客家」後來被用作今天所指的客家人的專稱，主要是因爲這是比較全面的、比較大量的、比較純粹的漢（司豫移民）畲民族通婚，共同在一起營生的結果。其他地區的漢人如有族譜儘夠教示族裔祖先源起何處，唯有客家人除了要勤修族譜之外，還要以中原郡望自矜（門楣出示堂號），以護衛「祖宗言」作爲存亡絕續的大事。瞭解了客家人的歷史經驗，我們自然就不會再爲其「怪異」言行感到疑惑。從語言內容上看，客家人以中原郡望自矜有其事實根據，並非向壁虛造。

　　「鼻」字《廣韻》的注音是「毗至切」，去聲。客家話的讀法與毗至切相合。例如：（李如龍、張雙慶，1992：49）

> 梅縣p'i˫，翁源p'i˫，連南p'i˫，河源p'i˫，清溪p'i˫，揭西p'i˫，秀篆p'i˫，武平p'i˫，長汀p'i˫，寧化p'i˫，寧都p'i˫，三都p'i˫，贛縣p'i˫，大余ₑp'i，西河p'i˫，陸川p'i˫，香港p'i˫。

別處方言讀毗至切的以粵語爲大宗（詹伯慧、張日昇，1987：96），其次是閩語。閩語「鼻」字有去、入兩種唸法。至於其他漢語方言多

從入聲（可注爲毗質切）一讀，包括北京音[ᵇpi]（依例來自全濁入聲，如笛、達、讀之類）。入聲一派最明顯的無過晉語和吳語：太原piə²₌，蘇州biə²₌，bə²₌。類似的語音形式在晉語區和吳語區普遍出現，不煩舉例。這些導自「毗質切」的方音不合《廣韻》，《廣韻》所給「毗至切」當是隋初諸君論及音韻「捃選精切」時心目中認定的當時「標準音」，即所謂「中原正音」。客家南下以後，「毗至切」一讀漸漸被「毗質切」所取代，演變迄今，華北一帶的方言已無多少「毗至切」的痕跡。

　　「水」字唸唇齒擦音f-是另一個中原「文物」。前文論「客家話的形成」時已經舉例說明過，現在不避重複轉錄如下：

> 萬安ᶜfi，雙車ᶜfi，大池fi²，永定ᶜfi，下洋ᶜfi，古田ᶜfi，上杭ᶜfei，武東ᶜfi，武平fi²，湘店ᶜfi，軍家ᶜfi，塗坊ᶜfi，新泉ᶜfi，四堡ᶜfi。姑田ᶜfy，饒平ᶜfi，建寧ᶜfi，秀篆ᶜfi，竹北ᶜfi

同類現象在河南東南有客家祖地（從商丘至信陽一帶）呈片狀分佈（張啓煥等，1993：326）山西中原官話汾河片亦俯拾即是。例如：

	臨汾	吉縣	新絳	汾西	永濟	運城	洪洞	萬榮
文讀	ṣuei51	fei53	fei44	suei33	fei42	fei53	fei42	fei55
白讀	fei51	fu53	fu44	fɣ33	fu42	fu53	fu42	fu55

　　這一類現象其實不只見於上列閩西客家話地區，凡有司豫流民之處多少都還可見其殘跡。比如江西贛語區中「水」字讀f-見於：吉水ᶜfu，宜豐ᶜfi，修水ᶜfi，弋陽ᶜfi。這些例子的存在既說明了客贛方言有其共同淵源，南北並觀更強有力地表明了客家話祖述中原並非無稽。隨移民南下，「水」字讀f-聲至少已有一千五百年的歷史。

　　「益石」分合也足以說明客家話的北方淵源。顏之推在《顏氏家訓·音辭篇》上有段說呂靜「成仍宏登合爲兩韻，爲奇益石分作四

章」。顏氏的意思是說，呂靜《韻集》所代表的中原東部方言比較保守，來自上古錫、鐸兩部的「益、石」兩字不能押韻，而他所熟習的方言（即中原西部）「益、石」已合爲一韻。現代的閩方言承襲的是古代中原東部方言，客贛方言承襲的是古代中原西部方言。

閩方言昔A（益）、昔B（石）有別。例證如下：

	潮陽	廈門	福清	福州
益	ia²11	ia²32	ia21	ie²23
石	tsio²55	tsio²4	syo53	suo²4

客贛方言昔A與昔B合流。例證如下：

梅縣：跡tsiak1（昔A），尺ts'ak1，石sak5（昔B）

南昌：脊跡tsia²5（昔A），尺ts'a²5，石sa²2（昔B）

總起來說，客家人以中原郡望自矜有語言史的例證做支持。上面所列三項例證中，「鼻」字讀毗至切和「益石」合流有相關文獻可以參照，「水」字讀f-聲係從演變類型去做聯繫。其實，除了這三項古代中原「文物」之外，客家話的語音還有不少可觀之處，有的對漢語史有啓發，有的對方言比較有意義。底下分項討論。

一、a：o對比

客家話韻母系統的一個絕大特色是a韻系與o韻系兩兩相配，相當整齊。底下以梅縣爲例。

果一：多ˉtɔ，左ˊtsɔ，鑼ᵕlɔ，哥ˉkɔ，鵝ᵕŋɔ，河ᵕhɔ

假二：把ˊpa，爬ᵕp'a，馬ᵕma，茶ᵕts'a，沙ᵕsa，家ˉka

蟹一：台ᵕt'ɔi，來ᵕlɔi，菜ts'ɔiˊ，改ˊkɔi；蓋kɔiˊ，害hɔiˊ

蟹二：排ᵕp'ai，界kiaiˊ，買ᵕmai，街ˉkai，鞋ᵕhai，蟹ˊhai

山一：肝ˉkɔn，看k'ɔnˊ，寒ᵕhɔn，旱ˊhɔn，汗hɔnˊ，安ˉɔn，割kɔt。

山二：辦p'an⁼，閑₌han，限han⁼，莧han⁼，瞎hat₌，眼⁼n̠ian，八pat₌

宕一：幫₌poŋ，湯t'ɔŋ，郎₌lɔŋ，桑₌sɔŋ，薄p'ɔk₌，莫mɔk₌，作tsɔk₌

梗二：生₌saŋ，硬ŋaŋ⁼，行₌haŋ，爭₌tsaŋ，拆ts'ak₌，格kak₌，客hak₌

　　效攝一二等在梅縣已大量合流爲-au，但在翁源等地客家話猶有區別：

效一：毛₌mou，刀₌tou，道t'ou⁼，牢₌lou，早⁼tsou，高₌kou

效二：包₌pau，炒⁼ts'au，交₌kau，咬₌ŋau，孝hau⁼，效hau⁼

　　咸攝一二等在客家話區只有些許殘跡顯示韻讀不同。

	咸 一		;	咸 二		
	鴿	合	暗	狹	鴨	減
長汀	₌ko	ho⁼	ɔŋ⁼	ha⁼	₌a	⁼kaŋ
寧化	ko⁼	ho₌	vɔŋ⁼	ha⁼	a₌	⁼kɑŋ
三都	kɔt₌	(hat₌)	(an⁼)	hat₌	at₌	⁼kan

　　綜合上列對比情況，不難看出客家話一二等有別，咸、山、梗攝二等與假攝二等構成a韻系列，分別與咸、山、宕、果的o韻系列成對相配。這種配對情況與閩方言不同。（張光宇，1989）底下是閩、客方言一二等韻系的配對情況：（其中o相當於高本漢的â）

客家話				閩語			
假二	蟹二	果一	a：ai：o	蟹二	假二	果一	ai：a：o
咸二	咸一		am　　om	咸二	咸一		aim　　om
山二	山一		an　　on	山二	山一		ain　　on
梗二	宕一		aŋ　　oŋ	梗二	宕一		aiŋ　　oŋ

　　客家話的這個對比模型與贛語一致。所有漢語方言中贛語是保存am：om對立比較完整的方言。

　　閩、客方言呈現的兩個一二等對比模型在漢語方言比較上相當簡潔

有力，也給漢語語音史研究帶來一定的衝擊。它給人們的重大啓示是，等和攝是兩個不相等的概念，談「等」不必爲「攝」所框限。古音學家時或能夠力透紙背跳脫「攝」的框架來看「等」的對比情況，時或拘泥於「攝」而裹足不前。這種舉棋不定的措施在漢語方言文獻的探照下映照得相當清晰。

二、四等韻的洪細

蟹攝四等在客家話有-ai，-ei，-i三種韻母。以梅縣方言爲例：

-ai：低ₑtai，弟ₑt'ai，泥ₑnai，犁ₑlai

-ei：洗ˉsɛi，細sɛiˀ

-i：體ˉt'i，題ₑt'i，第t'iˀ，禮ₑli，西ₑsi

這三種韻讀都無文白之分，極可能是司豫移民南下之時已然如此。我們看隋唐時期佛經翻譯，齊韻字被用來對譯梵文的-ai，-e，-i（其中e是大宗）。可見並世而有三種不同的韻母。古今南北參照，我們可以確定，客家先民的方言在西晉末年以前「齊」韻一韻已呈現三種不同的韻母。其中的-ai是比較古老的形式，-i-是比較後起的形式，-e（～ei）是中古時期最普遍的形式。

閩南方言的蟹攝四等有文白之分，白讀是-ai，-oi，-ue，文讀是-e，-i。閩、客方言都源自西晉中原，兩方言的蟹攝四等都共同具有-ai韻母。從比較及重建的眼光看起來，-ai可以看做蟹攝四等的共同起點。這樣，我們就不難推測古代中原方言的差異：

中原東部：-ai，-oi，-ue

中原西部：-ai，-ei，-i

閩南話除了具有中原東部方言的特色之外又兼具中原西部方言的類型特點。這一點不只反映在蟹攝四等，也可見於古全濁聲母的清化——中原東部平仄皆不送氣，中原西部平仄皆送氣。但是，其中有一點區

別。古全濁清化平仄送氣和不送氣都是白讀。蟹攝四等-ai，-oi，-ue是白讀，-e，-i是文讀。這兩個文讀韻母是較晚進入閩南地區的。有趣的是，不管是讀-ai還是讀-ei（～e），-i，蟹四一般在客家話區並無文白兩讀的情況。這個例子再度說明，客家人祖述中原，以中原郡望自矜，其方言和中原雅音如非完全一致，也必相當接近。

「梯」字在閩南和客家方言同韻字中都是一個異數。閩南方言「梯」字讀 ₌t'ui而不讀他韻（t'ai，t'oi，t'ue），客家方言「梯」字讀 ₌t'oi而不讀他韻（t'ai，t'ei，t'i）。

四等讀洪音的現象還有先韻在潮安、甘棠畬話的-an。（例見上節，不再贅引）在舌尖聲母之後，梗攝四等常唸為-aŋ。例如梅縣方言：釘 ₌taŋ，聽 ₌t'aŋ。這種情況和台灣四縣、海陸的客家話如出一轍。

閩、客方言都源自古代中原，而四等韻俱都有洪音一讀。這是漢語語音史不能不正視的問題。江永「四等尤細」的說法不大適合用於描述閩、客方言的洪音狀況。

三、三合元音-iai，-ioi

1. 梅縣方言蟹攝二等牙喉音聲母字常見三合元音-iai：皆 ₌kiai，階 ₌kiai，解 ᶜkiai，介kiaiᵓ，界kiaiᵓ，疥kiaiᵓ，芥kiaiᵓ，戒kiaiᵓ。（北京大學，1989）

寧都方言的-iai見於蟹攝四等：低 ₌tiai，替t'iaiᵓ，弟 ₌t'iai，西 ₌siai，洗 ᶜsiai，細siaiᵓ，雞 ₌tsiai（-tɕiai）。（李如龍、張雙慶，1992）

梅縣所見上列三合元音不只在客贛方言中顯得突出，就整個東南半壁的方言來看也十分搶眼。然而從華北方言看來，-iai卻是一個分佈極廣的語音現象。單就河南一省來說就有59個縣市（點）具有這樣的三合元音。例如：濟源、南樂、清豐、內黃、濮陽、范縣、台前、蘭考、滎陽、登封、新鄭、長葛、鄢陵、孟縣、偃師、新安、宜陽、陝縣、三

門峽、洛寧、盧氏、臨汝、睢縣、新昌市、許昌縣、臨穎、郾城、西平、禹縣、襄城、平頂山、葉縣、郟縣、寶豐、杞縣、扶鉤、漯河、南陽市、南陽縣、社旗、唐河、沁陽、方城、南召、西峽、內鄉、淅川、鄧縣、鎮平、新野、舞陽、信陽市、信陽縣、桐柏、正陽、羅山、光山、商城、新縣。（張啓煥等，1993）

這59個點的三合元音-iai轄字範圍與梅縣相當。舉信陽為例：街皆階ₑkiai，解ˉkiai，介界芥疥戒械tɕiaiˀ，蟹懈ɕiaiˀ。梅縣承襲的音讀是客家人所共遵的標準音，這也許是後起文讀的反映，而不是司豫移民從中原南下所帶來的語言質素。

寧都的-i-都是在特定聲母條件下產生的結果。在舌尖音發音之時，舌體前緣提高，以致產生了一個-i-介音，使原來的-ai或-ɛi變成三合元音。

2. -ioi的問題特饒興趣味，在漢語方言當中-ioi不像-iai那麼普遍，把它說成客家話獨有的特色也不為過份。這個韻母在客家話只見於kʻioiˀ，表示疲累。《廣韻》廢韻下有「瘶」置於「喙」字下，音讀有「許穢切」和「昌芮切」兩個，注云：「瘶，困極也。詩云：昆夷瘶矣」。《集韻》廢韻「𡑣」字條下別有「𧽼」一字，注云：「小溺也，一曰倦也」，音「達穢切」。如依選本字的辦法，「𧽼」在音義兩方面都比較貼近客家話的kʻioiˀ。這個音節不能孤立看待。應該就相關問題合而並觀。因為「𧽼」kʻioi在其他漢語方言相當罕見，難以比較。有趣的是客家話蟹攝合口三等廢韻「吠」字讀pʻoiˀ。古音學家比較「祭、廢」兩韻認為「廢」的主要元音比「祭」的主要元音較後（祭-äi，廢-ɐi），從客家話看起來是合宜的。雖然實際上音值寫法如何定奪可以另議，但「祭」元音較前，「廢」元音較後，可以視為工作原則確認下來。

四、-iun與-uŋ的問題

1. 臻攝開口三等眞、殷兩韻客家話讀-iun的情況相當普遍。例如：
（李如龍、張雙慶，1992）

	梅縣	連南	清溪	揭西	秀篆	西河	陸川
忍	ꞈȵiun	ꞈnyn	ꞈŋiun	ꞈŋun	ꞈŋyn	ꞈniun	ꞈnyn
銀	(ꞈin)	(ꞈŋon)	ꞈŋiun	ꞈŋun	ꞈŋyn	ꞈniu	ꞈŋən
勤	ꞈk'iun	(ꞈk'in)	ꞈk'iun	ꞈk'un	ꞈk'yn	(ꞈk'in)	(ꞈk'in)
近	ꞈk'iun	(ꞈk'on)	ꞈk'iun	ꞈk'un	ꞈk'yn	ꞈk'un	ꞈk'un

類似的現象在閩語區也相當常見，其中最整齊的是閩南的泉州系方言。例如：忍ꞈlun，韌lunꟍ，巾斤筋ꞈkun，近kunꟍ，勤芹ꞈk'un，銀ꞈgun。（林連通，1993）漳州系方言眞、殷韻字一般讀-in韻。泉漳兩系方言的此項差異相當於客贛方言的差異，贛方言眞殷韻字一般都不具圓唇元音。如以-un代表圓唇，-in代表展唇，客贛和泉漳方言的異同可如下示：

-un：客家話，泉州話

-in：贛語，漳州話

眞殷韻讀圓唇元音在華北呈零星分佈。例如江蘇呂四方言（盧今元，1986）：進、晉tɕyŋ35，芹dʑyŋ13。山東牟平方言（羅福騰，1992：39）：晉tɕyŋ131，津tɕyn131，秦tɕ'yn53。《聊齋俚曲集》中《俊夜叉》有段話說：「這西江月是說的不成人的憨蛋，不長俊的偲種」。所謂「長俊」其實就是「長進」。這是文獻中眞韻「進」字讀爲圓唇「俊」音的一個例子。

古代音韻學名目中的「開口」韻爲什麼閩客方言讀爲*iun呢？*iun到底應算開口還是合口？其實開口所指應是閩南漳州系方言、贛語及北京那一路的-in韻，不能涵蓋客家話和閩南泉州系*iun韻的現象。閩、

客方言所見*iun應是從西晉中原地區帶下來的古代音韻現象。

　　2.江攝莊組「窗、雙」兩字在客家話的讀法常與通攝（*uŋ）合流。例如：（李如龍、張雙慶，1992）

	梅縣	翁源	清溪	揭西	秀篆	寧都	西河
窗	₌tsʻuŋ	—	—	₌tsʻuŋ	₌tsʻuŋ	—	₌tʻuŋ
雙	₌suŋ	₌siuŋ	₌suŋ	₌suŋ	₌suŋ	₌suŋ	₌θuŋ

客家話江攝字一般與宕一合流，如梅縣「江₌koŋ，桌tsok₌」讀同宕攝一等「鋼₌koŋ，作tsok₌」。「窗、雙」兩字與通攝（如梅縣蔥₌tsʻuŋ，松₌suŋ）合流，這是上古音的殘存現象。（袁家驊，1983：163）台灣客家話「椿～米」讀₌tsuŋ，「雞角e」的「角」讀kuk₌，都是上古音的痕跡。如「窗、雙」兩字所示，漢語方言裏莊組字在同一韻類當中往往比較特別，其中有一些同時可以直認為比較保守。

五、客家話的文白異讀

　　比起閩南方言來，客家話的文白異讀轄字範圍小多了。客家話文白異讀以梗攝字為大宗，其次是古全濁上聲字，此外只有零星現象不大成系統。底下舉梅縣為例。

　　1.梗攝白讀二等-aŋ，三四等-iaŋ；文讀二等-en，三四等是-in。
　　這些文白讀的出現情況如下：

	生	格	省	爭	平	命	惜	正	輕
文讀	₌sɜn	kɛt₌	ᶜsɜn	₌tsɛn	₌pʻin	minᵓ	sit₌	tsənᵓ	₌kʻin
白讀	₌saŋ	kak₌	ᶜsaŋ	₌tsaŋ	₌pʻiaŋ	miaŋᵓ	siak₌	tsaŋᵓ	₌kʻiaŋ

　　(1)「生」字：「生活」₌sɛn fat₌，「醫生」₌i ₌sɛn，「生理」（生意）₌sɛn ₌li；「生死」₌saŋ ᶜsi，「學生」hok₌ ₌saŋ。

(2)「格」字:「人格」 ₌n̩in kɛt₌;「格～子」kak₌。

(3)「省」字:「台灣省」 ₌t'oi ₌van ˢsɛn;「省錢」 ˢsaŋ ₌ts'iɛn。

(4)「爭」字:「爭取」 ₌tsɛn ˢts'i,「爭差」 ₌tsɛn ₌ts'a;「爭幾多」 ₌tsaŋ ˢki ₌to(差多少),「相爭」 ₌sioŋ ₌tsaŋ。

(5)「平」字:「平靜」 ₌p'in ts'in²;「平地」 ₌p'iaŋ t'i²。

(6)「命」字:「革命」 kɛt₌ min²,「命令」 min² lin²;「命運」 miaŋ² iun²,「好命」 ˢhau miaŋ²。

(7)「惜」字:「可惜」 ˢk'ɔ sit₌;「痛惜」 t'uŋ² siak₌。

(8)「正」字:「正確」 tsən² k'ɔk₌;「m̩ tsaŋ²」(不正)

(9)「輕」字:「輕工業」 ₌k'in ₌kuŋ n̩iap₌;「輕」 ₌k'iaŋ。

如「正」字文讀所示,在章組、知組聲母之後,梗攝三四等的文讀變讀爲-ən。簡約說來,客家話梗攝文白異讀可以歸納如下:

	梗二	梗三、四
文讀	-en	-in
白讀	-aŋ	-iaŋ

這種文白異讀模式和南昌方言(熊正輝,1985)相當。蘇州方言(葉祥苓,1988)梗攝二等的文白異讀模式也與客家話梗攝二等的文白異讀相當。

2. 全濁上聲字白讀爲陰平調,文讀爲去聲調。

	動	重	上	下	淡
文讀	t'uŋ²	ts'uŋ²	sɔŋ²	ha²	t'am²
白讀	₌t'uŋ	₌ts'uŋ	₌sɔŋ	₌ha	₌t'am

這些文白讀的用例是:

(1)「動」字:「動物」 t'uŋ² vut₌;「動一下」 ₌t'uŋ it₌ ha²。

(2)「重」字:「重要」 ts'uŋ² ieu²;「重輕」 ₌ts'uŋ ₌k'iaŋ。

(3)「上」字:「上屋」soŋˀ vut₌;「上下」₌soŋ ₌ha。

(4)「下」字:「下回」haˀ ₌fui;「下去」₌ha hiˀ。

(5)「淡」字:「淡水河」t'amˀˉʿsui ₌hɔ;「鹹淡」₌ham ₌t'am。

(6) 其他文白異讀現象包括:

a. 中:「中央」文讀₌tsuŋ ₌ioŋ(如「中央政府」),白讀₌tuŋ ₌oŋ(正中央部位)。

b. 苦:味道「苦」唸白讀ʿfu,窮「苦」唸文讀ʿk'u。

c. 腹:「腹」內唸白讀puk₌,其他唸文讀fuk₌。

d. 弟:「老弟」(弟弟)唸白讀₌t'ai,兄「弟」唸文讀t'iˀ。

總體看來,客家話文白異讀現象不如相鄰的閩南方言遠甚,甚至未必比北京話複雜。這大約與客家人來自古中原標準語區(或其近傍地區)的歷史背景有關。

六、客家話的聲母問題

1. 捲舌音(舌尖後音)從漢語方言的分佈趨勢來說,有無捲舌聲母大致可以用來區別北方話和南方話。南方話一般沒有捲舌聲母,客家話一般也沒有捲舌聲母,但是客家話有兩個不同來源的捲舌音系列。

(1) 江西三都客家話的捲舌聲母來自知組、章組。

知組:豬₌tʂu,除₌tʂ'u,住tʂ'uˀ,超₌tʂ'au,趙tʂ'auˀ,沉₌tʂ'ən,轉ʿtʂɔn,著tʂ'ɔk₌,丈tʂ'ɔŋˀ。

章組:遮₌tʂa,車₌tʂ'a,蛇₌ʂa,社ʂaˀ,鼠ʿtʂ'u,主ʿtʂu,齒ʿtʂ'ɿ,水ʿʂɛi,臭tʂ'uˀ,手ʿʂu,深₌tʂ'ən。

這一類知、章組讀舌尖後音的方言還見於興寧、大埔、五華、豐順、紫金、鄳縣等地。(黃雪貞,1987)

(2) 廣東興寧客家話的捲舌聲母除了知章兩組字之外還包括曉匣開口三四等字。下列比較表可以看出介音所起的作用:

	喜	曉	休	險	嫌	香	兄	胸	脇
梅縣	ᶜhi	ᶜhiau	₌hiu	ᶜhiam	₌hiam	₌hiɔŋ	₌hiuŋ	₌hiuŋ	hiap₌
興寧	ᶜʃi	ᶜʃau	₌ʃu	ᶜʃaŋ	₌ʃaŋ	₌ʃɔŋ	₌ʃuŋ	₌ʃuŋ	ʃak₌
永定	ᶜsi	ᶜseu	₌siu	ᶜsaŋ	₌saŋ	₌sɔŋ	₌suŋ	₌suŋ	saʔ₌
始興	ᶜʂɿ	ᶜɕiau	—	ᶜɕiẽi	₌ɕiẽi	₌ɕiɔŋ	₌ɕiɔŋ	₌ɕiɔŋ	₌ɕiɛiʔ₌

也就是在介音-i-的作用下，h先變爲ɕ，再變爲ʂ或s。

　　有趣的是，客家話的曉匣兩母在合口字變讀爲f、v-，在齊齒字變讀爲ɕ-，ʂ-，s-。

　　2. 日母字在漢語方言也有南北不同的分組態勢。大致而言，南方讀鼻音聲母，北方讀口音（擦音，零聲母）聲母。東南半壁的方言在北方近代的影響下，近江地區的日母字已有不少被北派一讀所取代。比較客贛方言「軟、二」兩字的聲母情況：

　　「軟」

客家話：梅縣₌nɕiɔn，翁源₌ŋon，連南₌nyɛn，河源ŋyanˀ，清溪₌nɕiɔn，揭西₌ŋɔn，秀篆₌ŋien，武平₌nuɛŋ，寧化ᶜŋieŋ，寧都₌nuan，三都₌nyɛn，贛縣ᶜniẽ，西河₌niɔn，陸川₌nyan。

贛　語：茶陵ᶜn̠yã，吉水ᶜn̠yɔn，醴陵ᶜŋyeŋ，新余ᶜn̠yɔn，宜豐ᶜn̠iɛn，平江ᶜŋyɛn，修水ᶜŋvɛn，安義ᶜn̠iɛn，都昌ᶜn̠ɕiɔn，陽新ᶜnye，宿松ᶜnyan，弋陽ᶜn̠yon。

　　「二」

客家話：梅縣n̠iˀ，翁源ŋiˀ，連南niˀ，河源ŋiˀ，清溪ŋiˀ，揭西ŋiˀ，秀篆ŋiˀ，武平niˀ，長汀niˀ，寧化niˀ，寧都niˀ，三都niˀ，贛縣niˀ，西河niˀ，陸川niˀ。

贛　語：茶陵eˀ，永新œˀ，吉水œˀ，醴陵eˀ，新余eˀ，宜豐œˀ，平江ʮˀ，修水ɛˀ，安義ɣˀ，都昌ɚˀ，陽新zʅˀ，宿松ʅˀ，余干ɔˀ，弋陽ɛˀ，南城øˀ。

　　「軟」字在客贛方言普遍讀爲鼻音聲母，只有個別例外；「二」字

在客家話區普遍讀爲鼻音聲母，在贛語區普遍讀爲口音聲母。由此可以看出，贛語所受近代北方的影響程度遠甚於客家話。「二」字音讀的差異可以看作是近江方言與遠江方言差異的一個例證。

3. 書母「鼠、深」兩字在客家話區常有讀塞擦音的情況，而在贛語區兩字一般讀爲擦音。

「鼠」

客家話：梅縣ᶜtsʻu，翁源ᶜtsʻy，揭西ᶜtʃʻu，秀篆ᶜtʃʻy，武平ᶜtsʻu，三都ᶜtʂʻu，西河ᶜtʃʻu，香港ᶜtsʻu，連南ᶜʃy，河源ᶜsy，清溪ᶜsu，長汀ᶜʃʉ，寧化ᶜsu，寧都ᶜsa，贛縣ᶜsu，大余ᶜɕy，陸川ᶜsu。

贛　語：茶陵ᶜɕy，永新ᶜɕy，吉水ᶜfʉ，醴陵ᶜɕy，新余ᶜsui，宜豐ᶜsu，平江ᶜʃɣ，修水ᶜsu，安義ᶜsu，都昌ᶜʂu，陽新ᶜʃy，宿松ᶜɕy，余干ᶜʃu，南城ᶜɕiɛ；弋陽ᶜtɕʻy。

「深」

客家話：梅縣ᶜtsʻəm，翁源ᶜtsʻin，連南ᶜtʃʻin，河源ᶜtsʻim，清溪ᶜtsʻim，揭西ᶜtʃʻim，秀篆ᶜtʃʻim，武平ᶜtsʻeŋ，三都ᶜtʂʻən，陸川ᶜtsʻim，香港ᶜtsʻim，長汀ᶜʃeŋ，寧化ᶜsɯŋ，寧都ᶜsəm，贛縣ᶜɕiŋ，大余ᶜɕiəŋ，西河ᶜʃim。

贛　語：茶陵ᶜsẽ，永新ᶜsẽi，吉水ᶜsən，醴陵ᶜsəŋ，新余ᶜsən，宜豐ᶜsən，平江ᶜʃɣn，修水ᶜsɣn，安義ᶜsɣm，都昌ᶜʂən，陽新ᶜsən，宿松ᶜsən，余干ᶜsən，弋陽ᶜsən；南城ᶜɕin。

這兩字的塞擦音讀法在漢語方言極爲普遍，多至不勝枚舉。客家話的塞擦音讀法當是司豫移民在西晉末年南下時由華北帶下來的，贛語的擦音讀法主要是受近代北方標準語影響之下的產物。

4.「知、支」兩字的聲母

「知」字讀舌尖塞音，「支」字讀舌根塞音在客家話雖然不具普遍性，但是很有意義。例如：

知：梅縣ᶜti，翁源ᶜti，連南ᶜti，河源ᶜti，清溪ᶜti，揭西ᶜti，秀篆ᶜti，

　　　　武平 ₌ti，長汀 ₌ti，三都 ₌ti，西河 ₌ti，陵川 ₌ti，香港 ₌ti。

　支：梅縣 ₌ki，河源 ₌ki，揭西 ₌ki，秀篆 ₌ki。

　　這兩個現象的分佈有廣狹之別。其中「支」字讀 k- 極可能是受閩南方言的影響而來；但是「知」字讀 t- 卻可能是司豫移民南下時從華北帶來的。閩南方言「知」字白讀是 ₌tsai，文讀是 ₌ti。閩南方言蟹攝四等白讀是 -ai，-oi，-ue 韻，文讀是 -e，-i 韻，其文讀形式和客家話（不分文白）一致。為了醒目起見，我們把這兩個平行現象列如下表：

	客家話	閩南文讀	閩南白讀
「知」	₌ti	₌ti	₌tsai
蟹四	-ei，-i	-e，-i	-ai，-oi，-ue

有一些客家話「知」字含文白兩讀。例如：

	梅縣	翁源	連南	揭西	武平	長汀	三都	陸川
白讀	₌ti	₌ti	₌ti	₌ti	₌ti	₌ti	₌ti	₌ti
文讀	₌tsๅ	₌tsๅ	₌tsๅ	₌tʃi	₌tsๅ	₌tʃ	₌tʂๅ	⁻tsๅ

這些文白異讀的形式並不與閩南方言相當。塞音一讀在閩南是文讀，在客家是白讀；塞擦音一讀在閩南是白讀，在客家反是文讀。客家話「知」字的塞擦音一讀和閩南方言的 ₌tsai 不是一個層面上的東西，是晚近來自北方標準語的成分。像這種甲方言文讀相當於乙方言白讀的現象在漢語方言之間相當常見。其所以如此是因為古代漢語方言發展很不平衡，變化速度快慢差異很大。（張光宇，1992）

　　一般說來，知組讀如端組、章組讀舌根塞音是閩方言的存古例樣。就轄字範圍來說，沒有一個方言具有像閩語那樣大量的情況。客家話的「支」k- 疑似來自閩南方言，「知」t- 和「中」t- 是存古樣態的鮮活例證，但客家話知組讀舌尖塞音遠遠不如閩南方言普遍，不管是就地理分佈說還是就轄字範圍說。

七、客家話的聲調問題

1. 次濁上聲讀陰平是客家話內部的共通點，一向被用來區別客家話與其他漢語方言。底下，我們以客家話東西兩極的方言爲例來顯示客家話的這個特點。東極是台灣苗栗（四縣）客家話，西極是分佈在四川的華陽涼水井客家話。

	馬	買	滿	暖	冷	領	兩	聾	忍	有
四川	ˌma	ˌmai	ˌman	ˌnon	ˌnaŋ	ˌliaŋ	ˌnioŋ	ˌnuŋ	ˌȵyn	ˌiu
台灣	ˌma	ˌmai	ˌman	ˌnon	ˌlaŋ	ˌliaŋ	ˌlioŋ	ˌluŋ	ˌȵiun	ˌiu

實際上，從共存關係來看，全濁上讀陰平同樣不能忽略。底下仍以東西兩極方言爲例：

	坐	弟	淡	斷	動	在	重	上	近	下
四川	ˌtsʻo	ˌtʻai	ˌtʻan	ˌtʻon	ˌtʻuŋ	ˌtsʻoi	ˌtsʻuŋ	ˌsoŋ	ˌkʻyn	ˌxa
台灣	ˌtsʻo	ˌtʻai	ˌtʻam	ˌtʻon	ˌtʻuŋ	ˌtsʻoi	ˌtsʻuŋ	ˌsoŋ	ˌkʻiun	ˌxa

這一類共存現象只因沒有「區別」作用常遭漠視。其實在方言關係的聯繫上，全濁上聲讀陰平正可用來說明江淮官話通泰方言與客家話同爲保存司豫移民口語的痕跡。

2. 「松」字在華北方言讀「思恭切」，東南半壁的方言每每讀「詳容切」。客家話的讀法普遍爲「詳容切」，例如：梅縣₌tsʻiuŋ，翁源₌tsʻiuŋ，連南₌tsʻoŋ，河源₌tsʻoŋ，清溪₌tsʻuŋ，揭西₌tsʻiuŋ，秀篆₌tsʻiuŋ，武平₌ȵeiŋ，長汀₌tsʻoŋ，寧化₌tsʻiɣŋ，寧都₌tsʻiuŋ，三都₌tsʻəŋ，贛縣₌səŋ，西河₌tʻuŋ，陸川₌tsʻoŋ。

這些客家方言的「松」字音在同方言中往往與「從」字音完全一致。從、邪不分正是現代漢語東南方言大面積的共同傾向。在吳語裏，「松」字的聲母一般是dz～z。（傅國通等，1985；錢乃榮，1992）贛語

的情況和客家話相當：茶陵≤ŋe.ʔtsʻəŋ，永新≤ɕiŋ，吉水≤tɕʻiəŋ，醴陵≤tsʻəŋ，新余≤ŋeʔtɕʻiuŋ，宜豐≤tsʻŋe，修水≤dzʻiŋ，安義≤tɕʻiŋ，都昌≤dziuŋ，陽新≤səŋ，宿松≤tsʻəŋ，余干≤tsʻuŋ，弋陽≤tsʻuŋ，南城≤tɕʻiuŋ。

3.「跳」字在廣東河源讀≤tʻiau，在福建詔安秀篆讀≤tʻɛu。兩個客家話都把「跳」字讀爲陽平調，在眾多客家方言的去聲讀法中顯得相當突出，深究起來實非例外。因其突出，「跳」字時或被同音字「條、調」所取代。舉三個例子：

(1) 廣東梅縣（黃雪貞，1992）

　　kua11 kua11條：大聲叫嚷

　　tiu53 tiu53條：因不如願而生氣

(2) 廣東惠陽（周日健，1987）

　　痛到naŋ31 naŋ31調：形容疼痛的程度深

(3) 廣東新豐（周日健，1992）

　　va24 va44條：形容大哭

　　ka24 ka24條：形容說個不停

　　vɔ53 vɔ53條：形容人聲嘈雜

　　kɔ24 kɔ24條：形容不停地咳

　　ɔ24 ɔ24條：形容喊聲不絕

　　fei24 fei24條：形容風猛或脾氣暴烈

台灣客家話常見的例子有：pit≥ pit≥ ≤tʻiau（形容氣急敗壞的樣子），≤tʻiau ≤tʻuŋ（跳童：童乩作法）。這兩個例中的≤tʻiau和上列廣東客家話的「條、調」都是「跳」字《廣韻》所注「徒聊切」的「正音」。「跳」字讀陽平調在漢語方言並不罕見，底下舉些例子：

　　河南靈寶：tʻiau35（楊時逢、荊允敬，1971）

　　甘肅蘭州：tʻiɔ35（高葆泰，1985：35）

　　山西萬榮：tʻiau24（吳建生，1984：20）

　　安徽黟縣：tiu44（《黟縣方言志》，1992：530）

江西宜春：t'iəu33（陳昌儀，1991：116）

湖南安鄉：t'iau213（應雨田，1988）

一般漢語方言所見「跳」字去聲一讀，實為《廣韻》所注記的：「越，他弔切。越也」。這樣看來，客家方言「跳」字讀陽平並非例外，以《廣韻》來說應該視為「正音」。後代以「跳」寫「越」流行開來，去聲一讀終於大量淹沒平聲一讀。

3.「蝦」字北方話多讀陰平，南方話每多讀為陽平。陰平一派正是《集韻》所注「許加切」的音。陽平一派是「匣」母的反映。客家話兩音互見，贛語則多讀為陰平。

「蝦」

客家話：梅縣ₑha，翁源ₑha，清溪ₑha，揭西ₑha，秀篆ₑha，武平ₑha，長
　　　　汀ₑha，寧化ₑha，寧都ₑha；連南ₑha，河源ₑha，三都ₑha，贛縣
　　　　ₑha，大余ₑha，西河ₑha，陸川ₑha。

贛　語：茶陵ₑxa，永新ₑk'a，吉水ₑŋa，醴陵ₑha，新余ₑha，宜豐ₑha，
　　　　平江ₑha，修水ₑha，安義ₑha，都昌ₑha，陽新ₑxa，宿松ₑxa，弋
　　　　陽ₑha，南城ₑha。

客家話陽平一派唸法也見於閩南廈門、泉州、漳州（ₑhe），但在贛語區陽平一派比較罕見。這是近江方言比較接近北方的另一個例證。

八、綜合說明

客家話分佈在七個省二百個以上縣市，方言差異隨地不同。雖然和閩語比較言之，客家話內部的一致性遠比閩方言高，但是客家人散居四處，生活環境不同，相鄰人民有別，客家話的發展也呈現可觀的分歧。簡約說來，客家話的分歧中比較突出的地方表現在下列兩處：

首先是「以中原郡望自矜」的客家話和「漢化畬族人民」的客家話的分歧。客家話一般都有兩個唇齒音聲母（f-，v-），漢化畬族人民的

客家話（以潮安、甘棠畲話爲例）沒有這樣的聲母。有無f、v大體可以區別客、閩方言，潮安畲話和甘棠畲話處於閩語的包圍中，長期以來受閩語的影響，不免和客家話產生一些距離。原來習自客家話的發音習慣逐漸流失，改從當地閩語。

其次一個分野是廣東客家話和閩西客家話。一般說來，廣東的客家話韻尾保存比較完整，閩西客家話韻尾變化比較劇烈。因爲韻尾保存較完整，廣東客家方言的韻母數一般都比閩西客家話的韻母數還要大。閩西客話如長汀、連城塞音韻尾已全消失，鼻音韻尾也只剩-ŋ；長汀有30個韻母，連城有33個韻母，不但在華南已屬小數，就所有漢語來看，也與底線（雲南賓川的22個）相差無幾。

鍾獨佛所說「客家之稱始於宋」，大約符合華南客家民系形成的時期。由此出發不免令人設想，客家話的語音系統也許成立於宋代。應該指出，這種設想是一個過於簡單化的比附。今天所見的客家話中有不少事例可以證明爲宋代以前早已定型：

1. 顏之推所說「益石」合流現象（-iak）是客家先民南下時由北方帶來，其歷史已有1400年。

2. 「鼻」字讀「毗至切」是《切韻》系韻書所據方言的標準音。客家話音讀與之相合。其歷史已有1400年。

3. 《切韻》一二等韻的區別在客家話讀爲後o與前a。足見其保存的歷史至少已有1400年。

4. 閩西客家話區「水」字唸f-係西晉末年由北方帶下，其歷史已有1700年。

5. 江攝字讀同通攝字的現象反映上古音東部來源，其歷史已有3000年。

從以上事例可以知道，客家民系形成雖晚，但方言質素由來甚早。我們可不可以在上列語言事實的基礎上反過來說：客家話形成於上古時代呢？答案是否定的。因爲北方移民未入畲地以前，其人民不能謂爲

「客家人」，其言不能謂爲「客家話」。

　　客家話「鼻」字讀「毗至切」是《切韻》系韻書所認定的標準音。《切韻》系韻書「鼻」字沒有入聲的讀法，可是孫奕《示兒編》卷十八〈聲譌〉條有「以鼻爲弼」的說法，可見「鼻」字古代有入聲讀法。入聲一派廣見於現代漢語方言，如蘇州bəʔ₂，biəʔ₂，太原piəʔ₂，北京₌pi，其分佈之廣遠甚於去聲一派。足見《切韻》序中所說「吾輩數人，定則定矣」的話實有審音定韻的規範意義。現代漢語方言「鼻」字有去、入兩派，《切韻》成書的年代也有去、入兩派，只不過《切韻》沒有收入聲一讀而已。（李榮，1957）依邏輯過程來說，「鼻」字入聲一派實比去聲一派守舊。《切韻》系韻書收去聲新派一讀而不收入聲舊派一讀，其精神與取「益石」合流一派而捨「益石」分立一派是一致的。在規範的原則下，《切韻》只能「擇善而從」，無法兼容並顧把所見聞都一體網羅在內。以「鼻」字和「益石」合流來說，客家話與《切韻》系韻書若合符節，客家話母土所在的中原方言實爲蕭、顏諸君論及音韻時心目中的標準之一且多所依傍。

　　除了這兩個「中古音」現象之外，客家話還有上古音的痕跡。其中之一就是江攝字讀同通攝的韻母現象（-uŋ），按諸上古韻部，這個保守現象是毫無疑議的。事實上，客家話眞、殷韻字中的-iun也是上古音的痕跡。只因《切韻》系韻書以後的韻圖把這兩韻定爲「開口」，才模糊了今人的視線。眞・殷讀爲-iun好比「鼻」字讀入聲，這是文獻缺載的現象。文獻缺載固然不利於引述，但辯證不難。第一，眞・殷讀爲*iun遍見閩客方言；閩客方言來自西晉時期的中原地區。就時代言之，比《切韻》成書要早好幾百年。第二，就邏輯過程言之，元音由後變前（*iun→in）遠比反方向變化更爲合理。第三，《切韻》原不分開合，後代韻圖所定開合係依後代音讀，後代音讀參差韻圖又不能兼顧。假使爲古音名目所矇蔽，客家話的這類上古音現象勢必難以看清楚。

　　客家話具有上古音成分，高本漢對漢語方言發展的說法不免遭受

質疑。高本漢（1954：216）認為除了閩語之外，所有漢語方言都源自《切韻》。高氏既以閩語保守成分為基礎做成如上結論，利用相同的論證方式也可說客家話形成於上古時期。如此推演下去，吳語匣母讀舌根塞音，鼻字讀入聲等等例證也可用來說明吳語形成於上古時期。依其邏輯，吳語和客家話都非源自《切韻》而與閩方言同其古老。高氏所說其他漢語方言都源自《切韻》也是一項誤解。就其構作過程來說，《切韻》實有方言背景做為支撐，其背景之一實為客贛方言在華北舊地的中原。司豫移民南下之後，《切韻》才面世。客贛方言由北方帶到南方綿延不絕，無聞《切韻》成立與否，怎能說是源自《切韻》？其實正好相反，《切韻》源自客贛方言在華北祖地的原形，更精確地說，客贛方言在華北祖地時期的形貌是《切韻》取材的主要根據之一。總而言之，《切韻》是一部有價值的韻書，方言的傳承由古至今綿延不絕；作為一部發音字典，《切韻》沒有生育方言的能力，古代方言卻提供給《切韻》無比豐富的佐料。高本漢站在漢語語音史的立場去論漢語方言的形成是混淆邏輯過程和歷史過程的一個重大謬誤，歷史上移民的遷徙過程略而不顧更是一項嚴重的疏失。

第十八章　大槐與石壁 ── 客家話與歷史、傳說

一、洪洞大槐與寧化石壁

中國移民史上有許多民間傳說，比較著名的傳說包括：山西洪洞大槐樹、江蘇蘇州閶門巷、江西南昌瓦子街、廣東南雄珠磯巷、福建寧化石壁村。其中和客家移民史關係較密的是「石壁村傳說」；但是客家人祖述中原，不忘故土，族譜紛指北方祖地最遠可達山西。關於傳說，我們是採取「無稽之談，姑妄聽之」還是採取「別有意蘊，值得探索」的態度？這種立足點的不同必然左右我們的視線，客家移民史問題之撲朔迷離，部分原因即種因於此。我認為，傳說流佈既廣，人民津津樂道，這件事實的本身就不宜輕忽。大槐在山西，石壁在閩西，一北一南，貫穿起來就是探索神秘客家的一條紐帶。底下先從大槐說起。

明初的洪武大移民運動曾經留下許多可歌可泣的故事。其中有一首民間歌謠唱道：

> 問我祖先來何處？山西洪洞大槐樹。
> 祖先故居叫什麼？大槐樹下老鸛窩。

洪洞位於山西南部臨汾盆地北端。東隔霍山與古縣交界，西靠呂梁與蒲縣相連，北與霍州、汾西為鄰，南與臨汾接壤。洪洞縣原為洪洞與趙城兩縣，1954年合併，縣治在洪洞城。大槐樹在廣濟寺旁，原為一株「樹身數圍，蔭遮數畝」的漢槐。老鸛在大槐樹下構巢築窩，年長月久，星羅棋布，甚為壯麗。明初移民時，廣濟寺大槐樹下設局駐員，集中移民發給「憑照川資」，移民啟程，頻頻回首，老遠猶見大槐樹下的老鸛窩，為此大槐樹和老鸛窩成為移民惜別家鄉的永恆記憶。（張青

2000：5）統計資料顯示，明代大槐樹移民姓氏共554個，分佈範圍達18個省市，498個縣市。這麼大規模的明代移民，其實和客家並沒有什麼關係，但是，沒有關係是指這段歷史沒有關係，洪洞大槐這塊地理與客家卻頗有淵源。作為中國移民者的故鄉，山西自古以來即扮演輸出移民的角色，晉南是客家先民的北方故地之一，為了便於說明，我們在此藉後代的故事來指前代的傳說，重點在地理背景而非歷史斷代。這一點後文再做詳論。

　　寧化石壁，是客家族譜言之鑿鑿的傳說，底下所錄摘自羅香林《客家研究導論》（頁41-48）：

　　興寧《劉氏族譜》：「自五胡亂華，永嘉淪覆，晉祚播遷，衣冠南徙，永公（劉永，劉備次子）之裔，亦遷居於江南。……唐禧宗乾符間，黃巢叛亂，海內騷然，居民流離轉徙，於時有……天錫公，棄官，奉父祥公避居福建汀州府寧化縣之石壁洞，後世遂以祥公為寧化始遷之祖。」

　　興寧《廖氏族譜》：「唐時我祖由江西雩都，避亂，遷汀州寧化石壁寨，後子孫因亂，又遷順昌，廖氏遷於閩者遂眾。」

　　江西《羅氏大成譜》：「迫下唐禧宗之末，黃巢作亂，我祖儀貞公，致仕隱吉，因家吉豐，長子景新，徙贛州府寧都州，歷數十年，又遷閩省汀州府，寧化縣石壁村，成家立業。」

　　石壁今稱石碧。新版（1992）《寧化縣志》介紹說：「現居國內外的客家人其祖先多是石碧籍，因此該村被稱為客家搖籃，客家祖地。」石碧在寧化縣西22公里，住民約390戶，2100餘人，方圓不過15平方公里。如此彈丸小地能夠孕育千萬子孫，成為客家傳說中的聖地，地位有如回教世界的麥加（Mecca），這是歷史還是神話？

二、永嘉之亂

晚唐詩人張籍（767-830）在〈永嘉行〉這首名篇詠道：

黃頭鮮卑入洛陽，胡兒執戟升明堂。

晉家天子作降虜，公卿奔走如牛羊。

紫陌旌幡暗相觸，家家雞犬驚上屋。

婦人出門隨亂兵，夫死眼前不敢哭。

九州諸侯自顧土，無人領兵來護主。

北人避胡皆在南，南人至今能晉語。

晚唐去西晉已歷四五百年，詩人之作當屬讀史傷時有感而發。其中「北人避胡皆在南，南人至今能晉語」富於意涵，對後人深有啓發。明季音韻學家陳第（1541-1671）在《讀詩拙言》云：「自五胡亂華，驅中原之人于江左，而河淮南北，間雜夷言，聲音之變或自此始。」勞乃宣（1843-1921）也有類似的觀察，他在《等韻一得外篇 · 雜論》說：「諸方之音各異，而以南北為大界。……分南北以論音，自六朝已然。以今時之音論之，大率以江南為南音，以江北為北音。」從史實看，永嘉亂起，北人大量南遷，中國歷史進入南北對峙局面，漢語方言開始走上南北分途發展，對後世造成深遠的影響。客家先民是否捲入這一場浩大的北人南遷移民運動？學界多所探討，所論頗見分歧。

羅香林（1913）所提「永嘉說」與傳統學者的看法可謂一脈相承。他從西晉王室兄弟相殘的八王之亂談到五胡亂華，山河易色，給客家先民南遷提供了歷史大背景，底下是他學說的梗概。

1. 三股潮流　北人在異族侵寇下，紛紛南逃。仕宦人家，多避難大江南北，當時號曰「渡江」，又稱「衣冠避難」；一般百姓則多成群奔竄，號曰「流人」。根據路線的不同，遷徙潮流可分為三個支脈：

　　秦雍流人　秦雍（即今陝西、山西一帶）等州的難民多走向荊州（即今湖北一帶）南徙，沿漢水流域，逐漸徙入今日湖南的洞庭湖流域，有些更深入今廣西東部。

　　司豫流人　并、司、豫諸州的流人多集中在今安徽、河南、湖北、江西、江蘇一部分地方，其後又沿鄱陽湖流域及贛江而至今日贛南及閩邊諸地。

　　青徐流人　青徐諸州的流人多集於江蘇南部，旋復沿太湖流域，徙於今日浙江及福建的北部。

　　如果不嫌粗略，永嘉移民可以概括如下：

　　2. 司豫足跡　上述移民史背景中與客家人關係密切的是中間這一股司豫流人。這股移民前後歷經五次可觀的遷徙。

　　第一期爲東晉至隋唐，即上述肇因於永嘉之亂的司豫流人，起於山西、河南，遠的已達江西中部，近的只及於穎水、淮水、汝水三水之間。

　　第二期爲唐末，因黃巢之亂再度遷徙。當時全國擾攘，民無寧居，惟江西東南部，福建西南部及廣東東部、東北部，僥倖未受巢害，比較堪稱樂土。第一期移民中棲息在河南西南部，江西中部北部及安徽南部的，即於這個時期遷入上述樂土；遠的已達循州、惠州、韶州等地，近的進入福建寧化、汀州、上杭、永定等地，更近的就在贛東、贛南各地。

　　第三期源於元蒙南侵。南宋端宗景炎二年（1277）正月，元兵破汀、關，文天祥、陸秀夫等人力謀抵抗，閩粵贛義民起而勤王抗敵，前仆後繼，曾不少衰。於是閩粵贛交界地成爲雙方攻守的場所，向日居此

的客民輾轉逃竄，流入廣東東部、北部。南宋以後，客民南遷日增，至明朝中葉，始稍休歇。

第四期遷移起因爲內部人口膨漲。客家於宋末至明初徙至廣東內部以後，經過朱明至清初的生息，系裔日繁，山多田少，耕植所獲，不足供用。於是不少客民向外遷徙；有的隨「湖廣塡四川」的移民運動深入四川、湖南，或者遠走台灣及兩廣各地。遷移期間爲康熙中葉至乾嘉之際。（約1700-1800）

第五期遷移肇因於土客相仇。乾嘉以後，客家在台山、開平、四會一帶者，因人口激增，勢力擴張，與當地土著形成競爭局面。同治六年（1867）以來，粵省中部、東部的客民徙於高、雷、欽、廉各地，或更渡海至於海南島。

3.中原郡望　羅香林鉤稽族譜資料總結客家發祥地說，客家先民東晉以前的居地，實北起并州上黨，西屆司州弘農，東達揚州淮南，中至豫州新蔡、安豐。換言之，即汝水以東、穎水以西、淮水以北、北達黃河以至上黨，皆爲客家先民的居地。上黨在今山西長治縣境，弘農在今河南靈寶縣四十里境上，淮南在今安徽壽縣境內，新蔡即今河南新蔡縣，安豐在今河南潢川、固始等縣附近。客家先民雖未必盡出於這些地方，然此實爲他們基本住地。

如以四至加以概括，可以圖示如下：

山西長治

河南靈寶　　河南新蔡　　安徽壽縣

客家人以中原郡望自矜，從底下所錄郡望歌來看，其中原故地不出上述四至範圍：（陳支平，1977：189-190）

連城客家姓氏郡望歌

講郡望，要分詳，郡頭原是祖先鄉。

千年民族大遷徙，過了黃河過長江。

都叫兒孫莫忘本，把那郡頭寫高堂。

一姓多郡爲少見，一郡多姓較平常。

涂羅都是豫章郡，侯榮同寫上谷堂。

賴鍾皆屬穎川郡，夏駱均爲會稽堂。

蔡柯丁姓濟陽郡，上官邱嚴天水堂。

毛林池卓西河郡，李董彭氏隴西堂。

吳興姓沈不姓吳，尤施姚亦吳興堂。

陳留阮氏不姓陳，江夏姓黃不姓江。

彭城錢金與劉氏，杜段宋康京兆堂。

河東呂姓平陵孟，田童同是雁門堂。

汝南周氏高平范，河南郡有丘蕭方。

孫蔣樂安徐東海，葉鄧滕郡是南陽。

雷氏堂號稱馮翊，安定是伍與胡梁。

范陽郡有鄒盧氏，傅家郡望清河堂。

下邳余闕譙國曹，巫家郡望是平陽。

鉅鹿堂號屬魏家，馮包樊氏稱上黨。

紀許高陽項遼西，太原溫郭弘農楊。

廉姓河東祝太原，俞詹同是河間堂。

安姓武陵熊江陵，東魯孔氏黎陽桑。

古姓新安廖武威，馬氏郡望扶風堂。

渤海延陵吳氏郡，揭姓南陽又豫章。

高陽臨川皆饒姓，濟陽淮陽都是江。

武陵沛國與平原，三處都爲華家堂。

趙姓天水又金城，穎川下邳與南陽。

謝氏陳留又東山，會稽江左寶樹堂。

陳氏穎川與下邳，河南東海汝南堂。

廣陵也是陳家郡，六處來源不平常。

更有王姓廿一望，多數人是琅琊王。

張氏望多四十三，不少人是清河張。

客家人說連城籍，日久他鄉作故鄉。

（資料來源：《連城文史資料》第17輯，謝濟中：《連城客家的郡望與源流》）

4. 南遷路線　客家先民由北南下大約可分東西兩線。

東線：由山西長治起程，渡黃河，依穎水順流南下，經汝穎平原，達長江南北岸。

西線：由河南靈寶等地，依洛水，踰少室山，至臨汝，亦經汝穎平原達長江南北岸。

總結言之，羅香林的學說，以時代背景言之是「永嘉說」，以地域背景言之主要是司豫背景。遷移路線明確，分期層次井然。數十年來，其說法形成客家移民史研究的典範。不過，其客家遷移五期涵蓋源與流，頗易滋生誤解。分源別流，他的五期說可分為兩個階段來理解：

司豫移民　也就是羅香林的第一期、第二期移民。這兩期移民運動中，客家民系還未形成；

客家移民　也就是羅香林的第三期至第五期移民。這是貨真價實的客家移民。

換言之，客家之所以為客家應在這兩種移民的中間階段產生，也就是羅香林的第二和第三期之間。理由容後再敘。

三、安史之亂

　　永嘉以後，中國移民史的大事，一般都跳越有唐一代，直指北宋末年的靖康之難。但是，唐代詩人留下許多佳篇，描述安史之亂的苦況，足以怵目驚心。例如杜甫寫道：

〈逃難〉：故國莽丘墟，鄰里各分散。
〈無家別〉：我里百餘家，世亂各東西。

　　這些詩篇出於個人見聞，範圍僅及於鄰里鄉黨。最為驚天動地彩繪無疑是詩仙李白在〈永王東巡歌十一首〉所詠：

三川北虜亂如麻，四海南奔似永嘉。

　　以李白描繪的壯闊畫面觀之，安史之亂促成的移民浪潮似不遜於永嘉之亂。然而前人對安史之亂後的北人南遷史著墨不多。因此，究竟是「北人避胡皆在南，南人至今能晉語」還是「三川北虜亂如麻，四海南奔似永嘉」決定了客家先民南遷之舉，成為移民史家探研的重要課題。近年來，周振鶴（1987，1996）以雄渾的力道揭開了安史之亂北人南遷的史實，並以此為基礎提出客家源流的新說，引起中國移民史學界極大的迴響。底下述其大要。

　　安史之亂發生於天寶十四年（755）末，戰禍幾乎遍及整個黃河中下游地區。安史叛軍在短時間之內席捲河北、河南大部分州縣之後，東線受阻於睢陽，西線受阻於南陽，因此江淮之間及漢水流域得以保全，不受戰火波及，北方移民紛紛來此尋求庇護。當時的移民浪潮明顯形成三道波痕。

　　第一道湧得最遠，達到湘南、嶺南、閩南等地；

第二道集中於長江中下游兩岸，如蘇南浙北、皖南贛北與鄂南湘西北；

第三道則停留在淮南江北、鄂北和川中地區。

其中，第二道匯集移民人數最夥，第三道次之，第一道最少。人數最夥的第二道波痕由東到西可分為三區：

1. 蘇南浙北區　李白〈為宋中丞請都金陵表〉談到當時移民至吳的情況云：「天下衣冠士庶，避地東吳，永嘉南遷，未盛於此。」時人估計，吳郡（蘇州）治所吳縣，移民占當地戶口總數的三分之一。蘇州元和戶數比天寶時期增加百分之四十。此外，常州、潤州、杭州也有不少北方移民，數目無從確知。總結言之，蘇南浙北的北方移民估計占當地人口總數的三分之一。

2. 皖南贛北區　皖南在安史之亂期間及其後數年間接連設置了至德（757年）、旌德（763年）、祁門（765年）、石埭（766年）和績溪（767年）等五個新縣，同時還從宣州分出一個新州——池州。這些新置州縣與當地移民人口激增有關，無可置疑。

贛北方面，比較天寶與元和年間的戶數，可以看到人口增長的幅度：饒州從四萬戶變成七萬五千戶，增長83%；洪州從五萬五千戶增加到九萬一千戶，淨增64%；吉州增加10%。饒、洪、吉三州面積占贛北贛中的三分之二，三州戶口大量增加表明安史之亂以後，這裡吸引大批移民到來。

3. 鄂南湘西區　《舊唐書·地理志》載：「自至德后，中原多故，襄鄧百姓，兩京衣冠，盡投江湖，故荊南井邑，十倍其初。」荊州原為一個中等州，天寶年間僅有戶三萬餘，據《資治通鑑》乾符五年（878）條所載，僅荊州治江陵城市，就有三十萬戶之眾，可知「十倍其初」並不誇大。澧州天寶時只有戶不到兩萬，大歷初年竟然增戶數萬。鄂州戶口從天寶至元和也增加了一倍。

黃巢之亂在江西引起很大的震動，幾乎沒有一州不受戰亂的影響。

乾符四年（877），撫州、洪州一度被佔領。乾符五年三月，黃巢軍隊再攻江西，陷虔、吉、饒、信等州。廣明元年（880）三月，再陷饒信撫等十五州。戰亂使江西北中部的人民逃向閩贛山區。

　　當時的移民狀況反映在戶口數的變化。底下是唐後期《元和郡縣志》與宋初太平興國年間《太平寰宇記》的戶口比較表。（周振鶴1999：150）

中	開元戶數	晚唐	元和戶數	元／天 +−	北宋	太平戶數	太／天 +−%
饒	40899	饒州	46116		饒州	45917	-0.54%
		信州	28771		信州	40685	+41.70%
			74877	+83.07%			
江	21865	江州	17954	-17.93%	江	24364	
					南	20948	
洪	55405	洪州	91129	+64.47%	洪	10343	
					筠	46329	
袁	22335	袁州	17126	-13.33%	袁	79703	
			126200			27478	+117.74%
吉	34481	吉州	41025	+18.97%	吉	12645	+208.23%
撫	24988	撫州	24767	-0.88%	撫	61279	
					建	18847	
						80126	+223.52%
虔	32837	虔州	26260	-20.03%	虔	85146	+224.24%
汀		汀州	2618	-44.06%	汀	24007	+816.99%
建	20800	建州	15480	-25.58%	建	90492	
					紹	47831	
						13832	+793.55%
潮	9329	潮州	1955	-79.04%	潮	5831	
					梅	1568	
						7399	+278.46%

　　這個比較表說明，江西東北的饒、信二州可以看成無變化。北部江、洪、袁三州變化不大。中部吉州、撫州與南部虔州變化較大，而福建汀州與建州變化驚人。

　　此外，政區的增設也頗能說明人口遷移的方向。虔州在中唐以前領有六縣，但在五代與宋初數十年間，新增了六個縣——南唐時置瑞金、石城、上猷、龍南四縣，太平興國年間置興國與會昌二縣。這新增六縣分居章水與貢水上游，也是今天純客縣所在。

　　撫州在安史之亂以後接納了不少北方移民。唐末戰亂迫使一部份人口向東移動，靠近或進入武夷山區。南唐時在撫州東部置建武軍，其後陸續增置南豐、宜黃、金溪三縣。太平興國五年（980），福建建州西部分置紹武軍，新設三縣。這是移民由南城越杉關下西溪的結果，也是「建邵之間，人帶豫音」（明．王世懋《閩部疏》）的先聲。

　　汀州在唐宋兩代幅員不等，宋代汀州約為唐代汀州的三分之二。在宋代汀州範圍內，唐代只設長汀與寧化兩縣。宋初於淳化五年（994），汀州同時新設武平與上杭兩縣。長汀、寧化、武平、上杭四縣都是今天的純客住縣。上表顯示，汀州從唐元和時期至宋太平興國年間人口增逾八倍。

　　總結言之，安史之亂的移民規模很大，其中有一股移民大量遷入江西中北部，這些北方移民的後裔在黃巢之亂後大批走向閩贛山區，形成後來的客家人。為了簡明，我們把周振鶴的學說稱為「安史說」。

四、靖康之難

　　除了「安史說」之外，近年又別有一說可以稱「靖康說」，這就是吳松弟（1977）在《中國移民史》（第三、四卷）所提的說法。吳松弟的學說有幾個基本設想，也有一些論證。底下是他的基本設想。（第四卷，354頁）

　　1. 客家先民和客家源流並不是一回事。客家先民是指客家人較早的祖先，客家源流則是先民中對客家語言和風俗形成產生決定性影響的那一部份，並不是自北方南遷越早對客家文化的作用就越大。客家人與漢族其他部分的區別完全在文化特徵（主要是來源於北方的語言和風俗）而不是人類學上的特點。

　　2. 只有那些具有一定規模並直接從北方進入汀、贛二州這種相對封閉環境的移民，或雖不直接進入二州，但進入以前在其他地區停留時間不長的移民，才有資格成為客家人的源流。東晉初年為四世紀初，唐末為十世紀，北方移民在到達汀贛之前已在長江南北居住了六百年，如何還能保持中原古音和風俗？

　　3. 根據語言學家的看法，客家話接近元代周德清的《中原音韻》，《中原音韻》反映南宋末和元代的基本語言面貌。因此，客家的形成當在南宋之後。顯然，語言的特徵表明，客家先民主要是在南宋時期自北方遷入汀贛一帶。

　　在這個設想下，吳松弟以族譜為據，整理出130個曾在汀贛地區居住過的氏族遷移資料，製成一表，詳列南遷時間與遷入客區時間。他發現，其中有38個氏族明確稱祖先來自長江以北地區。他把這38個氏族分為AB兩型，凡自中原直接遷入前期客區或雖先遷入江南但不到百年即遷入客區的為A型，遷入江南後數百年始遷入前期客區的為B型。分析結果列如下表：（第四卷，頁361）

38個客家氏族的遷移類型			
遷入客區時間	氏族遷移類型		
	總數	A型	B型
漢代	1		1
兩晉	13	4	9
隋和唐前期	2	1	1

38個客家氏族的遷移類型			
遷入客區時間	氏族遷移類型		
	總數	A型	B型
唐後期五代	9	7	2
宋代	9	8	1
時間不明	4	3	1
合計	38	23	15

這個表說明，在祖先自長江以北遷入的38族中，對客家的形成能夠起作用的A型移民有23族。在A型已知時代的20族中，唐後期五代和宋代遷入15族，占75%；漢代至唐前期遷入的移民共5族，占25%，移民規模無法與前者相比。

根據這個遷移類型分析，吳松弟（1997）推測：「在唐中葉以前，即使有北方移民，其人數必不會很多，不可能會將北方語言風俗長期保持下來並給後來人影響，某些移民甚至有被當地文化同化從而喪失北方語言和風俗的可能。因此，只有唐後期五代和宋代，特別是南宋時期遷入的北方移民氏族，才有可能對客家的形成產生決定性的影響。」（第四卷，頁362）

廣東是元代以來客家人的主要生活地區，在吳松弟研究的209個廣東客家氏族中，166族已知遷出地，他們分別來自：汀州92族（其中寧化58族）、贛州13族、江西（除贛州）24族、福建（除汀州）18族、浙江3族、廣東2族、湖北1族、湖南4族、南方其他2族、北方5族。來自汀贛的氏族占166族的63%，另有34%的氏族遷自南方其他地方，3%的氏族遷自北方。這些資料的意義是，南宋移民距汀贛客家大批遷入廣東等地時間較近，完全有可能把北方的語言和風俗帶入前期客區，並直接影響遷入後期客區的客家先民。

總結言之，「靖康說」以特定的語言認知為張本；既然，客家話與

《中原音韻》近似，客家的形成就不可能早於元代太多，應是南宋時期較爲合理。

五、地理關係、民族關係與語言問題

　　客家人的歷史由諸家論述看來誠可謂衆說紛紜，莫衷一是。其實上文所引只不過是問題中的一部份，爲了避免治絲益棼，橫生枝節，底下集中探討地理關係，民族關係及語言問題，看看是否能有助於澄清客家人的神秘色彩。

　　地理關係中值得注意的是安徽南部。曹國慶（1992）有一個相當重要的觀察，他說「徽州地處安徽省西南邊陲，南與浙江接壤，西與江西省相鄰，四周群山環抱，東有大彰山之固，西有浙嶺之塞，北有黃山之隘，山谷崎嶇水險陸梗，是一個較封閉的地理單元，地理環境與贛南、閩西相近；在現今徽州五十六個可考的族姓當中，來自中州河南的十族，河北的四族、山東的九族，其餘來自徽州鄰近的州縣。他們由北南遷的時間，大體也分三個階段，晉永嘉之亂、唐末黃巢起義、宋靖康之亂，從堂號和南來的原由來看，也與客家情況大體一致。」徽州上連中原，下通江西，客家人在進入閩贛山區以前曾經在江西中北部待過，如此說來，徽州人與客家人的先民可能在北方是大同鄉。我們做此推論，根據的是中國移民史的多次考察。因爲古代北方移民的南遷路線，主要受南方北部二列山系的限制，西列爲巫山武陵山脈，東列爲秦嶺餘脈大別山。受此二列山脈影響，古代北方移民主要從東、中、西三條路線進入南方。關於這東中西三線的細節，葛劍雄、吳松弟等人（1997）在《中國移民史》的相關章節記載頗爲詳細，這裡不擬摘錄。徽州與江西一衣帶水，客家人南遷捨此並無他途可以進入後來的客家大本營，也就是閩贛山區。

　　民族關係是近年來人類學家與語言學家共同感到興趣的課題，論述

極夥,這裡我們只集中探討其中一二。首先是「客家」名稱的來源實出
於畬族對外來漢人的稱呼。這種用語習慣原來普遍見於華南地區,例如
湘西、貴州、廣西。最明顯的是「客家」與「土家」的對比,湘西土家
族自稱「畢滋卡」,稱外來漢人為客家,土與客相對,因此改稱自己為
土家。從客家人名稱來源,可知與客家人關係最密切的是現代多改說客
家話的畬族;反過來說,因為現代畬族人多說客家話,所以客家名稱應
是畬族先民所賦與。其中的重點是:客家人原為漢人。畬族人現代多自
稱「山哈」,也就是「山客」,表面上似乎指「山裏的客人」,實質上
義同「畬客」,也就是說客家話的畬族人。因為原來畬族人自稱叫做hɔ
ne(活畾:山人)。

　　其次是畬族人的認祖歸宗活動。畬族人口在1982年普查時只有36
萬8千人,到了1990年前後竟陡增至63萬人。這多出來的人口數字有
一部份固屬自然增長,但絕大部分是「認祖歸宗」重新登記的結果。
(Erbaugh, 1996)有趣的是,這種認祖歸宗運動主要是原來對外自稱
為客家人的畬族人回復本民族的族稱。換句話說,歷史上曾經有過一種
力量迫使畬族認同客家(漢人),使他們寄身在客家的旗幟下對外表布
自己的身分,而把自己真正的身分隱藏起來。這種力量來自漢畬通婚以
後積漸而然的自然歸趨。(羅香林,1933:74-75)其結果是混淆了外
人對客家與畬族的分際。例如浙江的畬族通通都被認為是客家。

　　畬族人近年的認祖歸宗活動,有力地說明了幾件事實。首先是「客
家」的名稱起於畬族先民對外來漢人的稱呼;由於漢畬比鄰而居,通婚
模糊了漢畬界線,而漢化使畬族人改說客家話;由於改說客家話,後來
更對外自稱客家人。換句話說,「客家」一名實含兩種人:一種是漢畬
通婚的子孫,一種是語言上同化於客家的畬族人。前一種人認同中原,
自認華夏胄裔;後一種人認同華南客家並受同化,但在內心深處仍自視
盤瓠子孫,有別於華夏。這是客家研究上的重要分際。

　　關於語言問題,自羅香林以來,移民史研究者多少都曾關注。例

如周振鶴（1996）爲證成其安史說，引過語言學推論以爲談助，並據此認爲「客家話的源頭起於唐宋之際」。吳松弟（1997:356）根據語言學家的看法說道：「客家話接近元代周德清的《中原音韻》，反應南宋末和元代的基本語言面貌，因此，說客家在南宋之後形成是可以成立的。」移民史專家對語言證據如此熱衷，從方言史角度觀之煞是有趣，因爲方言史研究不能脫離移民史研究。在語言問題上，我認爲陳澧（字蘭甫）的看法最爲通達，他說：「客音多合周德清《中原音韻》。……尤多周秦以後，隋唐以前之古音。」（《嘉應州志‧方言》）底下分上古、中古提出我的看法。

客家話的上古音證據最突出的是上古文部字。上古文部分入中古真、殷、文三個三等韻類，真殷爲開口三等，文爲合口三等。但是不管《切韻》歸入哪個韻，客家話都讀同合口三等。例如真韻的「忍、銀」，殷韻的「近、勤」和文韻的「軍、雲」，梅縣都唸-iun。

客家話的中古音證據最明顯的是《切韻》侵韻字「尋、淋、入」都讀-im/p。這三字在許多方言部讀同合口三等（來自上古），客家話讀開口三等。比較北京與客家：

	尋	淋	入
北京（口語）	$_\subset\text{ɕyn}$	$_\subset\text{luən}$	$\text{zʮ}^\supset$
梅縣	$_\subset\text{ts'im}$	$_\subset\text{lim}$	$\text{n̠ip}_\supset$

此外，漢語方言當中如果這三字有文白兩讀，通例是：白讀如北京（合口三等），文讀如梅縣（開口三等）。如此說來，梅縣這一派讀法應是隋唐標準音。

這兩個古音事件，一在上古，一在中古，對客家話或客家人或甚至對籠統的客家的形成的探討實無助益。因爲語言的歷史就是人民的歷史，代代相傳的過程中，語言的舊質要素會和新質要素疊壓在一起。我們無法從中抽繹形成時期的年代斷限。事實上，語言學家反須請教移民

史家幫助決定客家話與其他方言分途發展的大約起始年代。關於客家形成的年代斷限，移民史專家的看法分歧已如上述，如果暫時把「歷史」問題放在一邊，而把注意力集中在「地理」和語言的聯繫，我們將不難衡量哪一種說法可信。

古全濁今讀清音送氣的演變類型（病p'-，地t'-）從北到南歷歷在目。北方主要見於晉豫陝三省交界，如山西南區（中原官話汾河片）、河南西北角、陝西東南部。往南一點，同類現象散見於湖北、皖南及江蘇通泰地區。越過長江，這種演變類型密集見於江西（贛語）及閩粵贛三省的客家話。從歷史移民遷徙路線觀之，這樣遼闊的分佈狀況，反映的是司豫移民的足跡；凡司豫移民足跡所至之處，古全濁音都讀爲送氣清音，從北方對外輻射的時間點應在西元三四世紀，至於其蔓延擴散則後代賡續不絕。客家話是這一類型的南極，源出司豫（中原偏西）。

河南靈寶（古代弘農郡）及山西洪洞（明代洪武移民發給「憑照川資」的啓程點）就在上述北方範圍之內。如據移民史路線把這個北方起點與皖南拉出一條線，並向南延伸至梅縣，然後比較方言的異同，則下述現象應非出於偶然。

山西與客家 「母親」在客家話最普遍的說法是「嬰」，也有說「姐」的（如江西寧都）。兩說並見的在山西見於洪洞（姐）及趙城（嬰）。古之趙城已於1954年併入洪洞。就語音形式來說，南北所見極爲近似：

嬰	梅縣 ₋me，	趙城 ₋mɛ	
姐	寧都 ᶜtsia，	洪洞 ᶜtɕia	

再舉一例，「饞」字洪洞唸 ₌sai，客家 ₌sai。兩者具無-n尾，如出一轍。

安徽與客家 「生小孩」的「生」在梅縣說 kiuŋ³，長汀說 tʃoŋ³（kiuŋ→tɕiuŋ→tʃoŋ）。安徽北部中原官話「生」小動物說「姜」

（_tɕiaŋ）。梅縣的說法不只限於人，也用於動物。安徽北部的說法只限於小動物（如生小狗，生小牛）。儘管使用範圍廣狹有別，調類亦有所不同，但我認為那也許是後來的發展，原來應屬同源。因為類似的說法在其他方言並不多見。

安徽南部的績溪方言「梯」字與梅縣一樣韻讀蟹攝一等，而非四等。例如：

	梯	海
績溪	_t'æ	⁼xæ
梅縣	_t'oi	⁼hoi

這種四等字讀同一等的現象在漢語方言殊為罕見，堪稱異數。就中古音言之，這是共同脫軌（shared aberrancy）；就歷史語言學語言關係的論據言之，共同脫軌表示關係非比尋常。

總結言之，客家人祖述中原，最北可達山西。雖然「問我祖先來何處？山西洪洞大槐樹」是明初洪武移民的產物，可是從語言的地理聯繫觀之，同樣的描寫也頗適合客家移民，只是時代更早。

六、石壁搖籃的意義

如果「山西洪洞大槐樹」代表客家的北方發祥地，那麼「福建寧化石壁村」作為客家的共同搖籃又代表什麼意義？於今看來，這個問題清澈如水，簡明易曉。「客家」原為少數民族對外來漢人的稱呼；對少數民族而言，客家就是漢人。但在客家傳衍香火的過程中，客家人與畬族人大量通婚。客畬通婚形成新的民系，客家的名稱由原來的漢人延伸涵義到這新的民系。因此，對漢人子孫而言，其祖先牌位應是「漢父畬母」並列的。客家人祖述中原，代表對「先公」的慎終追遠；客家人緬懷石壁，代表對「先母」的孺慕之情。

　　關於漢畬通婚，於史無徵，但從客家名稱的起源觀之，我們寧信其有。羅香林（1933:74-75）說道：「客家是自北南遷的民系，當其輾轉奔投的時候，自然免不了要受種種自然淘汰與選擇諸作用的規範，衰老的、弱小的，不容易達到安全的境地，就是身體不很結實的女人，也不容易與男子一同奔避，結果能到達目的地的，十之八九，都是精力較優的丁壯，就中其有原日妻室能同時履止的，自然不必邊與土著通婚，但其他沒有原日妻室同時履止的，那就只好降格以娶土著婦女了。客家先民不能不與畬民混血的，大概就是這個緣故。」其中除了「降格以娶」四字不妥之外，餘所論述合情合理。就因漢人進入畬族天地，才有客家名稱。

　　石壁搖籃的傳說出自寧化，殆非偶然。因為寧化原為畬族大本營，同時也是漢人由江西入閩的重要孔道。

　　寧化為畬族大本營一事有兩項證據。其一是，唐末昭宗乾寧元年（894），寧化縣發生「黃連洞蠻二萬圍汀州」（《資治通鑑》卷259，《唐紀》七十五）的歷史事件。兩萬士兵蜂湧而出，代表畬族人口不可小覷。其二是，現代的寧化已無多少畬族人口，但畬字地名多達18個：割畬、大畬、洋畬、林莆畬、上畬、練畬、豐畬、李畬、上畬、粟畬坑、大畬、李花畬、大下畬、涼畬、山禾畬、田畬、賴畬、上畬。（上畬同名3個，大畬2個）。這些地名應是較早期畬族人的住地。

　　寧化位於閩西邊界，越過山嶺往西走就是江西石城。這條通道唐宋之時已開，《元和郡縣志》特別談到兩縣的關係說：「縣西與虔化縣接。」（石城南唐時從虔化分出）《夷堅志》補卷第十三有《劉女白鵝》故事，略云：「汀州寧化縣攀龍鄉某氏女以不嫁自誓，及笄，父母奪其志，許嫁虔州石城何氏子。成婚日，忽一白鵝從空而下，女乘之飛升。土人遂置觀祠之，觀介於寧化、石城兩境之間。」這個故事說明從石城到寧化是江西進入福建的重要道路。客家先民進入寧化應循此路。

（周振鶴，1996）

　　根據以上線索，不難設想，原來客家人族譜所見「石壁」傳說，係客家人對「先母」表達飲水思源的一種方式。換句話說，客家「先公」由江西進入福建，所見莫非「先母」同胞畬族，先公與先母結爲公婆孕育後代子孫。子孫後代不敢或忘，一方面祖述中原，一方面又以石壁爲搖籃。寧化石壁方圓雖小，但所涵蘊意義很大。

　　最後，應該強調的是漢畬通婚應始於唐末宋初，也就是西元十世紀左右，即羅香林的第二期移民之後發生。因爲就動因來說，如非黃巢之亂的社會動盪，不會迫使大量移民由江西進入福建。其次是如果沒有兩三百年以上的漢化過程，畬族不可能全民皆會說客家話，如從十世紀作爲畬族漢化的開始，那麼到十三四世紀大量外遷足有兩三百年光景。畬族的遷移史表明，從大本營大量外遷始於元明。

　　總結言之，客家是愼終追遠的民系，從客家人形成的過程來看客家人的信念，原來兩個似乎矛盾的傳說終於獲得通透的理解。我的看法是：

　　大槐代表客家先公的北方故居。因爲有此一源，客家人門楣出示堂號，以中原郡望自矜，並非誇誕。語言的地理聯繫反映了北人南遷的足跡；雖然經過一千五百年的漫長歲月，其由北而南的語言烙印依然環環相扣，藕斷絲連。

　　石壁代表客家先母的南方搖籃。因爲有此一源，客家人在大漢沙文主義的封建社會難免遭受異樣的眼光，客家人被稱爲「犵」、「獠」即此之故。但客家人至今對外雖然表明身分屬於華夏冑裔，但內部族譜紛以寧化石壁爲搖籃。

總結：祖語和底層語

　　閩、客方言人民是北望中原的新興民族。這是本書探討閩客方言形成與發展所提出的一個總的看法。

　　所謂「北望中原」就是「祖述中原」或「以中原郡望自矜」。閩南的「晉江」據《晉江縣志》說是「以晉南渡時，衣冠避地者多沿江而居，故名」。至於「漳江」名稱的由來，據說是陳元光征蠻到此指江水謂父老曰：「此水如上黨之清漳。」福州古稱「晉安」也都是紀念中原先民南渡的標記。在台灣，凡漳州人群居的村落，例必建有「開漳聖王祠」，紀念先民隨中州固始人陳政、陳元光父子來閩開發。就客家人的一面說，凡客家莊傳統建築例必在門楣出示堂號（如穎川堂，弘農堂）以示子孫不忘故土，兼告外人祖上來歷。這些地名和習俗代表閩客人民慎終追遠。中原是閩、客先民念茲在茲的原鄉，即使台海隔絕經歷百年，祖述中原仍然無時或忘。這是研究閩客方言史不容忽視的客觀事實，也是本書的基本出發點。

　　所謂「新興民族」指的是閩、客方言人民在血統上合有漢人和非漢人兩種成分。關於閩人的血統，梁啓超在《中國歷史上民族之研究》有段論述謂：

　　「吾儕研究中華民族最難解者無過福建人：其骨骼膚色似皆與諸夏有異，然與荊、吳、苗、蠻、氐、羌諸族亦都不類。今之閩人，率不自承爲土著，謂皆五代時從王審知來，故有『八姓從王』之口碑。閩人多來自中原，吾儕亦承認；但必經與土人雜婚之結果，乃成今日之閩人。學者或以其瀕海之故，疑爲一系之阿利安人自海外漂來；既無佐證，吾殊無從妄贊；但福建之中華民族，含有極瑰異之成分，則吾不憚昌言也。」

關於客家人的血統，羅香林（1933:74-75）指出：

> 客家是自北南遷的民系，當其輾轉奔投的時候，自然免不了要受種
> 種自然淘汰與選擇諸作用的規範，衰老的、弱小的，不容易達到安
> 全的境地，就是身體不很結實的女人，也不容易與男子一同奔避，
> 結果能夠到達目的地的，十之八九都是精力較優的丁壯。就中其有
> 原日妻室能同時履止的，自然不必遽與土著通婚，但其他沒有原日
> 妻室同時履止的，那就只好降格以娶土著婦女了。客家先民，所以
> 不能不與畲民混血的，大約就是這個緣故。

　　漢、畲通婚不只見於客家地區，也見於閩南漳州地區。唐初，由於
「蠻僚嘯亂」，陳元光奉命率兵前去鎮壓。前後歷經三四十年的拉鋸局
面，才終於平定。事平之後，陳氏及其部將悉數留下屯守。陳氏守漳之
時，殺畲男，搶畲女給軍士爲妻，畲女被迫服孝改嫁，心中不美，內穿
白色衣褲，表示「嫁生不嫁死，死後歸畲夫」。留風遺緒，至今不絕。
人類學研究指出，閩南塔下地區新娘出嫁，娘家一定要送一套白衣褲，
結婚那天穿在裏面，第二天出示婆婆，然後存放衣箱，直到老死再給
穿上。（鄧曉華，1993:166）陳氏守漳起於唐高宗總章二年，也就是公
元669年。這個年代比客家人進入閩、粵、贛邊界形成後代所說「客家
人」還要早三四百年。梁啓超以「土人」指稱閩地的非漢人成分，實即
一般所說的「閩越族」，但就漳州地區來說，閩越仍屬泛稱，「畲族」
才是明確的原住民族成分。

　　明清以來，閩客先民又四處遷徙，再度融入新的民族成分。就渡
海來台的閩客先民來說，初履斯土，平地河口盡爲「平埔族」生活的天
地。隨鄭成功來台的士兵多屬單槍匹馬，勇於闖蕩，很少是攜家帶眷
的。其後子孫繁衍多賴與平埔婦女通婚。台灣俗諺所謂「有唐山公，無
唐山媽」（媽：祖母）指的就是這種情況。相對於華南閩客的「新興民

族」，台灣的閩、客方言人民實可說是新的新興民族。這新的新興民族是舊的新興民族與平埔族通婚的結晶，平埔族的式微雄辯地說明了新的新興民族的主要成分。

「北望中原的新興民族」提供我們一個探討漢語方言形成與發展模式的絕佳機會。我們的問題是：究竟什麼才是閩、客方言的底層？

最近二十年來，底層問題在中國語言學界引起廣泛的討論。橋本萬太郎（1978）在《言語類型地理論》以下列為例：

單詞	漢語北方話	福州話	客家話
邊	ɓien	pieŋ	pien
編	ɓien	pʻieŋ	pʻien
遍	ɓien	pʻieŋ	pʻien
片	pʻien	pʻieŋ	pʻien

指出：「北方話不送氣和送氣的清音合併為福州話、客家話送氣音。為了解決漢語和閩語的分歧，世界各國的語言學家試擬了不同樣式的『祖語』，以期給予合理的解釋。因為這種『例外』的對應，為閩語、粵語所共有，所以余靄芹博士假設這都是古代『百越』語言被『漢化』的結果。我們還沒有看到比這更有說服力的考證。」（余志鴻譯，1985：203）這個假設就是著名的「台語」（Tai language）底層說。

羅杰瑞和梅祖麟（Norman & Mei，1976）以詞彙為例提出他們著名的「南亞語」（Austroasiatic language）底層說。其中一個例證是「囝」（閩南音ᶜkiã~ᶜkã）。「囝」在漢語史文獻見於唐代顧況（約727-820，浙江人）的〈囝〉詩（收於《全唐詩》卷二百六十四）。顧況寫道：

「囝生閩方，閩吏得之，乃絕其陽。為臧為獲，致金滿屋。為髡為鉗，如視草木。天道無知，我罹其毒。神道無知，彼受其福。郎罷

別囝：『吾悔生汝，及汝既生，人勸不舉。不從人言，果獲其苦。』
囝別郎罷，心摧血下：『隔地絕天，及至黃泉，不得在郎罷前』」。

〈囝〉詩旁注：「囝，哀閩也。囝音蹇；閩俗呼子爲囝，父爲郎罷。」
羅杰瑞和梅祖麟從下列南亞語的形式認爲閩語的底層話實爲南亞語：

Khmer	：koun	Vietnam	：con
Bru	：kɔɔn	Spoken Mon	：kon
Wa	：kɔn	Written Mon	：kon
Chong	：kheen	Khasi	：khu:n

　　這一類底層學說發軔於徐松石神父（1933）的《粵江流域人民史》。徐神父的研究以兩廣和雲南的地名爲主，他從地名冠首字的含義發現華南這一塊地方原爲少數民族如壯侗等等的生活天地。例如地名冠首字「那」表示水田，「六」表示山地。從這一發現，他進一步指出，華南漢語方言的「倒裝」說法（如雞公、雞母之類）是少數民族底層影響的結果。這一發現給語言地理類型學者無比重大的啓發。橋本萬太郎所提「漢語究竟是怎樣形成的？」的問題就是從類似的觀察而來的。他說：

　　也許有人會說，《說文解字》、《方言》等古籍裏有「骹」字就是k'a（腳）、有「刣」或「治」字就是t'ai（殺），不就統統是漢語詞嗎？我們覺得這不是很好的解答。我們要反問：難道一個字一記載進漢文古籍，就統統都算是漢語詞嗎？這樣所稱的「漢語」到底是什麼漢語？我們所要闡明的是，爲什麼「骹」字，「刣」字分佈在中國南半部，在北半部如此之少，正如「江」字在南方而與北方的「河」相對。這正是我們在考慮的，漢語究竟是怎樣形成的？（余志鴻譯，1985：198）

他的答案就是上引「台語」底層學說。

就華南這一片土地來說，原住民族的語言是底層，後來移入的漢人的語言是表層。底層與表層互動產生上列現象，順理成章。這也就是一般所說「底層」的涵義。但是，我們從使用語言的人民的立場來說，尤其是從閩客方言的形成過程來說，真正的「底層」語言是祖上從北方帶下來的古漢語成分，華南原住民族的語言成分是最晚才被閩客人民吸納進入漢語體系。這樣說來，一般所說的底層對漢語方言來說實屬表層現象。回顧一下閩、客方言的形成過程就立即可以明白其間的關係。

首先就閩語的方面說。閩方言的先民出自中原而以中原偏東地區為大宗。西晉末年，中原板蕩。閩先民被迫顛沛流離，集於太湖流域。在太湖流域休養生息一段歲月，由於和江東世家大族起了經濟利益的衝突，再度南下來到福建。定居福建之後，由於文教推廣傳承了唐代長安的文讀系統。就這批從北方來的漢移民來說，他們在抵達福建以前，語言背景含有中原東部、中原西部和江東吳語三種成分，這三種成分現在叫做白讀成分，也就是日常口語所使用的材料。認真說來，這三種成分就是作為漢語方言之一的閩語底層。相對於這日常口語使用的底層，經由文教推廣而來的文讀系統是表層；在與百越民族交往的過程中，閩方言人民從原住民族習染而來的成分（如「囝」）是另一種形式的表層。橋本萬太郎的說法引喻失當，因為就在作為全國標準的北京音系裏，幫母是否送氣也與古代韻書不完全一致；這種例證無法說明「百越」漢化的過程，印歐語中是否具同類現象也與題旨毫不相干。

其次就客家的方面說。客家先民出自中原偏西，歷經輾轉奔波，到達閩、粵、贛交界原畬族住地之後才成為「客家人」。客家人勤修族譜且以中原郡望自矜實與客家人的「亡族」危機意識互為表裏。中原移民到達畬族天地之後與畬族婦女大量通婚的結果，容貌已經大大改易。但他們的語言仍是祖先從北方帶下來的古代中原漢語。換句話說，客家人在血統上是「新興民族」，而在語言上是「華夏堡壘」。只有經歷過像

客家先民那樣幾近亡種滅族之痛才能體會「寧賣祖宗田，不賣祖宗言；寧賣祖宗坑，不忘祖宗聲」的深刻意義。從畬族的一面說，在大量畬婦融入客家族群之後，畬人已大量流失成為少數族群（今天華南只剩36萬人口）。這少數的畬族人雖然保存了自己的血統和文化，但在語言方面也因長期受以中原郡望自矜的客家人的影響而放棄了自己的母語——畬語。今天的客家話分為兩支，一支是以中原郡望自矜的客家人所說的客家話，一支是漢化的畬族人所說的客家話。前一支客家話以中原方言為底層，後一支客家話以畬語為底層。

　　華南原住民族的「漢化」與華南漢語方言的形成之間不能輕易加上等號，輕易加上等號無異否認主從之別，也把血統問題與語言問題混為一談。應該承認，北人南下逐漸「漢化」了南方原住民族，使原住民族逐漸放棄自己的母語改操漢語。漢化初期，原住民族的確是以自己的母語為底子去學漢語，從而不可避免地把自己母語的成分帶進當作外語來學的漢語之內。這樣的底層現象在海南島上的漢語方言可以看得相當清楚。海南島上的漢語方言，不管是官話、還是閩、客、粵來源，在聲母系統上都十分近似，除了受底層語言左右沒有更好的解釋。此類現象多見於邊陲和飛地，就閩客方言的核心地區來說，情況不是這樣。閩客方言核心地區所呈現的情況是奉中原為正朔，在中華文化的大纛之下，在血統上在語言上同化了原住民族。閩客方言的存古成分就是這種發展模式的具體明證。

　　閩客方言人民好比是中華文化的軍隊。他們承受著中華民族的歷史災難而顛沛流離，把中華文化的種苗撒遍華南各地，大大拓展了中華文化的疆域。閩客方言本身好比是古代中原漢語的博物館，館內典藏的文物包括先民生活史的經歷，最古的文物是西晉時期從中原帶下的上古器物。當然，言語寄於音聲，不像一般古器物寄於形體。就在這閩客音聲博物館中，我們可以看到兩件光耀史冊的文物。一件是足與故宮博物院典藏的「毛公鼎」相媲美的「石」字音tsioʔ（*dziok），保存於

閩南話；另一件是與《詩經》同其典雅的「雙」字音 ₌suŋ，「窗」字音 ₌tsʻuŋ，保存於客家話。閩客方言博物館典藏的這類器物使我們敢於莊嚴宣稱：閩、客方言的底層在古代中原。

　　自古以來，中國的城廓就把人民區分爲「城裏人」和「鄉野人」。擴而大之。中原核心爲城裏，中原外圍爲鄉野。城裏代表時髦中心，鄉野代表保守陣營。禮失求諸野可以用來說明移民者的方言遠比母土保守。就閩客方言來說，先民遠離故土之後，母土的方言已在異族統治期間加速變化。換句話說，古代的北方話保存於現代的南方話。到了南方之後，原來的北方話難免「南染吳越」（顏之推語）。這個「染」字，一般學者把它視同百越底層，我認爲其實義同「習染」。我們固不否認，閩客人民在融入新的血液之後已成新興民族；但就語言來說，仍然應如民間信仰，從「北望中原」去尋根。東洋、西洋學者津津樂道的「底層」學說，從閩客方言的形成與發展過程看來，彷彿是點綴在根源於中原方言枝幹上的瑰麗花葉。

參考文獻

Benedict, Paul., 1982, *Sinitic Languages and Proto-Chinese, Paper Presented at 15th International Conference on Sino-Tibetan Languages & Linguisics*, Beijing. (轉引自陳其光,1990《中國語文概要》,19)

Bielenstein, Hans., 1959, 'The Chinese colonization of Fukien Until the end of Tang.' *Studia Servica Bernhard Karlgren Dedicata*:98-122.

Bloomfield, Leonard., 1933, *Language*, Henry Holt and Company, Inc.

Chang, Kun and Betty Shefts Chang, 1972, *Proto-Chinese Final System and Chieh-yun, BIHP Monograph*, No.26.

Crowtey, Terry, 1997, *Historical Linguistics*, Oxford Univ. Press.

Erbangh, Marys, 1996, Hakka in the People's Republic of China in Stevan Harrell(ed.) *Studies on Ethnic Groups in China*, University of Washington Press.

Fox, Anthony, 1995, *Linguistic Reconstruction: An Introduction to Theory and Method*, Oxford University Press.

Hock & Joseph (1996), Language History, Language Change, and Language Relationship: An Introduction to Historical & Comparative Linguistics (Berlin: Walter de Gruyter 1996).

Hock, Hans Henrich, 1986, *Principles of Historical Lingnistics*, The Hague: Mouton de Gruyter.

Hoenigswald, Herry M.1991, *Is the "Comparative" method general or Family-specific? In Baldi (ed.) Pattern of change. Change of Pattern.* Mouton de Gruyter.183-191, Berlin.

Karlgren, Bernhard, 1954, *Compendium of Phonetics in Ancient and Archaic Chinese*. Bulletin of the Museum of Far Eastern Antiquities 26:211-367.

Matisoff, J., 1994, Sino Tibetan Palatal Suffixes Revisited，第27屆國際漢藏語言學會議論文。法國，巴黎。

Norman J., 1982, 'The Classification of the Shaowu Dialect',《中研院史語所集刊》53.543-583。（張惠英，1987譯作「邵武方言的歸屬」，《方言》97-112。）

Norman J., 1969, *The Kienyang dialect of Fukien*, doctoral thesis, University of California, Berkeley.

Norman J., 1976, 'Phonology of the Kienow Dialect', *Journal of Asian and African Studies* 12.171-190.

Norman J., 1977-8, 'A Preliminary Report on the Dialects of *Mintung' Monumenta Serica* 33.326-348.

Norman J., 1979, 'Chronological Strata in the Min Dialects'。《方言》268-273。

Norman J., 1983, 'Some Ancient Chinese Dialect words in the Min dialects'，《方言》202-210。

Norman J., 1988, *Chinese*, Cambridge University Press.

Norman J.and Mei T.L., 1976, 'The austroasiatics in Ancient South China:some lexical evidence', *Monumenta Serica* 32.274-301.

Ohala, John J. (1990) There is no interface between phonology and phonetics: a personal view, *Journal of Phonetics* 18, 153-171.

Sagart, L., 1993, *Les Dialectes Gan*, Crane Publishing Co.

Sapir, Edward. 1921. *Language*. New York: Harcourt, Brace and World, Inc.

Thomason, Sarah Grey and Terrence Kaufman, 1988, *Language Contact,Creolization, and Genetic Linguistics*, University of California

Press.

鮑明煒，1988，六朝金陵吳語辨，《吳語論叢》15-17。

鮑士杰，1988，杭州方言與北方話，《吳語論叢》282-288。

北京大學，1989，《漢語方音字彙》，文字改革出版社。

北京大學，2003，《漢語方音字匯》（第二版重排本）。北京：語文出版社。

蔡俊明，1976，《潮語詞典》，香港：萬有圖書公司。

蔡權，1990，《吉縣方言志》，山西高校聯合出版社。

曹國慶，1992，關於客家研究中的幾個問題，《江西社會科學》第2期。

曹樹基，1997，《中國移民史》（第五、六卷），福建人民出版社。

岑麒祥，1992，《歷史語言學中的比較方法》，《國外語言學論文選譯》，語文出版社。

陳保亞，1999，《二十世紀中國語言學方法論》，山東教育出版社。

陳昌儀，1991，《贛方言概要》，江西教育出版社。

陳承融，1979，平陽方言記略，《方言》47-74。

陳龍，1993，福建畬字地名和畬族歷史研究，載李如龍《地名與語言學論集》附錄，福建省地圖出版社。

陳曉錦，2004，《廣西玉林市客家方言調查研究》，中國社會科學出版社。

陳寅恪，1935，東晉南朝之吳語，《金明館叢稿二編》。

陳運棟，1980，《客家人》，聯亞出版社。

陳章太，1984，邵武方言的語音系統，《語言研究》6.152-167。

陳章太，1991，邵武市內的方言，《閩語研究》341-391。

陳章太、李如龍，1983，論閩方言的一致性，《中國語言學報》1.25-

81。

陳章太、李如龍，1991，《閩語研究》，北京：語文出版社。

陳支平，1997，《客家源流新論》，廣西教育出版社。

儲誠志，1987，安徽岳西方言的同音字彙，《方言》284-293。

崔榮昌，1985，四川方言的形成，《方言》6-14。

崔榮昌，1996，《四川方言與巴蜀文化》。成都：四川大學出版社。

戴慶廈、吳啓祿，1989，《仙游方言志》（稿本）。

鄧曉華，1993，《人類文化語言學》，廈門大學出版社。

丁邦新，1983，'Derivation time of Colloquial Min from Archaic Chinese'，《中央研究院歷史語言研究所集刊》54.4:1-14。

丁邦新，1988，吳語中的閩語成分，《中央研究院歷史語言研究所集刊》59.1:13-22。

東台市地方志編纂委員會，1994，《東台市志‧第三十四篇：方言》936-968。江蘇科學技術出版社。

董同龢，1948，華陽涼水井客家話記音，《中研院史語所集刊》19.81-201。

董同龢，1960，四個閩南方言，《中研院史語所集刊》30.729-1042。

馮愛珍，1987，福建省順昌縣境內方言的分佈，《方言》205-214。

馮愛珍，1988，福建省福清方言的語音系統，《方言》287-300。

馮愛珍，1993，《福清方言研究》，社會科學文獻出版杜。

福建師大中文系，1982，《閩北方言詞彙對比手冊》，（油印稿）。

傅國通等，1985，《浙江吳語分區》，浙江省語言學會語言學年刊第三期方言專刊。

傅國通等，1992，《浙江方言詞》，浙江省語言學會。

高葆泰，1985，《蘭州方言音系》，甘肅人民出版社。

高福生，1988，安義方言同音字彙，《方言》123-135。

葛劍雄等，1997，《中國移民史》（共六卷），福建人民出版社。

郭錦桴，1985，人口遷移與閩南方言及其方言島的形成，《語文論集》，外語教學與研究出版社，97-110。

郭錦桴，1995，江蘇宜興梅園閩南話的特點，第四屆國際閩方言研討會論文。

何文君，1990，明至清初江西對湖南人口的遷徙，《湖南師大社會科學學報》，19.3.90-93。

侯精一，1986，內蒙古晉語記略，《中國語文》116-123。

侯精一，1989，平遙方言的文白異讀，《晉語研究》，日本外國語大學亞非言語文化研究所，125-134。

胡士云，1989，漣水方言同音字彙，《方言》131-143。

胡雙寶，1988，《文水方言志》，語文出版社。

胡松柏，1998，〈贛東北閩南方言略說〉，《方言》114-121。

華湘蘇，1983，蘇南（宜興）閩詔，《語文現代化》第二輯，154-158。

黃典誠，1957，建甌方言初探，《廈門大學學報》256-299。

黃典誠，1982，閩南方言中的上古音殘餘，《語言研究》3.172-187。

黃典誠，1984，〈閩語的特徵〉，《方言》161-164。

黃典誠，1990，閩南方音與切韻音系，中國聲韻學國際學術研討會，香港。

黃家教、李新魁，1963，潮安畬話概述，《中山大學學報》1.14-23。

黃雪貞，1983，永定（下洋）方言詞彙，《方言》，148-160，220-240，297-304。

黃雪貞，1987，客家話的分佈與內部異同，《方言》81-96。

黃雪貞，1988，客家方言聲調的特點，《方言》241-246。

黃雪貞，1989，客家方言聲調的特點續論，《方言》121-124。

黃雪貞，1992，梅縣方言的語音特點，《方言》275-289。

蔣炳釗，1981，對閩中郡治及冶都冶縣地望的一些看法，《廈門大學學報》3.61-68。

蔣炳釗，1992，試論客家與畬族的歷史關係，載《中國客家民系研究》，中國工人出版社。

金有景，1964，義烏話裏咸山兩攝三四等字的分別，《中國語文》61。

金有景，1982，關於浙江方言中咸山兩攝三四等字的分別，《語言研究》2.148-162。

康得拉紹夫H.A.,，1979，《語言學說史》（楊餘森譯，1985）武漢大學出版社。

藍小玲，1999，《閩西客家方言》，廈門大學出版社，廈門。

勞幹，1935，漢晉閩中建置考，《中研院史語所集刊》2.53-63。

李方桂，1982，《上古音研究》，北京商務印書館。

李濟源，1987，湖南婁底方言同音字彙，《方言》294-305。

李藍，1994，貴州丹寨方言音系，《方言》第1期。

李麗敏，1992，淺議梨園戲念白的文白讀，《泉州方言》第十三期。

李榮，1957，陸法言的《切韻》，《音韻存稿》，商務印書館，1982，26-39頁。

──，1983，關於漢語方言研究的幾點意見，《方言》，北京，1-15頁。

李榮，1965，從現代方言論古群母有一二四等，收於《音韻存稿》，北

京：商務，119-126。

李榮，1983，方言研究中的若干問題，《方言》81-91。

李榮，1989a，中國的語言和方言，《方言》161-167。

李榮，1989b，漢語方言的分區，《方言》241-259。

李如龍，1985，中古全濁聲母閩方言今讀的分析，《語言研究》8.138-149。

李如龍，1991，南平市北方方言島，《閩語研究》472-483。

李如龍，1991，尤溪縣內的方言，《閩語研究》304-340。

李如龍，1996，《方言與音韻論集》，香港中文大學。

李如龍、陳章太，1984，論閩方言內部的主要差異，《中國語言學報》2.93-173。

李如龍、張雙慶，1992，《客贛方言調查報告》，廈門：廈門大學出版社。

李未，1987，廣西靈川平話的特點，《方言》251-254。

李熙泰，1991，《渡江書十五音》跋，《集美師專學報》2.80-92。

李新魁，1987，廣東閩方言形成的歷史過程，《廣東社會科學》3.118-124，4.142-150。

李新魁，1987，吳語的形成和發展，《學術研究》5.122-127。

李永明，1986，《衡陽方言》，湖南人民出版社。

李永明，1991，《長沙方言》，湖南出版社。

李玉，1984，《原始客家話的聲調和聲母系統》，華中工學院碩士論文。

李玉，1990，平南閩南話的音韻特徵及聲母的古音痕跡，《語言研究》25-36。

練春招，客家方言本字考釋拾零，《客家方言研究》，暨南大學出版
　　社，2002。

梁敏，1997，平話──漢語的另一個方言，第30屆國際漢藏語言學會議
　　（北京）論文。

梁猷剛，1984，海南島瓊文話與閩語的關係，《方言》268-271。

梁玉璋，1990，武平縣中山鎮的「軍家話」，《方言》192-203。

林寶卿，1991，閩西客話區語音的共同點和內部差異，《語言研究》
　　21.55-70。

林寶卿，1992，漳州方言詞彙，《方言》151-160，230-240，310-312。

林連通，1993，《泉州市方言志》，社會科學文獻出版杜。

林連通、陳章太，1989，《永春方言志》，語文出版社。

林倫倫，1991-2，汕頭方言詞彙，《方言》，153-160，232-240，310-
　　314，92.78-80。

林倫倫，1996，《澄海方言研究》。汕頭：汕頭大學出版社。

林倫倫等，1996，《廣東閩方言語音研究》，汕頭大學出版社。

林語堂，1967，《語言學論叢》，文星書店（台一版）。

劉俐李，1993，新疆漢語方言的形成，《方言》265-274。

劉綸鑫，1999，《客贛方言比較研究》，北京：中國社會科學出版社。

劉綸鑫，1999，客贛方言史簡論，《南昌大學學報》第3期。

劉鎮發，2001，《客家：誤會的歷史，歷史的誤會》，香港學術研究雜
　　誌社。

劉佐泉，1995，客家研究「三疑」試釋，《國際客家學研討會論文集》
　　895-905。

龍岩地區地方志編纂委員會，1990，《龍岩地區志》，上海人民出版

社。

盧甲文，1992，《鄭州方言志》，語文出版社。

盧今元，1986，呂四方言記略，《方言》52-70。

魯國堯，1985，明代官話及其基礎方言問題——讀利瑪竇中國札記，
　　《南京大學學報》第4期，載《魯國堯自選集》，河南教育出版社。

魯國堯，1988，泰州方音史與通泰方言史研究，*Computational Analyses
　　of Asian and African Languages* 30.149-224。

魯國堯，1992，客家方言源於南朝通語說，載《中國客家民系研究》，
　　中國工人出版社。

呂枕甲，1991，《運城方言志》，山西高校聯合出版社。

羅常培，1950，從客家遷徙的蹤跡論客贛方言的關係。《語言與文
　　化》，北大出版社，159-171。

羅常培，1958，《臨川音系》，科學出版杜。

羅常培、周祖謨，1958，《漢魏晉南北朝韻部演變研究‧第一分冊》北
　　京：商務印書館。

羅福騰，1992，《牟平方言志》，語文出版社。

羅美珍，1980，畬族所說的客家話，《中央民族學院學報》1.76-88。

羅香林：《客家研究導論》，興寧希山書藏、眾文圖書公司重印（1981
　　年）。

羅肇錦，1990，《台灣的客家話》，台原出版社。

羅肇錦，2001，試析福建廣東客家話的源與變，第七屆國際第十九屆全
　　國聲韻學研討會（台北）論文。

羅志海，1995，《海豐方言》，德宏民族出版社。

馬重奇，1994，《漳州方言研究》，縱橫出版社。

毛宗武、蒙朝吉，1982，《畬語簡志》，民族出版社。

毛宗武等，1986，《畬語簡志》，民族出版社。

梅祖麟，1992，蘇州方言以及其他蘇南吳語裏的魚虞之別，第25屆國際漢藏語言學會議論文。美國，加州。

梅祖麟、羅杰瑞，1971，試論幾個閩北方言中的來母s-聲字，《清華學報》新九卷96-105。

閔家驥等，1986，《簡明吳方言詞典》，上海辭書出版社。

潘家懿，1988，《臨汾方言志》，語文出版社。

潘茂鼎等，1963，〈福建漢語方言分區略說〉，《中國語文》475-495。

平田昌司，1982，休寧音系簡介，《方言》276-284。

平田昌司，1988，閩北方言第九調的性質，《方言》12-24。

祁門縣地方志編纂委員會，1990，《祁門縣志》，安徽人民出版社。

錢乃榮，1992，《當代吳語研究》，上海教育出版社。

錢曾怡，1991，序《吉木薩爾方言志》（周磊、王燕著）新疆人民出版社。

錢曾怡、羅福騰，1992，《濰坊方言志》，濰坊市新聞出版局。

喬全生，1984，《洪洞方言志》，洪洞縣志編委會辦公室。

喬全生，1990，《汾西方言志》，山西高校聯合出版社。

橋本萬太郎，1978，《言語類型地理論》（余志鴻譯1985《語言地理類型學》，北京大學出版社。）

橋本萬太郎，余志鴻譯：《語言地理類型學》，北京大學出版社，1985年。

山東省地方史志編纂委員會編，1993，《山東省志·方言志》，山東人民出版社。

邵則遂，1991，湖北天門方言的異讀，《語言研究》增刊166-168。

史存直，1985，《漢語語音史綱要》，北京：商務印書館。

宋欣橋，1992，《孟縣方言志》，山西高校聯合出版社。

譚邦君，1996，《廈門方言志》，北京語言學院出版社。

譚其驤，1935，晉永嘉喪亂後之民族遷徙，《燕京學報》15.51-76。

唐作藩，1960，湖南洞口縣黃橋鎮方言，《語言學論叢》4.83-133。

田方，1986，《中國移民史略》，知識出版社。

萬芳珍、劉綸鑫，1992，客家正名，載《中國客家民系研究》，中國工
　　人出版社。

王東，1998，《客家學導論》，南天書局。

王福堂，1994，閩北方言弱化聲母和第九調之我見，《中國語文》430-
　　433。

王福堂，1999，《漢語方言語音的演變和層次》，語文出版社。

王福堂，2008，《漢語方音字匯》，語文出版社。

王輔世，1982，廣西龍勝伶話記略，《方言》137-140，231-240。

王力，1981，《中國語言學史》，山西人民出版社。

王力，2008，《漢語語音史》，商務印書館。

王天昌，1969，《福州語音研究》，世界書局。

王顯，1984，古陽部到漢代所起的變化，《音韻學研究》1.131-155。

王仲犖，1980，《魏晉南北朝史》，中華書局。

溫端政，1991，《蒼南方言志》，語文出版社。

溫端政，1994，浙南閩語的音韻特徵，第三屆國際聲韻學研討會，新
　　竹。

溫端政，1997，〈試論晉語的特點與歸屬〉，《語文研究》63:1-12。

溫端政、侯精一，1993，《山西方言調查研究報告》，山西高校聯合出版社。

吳建生，1984，《萬榮方言志》，山西社科院語言研究所。

吳建生、李改樣，1990，《永濟方言志》，山西高校聯合出版社。

吳守禮，1948，福建語研究導論，《人文科學論叢》1.125-194。

吳松弟，1997，《中國移民史》（第三、四卷），福建人民出版社。

廈門大學，1982，《普通話閩南方言詞典》，三聯書店。

謝留文，2003，《客家方言語音研究》，中國社會科學出版社，北京。

謝永昌，1994，《梅縣客家方言志》，廣州：暨南大學出版社。

謝重光，1999，《客家源流新探》，武陵出版社。

熊正輝，1960，光澤、邵武方言裏的古入聲字，《中國語文》10.310。

熊正輝，1985，南昌方言的文白讀，《方言》205-213。

熊正輝，1987，廣東方言的分區，《方言》161-165。

熊正輝，1989，南昌方言同音字彙，《方言》182-195。

徐規等，1962，畬族的名稱，來源和遷徙，《杭州大學學報》第1期。

徐松石，1939，《粵江流域人民史》，中華書局。

徐通鏘，1984，張琨教授談漢藏系語言和漢語史的研究，《語言學論叢》，13.234-249。

徐通鏘，1991，《歷史語言學》，商務印書館。

許寶華，1988，《上海市區方言志》，上海教育出版社。

顏森，1993，《黎川方言研究》，社會科學文獻出版社。

顏森：《江西方言的分區（稿）》，載《方言》1986年第1期，第19-38頁。

嚴學宭，1993，八十自述，《語言研究》增刊。

楊必勝等，1996，《廣東海豐方言研究》，北京：語文出版社。

楊福綿，1967，'Elements of Hakka Dialectology', *Monumenta Serica*, 26.
305-351。

楊煥典，1985，廣西的漢語方言（稿），《方言》181-190。

楊時逢，1969，《雲南方言調查報告》，中央研究院。

楊時逢，1974，《湖南方言調查報告》，中央研究院。

楊時逢，1984，《四川方言調查報告》，中央研究院。

楊時逢、荊允敬，1971，靈寶方言，《清華學報》9.106-147。

楊述祖，1983，《太谷方言志》，語文研究增刊。

楊蔚，1999，《沅陵鄉話研究》，湖南教育出版社。

葉寶奎，2001，《明清官話音系》，廈門大學出版社。

葉祥苓，1988，蘇州方言中的文白異讀，《吳語論叢》18-26。

黟縣地方志編纂委員會，1988，《黟縣志》，光明日報出版社。

應雨田，1988，湖南安鄉方言記略，《方言》52-67。

游汝杰，1992，《漢語方言學導論》，上海教育出版社。

俞偉超，1989，《考古類型學的理論與實踐》，文物出版社。

虞萬里，1994，從古方音看歌支韻的關係及其演變，《音韻學研究》
3.265-291。

袁家驊，1983，《漢語方言概要》，文字改革出版社。

雲惟利，1987，《海南方言》，澳門東亞大學。

詹伯慧，1987，《珠江三角洲方言字音對照》，新世紀出版社。

詹伯慧等，1991，《漢語方言及方言調查》，湖北教育出版社。

張安生，1992，寧夏鹽池方言的語音及其歸屬，《方言》214-221。

張崇，1990，《延川縣方言志》，語文出版社。

張光宇，1984，說邵武方言，《漢學研究》2.1.109-116。

張光宇，1985，切韻純四等韻之主要元音及相關問題，《語言研究》9.26-37。

張光宇，1987，'The development of the Geng-Rhyme group in southern Chinese', *Computational Analyses of Asian and African languages* 28.43-52。

張光宇，1988，福建畬字地名與畬話，載《切韻與方言》，台灣商務印書館。

張光宇，1988，福建畬字地名與畬話，載《切韻與方言》，臺灣商務印書館。

張光宇，1989a，海口方言的聲母，《方言》第一期，40-47。

張光宇，1989b，閩方言古次濁聲母的白讀h-和s-《中國語文》第四期，300-307。

張光宇，1989c，閩南方言的特殊韻母-ing，《大陸雜誌》79卷2期，16-22。

張光宇，1989d，閩方言音韻層次的時代與地域，《清華學報》19卷1期，165-179。

張光宇，1989e，'The Qieyun Grade I and Grade II Finals', *Tsing Hua Journal of Chinese Studies* V01.19 No.2, 165-193, Hsin Chu。

張光宇，1991，漢語方言發展的不平衡性，《中國語文》，431-438。

張光宇，1992a，益石分合及其涵義，《語言研究》，第23期，91-99。

張光宇，1992b，漢語方言見系二等文白異讀的幾種類型，《清華學報》，第22卷第4期351-366。

張光宇，1993，吳閩方言關係試論，《中國語文》161-170。

張光宇，1994，吳語在歷史上的擴散運動，《中國語文》409-418。

張光宇，1996a，〈論閩方言的形成〉，《中國語文》16-26。

──，1996b，《閩客方言史稿》，台北：南天書局。

──，2006，〈共同保留、共同創新與共同脫軌〉，《語言研究》
2:14-21。

張光宇，2001，客家與山哈，《中國語文研究》總第12期，68-81。

張光宇，2002，漢語語音史中的雙線發展，第35屆國際漢藏語言學會議
論文，亞利桑那大學。

張光宇，2002年，《大槐與石壁》，載《客家文化學術研討會論文
集》，中央大學，第315-334頁。

張光宇，2003，比較法在中國，《語言研究》第4期，武漢，95-103頁。

──，2004，漢語語音史中的雙線發展，《中國語文》，北京，545-
557頁。

──，2006，漢語方言滋絲音的一些觀察，《中國語文研究》第一
期，香港中文大學中國文化研究所吳多泰中國語文研究中心，香
港，87-102頁。

──，2007，論「深攝結構」及相關問題，《語言研究》27卷第1
期，武漢，1-11頁。

張光宇，2010，語言的連續性，《漢藏語學報》第5期，頁150-168。

張光宇：《漢語語音史中的比較方法》，載《中國語文》，2010年第4
期。

張光宇：《論梅縣音系的性質》，載《語言學論叢》2008年第37輯。

張均如，1982，廣西中部地區壯語中的老借詞源於漢語古平話考，《語
言研究》第2期。

張鈞如，1987，記南寧心圩平話，《方言》241-250。

張鈞如、梁敏，1988，廣西壯族自治區各民族語言的互相影響，《方言》87-91。

張琨，1985，切韻前a和後â現代方言中的演變，《中研院史語所集刊》43-104。

張啓煥等，1993，《河南方言研究》，開封：河南大學出版社。

張青，2000，《洪洞大槐樹移民志》，山西古籍出版社。

張盛裕，1979，潮陽方言的文白異讀，《方言》241-267。

張盛裕，1981，潮陽方言的語音系統，《方言》27-39。

張盛裕，1991，太平仙源方言同音字彙，《方言》188-199。

張衛東，1984，文登、榮城方言中古見系部分字的文白異讀，《語言學論叢》12.36-49。

張衛東，1988，論客家研究的幾個基本問題，《深圳大學學報》活頁文選之一。

張衛東，1991，《客家文化》，新華出版社。

張振興，1985，閩語的分區（稿），《方言》171-180。

張振興，1992，《漳平方言研究》，中國社會科學出版社。

張振興，2000，〈閩語及其周邊方言〉，《方言》6-19。

張振興、蔡葉青，1998，《雷州方言詞典》，南京：江蘇教育出版社。

張振興：《廣東海康方言記略》，載《方言》1987年第4期，第264-282頁。

趙日新，1989，安徽績溪方言音系特點，《方言》125-130。

趙日新，1991，《即墨方言志》，語文出版社。

趙元任、楊時逢，1965，績溪嶺北方言，《中研院史語所集刊》36.11-

115。

鄭張尚芳，1980-1，溫州方言兒尾詞的語音變化，《方言》245-262，
　　40-50。

鄭張尚芳，1986，皖南方言的分區（稿），《方言》8-18。

中國社會科學院、澳大利亞人文社會科學院編，1987，《中國語言地圖
　　集》，香港：朗文出版（遠東）。

周長楫，1986，〈福建境內閩南方言的分類〉，《語言研究》2:69-84。

──，2002，〈閩南方言的基本特徵〉，丁邦新、張雙慶編《閩語
　　研究及其與周邊方言的關係》，237-243。香港：中文大學出版
　　社。

周長楫，1991，廈門方言同音字彙，《方言》99-118。

周長楫、林寶卿，1992，《永安方言》，廈門大學出版社。

周日健，1987，廣東省惠陽客家話音系，《方言》232-237。

周日健，1992，廣東新豐客家方言記略，《方言》31-44。

周振鶴，《學臘一十九》，山東教育出版社，1999。

周振鶴，1987，唐代安史之亂和北方人民的南遷，載《學臘一十九》，
　　山東教育出版社1999。

周振鶴，1996，客家源流異說，載《學臘一十九》，山東教育出版社
　　1999。

周振鶴、游汝杰，1986，《方言與中國文化》，上海人民出版社。

周祖謨，1966，切韻的性質和它的音系基礎，見：周祖謨《問學集》，
　　中華書局，頁434-473。

朱建頌，1992，《武漢方言研究》，武漢出版社。

朱維幹，1985-6，《福建史稿》（上、下），福建教育出版社。

朱耀龍，1990，《新絳方言志》，山西高校聯合出版社。

朱彰年等，1991，《阿拉寧波話》，華東師範大學出版社。

國家圖書館出版品預行編目資料

閩客方言史稿/張光宇著. ――初版. ――
　臺北市：五南圖書出版股份有限公司，
　2016.08
　面；　公分
　ISBN 978-957-11-8741-9 (平裝)

1.閩語　2.客語　3.比較方言學

802.5231　　　　　　　　　105013897

1XDM

閩客方言史稿（增訂版）

作　　　者 ―	張光宇
編輯主編 ―	黃文瓊
責任編輯 ―	吳雨潔
封面設計 ―	陳翰陞
出 版 者―	五南圖書出版股份有限公司
發 行 人 ―	楊榮川
總 經 理 ―	楊士清
總 編 輯 ―	楊秀麗

地　　　址：106臺北市大安區和平東路二段339號4樓

電　　　話：(02)2705-5066　　傳　　真：(02)2706-6100

網　　　址：https://www.wunan.com.tw

電子郵件：wunan@wunan.com.tw

劃撥帳號：01068953

戶　　　名：五南圖書出版股份有限公司

法律顧問　林勝安律師

出版日期　2016年 8 月初版一刷
　　　　　2025年 3 月初版三刷

定　　　價　新臺幣620元

※版權所有·欲利用本書內容，必須徵求本公司同意※